空飛ぶタイヤ

新版

池井戸 潤

Ikeido Jun

実業之日本社

空飛ぶタイヤ　目次

序　章　決して風化することのない、君の記憶　7
第一章　人生最悪の日々　10
第二章　ホープとドリーム　63
第三章　温室栽培群像　120
第四章　ハブ返せ！　153
第五章　罪罰系迷門企業　232
第六章　レジスタンス　273

第七章　組織断面図　317
第八章　不経済的選択　389
第九章　聖夜の歌　481
第十章　飛べ！　赤松プロペラ機　534
第十一章　コンプライアンスを笑え！　629
第十二章　緊急避難計画　688
終　章　ともすれば忘れがちな我らの幸福論　727

装丁・ＣＧ　鈴木正道（Suzuki Design）

空飛ぶタイヤ

序章　決して風化することのない、君の記憶

君は、静かな人でした。

にぎやかなお酒の席で、自分からは騒ぐことはないけど、いつも楽しそうにニコニコしながら、冗談いってる友達を見てる。幸せそうな君を見ていると、ぼくまで満たされた気分になったものです。

ぼくが悩んでいるときは、いつも一緒にいてくれた。つらいときには映画に誘ってくれた。「がんばってね」っていうんじゃなくて、沈んでいるぼくの手をずっと握って寄り添ってくれる。

そんな温かい人でした。

ぼくは今も、そんな君が大好きです。

いつだったたか、公園で紙ヒコーキ飛ばしたの覚えてますか?

結婚したばかりの頃でした。ほら、あの頃住んでたマンションの近く、高台にあった公園。新聞の折り込み広告でつくった紙ヒコーキを飛ばしました。

遠くへ飛ばそうと、君もぼくもがんばったのに、なかなか飛ばなくて大笑い。それなのに、どういう拍子か、君のヒコーキが風にのって、遠くまで飛んで見えなくなって——。

「飛んだ、飛んだ！」

あのときの君の歓びようといったらありませんでした。そして――。

そして、君はこういいました。

「私たちも、あんなふうに遠くへ飛べるかな」

あのとき見せた君の笑顔は、ぼくの宝物です。

永遠の宝物です。なのに――。

ぼくが駆け付けたとき、君は病室の白いシーツに包まれて横たわっていました。

「ママ、寝てるの？」

タカシにきかれて、ぼくはそのちっちゃな手をシーツの中の君の手に重ねました。

「あったかいだろう」

タカシは何かを察したのか、じっとぼくを見上げ、それから君の横顔を見つめます。失われていく君の体温が冷めないうちに、ぼくもその手のひらに手を添えました。

「これがママの手だよ。ずっとずっと忘れちゃいけない、ママの暖かさだ。おまえとパパの大切な、大切な……ママだ」

タカシは君の頬に顔を寄せて、頬ずりして泣きました。だけど、君のその手がタカシを撫《な》でることはもう決してありません。決して……。

「なに泣いてるの、タカちゃん」

君がいまにも目を開けて、そう言うのではないかと思ったけれど、そんな奇跡は起きませんでした。

序章　決して風化することのない、君の記憶

生きているような君の横顔をはっきりとこの目に焼き付けたいのに、止めどなく溢《あふ》れる涙でぼくの視界は滲《にじ》んでしまいました。

なんて悔しいんだろう。なんて悲しいんだろう。

やさしかった君。いつも微笑《ほほえ》んでいた君。ぼくとタカシのことを愛してくれた君――。

君のことを決して忘れない。いつでもぼくたちは一緒です。

ずっと一緒です。

さよならは言わない。

君のこと、愛してる。

第一章　人生最悪の日々

1

何がビューティフルドリーマーだ。

赤松徳郎《あかまつとくろう》は毒づいた。

この世の中のどこに、そんな夢見るような話がある？

赤松にとって人生は、辛く長い坂道の連続だった。若い頃だったら夢と呼べるものがなかったわけではない。だが今、その夢の記憶さえ霞《かす》んでしまうほど、厳しく容赦ない現実が我が身に降りかかってきている。

通夜の帰り道だ。

菊名《きくな》駅から乗った東急東横線の急行電車に赤松は揺られていた。午後十時を過ぎた上り電車は空いていて、反対側のガラス窓には、小難しい顔をして腕組みしているずんぐりした赤松の姿が映っている。若いつもりがいつのまにか四十を過ぎ、髪も薄くなって疲れ切り、脂《あぶら》の浮いた額が光っていた。

認めたくはないが、どっから見てもオヤジだ。

しかもいまの赤松は、控えめにいっても、かなりしょぼいオヤジだった。社長といっても零細に毛が生えた中小企業だし、流行《はや》りのコンピュータ関連とか、ベンチャーだなんていう華々しいものとは無縁の土臭い運送業。社名だって、赤松運送だ。せめて赤松ロジスティックスとか、そんな名前にすれば格好良かったかも知れないが、名前を変えたところで業績がよくなるわけでなし、経費倒れが関の山だ。

それにしても辛い通夜だった。赤松の人生の中で、これほど辛い通夜はかつてなかった。

その通夜に、赤松は謝罪に行ったのである。

亡くなったのは、今年三十三になる若い主婦だった。

その主婦を、赤松運送のトレーラーが轢《ひ》いた。いや、正確にいうと、トレーラーから外れたタイヤが歩道を歩いている主婦を直撃したのだった。

主婦は即死。

申し訳ありませんという言葉を、今日一日で何度口にしただろうか。

悔やんでも悔やみきれなかった。主婦にとってはもちろん、赤松にとってもそれは同じだ。

遺影の主婦は、明るく笑って、遠くを見ていた。遠くにある夢を見つめている表情に赤松には見えた。

主婦の名前は、柚木妙子《ゆぎたえこ》という。

きっとこのひとは、赤松にはない夢を持っていたのだろう。

妙子が事故にあったとき、一緒に手をつないで歩いていた小さな男の子は、転倒したときのかすり傷程度で済んだという。まさに不幸中の幸いだったが、その子供が通夜で泣いているのを見たとき、身を引き裂かれるような激しい悔恨に、赤松は苛《さいな》まれたのだった。

赤松運送が起こしたタイヤ脱落事故は、幸せだった親子の夢を一瞬にして打ち砕いたのだ。

そのトレーラーの名前が、ビューティフルドリーマーだった。

大手自動車会社のホープ自動車が製造している大型トレーラーである。

「どこがビューティフルドリーマーなんだよ」

自分では頭の中で呟いていたつもりなのに、近くにいた乗客がぽかんとして赤松を見ていた。どうやら、口に出していたらしい。

ビューティフルドリーマーが運んできたのは、夢は夢でも、人生最悪の夢だった。

暗い多摩川を渡り始めた電車が、足元から規則的にレールを打つ音を運んでくる。やがて電車は鉄橋を渡りきると、高級住宅街の駅を経て自由が丘駅のホームへ滑り込んでいった。

赤松は重い腰を上げ大井町線のホームへ降りた。乗り換えて等々力《とどろき》駅で下車する。そこから徒歩十分の場所に、赤松運送の本社事務所はあった。

玄関のガラスドアを開けるより早く、宮代直吉《みやしろなおきち》が慌てて席を立ってくる。古参社員の宮代は、運送業に定められた運行管理者を兼務する専務だ。

「社長、お疲れ。いかがでした」

赤松は深く嘆息した。

「どうもこうもねえ」

「そうですか……」

今度は宮代がため息をつく番だ。「で、先方さんとお話は？」

「だめだ。謝罪はしてみたが、話が進展するとかのレベルじゃなかった。通夜だしな」

宮代は難しい顔で唇を噛んだ。

「門田《かどた》の奴《やつ》はどうした」

上着を着たまま椅子にぐったりとなって、赤松はきいた。

「残っています。待ってろっていいましたから」

赤松は膝小僧からふくらはぎにかけてさすった。葬儀場では弔問客が途切れるまで三時間ほど緊張して立ち続けたため、足がぱんぱんだ。数珠《じゅず》をデスクマットの上に置き、額に手を当てると、汗のひやりとした感触が指先に伝わった。空腹のはずなのに何も食う気になれず、疲れ切っているはずなのに神経は研ぎ澄まされて眠気は欠片《かけら》もない。

「警察から連絡は？」

「ありません。まだ時間がかかると思います。はっきりするまで何ともいえませんが、雲行きは怪しいですな」

事故が起きたのは二日前だ。そのとき赤松は都内にある取引先の応接室にいた。大事な商談の最中で出られなかったが、客と別れて出てくるその小一時間ほどの間に会社や宮代の携帯から七本もの着信が入っているのを見て、「何かあったな」ということだけはわかった。

取引先を出るなり会社にかけると、出てきた宮代の動揺した声が携帯から流れ出てきた。

「社長、すみません。事故してしまいました。まずいことに、人身で」

なにっ、といったきり赤松は絶句した。宮代は続ける。

「安友《やすとも》のトレーラーです。さっき携帯で連絡があったんですが、動顛《どうてん》してしまって何をいってるのか一向に要領を得ません。いま、高嶋《たかしま》を向かわせてます。相手が病院に運び込まれたってことだけはわかったんですが、搬送先はまだ……。安友がひとりで事情聴取されてるようです」

安友研介《けんすけ》は、赤松運送に入って半年の新参運転手である。履歴書によれば、数年であちこちの運送業者を渡り歩いている三十半ばの独身男。一方の高嶋泰典《やすのり》は、頼りになるドライバー兼総務課長だ。

「とにかく社長、すぐに戻ってください」

予定を全てキャンセルして急ぎ事務所へ走る途中で、悲報はもたらされた。最寄《もよ》り駅から小走りで事務所に向かうその途上だ。赤松の足はゼンマイが切れたかのように止まった。

「亡くなった？　亡くなったのか——？」

まるで地球上の酸素が無くなってしまったかのように、赤松は喘《あえ》いだ。視界から色彩が失われていき、息苦しさが募《つの》る。呻《うめ》き、拳《こぶし》を額に強く打ち付け、「ちっ」と舌打ちが洩れた。がっくりと頭をたれ、道路脇のガードレールに両腕をつく。その場で崩れ落ちそうになるのを堪《こら》えるのがやっとの赤松をかすめるように、トラックが通り過ぎていった。

埃が舞い、喉を刺激した。

「なんてこった……」

悔恨とも絶望とも知れぬ、魂の暗渠《あんきょ》の底が赤松の前にぱっくりと口を開ける。夢でも嘘でもない事実。残酷で、救いようのない現実に、赤松は喘いだ。

事務所に戻った赤松に、宮代は高嶋からの報告を伝えた。

「相模《さがみ》マシナリーから横浜市内の工場へ向かう途中の事故だったようです。さっき高嶋から入った連絡では、ブレーキを踏んだ拍子に左前のタイヤが飛んで、歩道を歩いていた人の背中にぶつかったと。病院に運ばれたんですが、即死だったそうです。安友はまだ警察ですが、事情が事情だけにちょっとまずいですな」

そのとき宮代が赤松に向けてきた視線には、鋭く警戒するような光が宿っていた。

「タイヤが、飛んだ……?」

赤松は虚《うつ》ろな眼差《まなざ》しを宮代に向ける。

「そこですよ、社長」

じっとりとした視線が返ってきた。宮代は、赤松の背後を一瞥《いちべつ》する。そっちには赤松運送の駐車場と、整備工場が併設されていた。タイヤが勝手に飛んでいくわけはない。外れたのだ。

「過積載《かせきさい》は大丈夫だろうな」

赤松は念を押した。過積載というのは、車両に定められた重量を超えた荷物を積み込むことだ。これをやると、トラックだけではなく、その運送業者そのものが営業停止を食らうことになる。挙げ句の死亡事故となれば、これはもう目も当てられない事態だ。

「それは大丈夫ですが、整備不良かも知れませんな」

だとすれば会社に帰すべき責任は重い。

「で、どうなんだ」

「まだわかりません」

宮代は明言を避けた。

それから間もなく、管轄の港北警察署から要請があって赤松は出かけた。担当したのは、制服警官ではなく高幡真治《たかはたしんじ》という港北警察署の刑事だった。これは事故ではなく事件だと赤松が認識したのもこのときである。

数時間に及ぶ事情聴取で、赤松運送の車両整備の状況について仔細《しさい》に訊かれ、さらに整備士の経験や労働環境、過去の事故歴にまで質問は及んだ。

警察に引っぱられていた運転手の安友とも話した。

「綱島から大倉山へ抜けていく緩《ゆる》いカーブです。ブレーキを掛けたときにガクンっていう衝撃がありました。一瞬、ハンドルが取られて、道路脇の歩道に運転席が激突したんです。もう何がなんだかわからない状況で……」

そのときはタイヤが外れた後で、歩道を歩いていた被害者に激突した瞬間は安友も見ていなかったらしい。現場は、港北警察署から目と鼻の先だ。そのときの状況を消え入るような声で話した安友は灰のように蒼《あお》ざめ、唇に血の気はなかった。

「スピードは何キロ出していた」

「四十キロぐらいだと思います。前にクルマもいましたし」

法定速度ギリギリだが、スピード違反の事実は無かったことは後方を走っていた車の運転手が証言しているという。

「そうなる前に異常はあったのか。タイヤが外れるような」

「いえ何も。突然です」

聴取に当たっていた刑事の訝《いぶか》しげな眼差しが、俯《うつむ》き加減になった安友の血の気のない顔に向けられていた。

「直前に何かにぶつかったとか、しなかったか」

赤松はきいたが、安友は首を横に振っただけだった。

俄《にわか》に信じられる話ではない。

いくらなんでも、理由もなくタイヤが外れるはずはないからだ。業務上過失致死で逮捕されるだろうと、そのとき一旦、赤松は覚悟した。おそらく、安友もそう思っていたに違いない。

だが、予想に反して、運転手の安友も赤松も逮捕はされなかった。

理由は「現認」できないから。トレーラーが直接人を轢いたのなら間違いなく逮捕だが、タイヤが外れての事故となると誰の責任なのか見ただけではわからない。だから、逮捕はしないというのが高幡の説明だった。

「すみませんでした、社長」

警察署の外で深々と頭をたれた安友に、赤松は怒ることはできなかった。

「仕方がない。事故だ」

赤松はいった。「何が悪かったのか、いまにはっきりわかるだろう」

ところが、その結論は持ち越され、事故から二日が経った現在もまだ出てはいない。

一方で被害者の検死があり、そして本日の通夜、明日の葬式と、人が亡くなったときの虚しいスケジュールだけが淡々と段取りされ、進行してきた状況である。

事故はマスコミの注目するところとなり、ニュースで繰り返し報道され、翌朝の朝刊にも載った。はっきり決めつけられたわけではない。だが、事故車両を運行していた赤松運送はどう見ても「加害者」だった。

人の命より重いものはこの世の中にはない。今夜、通夜に出て、そのわかっているはずのものをさらに深く、心に刻んできた。

運転手に過失がないとすれば、原因として考えられることはひとつ。整備不良である。

「門田を呼んできます」

宮代の背中を見送りながら、赤松はがっくりとうなだれ、両手に顔を埋めた。

2

赤松が、それまで勤めていた大手の運送会社を退職して赤松運送に入社したのは三十二歳のとき。父親の病気がきっかけだった。

別に家業を継ぐことを意識したわけではない。だが、大学四年生になり「なんとなくあまりせかせかした仕事もイヤだな」とさしたる将来の展望もなく考えたとき、就職先として浮かんだのは幼い頃から親しみのある運送業だけだった。

大学で入っていた体育会柔道部の先輩からの引きもあり、「来るか」「お願いします」のたった一回の面接で就職先はいとも簡単に決定。大学卒業後の十年を、赤松は大手企業のサラリーマンとして過ごした。自分でいうのもなんだが、よく働いた。三十歳前には課長代理の肩書きもついて、大きな仕事も任されるようになった。仕事に対する意欲も出てきた。父が倒れたのは、サラリーマンとしてまさにこれからという、三十二歳の夏。昭和三十年代に個人創業して以来、四十年近く赤松運送を引っぱってきた父が逝《い》ったのは、そのわずか一ヵ月後のことであった。

従業員もいるし、いつかは継ぐつもりではいた。だが、それほど急な話になるとは思っていなかったから正直面食らった。

見よう見まねもへったくれもない。社長業のなんたるかも今ひとつピンとこないまま、従業員九十人の会社の舵取《かじと》りを任された赤松は、会社とはなんぞやという疑問から始まるという、泥縄式もここに極まれりのインスタント社長となったのだった。

ここでモノをいったのは頭ではなく体力で、このときばかりは体育会の本領発揮。頭でわからなきゃ体で覚えるまでと、体力勝負の賭けに出た。

中小企業経営の難しさは、やってみた者でないとわからない。

取引先や古参社員の離反、売上の減少、コストの増大——いろいろなことがあった。そのたびに赤松はまさに血の滲むような努力をしてここまでやってきたのだ。

社長になってまっさきに学んだことは、「社長なんてもんはなるもんじゃねえな」ということだ。こいつは地獄だ。どれだけ頑張っても、出来上がった決算書をみるといつもトントン。赤字にならなきゃ〝御の字〟の世界である。

しかし、「こりゃあ運送業で食ってくのは並大抵じゃないぞ」と思った瞬間、はっとなった。

親父からそんな愚痴を聞いたことがないと思い出したからだ。黙って働いて、歯を食いしばって頑張って、オレを学校に入れてくれ、社員に給料を払ってくれた。頑張りすぎてろくに健康診断も行かなかったからついにはがんの発見が遅れて死んじまったが、家族や従業員に尽くす一方で、親父の体こそ、トラック同様、減価償却しちまったんだと思った。

「ありがとうよ、親父」

従業員がみんな帰り、静まり返った事務所でそう呟いたとき、涙が出た。社長に就任して最初の決算がまとまった六月の月末近い深夜で、事務所の外は糸を引くような梅雨の長雨が降っていた。

トラック八十台、年商七億、従業員九十名。世田谷区等々力にある中小運送会社。

社長になってからのこの十年、苦労の連続だったが、それでも大きなトラブルや事故に見舞われることはなかった。これ以上、大変なことに巻き込まれてたまるかとも思っていた。だが、今度ばかりはそうはいかなかった。

警察で繰り返し問われた「整備不良」について赤松は、否定はしつつも迷いはあった。「絶対にそんなことはない」と心の底からいえなかった。

本音の部分で、整備担当従業員の仕事ぶりに自信が無かったからだ。車両整備を担当している男の顔が、警察の聴取を受けている間中、ずっと脳裏にちらついて離れなかったのもそのせいだ。


厳しい顔をした宮代が戻ってきた。

宮代の後にちらちらと遠慮するような目をしながら、金髪の男がついてきている。

問題の整備士、門田駿一《しゅんいち》だ。

赤松は未決裁箱に入っているラックから、宮代が置いたらしい書類を見つけて手に取った。

三年前、二十歳の門田が入社の面接に来たとき提出した履歴書と身上書である。

専門学校で整備士の資格をとったという門田だが、採用するかどうか正直悩んだ。うわっついた印象と、面接をしている赤松をまともに見ない態度が気にくわなかったからだ。

「社長、連れてきました。おい――」

宮代にいわれておずおずと前に出た門田は、どこかひねた目をして赤松を見た。いまや髪を金色のメッシュに染め、耳にピアスをした門田は、赤松にしてみれば意思の疎通にも苦労する異次元の人間だ。

「金髪はやめろっていっただろ」

開口一番、赤松はいった。すでに小言である。門田は返事をしなかった。「聞いてなかったのか」

一ヵ月ほど前、突然髪を染めてきた門田を見つめて注意した記憶が蘇《よみがえ》ってきた。そのとき門田が見せたふてくされた表情とともに。

返事ぐらいしろ、と一気に不機嫌モードに入った宮代にいわれ、「へい」と返事がある。へいじゃねえ、はいだ、とは言わなかったが、「会社ではピアスは取れ！」とさすがに赤松もキレかかってきた。

やっぱり、こいつの整備に問題があったんじゃないか。

疑いはとめどなく胸に溢れてくる。そのとき、油にまみれた帽子を手に握りしめて谷山次郎《たにやまじろう》も申し訳なさそうに事務所に入ってくるのが見えた。谷山は、整備課の課長で整備管理者として登録している男だった。課長という肩書きではあるが、長らく部下無しの一人だった。それが定年退職が近づいてきたので、門田という部下を雇って数年の見習いの後、その後釜に据えようというのが赤松の考えだった。

その谷山は、逆に責任を感じすぎてその場に崩れてしまうのではないかと思うほど、打ちひしがれた表情をしている。この二日間で憔悴《しょうすい》しきって、人が違って見えるほどだ。今回の事件で整備に問題ありとなれば、まっさきに逮捕されるのが整備管理者の谷山だ。無論、その谷山から整備状況の説明を受けている赤松も逮捕される可能性は高い。問題は警察だけではなかった。明日にでも陸運局の監査が入るはずで、結果次第では営業停止という最悪の事態も考えられる。

「すみませんでした」

門田の代わりに、谷山が詫びる。

「今度ばかりは、以後気をつけろじゃ済まないぞ、門田《モンタ》」

モンタ。猿面の門田につけられた渾名《あだな》だ。

赤松の言葉に、返ってきたのは燃えるような目だった。若者特有の反駁《はんばく》を感じ、赤松の内面でぱっと火の粉が散ったが、それよりろくな反論も謝罪もないこの男が不気味でもある。

整備は貨物運送という事業を支える土台だ。仮にもこの重要な仕事の一部を門田のような男に依存してきたという現実に、とりかえしようのない後悔を感じながら、赤松は門田を睨み付けた。

「俺は、今までお前がいつになったら態度を改めるかと思ってみてきた。正直、がっかりだよ。髪は染める、ピアスはしてくる。お前ら若い連中は、それも個性だ何が悪いかと思ってるかも知れないが、会社にいるのは若い連中ばかりじゃないんだ。お前のいい加減な仕事のために、どんな大変なことになったか、わかってるのか」

返事なし。目付きだけがさっきより鋭くなって、赤松を射た。

「さっき通夜に行ってきた。亡くなった被害者の遺影を見てきたよ。お前には、人ひとりの命を奪ったことに対する反省ってのはないのか。母親を奪われた子供の気持ちがわからねえのかよ。もしわかるんだったら、ちったあ態度を改めろ！」

だん、という派手な音がした。

門田が赤松のデスクを蹴飛《けと》ばしたのだ。

「てめえ、なんて態度だ！」

唾《つば》を飛ばして叱りつけた谷山に、「るせえ！」と今度こそ門田は言い放った。

「なんだその態度は！」

詰め寄った宮代と胸ぐらをつかみ合った門田に、そのとき谷山が力任せの拳骨《げんこつ》を見舞った。

門田の痩《や》せた体が吹っ飛び、事務所の椅子《いす》の間で派手な音を立てる。

「てめえなんざ、とっとと出ていきやがれ！　クビだ！」

倒れ込んだ椅子の間から、唇の血を手の甲で拭《ぬぐ》いながら立ち上がってきた門田に赤松は言い放った。一触即発の睨み合いも、門田の視線がふいに逸《そ》れて終わり、「けっ。辞めてやらあ」という言葉とともに、赤松運送の問題児は事務所から飛び出していく。

「すみませんでした、社長。この通りです」

瞼《まぶた》をぎゅっと閉じ、痛いぐらい帽子を握りしめた谷山に、「タニさんが悪いわけじゃねえ」と赤松は諦めたようにいった。

「俺がしっかり見てれば」

「無理だ、そりゃ」

整備課は、最近多忙を極めていた。運送業者の整備は三ヵ月毎《ごと》が義務づけられており、新車を除き十二ヵ月で車検に出す。先月はちょうど点検時期が重なっていたこともあって、谷山も門田もてんてこ舞いだった。赤松と同規模の会社で整備士を置いて自社整備をしている会社はむしろ少数派で、大抵の運送会社は整備工場と契約し、三ヵ月点検もそこに任せていることが多い。赤松運送が自前で整備士を雇っているのは外部工場にはない柔軟性とコスト削減のためだった。ちなみに、谷山も門田も、ドライバーとしての免許も持っているからイザというときにはハンドルを握ることもできる。門田とて三年もやれば立派なベテランだ。いかに腕利きの整備士の谷山も、部下の仕事を逐一点検していては仕事にならない。

「管理責任があるとすりゃ、それは俺だ。あんたにはない」

谷山の顔がさらに歪《ゆが》むのを見てしまった赤松は、気まずい雰囲気を振り払うようにいった。

「仕方がない。ふたりともご苦労さん。今日はもう引き上げてくれ。俺ももう帰らせてもらう。ひどく疲れたんでな」

ごくろうさまです、という宮代の掠《かす》れた言葉にうなずいた赤松は、靴に鉛でも入ったかのように重くなった足を引きずって、雲のない夜空の下へ出た。

3

「社長、ちょっとよろしいですか」

それから数日が経《た》った朝のことである。朝一で取引先を回り、十一時過ぎに出社した赤松を待っていたらしい宮代は、赤松の席まで来ると社員にはばかるように声を潜《ひそ》めた。「門田のことなんですが」

黙ってうなずき、応接室と社長室を兼ねた部屋を指さした。

昨日まで連日陸運局の監査が入り、その応対で赤松はくたくたに疲れ切っていた。運行管理と整備管理に関する徹底的な検査が行われたが、結果は「減点無し」。重大事故を起こしただけに、「何か大きな減点項目を挙げてやる」と意気込んで押しかけてきたはずの陸運局監査官も、「意外に良くやってるな」とこぼす好成績だった。

赤松は、事務所内に置いてあるデスクを立って先にソファにかけ、タバコに火を点《つ》けかけて手をとめた。禁煙したのはもう何年も前だ。それなのに、当時の習慣が突如蘇ってしまったことに衝撃を受ける。ここのところの疲れは自分の想像を超えて蓄積されている。面食らった赤松の顔に一瞬不思議そうな顔を向けた宮代は続けた。

「実は、こんなものがありまして。昨日、監査の途中で見つけたんですわ」

差し出されたのは一冊のバインダーだった。油にまみれたグリーンの表紙には、拙《つたな》いフェルトペンの文字で「整備手帳」と書かれていた。整備課、門田駿一の名前入りである。

「これ、見て下さい」

そういって開いたのは、一週間ほど前の記録である。車両番号は十五号車。

「あれか」

目を上げた赤松に、宮代はうなずく。十五号車は、事故を起こした大型トレーラーだった。

「谷山が、整備工場内の門田の机を開けてみて見つけたんですが。どう思われます」

バインダーには、門田の自作と思われる「点検シート」なるものが綴《つづ》られていた。点検項目は業法で定められているものの他に五十にも及び、そこに門田の筆跡とおぼしきチェックが入っている。

「制定の点検より、格段に厳しい内容です」

受け取ってぱらぱらとめくったノートの最初のページには一ヵ月ほど前の日付が入っている。

「社長に叱られて、アイツ、やることやってたんですよ」

「やっちまった」

赤松は顔を顰《しか》めた。

クビを言い渡したのだから当然だが、あの夜以来、門田は一度も会社に姿を現していない。

「門田が整備した他のトラックを念のために見てきたんですが、よくやってますよ。これで整備不良といわれたら、どうやれっていう感じです」

思わず、赤松は立ち上がっていた。

「ちょっと行って来る」

「どちらへ」

「門田んちだ。住所、教えてくんないか」

そそくさと立っていった宮代は、人事ファイルのコピーを持って戻ってきた。上池台《かみいけだい》の住所が書いてあるそれをポケットにねじ込んだ赤松は、事務所脇に止めてあった業務用のバンに乗り込むと、エンジンを掛ける。

「いいんすか、このクルマで」

「何か帰りに運ぶもんあるか」

「ありませんぜ、そんなの」

それからニヤリと笑い、「門田の野郎を運んできてくださいな」といった。

莫迦《ばか》だよなあ、と思う。俺は莫迦だ。

かつて大企業にいたとき、何に腹が立ったかといえば、そのうちのひとつは間違いなく人事だったはずなのに。

下らない奴が出世して、本当に実力のある人間たちが莫迦を見る世界。一体全体、上司も人事部もどこに目を付けているのだろうと、秘かな怒りはいつだって自分の腹の中で燃えていたはずだ。

それがどうだ。いまや自分もアホな人事部並みときた。

門田は俺のことを試したのではないか、と思ったのもこのときだった。

いやいや、果たしてそんなことがあるだろうか？　ハンドルを握りながら赤松は考える。等々力の住宅街から環状八号線へと抜け、羽田方面へ抜けるトラックの列にバンを割り込ませた。

仕事の中味で勝負しろ、というのは時々赤松が社員にいうことだが、あのとき、門田が注意された〝なり〟を改めようとしなかったのは、赤松にいわれた通り、仕事の中味で勝負しようとしたからではないのか。しっかり仕事をしたとき、本当に赤松がそれを認めてくれるのかどうか、それを知りたかったからではないか。

口先だけの管理職かどうか、そいつを門田は見極めたかったのではないか。

だとすると俺は落第だ。

苦々しさに何度も赤松は自分に舌打ちした。

中原街道を越えると道路の前が空いて走りやすくなる。渋滞が予想される道路を避けて北嶺町《きたみねちょう》界隈《かいわい》を左折した赤松は、住宅街の道を縫《ぬ》ってその住所へとバンを走らせたのだった。

「この辺りか」

ゆっくりと走らせ、電柱の住居表示を読んだ赤松は前方に見えるアパートに目をやった。

門田が届け出た現住所には部屋番号が書いてあった。

アパートを囲むようにしてあるブロック塀に寄せてバンを止めた赤松は、全部で八世帯が入っている建物を見上げ、右端にあるコンクリートの階段を上った。

果たして門田と向かい合ったときなんといおうかと、それだけを考えてドアの前に立つ。

チャイムを鳴らし、居住まいを正した。

ところが、あのぶっきらぼうな声を予想していた赤松の耳に聞こえたのは、予想外に若い女の声だった。

「あ、あの、赤松運送の赤松と申しますが」

「ああ。はい、ちょっとお待ちください」

少し慌てた口調になって、インターホンが切れる。やがて顔を出したのは、二十歳そこそこの小柄な女性だった。門田と同じ金髪で、表情にはあどけなさを宿している。門田は独身だから、おおかた同棲《どうせい》でもしている相手だろうと推測したがそれは顔に出さず、「門田君、いますか」ときいた。

「仕事に行ってますけど」

「仕事？」

まだクビにしてから一週間も経っていない。とっとと赤松運送なんぞに見切りをつけて、もう次の仕事を見つけたのか。驚きと落胆が入り交じった赤松に、彼女は「携帯にかけてみましょうか」と気を遣った。

「いいえ、仕事中じゃあ申し訳ないから。……新しい仕事見つけたんですか」

「ええまあ」

彼女は言葉を濁した。「ちょうど、いま頃、ご飯食べてると思います。電話しましょうか」

どうしたものか。まさか携帯にかけて、この前のことは済まなかったと謝るのもヘンだ。そもそも、そんな軽い話でもないし、新しい職場ができたのなら、赤松はすでに過去の人である。いまさら蒸し返してどうなる。

赤松が逡巡《しゅんじゅん》しているのを見た彼女は、「じゃあ、直接、行って会ってやってください。彼、きっと喜ぶと思いますから」といった。

「そうですか……。どちらの会社でしょうか、門田君が再就職したのは？」

おそるおそるきいた赤松に、彼女は一旦奥に戻ると、新聞広告の裏に簡単な地図を書いて持ってきた。

「会社とかじゃなくて、日雇いの仕事ですから。たぶん、この辺りにいると思います」

顔に似合わぬ達筆で品川区内の住所が地図の下に書いてある。赤松に、よろしくお願いしますといって彼女はぺこりと頭を下げ、思いがけず笑いを洩らした。

「何か」

「すみません、あんまり聞いてた通りの方だったので」

ぽかんとした赤松に、「彼、よく赤松社長さんのこと話してくれるんです」と彼女はいった。

「社長さんのこと大好きみたいで、オレのこと我慢して使ってくれてるなんていうんですよ。専門学校出た後に受けた会社みんな駄目だったのに、赤松さんに拾ってもらったって」

「そんなことは……」

言葉に詰まった。目を伏せた赤松はそのとき、彼女のお腹が膨《ふく》らんでいることに気づいて視線を上げる。つぶらな瞳が赤松を見ていた。

「あ、あの、何かいってましたか、奴。今度のことで」

「オレが悪いんじゃないって。怒ってましたけど、すごく落ち込んでました。彼ってほんとにクビなんですか？　違いますよね。本当は赤松運送のこと、すごく気に入ってるんです。そう見えなかったかも知れないけど、私にはわかるんですよね」

彼女の表情の中で突如泣き笑いがミックスされ、懇願するような目が赤松を見た。そのとき赤松は悟った。このひとは、間違いなく門田の家族だ。オレが守ってやらなきゃならない従業員の家族だと。

「もちろんです。クビになんかするもんですか」

唇を嚙《か》んだ赤松は、それ以上言葉が続かなかった。失礼しましたと頭ひとつ下げ、足早にアパートの階段を下る。

重たい雲がたれこめた空だった。再び走り出した途端に、ぽつりぽつりと雨が来た。十月の冷たい雨だ。

　上池台にある住宅街を再び縫い始めたバンは、夫婦《めおと》坂に出て、混雑した環状線を一路品川へ向かう。雨足は少し強くなったり弱くなったり、それに合わせてワイパーを点けたり切ったりを繰り返しながら、赤松は一途《いちず》な顔でフロントガラスを睨み付けている。

　周囲の光景は、住宅街から、工場が建ち並ぶ殺風景な界隈へと変貌していった。国道を渡り、海に近づくにつれてその光景はさらに工業地帯の色彩を強め、空と同じ灰色を車窓に運んでくる。

　渡された住所は、大井の工場が建ち並ぶ一画を抜けたところだった。

「この辺りか……」

　そのとき道路工事中の看板の前でレインコートを着た警備員がひとり、片側通行の誘導灯を振っているのが見えた。

　手前の歩道にバンを乗り上げて止める。警告灯と黄色いゲージで囲われた工事現場に作業員の姿はなかった。

　立ち止まった赤松は一瞬躊躇《ちゅうちょ》したが、三十メートルほど前方に公園を見つけてゆっくりと歩き出した。

　雨がまたぽつりと頬を叩いたが傘はない。どうせすぐに止《や》むだろうと思ったら、ものの十メートルも行かないうちに雨足は強まった。前途を暗示させるような天気である。

　小さなブランコと滑り台、砂場にトイレがあるだけの小さな公園に子供達の姿はなかった。もともと住宅街でもないこんな場所に公園というのも場違いだなと思ったとき、片隅のベンチで背中を丸めている一つの人影が目に入ってきた。

支給品と思しき紺色のレインコートの背中にはV字形のリフレクターがついている。男は一瞬恨めしそうに天を見上げ、それから傍らに置いた軍手が濡れないようにそそくさとレインコートの中に押し込んだ。それから、膝の上に広げた弁当に、覆い被さるようにして箸《はし》を動かし始める。近づいた赤松の目に、ソースのかかったカキフライが見え、寡黙な横顔にピアスが光っているのが見えた。

「おい、門田」

そう一言声をかけた途端、カキフライを半分口に入れたままの格好で門田は動きを止めた。驚いた顔で赤松のほうを振り返る。お互いを見つめたまま、言葉が出なかった。門田に会ったらどう声をかけようか、あれだけ道中考えたのに、うまい台詞《せりふ》の一つも頭に浮かんではこなかった。いっそ門田と向かい合ってしまえばその場の勢いで何か出てくるだろうとタカをくっていたが、期待したような言い回しが都合よく飛び出すわけもなく、口にした言葉といえば、自分でも情けないことに「弁当、うまいか」だ。

「社長……」

そう呟いた門田は、食いかけの弁当をベンチに置いて、戸惑うような顔を見せる。

「すまなかった」

次に喉元を通り過ぎていったのは謝罪だった。「俺が間違っていたらしい。戻ってきてくれないか。この通りだ」

そういって赤松は頭を下げた。

もしかすると、従業員に頭を下げたのはそれが初めてかも知れない。だが、そんな違和感などどうでもいい。頭ごなしの誤解で、一生懸命仕事をしていた社員を追い出してしまった過ちのほうが耐え難かった。

「誰かが責任とらなきゃいけないんじゃないんですか」

そのとき思いがけない門田の言葉が耳に届いて、赤松は顔を上げた。「人ひとり死んだんですよ、社長。金で解決できる問題じゃないっしょ。だったら俺が責任をとったほうがいいんじゃないっすか。赤松運送が安泰ならそれでいいっすよ。俺は他に仕事見つけられるし」

「莫迦。そんなことはお前の考えることじゃねえよ」

こいつ顔に似合わずそんなことに気を遣っていやがったのか。こみ上げてきた熱い思いに打たれながら、赤松はいった。「第一、まだ整備不良と決まったわけじゃない。警察の結論が出てないんだからな。お前が休んでる間に陸運局の監査はなんとか乗り切ったんだぜ。お前だって、いい加減な仕事したわけじゃないだろうが」

「そりゃそうですけど……」

「いいか、ぶつくさいわずに戻ってこい。いや、戻ってきてくれ。我が社はお前みたいな野郎が必要なんだよ」

門田はこたえず、ぐっと奥歯を噛みしめた。必死の説得を試みたはずの赤松は、その表情を凝視する。門田がふっと笑いをこぼした。

「我が社か……」

すぐにその意味にピンときた赤松も苦笑していた。「たしかに、そんな規模じゃないな」

「いいえ、そうはいってないっすけど」

「いいよ、正直にいえ。だったら、一緒にでっかくしようぜ。オレたちの会社をもっと大きな図体にして、我が社と胸を張っていえるぐらいにすりゃいいんだ。違うかよ」

前方に視線を据えた門田の肩をぽんと叩き、待ってるからな、と背を向ける。公園の入り口を出て振り返ると、まだ固まってしまったように動かない門田の姿があった。

4

翌日、いつものように出社してきた門田を、宮代も谷山も何事もなかったかのように迎え入れた。

事務所の前を通るとき、軽く頭を下げた門田にひょいと手を挙げてこたえた赤松は、「丸く収まりましたね」という宮代に、「そのようだな」と小さくいって茶をすする。

だが、暖かいものを感じたのも束の間、間もなくかかってきた電話に出た宮代の「刑事が来るそうです」という言葉に現実に引き戻された。

事故調査もなんらかの形で結論が出る頃だ。

「何かいっていたかい」

宮代は首を横に振った。

「何も。しかし、どうにも……」

最後までいわなくてもわかる。嫌な予感がするというのだろう。それは他ならぬ赤松も同じだった。お世辞にも形勢がいいとはいえない。どうにも、胸騒ぎがするのである。

港北警察署の高幡が訪ねてきたのは午前十時過ぎのことだった。

事情聴取の相手だから、どんな性格かはわかっている。陰気で、話していてもにこりともしないような愛想の悪い御仁《ごじん》だ。もっとも、高幡にしてみれば容疑が固まる前の犯人と話しているぐらいの気分かも知れない。

「事故原因の調査、ホープ自動車に依頼してるから」

その高幡は応接セットのソファに座ると、開口一番、そういった。ひとりで来るかと思ったら、捜査の常なのか、もうひとり若手の刑事をつれてきた。この刑事の名は、吉田《よしだ》。一方の高幡は五十前後の老練である。

意図を汲み取れず黙った赤松に、高幡刑事は事故時の状況をまず説明した。いちいちいわれるまでもなくわかっていることだったが、赤松は黙ってきいた。

現場は横浜市内の国道だ。赤松運送の運転手安友研介がハンドルを握るトレーラーは、後ろに十三トンのセミトレーラーを連結して法定速度の四十キロで走行中、前部左側のタイヤが外れた。タイヤの直径は一メートル、重さは約百四十キロある。それが道路脇の縁石を乗り越え、さらに坂道で加速して五十メートルほど転がり、偶然にもそこを歩いていた主婦、柚木妙子さんの背中に激突。柚木さんは病院に運ばれたが間もなく死亡、当時柚木さんが手をつないでいた六歳の長男は転倒時の擦過傷《さっかしょう》で済んだ——。

一方、赤松運送の事故車両は、現場検証の後、ディーラーのホープ自動車販売が回収し、修理のためホープ自動車へと運び込まれていた。

高幡は、その修理部品についてホープ自動車に鑑定を依頼したことを知らせにきたのだ。

「調査結果を待たないとなんともいえないが、我々としては整備に問題があった可能性は高いと思ってるからな、社長。もし、いいたいことがあるのなら今のうちにいったほうがいいぞ」

ふいに高幡の目つきが鋭くなって、結果次第ではタダでは済まないという言外の意思を伝えてきた。今日の訪問とて特に用事があるわけではなく、捜査の経過を報告するといいつつ赤松を牽制するのが目的のようにも感じられる。

「申し上げることはありません。きちんと整備はしていたつもりです。整備ノートをお見せしましょうか」

赤松は、整備課から門田に「点検整備記録簿」を持ってこさせた。神妙な顔で社長室に入ってきた門田は、事故車両の点検記録を開いて刑事に向けると、頭を下げて戻っていく。それを見送った高幡はいった。

「確かに点検項目がたくさんあってチェックはついているけれども、やっていたのはいまの若手整備士でしょう。部品の交換時期を見過ごしたりすることは十分考えられるじゃないですか」

「お言葉ですが、陸運局の監査はパスしてるんですよ。交換時期を見過ごしていたっていう証拠でもあるんですか」

赤松は少々感情的になった。

「そんなことでもなきゃ、何でタイヤが飛んでくのかね、赤松さんよ」

嫌味な調子で高幡がいった。「わかんないんだよなあ」

「部品とおっしゃいましたけど、具体的にどの部品ですか。私は事故車両をじっくり検分する暇も余裕もありませんでした。教えてくれませんか」

食ってかかると、はじめて高幡がぐっと言葉に詰まった。

「ハブだよ」

答えたのは吉田だ。

「ハブ？」

ハブは、車軸とタイヤ、具体的にいうと車軸とブレーキドラムとを接続している部品だ。

「ちょっと待ってくださいよ」

赤松は反論した。「ハブは三ヵ月点検の対象外じゃないですか。それでもウチに過失があるっていうんですか」

赤松運送では三ヵ月点検は谷山らがやる。点検内容は法律で決められており、そこにハブは含まれていない。車検では点検項目になっているだろうが、赤松運送の場合、それは整備会社に委託している。もしハブの交換時期が遅れていたというのなら、責を負うのは赤松運送ではなく、整備会社のほうではないのか。ところが、

「東山自動車はもう調べた」

そう高幡はいって赤松を驚かせた。東山自動車は、赤松が車検を頼んでいる自動車整備会社だ。整備会社といっても、関東を中心にいくつも修理工場を有する中堅企業だ。

「事故車の車検記録も見たがチェックは洩れていなかった。あの会社の整備状況からして、見逃した可能性は少ないと判断せざるを得ない」

「だからって、ハブが原因なら、ウチの過失ってことにはならないはずだ」

「事故してるよな」

鋭い一言を高幡が告げた。「事故車両のトレーラー、三ヵ月前にドライバーの運転ミスで側溝に脱輪したそうじゃないか。警察に記録があったぞ、社長」

これには虚を突かれた。高幡のいうように、三ヵ月ほど前に道路脇の溝に左前部車輪を落とし、道路脇にあった民家の塀を壊す事故を起こしていた。忘れていたわけではない。ただ、今回の事件と結びつかなかっただけだ。

「そのとき、ハブが傷ついていたんじゃないのか。あんたいま、ハブは法定外だから点検しなくてもいいといったが、それは平常時に限ってのことだ。事故になれば点検内容は違って当然だろ。なのに点検していないってことは、整備不良以外の何ものでもないじゃないか」

「それは……」

完全に言葉を失った。その動揺ぶりをあざ笑うかの如く眺め、吉田はいった。

「それも含めて明らかになるだろうさ。世の中の注目度高いよ、この事件。責任転嫁できるんならしようってスタンスでは社会は納得しないんだ」

「責任転嫁をするつもりはありませんよ」

激昂《げきこう》した赤松に、「何かやましいことがあるから腹が立つんじゃないですか？　もっと冷静になったらどうです」と吉田は冷ややかにいう。

「世の中の注目度が高いのは承知してます。でも、その言葉はそっくりそのままあなた方にお返ししますよ」

赤松はいった。「ウチの会社をハナから疑ってかかるのは勝手ですけど、そういう決めつけ捜査でウチがシロだったら、恥を掻《か》くのはあんたら警察じゃないんですか。それを忘れないほうがいいと思いますけどね」

まるで赤松の言葉など耳に入らなかったというように吉田は平然とし、呆れたように高幡がため息をこぼした。

「お宅もそういう態度では、取引先なくすよ」

「取引先からは信頼してもらってますから」

赤松は胸を張った。事故以来、赤松運送との取引を見直そうという話は無い。

「とにかく事故については調査中ということです、社長。がたがたいわずに、お互いそれを待ちましょうや。話はそれからだ」

行くぞ、という一言で、二人の刑事はさっさと事務所から出て行った。

5

赤松のところに一本の電話がかかってきたのは、その日の夕方のことだった。

電話の主は、相模マシナリーの配送担当者で平本末嗣《ひらもとすえつぐ》という男である。平本は、打ち合わせがしたいので来社して欲しいと告げ、一方的に翌日の午前の時間を指定して電話を切った。

他に予定が入っていたが、キャンセルだ。相模マシナリーは大口の取引先で、逆らうわけにはいかない。

「社長に直接ですか。いい話だといいですが……」

普段、相模を担当している宮代が電話に気づいていった。言葉とは裏腹に、表情に明るさはない。

「まあな」

浮かない顔になったのは、悪いときには悪いことが重なる連鎖を赤松自身感じ取っていたからかも知れない。

負の連鎖というのは存在する。

「相模さんへの補償は大丈夫だよな、宮さん」

心配になって赤松はいった。

「大丈夫です。保険会社から連絡ありましたから」

「そうか……」

多少ほっとして赤松は呟いた。事故を起こしたトレーラーに載せていたのが、実は相模マシナリーから依頼された工作機械だった。

掛けていた保険金額は一台約三千万円。

事故当時、その機械三台を搬送中だったのだが、荷崩れを起こした。

見た目の破損はなさそうだったが、最先端の工作機械だけにデリケートだ。そのまま搬送するわけにいかず、機械は一旦相模マシナリーの製造工場へと逆戻りするルートを辿《たど》った。案の定、相模マシナリーでは動作保証できないとしてこの三台を全て解体処分することに決め、諸費用を含め九千万円の補償を余儀なくされたのである。

保険に入っていて助かった。でなければ今頃、それだけでも倒産の危機に瀕《ひん》している。

受付の奥にある待合いスペースで待たされた後、出てきた平本と共に応接ブースに移った。

「わざわざ申し訳ないね」

そう一言告げた平本は、にこりともせず単刀直入に切り出した。

「実は先日の事故の件だが、先方からクレームが来ているんだ」

良い話ではないということは半ば予想していたものの、赤松は身構えた。

「まあ機械三台については補償してもらったんだけどさ、実はあの代替機が間に合わなくてね。なにしろ、最新鋭の機械だろ。受注生産しているわけだよ。壊れましたからといってすぐに別な機械を持っていくというわけにはいかない。わかるでしょう」

赤松運送にとって、仕事をくれる重要なキーパーソンである平本は、噛んで含めるようにいう。

「一応、あと二週間ほどすれば新しい機械を搬入できる見込みなんだが、それだと当初の計画から半月の遅れということになって、先方の生産計画が狂うっていうんだよな」

「申し訳ありませんでした」

深々と頭を下げた赤松を、平本は感情を映さない平板な眼差しで見つめた。

「それで用件に入るが実は二つあってね。ひとつは、先方さんからクレームと一緒に、生産遅れによる調整金を要求してきているんだ」

「調整金というのは？」

「まあ、平たくいえば損失の穴埋めだな。客のまた客があるわけで、そっちからいわれてるかも知れない」

「いくらでしょうか」

恐る恐る赤松はきいた。保険で賄《まかな》えるか、と気になる。

「正式に請求書が来たわけではないが、六百万程度という話だった。それを持ってもらいたい」

「そうですか……」

思わず顔を顰めたくなる。それだけの純利益を上げようと思ったら、億単位の売上が必要になるが、致し方ない。なんとか払えるだろう。

「ウチの事故ですから、責任を持って補償させていただきます。ご迷惑をおかけしました。今後こんなことのないように、社内管理をこれまで以上に徹底して——」

「あのな、赤松社長」

平本は、赤松の話を遮《さえぎ》った。「実は二つ目の用件というのはその今後のことなんだが、実は役員からいわれてね、しばらくお宅への依頼を見合わせようということになった」

全身から血の気が引くのがわかった。

「課長、それ、どういうことでしょうか」

「いや、だからさ、その言葉通りの意味なんだ。当面、ウチから仕事は出ないと思ってくれ。そんな顔するなよ、私だってこんなことといいたいわけじゃないんだ。ただ、なんせ社会的なこともあるしさ。ほら、新聞沙汰になったじゃない。困るんだよ。そういうの」

「ちょっと待ってください、課長」

慌てて、赤松は反論した。「あの事故についてはまだ事故原因の調査中なんですよ。ウチが悪いと決まったわけじゃありません」

「整備不良なんじゃないのか、社長」

面倒なことをいうときのクセで、平本は、何度も目をぱちくりさせ怒ったような顔になった。

「私だってこんなことはいいたくないんだよ」

「当社では整備不良ではないと考えております。そう役員の方にいっていただけませんか。誤解ですと。いま相模さんから切られたら、ウチは本当に困ってしまうんです。この通りです」

懇願した。

相模マシナリーとの取引が切れたら――大変なことになる。

売上が減るというだけに止まらない。そのために購入した車両はまだ借金が残っているし、確保している人員は余ってしまう。仮に損失覚悟でトラックを売却し、人員を削減するにせよ、そのための費用を考えると、会社の土手っ腹に風穴があく。

平本はよそよそしく視線を外してタバコに火を点けた。

「頭を下げられても困る」

硬い返事だ。

「十年来、一生懸命やらせていただいたつもりです」

赤松は必死で訴えた。「御社の値引きも黙って飲んできました。今まで御社の期待を裏切るようなことをしたことがありますか？　それに考えてみてください。御社の製品のことをなにより良く知っているのは、ウチです。精密な工作機械は単なる重量物運搬ではありません。それなりにノウハウが必要なんです。他社でそう簡単に務まるとも思えません。なんとか、考え直していただけませんか」

「いいたいことはわかる」

平本は煙と共にいった。「だけどさ、役員からの指示なんだから、これはもうどうしようもない」

「まだ白黒はっきりしないうちに切るなんてひどいじゃないですか。課長から説明していただけませんか」

食い下がると、平本は明確にうんざりした顔を見せてタバコをもみ消した。

「あのな、赤松さん。脱輪事故なんてのはさ、整備不良に決まってるじゃないか。まさか自動車に問題があるわけないいんだからさ。そんなこと調査結果を待つまでもない。役員だってそれがわかってるからいってるんだよ。本当いうと、あんたもわかってるんじゃないのか」

これ以上の侮辱《ぶじょく》があるだろうか。唖然とした赤松の前で、そそくさと平本は腰を上げる。

「さっきいった調整金については別途、請求書を発送するから」

「課長！」

追いかけようと腰を上げた赤松に、平本は手のひらを返すように厳しい顔を向けた。

「話は終わり！」

面会は強引に打ち切られた。

そばにあったソファにへたり込み、両腕で頭を抱えた。

これは大変なことになったぞ、という思いは、足元からじわりと這《は》い上がってくる。心臓を鷲《わし》掴《づか》みにされたような息苦しさを覚え、どっと額から冷や汗が滲み出た。

今までの業績だって、地を這うようなものだ。この取引打ち切りで被る被害額によっては、じり貧になる可能性がある。相模マシナリーに代わる大口顧客を獲得するのはちょっとやそっとのことではない。

資金繰りは大丈夫か。

まっさきに浮かんだのはそれだ。「倒産」の二文字までちらつき始める。

父の跡を継いで十年。大変な時期もあったが、これに比べればかわいいものだ。いま赤松が直面しているのは、正真正銘の危機だ。これを乗り越えなければ将来はなく、乗り越えたとしてもそこにあるのは引き続き厳しい現実のみ——。


「社長、どんな話だったんですか」

難しい顔をして帰社した赤松を見て、宮代が声をかけてきた。事情を告げると、あまりのことに宮代も言葉を失い、黙って天を仰ぐ。

「ひどいじゃありませんか。捜査の結果を確かめもしないで」

「役員の意向だとさ」

大企業の常套句《じょうとうく》だ。上がダメだといっている。本社がうんといわない。そうやって担当者は泣いてみせる。大企業が断りを入れるときの常だ。

「本当に役員の意向なのか、怪しいもんですね」

同じ思いの宮代がそう呟き、案外、あの平本あたりが点数稼ぎに気の利いたところを見せようとしているのではないか、といった。そうかも知れない。だが、いずれにせよ後の祭りだ。

「こんなときに申し訳ないんですが、社長。明日、銀行に行っていただけませんか」

「足りないのか」

渋い顔で宮代はうなずいた。

「今月末はなんとか大丈夫だと思うんですが、来月はちょっと……」

「いくら？」

「まあ、三千万円か。三千万円もあれば年内は大丈夫ですが」

三千万円か。いまの赤松運送にとって、それは簡単な金額ではない。銀行だっておいそれとは貸さないだろう。宮代の神妙な表情もそれを裏付けている。

「胸突き八丁だな、宮さん」

呟いた赤松に、宮代もうなずいた。

6

「ねえ、大丈夫？　すごく疲れてるみたいだけど」

遅くに帰宅した赤松は、ソファにスーツの上着を投げかけ、倒れ込むように体を沈めた。妻の史絵《ふみえ》の言葉に、手を動かして曖昧《あいまい》に応える。なんで疲れているのか、なんで忙しかったのか、眉根を寄せた史絵はききたそうにしたがそれ以上は問わなかった。

疲れ切って、話すのさえ億劫《おっくう》だ。

「ごはん、どうする？　どっかで食べたの？」

「いや、まだ」

赤松はいい、それから重い腰を上げるとキッチンの椅子へ移り座った。

腹が減っているのかどうか、自分でもよくわからなかった。

「働きすぎよね、ここのところ」

史絵がいった。

「まったくだ」

しかし、働いているには違いないが、充実感からはほど遠かった。

働けば働くほど消耗する、そんな労働である。

そして、あの事故は、赤松の家族にも暗い翳《かげ》を落としていた。史絵は、事故の〝その後〟について自分からは赤松に一言もきかない。外でさんざん叩《たた》かれ、疲れ切って帰ってくる赤松に、それ以上、気分を沈ませたくないと考えているからだろう。

事故以来、精神的にも肉体的にも楽な日は一日としてなかった。その重たい粘土質を思わせる疲労の中で、赤松が感じていたのは、ひたすら焦燥《しょうそう》だった。赤松運送も赤松自身も、いまや否応なく押し寄せる濁流の中でただ手足をばたつかせてもがいている。自分という人間の質量に比べて、あまりにも現実が大きすぎるのだ。

新聞記事に載った赤松運送の名前。目に見えぬ誹謗《ひぼう》中傷、赤松だけではなく家族や社員にまで浴びせられる無言の軽蔑。遺影、残された少年の泣き顔、刑事の執拗な眼差し。

いまさら悲運を呪ってみたところで仕方がない。人ひとり亡くなった以上、時間が解決するというような甘いものではなく、この現実を受け入れていくしかない。

それはわかっているのだが――。

「パパ」

そのとき、背後で声がした。キッチンと続きになっているリビングのドアが開いて、そこに小さな顔がのぞいていた。長男の拓郎《たくろう》だ。

「まだ起きてたのか、拓郎」

赤松は疲れが滲んだ目でちらりと壁時計を見ていった。

早く寝なさいよ、という史絵には応えず、拓郎はまっすぐに赤松のところにまで歩いてくると、

「ねえ、パパ。パパは、人殺しじゃないよね」ときいた。

驚いて史絵と視線を交差させた赤松は、「なにいってんだ。違うに決まってるじゃないか」と無理に明るい声を絞り出す。

「でも、真下《ました》君がそういったんだ。みんなそういってるって」

真下徹《とおる》は、拓郎のクラスメートだ。

「そうなのか?」

というのは、拓郎にではなく、半分は史絵にも向けた言葉だった。

「どこかの子供のお母さんが死んじゃったんでしょう。ぼくだって、ママが死んだら嫌だもん。でも、パパのトラックがわざとそんなことしたんじゃないよね」

「事故だったんだよ、拓郎」

言い含めるように拓郎の両肩を持った。「どうしようもなかったんだ。トラックのタイヤがとれちゃって、本当にかわいそうだけど、歩いていた人にぶつかった。もちろん、わざとなんかじゃないよ。だから、人殺しなんかじゃない」

拓郎はこたえなかった。

「もう寝よう。大丈夫だから、安心しな」

そういって、拓郎を抱き寄せ、その小さな背中をぽんぽんと二つ、叩く。

「ぼく、眠くない」

拓郎は頑《かたく》なな口調でいう。

「じゃあ、パパと寝ようか。それなら眠くなるだろう」

赤松を見上げてきた表情の中でためらいが動いたが、赤松が席を立つと黙ってついてきた。

何かいおうとした史絵を軽く手で制し、赤松は二階にある子供部屋で拓郎をベッドに寝かしつけた。蛍光灯を消して豆球にする。まもなく拓郎は寝息を立て始めた。できれば、自分もこのまま眠ってしまいたい。だが、茶色い薄闇の中でさえ目は冴《さ》え、横になっていても一向に眠れそうな気はしなかった。いま赤松は暗闇が怖かった。息子の寝顔を見ているはずの視界を、再び、事故にまつわる様々な場面がふさいだ。


「寝たよ。かわいいもんだ」

キッチンに戻った赤松はテーブルに並んだ食事に箸《はし》をつけた。史絵はテーブルの反対側に座り、両手で湯飲みを包み込むようにしている。

何かいいたそうなのは、その様子からすぐにぴんときた。

「あのね、ＰＴＡのことなんだけど」

赤松は箸をとめて、史絵の顔を見た。「今度のことで、会長さんを降りたほうがいいんじゃないかっていう人がいるみたいなの」

拓郎たちが通う小学校のPTA会長職を引き受けたのは今年の春のことだ。他になり手がいないのでと半ば強引に説き伏せられた形だった。拓郎は小学校五年生。長女の萌《もえ》が四年生で、次男の哲郎《てつろう》は二年生だ。三人もお世話になっているんだから、というのは赤松自身が自分を納得させるために常日頃思い出すフレーズである。

PTAの会長職というのは、意外に忙しい。引き受ける前は、入学式と運動会、それに卒業式に挨拶するぐらいの閑職だろうと思っていたが、大間違いだ。月に一度は区の連絡会に出席し、様々なPTA活動の場にも頻繁に引っぱり出される。学校と親との間でトラブルが発生すれば仲介役に駆り出され、挙げ句、「PTA会長がだらしないから」と陰口を叩かれる。

好きこのんでやっているわけではないのに、一旦、PTA会長という肩書きがついてしまうと、他の親はそれに甘える。それを受け止めるのは、かなりの忍耐を伴うものだ。

「勝手な話よね」

赤松が見つめると、史絵の視線はふっと手元の湯飲みへ落ちていった。史絵自身、それを腹立たしく思っていることがわかる。

「降りろっていうんなら、いつだって降りるさ」

「違うのよ」

史絵は、硬い声を出した。「ある人が、そういうことを言って回ってるらしいの。徳山《とくやま》さんから電話があった。気をつけてねって。悪意だからって」

「ある人って誰？」

史絵は意味ありげな眼差しを赤松に向けた。「片山《かたやま》さんよ」

赤松は嘆息した。片山淑子《よしこ》は、クセ有りで知られる五年生の校外委員だ。アクが強く、気に入らない母親の悪口をいって歩いたりするので要注意と目されている人物だった。

年度初めの校外委員会では、仕事を割り振られた母親の一人が家庭の事情を口にしたところ、「それが何よ。一度委員になった以上は、最優先が当たり前でしょ」と言い放った。ところが、フタを開けてみると、行事があるたびに遅刻したり、特段の理由も告げず欠席するのは当の片山のほうである。そのくせ、すみませんの一言をいうでもなく、たまに顔を出せば偉そうに人に指示するというので、ついた渾名が「女王蜂」。

そんな御仁だから学校とのトラブルも絶えず、手を焼いた校長先生から、「赤松さん、なんとか」と仲裁を頼まれたことも一度や二度ではない。

「誰かを標的にしないと気が済まないんだろうよ、あの人は」

ちらりと史絵は、ドアのほうに視線をやり、そこに拓郎の姿がないことにほっとした顔になる。

「あれもそうなのか。人殺し、も」

「子供にいってるんだと思う」

「女の子だったよな、たしか」

片山が娘と一緒にいるところを、一度学校で見かけたことがある。小柄な大人しそうな子だった。

「母親譲りって話よ」

史絵はいった。「かわいい顔して、結構、陰湿ないじめとかするらしいの。そのくせ、立ち回りはうまいから、先生もなかなか叱れないんだって。証拠もないのに叱ったら、女王蜂のお出まし」

「おいおい」

たしなめ、小鉢のひじきを口に運ぶ。

「心配かけてすまんな」

気まずい食事の最後に、赤松はいった。

「私はまだいい。問題は子供達よ。みんな、学校では結構闘ってると思う。だからあなたも――」

唇を噛んだ史絵の表情に、赤松はぐっと心臓に指を突き立てられた気がした。お前がしっかりしないからだ、という無言の圧力を感じた。

「わかってる。あの子たちが恥ずかしくないようにオレだってやるさ」

そういうのがやっとだった。

だが、赤松にはわかっていた。努力するのと、うまくいくのとは違う。いま求められているのは、過程ではなく結果なのだ。だが、パーフェクトの結果を求める術《すべ》はすでにない。

7

その翌日、自宅を出た赤松は会社へは寄らず、まっすぐに自由が丘へと向かった。

駅前の一等地に、赤松の目的の場所はある。東京ホープ銀行自由が丘支店だ。ホープ財閥の流れを汲み、その後同じ都市銀行と合併して今に至るこの銀行は、メガバンクの一角を形成している。

　そもそも、会社の経営に携わる前、赤松にとっての銀行は、ただ給料を引き出すために訪れる場所でしかなかった。

　イメージキャラクターが張られた綺麗《きれい》なウィンドーと、落ち着いてはいるがどこか現実味がないというか、浮世離れして見える店内の光景に違和感のようなものは確かにあった。だが、そんなものは自分とは無関係のものだと思っていた。

　ところが、赤松運送の社長になった途端、そうともいっていられなくなった。それどころか、その違和感を放つ相手と対峙《たいじ》しなければならない状況になったのだ。

　赤松の友人の中にも銀行に就職した者が何人かいたが、酒の席でそういう連中と話すのと、銀行の応接室で話をするのとではまったく異なる印象を受ける。

　一言でいえば、赤松にとって銀行は、不可解な存在だった。

　不愉快な存在といい換えてもいいかも知れない。

「いらっしゃいませ」

　赤松の姿を見ると、慌てた様子で担当の小茂田鎮《こもだまもる》が現れ、フロアの奥にある応接室へと招き入れた。

「どうですか社長、その後」

　その後とは、要するに事故後のことである。小茂田は三十そこそこの課長代理で、この界隈にある数十の会社を任されているということだった。長身痩軀《そうく》で育ちの良さそうな顔をしているが、これでどうしてなかなか手強《てごわ》い相手である。

事件について赤松が語り始めると、小茂田から笑顔が消えた。厳しい表情で手元のレポート用紙にボールペンを走らせ、説明する赤松の声と重苦しい筆致の音だけが室内で重なりはじめる。

小茂田からの質問は無し。相づちを打ちながら赤松の長い話を黙って聞き、時折、驚きの眼差しを向けたりした。

無論、銀行へ事故の一報は入れてある。新聞沙汰になるという、宮代の判断もあったからだ。詳しい話までして理解を求めたつもりだが、いざ翌日の朝刊に記事が掲載されると、再び事情を問い合わせる電話がかかってきた。「上にいわれたので」と小茂田はそのとき説明したらしいが、銀行が事態を重く見ている証拠でもあった。

「事件の真相については、警察の手によって追々に明らかになると思う」

かいつまんだ話の最後をそう結んだ赤松は、本題を切り出した。「本日お伺いしたのは、融資をお願いできないかと思ったからなんだ」

小茂田は渋い表情になった。ボールペンのキャップの部分を唇に当てたまま、返事がない。

「何の資金ですか」

やがて小茂田は資金使途をきいた。

銀行にカネを借りに行くと、まず最初にきかれるのがこれだ。大方、次に来る質問は、「なんでそれが必要になったか?」である。

赤松は昨夜遅くまで残業して作成した資料を鞄《かばん》から出して小茂田の前へ滑らせた。

「運転資金です。三千万円ほどお願いできないだろうか」

「三千万円、ですか」

ひとり言のように呟いた小茂田は、返済が進んだので借り換えさせて欲しいという赤松の説明を聞きながら資料のページをめくり始めた。

黙っているわけにもいかないので、相模マシナリーとの取引打ち切りの件も話す。

えっ、と大袈裟な顔で驚いた小茂田は、言葉を探す間、赤松の顔をまじまじと見つめた。

「相模マシナリーさんとの取引は無くなるんですか」

「無くなる。その分は他の会社でカバーするつもりだ」

苦しい説明だ。

そんなに簡単に他社で穴が埋まるぐらいなら、とっくに売上を伸ばしている。それは小茂田も十分承知していることだから、赤松の言い訳めいた説明は右から左へするりと流され、「まずいな」という現実直視の言葉に置き換わった。

「三千万円を融資してもらっても、融資の残高はいままでのピークを超えるものではないし、仮に相模マシナリーの穴埋めが多少遅れたとしても、なんとか返済はしていけると思う」

「それは、当行が今まで通り借り換えに応じればの話ですよね、社長」

「まあ、そうだが」

冷ややかな切り返しに、赤松はたじろいだ。

「もちろん、継続的に支援してくれないと困るよ、小茂田さん。ウチもそれを期待しているし、長い付き合いだ」

「確かに付き合いは長い」

小茂田は認めたが、それは否定への第一声でもあった。「業績のことだけではないんです、社長。問題は、コンプライアンスですよ。支店長がかなり気にしていまして」

「は？」

そういったきり、赤松は相手の顔を眺めてしまった。「なんで、コンプライアンスなんだ」

コンプライアンスとは、「法令遵守《じゅんしゅ》」と訳す。要するに法律を守りましょうということで、モラルの低下を危惧する企業が尊重している行動規範のようなものだ。大手企業の多くでは、「コンプライアンス室」などといった部署を設けて、社員の逸脱行為がないか目を光らせているのである。それは銀行でも例外ではないらしい。

「つまりですね」

小茂田はかけていた肘掛《ひじか》け椅子から体を乗り出して説明を始めた。「銀行というのは社会的な存在でして、資金の使い途《みち》ということについてかなり煩《うるさ》くいわれているんです」

「運転資金のどこが問題なんだい」

「ですから」

銀縁眼鏡《ぎんぶちめがね》を中指で押し上げた小茂田は、どういっていいものかという表情で頬を引き締めた。

「犯罪に関係している会社に対して融資しているとなった場合、東京ホープの与信態度はどうなのかと問われかねないわけでして」

「犯罪？」

小茂田の意図が急速に脳の奥まで染み込んできて、赤松の怒りに火を点けた。「どこが犯罪なんだ」

「いえ、たとえばの話ですよ」

即座に小茂田は逃げを打つ。「しかし、御社のケースも警察の捜査対象になっているということで、ウチとしても非常に対応に苦慮せざるを得ないんです」

「整備は問題ないといっただろ」

赤松は声を震わせた。「ウチだって、この事故では大変な思いをしてるんだ。確かに被害者が亡くなられた事実は重く受け止める。だけど、それを犯罪ってことはないんじゃないか」

声を荒げた赤松に、小茂田はまあまあとなだめるように両手のひらを見せていった。

「わかってます。ですけど、業務上過失致死傷ということになると、当行としてもコンプライアンス上、支援は難しい。まだ社員だけならともかく、社長までもその容疑がかかっているとなるとこれは問題でして……」

「いい加減にしてくれないか」

赤松はこみ上げてくる怒りを堪えきれず、いった。「法令遵守はお宅だけではなく、どこの会社だって当然に持ち合わせているはずのものじゃないか。ウチがあたかもアウトロー企業のようにいってくれたが、さっきもいったように整備に問題は無かった。あの事故に関してウチの過失は今のところ認められない」

「社長、何もないのにタイヤが外れますか」

小茂田は、高幡と同じことをいった。

「だから、おかしいっていってるんじゃないか」

「まあ、社長のご意見はご意見として承っておきます。ただ、当行としては、社会的関心も集まっている事件でもありますし、今の状況で御社への追加融資を行うのはかなり難しいといわざるを得ません」

そして、なんせコンプライアンスの問題ですから、と重々しく付け加えた。

「ちょっと待ってくれないか」

赤松は慌てた。「この資金を出してもらわないと当社は困る。コンプライアンス云々《うんぬん》の話はともかく、それが片づいてからお願いしていたのでは時間切れになるんだ。ひとつそれを差し引いた上で、融資の可否を検討してくれないか」

腕組みした小茂田は、しばらく考え込んだ。

「警察の捜査がいつ終わるのか目処《めど》は立たないんですか」

「そんなことウチではわからないよ。わかれば苦労しない。さっきも説明したが、いま問題の部品をメーカーに送って調査してもらっているということだ。少なくともその結果が出てからということになるだろうな」

無論、その結果次第では、赤松運送もまた業務上過失致死傷の容疑で、警察の本格捜査を受け入れなければならないだろう。赤松自身もまた何らかの容疑をかけられる可能性が高い。ふと、拓郎の不安そうな顔が浮かんだが、あえてそれを振り切り、「とにかく、よく上と話し合って検討してくれないか」と言い置いて、赤松は銀行から出てきた。


「小茂田さんは何と？」

事務所に戻った赤松を見ると、早速宮代がやってきてきいた。

「コンプライアンスだとさ」

その意味がわからなかったのか、宮代はぽかんとした。

「犯罪企業には融資できないんだと。そういわないで、検討してくれとはいってきたが、正直、厳しいかも知れん」

「困ったな、そりゃ」

他の社員に聞こえない小声で、宮代はいった。

「他の銀行を当たってみてくれないか、宮さん」

宮代を落ち着かせるように、赤松はいった。「どこか応じてくれるかも知れない。捨てる神あれば、拾う神ありだ」

「新しい銀行なんか探して、東京ホープさんが何かいってきませんかね」

「そのときはそのときだ」

赤松はきっぱりといった。「それに、いまやメーンバンクなんて旧弊はなくなったんだよ。背に腹はかえられん。いくつか名刺を置いてった銀行があったよな」

「わかりました。当たってみましょう」

頼む、といった赤松は、ホープ自動車の販売会社である東京ホープ販売に電話をかけた。

赤松運送には、今回の事故車両となったホープ自動車をはじめ、数社のディーラーが出入りしていた。運送業を営む以上、トラックは商売道具だ。何年かに一度は必ず買い替え需要があり、どこのディーラーともそれなりに親しい関係を保っている。

「いやあ、社長。いつもお世話になっています」

まるで電話の向こうで揉み手しているのが目に見えるような益田《ますだ》の声が電話口から流れた。

「その後、いかがですか。そろそろ落ち着かれましたか」

益田は事故直後にも一度、赤松運送を訪ねてきていた。半分見舞い、半分は事情を聞きに来た様子だったが、ろくに話す時間もなかったので、また落ち着いてからといってあった。

「落ち着けるもんか。実はちょっと頼みがある。修理中のウチの事故車両だが、警察からホープ自動車へ事故原因の鑑定が依頼されているらしい。聞いてるかな」

「ええ、ええ。なんかそんな話みたいで。大変ですねえ」

営業マンの益田の肩書きは課長だが、態度はひたすら軽い。まるで人ごとのような言い方にむっとしつつも赤松はいった。

「そっちに何か言ってきてないかな」

「ウチにですか？　いいえ。何も」

さも驚いたような声で益田はこたえた。この男のクセで、どこか芝居がかっている。

「その調査がどうなっているのかそっちからそれとなくきいてもらいたいんだが、できないかな」

「まあ、やってみますけど……。少々お時間いただいていいですか。ただ、販社といってもホープ自動車とは別会社なもんですから、ご要望にこたえられるかどうかはわかりません。その点はご了承願いたいのですが」

「わかってるよ」

益田の狐面《きつねづら》を思い浮かべながら、赤松はいった。「ただ、ウチも今後のことがあるんで、早めに動いて欲しい」

「そうですか。お役に立てるかどうかわかりませんが」

受話器を置くと、ため息が口をついて出た。

銀行も待ち。ディーラーも待ち。それが吉と出るか凶と出るかは定かでないが、分が悪いことだけはたしかだ。

だが、それから二日が経っても、銀行からもディーラーの益田からも何の連絡もなかった。

銀行に電話をかけるのは憚《はばか》られたのでしなかったが、益田にはかけた。そのたび、「いま間に人をいれてきいてもらっていますので」という、曖昧な返事を寄越すのみだ。

何も手に付かない。何度か事故現場まで赴き、花を手向《たむ》けた。運転手の安友を伴って柚木の家を訪ね、門前払いを食らって手みやげもそのまま引き返すこと二度。相模マシナリーの穴を埋めるためには、赤松自身が先頭に立って新規開拓に走り回らなければならないときなのに、それもできない。

三日目の朝だった。早々に出社してきた赤松が益田にもう一度電話してみるかと思い始めていた頃、前触れもなく事務所に入ってきた人影があった。

港北署の高幡と吉田の二人だ。

高幡がまっすぐに赤松を見ると、ひょいと手を挙げる。思わず腰を上げた。

いつもの来訪でないことは、いつのまにか事務所の外に現れた見知らぬ男達の姿が目に入った瞬間、赤松にもピンと来た。

社員達も手をとめて見守る中、まっすぐに高幡が歩いてきて書類を赤松の鼻先に突きだした。

家宅捜索令状である。

早口でそれを読み上げた高幡の脇で、「みなさん動かないで」と吉田が社員に声をかける。社員たちの引きつった視線が赤松に向けられる中、「どういうことですか」という反論の言葉がようやく喉元から出てきた。

「ホープ自動車からの分析結果が出たんだよ、社長。事故の原因は、運送会社、つまりお宅の整備不良にあるとの結論だ」

「そんな――!」

啞然とした赤松のデスクの上で、置いてあった携帯電話が鳴りだした。ちらりと見た高幡がそれをとって赤松に渡す。

「すみませーん、社長。例の件ですが」

軽いを通りこして軽率に聞こえる益田の声だった。「いろいろと手を尽くしてきいてみたんですが、調査中ということでよくわからないんですよねえ」

「いいんだ、もう。わかったから」

「え? あ、社長。それはいったいどういう――」

通話ボタンを切った赤松は高幡を睨み付けた。

「調べるのは勝手だ。だが、何度もいってるように、ウチに落ち度はない。それだけはいっておく」

ふん、と鼻を鳴らした高幡は、背後で待機していた二十人ほどの捜査員に小さく合図を送った。

刑事達が散っていき、赤松運送はこのとき、創業以来の危機に直面したのだった。

第二章　ホープとドリーム

1

その書類は、沢田悠太《さわだゆうた》が外出先から戻るまでの数時間の間に誰かが未決裁箱に放り込んだらしかった。今年三十七歳になる沢田は、入社十五年目の販売部カスタマー戦略課の課長である。専門はマーケティング。最近契約したコンサルタント会社が大幅な組織改編を提案し、それまで販売戦略を担当していた沢田が、昇格と引き替えに泥臭い顧客対策を任されて半年になる。

気に入らない仕事だった。バランス・スコアカードだか、ハーバードの先生だか知らないが、余計な提案をしてくれたものだ。

大手町にあるホープ自動車本社ビル、七階フロアの一隅に沢田のデスクはある。寒々とした夕景の底に沈みかかっているオフィス街を眼下に見下ろした沢田は、箱からつまみ上げた書類の表紙に視線を落とした。

どうせまたクレームだろ。

カスタマー戦略などというもっともらしい名前がついているが、羊頭狗肉《ようとうくにく》の言葉通り、理念に実態が伴わない付け焼き刃だ。「これからは製品開発と同じ重みを顧客満足にも置く」などとコンサルタントは胸を張ったが、嘘っぱちもいいところだ。その証拠に、回ってくるものといえば従来お客様相談室のオペレーターが受けていたようなクレーム報告ばかりである。こんなものが重要なはずはない。

本件、東京ホープ販売から再三の申し入れがありクレーム窓口で対応していたが、本日、顧客である会社社長から強硬な再調査依頼があった。当社としては港北警察署に正式回答しており、処理済み案件との立場で申し出に応じる必要はないと思われる——。

文面はその後も続いていたが、沢田の目は警察署という単語に吸い寄せられた。

そして、表紙をめくった沢田は、「ああ、あの事故か」と呟いた。

「なんだこれは」

少し前に起きた横浜の母子死傷事故だ。

死傷事故を起こしたのが大型トレーラーのビューティフルドリーマーだということは、すぐに沢田の耳にも入ってきていた。最近、運送会社の業績は悪い。収益力が低下し、体力の弱った青息吐息の会社の命題はコスト削減だ。運転手を削り、修繕費を削る。再生タイヤを使い、度を超した経費削減のためにオイルは劣化し、部品は摩耗し、どうせボルトひとつ錆《さ》びたところで大したことないと慢心を抱えていたのだろう。数万台も走っていれば、そのうちの一台ぐらい脱輪するのは当たり前だ。

この件に関するホープ自動車の結論は、すでに出ている。「整備不良」だ。

どうしようもない相手だなと思った沢田だったが、飛び込んできた「無責任な対応」という書類の言葉に怒りを掻き立てられた。社長から送られてきた書面に、それはあった。

車両の整備状況に問題がないことは明白である。タイヤ脱落の原因は整備不良とは考えられないのに、短絡《たんらく》的な表面調査のみで断じるのはメーカーとして無責任な対応としかいいようがない。

「ふざけやがって」

憤りの言葉が思わず口をついて出た。「とんでもない客だな」

書類の発信を確認する。

「赤松運送、か」

その下に代表者の赤松徳郎の名前を見つけた沢田は思った。

要注意人物だな、と。こいつはクレーマーに近い。そもそも、自社の整備不良で起こした事故なのに、メーカー側に責任をなすりつけるとは責任転嫁も甚だしい。

ホープ自動車側から整備不良の調査結果を回答した後、この赤松とやらの会社は、警察の家宅捜索を受けたと聞いている。まだ逮捕には至っていないが、現在もなお捜査中とのことで、この会社がいまどんな状況にあるかおおよその想像はつく。

これはまさしく、苦し紛《まぎ》れの悪あがきだ。

書類を承認した沢田は、「当事者には販社を通じて説明を徹底させること」とのコメントを添え、怒りとともにそれを決裁箱に叩き込んだ。

たしかに不幸な事故ではあるが、わがホープ自動車にはなんら関係のないことだ。

2

「ということですので、社長、もうこれ以上はご勘弁くださいよ」

そういったときの益田の顔は、げじげじの眉をこれでもかというぐらいに八の字にして、見るからに申し訳なさそうに見える。

「冗談じゃない」

会社の応接室で腕組みした赤松は、寝不足で血走った目で益田を睨み付けた。

「じゃあ、ホープ自動車が警察に出した調査結果を見せてくれ。その内容次第では納得してやる」

「社長」

困惑しきりの益田は顔を顰めた。「さっきから申し上げてる通り、それは無理ですよ。だって警察に提出したのは、いわば捜査資料ですよ。そんなの、いくらなんでもお出しできるわけないじゃないですか」

「ウチの車両についての報告書だ」

「ですが、警察からの依頼なんで」

思わずキレそうになる。

「あのな、益田さんよ。警察の依頼だから見せられないっていうんなら、ウチからの調査依頼に応じてくれたらいいじゃないか」

「それは製造元の判断なんで、ウチではちょっと」

逃げを、益田は打った。

大企業に携わっている人間の狡猾《こうかつ》さを感じて、赤松は怒りを感じる。

「ふざけんな。こっちは、社運がかかってるんだぞ」

「それはわかりますが」

「調査結果が出せないというのならいますぐ調査に応じるべきじゃないか」

「無理ですよ、社長」

益田は苦り切っている。「なら書類を出せ」とさらに押した赤松に、「それも無理です」。

益田を睨み付けた赤松は、怒りで自分の拳が震えるのがわかった。

「じゃああんたはすっこんでろ。オレが自分でホープ自動車と交渉する。何ていう部署の誰にいえばいいかだけ教えてくれ」

「困ります、社長。そんなことしたって、結果は――」

「黙れ！　とっとと教えてくれたらいいんだ。相手は誰だ」

赤松の剣幕に飛び上がりそうになった益田は、どうしたものかと口を噤《つぐ》んだ末、販売部の担当者名を告げた。

「わかった。あんたはもういい」

ホープ自動車の代表電話にかけた赤松は、出てきた受付嬢に「沢田」の名を告げた。

電話は直接本人に回らず、販売部の別な人間の元へと取り次がれる。やがて電話口に出た、「はい、販売部です」という男の声は、販売部という名こそついていても直接客からかかってくることがない部署なのか、幾分横柄に聞こえた。

「ええと、沢田ですか？　もう一度会社名をお願いします」

どうやら伝言ゲームの間に、赤松運送の名前は誰かが伝え忘れたらしい。受付嬢に続いて二度目の社名を告げると、「ちょっと待ってください」という返事とともに、「美しき青きドナウ」が流れ出した。

随分待たされた。

気が急《せ》いているからそう思うのだろうか。沢田という担当がいるかいないかぐらい、すぐにわからないのかと首を傾げていると、電話が切り替わり、再びさっきの男が出た。

「すみません、沢田はただいま席を外してまして」

それだけ確認するのにこんなに待たせたのか。ぐっと文句を飲み込んだ赤松は、「お電話をいただけますか。事故の調査依頼の件です。それだけいえばわかると思いますので」といって受話器を置く。

ふと顔を上げると、まだいたのか益田が傍らに立っていた。結局、ホープ自動車の担当者と電話がつながらなかったことにほっとしたような表情をして、もうすぐ冬だというのに額に噴き出した汗をハンカチで拭う。

自動車会社と販売会社との上下関係がどうなのか、赤松は知らない。おそらく、売ってもらうわけだから、販売会社のほうが自動車会社にとってのお客様に近いのだろうが、ことホープ自動車に関していうと、この販売会社社員の気の遣いようは少々異常である。

親方日の丸というのか、自動車を売ってやっているというより、売らせてもらっているとでもいいたいほどだ。

「向こうから電話をもらうことになった」

そういうと、「すみませんでした」と益田は頭を下げ、こそこそと事務所から出ていった。

だが、それからどれだけ待っても、ホープ自動車からの連絡は無かった。昼が過ぎ、午後三時を回り、さらに外出して五時近くにもどった赤松がまっさきにきいたのも「ホープ自動車から連絡はあったか」ということだったが、「いいえ、ありません」という〝総務のおばさん〟、太田秋《おおたあき》枝《え》からの期待はずれの返事があっただけ。

赤松が再びホープ自動車の代表番号にかけたのは、午後五時間際のことである。

販売部に回った電話口に再び男の声が出た。赤松に伝えられたのは、「沢田は本日は戻りません」という一言だ。

「電話いただくことになってたんですけどね」

むっとした赤松に、「そうですか」と相手はそっけない。だからなんだと言いたげな口調だった。朝の男と似たような声だが、同一人物かどうかはわからない。

「明日はいらっしゃいますか、沢田さん」

相手の「いると思います」という言葉に、ついに赤松は怒りを滲ませた。

「思いますって、あなた、いるのかいないのかぐらいわかるでしょう」

「え、ああっと、ちょっと待ってください」

ようやく赤松の怒りを察したらしい男は狼狽《ろうばい》の様子を伝えて寄越した。再び保留のメロディが流れ出す。しばらくして戻ってきた。

「明日の朝でしたら、おります」

「だったら、朝一で電話ください」

不機嫌になって会社の電話番号を告げた赤松は、相手の返事を待たず、受話器を叩きつけた。


「切れた」

何か珍しいものでも眺める目で受話器を見つめたまま北村信彦《きたむらのぶひこ》はいい、呆れたような視線を沢田に向けた。

「いいんですか、出なくて」

「かまわん。こっちの結論はもう伝えてあるし、私が出たところでそれは変わらない」

「そうですか」

何か問おうとして、北村は質問を飲み込んだ。結局それ以上この件に関わることはやめたらしい部下の横顔にため息をついた沢田は、すぐに東京ホープ販売世田谷営業所へと電話を入れた。

「どういうことです？　赤松運送から電話がかかってきましたよ」

まるで教師が生徒に説教するような口調で、沢田は切り出した。先方は恐縮し、「はあ」と曖昧な返事が受話器から洩れる。

「申し訳ないです」

「そういうことじゃなくてですね」

聞こえよがしのため息を洩らした沢田は、「一応、こういうことは私どもが直接お話しするようなことではないし、販社できちんと対応していただかないと困りますよね。どういう対応をされたんです。話はしていただいたんでしょう」

「すみません。一応、今朝行って話はしてきましたが、なかなか納得していただけなくて」

「まもなく逮捕されるような相手ですよ」

高飛車に沢田は決めつけた。「ホープ自動車を買うひとが全てウチの客というわけではないと思うんですけど」

「長い付き合いなんです、赤松社長とは。その、ウチの営業所としても――」

弱々しい口調で反論した益田だったが、「とにかく」という一段高くなった沢田の声に遮られた。

「今後このようなことのないよう、しっかり対応してください。いいですね」

煮え切らない返事が聞こえてくる前に、沢田は乱暴に受話器を置いた。

3

「社長、どうかしましたか」

いま切ったばかりの電話に視線を結びつけたまま鼻息も荒く腕組みした赤松のデスクのところへ、宮代がやってきた。

「今まで、何年もホープ自動車のトラックを使ってきたけどな、宮さん。考えてみれば、当のホープ自動車がどんな会社かってことを一度も考えたことがなかった」

赤松は自分を見下ろしている専務の、色黒の表情に目を転じた。「財閥ってのは、不思議な響きだよな。なんだかそれだけで偉いような気がしちまう。貴族っぽく聞こえるわけだ。それに引き替え、こっちは町人だ。町人が貴族に意見するというのも何だが、そういうイメージにとらわれて、相手の実態がどうかなんてことはお留守になってた気がする」

「再調査の依頼ですか」

「ああ。断ってきたんで、直接交渉しようとしてるんだが、うまくいかない」

宮代の顔が曇《くも》るかと思ったが、代わりに専務は近くの椅子を引っぱってきて、デスクの向こうに腰を下ろした。ちょうど事務員の秋枝が席を立ったところで、他に人はいない。どうやら宮代は、それを見計らってきたようだった。

「実は、ちょっと小耳に挟んだことがあったんで。ウチが起こしたような事故が少し前にも群馬であったらしいですよ」

「ほんとうか、宮さん」

興味を掻き立てられた赤松は、思わず体を乗り出した。「今日回った太平洋産業の藤田社長がそんな話をしたもんですから、ちょっと帰りに図書館に寄り道して調べてみました」

そういって宮代がデスクの上に差し出したのは、新聞記事のコピーだった。

半年ほど前の日付がそこにあった。連休明けの五月七日の記事だ。

六日午後三時二十分ごろ、群馬県高崎市の路上で大型トラックが道路脇のコンクリート壁に激突し、トラックを運転していた高木利之《たかぎとしゆき》さんが両脚を切断する大けがを負った。警察では高木さんのスピードの出しすぎが事故の原因と見て調べている。


たった十行程度のベタ記事だった。

その記事を読む限り、赤松運送の事故とこのトラック事故とを直接結びつける事実を見つけることができなかった赤松は、目で宮代に問う。

「実はこのトラックを運行していた業者ってのが太平洋さんに出入りしていて、社内にはこの大怪我した運転手を知ってる人間もいたとか」

ぎょろりとした目をさらに大きく見開いて、宮代は続ける。「実は、この記事に書かれていないことをこの運転手がいってるらしいんです」

「書かれてないこと?」

きいた赤松に、宮代は意味ありげな視線を投げた。

「たしかに法定速度はオーバーしていたそうですが、大したスピードじゃなかったそうなんです。ところが、カーブにさしかかったあたりで、タイヤが外れた」

赤松は押し黙った。宮代はそんな赤松の反応を待っている。

「それで、警察はどうした」

「調べたそうです。たしかに事故車両のタイヤは外れていましたが、それが事故前に外れたのか、事故後に外れたのかが問題で。もし事故前に外れたのなら、なんで外れたのか何らかの原因があるはずです」

それを探す作業こそ、いままさに赤松がしていることに他ならなかった。

「それで、結論は出たのか」

「ええ」

専務の表情が曇った。「整備不良だそうで」

息を飲んで、赤松は宮代の顔を見つめる。

整備不良……。その言葉は、重石《おもし》をつけて海へ投棄された看板のように、ひらひらと海流に翻弄されながら、赤松の心に沈んでいく。

落胆に表情を歪ませた赤松の脳裏に、そのとき宮代の一言が届いた。

「しかもそれは、ホープ自動車の調査結果だそうですよ、社長」

「ホープ自動車の？　ホープ自動車のトラックだったのか、事故車両は」

宮代はじっと赤松に視線を送ってうなずく。

「社長、その運送会社に連絡をとって状況をきいてみたらどうでしょう」

4

ホープ自動車の沢田からの連絡は無かった。

その理由は、立腹した赤松が再び同社へ連絡をしようとした矢先、益田からの電話でわかった。

「社長、実は製造元から連絡がありまして、お電話いただいたようで申し訳ないと。ただ、再調査についてはは何度やっても同じ内容にしかならないということで、なんとか納得していただきたいということなんですよね」

益田は昨日の話を繰り返した。

「あんたにじゃなく、ウチに電話してこいといってあったはずだ。沢田ってひとから電話があったのか」

「ええまあ」

益田は言葉を濁す。

「じゃあ、その沢田ってひとに伝えてくれ。お宅の調査にウチは納得してないって。大企業だからって客を莫迦にするのもいい加減にしろとな」

何かいおうとした益田にかまわず赤松は電話を切ると、上着をとって事務所を出た。

行き先は高崎である。

昨日、宮代の話をきいた赤松は、すぐさま先方の社長に連絡をとったのだった。連絡先は宮代が調べてくれていた。

高崎市内にある、児玉《こだま》通運というのが、その業者だ。社長は、児玉征治《まさはる》。赤松の話を聞いた児玉は、赤松運送が起こした事故のことは知っているといい、「そういうことでしたら、一度お会いしましょうか」と訪問の申し入れを快諾《かいだく》してくれたのだった。

東京駅まで私鉄と山手線を乗り継ぎ、上越新幹線の高崎駅で下車した。児玉通運は、そこからタクシーで二十分ほどの場所にあった。電話ではわからなかったが、郊外のだだっぴろい敷地に大型トラックが並ぶ光景を見る限り、赤松運送よりもずっと大きな規模の会社に違いなかった。

「お忙しいところ、申し訳ありません」

頭を下げた赤松に、「困ったときにはお互い様ですから」と笑顔で迎えてくれた社長の児玉は、六十近い歳の人の良さそうな男だった。

通された応接室で事故のあらましを語った赤松に、児玉は、「どうです、現場、いっぺん見てみますか」と立ち上がった。

「近いんですか」

「ええ。すぐですから、行ってみましょう。事故当時は、カーブでスピードを出しすぎたのが原因だといわれていたのですが、本当にそうか現場を見ていただければわかるでしょう」

社長のセルシオに乗って、高崎市内の道路を十分ほど走ると、一本道の国道になる。

片側二車線の直線道路がしばらく続き、それが緩やかに曲がり始めるあたりで児玉は車を止めた。

「ここですか?」

あっけにとられた赤松に、児玉は、「あれを見てください」と道路の先方を指さした。

五メートルほどの高さのコンクリート壁が道路に沿って続いている。ガードレールが手前にあり、それと壁との間に歩道があった。敷いたブロックの隙間から雑草が生えている。上部が手前に湾曲した防音壁には暴走族の悪戯《いたずら》と思しき派手な落書きが踊っていた。

「ほら、ガードレールが新しいでしょう。ここですよ、現場は」

いわれてみればたしかに、数メートルにわたってガードレールが新しくなっていた。

「ここで……?」

カーブといっても、緩やかな曲線だ。かなりのスピードを出して突っこんでも曲がり切れるだろう。

「何キロくらい出してたんですか」

「運転手の話では、六十キロぐらいかな。あのあたりでブレーキを掛けたら、急にバランスが崩れて横滑りしたそうです。おそらく、そのときタイヤが外れたんでしょう」

ブレーキを掛けるといっても、このくらいのカーブでそれほどの急ブレーキになったとは考えにくい。タイヤに負荷がかかったとしても、それほど大きな負荷とも思えなかった。

「結局、ホープ自動車の結論は整備不良が原因だということなんだが、正直どうも釈然としません」

再び事務所に戻る車内で児玉はいった。

「ただ、ウチの整備が完璧《かんぺき》だったかというと、そうとも言い切れないんですね。というより、もともと完璧かどうかといわれたら、誰だって自信はないと思うんです。タイヤも摩耗していた。そういうことには会社のコストの問題も絡んでくるわけですから。赤松さんの会社はどうかわからないが、ウチぐらいの中堅規模だとそういうことは珍しくないと思うんだな。そこへ整備不良だ、調査結果だといわれたら反証できないですよ」

運送会社の事情はどこも似たり寄ったりだ。赤松は整備不良ではない自信こそあったが、車両によっては否定できないものもたしかにある。赤松の事故車両は購入して三年目。先日修理を完了して納車され運転を再開していたが、元来が古い車両ではない。だから主張できるのだ。

「具体的にどんな項目で整備に問題があったのか、指摘はあったんでしょうか」

「ありましたね」

児玉はこたえた。「裁判で原告側が証拠として提出してきたんで、中味がわかったんです」

「裁判？」

驚いてきいた赤松に、ハンドルを握ったまま児玉はうなずいた。「運転手に訴えられまして。整備不良が原因の事故だというんで、慰謝料を請求されたんです」

児玉は思い詰めた表情で嘆息した。「敗訴です。上訴しようとも思いませんでした。元従業員と争えば、他の社員の志気にも影響しますし。調査結果には、ハブの摩耗に気づかず交換しなかったのが原因ということになっていましたが、どうもね」

赤松は顔を上げた。また、ハブか。児玉通運は五百台を超える車両を抱える中規模業者で、通常の点検はもとより車検まで社内で行う体制を整えているという。そのため赤松運送のような特殊事情がなくても、整備不良という結論になるのだろう。

「納得できない、と」

「正直なところ。ただ、ホープさんの調査だから信頼できると自分でも思いこんでしまっていたところはあります。あなたから電話をもらうまでは」

意味ありげに児玉はつけ加えた。

「事故の原因、本当はなんだったと思いますか、児玉さん」

整備不良という調査結果には納得できない。だが、それなら他にどんな原因がある、といわれても、実のところ赤松にはピンと来なかった。ならば同じ納得していない同士、児玉はそれをどう考えているのか、知りたくなったのだ。

「考えられることはそう多くはないでしょうね。路上に運転手が見逃した障害物があった——とかならわかるが、そんなものは無かった。だとすると」

言葉を切った児玉はフロントガラスの一点を見つめたまま続けた。「車両の構造的な欠陥かな、やっぱり」

赤松は児玉の横顔を穴のあくほど見つめた。

「ホープ自動車だって何から何まで完璧ってことはないでしょう。どんなメーカーだって、リコールすることがあるじゃないですか。整備不良だから壊れたのか、構造不良で壊れたのか。それによって、責任の所在はまるで違う。もしかしたら後者ではないか、という気はしていたんですが、正直なところ半信半疑でした。赤松さん、あなたと会うことは、実は私にも意味があることだったんですよ」

赤松は低い唸り声を発していた。

タイヤが外れた。整備には問題が無かった。だとすれば何が問題なのか。単なる偶然か、もののはずみか——ずっと自分の中でしっくりくる答えを探し続けていた。

そこにいま、仮説とはいえ、ひとつの解が唐突に現れたのだ。

「そのタイヤのおかげで、こっちは逮捕されるかどうかの瀬戸際です」

自嘲《じちょう》気味に呟いた赤松に、「そんなに簡単に逮捕できるのかな」と意外なことを児玉はいった。

「どういうことですか」

「家宅捜索を受けてから何日経ちました」児玉はきいた。

「先週のことですから、約一週間です」

「だけど、あなたはこうしてここにいる。なぜだと思いますか」

それは赤松自身も疑問に思っていたことだった。正直にわからないというと、児玉は、あくまで想像だが、と断って、「私が思うに、立証できないんじゃないかな」といった。

「つまり、家宅捜索しても赤松さんが有罪だという証拠は揃わなかったということじゃないでしょうか。いくらなんでも押収した証拠品はすでに分析済みでしょうから」

そうだろうか。だとしても、理由はわからない。

「あなたはまだ望みがありますよ。勝負はこれからです」

児玉の意外な励ましに、赤松は心強い味方を得た気分だった。

5

「構造上の欠陥ってことは、ホープ自動車に責任があるってこと?」

史絵は、首を傾げる。「そんなことあるのかな。あのホープ自動車のトラックに欠陥があるなんて。もともと、戦車とか飛行機とか作ってた重工業会社から分かれてできた会社なんでしょ。そんな会社の車からタイヤが外れる? それって、戦車のキャタピラーとか、飛行機の翼が外れるぐらいの話じゃない」

「まあ、そうだな」

赤松は、茶漬けの漬け物を口に放り込みながら認めた。児玉を訪ねた夜である。

史絵が疑問を呈するのも無理はない。当の赤松でさえ信じられないぐらいなのだから。

「だったら、他にどんな原因が考えられる」

「そういわれてもわかんないわ」

史絵が口ごもる。

考えてみれば、整備不良という結果そのものもまた、他に理由が無いから選ばれた消去法による解だったのではないか、という気もした。本当はそこに、構造上の欠陥というもう一つの選択肢があったのかも知れない。ホープ自動車の研究者が決して選ばない選択肢が。

「警察には話したの？」

「まだ話してない」

「少しでも有利になることなら話すべきじゃないかしら」

赤松は首を横に振った。こんな根拠もない仮説を高幡が信じるとは思えない。そういうと史絵は、「ちょっとヘンだなと思えることもあるわ」といった。

「たとえばどんな」

赤松はきいた。午後十時過ぎ、子供たちが寝てしまって静かになった家は、赤松にとって唯一、安息の場所だ。

「ホープ自動車は、あなたの会社に来たの？」

「ウチに？」

史絵の意外な質問に赤松は首を横に振った。「いや、来てない」

「ということは、実際の整備状況を見もしないで不良だって決めつけたことになるじゃない。尊い命が失われた事件よ。それに、少なくともホープ自動車にとって赤松運送はお客さんでしょう。

ろくに調べもしないで、客の整備不良が事故の原因だなんて断定するのはおかしいと思うわ」

いわれてみればたしかにその通りだ。

「今日は、その販売部の人から連絡があったの？」

いいや、と赤松はまたしても首を横に振らなければならなかった。

少なくとも約束の朝一番には電話が無かった。日中会社を留守にしている間も先方からは何の連絡も無かったという。児玉のところから戻ってからもう一度、赤松のほうから電話をかけたが、このときも留守。折り返し連絡してくれるよう頼んだが、結局、かかってはこなかった。

「それって、無視してるのよ、あなたのことを」

史絵は決めつけた。「東京ホープ販売の益田さんには連絡があったんでしょう。直接あなたと話す必要はないって判断してるんじゃないのかな」

「何様だと思ってやがる」

怒った赤松に、史絵は哀れみの視線を投げた。

「敷居が高い会社なのよ。だって財閥系だもん」

「何が、財閥だ。莫迦にしやがって」

語気を荒げた赤松が食卓に叩きつけた湯飲みから、ぬるくなったお茶がはねる。赤松の中で、それまで曖昧だったホープ自動車に対する不信感がはっきりとした形になった。

6

東京ホープ販売の益田に連絡して、販売部の沢田とのアポをとってもらいたいと申し入れたのは翌日のことだ。電話で話せないというのなら、直接行くしかないというのが、昨夜寝るまでの間考えた赤松の結論だった。

渋る益田を説き伏せ、念のために都合のいい時間をいくつか伝えた上でホープ自動車へ連絡させた赤松は、再び連絡を待った。

「会うそうです」

その連絡は、夕方近くにあった。「あちらへご足労いただいてもよろしいでしょうか、社長。私も同道いたしますので」

「あんたはいいよ」

断ろうとした赤松だが、そこをなんとか、と益田も引かないものだから面倒になり、「勝手にしろ」と承諾した。

約束の時間は、翌日の午後二時だ。

児玉はああいってくれたものの、世の中には「別件逮捕」というのもある。いつ逮捕されるかわからない赤松にしてみれば、一日一日が貴重だ。

約束の日、大手町駅で益田と待ち合わせ、受付で用向きを伝えると、応接室に案内される。

「社長、ほんと、すみません」

待つ間、オフィス街を見下ろすその室内でまた益田がいう。益田は、この日会ったときから謝ってばかりだ。

「謝るほどやましいことがあるのか」

そう指摘すると、「いえ、滅相《めっそう》もない」と益田。なら、意味もなくぺこぺこするな、とばかばかしくなって顔を背けたとき、ドアがノックされ、背の低い小太りの男が入ってきた。

「私、係長の北村と申します」

「課長の沢田さんと約束したはずですが」

北村は平然としている。

「生憎《あいにく》、沢田に急用ができまして。代わりに承るようといわれております。まあ、どうぞ」

仕方なく、勧められるまま椅子にかけた。

「ええと、どういったご用件でしょう」

首から社員証をぶら下げた小太りの男は澄ました顔できいた。

「こういう要望書を御社に提出していますが、ご存じですか」

赤松は再調査依頼の手紙のコピーを取り出してテーブルを滑らせた。北村は黙ってそれをつまみ上げ、素早く目を通す。

「これが何か」

知っているのかいないのか北村はこたえなかった。表情一つ変えないその態度は、氷の要塞のように冷ややかだ。こんな取るに足らないことで来たのかといいたげな態度に、赤松の中で、ぽっと怒りが点灯した。

「再調査をしていただきたい」

「それについては、すでに回答させていただいたと思いますが。再調査はできません」

「たしかに回答は受け取った」

赤松はいった。「納得できないから、こうして来ているんです」

「納得されるかどうかは、失礼ですが、御社の問題ですよね。私どもとしましては、きちんと調査させていただいておりまして、同じ調査をもう一度繰り返す理由がありません」

「なら、その調査結果を見せてください」

赤松はいった。

「なんです？」

銅像のようだった北村の眉《まゆ》が動いた。

「見せていただいてないんです、その調査結果を」

じっと赤松を見つめる目の中で、かたかたと精密機械が動いている音が聞こえるようだった。

その目は、説明を求めるように、赤松の傍らで息を飲んでいる益田に向けられた。

「あの、調査結果は警察へ提出されたとのことで、その」と、オロオロと益田。

「ウチには結果しか来ていない。しかも、整備不良という結果は到底納得しかねる。おかげでウチは警察に容疑者扱いされ、家宅捜索までされたんですよ。お宅の調査結果がどんな内容かわからなければ反論のしようもない状況でね。これは不公平だと思いませんか」

「不公平といわれても」

北村は薄笑いを浮かべた。「弊社には関係ないじゃないですか」

「関係ない？」

赤松は異議を唱えた。「関係ないことないでしょう。お宅の調査結果ですよ。いったい、どうやれば整備不良だなんてばかげた結論になるんですか」

「科学的な検証の結果を述べたまでだと思いますよ」

「科学的？」

赤松は呆れかえった。「ウチの整備状況を見にもこないで、科学的だなんて、そんな莫迦な話がありますか、あなた」

この一言は、この日の赤松にとって、トドメの一撃になる筈《はず》だった。ところが、北村は涼しい顔で、こういったのである。

「素人《しろうと》さんはそう思うかも知れませんが、整備不良を確認するのに、御社まで足を運ぶことはありませんね。事故車両の破損箇所を見れば、整備されているかいないかぐらいのことは一目瞭然《りょうぜん》ですよ」

「整備整備って、じゃあ具体的にどんな整備をしろというんです」

「それはここで私が説明する事柄とは思えません。ただ、これだけは申し上げておきます。この手の調査に私どもが対応する場合、慎重かつ正確を期しております。そのようにして行った調査をもう一度しなければならない納得できる理由が無い限り、ご要望に応じることはありません」

きっぱりと、北村は断じた。話はこれで終わり、とでもいうように。諦め切れない赤松は、奥歯をぎりぎりと噛み、相手を睨み付ける。

「ウチは長年、御社のトラックを買ってきた。少なくとも、ホープ自動車贔屓《びいき》でやってきたつもりだ。大した値引きを要求することなく、いつも最優先で購入を決めてきた。そんな会社が初めてお願いに上がったというのに、これがお宅の回答ですか。それが、長年の客に対する御社の気持ちですか」

ふうっ、とあからさまに北村は迷惑そうな吐息をはいた。

「失礼ですが、赤松さんは自分の置かれた立場故にそうおっしゃっているとしか思えませんね。御社の整備不良ではないことを主張するために我が社の調査結果が間違っているといいたい気持ちはわかりますが、そういうのは違うんじゃないですか」

「あなたね、自分が何をいってるかわかってるのか。調査結果ひとつ、見せるのを拒否してるんですよ。そんなに融通の利かない会社なのか、ホープ自動車というところは」

「どう思われようと、そちらの勝手ですよ、赤松さん」

やりとりを続けるうちに北村もまた、熱くなってきてきつい口調で言い返してくる。

「客に対する意識が低いんじゃないか。お宅にはCSという言葉がないのか」

心外だとでもいいたげな顔を北村は見せた。

「ありますよ、もちろん。本当のお客様には満足していただくために頑張っています。ですが、私どもにだってお客様を選ぶ権利はあります。違いますか」

「なんだと！」

思わず体を乗り出した赤松の腕を、「社長！」という言葉とともに益田が制した。

「うるさい、あんたは引っこんでろ！」

「社長、すみません。ここはひとつ、なんとか抑えていただけませんか。この通りです。この通りです」

そういって頭をテーブルにこすりつけるようにする。それを相変わらず涼しい顔で見下ろす北村の表情は、益田の行動がさも当然とでもいいたげだ。

どうなってんだ、この自動車会社は。

タイヤが外れる前に、こいつらの心からもっと大切な部品が外れちまったんじゃないか?

7

「どうだった。納得したか」

赤松との面談から戻った北村に声をかけた。沢田に答える前に、ふん、とひとつ嘲笑まじりの鼻息を洩らした北村は切り捨てた。

「ただの莫迦ですよ」

相当苛《いら》ついているのは、怒りに蒼ざめた表情が物語っている。「どう説明しても納得しないいんだから。会うだけ時間の無駄ですね」

北村から簡単な報告を受けた沢田は、いままで赤松運送という会社に抱いていた悪印象をさらに悪化させられた思いだ。

「一度会って説明したんだ。これでもうとやかくいわれる筋合いはない。もう再調査を依頼されても無視だな」

「同感ですね。そもそもああいう、〝客はいつでも偉い〟と思いこんでる勘違いした御仁を相手にするのは、我々の仕事じゃないですよ。こんなのはマーケティングじゃない」

北村は、いつものことで自信たっぷりに断言する。

「前から思っていたんですが、課長、カスタマー戦略課のあり方を再検討すべきじゃないでしょうか。これじゃあ単なるクレーム処理係と変わりません」

北村の発言が体制批判に向かいかかったのを察して、「君の気持ちはわかる」と沢田は制した。

「私もまったく同意見だが、まだ組織変更して間がない。意見をいうにはまだ早い」

なにしろ〝根っこ〟はとことん保守的な組織だ。誇り高い組織でもある。従来から存在する枠組みは許容するが、それを変えようとする新しい試みに対してはまず拒否反応を示す。コンサルタントの意見を取り入れて大鉈《おおなた》を振るったこの変化にどれだけ順応できるか。不協和音が社内から噴き出すのを待ってからのほうが都合はいい。

「文句をいうのは業績を上げてからだ」

沢田がいうと、北村は顔を顰めた。

カスタマー戦略課の業績考課は、顧客アンケートによるCS、つまり顧客満足度で測定することになっている。アンケートは年四回、四半期毎の実施だ。当初からこの査定方法について「正確に測れるのか」という疑問の声が上がっていたものの、過去二回は期待値を下回り、「カスタマー戦略課なにやってる」と叱責《しっせき》の声が上がった。

期待された成績を上げられないのに業績考課の是非など問題にすれば、一気に〝能なし〟の烙《らく》印《いん》を押されるのがオチだ。

「業績といわれてもなあ」

ため息まじりに自席へ引き揚げていく北村を、「ここは我慢だ」という、半ば自分に言い聞かせるようなセリフで見送った沢田の頭からは、世田谷の弱小運送会社のことなどとうに消え失せていた。赤松運送とやらが生きようが死のうが、そんなことは所詮《しょせん》、沢田にとっても、ホープ自動車にとっても、まったく関係のないことなのだ。

ところが、その沢田の判断に思いがけない波風が立ったのは、その晩のことだった。

残業で夜の九時過ぎまで居残っていた沢田は、販売部のフロアにふらりと現れた男の姿をみて、パソコンのキーボードを打つ手を止めた。

見知った小太りの男はいつもの陰気な印象そのままに、あたりを窺《うかが》うように右の人差し指で神経質そうに眼鏡を上げる。その視線はすぐにフロアの中に沢田の姿を探し出し、足早にこちらに向かってきた。

「世田谷区の赤松運送という会社からクレーム来てないか」

品質保証部の室井《むろい》秀夫《ひでお》は課長レベルが出席する連絡会でいつも顔を合わせる男である。特段親しいわけでもないが、いま目の前にいる室井は、あきらかにいつもとは違って落ち着きを失っていた。

「赤松運送?」

沢田は思わず相手の顔を見た。「ああ、来たけど。よくご存じで」

「いや、その——実はいまさっき販売部の知り合いから小耳に挟んだものでね」

「ほう。それで?」室井の意図が読めずに、沢田はきいた。

「いや、どんなことをいってきたかな、と思って」

「どんなもこんなも再調査の依頼さ。何か気になることでも?」

事故調査は、品質保証部でやったはずだ。沢田にきかれると、室井は、「いや、そういうことでは」と言葉を濁した。

だが、いったん調査報告済みとした案件について品質保証部が気にすること自体、違和感がある。品質保証部の仕事というのは、いわば製造部門のお目付役のようなもので、どちらかというと〝うるさ方〟が多い。社内ではどちらかというと煙たい存在で、鋭い指摘で相手がたじろぐのを楽しみにしているような悪趣味なところもある。室井もそんなひとりに違いないのに、それがいまやいつもの威厳はなりを潜め、暑くもないのにハンカチで額の汗を拭っている。

「で、納得したのか、先方は」

沢田は、胸に湧《わ》き上がった猜疑心《さいぎしん》を隠して相手を見た。

「納得したかどうかはわからないね。だが、再調査は断った。理由が無いから。それとも、何かそちらの調査に問題でもあったのかな」

最後の一言を挑発と受け取ったか、このときだけ室井はいつもの品質保証部の看板を背負ったようにきっと睨んだが、後が続かない。反論は無かった。

「まさか。邪魔したな」

それだけいうと、室井は軽く右手を挙げて沢田に背を向けた。その姿がフロアから消えるまで見送った沢田は、引っかかるものを感じてデスクの電話をとる。

相手は、車両製造部にいる友人の小牧重道《こまきしげみち》である。もう退社していないかと思った小牧は、最初のコールで出た。

「いま、室井が訪ねてきたんだが、どうも気になってな」

「室井？　あの〝品証〟のか」

品質保証、略して品証だ。

「お前も知ってると思うが、ビューティフルドリーマーのタイヤが外れた事故があっただろう。そう、例の件だ。あの件で、何か聞いてないか」

「あの事故か。いや――」

短く小牧は答え、そして不意に興味を抱いたかのようにきいた。「なんで」

赤松運送のクレームの一件を話した沢田は、「あいつら、何かあるんじゃないかな」と思っていたことを口にしてみた。

「何かってなんだ」

「それはわからないが――たとえば……調査にミスがあるとか」

「おいおい」

電話の向こうで、小牧の驚いたような声が聞こえ、「なかなか面白いことというな」という返事に、沢田はにやりとした。

「お前、品証の村野《むらの》と知り合いだろ。探りを入れてみないか。もしかすると連中をとっちめられるかも知れない。あの室井の様子からすると、何もないってことはないと思う」

おおっ、という感嘆ともつかぬ声が受話器から流れ、小牧も興味を抱いたことが伝わってきた。

沢田に興味があるのは、むろん、事故の真相ではない。社内の勢力図のほうだ。〝品証〟に万が一のミスがあったら、それをつついて奴らの鼻っ柱を折ることができる。日頃の憂さ晴らしという奴だ。

ホープ自動車という、時として官僚以上に官僚的といわれる社風の中では、社員の関心事はひたすら、外にではなく、内へと向く。

その意味で、苦情処理係と化したカスタマー戦略課が〝本当のマーケティングではない〟などといえる資格は当の沢田にもなかったのだが、自分のことになると都合の悪いことは忘れるのもホープ自動車の社風といえば社風である。

「いっちょやったろか。ちょっと待ってろや」

そういうと小牧との電話は、押し殺した笑いとともに切れた。

何か胸の支《つか》えがとれたようなすっとした気分になった沢田は、ようやくやりかけの仕事に戻ると、再びパソコンのキーを叩き始めた。

8

ちょうど同じ頃、赤松運送では、いかつい男たちが会議室のテーブルを囲んでいた。

「いまのままでは再調査に応じる可能性はほとんどゼロに近いだろう」

赤松の報告に、谷山整備課長ががっくりと肩を落とした。

緊急招集した社内会議である。

会議室のテーブルを囲んでいるのは、専務の宮代、谷山をはじめ、七人。いずれも課長以上の役職者たちだ。

「もし、ウチの整備不良という結論が動かなかったときは、どうなりますか」

そうきいたのは、総務課長の高嶋だった。

いかつい強面《こわもて》揃いの赤松運送にあって、ひとりひょろりともやしのような体型をした高嶋は、仕事は堅いが堅すぎるのが玉に瑕《きず》。まだ若いのに性格もきっちりしすぎていて、まるで遊びの無いハンドルだ。いまも赤松の発言に思い切り反応して真剣極まる眼差しをこちらに向けていた。

「問題は二つある」

赤松は神経過敏の高嶋を制するようにゆっくりと口を開いた。「ひとつは、被害者への賠償問題。一応は保険が下りることになっているが、整備不良が原因となったときに保険が本当に下りるかどうかは定かでない。もうひとつは、皆も心配している通り、警察の動きだ。現在もまだ捜査中で、場合によっては最悪の事態もあり得る」

最悪の事態、といった途端、全員が息を飲んだのがわかった。

「あのう、いいかな」

赤松の傍らから専務が口を挟んだ。「悪いことばかりいうようだが、他にも影響はあるぞ。銀行だ」

宮代はそういって、表情をなくした仲間をぐるりと見回す。

「実は本日、東京首都銀行へ行ってきた。以前、新規担当の男がウチに訪ねてきて名刺を置いてったことがあったもんで。だが、残念ながら融資は難しいとのことだった」

その結果はすでに聞いていた。事故はともかく、相模マシナリーとの取引打ち切りによる業績の不透明さが問題にされたという。

「東京ホープ銀行に申し込んだ融資はどうなったんでしょうか、社長」となおも不安そうに高嶋がきいた。

「まだ返事はない」

赤松はしわがれた声を出した。

「ということはまだ望みがあるということですか」

続けざまの質問に、全員の視線を浴びたまま言葉に詰まる。

「まあ正直……難しいかもしれない。結論は出ていないが」

東京ホープ銀行の小茂田にはさすがに途中経過を問い合わせたが、「審査中ですが、厳しいと思います」というだけで、いい返事はない。他を当たられたほうがいいのでは、ともいわれたが、そのことは黙っていた。正直、融資の可能性はほとんどゼロに近い。

「資金繰りは大丈夫なんですか、社長」

赤松は再び言葉を飲み込む。「大丈夫だ」といえば嘘になる。それに、気休めをいったところで意味がない。そうは思いつつも、社員に余計な心配をかけたくない一心で赤松はこたえていた。

「資金繰りは、心配するな。オレと専務でなんとかする」

返事は無い。事情を知っている宮代は固く唇を噛んでテーブルを睨み付けて押し黙り、他の幹部たちも一様に頑なな表情で俯《うつむ》いている。現実がそんなに甘くないことぐらい、皆知っているからだ。

「やはり、ホープ自動車の調査結果は痛いなあ」

やがて宮代の呟きとともに呪縛《じゅばく》が解かれ、場にため息が溢れた。「何か打開策、無いか」

そんなものがそう簡単にあるはずはない。居並ぶ顔にそんな表情が浮かびかけたとき、遠慮がちに手が挙がった。

整備課長の谷山である。

「我々で調べるというのはどうですかね」

全員がきょとんとする中、谷山がそういった。「そりゃ、たしかにホープ自動車には優秀な研究者が揃っているかも知れません。ですが、ホープ自動車じゃなくたって、事故の原因は調べればわかると思うんです。我々が調査することに問題があるのなら、他の会社か研究所のようなところへ持ち込んで鑑定を依頼するって手もあるんじゃないでしょうか」

赤松は半ば啞然として顔を上げた。

それもそうだ、と思ったからである。

ホープ自動車のトレーラーだからということもあって、調査はホープ自動車でしかできないような錯覚にとらわれていた。だが、谷山のいう通りで、別に事故調査の鑑定だけなら、他にやってくれるところはあるはずだ。多少、費用がかかってもいい。

「面白い」

しばらくして赤松はいった。

「ただ、ひとつ問題がありまして」

谷山の言葉に、なんだとばかり全員が視線を集中させる。

「調べるためには、肝心の車軸部分の部品が必要になります。ところがですね、それが――無いんです」

「無い？」

営業担当の鳥井《とりい》が素《す》っ頓狂《とんきょう》な声を出した。いつもは明るい男だが、この日ばかりは顔色が冴えなかった。「無いってどういうことだい、谷さん」

「事故原因調査の後、修理を頼んだときにホープ自動車が外して、そのまま返してもらっていません」

「ということは、問題箇所はまだホープ自動車にあるってことか」

こっくりとうなずいた谷山は、赤松にいった。

「社長、すみませんが、ホープ自動車から部品を取り返してもらえませんか」

「よっしゃ、わかった。早速ホープ自動車に申し入れてみよう。ところで、児玉社長と話していて俺にはひとつわからなかったことがあるんだが」

赤松は疑問を口にした。「ハブの破損が原因なら、整備不良で逮捕されてもおかしくなかったと思うんだが、なんで警察はそうしないのかってことだ」

「それは簡単ですよ」

谷山がこたえた。「その側溝に脱輪した事故の後、今回タイヤが外れる事故を起こす前にあのトレーラーは三ヵ月点検しているんです。これ見てください」

そういって谷山は事故車両の整備記録を見せた。

門田が独自に作成した記録簿のコピーだ。本物は警察に押収されてしまって、手元には無い。

谷山が指さした個所を見て、赤松はあっと声を上げてしまった。

点検項目の最後に、「その他」という項目を門田は作っていた。そこに少々読みづらい文字で、

「事故後のハブ摩耗および亀裂」という項目が書き加えられていたのである。その右側のチェック欄にあるチェックの印が、赤松の目に飛び込んできた。

「俺は――」

赤松はようやっとのことで言葉を絞り出した。「俺達は、門田に助けられたのか」

「そのようです」

谷山はいうと、深い皺を刻んだ顔でニッと笑った。

9

たまには一杯やろうや、と小牧が誘ってきたのは、沢田が電話した翌日のことだった。

丸の内オアゾに入っている居酒屋の入り口で待ち合わせると、小牧は、ひとりの男を連れてやってきた。沢田よりも若い、三十代初めの男である。沢田を見てひょいと頭を下げたそのスーツに、ホープ自動車の社章が光っていて、社員と知れた。

「品証の村野の奴にきいたんだが、担当外なんだと。それで彼に来てもらった。研究所の加藤《かとう》君だ。新人のときオレの弟子として販売担当をしてたことがあって、それ以来の付き合いでね。こっちは販売部の沢田課長。名前ぐらい君も知ってるだろ」

係に案内されるまま、間仕切りで仕切られたブースへ入る。

「おっ、いい眺めだな。こうやって見ると我が社もまんざらでもない」

大手町界隈を見下ろす窓際の席だ。ホープ自動車のビルがちょうど正面にあったものだから、小牧がそんなことをいって笑った。

「見かけだけですけどね」

と加藤が付け加える。小牧の弟子だけあって、ずけずけいうところはそっくりだ。

たしかに、ホープ自動車の業績は、長く低迷していて、特にここ十年は、ヒット車にも見放されている。まだ若い加藤はかつての良かった時代を知らないだろうが、沢田の世代にしてみれば、「おかしい」「こんなはずでは」と小首を傾げているうちに、ズルズルとここまで滑り落ちてきてしまった感がある。

生ビールと酒のつまみを注文して乾杯した後、小牧の繰り出す世間話に付き合ううちに小一時間があっという間に過ぎた。

飲めない沢田と違い、小牧は底なしののんべえである。加藤も相当らしく、ビールから酒に変わったと思ったら瞬く間に空のとっくりが溜《た》まっていった。

「な、こいつ飲めるだろう」

その加藤の肩をぽんと叩いて小牧はにっと笑った。「だから今日誘うとしたらこいつしかいないと思ってさ」

「どういうことです、小牧さん」

加藤もまた、沢田同様小牧の意図を測りかね、酔眼できいた。

「いやあ、こんなことはしらふではきけないと思ってさ」

小牧はわざとらしく笑って、話を振った。「実はちょっと噂《うわさ》できいたんだけど、品質保証部の部課長と役員、それに研究所の所長さんかな、その連中が集まる秘密会議があるんだってな」

意味ありげな小牧の言葉に、加藤の表情から笑みが抜け落ち、代わりに驚愕のそれが張り付いた。

「誰にきいたんですか、そんな話」

「それは秘密。あるのかないのか、どっちなんだ」

黙った加藤に、小牧はなおも迫った。「お前なあ、ここまでわかってる相手に隠してどうする。話せよ、ほら。オレを誰だと思ってやがる。育ててもらった恩を忘れたか」

それでも黙っていた加藤だったが、やがて「ここだけの話ですよ」と顰《しか》め面《つら》でいった。

「誰にも話しゃしないから、安心しな。オレたちは口が堅いんだ」

小牧がにやにやしながらいった。同時に意味ありげな視線を沢田に寄越し、到底ここだけの話で済ますつもりはないのがわかる。

「確かに、小牧さんがおっしゃるような会議はあることはあります」

「目的はなんだ。なんでこそこそやってる」

「別にこそこそやってるわけじゃありませんよ。ただ――」

「ただ、なんだ」

「ただ――内容がちょっとセンシティブなもんで」

「なんだと」

小牧は、加藤の言い方が気にくわないのかくってかかる。「なにがセンシティブだ。お前、しばらく見ないうちに偉くなったな」

「勘弁してくださいよ、小牧さん。T会議は基本的には製造と品質保証でとりしきっている内輪の会議なんですから」

「T会議？」沢田は繰り返した。

「タイヤのTです」という加藤のこたえに、品質保証部の室井の姿が重なる。

「タイヤだと？」

小牧がきいた。「なんでわざわざタイヤなんだ。何がある、タイヤに」

言葉に詰まった加藤が口を開くまで、間が挟まった。

「もういいじゃないですか。研究所といっても、私は担当が違うし、はっきりしたことはわからないんです」

「逃げるつもりか、加藤。ふざけるなよ」

小牧に突き上げられ、加藤は、心底困り果てた顔になった。

品質保証部がらみのミスを突くという当初の目的はともかく、加藤の話は沢田にも興味が湧いた。もし、タイヤがらみで何か隠しているのなら、それをマーケティングセクションの課長である沢田が知らないのも問題だ。

沢田はきいた。

「加藤君さ、それは技術部門だけの問題か。それとも、会社全体に関係のある話なのか」

ぐっと奥歯を噛んだ加藤はやがて、「会社全体の話です、それは」

「だったら話せ。オレたちには知る権利がある」

小牧はそういうと、「さあ」とせっついた。加藤は先輩に睨み付けられ、観念したように顔を顰めた。

「私が知ったのはいまから半年ほど前になりますが、きっかけは群馬の運送会社で起きた人身事故でした。それに我が社のトラックの不具合が絡んでいたんです」

初耳だった。ホープ自動車がらみの事故の全てが販売部の沢田の耳に入るわけではない。事情は、小牧にしても同じで、それは「不具合の評価はなんだ」という質問からも窺える。

「S3です」と加藤。

「大したことないな」

小牧は呟いた。

ホープ自動車では、不具合情報は全て品質保証部に集約され、そこで危険性などを検討の上、S1からS3までに評価分類することになっている。

最も緊急を要するとされる評価はS1で、これに分類された不具合はすぐさまリコール会議にかけられ、リコールが検討される。エンジン、ブレーキ、駆動系など、不具合によって事故が起きる可能性があると評価されるものは全てS1だ。S2は、部品の不具合、S3はさらに危険性が低いと判断される軽微な不具合であり、これらはリコール会議にかけられることもない。

「それ以前にも同様の事故があったらしく、社内関係者が招集されて、事故対策について話し合うようになったんです。それが半ば定例化したのが、小牧さんご指摘の会議というわけで」

「おいおい、そいつはちょっとおかしいじゃねえか」

小牧はすかさずチェックを入れる。「S3なんだろ。これは不具合には違いないが、特に危険度は高くないって評価だぜ。そんな不具合のために、そこまで秘密にする理由があるのか」

「評価はあくまで評価ですから」

加藤は、微妙な言い回しでこたえた。

「どういうことだ、それは」

小牧の眼光が鋭くなり、加藤をますます窮地に追い込む。

「ですから、Ｓ評価はあくまで品質保証部が行うものなんです。そして評価の基準といっても主観的なものに過ぎません」

その言葉の意味は、次第に沢田に染み込んできた。

「つまり、本当はＳ１に分類される危険なものであっても、品質保証部の匙《さじ》加減次第では、Ｓ２にもＳ３にもなるってことか」

ようやく沢田がきくと、「そういうことです」と加藤は沈鬱な顔になった。

思わず小牧と顔を見あわせる。

「どんな事故だったんだ、その群馬の事故というのは」

国道でトラックがコンクリート壁に激突した事故のあらましをきき、さらに「私が見たところではタイヤが外れたのが事故原因ではないかと……」という加藤の一言で、沢田は凍《こお》り付いた。

「国土交通省への報告はどうなっている。してないのか」

硬い表情になって小牧が指摘した。

「Ｓ３に評価されましたから。する必要もありません。それに群馬の事故では、警察がスピードの出しすぎという判断をしたので、車両の欠陥までクローズアップされることはありませんでした」

「おいおい」

沢田は慌てた。加藤の話をきくにつれ、これが予想を遥かに超えるとんでもない事態だということが飲み込めてきたからだ。〝品証をとっちめてやる〟などという話のレベルではない。

本来、S1に分類すべき不具合をS3に分類する。

それをやったら、自動車製造者としてのモラルは崩壊したも同然だ。さらに、関係部で密かに対策を練っていたというのは異常といっていい事態だ。

「T会議とかいったな。表向きの評価とは反対に、ウチの不具合が相当危険なものだったということか。ほんとのとこはどうなんだ」

「まずいですよ、かなり」

加藤はいった。「まともにいけば、リコール対象です」

なに、といったきり小牧は口をあんぐりあけた。沢田も同様だ。

「加藤。貴様、自分が何をいってるのかわかってるのか。本来リコールすべきものをだな、評価替えして社内で対応するってのは要するに――」

「リコール隠しだ」

ぴしゃりと沢田が継いだ言葉は、三人が食い散らかしたテーブルの上に無造作に放り出された。

そのとき、沢田の胸に運送会社の名前が浮かんできた。

赤松運送である。

「おい、小牧。室井の携帯番号わかるか」

「いや」

その答えをきいて、沢田は立ち上がった。

「すまんな、オレはちょっと会社に戻る。やりのこした仕事を思い出した」

小牧と加藤がわけがわからないという顔で見上げる中、財布から五千円札を一枚引っぱりだしてテーブルの上におくと、沢田は店を出てオアゾのエレベーターホールへと急いだ。

小走りに社に戻った沢田は、デスクの電話ですぐに品質保証部へかけた。

「はい、品質保証部です」

五回目のコールで出たどこかぶっきらぼうな男に、「カスタマー戦略課の沢田ですが、そちらの不具合評価を調べてもらいたいものがあるんです。担当の方、お願いします」

「担当ですか。すみません、もう帰りましたが」

「じゃあ、室井課長、お願いしますよ」

電話が転送される間、沢田は酔いの回った頭で悟《さと》った。室井の野郎は、全部知ってやがったんだ、と。

タイヤが外れた事故は、赤松運送のときばかりじゃなかった。

だが、以前起きていた事故は、品質保証部の匙加減だかなんだか知らないが、闇に葬られた。

そして今回もまた、品質保証部は同様の措置を取ろうとしたはずだ。

だが――。

ここから先は、長年この業界に勤めていた沢田の勘だが、前回と今回では決定的に違うことがひとつある。

話題性だ。

赤松運送が横浜で起こした事故では、外れたタイヤが母子を襲い、母親が死亡するという悲劇を招いた。マスコミの注目するところとなり、なぜタイヤが外れたのかが問題視されるに至っている。

同様の関心を抱くのは、なにもマスコミや一般大衆だけではない。自動車製造業者として最も対応に慎重を期すべき相手——国土交通省もまた、同様の反応を示したはずだ。

「あの事故について国交省から報告を求められたのではないか」

そう沢田は推論した。

そして、報告を求められた以上、道路運送車両法に則《のっと》り、ホープ自動車から回答書が出ているはずだ。それは品質保証部で作成され、おそらくは役員の承認まで得ているに違いない回答だった。

お待ちくださいといったまま、電話の相手はなかなか出ない。

しびれを切らした沢田は、受話器を叩きつけて、販売部を出た。

そのままホープ自動車本社の廊下を駆け、エレベーターで品質保証部へと向かう。ここへ来ることは滅多にないが、ドアを開けた沢田は、すぐに室井の姿を見つけると、まっすぐに突き進んでいった。

部下とともにテーブルを囲んでいる室井の傍らに立った沢田はいった。

「ちょっと話があるんだが、いいかな」

陰気な男の表情に不機嫌な色が混ざり合い、沢田を見上げる。

「見てのとおり打ち合わせ中だ。後にしてもらっていいかな」

「だめだ。今だ」

沢田の鋭い語調に、居合わせた部員が眉を顰《ひそ》めた。「緊急の話だ」

睨み付けると、「ちょっと失礼」と他のメンバーに声をかけて室井は立ち上がる。

「なんだ酒を飲んでるのか、君」

「うるせえ、そんなことはどうでもいい」

まるで小牧の毒舌が移ってしまったかのようになって、沢田は傍らのミーティング・ブースにいくと、ドアを閉めた。

「なんだ、緊急の話って」

むっとしてきいた室井を、「赤松運送の件だ」といって黙らせた沢田は、警戒した色を浮かべた相手の目を覗き込んだ。

「国交省から報告要請はあったか」

返事はない。代わりに探るような眼差しがこちらを見つめてきた。

「あったかときいてるんだ！」

だん、と拳をテーブルに叩きつけた。空気がぴんと張りつめ、室井との敵対姿勢が鮮明になる。

冷え冷えとした睨み合いになった。

「まず、それを知りたい理由をきかせてもらおうか。販売部の仕事に何か関係でも？」

この野郎、ふざけやがって。いかにも品質保証部の主張しそうな縦割り発想に、このときばかりは沢田も怒りを煮えたぎらせた。

「理由だと？　あんた、オレのところへ血相を変えてたずねてきたな。だったらあれは何だったんだ。人にきくまえにまず、自分の理由を先にしゃべったらどうだ」

「だから、あれは品質保証部が調査して整備不良だと——」

「S3か」

遮った沢田を、室井はぎくりとして見つめた。図星だったらしい。「本当はS1レベルなんじゃないのか」

「なんだと？」

「お前ら、勝手に格下げしているんじゃないかっていってるんだよ」

「な、なんのことだ」

沢田は構わずきいた。「赤松の件、国交省になんて報告した？　相手の整備不良が原因だとそのまんま報告したのか」

陰気な男から、鋭い燃えるような眼差しが放たれた。

「T会議にはあんたも出席してるのか」

返事は、無い。

「今日あんたが慌てふためいてオレのところにきたのは、お宅らの調査にまずい点があるからだよな。赤松運送に騒がれ、もし他の類似事故の被害者からも同様の声が寄せられたら。もしそれをマスコミが感づき、ホープ自動車には同様の事故があって、本当にそれが整備不良かと疑問を投げかけられたら。そうなったら困るからじゃないのか。面倒の芽は小さいうちに摘むに限るよな、室井さんよ」

「酔っぱらいの戯言《たわごと》か」

「はぐらかすな」

室井がくわえたタバコを取り上げ、沢田はそれを二つに折って放り投げた。煮えたぎるような視線が向けられる。日頃から陰気な室井だけに、怒りの表現もまた陰湿そのものだ。

やがて怒りに膨れた室井の顔の中で不気味な笑みが広がり始めた。

「品質保証部内のことに首を突っ込まないほうが身のためだぞ、沢田」

呼び捨ては、自分のほうが五つほど先輩だということを思い出させようとしたのかも知れなかった。

「勘違いするな、ボケ」

沢田は平然と言い放つ。こうなれば先輩も後輩もあったものではない。「事があんたたち品証だけで済む話なら、誰が好きこのんで首を突っ込むか。あんたたちがS1の不具合をあえてS3と評価したのは、リコール隠し以外の何ものでもないだろう」

室井が殺気だった目を向けてきた。

実は、ホープ自動車にとってリコールには特別な意味があるからだ。

三年前——。

不具合が生じながら監督官庁への報告を怠り、さらに販売店を通じてヤミ改修を続けていた。その不正の事実が内部告発によって暴かれ、白日のもとに晒《さら》された苦い経験があるからだ。

それは、財閥系の名門自動車会社のブランドが地に堕《お》ちた瞬間だった。

信用を築くには時間がかかるが、失うのはあっという間である。このリコール隠しで起きたホープ自動車バッシングは顧客離れを引き起こし、販売不振に拍車をかけた。それがいまにいたる業績低迷につながっているのは間違いない。

底バイの業績はさらに無理な販売を呼び、たとえば北米市場では〝審査ゼロ、金利ゼロ、頭金ゼロ〟でホープ自動車が買える〝スリー・ゼロ・キャンペーン〟を展開。実施初年度こそ飛躍的な売上を記録して〝ホープ自動車北米市場で再生か〟と騒がれたのも束《つか》の間《ま》、二年目には審査の杜撰《ずさん》さがたたってローン延滞と貸し倒れが集中し、あっけなく赤字転落。「それ見たことか」と同業他社の失笑を買った。

「わかったような口を利くな」

室井はドスを利かせた低い声を出した。「お前、リコールがどういうものかわかってるのか。そりゃあ、販売部はいいよな。マーケティングだなんだとほざいて、お客様至上主義だと錦《にしき》の御《み》旗《はた》を掲げる。だがな、そんなもん、ただのまやかしなんだよ。お客様のために、なんてキャンペーンは、外部へ向けたプロパガンダに過ぎない。不都合があればリコールするのが当然だなんて安直な発想で自動車会社を経営できるとでも思ってるのか。だとすれば、販売部はよほどおめでたい集団だってことだ。お前も含めてな」

リコールを届け出れば当然のことながら金がかかる。室井がいいたいのはそういうことだ。

「発想が逆なんだよ」

沢田は言い返した。「リコール隠しが発覚したことでウチが被った損害を忘れたのか。それに比べれば、リコールを届け出て無償修理に応じたほうが余程安くついたはずだ。同じ失敗を二度犯す奴は莫迦だ。あんたも含めてな」

「お前は何も知らないじゃないか、沢田」

「それはあんたらが隠してるからだろ。重大な情報がもしあるのなら、すぐに社内に公開して対策を講じるのがスジだ。それをこそこそと隠しだてするやり方は絶対に間違っている。品質保証部は、諸悪の根元だ」

沢田の決めつけに、室井は、ふんという荒い鼻息でこたえた。

「なんとでもいえ。どれだけほざこうが、お前に話すことなど何もない。話すべきことでもなく、お前が知っていいことでもない。お前らは黙ってクルマを売ってればいいんだよ。客に媚《こ》びることしか能のない奴が、高度な経営判断を伴う話に首を突っ込むな！」

「なんだと！　ちょっと待て、室井！」

だが、冷ややかな眼差しとともに立ち上がった室井は、さっさとドアへ向かっていった。それを追って立ち上がりかけた沢田のすねがテーブルに激しくぶつかり、

「イテッ！」

足を押さえた沢田の鼻先で力任せに閉められたドアの向こうへ室井の姿は消えた。

10

「あら、どうしたの。そんなおっかない顔しちゃって」

十二時過ぎに帰宅した妻の英里子《えりこ》は、沢田の顔を見て目を丸くした。白い短めのジャケットに細身のジーンズを合わせた英里子は、三十代後半だがまだ二十代でも通りそうな引き締まった体つきをしている。

「おかえり。どうだった、今日は」

沢田は、リビングのソファに深々と体を埋《うず》め、スコッチのグラスを握りしめていた。テーブルランプひとつで薄暗かった室内に英里子の手で天井の明かりが灯され、まぶしそうに沢田は眼を細める。沢田が飲めない酒を飲んでいるときは機嫌が悪いときだと、英里子は知っている。

「まあまあ。いつも通りよ。あなたはそうじゃないみたいだけど」

「まあな」

沢田は世田谷区内のマンションで妻と二人暮らしだった。

大学時代の音楽サークルで知り合った妻はいま、調布にあるFM放送局で番組のパーソナリティを務めている。

もともとかなりの論客で、ミーティングや飲み会で議論になると必ずその場をリードするのが英里子だった。どちらかというと沢田はみんなの意見をきいているだけのことが多かったが、英里子は積極的に意見を述べ、てんでに勝手なことをいう仲間の意見をまとめるのがうまかった。仕切るのが得意で、バンドではボーカル。コンサートで賞賛されるのは曲よりも英里子のトークだったりしたこともある。

友達感覚が恋愛感覚に発展し、それぞれ個性をもった男と女が同居感覚で一応夫婦をやっている。男勝りのこざっぱりした性格はいまも変わらず、沢田との結婚を機に「やりたいことをするため」一度はそれまで勤めた大手FM局を退職したが、半年間気ままに旅行などして過ごした後、いまの小さなFM局に再就職し、今度は裏方ではなく表に出るパーソナリティという仕事を選んだのだった。

正直、どこまで続くかと興味半分で沢田は見ていたが、人気は上々で、かれこれ七年も地域FMの看板パーソナリティとして活躍している。

「食事は？」

沢田はきいた。

「済ませてきた。あなたは」

「食ったとはいえない。腹が減ったような減ってないような」

「そういうときに食べると、太るよ」

ふっと笑った沢田の前で英里子は上着を脱いで派手な黄色いシャツ姿になると、自分は冷蔵庫からバドワイザーを出してきてプルトップを抜いた。オーディオのスイッチを入れて、お気に入りのCDをかけると、沢田の横にきて、「はい、お悩み相談室」。

沢田は吹き出した。こういうところが英里子のいいところだ。

「ええと、会社をクビになったとか」

「それはまだ大丈夫だ」

笑っていったものの、すぐに真顔に戻った。胸を塞《ふさ》いでいた問題が覆い被さってきたからだ。

もし——。

もし、リコール隠しが事実だとしたら——。

そこから先のことは考えるのが、恐ろしい。

そして同時に、沢田は、激しい憤りを感じた。

一度手痛い目にあったはずなのに、その過ちを二度犯すなど、まさしく愚の骨頂ではないか。

加藤の話では、T会議は、品質保証部と研究所を中心とした秘密会議だという話だった。これは完全に社益に反する暴走だ。

「もしかして、カスタマー戦略課の成績が墜落したとか」

英里子は屈託がない。本来なら怒りたくなるような質問でも、英里子にいわれると腹も立たないから不思議だ。だから結婚したようなものだが。

「かろうじて低空飛行」

「ビジネスオンチの私には難しい話？」

「まあ、会社の論理みたいなものと闘ってると思ってくれ」

「失礼ながら、会社の論理っていうのは、〝会社の常識、世間の非常識〟と同義語じゃないの」

「そうかもしれん」

沢田は認めた。いや、今回の件でいえば、まさしくその通りだ。

「だいたい御社って、育ちが良すぎて世間からズレてるところがあるのよね」

沢田は笑えなかった。それもその通り。

「なあ、一般消費者として答えてくれ。お前、ホープ自動車をどう思う。信頼に値するブランドだと思うか」

沢田は妻のほうへ向き直ると、真正面からきいた。

「ちょっと危ういけど、ギリギリ信用してるってところかな」

英里子は少し考えていった。

「危ういのはどうしてだ」

「だって、ヤミ改修だのリコール隠しだのって騒ぎ起こせば、消費者はひくよ」

「そうか」

沢田は次の質問を発するべきか逡巡したが、きかずにはいられなかった。

「もし、またリコール隠しだなんて話が出てきたら、どう思う」

さすがに、英里子から笑顔は消え、声を潜めた。

「そんな話があるの？」

「どうかな。あるかも知れないし、ないかも知れない。だけど可能性はある」

「おいおい」

大袈裟にのけぞった英里子の表情は真剣そのものだ。

「それはまずいよ、沢田課長。なんとかならないの？　もしそんなことになったら、今度こそ、ホープ自動車は終わるよ」

長い息を沢田は吐いた。

「わかってる。だがな、組織って奴は、オレひとりが頑張ったところでどうにもならないことがあるんだよ」

「そんなの嘘だ」

英里子は突っぱねた。

「どんな組織だって、誰かがいわなきゃ動かない。みんなが〝自分ひとり頑張ったところで〟って諦めてるから動かないだけよ。もし、そんなことがあるのなら、あなたがそれをいうべきなんじゃないの」

「そうかも知れない。だけどな」

「だけど？」

英里子は沢田の言葉を待った。

「もう遅いかもしれないんだよ」


朝のミーティングを終えて戻ってくると、自席の電話が鳴っていた。

「沢田君、ちょっと来てくれ」

電話の向こうから聞こえてきたのは、野坂明義《のさかあきよし》部長代理の不機嫌な声だ。振り向くと、フロアの離れた場所から、受話器を握りしめたままこちらを見ている野坂が見えた。

「いま参ります」

スケジュールを書き込んだシステムノートをデスクに置き、まっすぐに野坂の席まで行くと、「どういうつもりなんだ」という叱責が飛んできた。

「は？」

「先週末、酔っぱらって品証の仕事を邪魔したそうだな」

室井の野郎が上に泣きつきやがったか。そう思った沢田にしてみれば、実は好都合な展開でもあった。

「別に邪魔をしたわけではありません。大事な話がありました」

「酔っぱらって大事な話をするのか、君は」

「その点については申し訳ありませんでした」

まず沢田は謝罪した。

「その前にいた酒の席であまりに重大な情報を得たものですから、それで社に戻って室井氏にきいてみただけです」

「重大な情報？」

案の定、眉を動かした野坂に、二つの事件とT会議の話をするとみるみる顔つきが険しくなっていく。

「君、それを誰かに話したか」

話の途中で場所を変え、空いていた会議室に入った。

「いえ。ですが、もしリコール隠しのようなことが行われているとすれば、これは大問題です。S1の危険な不具合を意図的にS3に落とす品質保証部の対応もおかしい。密室で話し合うようなことではないと思うんですが」

野坂は腕組みをして考え込む。

「不具合の具体的な内容がわからないので、本当にリコール隠しかどうかはわかりません。ですが、その可能性はあります」

野坂は、怒りの矛《ほこ》を収め、声を潜める。

「君の言い分はわかった。品質保証部からの抗議には私からうまくいっておく。だがな、もう少し、組織の動き方を覚えろよ。君は課長だろ」

「すみませんでした」

ここはひとつ頭を下げておくしかない。それもまた組織での動き方という奴だ。

その野坂から再び呼び出しを受けたのは、その日の午後遅くだった。のっけから会議室に入った野坂は、「今朝の件だが」と切り出し、朝よりもさらに厳しい顔で、沢田と対峙《たいじ》した。

「沢田、忘れろ」

「は？」

「もう一度だけいうぞ。忘れろ。いいな」

「どういうことです、部長代理」

野坂は唇を嚙んで押し黙った。沢田は、野坂のことは以前から知っている。仕事はできる。部下の面倒見もいい男だ。まっすぐな性格で、理知的な面もしっかり持ち合わせた実力派である。その野坂が、自らの発言がいかに不条理なものかわからないはずはない。つまりこれは、野坂自身ではなく、部長代理という立場あっての発言だということだ。

「これ以上、きくな、沢田。オレにも立場ってものがある」

「部長からの指示ですか、それは」

野坂は視線を逸らせた。「そんなところだ」

「大丈夫なんですか、うちの会社は」

気まずい沈黙をやぶった沢田に、野坂は腕を組み、両目をぎゅっと閉じて顔を天井へ向けた。

「大丈夫だ。上を信じろ」

上かよ——。

沢田は心の中で呟く。

英里子、この組織は君が思っているほど簡単な組織じゃないみたいだ、と。恥ずかしい話だが、英里子に指摘されるまで、沢田は逃げていた自分に気づかなかった。

だれかがいわなきゃ変わらない。だが、それで変わるのは正しい組織だけだ。

このホープ自動車の根幹は、今どうしようもないほどの腐食が進んでいる。

整備不良だと？

品質保証部め、笑わせるじゃないか。整備が足りないのは、ホープ自動車という組織そのものだ。

しかも沢田は、その腐った組織の一員であり、中間管理職としての立場にある。

腐っていても、自分の会社。見捨てようと思っても、いまさら他へ行く当てもない。考えてみればホープ自動車とは皮肉な名前だ。だが、たとえ夢や希望が無くても、しがみついているしかない、この組織に。与えられ、命じられた働きをするしかないのだ。それが会社員って奴だ。

「一蓮托生《いちれんたくしょう》ってことですか」

呟いた沢田に、野坂からの返事は無かった。

第三章　温室栽培群像

1

　赤松運送のトレーラーが横浜で起こした事故のことを、東京ホープ銀行本店営業本部の井崎一亮《いざきかずあき》が知ったのは、その翌日のことであった。

　代々木上原始発、午前七時ちょうどの電車。まだ比較的空《す》いている車内の座席にかけ、発車を待ちながら新聞の社会面を開けた井崎の目に、「トレーラーのタイヤ　母子直撃」という見出しが飛び込んできたのだ。

「うわっ！　気の毒になあ」

　そんな感想を抱いたものの、見出しを読んだだけで素通りしかかった井崎の視線は、記事のわりに大きく掲載された写真の上ではたと止まった。

「ホープ自動車製か……？」

　縁石に乗り上げ、傾いたフェンダー。無人の運転席、現場検証する鑑識課員のちょうど背中あたり――。そこに、楕円《だえん》を三つ重ねたホープのエンブレムが虚《うつ》ろに写っていたのである。

ふと井崎は、自分のスーツの襟に視線を移した。そこに同じ意匠を施したホープの社章が、朝日を浴びて輝いている。〝スリー・オーバル〟は、誇り高き財閥系企業の象徴でもあった。

井崎は、むさぼるように記事を読み始めた。


横浜市港北区の国道を走行中の、赤松運送（東京都世田谷区）の運転手、安友研介さんの運転するトレーラーのタイヤ（重さ約百四十キロ）が外れ、歩いていた主婦、柚木妙子さん（33）の背中を直撃、柚木さんは近くの病院に運ばれたが、全身を強く打っており間もなく死亡した。一緒にいた長男の貴史《たかし》ちゃん（6）も軽傷を負った。港北警察署では、トレーラーの整備不良が原因とみて同社関係者から詳しく事情を聞いている。


胸にせり上がってきたのは、ホープ自動車という自分が担当している会社のトレーラーだということより、亡くなった主婦への同情だ。三十三歳という年齢は妻の香織《かおり》と同じだし、怪我《けが》をした長男も井崎の一人息子、一宏《かずひろ》と同い歳だ。

もし、香織がこんな事故で死んだら、一宏も井崎も、悲しみに打ちひしがれるだろう。もしかすると立ち直れないかも知れない。仕事どころではなくなるだろう。

そんな身を引き裂かれるような悲劇が、実際に起きたのだ。自分とは無関係の、見ず知らずの家庭で。

人生ってのは、いつ何時、どんなことが起きるかわからない。

唐突な死や不慮の事故を聞くたび、井崎が思い出すコマーシャルがある。

巨大なビリヤードの台の上を、スーツを着たサラリーマン風の男が歩いているのだ。散歩でもするように、男は何事もなく歩いているのだが、そのスレスレのところをビリヤードの玉がいくつも通り過ぎる。

たしか、どこかの生命保険会社のコマーシャルだったと思うが、それは一見平穏な生活に潜む危険を実によく表現していた。だから、井崎の胸に残ったのだ。

「オレも気をつけなきゃな」

動き出した電車の中で、井崎は自分にいった。いや、気をつけてどうにかなるものでもないかも知れないが。

ひとしきり、主婦と遺族に同情した井崎だったが、その後に浮かんできたのは、「それにしても、ホープ自動車もイマイチついてないな」という、今度は職業がらみの感想だった。

井崎が所属する営業本部は大企業を相手にしている部署だった。中でも井崎のいるグループは、同じ資本系列の会社を担当することから行内のエリートが集う場所として知られている。

一年前までは、井崎もその一員としての誇りを感じない日は無かったが、ホープ自動車担当になってからは、誇りどころではなくなったというのが正直なところだ。

大規模なプロジェクトを手掛け、昼夜を問わず働く同僚たちと対照的に、ホープ自動車が井崎に運んでくる仕事は、常に〝後ろ向き〟のものばかりだった。

業績の低迷に始まり、新車の販売不振、顧客離れ。そうしたツケは、資金不足となって銀行への追加支援要請となる。

同資本系列の上場企業だからといって盲目的に融資できる時代でもなく、業績がいまひとつの企業への融資は正当化するのにひと苦労だ。もっともな理屈をつけて上の承認を取り付けるのが井崎の仕事といえば仕事だが、このご時世でそれは容易なことではない。

そもそも、ホープ自動車が抱える問題は根深い。

ホープ重工という、日本を代表する重厚長大企業の車両部門から独立したのはかれこれ三十年も前のことだが、ホープ自動車はいまだ、親方企業の一部門であったプライドと慢心が捨てきれない。

銀行に対する態度も傲慢で、自らが招いた経営不振に反省の欠片もない。

あるのはいつも、「これだけ必要だから出してくれ」という、グループ企業なんだから支援して当然だという不遜《ふそん》な態度だ。

「これが同じグループの企業じゃなかったら、支援なんかしないのに」

いままで何度そう思ったか知れない。

それなのに、結局、クレジット・ポリシーをひん曲げた支援に駆けずり回る役どころを井崎は仰せつかっているのだった。

「銀行はホープ自動車の財布じゃないんだぞ」

それが井崎の率直な感想で、現場の行員にしてみれば、ホープ自動車など迷惑以外の何ものでもない。そもそも三年前の大不祥事のとき、妙な情けをかけたのがいけなかったのかも知れない。

おかげで、「危なくなれば、銀行がカネを出してくれる」とホープ自動車首脳陣は究極の勘違いをしている。

本来なら背水の陣で経営改善に取り組むべきところなのに、いまひとつそれがピリッとしないのは、そうした慢心がホープ自動車社内に蔓延《まんえん》しているからではないか。

ホープ系企業は往々にして対企業取引に強みを発揮し、個人に弱い。ところが、一旦は消費者に向きかかったホープ自動車の方針もいつしかなし崩しにされ、いまではすっかり元の殿様商売に戻ってしまった。

そんなことで売れるクルマができるのか?

企業相手なら、「我々はホープでございい」と胸を張っていればいいのかも知れない。だが、個人相手に財閥の威光をかざしてどうする。

井崎の思いはさらに巡る。

いやいや、これはホープグループ全体にもいえることで、なにしろ元が明治以降の重工業をはじめ日本産業の発展とともに基礎を築いた財閥だ。重工、商社、銀行の「御三家」が牽引する企業群は、対企業取引において圧倒的な強みを発揮する一方で、一般消費者に弱い。

財閥の常識、世間の非常識。

財閥の論理、世間のわがまま。

この究極のすれ違いをどう穴埋めしたものか、井崎自身、想像もつかない。

事実、一般消費者相手のホープ電機などは、他の大手メーカーの後塵《こうじん》を拝する構図に甘んじて第二グループから抜け出す気配もなく、ホープ自動車もまた同じといえば同じだ。

戦車から自動車へ——。ところが、出来上がった製品は見かけこそ自動車でも、作り手の意識は戦車を製造していた頃と同じなのだ。

綾瀬《あやせ》行きの電車は、駅を出てすぐに地下へと潜行し、明治神宮前や表参道で乗り継ぎ客をさらに乗せて次第に混雑しはじめた。大手町駅までの乗車時間は約十八分。東京ホープ銀行本部まで、そこから歩いて五分の距離だ。

出勤した井崎は、すぐにホープ自動車に電話をかけた。

相手は、三浦成夫《みうらしげお》。本社財務部で係長職にある銀行担当者だ。

「新聞で事故の記事を読んだんですが、販売への影響は大丈夫ですか」

銀行番だけあって、三浦の出社は早い。係長の肩書きは、井崎の役職である調査役とほぼ釣り合うが、年齢は三浦のほうが十ほど上だ。

「ああ、あれですか。大丈夫でしょ。整備不良が原因なんだし。影響なんてないですよ」

三浦の口振りは人ごとのように安穏《あんのん》としたものだった。

「そうですか。ならいいんですが……。ところで、あの新聞、いくら現場写真でも、事故車両のエンブレムが見えるのは良くないですよね」

「たしかに、ちょっと新聞社の配慮が足りない気がしますね。ただ、あの記事からあの件と結びつける読者はいないと思いますよ」

あの件――つまり、三年前のリコール隠しだ。ホープ自動車始まって以来、いや、ホープグループ始まって以来の大不祥事だった。

井崎はほんの少し、表情を歪めた。

もう過去の話だと、三浦はいいたいのだろう。誰でも、嫌なことは忘れたい。だが、リコール隠しが「過去」かどうかを決めるのは一般消費者だ。一度傷ついたブランドイメージはそう簡単には回復しない。三浦は、それを軽く考えている。いや、三浦だけでなく、ホープ自動車の多くの社員が軽く考えているのではないかと井崎は危惧するのだった。

「それならいいんですが」

「井崎さんは心配性ですねえ」

こちらの返答が気に入らなかったのか、三浦は皮肉を交えていい、「とにかくあの事故が販売に影響するということはまず考えられませんから」と念を押す。

その後話は、今後の資金需要に移り、他行動向などの情報交換になった。

他行といっても業績低迷中のホープ自動車に積極的に融資する銀行があるわけでもなく、いわゆるメーン寄せ、つまりリストラ時の資金需要は主力銀行が面倒を見る金融業界の慣行もあって、東京ホープ銀行以外の銀行はどこも様子見を決め込んでいる。

「あ、それから、近いうちにウチの狩野《かのう》が、そちらの巻田《まきた》専務を訪ねると思いますのでよろしく」

話の最後に、三浦が思い出したようにいった。

「中期計画の途中経過についてのお知らせでしょうか」

「さすが井崎さん、察しのいいことで」

三浦はいい、「お手柔らかに頼みますよ」と冗談めかす。

「それはこちらのセリフですよ」

半ば本心で、井崎はいった。

ホープ自動車常務取締役の狩野威《たけし》は、将来の社長候補と目される有望株だ。一方、ホープ銀行の巻田三郎《さぶろう》専務は国内与信の総責任者で、昨年策定されたホープ自動車再生計画にすったもんだの末最終承認を与えた人物であった。このときの巻田は行内の意見を統《す》べるだけでなく、取引各行へも働きかけ、八面六臂《はちめんろっぴ》の活躍で協調路線を堅持する立て役者となった。

それがよかったのか悪かったのか、今となっては判然としないが、そこまでして通した再生案が計画通りに進まないとなれば、巻田の、いや東京ホープ銀行の沽券《こけん》に関わる。

「どんな内容になりそうですか」

心配した井崎はきいたが、「それは狩野からご説明申し上げることになっていますので」と三浦は言葉を濁した。

業績の経過がいいはずはない。はっきりいって、悪いだろう。

やり手の狩野のことだ。すでに今年度決算を視野に入れ、悪いなら悪いなりに金融機関の協力を取り付けた上で、業績の下方修正でもするつもりだろうか。これ以上、株価の時価総額を下げるわけにはいかない現経営陣の思惑も透けて見える。

「そうですか。それでは、狩野常務からのご報告をお待ちすることにします」

受話器を置きながら、井崎は湧き上がってくる嫌な予感に顔を顰めた。

2

狩野威の秘書を通じて、巻田三郎へのアポが入ったのは、井崎が三浦と電話でやりとりをした日の午後。面談には、井崎も出席するようにと次長から言いつけられたのもほぼ同時だった。

「新たな支援要請があるかも知れません。報告を受けている業績の経過を見る限り、とても順調とはいえませんから」

そういうと、次長の紀本孝道《きもとたかみち》は、難しい顔で長いため息を洩らした。とはいえ、業績経過そのものは紀本にも随時報告してあるから、おおよその想像はついているはずだ。

「全ては先方の話を聞いてからだが、厳しいな。二度目か。これじゃあオオカミ少年だ」

「同感です」

二度目というのは、ホープ自動車の業績下方修正のことだ。半期経過した時点で一回やったから、今度で二度目になる。

こういうことがあまり頻繁に起きると、ホープ自動車が発表する業績見通しは甘いという評価が定着してしまい、何をいっても信用されなくなってしまう。だからオオカミ少年だ。

ビジネスの世界において、業績見通しや計画の達成は、手形の決済と同じである。きっちり果たしていくのが重要だ。しかも、一般投資家など、利害関係者が多い上場企業では当然、約束の確行を求められる。

面談の約束は、翌午後三時。狩野は、その時間を五分過ぎて来社し、悠々と専務室に入ってきた。

「いやあ、巻田専務。お忙しいところ、お時間いただきまして、どうもどうも」

見かけはすらりとした知性派を思わせる狩野だが、話しぶりは田舎《いなか》政治家のようだと井崎は常日頃思っていた。忙しいことをいうのなら、遅れてこなければいいのだ。兎にも角にもいうこととやることが違う、それでいて自分の行状には無関心。誰もが従ってくれると無条件に思いこんでいるようなところが、狩野にはあった。

ホープ自動車社内では、それを育ちの良さと結びつけて考えているらしいが、井崎にしてみれば温室栽培の世間知らずにしか見えない。

育ち、という点についていては、たしかに狩野は良い。

伯父は、すでに引退したが東京ホープ銀行の頭取などを歴任した狩野博重《ひろしげ》、義理の父親はホープ重工専務を務めていた、まさにホープ一家。洗練された家系の出で、ホープのプリンスと称される所以《ゆえん》である。

勧められたソファにかけるやいなや誰に断るでもなくタバコを点け、とりとめもない世間話を長々と続けた後、ようやく狩野は本題に入った。

「ところで、本日は業績の途中経過をご報告に参りました」

テーブルを挟んで対面《トイメン》に巻田と次長の紀本。井崎は一番入り口に近い末席に控え、さてどんな話が飛び出すか、ペンを握る指先に力を込める。

狩野の脇には財務部の三浦が控えていた。それまで置物のようだったのが動いて、資料を滑らせて寄越した。

第三四半期までの業績予想と計画対比が記載された要約《サマリー》である。

資料を見た途端、井崎の脇から、紀本の呻《うめ》き声が上がった。気持ちはわかる。井崎だって驚きの声を上げたいくらいだ。

「だいぶ、計画と乖離《かいり》しましたな」

穏やかな物言いとは裏腹に、眉間に皺を寄せた専務が口にした。

「目算違いは、ジェットです。どうもコンセプトの斬新さを消費者は理解できないらしい」

ジェットとは、今期、ホープ自動車が市場に投入した戦略小型車だ。斬新なデザイン、燃費効率などを追求した未来カーとの触れ込みだったが、販売台数は予想を大幅に下回った。

燃費効率をいうのならいまやハイブリッドだし、ただガソリンの燃費を向上させたところで、省エネ車としての評価にはほど遠い。ライバルメーカーに比べ、ホープの省燃費分野での研究は出遅れており、ならば別のコンセプトで売るべきだった。いまとなっては後の祭りである。

「努力はしているが、利益予想を二十五パーセント下方修正しなければならないような事態になりまして、ご理解いただきたい」

「業績改善の道筋はいかがです」

前向きの巻田らしい発言が出たが、狩野は「新車の開発が遅れておりましてねえ」と能天気だ。

「今期業績への寄与は無理ですが、来年早々には投入できると思いますから、下半期には効いてくると思いますよ。バロックもマイナーチェンジになりますし」

バロックというのは、ホープ自動車の代名詞ともいわれる四輪駆動車だ。ホープ自動車といえばバロックを思い浮かべる消費者も少なくない。他ならぬ井崎もそのひとりだが、前回のマイナーチェンジで流線型を多用したバロックは、消費者の好みをミスリードしてシェアを落とす要因になった。

まるで七〇年代のアメリカのトラックを彷彿《ほうふつ》とさせるような厳《いか》ついフェンダーやボディのボリューム感は、古き良き時代へのオマージュのつもりが、消費者の目には悪趣味と映ったのである。

バロックのマイナーチェンジを企画したときのデザイン担当者は、もしかしたら、かつて窮地に陥ったクライスラーを救ったダッジ・ラムを意識していたかも知れない。

だが、醜悪なほどの懐古趣味に溢れたこのトラックが大成功を収めたのに対して、バロックがホープ自動車にもたらしたのは、注文すれば即納車といわれるほど低迷した売れ行きだけだった。

「もう二年になりますか。マイナーチェンジで人気が戻るといいですが」

巻田のコメントに狩野は笑みを消し、「バロック人気は健在ですよ、専務」と釘を刺す。

「いくらいいクルマを出しても、景気低迷には勝てませんからな」

本気でいってるのかと、井崎は思わず狩野の顔をまじまじと見てしまった。

景気が悪かったのは事実だ。しかし、そんな中でも、競合メーカーからはヒット車が出ている。バロックがウケなかったというより、図体のでかい四輪駆動車そのものがいまや時代遅れになっているのだ。ファミリーカーの概念は、かつてのセダンからワゴンやワンボックスに移っている。マイナーチェンジでは、ワンボックスへ離れていった消費者を取り戻すほどのインパクトを与えるのは難しいだろう。

「競合も含め経営環境は相変わらず厳しいままです」と狩野。

なるほど、と巻田は一瞬沈黙し、そろりと口を開いた。「そういえば、横浜の事故は大丈夫ですか」と。

面を上げて専務を一瞥した井崎は、テーブルの反対側にいる狩野と三浦を窺った。

おっとり構えていた狩野から笑みが消え、「まあ、なんとか」と苦々しい表情になる。

「事故というのは、どのような……？」

ただひとり、事情が飲み込めない紀本が口を挟んだ。

「横浜で起きた事故を知らないか。タイヤが母子を直撃して母親が亡くなった——」

ああ、あれですか、といった紀本に、「整備不良が原因でね。迷惑な話です」と狩野が解説を加える。間髪を入れず、という感じだった。

「じゃあ、そういう結論になったわけですな」

巻田が確かめるようにきいた。

「そういうことですね。関係ありません」

胸に湧き上がってきた違和感、その答えを井崎が見いだせぬまま、「それで今後の支援の件ですが」と狩野は逃げるように話題を変えた。

3

その夜。午後十一時過ぎまで、井崎は仕事に忙殺された。とはいえ、激務で知られる本店営業部には、まだ多くの行員が残っていた。

昼間の狩野と三浦の訪問は、またしても井崎に後ろ向きの仕事を運んできた。

ホープ自動車が申し入れてきたのは、二百億円のクレジットラインだ。クレジットラインとは、いつでも自由に借り入れできる枠のことである。

「クレジットラインをくれませんか」

狩野がそういったとき、井崎が期待したのは、巻田の断りの言葉だ。「それはちょっと難しいですな」そう一言いってくれれば、よかったのに。

業績順調な会社であれば何も問題ない。だが、業績低迷中のホープ自動車に対して、上限はあるとはいえ、いつでも自由に使える枠など与えていいとは思えなかった。

あの温室栽培人間たちにしてみれば、「これで一息つける」ぐらいの安心枠である。

「クレジットラインじゃなきゃいけませんか」

狩野たちが帰社した後、巻田もいる前で井崎はいった。

「どういうことかね、君」

このとき、狩野に対するのとはまるで対照的な威圧感のある態度で、巻田は鋭い眼差しを井崎に向けた。

「業績が低迷している会社にクレジットラインは承服しかねます」

「低迷しているからこそ、だ」

巻田の論法は逆説に近い。「そこまで当行が支援しているとアピールするからこそ、意味がある」

それで立ち直れればの話ですよね、それは。

そういいたいのを堪え、井崎はそれ以上反論しなかった。

いっても無駄。

ここにもひとり、温室栽培人間がいた。それを発見したような愕然たる思いで、紀本と部に戻る間、井崎は一言も発することができなかった。

「君の考えはわかる。だが、専務があいわれる以上、稟議《りんぎ》を上げてくれ。難しい先だからこそ、君が選ばれて担当になっているんだから。な」

ぽんと肩を叩かれて紀本には激励されたものの、釈然としないまま、いま井崎は稟議書を作成する前の資料を眺めていた。

融資をするときに迷い始めると、いつも行き着くのは、会社というのは何だという疑問だった。

融資すべきか、見送るべきか。

その二者択一は、ハムレットの有名な問いかけにも似て、井崎の頭を悩ますのだった。

もし、ホープ自動車が行き詰まった場合、どうなるだろうか。

数万人単位の失業者が出て、株主をはじめ多くの利害関係者が多大な損害を被る。だが、もしホープ自動車が生き残るとして、その存在意義とは何なのか。

消費者心理からかけ離れた企業体質を持つこの会社に、果たして世の中で生き残っていくだけの価値があるのか。

企業の存在意義が世の中に対する価値の創造だとすれば、ホープ自動車の提供する価値は果たして存続に値するのであろうか。

この日の面談で、狩野は何度か、株式の時価総額のことを口にしていた。

「それだけが全てじゃないでしょうに」という反論を、幾度飲み込んだことか。

ホープ自動車のブランドは地に堕ちた。

株価が大事なら、それを維持するために本当に必要なのは、銀行の支援ではなくブランド力ではないのか。

いまの世の中、商品を売ろうと思ったら、安くするか差別化するかのどちらかだ。

いまさら低価格車を投入するわけにいかないから、ホープ自動車の場合は、差別化しかない。つまり、他社と違うものを作るしかないのだ。「ホープ自動車は違う。やっぱり信頼できる」という消費者の評価を勝ち取るしかない。

その差別化のための最重要ポイントこそ、ブランドに他ならない。

肝心なものをないがしろにして、なにが株価だ。そういうことをわかっていない会社が、時価総額だなんだというのだから、笑止千万だ。井崎が任されたこの仕事が、ホープ自動車の尻拭《しりぬぐ》いだと思えてしまう理由もまさにそこにある。

狩野の言葉がホープ自動車の総意かどうかは別にして、やるべきこともやらないで結果だけを求める経営陣の浅はかさ。毛並みのいいプリンスだかなんだか知らないが、何万人も社員がいて、この程度の役員しかいないのかと思うと情けなくなってくる。

「いっそのこと、オレがかわりに経営してやろうか」

きっとそのほうがマシだ。

今回の案件は当然のことながら役員決裁になるが、承認されるかどうかのポイントは、ホープ自動車の業績予想にかかっている。

しかし、少なくとも三浦が持ち込んだこの資料から、確実な将来性を読みとることはできなかった。

「たしかに資料に記されている数字は黒字なんだけどな」

頭をかきむしりながら、井崎は呟いた。なぜ、黒字になるか、ということも書いてある。クルマが売れるからだ。そのための販売目標も書いてある。

だが、ここには肝心なことが書いていない。

なぜ、クルマが売れるかだ。

本当にこの計画通りになるのか、ならないのか。

「ならない」

井崎は胸に浮かんだままの言葉を口にした。「この計画は――絵に描いた餅だ……」

もちろん、井崎の抱いたその印象に根拠があるわけではない。まして数字で説明できることでもない。あえていえば、バンカーとしての嗅覚《きゅうかく》だ。

どれだけ考えてもホープ自動車に対する支援に納得のいく解釈は与えられなかった。

そんな井崎の携帯電話に、大学時代の友人、榎本崇《えのもとたかし》が電話をしてきたのは夜の十時を過ぎた頃だった。

営業フロアを出てかけ直すと、「はい、週刊潮流」というぶっきらぼうな男の声が出てすぐに榎本につながられた。

「ああ、悪い悪い。遅くに電話しちゃってホント申し訳ない」

詫《わ》びとは裏腹な軽い口調だ。「今日とか、時間ないかなと思って」

「今日かよ」

井崎は腕時計を覗き込んで顔を顰めた。

「まだ出られそうにないんだよな」

「じゃあ明日以降でちょっと時間くれないかな。いつでもいいけど。実は、ちょっとききたいことがあってさ」

「銀行内部のことはまずいぞ。いまうるさくてさ。広報室を通してもらわないと、あとでトラブルになっちまうんだ」

「ああ、違うから大丈夫。銀行内部のことがききたけりゃ、もっと他のつてに電話するから。というか、個人的に井崎の意見がききたいことがあってさ」

「俺の意見？　何について」

「まあ、いろいろ。電話でいうとちょっと長くなるから、どこかで時間作ってもらえるとありがたいんだけど」

「急ぎか」

「できることなら、早いほうがいい」

断るだけの理由もなかった。

「明日の夕方ならなんとかなるかもしれない。三時から五時の間ぐらいでいいか。せいぜい一時間ぐらいしか取れないと思うけど、それでいいんなら」

「十分十分」

時間が空いたら携帯に電話してくれと番号を告げて切った。

4

待ち合わせの場所に、榎本は先に来て待っていた。大手町のビル地下にある喫茶店である。

都内にある取引先の商社を出たのが三時過ぎ。連絡を入れた榎本が指定した店だった。

「すみませんね、お忙しいところ。わざわざお時間を頂きまして」

立ち上がって井崎を迎えた榎本は、少々他人行儀な言い回しで迎えた。友人同士というより取材相手と編集者という感じだ。

「いえいえ。どう、元気でやってる？」

前回榎本と会ったのはもう一年以上も前のことだ。

「お陰様で。相変わらず、ばたばたしてますよ。そっちはどう？　本店営業部に異動になったって田沼《たぬま》に聞いたんだけど」

田沼というのは、榎本との共通の友人だ。

新しい名刺を一枚渡すと榎本はそれをしげしげと眺め、「ここはどういう会社と取引してるわけ？」ときいた。

「同じ資本グループの会社とその関連と思ってくれたらいいかな」

「ふうん」

意味ありげにうなずいた榎本は、その名刺を大事そうに名刺入れに入れ、「都市銀行の数が減って、仕事の内容に影響って出てるの」ときいた。

さっそく本題かと思ったが、そうでないのは閉じたままの取材ノートが証明していた。

あれこれ差し障りのない範囲で答えた井崎に、榎本は最近の金融事情のいくつかを取り上げては感想をきく。

そんな経済談義を二十分ほど続けるうち、井崎のほうがじりじりしてきた。

「一般論がききたかったら、俺じゃなくてもっとふさわしい取材相手がいるだろうに」

「いやいや。井崎先生のお説はなかなかのものですよ。非常に参考になる」

そこで言葉を切り、榎本は数秒間沈黙した。

「実は今日時間を頂戴したのは、その井崎先生に折り入って個別案件に関する意見をききたかったからなんですわ」

「個別案件？」

妙な言い方をすると思った井崎の前で榎本はようやく取材ノートを構えた。

「そう。個別のね」

「うちに関係することか」

「たぶん」

榎本はずいと体を乗り出す。「それと、ここだけの話にしてもらいたい」

「なんだよ、急に」

戸惑い、中途半端な笑いを浮かべた井崎の表情は、次の榎本の言葉で微妙に歪んだ。

「ホープ自動車から内部告発があった」

どう反応していいかわからず、井崎はただ相手を見つめた。「リコール隠しをしているというんだ。さっき、井崎は同じ資本系列の会社の担当部署だっていったよな。なにかそんな話、聞いてないか」

「まさか。聞いてない」

その目を、榎本はこれ以上ないほど真剣に見つめる。真偽を見抜こうとする目だ。

「三年前にも、ホープ自動車はリコール隠しで痛い目にあってるよな。それで売上が激減して経営危機に直面、ホープ銀行の支援でなんとか急場はしのいだものの、その余波で業績は低迷したままだ」

榎本はきいた。「本当に、ホープ自動車の社内体制は一新されたんだろうか。それが知りたい。いや、井崎、お前の意見をききたい」

井崎は自分を見つめる二つの目を見て、こいつは知ってるな、と直感した。どこでどう調べたか知らないが、井崎がホープ自動車の担当調査役であることを榎本は知っている。

「内部告発というのは、どんな内容だったんだ」

井崎は答えを避けた。

「それはまだ話せない。ただ、これが公表されれば、ホープ自動車はかつてない窮地に陥るだろう。なにしろ、人も死んでる」

「なに？」

榎本の最後の一言に、井崎は反応し、「本当か」ときいた。ふいに胸にこみ上げてきたのはやはり、あの横浜の母子死傷事故だ。

「やっぱり、知らないんだな、お前も」

井崎の心を読んだか、榎本はいった。

「お宅の編集部に告発してきたのか、社員が」

「社員からの投書だ。そこに、ホープ自動車の腐った内実がずらずらと書いてあった。まあ、編集部にはその手の告発が舞い込むことはしょっちゅうで大抵は愚にもつかないものが多いんだが、今回はガセじゃない。衝撃的といっていいニュースバリューだ。告発者本人にも会って確かめた」

「書くつもりか」

「裏付けが取れればな」

「待て、榎本。それはちょっと待ってもらえないか。俺のほうで調べたい。だから、なんにせよ公表するのは待ってくれ」

忖度《そんたく》するような沈黙の後、「いずれにせよまだ少し時間がかかる」と榎本はこたえた。

「ウチとしては、裏付けが取れ次第、書く。ウチにだけ投書してきたらしいが、反応が無いと思えば他の雑誌にも送りつける可能性が出てくる。まんまとスクープを取られるようなことはしたくない」

「時間がかかるって、どれぐらいだ」

井崎はきいた。

「ウチの裏付け取材は徹底的だ。それが終わるまで。要するに俺が納得する記事が書けるまでだ。いいか、ここだけの話だぞ。お前はホープ自動車にばらすような男じゃない。だけど、もしなにかのきっかけでホープ自動車が内部告発に気づいて動いたら、そのときは待ったなしで記事にする」

榎本はそういうと右手をひょいと上げ、喫茶店の伝票を持って立ち上がった。心のさざ波を押さえつけられぬまま後を追って立ち上がった井崎に、榎本はいった。

「悪いことはいわない、できることならホープ自動車からは手をひけ、井崎」

「もし提出した書類の件でご質問があれば、承ろうと思いましてね」

ホープ自動車財務部の三浦が訪ねてきたのは、榎本と会った翌日のことであった。昨日一日、榎本の話をあれこれと考えて釈然としないまま時間だけが経過していった。その井崎を訪ねてきた三浦は、何事も知らず応接室で平和な表情を浮かべている。

内部告発の件は、まだ誰にも話してはいない。いやそもそも、上席に報告するにせよ、どう話していいものかさえ判断しかねた。

「質問ですか」

井崎はため息まじりに、「ききたいのは、この計画通りに本当に進むのかということですよ」とこたえた。

半分は皮肉だ。三浦の目に意地悪な色が滲み、「それをいったらキリがない」と返された。どうやら気分を害したらしい。

「計画はあくまで計画じゃないですか、井崎さん」

我が耳を疑うとはこのことだ。当然とばかり涼しい顔をしている三浦を、思わず睨み付ける。

「三浦さん、あなた、困ったらウチが助けてくれるとタカくくってませんか。それがいつまでも通用すると思ったら大間違いですよ」

ホープ自動車の財務部係長は、せせら笑った。

「ほう。井崎さんは上司の方がいらっしゃらないと言いたい放題ですね」

「発言を求められれば、どこでも同じことを申し上げるつもりですが。いいですか、前回の支援を取り付けるのに、どれだけ苦労したかわかってますか？　それなのに絶対に達成するという中期計画を、こんな簡単に下方修正だなんて、話にならない」

「それはあなたの意見ですか、それとも東京ホープさんの意見でしょうか」

つんと澄ました顔で三浦はきいた。断れるものなら断ってみろ、という強気が透けてみえる。巻田専務のホープ自動車寄りの姿勢がわかっているだけに、結論は決まっているとでもいいたいのだろう。

「先日の面談で、横浜の人身事故のことが話題に上りましたね」

唐突に井崎は切り出してみた。「整備不良ということでしたが、本当にそうですか」

三浦は、何を言い出すのかという顔になった。

「それについては問題ない、と申し上げた通りです」とぴしゃり。

「前回のようなことはもうありませんね」

重ねてきくと相手の係長ははじめて表情に猜疑《さいぎ》を浮かべた。

「どういうことです」

「もうリコール隠しはないですね、とお伺いしているんです」

「井崎さん、あなたはホープ自動車を愚弄《ぐろう》するつもりですか」

突っかかるようにいった三浦に、井崎は意味ありげにいってみた。

「銀行というところには、いろいろな情報が集まってきます。中には、捨て置けないものもある。企業の興廃を左右するのではないかと思しきものも含めて」

三浦の目が、抜け目無く動く。

「なにがおっしゃりたいのか、よくわからないんですけどね。具体的にどういうことか、話してくれませんか」

だが、井崎はあえて話を打ち切った。

「リコール隠しはないと断言されたんだから、その件はいいでしょう。さてクレジットラインの件は、もう少しお時間をいただきたい。十分検討した上で、結果をお知らせします」

三浦が不満なのはその顔つきでわかる。結果を知らせるだと？　ふざけるな。いまにもそんな言葉が飛び出してきそうな表情だ。

「ひとつ確認させてもらえませんか」

三浦はいった。「井崎さんは、我が社の再建を本気で支援したいと考えてるのかな」

「もちろん、再建できるものならしていただきたいと思っています。ですが、当然のことながら、審査である以上、結果ありきの稟議は書けません。検討して間違いないという確信が持てれば、当然支援の方向の稟議をまとめます」

咀嚼《そしゃく》するだけの間を置いた三浦は、冷ややかだった。

「あなたはまだ若いね、井崎さん。理想と現実は違いますよ。いずれわかると思いますけどね。これは私のいうべきことではありませんが、巻田専務の意向に添う形で早くまとめていただいたほうがあなたのためだと思いますね」

まさに財閥の弊害を目の当たりにした気になって顔を顰め、三浦をエレベーターホールまで見送る。

まったく、嫌な野郎だ——。

「おい、三浦係長となにかあったのか。いまエレベーターのところですれ違ったんだが、様子がおかしかったぞ」

自席に戻ると、すぐ後に外出先から戻ったらしい紀本が視線を出入り口のほうへ向けたままいった。

「例の件か」

「時間がかかるのが気にくわないようで」

おいおい、と紀本は腰に手を当てて井崎を見下ろした。「慎重なのはいいが、手早くまとめるのも手だぞ。なんにせよ、君のところから手が離れないことには前に進まんからな」

「いろいろ問題がありまして」

井崎は意を決していった。「私の初見は〝見送り〟で出してもよろしいですか」

「なに」

唖然とした紀本は、しげしげと井崎の顔を覗き込んだ。「本気か、井崎」


フロアの応接室に場所を移し、井崎は自分の意見を述べた。

「まず、今年に入ってから二度も下方修正された計画書など、すでに信用に値しません。当行としては十分すぎるほどの支援をすでにしていますし、この状況でこれ以上の支援となると、金融庁が気になります」

「それはそうだが」

紀本も渋々認めざるをえない。「ただ、専務が支援を約束してしまっているからなあ」

「専務は古い」

井崎は断言した。「もう系列云々で支援を決める時代ではないでしょう、次長。違いますか。東京ホープ銀行は巻田専務の私物ではないでしょうに」

「言い過ぎだぞ、井崎」

苦い顔で釘を刺した紀本は、なおも腕組みして考え込んだ。

紀本とは長い。この優秀な次長が、何を考えているか井崎にはわかっていた。政治的な嗅覚が鋭いが故に、巻田が支持するクレジットラインに前向きな態度はとっているものの、それは見せかけにすぎない。

「本音で話しましょう、次長。現時点でホープ自動車に二百億円のクレジットラインはやりすぎだと思いませんか」

返答はすぐにはなかった。どう答えたものか、逡巡が見て取れる表情からやがて、諦めのため息が吐き出され、「君も私も、なにしろオーソドックスなバンカーだからな」というセリフになった。

「そうだと思いました」

にやりと笑った井崎は意を決して続ける。「それと、もうひとつ」

「週刊潮流」の榎本の話をしてきかせた。稟議見送りにするのなら、次長との情報共有は最低条件だ。それなくして理解は得られない。

顔色を変えた紀本はこれ以上ないほど厳しい表情になった。

「それで三浦氏はなんと?」

「リコール隠しはないと。内部告発の件については話しませんでしたが」

「もし、その内部告発が表に出た場合、どうなる」

井崎に問うというより、自問するかのように紀本はいった。

「死亡事故を引き起こしたという話が本当なら、ホープ自動車の社会的信用は今度こそ地に堕ちるでしょう。売上の何割かは確実に吹っ飛びます。今回の業績下方修正どころではありません。それこそ、ホープ自動車の存続に関わる問題になると思います」

茫然《ぼうぜん》とした表情で、ようやく紀本はうなずいた。小太りで汗っかきの紀本は、空調のきいた室内でズボンの尻ポケットからハンカチを出して額をぽんぽん叩き始めた。

「死亡事故というのは、あの横浜の事件かも知れません」

額の上で動いていた紀本の手はぱたりと止まり、硬直した顔がこちらを向いた。

「なに？」

「リコール隠しの挙げ句、母子死傷事故を起こしたとなれば、ホープ自動車の信用はそれこそ木《こ》っ端微塵《ぱみじん》ですよ。いまここで二百億円の支援を決めたところで焼け石に水です。それどころじゃない。ホープ自動車に対する当行の支援総額は、出資も含め約三千億円。もしそれが不良債権と化したら」

紀本の表情はひび割れしそうなほど凍り付いた。

「井崎、君はもう一度、その編集者に内部告発の内容を確認してくれないか」

「話してくれる保証はありませんよ」

「なんとしても口を割らせろ」

唾を飛ばして紀本はいった。「そして、俺たちの手で事の真偽を確かめるんだ。稟議はそれからでいい。ただし、あまり時間はない。急いでくれ」

だが——。

「いくらお前でも、それは無理な相談だな」

榎本は、とりつくシマもなかった。

連絡がとれたのは、その夜の午後十時過ぎ。もしかすると榎本は、井崎の電話を半ば予想していたのではないか。電話口の向こうでやけに余裕をかましながら話を聞いた榎本は、即答してきた。井崎は粘《ねば》る。

「じゃあ、これでどうだ。内部告発の真偽は俺が代わりに調べる。そのほうが早いはずだ。結果は、お前にちゃんと報告する。それで記事にするならすればいい」

「だめだ。記事にする以上、お前からの又聞きでは話にならない。お前、週刊誌、舐《な》めてるだろ。そんないい加減に誌面つくってるんじゃねえんだぞ。ひとつのネタを載せるには、それなりに裏付け取材もやる。もしそんなことでホープ自動車に訴えられてみろ。お前にきいて記事にしましたなんて法廷で証言して勝てるとでも思ってるのか」

榎本のいう通りだった。「はっきりいってホープ自動車はかなりヤバイことしてる。この件で、なんで俺がお前に連絡したかわかるか。それはな、メーンバンクの担当行員がその不正を知っているかどうか確かめたかったからだ。だが、お前はそれを知らなかった。顔を見りゃわかる。であれば、ホープ自動車は、メーンバンクまで欺《あざむ》いて三年前と同じ過ちをしでかしているってことった」

榎本は、一旦言葉を切り、警告を発した。「知らないなら知らないままにしておけよ、井崎。そのほうが身のためだ」

「そうはいかないんだよ」

井崎は腹の底から声を絞り出した。

「なに?」

「お前こそ、銀行の担当者を舐めてるんじゃないか。いいか、どんな理由であれ、一旦取引先の重大事に関わる疑惑を知っちまった以上、忘れるなんてのはできない相談なんだよ。銀行員ってのはな、知らないウチが花だ。一度知っちまったら、その時点で責任が発生する因果《いんが》な商売なんだよ。それもこれもお前のせいだぞ、榎本」

話をしているうちに腹が立ち、語調が荒くなった。

「そらまあ気の毒だな。だがな、その商売を選んだのは、お前だろ。それにだ、そこまでいうんなら内部告発されるまで取引先企業の杜撰さに気づかず融資してるってのもどうかと思うな。あ、悪いな、ちょっと忙しいんでこれで失礼させてもらうぞ」

そういって、一方的に電話は切れた。

くそっ。

乱暴に受話器を叩きつけ、憤然として腕組みする。

悔しいが、榎本のいっていることも正しい。たしかに、そんなに大事な取引先であれば、もっと内部のことに神経を使うべきなのだ。それができなかったのは、そもそも銀行という仕事が経理や財務中心で、相手企業の本業にまで踏み込む場面が少ないからだ。

「ちょっと、書庫に行って来る」

同じグループの人間に言い残して、地下書庫へと向かった井崎は、ホープ自動車に関する三年前の資料を探した。

資料の数は膨大だが、整理されているので見つけだすのは、簡単だった。

それを抱えて自席に戻り、当時の資料を読みふける。

ホープ自動車製トラックの欠陥が明らかになったのは三年前の八月。本来、リコールを届け出るところを隠蔽《いんぺい》し、ヤミ改修を続けていた事件の資料である。

当時、名門自動車会社の迷走として大々的に報道され、ホープ自動車に対する市場の信頼が大きく揺らいだ。この余波を受けて販売台数が大きく減少し、当時社長だった田嶋巌夫《たじまいわお》が辞任。現在の岡本平四郎《おかもとへいしろう》が急遽《きゅうきょ》、社長に就任した。

岡本は技術畑を長く歩いた後、取締役に就任。不祥事で社長に指名されるまで、あまり目立たない日陰の男だった。調整型のリーダーで、指導力で引っぱるタイプではない。不祥事が無ければ、社長の椅子に座ることもなく関連会社へ流れていっただろう男である。

その当時の新聞記事が何枚かファイルには挟まっていたが、そこには岡本の、「信用回復に努める」、「社内チェック体制を再検討」、「過去との決別」などと不祥事に対してお決まりともいえる発言が並んでいた。

その中で、井崎の目をひく一文は次のようなものだった。

〝同社では、外部弁護士による事故調査委員会を設置すると共に、同社内でも狩野威品質保証部長をリーダーとした倫理委員会を設け、社内の監視体制を見直すことを決めた〟

「あの狩野常務が？」

およそ危機感とは無縁の男の風貌を思い浮かべ、急に湧き出してきた嫌悪感に井崎は顔を顰めた。

狩野こそまさに、ホープ自動車のぬるま湯体質そのものだ。その倫理委員会がその後どうなったかは知らないが、少なくともホープ自動車は旧態依然、課長と係長を一緒に接待すると課長がへそを曲げてしまうといった類の話は今も聞く。

ホープグループの親方企業、ホープ重工の元自動車部門という〝伝統〟は、曲がりひねくれて、「俺たちは偉いんだ」という根拠もなく勘違いしたエリート意識へと直結している。

そもそもホープ重工そのものが勘違いの総本山のようなところだ。プロジェクトでグループ企業が集まると、たいてい会議の座長はホープ重工の人間が務める。東京ホープ銀行を「銀行さん」、ホープ商事を「商事さん」、ホープレーヨンを「レーヨンさん」と呼ぶ一方、自社のことは「重工」ではなく、胸を張って「ホープ」と呼ぶ。ホープの中のホープというわけだ。それに多大な意味があると思っているところに、この集団の病根がある。

こうして連綿と培《つちか》われてきた伝統の、鼻持ちならないところだけがしっかりホープ自動車には残って、資本主義の中の共産主義というか、何をやっても食いっぱぐれることはないという親方日の丸主義、資本の温室が出来上がっているというわけだ。

井崎がしようとしていることは、その温室の天井をとっぱらい、世間で吹き荒れている寒風を引き入れようとしているのと同じかも知れない。さてそのときに狩野や三浦といった温室栽培人間たちがどんな反応を示すのか。

想像するにあまりある醜態を予想して、井崎は再び顔を顰めた。

第四章　ハブ返せ！

1

赤松徳郎が東京ホープ販売の益田に電話を入れた朝、昨日までの冷たい雨が上がって久々の日本晴れになった。

事務所の窓から差し入ってくる煌《きら》めくような光の微粒子に目を細めながら、「俺の心の中もこれぐらい晴れ渡ってくれればいいのに」と赤松は嘆息する。

いま、赤松の心中を天気に喩《たと》えるなら、大地震後の長雨。まったくもって、光の一筋も差してくる余地はない。

「いやあ、社長。先日はお疲れさまでした。本当に申し訳ございません」

何もいわないうちから益田は詫《わ》びた。ホープ自動車の対応を詫びているのはわかるが、益田の調子はひたすら軽い。卑屈なほど下手に出る人間というのを信用する気にならず、咳払《せきばら》いした赤松は受話器を握りしめたまま嫌な顔になった。ただ、先日ホープ自動車の勘違いした官僚社員とやりあったときの益田は、その狼狽ぶりからして卑屈を通り越して、気の毒ですらあった。

「まあいい。あんたが悪いんじゃないからな。それよか、今日はひとつ頼みがある」

「お頼み、と申しますと？」

怪しげな敬語で益田はこたえた。

「うちの事故車両の件なんだが、肝心の壊れた部品な、あれ返してくれないか」

「は？」

素っ頓狂な声を益田は返した。「なんすか」

「だからさ、部品を返してくれっていってんの」

わからねえのか、この莫迦。そう思いながら赤松は繰り返す。

「部品をですか」

「そうだ」

赤松は苛々していった。相手を萎縮《いしゅく》させるには十分な〝殺気〟が漂い、敏感に感じ取った益田は、やはりというか、萎縮した。

「わ、わかりました。ホープ自動車に確認してみます。少しお時間をいただいてよろしいでしょうか」

「時間てどのくらいだ。ただ返してもらうだけなんだから、そんなことに二日も三日もかかっちゃ駄目なんだぞ」

「十分承知しております」

「よろしく頼む」

受話器をおいた赤松は、ふうと息を吐き出す。

ホープ自動車から部品を回収し、それを別の研究機関で再検証してもらうのが目的である。先日の会議での、ホープ自動車製だからといってホープ自動車に鑑定を依頼する必要はないという谷山の意見には、正直後頭部をガンと一撃された。

たしかに、その通りだ。

ホープ自動車そのものの性能に疑問を差し挟もうというときに、当のホープ自動車に事故原因の特定を依頼してどうする。警察も警察だ。

あらゆる可能性を検討することもせず、整備不良だという決めつけで事を運んでいるからこんなことになるのだ。港北警察署の高幡と吉田という二人の刑事には、心底頭にくる。

だが、それもあと少しの辛抱だ。

部品さえ回収すれば、反証のデータを入手することができるだろう。

「社長、十一時に訪問するってことで東京ホープ銀行さん、アポ入れました」

宮代の声で我に返った赤松は、「おう」と低い声で応じた。のらりくらりで埒《らち》があかないのは、銀行も同じだ。どんな状況になっているか、ここはひとつ赤松が行って強力にプッシュしてくるしかない。

正念場である。絶対にコケるわけにいかない正念場だ。妻と三人の子供達、従業員とその家族を守るために。

約束の時間ちょうどに東京ホープ銀行自由が丘支店へ行くと、電話中だとかで五分ほど待たされた挙げ句、担当の小茂田が出てきた。

「あの融資の件ですか」

たちまち渋い顔だ。「ちょっと難しいんですよねえ。いろいろありますし」

「難しい理由はあの事故かい」

赤松はきいた。

「ええまあ、あえていえばそうなります」

妙に複雑な表情の小茂田を見ていると、いつもの、銀行員に対する不可解な思いが胸に湧き上がった。業績がいいときには表面的なことで済んでしまうが、こういうときになると、様々な思惑が交錯し、透け始める。そんなとき銀行員が果たして何を考えて、どんな行動をとるのか、赤松にはさっぱり、理解できないのだ。

「なんであの事故が融資ができない理由になるんだ。疑わしきは罰せずが世の中の常識だろうに。家宅捜索はされたが、あんなのは警察の見込み違いだ」

「そうはおっしゃられても、まだ確定したわけじゃないでしょう。先日も申し上げたとおり、コンプライアンスというのがありますし」

赤松の頭に血が上った。

「いつから銀行は裁判所になったんだい。私はこうしてあんたの前にいる。もし、当社に非があるのなら、とっくに逮捕されてるはずじゃないか」

「しかしですねえ、悪いことがないのに、家宅捜索はないですよね、普通」

小茂田のいうことは逐一癪《しゃく》に触る。

「あのな、小茂田さん。今回の件では我々も被害者なんだ。取引先よりも、あんないい加減な捜査のほうを信用するのか」

語気を荒げた赤松に、小茂田が向けたのは呆れたといわんばかりの視線だった。

「それはないでしょう、社長。警察の捜査がいい加減だとは私は思いません」

銀行員は気色の悪い薄笑いを浮かべた。「一般論として、家宅捜索を受けるほどの状況で過失がないなんて話、信じられるはずないじゃないですか」

「そんな一般論はきいたことがない。とても法治国家の銀行がいうこととは思えないな」

赤松は鼻息も荒く突っぱねた。「疑わしきは罰せずだろう」

「銀行は違うんですよ。疑わしきは、融資せずです」

あまりのことに赤松は反論の言葉を見失い、ただ物凄い形相で相手を睨み付けるしかなかった。

「あんた、自分が何いってるかわかってるのか」

ようやくのことで赤松は口を開いた。「この三千万円がなければ、ウチは行き詰まる。それをわかっていってるのか」

「行き詰まる？」

それがなんだといわんばかりに小茂田は顔を上げた。

「社長、何か勘違いしていらっしゃるようですね。行き詰まるかどうかは御社の問題でしょう？銀行は貸すか貸さないかを決めるだけのことですから」

「お前らは単なる金貸しか」

赤松が気色ばんだとき、ドアがノックされて出鼻をくじかれた。「いらっしゃいませ、社長」

と、顔を出したのは支店長の田坂茂《たさかしげる》だ。

「いやあ、このたびはご希望に添えなくてすみません」

「ちょっと待ってください」

もうすでに結論が出たという言い方に、赤松は頰を震わせた。「それはもう決定ということですか。審査はどうなってたんです。途中経過も何も聞かされてないんだが」

「ああそうでしたか」

ちらりと部下の小茂田を見たが、非難するというふうでもない。「まあちょっといまの状況では、といったところでして」

「理由はなんですか。ウチは赤字でもないし、業績はまずまずだと思ってるんだが」

「それは今も申し上げた通り――」小茂田が口を挟もうとする。

「あんたにはきいてない」

赤松はぴしゃりといって、田坂のひょろながい顔を見た。もう五十歳近いベテラン支店長である田坂は、数々の修羅場をくぐってきた経験からか、どこか毅然《きぜん》としたところがある。

「まあ私どももですね、行内でかなり議論させていただきましたが、やはり現状のような警察の捜査をお受けになっている状況では、正直申し上げて将来どうなるかわからないという判断にならざるを得ません。それでは融資できないということなんです」

「ちょっと待ってくださいよ、支店長」

赤松は体を乗り出した。「ウチとは長い取引じゃないですか。私が今まで嘘をいったことがありますか。一度だって、返済を延滞したことがありますか。利息だって、期日には一円の不足もなく払ってきたじゃないですか。お宅から頼まれれば、預金も協力してきたし、ＥＢだかＷＥＢバンキングだかの契約もした。株も買った。投資信託を買って欲しいというから、損得も考えずに協力したじゃないですか。そのとき、お宅はなんていいました？〝ちょっと困っているんです。なんとか助けてもらえませんか〟――そういったはずだ。だから、助けてあげようと思って協力してきたじゃないですか。そういう取引の積み重ねで今があると思いませんか」

するとと田坂は、顔色を変えずにいった。

「もしなんでしたら、投資信託は解約していただいて結構ですから」

「いい加減にしてくださいよ！」

赤松は完全にキレた。「そんな言い草はないでしょう、支店長！　自分が困ってるときだけ頼んでおいて、こっちが困ったときには勝手に潰《つぶ》れろ――銀行ってところはそんなところなんですか」

「社長、何か勘違いされていませんか」

田坂は、むっとした口調でいう。「それとこれとは全く別な次元の話ですよ。融資というのはそんなものではありません」

「警察の見当違いな捜査を信用して、長年の信頼関係にあったはずのウチを信用しないというのがそもそもヘンだと申し上げているんです」

「私どもでは、コンプラ――」

「コンプライアンスなんかクソくらえだ！」

赤松は怒鳴った。「ウチのどこが犯罪企業なのか、教えていただけませんか。たかだか警察が家宅捜索に入ったぐらいで融資できないなんていうのは、過剰反応以外の何ものでもない！　もし万が一逮捕されるようなことがあれば、そのときはお宅の融資、自宅を売っぱらってでも返しますよ」

「困ったなあ、社長。そういう問題じゃないんですよね」

田坂は迷惑そうな顔を隠しもせずにいった。「まあ、当行の判断としても今はちょっとまずいということです」

「何がどうまずいんですか」

「総合的に判断して。これは納得していただくしかない、社長」

田坂はそういうと、時計を見て立ち上がった。

「すみません社長。ちょっと用事がありまして、私は失礼させていただきます」

「ちょっと待った！」

赤松は食い下がった。「もう一度検討してくれませんか。ウチはお宅しか取引銀行がないんですよ」

「事情はわからんでもないですが、一行取引はウチがお願いしたわけではありませんから」

あまりの言い草に茫然とするしかない。そんな赤松を残し、田坂はそそくさと姿を消した。

「ま、そういうことですので」

支店長が支店長なら、部下も部下だ。立ち上がろうとした小茂田に、赤松は「待て」と声をかけた。

「いまあんたたちは、ひとつの会社を切り捨てたんだぞ。会社ってのはな、人でできてるんだ。

従業員には家族があり、子供もいる。あんたたちの世間体のために、自分勝手な理屈のために、そういう人たちが犠牲になるんだ。わかってるのかよ」

小茂田は感情のこもらない目で赤松を見ると、「すみませんね」と口先だけの言葉を吐き、帰れといわんばかりに応接室のドアを開けた。

2

「沢田課長、またいってきましたよ、あの赤松とかいう運送屋」

部下の北村が顔を顰めつつ報告してきたのは、野坂から注意を受けた翌日のことである。

チェックしていた書類から顔をあげた沢田は、デスクの前に立った体脂肪率三十パーセントの男に目を据えた。

「なんだって？」

「壊れた部品を返してくれと」

「部品を返せだと？」

沢田はノートパソコンを閉じてスリープさせると、「直接、君のところへいってきたのか」ときいた。

「いえ、販社の益田という担当者経由です。先方の意図はわかりませんが、あんな壊れた部品を返せということ自体、嫌がらせとしか思えません」

いかにも迷惑だといわんばかりの北村の言葉に、沢田は腕組みして考える。

違う。赤松運送は、タイヤ事故の再調査を求めてきていた。部品返却をいってきたのはそれなりの理由があるからだ。それがどんな理由か、考えるまでもない。再調査だ。

「そもそも、うちにあるのか、その部品」

「さあ。それは品質保証部にきいてみないとわかりません」

「きいてみてくれないか」

沢田のリアクションは北村には意外だったようだ。

「こんなの断るべきじゃないんですか」

北村がそういうのも無理はない。今まで赤松運送から寄せられた再調査の依頼は当然のごとく突っぱねてきた。相手にする会社ではないと歯牙《しが》にも掛けなかった。今になって、たかだか部品ひとつで社内に問い合わせるのではバランスを欠く。それは十分承知の上だ。

だが、事情が変わったのである。

品質保証部がひた隠しているタイヤ事故の真相。部長代理から「忘れろ」と言い含められれば「わかりました」としかいいようがないが、忘れられるはずも無い。

野坂部長代理から釘をさされ、品証部追及の術を失った沢田にとって、この赤松からの依頼は、追及再開の思いがけぬきっかけを与えられたも同然だ。

これはチャンスだ。最初は、品証部を痛めつけてやろうという助平心だったが、今それに危機感がプラスされいびつな精神構造が沢田の中にでき上がっていた。

「ちょっと気になることがあってな」

沢田はいうと、部下に指示した。「とにかく、部品の有無を品証部に問い合わせてくれ。対応けた。


をどうするかはそれからだ」

「はあ。わかりました」

どうも腑《ふ》に落ちないという顔で下がっていく北村を見送った沢田は、デスクの電話で小牧にか
「例のあの件だが」

「なんだ忘れたんじゃなかったのか」

電話の向こうで小牧はへっと笑ったが、沢田は笑わなかった。

「母子死傷事故の運送会社から部品を返却してくれという依頼があった」

「部品を？」

小牧は声を落とした。

「いま品証部に問い合わせをさせたところだが、これはただでは済まないぞ。相手も粘っこい」

「返す気か、部品を」

小牧の押し殺した声には、好奇心と恐怖とが混ぜ合わさっている。

「いや」

沢田はこたえた。「自分の首を絞めてどうする」

「だろうな」

小牧はほっとしたようにいい、「室井でもとっちめるか」と続ける。

「どうも我が社の権力構造は少々間違ったバランスにあると思わないか」

沢田はいった。「そもそも、こんなヤバイことになっているのも、そのせいだ。俺が思うに、

こいつはやりようによっては腐敗の構造を叩きつぶす道具になるかも知れない」

「面白いな」

電話の向こうで小牧は舌なめずりしたらしかった。「間違いを正しつつ、気にくわない奴を追い落とす。いいねえ、その発想。君、社長になれるよ。それにしても、うまくやれよ」

うまくやる、とは要するに、政治的にうまくやれ、という意味だ。ホープ自動車という官僚的な組織では、とにかく社内を統べるバランス感覚がモノをいう。先日は、品証部に押し入ってちょっとした手続きミスをやらかしたが、社内のルールを自らに呼び覚ますにはいい教訓だった。

「任せとけ」

受話器をおいた沢田は、北村からの報告を待つ間、頭の中で作戦を練り始める。

電話をかけていた北村が受話器を置くのを待ち、「どうだった?」ときいた沢田に、「回答待ちです」という返事がある。

そう簡単に返事は来ないはずだ。この問い合わせは、事件の急所を突いている。

もし品証部に後ろめたいことがあるのなら、部品はその鍵を握る物証となるからだ。そんなものを、おいそれとは外へ出せまい。

さて、室井がどう出てくるか。

お楽しみは、これからだ。

3

事務所に戻った赤松はどっかりと自席に体を沈め、瞑目《めいもく》していた。

銀行の対応には腹が立つ。だが、腹を立てたところで、自分に返ってくるものは何もない。

暗い海中に放り出されたような脱力感。魂の抜け殻のようになって銀行から戻ってくる間、赤松は精神的にやられた。もし、重圧というやつが目に見えたなら、これは物凄い形相《ぎょうそう》の鬼瓦《おにがわら》みたいなやつに違いない。

三千万円か。なんとかならないか、三千万円。

さっきからそんなことばかり考えている。そのうち、カネがないから倒産するのか、あるいはカネがあってもそうなるのかわからなくなってきた。やがて、いま何をすべきなのかさえ虚ろに霞んで、考える気力も失せた。

「社長。社長……」

薄目を開けると、専務の宮代が心配そうな顔つきでデスクの前に立っていた。「話、しましょうか」

黙ってうなずき、背後にある個室に入ってドアを締める。

一服させてください、と一言ことわって宮代が点けたタバコの煙がゆっくりと渦を巻き、エアコンの空気の奔流でかき回されていくのを、赤松は眺めた。

「東京ホープはだめでしたか」

赤松は重たい吐息でこたえた。

「理由はあの事故だとさ」

話の仔細をきいて「とんでもねえな」と呟いた宮代に、「だけどな宮さん。正直いって、三千万円借りたところでホントのとこどうなんだって気もしてきた」と赤松は弱音を吐いた。

「相模マシナリーと切れて、まだ穴が埋まってないしな」

「鳥井ががんばってるじゃないですか」

「実績もないのにか」

鳥井の営業実績を思い起こしながら赤松はいった。営業部長という肩書きこそあれ、看板に偽り有りだ。実際のところ、赤松運送の営業を引っぱっているのは他ならぬ赤松で、その赤松がこの事件で身動きとれないから余計に苦しくなる、その悪循環である。

しかし、それももはや限界に近い。

「どうしたらいいかなあ、宮さん」

そうですなあ、といったきり宮代は厳つい顔をして黙りこくる。

いいたいことはわかる。「こういうとき先代なら……」だ。

それは赤松もたまに考えてみることだった。父ならどうするか。

父は弱音のひとつも吐くことなく、俺たち家族と従業員を守ってきた。その父とずっと一緒にやってきた宮代にとって、赤松は所詮二代目であり、頼りない存在に見えるのではないかと思う。

「五十年近くやってきたんですからねえ。大方半世紀だ」

宮代はふとそんなことを呟いて、赤松を見た。「その間、何もなかったなんてことはないんですよ、社長。先代のときにもいろいろありました。倒産の際までいったことだって何度かね」

「本当かい、宮さん」

宮代は遠くを見つめる眼差しになって続けた。

「いつでしたかねえ、支払日の直前になって銀行が貸さないっていったことがありました。そうそう、ちょうど三千万円ぐらいのカネでしたけどねえ。まだ社長が中学生ぐらいのときかな」

「で、そのときどうした」

宮代は当時のことを思い出したか、くすりと笑った。

「まず、銀行との取引を切りに行きましたね。ふざけるんじゃないって」

「カネの手当は？」

「そんなもん後回しです、先代は。とにかくスジを通さない奴は許さない主義ですから。そっちが優先。頑固でしたよね」

「たしかに」

宮代は懐かしげな笑みを浮かべた。

赤松の父、寿郎《としろう》は、気骨の人であった。もともとは宇都宮にある農家の次男坊。継がせるものがないからせめて学業ぐらいはと大学まで行かせてもらい、一旦はサラリーマンになったが、会社勤めが肌に合わずに飛び出して運送業で身を立てた。ある意味、変わり者だ。

大学時代のバンカラをそのまま引きずったような豪放磊落《らいらく》な性格で、情に厚くて涙もろい。そんな人間味のある父を見て、赤松は育った。

困っている人を見ると手をさしのべないではいられない——そんな父親のおかげで赤松家の教

育方針は、勉強など二の次。大切なことは、人様に迷惑を掛けないことと、友達を大事にすることだと教えられた。「親はいつまでも生きていない。困ったときに頼れるのは友達だぞ。だから友達はたくさん作れ。そして大事にしろ」が寿郎の口癖だった。自身も、そうして築いたネットワークで、赤松運送という会社をなんとか経営してきたのである。

相手を信頼し、とことん尽くす。一方で、信頼を裏切る相手に対しては容赦ない。

「そのときは、たしかマチキンから借りたんですよ」

「信じられんな」

マチキンに手を出すなよ、というのは社長業を受け継ぐときの父の戒《いまし》めだ。ほんとうは、マチキンに手を出すような状況を作るなよ、といいたかったのかも知れない。

「とにかく、薄氷を踏むような場面は一度や二度どころじゃありませんわ。ですけどね、なんとか乗り切れるもんです」

「そんな大変なことがあったとは、知らなかったな」

家で見る父はいつも威厳があり、子供達には優しかった。きっと会社が苦しかったときもあっただろうに、そんなことはおくびにも出さなかった。

「我々にすら、そうでした」と宮代はいった。

「とにかく、不安を一人で堰《せ》き止めるのが社長業だと思っていらっしゃったようなフシがありましたね、先代は」

赤松はがんと後頭部を一撃された気がした。それは俺に向けた言葉か？　だが、古参の専務はいま素知らぬ顔でタバコをふかしているだけだ。

「社長が頑張れば、社員はついてきますよ」

宮代はそう諭《さと》した。「信じましょうや、社長。カネがなければ待ってもらうように私から取引先に頼んでみますから」

「そんなことしたら、信用を疑われないか」

「古い取引先ばかりです。どんな会社だって苦しいときはある。そういうとき助け合えないような相手なら取引はできません。反対にウチが面倒をみてやったことだってあるんですから」

「まあ、それはそうだが」

にっと笑って、宮代は続けた。

「五十年に届こうかという歴史は大変なもんですよ、社長。いまや、新設会社の七割が一年で潰れる時代です。新規事業の八割は失敗。そんな世の中で、赤松運送は五十年続いてきたんです。今回のハードルは高いですが、これで行き詰まったら〝嘘〟ですよ。乗り切れるはずです、社長。どんなに苦しいときでも、どこかに必ず解決の糸口はある。そういうもんじゃないですか」

宮代の言葉は、長年の経験からくる説得力をもって赤松に届いた。

「ありがとうよ、宮さん」

赤松は大きなため息をつき、膝を両手でぱんと叩いた。「情けねえなあ、俺は。こんなことでじくじくしちまってさ。だが、もうこれで泣き言はやめた」

赤松は、そう心に誓った。

「いつか風向きが変わるときが来ますって。それまで歯を食いしばってやれることは全てやる。いまはそれしかない。違いますか？」

まったくその通りだ。宮代のもの静かな言葉は、じわりと赤松の胸に染み込んできた。

4

品質保証部からの連絡は、思いがけぬ抗議という形で沢田にもたらされた。果たしてどんな形で返答してくるか手ぐすね引いていた沢田にしても、意外な出方としかいいようがない。意表を突かれた。

「こちらで調査した部品の返還を求めているという話、聞いてるか」

「北村から依頼した話かな」

大した関心もなさそうにいった沢田に、「君が指示したんだろう」と室井は嚙みついた。

「いずれにしても、そんなもの返還できるわけないね。そんなこと販売部だってわかるだろう。客からいわれたからって、なんでもかんでもこっちに話をふって寄越すなよ。余計な仕事を増やさないでくれ」

「余計な仕事ね」

沢田は内心にんまりしてきいた。「返還できるわけがないというのは、なんでだ」

「分析したからすでに部品はばらばらだ。分解したりしてもう使い物になるどころじゃない。そんなものを返還しても意味が無いじゃないか」

「ちょっと認識が甘いんじゃないのか」

沢田は反論した。「部品といえども顧客のものだろう。壊れていようがなんだろうが、返して欲しいといわれれば返さなきゃならない。それが道理だと思うけどな。使い物にならないから返せませんなんて理由、返却を求めている相手に通用するわけないだろう」

「そもそも、なんで返せといってるんだ、相手は」

「そりゃあ、再調査でもするつもりだからだろう」

電話の向こうで、室井が考えこむのがわかって、沢田は少々溜飲《りゅういん》を下げた。

「そういったのか、相手は」

「いや。だが、いままでの流れからして、それぐらいしか、赤松運送が返却にこだわる理由はない。それとも、再調査されて困ることでもあるのか」

それには答えず、室井はきいた。

「野坂部長代理はご存じなのか」

「もちろん。品質保証部の指示通りに動けということだ」

にやりと笑いながら答えた沢田に、電話の向こうから舌打ちの音が聞こえた。

すでに野坂には根回ししてある。

赤松運送から部品返却をいってきた、と報告したときの部長代理は、難しい顔をして「そうか」と応えただけだった。これが他のことなら、断れ、と即断しただろう。だが、そうはいわないところが、野坂の知略だ。

あえて品証部に投げかけ、その指示を引き出すことが販売部の保身になる。縦割り組織のホープ自動車で重要視されるのは、誰が判断したか、である。ことさら微妙なこの問題においては、特に。

野坂のやり方は、沢田にとっても好都合だった。そして、経営の中枢と水面化で密着している品質保証部を快く思っていない点で、野坂と沢田の利害は見事に一致している。

「で、返却するのか、しないのか、どっちなんだ」

「返却はしない」

室井は断言した。

「理由は」

「それはそっちで適当に考えてくれ」

「おいおい、客に嘘をつけというのか。それはできない相談だな。理由をきちんと教えてくれないと困る。そのまま客に伝えるから」

舌打ちがまた聞こえた。

「融通が利かないな、販売部は。顧客の利益より社益を考えて動いたらどうだ」

「お客様第一の社長訓示を忘れたか」

自分も赤松に対して無視を決め込んだことも忘れて、沢田はせせら笑った。もとより、沢田とて、顧客第一だとは思っていない。さらにいうと、社益ではなく、考えているのは販売部の利益、つまりは自分たちの利益だけだ。要するに、一つの社名の下、様々な部門がお互いの利益を確保するためにしのぎを削り、権謀術数からみあっているのがこのホープ自動車の体質なのである。

「書類でくれないか」

さらに沢田はいった。「あとでいったいわないとなったら面倒なんでな。ちなみに、赤松からの要望は、報告書として上に上げた。そっちからは、どうして部品が返却できないのか、きちんと理由を書いてウチに寄越してくれ。いいな」

「なんでこだわる」

室井の声には警戒感が滲み出ていた。

「そんな簡単な問題じゃないと思ってるからだよ。なにせ、タイヤがらみだからな。こだわる理由が知りたいのはこっちのほうだ」

後でまた連絡するといって、室井の電話は切れた。

しかしその後、室井からの連絡は無く、午後になって外出先から戻っても伝言メモ一枚無かった。代わりにあったのは、販社の人間から赤松運送の件がどうなったか聞いてきたという北村のメモだけ。

まさかこのままうやむやにするつもりじゃあるまいな。そう沢田が危惧したとき、「ちょっといいか」と背後から声がかかった。

渋面を作った野坂が、身振りで腕組みをしたまま沢田をミーティング・ブースに誘う。

「例の件だが、返却できないということで販売部で対応することになった」

「ウチでですか？」

「君が外出している間に、品証の柏原《かしわばら》部長から呼ばれて説教だよ」

沢田相手では分が悪いとみた室井は、例によって上司に泣きついたらしい。

「ちょっと待ってください。返却の理由はどうするんですか？」

「相手のことを知っているのはこっちなんだから、納得するように説得してくれとのことだ」

「そういわれても、正直、どう説得したものか、わかりません」

野坂に対する失望感もあって、沢田は小さく反駁してみせた。相手が品証部長だからといって、こんなスジの通らない話を押しつけられておめおめと引き下がってきたのか、といいたかった。野坂は視線を窓に投げ、快晴の空の下、遠くに霞んでいる東京タワーを眇《すが》めている。おそらくは、沢田にはわからない野坂なりのパワーバランスが働いているのだろうが、焦《じ》れったい。

この一件に関して品証部が巡らせた壁は、野坂にしても超えられないものなのか。野坂は品証の柏原部長の名前を出したが、それだけではないはずだ。T会議には役員クラスも出席しているという加藤の証言も脳裏に蘇り、沢田の疑心暗鬼を助長させる。だとするとこの指示の出所は、もっと上のほうか——沢田の推測はとめどないが結論は出ない。

「まあ、そういわずに頼む、沢田。君ならこのくらいのことは問題なくできるだろう。片づいたら報告してくれ」

数秒間、思慮に沈んでいたように見えた野坂は、ふいにそういうと、ぽんと肩をひとつ叩いて短い相談話を終える。

「北村君」

ひとりになると急に不機嫌な思いに駆られた。沢田は部下を呼び、赤松運送の部品返却についての指示を出した。

「部品は返却できない——販社の担当者にそう伝えてくれないか」

「あ、やっぱり。そうですよね」

事情を知らない北村は、さも当然のように受ける。そもそもそんなもの無視しておけばいいのだ、といわんばかりで、理由のひとつも聞くでなし。そのまま自席に戻っていった北村が、電話で用件を伝えるのを遠くで聞きながら、沢田の胸に苦いものが染み出してくる。

「室井にうまくやられたか」

　認めたくはないが、それは紛れもない事実だった。

5

「ああ、赤松会長ですか。実はちょっと困ったことになりまして」

　電話の向こうで倉《くら》田望《たのぞみ》が弱り切った声を出した。子供達が通い、赤松がＰＴＡ会長を務めている尾山西小学校の校長だ。こんな時にＰＴＡのことまで構っていられる状況ではないが、忙しいからと断るわけにもいかなかった。

「どうされました」

「それがですね、校内で盗難事件が発生しまして」

「今度は盗難ですか」

　呆れて赤松はいった。

「ちょっとお電話ではなんですので、よろしければ一度お越しいただけませんか」

　いじめ問題、子供同士から親同士に発展した喧嘩の仲裁、給食の味付けへのクレーム。今まで何度呼びつけられたことか。受話器を握りしめたまま、赤松は嘆息した。

「お急ぎですか」

「できましたら、今日にでも」

時計を見ると、午後三時を過ぎていた。もう授業も終わった時間だ。

「これから伺うことにしましょうか」

「お忙しいところ申し訳ありません。何卒《なにとぞ》、よろしくお願いします」

倉田は妙に切羽《せっぱ》詰まった調子で頼み込み、電話を切った。


尾山西小学校は、環状八号線を挟んだ尾山台駅側の住宅街の中にある生徒数約六百人の学校だ。一学年三クラス。校区に高級住宅地も含むだけあって比較的裕福な家が多い。サラリーマンならたいてい一部上場企業の社員で高学歴。地元の公立中学ではなく、進学実績のある中高一貫の私立中学へと進学する子供も少なくない。

赤松が、PTA会長に選出されたのは、いってみれば単なるなりゆきに過ぎなかった。高所得、高学歴、教育熱心と三拍子揃った親は、いくらでもいる。本当はそういう親こそ会長にふさわしいのではないかと思うが、そこにはPTA独自の、「会長さんは地元の人で、比較的時間の自由になる人」という、サラリーマンでは到底クリア不可能なハードルがある。

そうなってくると会長人事というのは絞られ、赤松の名前があがるまであっという間だった。親の代からの地元民、社長というういわゆる肩書きは、端《はた》から見れば頼むにはちょうどいい暇人《ひまじん》と映るのだろう。

会社から徒歩十分ちょっとの距離を、コートの襟を立てて赤松は歩いていった。

職員室に顔を出すと、顔見知りの先生が出てきて「ああ、赤松さん、どうぞ校長室のほうへ」と通される。

脱いだコートを腕にかけ、先生の後ろから失礼しますと入ってみれば、そこにはすでに先客がいた。

赤松の耳に、「そんなことおっしゃってもですね、校長先生——」というヒステリックな声が響いて声の主がわかった途端、赤松は回れ右をして帰りたくなった。

いかにもキツそうな顔が赤松に向けられた。ようやく助けが来たとばかりに、「ああ、会長。お待ちしてました。どうぞ、どうぞ」と立ち上がった倉田は、赤松に傍らの椅子をすすめる。

「これは会長さんにもしっかり聞いていただかないといけませんわねっ」

年甲斐もなくピンクのシャネルを着込んだ母親がぴんと背筋を伸ばして言った。片山淑子、女王蜂のお出ましだ。

「そのつもりで参りましたが、どうされました」

うんざりが口調に出ないように気を付けながら、赤松はきいた。

「この真下さんの息子さんが、お金を盗まれたんです」

片山はつんと澄まして、言った。その隣で真下は、怒りに頬を膨らませてかけていた。こっちは女王お付きの女官といったところか。

事件のあらましはこうだ。

昨日の昼過ぎ、五年三組にいる真下の息子のランドセルから財布が盗まれ、その後、トイレで発見されたが、中味は抜かれてなくなっていた。息子はすぐに先生に届けたのに、担任の対応が悪くそのまま子供たちを返してしまったのだという。無論、いまもなお現金は返ってきていない。

「金額は、おいくらですか」

「五千円です」という返事に目を丸くした。

「あのですね、お母さん、それにつきましては――」

と倉田が口を挟もうとするのを、「そんな大金が盗まれたのにろくな措置もとらないなんて、ひどいですわよね、会長さん」と遮った片山は、まるで学校の代表は校長ではなく、赤松だと勘違いしているように敵意丸出しの眼差しを向けてくる。

「それにしても、なんで五千円も」

私立小学校ならともかく、全員が近場から通う公立小だ。普通、現金など持たせない。

「仕方がないじゃありませんか。朝になってノートを買うといいますの。細かいのがちょうど無かったもんですから渡したんです。ところが朝は時間がなくなって結局買えず、帰りに買おうとして盗まれたことに気づいたんです」

「なんで昨日のうちに子供達に話を聞かなかったんです」

傍らに小さくなって座っている坂本《さかもと》先生に、穏やかな口調で赤松はきいた。坂本美津子《みつこ》先生は、長男の拓郎の担任教師だ。つまり、この片山も真下も、拓郎と同じクラスの親ということになる。

「申し訳ございません。でも、何もしなかったわけではないんです。一応、帰りのホームルームで子供達にはきいたんですが誰も知らないようで……」

「知らないはずがないじゃないですか！」

おどおどして震えている坂本を、片山の刺々《とげとげ》しい声が遮った。片山の態度に赤松は不愉快な思いにかられ、まだ若い坂本先生はうなだれて横からみると涙ぐんでいるのがわかる。校長の倉田は弱り切った顔で蒼《あお》ざめ、ひとり真下だけが片山の言葉に何度も大きくうなずいているのだった。

「知らないはずはないって、なんでそうわかるんですか」

さらにうんざりしつつ、赤松はきいた。答えようとした真下に代わり、片山が言葉を続ける。出しゃばりな女王蜂だ。

「そりゃそうですよ。真下君が最後に財布を見たのは給食の後で、ランドセルに入れてあった水筒を出したときです。ちょうど雨でしたから昼休みといっても教室には誰かいたはずですわ。その後、五時間目は社会、六時間目は国語。つまり、教室がカラになることは無かったわけなんです。これはつまり、白昼堂々、衆人環視の中で行われたということじゃございませんか。クラスの誰かが犯人としか考えられません」

話しているうちに興奮してくるタイプの片山は、おさまらないでなおも続けた。

「だいたい小学生が五千円も盗むなんて、ぞっとしますわ。その日のうちに坂本先生が全員の持ち物検査でもしていただいていれば、そういう危険分子を排除することもできたはずですのに」

「危険分子だなんて、片山さん」

宥めるようにいった倉田だったが、オソロシイ目つきで睨まれて口を噤んだ。気弱な書斎派の倉田では、女王蜂への対応はちょっと荷が重い。もとより、関わりたくないのは、赤松にしても同じだが。

「とにかく」

と片山は一段と声高になった。「きっちりと犯人探しをして、ケジメをつけてくださいよ、ケジメを」

どうなんだ、という目を倉田に向けたところ、「実は今日も、クラスの全員から話は聞いたんですが……坂本先生」と担任にすばやくバトンタッチする。

戸惑いながら後を継いだ坂本は、「真下君がお金を持ってきていることを知っていたかときいたところ、知っていた生徒がほとんどでした」といった。

「それはどうしてですか」と赤松。

「朝、真下君がお金をみんなに見せていたということで」

ちらりと真下を見ると、少しバツが悪そうな表情を見せた。隣の女王蜂は、だからなんだ、という嚙みつきそうな顔で年若い女性教諭を睨み付けている。

「なんで見せたんですかね」

「真下君の話では、どうも自慢したかったらしいんです」

子供らしい、と思うべきなのだろうか。だがどうにも、お金を自慢するという感覚には、違和感がある。真下という少年を赤松は知らない。男の子のようだから、赤松の家に遊びに来たこともあるかも知れないが、記憶は無かった。もっとも、最近の子供ときたら、遊びに来ても背中を丸めてテレビゲームやゲームボーイに没頭してばかりで、どの子も印象が希薄だ。

「財布がランドセルに入っているということも、ほとんどの児童が知っていました。ただ、誰かがそれを開けたのを見たかというと、誰も見ていないと」

「そんなはずはないと申し上げてるんですっ！」

片山がまたヒステリックに口を挟んだ。「そもそも誰も見ていないなんてあり得ないじゃないですか。先生の聞き方が甘いから子供に舐められるんです。こういうものだってお作りになっていなかったじゃないですか」

そういって片山がマニキュアをした爪でコンコンとやったのは、教室の配置図のようだった。ご丁寧に配置図の下に時間の目盛りが十分間隔でついており、時系列で真下少年がどこにいたのかが矢印でわかるようになっているシロモノだ。

机同士がくっついていくつかのグループに分かれているのは給食の時間だからだろう。そのうちの一つの机が赤く塗られていて、それが真下の席だとわかる。それぞれの席に子供の名前が記されているが、これは二人の母親が調べ上げ、記入したらしかった。

さらに、教室の後ろにあるロッカー、その真ん中辺りの黄色いマーカーは、真下のランドセルの場所。その一番近くにいたグループ数人のところにいま、赤い囲みが入っていた。〝容疑者〟グループだ。

「本当はこんなことはしたくないんですのよ、先生。しかしですね、これだけははっきりいわせてもらえますか。真下君によると、ずっとこの子供達が彼のランドセルの前辺りにいたっていうんです。そういう事実をご存じでしたか？」

唇をひんまげ、なじるような口調だ。

「いえ、そこまでは」と坂本も口ごもる。

「そんなことですからねえ、出てくるものも出てこないのよ。あるいは、どなたかに遠慮なさったかも知れませんわね。そう考えるのはうがちすぎでしょうか」

片山は勝ち誇ったように赤松を見る。

いま赤松の視線は、その容疑者扱いされ赤丸を付けられたグループに釘付けになっていた。一番、ロッカーに近いところにある机に、「赤松拓郎」の名前があったからだ。

拓郎はそこにいたのだ。

拓郎がそんなことをするはずはない。

赤松はそう信じている。だが、それを片山にいったところで納得させることはできなかったはずだ。

その場で怒鳴りつけたい衝動を堪えた赤松の横で、学校としてももう少し踏み込んでこの問題を取り上げ結果を報告しますんで、という校長の発言が出た。それをとりあえずの成果と認めたらしく、ふたりの母親はふんと鼻を鳴らして帰っていったが後味の悪さだけが残った。

「申し訳ありません。会長さんには不愉快な思いをさせてしまって」

頭を下げた倉田に、「まあしょうがない」といった赤松は、「それより、担任の坂本先生もとんだ災難でしたね」といたわるのがせいぜいで、ひどく疲れた気分で校門を出た。

歩きながらマナーモードにしていた携帯電話の着信をチェックする。東京ホープ販売の益田からのものを見つけた赤松は、歩きながら電話をかけた。

「ああ、社長。すんません。お待ちしていました」

長年探し求めていた相手をようやく見つけたような口調で、益田が出た。

「電話もらったようだが。あの件か?」

「そうなんですよ。いやあ、実は大変申し上げにくいのですが、例の件ちょっと無理のようなんです」

電話を握り締めたまま、赤松は言葉を失う。

「なんでだよ」

ようやく絞り出した声は、怒りを抑えた分だけ奇妙に震えていた。まさかとは思っていたが、いざ、返せない、という結論を突きつけられるとどういっていいものか言葉が出ない。

「いやあ、それがですね。検査のために、部品は切断されたりしていまして、もうお返しできるような状況ではないようなんです」

「だからなんだ」

赤松はいった。「バラバラだろうが、粉々だろうが、構わん。返してくれ」

「いや、しかしですね、社長——」

困惑の声を益田は発した。

「なんでもいいから、返せといってるんだ。聞こえたか？」

「でも、お返しできるような状況じゃ——」

「あのな、益田さんよ」

赤松は電話を握り締める指先に力を入れていった。怒りの口調に、すれ違う通行人が何事かと赤松の顔を見ていく。「部品がどんな状態だろうとそんなことは関係ない。とにかく、返せといってるんだ。担当は誰だ。あの北村って唐変木《とうへんぼく》か」

「はあ。その唐変木です」

「だったら、いってやれ。部品の状況がどうかなんて余計な心配は無用だとな。こっちは急いでいるんだ。明日にでも取りに行く。そのバラバラになった部品を用意しておいてくれってな」

電話を切った赤松は、憤然として顔を上げた。その面を晩秋の風が撫でていく。すでに住宅街はとっぷりと暮れ、見上げた西の空低く女の眉のような三日月が沈むところだった。

北村は苦虫を嚙みつぶしたような顔で腕組みをしていた。

返却不可。それを伝えたはずが、赤松からの思いがけぬ反論を招いた。その反応に驚き、腹を立てている部下に、沢田もまた陰気な眼差しで応えた。

「どう思う?」

「クレーマーですから」

北村の意見はあくまで赤松悪玉論。だが、そんな単純な問題ではない。

「どうしましょうか、課長。明日にでも、こちらに押し掛けてくるような話だそうです」

「私が応対する」

「は? 課長が?」北村は驚いた顔を沢田に向けた。

「ああ。そのほうが話が早いんじゃないか。君もこの仕事、あまり気乗りしないだろう」

「いえ、そんなことは……」

北村は口ごもった。まあ気にするなと沢田は軽く手を挙げ、「赤松運送の社長に時間をとってもらってくれ。私が先方に出向いてもいい」

「いいんですか、課長。そこまでやる必要があるんでしょうか」

「しょうがないだろ。野坂部長代理からの指示もある」

「野坂さんの? そうですか」

北村は、ただでさえ丸い頰をぷっと膨らますと自席に戻っていき、やがて赤松の都合のいい時間をいくつかきいてきた。

スケジュール表を開いた沢田と一致した空き時間は、木曜日の午前。場所は、ここホープ自動車だ。来社したいと先方がいうのは、なにがなんでも部品を回収するという決意の表れか。

裏を知っている以上、赤松の行動について是非をとやかくいえるはずもない。品証部に対しては、攻撃の材料だが、こと外部に対してはひた隠す。つまりはダブルスタンダードが、沢田の中に存在していた。

6

「ホープ、断ってきやがった」

帰社した赤松の第一声に、「なんと」と宮代は眉を上げた。

「それはひどいですな。どういう了見でしょうか」

「預かった部品は、調査で分解されちまったそうだ。そんなもの返したところでしょうがねえだろうとさ」

「それで――」

宮代は皺の寄ったのどのあたりをごくりと上下させた。「引き下がったんですか」

「まさか」

にっと宮代が歯を剝《む》き出した。

「さすが」

「バラバラだろうが返せといっておいた。木曜日、ホープ自動車に行ってくる」

「わざわざ出向かれるんで？」

「先方に来させろってか。持ってくると思うか、おみやげを？」

「おそらく持ってはこないでしょうな」

「だろ？　だから行くことにした」

赤松はまっすぐに倉庫まで歩いていくと、その片隅にある整備課に顔を出した。トラックが二台ピットに入っていて、手前の車両の運転席の下あたりから作業服を着た足が出ていた。

「谷さん」

赤松は、出ていた足をまたいでいって、もう一台のトラックのエンジンに身をかがめていた古参に声をかけた。

「提案してくれたあの件な、木曜日に行ってくるよ」

「返してくれるんですね、ホープは」

「いや。渋ってやがる。それを交渉に行くんだ」

「そういうことは嫌うでしょうからね」

かつて大手の自動車販売会社で整備をしていた経験のある谷山はいった。それはどこでもそうだ、と赤松も思った。一旦、自分が評価したものを第三者に再評価させれば、あれこれ不備を指摘されかねない。なんにせよ、ケチなんざ付けようと思えば、どんなふうにでもつく。

谷山は、軍手をした手で帽子をとり、「おい、門田《モンタ》！」と地面に向かって声をかけた。

二本足は、すでに赤松が来たときからぴたりと動かなくなっていたが、その一声でくねくねと器用に動いて油に汚れた顔がフェンダーの下から赤松を見上げ、這い出してきた。門田だ。

「渋るって、どう渋ってんです？」

汚れた背中をはたきもせず、しっかり盗み聞きしていた門田はきいた。益田から聞いた話をもう一度繰り返すと、「ちきしょう！」と目つきが鋭くなり、ドタ靴の先で見えない相手を蹴った。

短気なところは以前のままだ。

「もし、奴らが返さなかったらどうなるんです、社長」

門田は目に怒りを浮かべたままできいた。

「返さなかったら、か。それは考えていない。ウチが生き残るためには何がなんでも部品は返してもらう。それしかないんだ」

返事の代わりに、門田の奥歯が動き、一旦一文字に結ばれた唇から意を決したように言葉が出てくる。

「社長、何か手伝うこと、ないっすか」

「ありがとうよ」

門田は赤松運送のヒラ社員だ。できることなどあろうはずがない。だが、その言葉は赤松の胸を熱くさせた。「気持ちだけでじゅうぶんさ。お前は自分の仕事をしっかりやってくれ」

「そうっすか……」

ちょっと不満そうに口ごもる。そのとき、「よろしくお願いします」と谷山が深々と腰を折り、あわてて門田も「社長、頼みますっ」と頭を下げた。

「大袈裟なことするなって、二人とも」

多少照れくさくなった赤松だったが、顔をあげた二人の真剣な眼差しに、「しっかり交渉してくる。心配すんな」と気持ちを引き締めた。

その約束の日の朝、会社から軽トラで出発した赤松は、環状八号線から国道を上り、東京駅地下のパーキングに入れた。電車ではなく軽トラで来たのは、帰りの荷物を考えてのことだ。さすがに、大型トレーラーの車軸の部品を抱えて電車に乗るわけにもいかないだろうから。

ホープ自動車前で益田と合流し、受付を通った二人は先日と同じフロアにある応接室に案内された。約束の時間になるまで待たされ、ちょうど時計の針が十時と重なるのを待ちかまえていたような軽いノックの音とともに二人の男が入室してきた。ひとりは見覚えがある。先日、会った北村だ。もうひとりの背の高い男がいま、赤松の前に立って自己紹介した。

「課長の沢田です」

「赤松です」

すみませんでも、ありがとうでもない。脇では、緊張というよりむっとした態度で北村が突っ立っており、次に益田が「お電話では何度も」といいつつ、ぎこちない様子で沢田と名刺を交換した。

「わざわざご足労いただき、申し訳ありません」

沢田はひとこと詫び、「このたびは、本当に残念なことになりまして」といった。言葉を選び、誰が悪いというわけでもない曖昧な表現に聞こえる。聞きようによっては他人事のような口振りだ。そうすることで当社は無関係だぞと暗に示しているのかも知れない。一方、何度電話しても連絡ひとつ寄越さなかった課長がこうして面談の席に出てきたのだから、それを進展と喜ぶべきだろうかと、赤松は複雑な思いに駆られた。

「さっそくですが、こちらの益田さんを通してお伝えした件、ご理解いただけないでしょうか」

単刀直入に沢田は切り出した。「もう一度私から説明をさせていただきますと――」

「いえ」

短く赤松は相手を制し、「何度きいても同じこと。私が今日こちらにお邪魔した目的は、ウチの部品を返していただくことです」

「それがもうお返しできるような状態ではないんです」

「じゃあ、まずその状態を見せてください」

赤松はいった。商売をしていると、時々、油断のならぬ交渉の席につかなければならないことがある。細大《さいだい》漏らさず目を光らせ、どこかに抜けはないか、相手の言葉に裏はないか、こちらの主張に誤謬《ごびゅう》はないかと気を張り巡らせていなければならない。この話し合いがまさにそれだと赤松は思った。

「それは即答しかねます。関係部署に確認してみないといけませんので」

「じゃあ、ここで確認してもらえませんか。待っていますから」

そういって赤松は、出ていた茶を一口すすった。

それを見つめる沢田に、今し方みせた神妙さは欠片もなく、いまは赤松をどう説き伏せたものか、そればかり考えているのがわかる。

「確認して参ります」

少々お待ちください、といって部屋を出て行こうとする沢田を赤松は呼び止めた。

「ちょっと待ってくださいよ、沢田さん。ここの電話で確認すればいいじゃないですか」

裏でごちゃごちゃと誤魔化されてはかなわない、という思いだ。

「いえ、内輪の話になりますので」沢田はとっさに言い訳する。

「何かきかれてはまずいことでもあるんですか」

先日来の電話の件、前回ここに来たときの北村の不遜《ふそん》な態度が急に頭に蘇った赤松は、あえて平静を装って言った。「私はただ、ウチの部品を見せてくれといっているだけだ。難しいことは何もないでしょう」

「そんな簡単ではないんですよ、赤松さん」

沢田はやんわりと反論する。「警察からの依頼で検査したわけですし、そもそもあれは捜査資料でもあるじゃないですか」

「お宅で保管してくれと警察から頼まれてるわけじゃないんでしょう」

さすがにむっとして赤松はいった。「警察は調査結果だけあれば十分のはずだ」

「申し訳ありませんが、警察とのことは私どもの部署では把握しておりません」

沢田は、赤松をさらに不機嫌にさせた。

官僚だ、こいつら。お高くとまって、この俺の要求をなんとか収めさせようとする意図は明白。言葉に詰まれば、縦割り組織の弊害を逆手にとって言い逃れを連発するつもりだろう——。

案の定、一旦中座して戻ってきた沢田の口からは都合のいい理由が次々と出てきた。

大企業の研究所というところがどういうところなのかいまひとつピンと来ていなかった赤松に、

社内規定だの秘密保持だのといった言葉を並べたてる。一旦研究所のしかるべき場所に保管されてしまうと、研究所の外へ出すのに上の許可が必要になるといい、ついでに警察にも確認を得る必要があるとまでいった。

「ご面倒と思われるかも知れませんが、それは赤松さんを守ることにもなるんです。それだけ厳正に管理していると理解していただけませんか」

挙げ句、沢田はもっともらしいことをいい、その手続きに数日欲しいと付け加えたのである。

赤松は手帳のカレンダーを開いた。

「来週の月曜日。それまでにはなんとかなるんだな」

「最大限、努力させていただきますので」

面談はそれで終わり、赤松はカラの軽トラを運転して引き返すしかなかった。

7

「一応、前進とみていいんですか、社長」

夕方、外出していた宮代が戻るのを待って開いた緊急ミーティングだった。

ホープ自動車でのやりとりを報告した赤松に、テーブルを囲んでいた高嶋が腑に落ちない顔できいた。

「来週の月曜日に、こちらから受け取りに行くんですか？」

相変わらず高嶋の質問は細かい。

「届いたら先方から連絡をもらうことになってる。したがって、再調査は月曜日以降だ。調査を依頼する相手は決まったか、タニさん」

「とりあえず国土交通省に持ち込んではどうでしょう」

汚れた作業服を着た谷山は、出席者の一番端でテーブルの上に帽子を置いて話をきいていた。

「あれからいろいろと考えてみたんですが、民間業者の研究結果では弱いのではないかという気がするんです。相手は警察ですから、それを納得させて、ついでに裁判なんかになったときのことを考えると、しかるべき機関に依頼するべきだと思います。以前、なにかの本で国土交通省に事故部品を持ち込んで評価してもらったような話を読んだものですから」

谷山のいう通りだと思った赤松は、詳しいことを調べてみてくれといって報告会をお開きにした。

部課長たちが会議室を出て行くのを見送った赤松は、宮代に向き直った。

「どうだった、宮さん」

この日、赤松がホープ自動車を訪問する一方、宮代のほうでは主要下請け三社を回って支払の猶予を求めることになっていたのだ。

「花輪運輸さんはさすがに渋っていましたが、昭和運送と海浜トラフィックはとりあえず納得してもらいました。それで一応、年末の資金繰りはなんとかなりますが、待ってもらうといってもせいぜい一ヵ月かそこらです。その間にはなんとかしないとまずい」

「正念場だな」

赤松は表情を引き締めた。

「気持ちで負けないことですぜ、社長。必ずうまくいくと信じましょうや。それしかない」

当たり前のことでも、こうして宮代の口からあえていってもらうと心強い気持ちになるから不思議だった。


その日は久しぶりに早めに会社を出、冷え込む住宅街を歩いて帰宅したのはいいが、玄関のドアを開けてすぐ、泣き声が聞こえた。「はっきりいいなさいよ！」という妻の声がそれに重なる。泣いているのは、拓郎だろうか。疲れ切って帰ってきた家で、子供を叱りつける声を聞かされたのではたまったものではない。

「ただいま」

玄関で呟くようにいった赤松は、騒ぎの起きているリビングへと向かった。

「あら、あなた。早かったのね」

冷ややかな史絵の声が迎える。

拓郎が、ダイニングテーブルについたまま目を真っ赤に泣きはらしていた。目の前のランチョンマットには夕食がほとんど手つかずのまま残されている。

テーブルの脇で、腰に手を当てて立っている史絵は、帰宅した赤松にちらりと視線をくれただけで、怒りを滲ませた表情を拓郎に向けていた。あとの二人の子供達は、母親と拓郎のやりとりを息を飲んで見ている。末っ子の哲郎が怯えた顔をして椅子を降りてきた。赤松に抱きつくようにして後ろに隠れる。

「どうしたんだ」

史絵にきいた。

「どうしたもこうしたもないわよ。徳山さんから電話があって、拓郎が五千円盗《と》ったのを見た子がいるっていうのよ。五年生の間で、噂になってるって。そうよね、拓郎」

「ぼくじゃない！」

拓郎が小さな拳をテーブルに打ち付けて怒った。大粒の涙が頬をこぼれおち、顔はもうぐちゃぐちゃだ。

「拓郎は違うって言ってるじゃないか」拓郎がそんなことをするはずがない。そう信じている赤松は、疲れもあって自分の声が刺々しくなるのをどうすることもできなかった。

「じゃあ、これはなんなのよ！」

腰に当てていた史絵の手にはいま、まぎれもない五千円札が握りしめられている。赤松は驚いてさっと拓郎を振り向いた。「あなたの机に入っていたんじゃない。どうしたの、これ」

「違う！」

拓郎は叫ぶと、母親をぎらぎらした怒りを滲ませた目で睨み付けた。

「じゃあ、説明しなさいよ。なんであなたがこんなお金持ってるの？」

「知らないよ！」

「なあ、拓郎」

いい返した拓郎に赤松は声をかけると自分も空いている椅子にかけた。

「知らないじゃわからないから、きちんと順番に説明してごらん。拓郎がお金を盗ったりするわけないじゃないか」

後の言葉は史絵に向けたものだった。小さい頃から手のかからない子だ。その拓郎がここまで泣き崩れていることに赤松は驚いてもいた。普通じゃない。

「ランドセルに入ってたんだ」

しばらくすると、しゃくり上げながら拓郎がいった。

「なんで入ってたんだい」

「わかんないよ。気が付いたら入ってたんだ」

「いつ気が付いたの？　いってごらんなさいよ」

と史絵。言葉がきついから、拓郎がきっと睨み付ける。妻を手で制した赤松は、「パパと話そうか。二階へ行こう」といって席を立ってみる。

何かいいたそうにした史絵をなおも睨み付けながら、拓郎は赤松のほうへ歩いてきた。拓郎の部屋に行き、二人はベッドに並んで腰を下ろす。

「大丈夫、大丈夫。なあ拓郎、パパのこと信用してるだろ」

小さな肩を抱きながらきくと、拓郎はこっくりとうなずく。「パパも拓郎のことを信用してるよ。いつでもどんな時でも味方だし、力になろうと思ってる。いまもこれからもずっとだ。だから、何も隠さなくていいから、本当のことを話してごらんよ。もし悪いと思うことがあったら、素直に謝りなさい」

こっくりとうなずいた拓郎の体を小さく揺すって、赤松はきいた。「ランドセルに五千円が入っていたっていったよな。いつそれに気づいたの？」

拓郎の目は壁のカレンダーに向けられ、「今週の火曜日――じゃない、塾があった日だから月曜日」

今日は木曜日。三日前だ。

「月曜日のいつ」

「帰り。教科書をしまってて気づいたんだけど……」

「土、日は入ってた？」

「わからないよ。教科書を入れるところじゃないほうのポケットに入ってて、気が付かなかったから連絡帳で底に押しつぶされてたんだ」

「なんでそのとき先生にいわなかった」

拓郎は俯いて小声になった。「だって、疑われるのやだもん」

「で、机の中に隠したってことか。ママにいえば良かったのに」

「ママにいうのはもっと嫌なんだもん」

「なんで」

「うるさいから」

「そっか」

だんだん親が煩《わずらわ》しくなってくる年頃だ。

「じゃあどうするつもりだったんだ」

黙った拓郎は、「早く学校へ行って、みんながわかるところに置こうと思ってた」とこたえた。

「なるほど。でもね、みんなこのお金を探してるんだぞ。それを隠したのはよくないな。みんなに疑われても、正直にいうべきだったと思うな」

「ごめんなさい」

拓郎はうなだれる。それにしても妙な話だ。

「いったい、誰が入れたんだろう。いつ入れたのかってことも問題だ」

「金曜日じゃないと思う」

拓郎はいった。「持ち物検査したから」

じゃあ、月曜日か。

赤松は、ズボンのポケットに入れたままの携帯電話を出して小学校にかけてみた。午後七時過ぎだったが、運良く坂本先生が残っていた。

「ちょっとお話ししたいことがあるんで、そちらへ伺いたいのですが、よろしいでしょうか」

「あ、はい。ではお待ちしております」

坂本は少し驚いたようだったが、快く承諾してくれた。


それから二十分後、赤松は校長室で坂本と向き合っていた。拓郎も一緒だ。

真ん中のテーブルには、シワを伸ばした五千円札がぽつんと置いてある。

「拓郎はやっていないといってます」

赤松はいった。「そうだな」と隣の拓郎に念を押し、「ぼくじゃありません」という言葉に坂本もうなずいてくれたことに、ほっとする。

「拓郎君のことはよくわかっているつもりですから。言いにくかったのはわかる。でも、もう少し早く言ってくれなきゃだめよ」

坂本は、そういってやんわりと叱《しか》った。女王蜂の攻撃で思わず涙ぐんでいたときと、こうして対面したときの坂本はかなり印象が違う。

「誰かがランドセルに入れたらしいんですが、ここにきてまた犯人探しをするというのも事態を余計に複雑にしてしまいますし……。それに、拓郎が盗ったところを見たという噂も流れているらしいんですが、先生、ご存じですか」

「ええ。それは知っていました」

坂本は神妙な顔でこたえ、「誰がそんなことをいってるんでしょうか」という赤松の質問に、「それは……」と返答に窮《きゅう》する。

「噂の出所をご存じなんですか」

察した赤松に、「はっきりしたことがわからないので」と坂本は言葉を濁した。だが——。

「片山さんだよ」

断定的な拓郎の言葉が赤松を驚かせた。坂本の目が大きく見開いて拓郎に向けられる。

「なんでそう思う、拓郎」

「今日、徳山君にいわれたもん。片山さんからきいたけど、お前が盗ったんだろって。ひどいよ、みんな」

そういった途端、拓郎の目から大粒の涙がこぼれ落ちた。「ぼくのせいにして、誰も遊んでくれないしさ。みんなひどいよ」

「先生——」

赤松自身どういっていいかわからず、坂本に促す。心が乱れ、なにをこたえて欲しいのか、何をききたいのか、自分でもわからなかった。自分の子供がいじめを受けていたことに衝撃を受け、それまで黙って耐えていた拓郎の気持ちを考えると、胸が締め付けられる。それと同時に、片山の娘に対する激しい怒りが湧いてきた。

「すみません。噂が流れていることは事実なんですが、誰がそんなことを言っているかまでは特定できなくて」

「特定できない？　それははっきりした証拠がないということですか」

〝結構、陰湿ないじめとかするらしいの。そのくせ、立ち回りはうまいから、先生もなかなか叱れないんだって。証拠もないのに叱ったら、――〟

「なるほど、女王蜂のお出まし、か」

坂本が、ぽかんとしてこっちを見た。

「それはおかしいですよ、先生」

赤松はいった。「そういうことこそ、はっきりさせるべきなんじゃないんですか。先生は薄々わかってらっしゃったんでしょう」

「片山さんにはそれとなく話をきいたんですが、何も見ていないって。噂のことも知らないっていってました」

「嘘ですよね、それは」

坂本は唇を嚙んだまま、俯く。

赤松は深い吐息を洩らした。

なんで拓郎なんだろう。なんで拓郎がいじめられなきゃいけないのか。

いったい拓郎のクラスでいま何が起きているというのだろう。

そのとき、拓郎がいった。

「きっと片山さんは、真下君のお金を盗んだのが誰か知ってるんだ。それなのに、ぼくが犯人だっていいふらしてるんだよ」

坂本は弱り切った顔になり、「証拠はありませんし」といった。

「拓郎君のことは、私にお任せいただけませんか。拓郎君が盗ったとは思っていませんし、だとすれば誰かが拓郎君のランドセルにお金を入れたことになります。片山さんには私からもう一度、話をきいてみます。それとこのお金は明日、どこかに落ちていたことにして、真下君に返しておきますから、ご安心ください」

それ以上どうしようもなかった。お願いします、と頭を下げて出てきたものの、割り切れない。

「許せないわね、ほんと」

赤松の話をきくと、史絵は唇を噛んで天井を見上げた。その目に浮かんだ涙に赤松もまた心をぐっと絞られたような気がし、傍らの拓郎の肩に手を回した。

怒りに蒼ざめた史絵は悔しさをこらえるように目を天井に向けた。「でも、あなたも悪いのよ、拓郎。あなたが黙ってるから――」

「もういい」

赤松もまた苛々して遮った。「とにかく片山さんにもう一度話をきいてくれるっていうんだから、それを待つしかないだろう」

校長室で椅子がひっくり返りそうなほどふんぞり返っていた高慢ちきな女のことを思い出しな

がら赤松はいった。

「なんで美香《みか》ちゃんがそんなことというのよ」

史絵は拓郎にきいた。「拓郎、美香ちゃんと喧嘩《けんか》とかした？」

「別にしてないよ。だけどずっとヘンなことばっかりいうんだよ、片山さんは。女子を集めてぼくの悪口いってるんだ」

拓郎はいった。

「ヘンなことって何よ」

「うん……？」拓郎は口ごもる。

「なによ、いってごらん。いわなきゃわからないじゃない」

少しきつい口調で史絵はいい、拓郎は俯いた。

「拓郎」

赤松はその肩を手のひらでぽんとやり、「いいからいってごらん」

拓郎は、思い詰めた表情で足下の床を見つめる。

「パパがもうすぐ逮捕されるって」

赤松は顔を強張らせる。史絵が顔色を変えた。

「会社も潰れるとか、もうすぐうちはお金がなくなるから、学校へも来られなくなるとかいってるんだ」

「美香ちゃんがそういってるの、きいたの？」

「ううん」

拓郎は首を横に振った。「下川君《しもかわ》からきいた。片山さんがそう言いふらしてるって」

「いま、片山さんに電話していいかしら」

キッとなって立ち上がりかけた史絵を、赤松は止めた。

「認めるような相手じゃないだろ」

断言してもいいが、自分に都合の悪いことを片山が認めるわけがない。それどころか、逆に「逆恨《さかうら》みして因縁《いんねん》を付けてきた」ぐらいのことは言いかねない。事実、いままでPTAで片山が引き起こしてきたトラブルでは、うかつに反撃しようとした母親に対して、念入りで陰湿な、〝倍返し〟ともいえる復讐《ふくしゅう》をしてきた。それはもう意地が悪いとかいうレベルではなく、病気ではないかとさえ思えるぐらいだ。

「だって！　そんな酷《ひど》いこといわれて、黙ってろっていうの？　名誉毀損で訴えてやろうかしら」

怒りに、史絵は頰を震わせる。「あなた、腹が立たないの？」

「腹は立つさ」

赤松はいった。「今だって腸《はらわた》が煮えくり返ってる。だけどな、ここで不用意に騒いでも、向こうの思うツボだ」

「じゃあ、このまま放っておくっていうの？　それじゃあ子供達が可哀想じゃないの」

「いや――」

毅然として赤松は首を振った。ぐっと唇を引き絞り、油断すると噴き上げてきそうな怒りを堪えるのに苦労した。「このままでは終わらせない。必ずはっきりさせるよ」

8

「本当に部品を返却するつもりですか、課長」

赤松と、それにくっついてきた販社の益田を見送った後、北村がきいた。「断れという部長代理の指示なんですから、もっと強引に突っぱねて良かったんじゃないでしょうか」

若干、不満そうな顔で北村はいった。

「そう簡単な相手じゃない」

「ですが、ふざけてますよ。いまさら部品を返せなんて」

赤松運送のやり方をホープ自動車への〝反駁〟ととっている北村は、あくまで否定的な態度をとった。北村はプライドの高い男だ。財閥系の看板を背負って商売をしているという矜持《きょうじ》がある。だがそれは、たとえ客であろうと刃向かってくる者は敵と見なすような狭隘《きょうあい》で歪みきった誇りだった。

「どうされるんです？　説得して諦めさせるようにっていう部長代理からの指示は」

「まあ、そうだな……」

ため息をついた沢田の態度に何か感じ取り、北村は眉を上げた。

「指示するほうは自分の手が汚れるわけじゃないからな。気楽なもんだ」

「まさか課長、本当に赤松のいう通りに部品を返却するつもりじゃ――」

沢田が浮かべた苦渋の表情に北村は言葉を飲み込む。

「返すほうが百倍楽だ。でもな、返せない事情ってのがあるんだ」

「事情というと?」

答える前、沢田はため息混じりに首を振ってみせる。

「深い深い事情さ。正直いうとオレも良くは知らない。知っていいことかどうかもわからない。もしかしたら——」

知らないほうが幸せかも知れない。

だが、沢田はその言葉を飲み込んで、「行くぞ」と北村を促した。

「これからのことは、オレが考える。どっちにしてもロクなことにはなりそうにないがな」

やれやれとばかり、北村は皮肉をいった。

「これが我々のカスタマー戦略課の戦略ってやつですか。上等な戦略っすね」

「やっとわかったか」

沢田はさっさとエレベーターに乗り込んで販売部のフロアへ戻ると、まっすぐに野坂のデスクに向かった。沢田の報告を面白くもなさそうな顔できいた部長代理は、断りきれなかったという顚末《てんまつ》をきいて不機嫌な表情を浮かべた。

「何やってるんだ、沢田君。これじゃあ、こっちの立場もなくなる」

期待はずれとでもいいたげなその言葉は、沢田の胸に冷たく突き刺さった。しかしいま、両の手の指を組んで販売部の虚空《こくう》を睨み付ける野坂もまた、この交渉の結果を誰かに報告しなければならないと白状したようなものだった。報告する相手はさしずめ、柏原品質保証部長あたりか。

たかだか一顧客のクレームだといって切り捨てられない弱みが、ホープ自動車にはある。

「なにしろ、ああいえばこういうという相手でして。正直、予想外でした」

沢田は一言言い訳してから続けた。「ただ、どうなんでしょう。ウチとしても部品を返却したほうがかえっていいのではないかと思うのですが」

野坂は不愉快極まる態度で、「それができないんだよ」とそっぽを向いた。

「なぜです」

あえて、沢田はきいた。返事はない。野坂は立ち上がって背を向ける。その背に向かって、沢田はいった。

「たしかに、赤松のクレームを受ける窓口は私どもです。ですが、本当の理由を知らないのに、勝手な理由をつけて体よく追い払うことはやはりできません。交渉事というのはある意味取引ですから。ホープとしてどこまで譲れるのか、それがわからない以上、ハードネゴは乗り切れない」

向こうを向いたまま、野坂は動かなかった。どれぐらいそうしていただろう、やがてこちらに振り向いた上司はやけに疲れ切った顔になって、どっかと再び椅子に収まる。

「君のいいたいことはわかる」

重々しく野坂はいった。「だが、君の疑問に答えることはできない」

「トップシークレットだからですか」

「いや。私自身、知らないからだ」

「ご存じない？」

沢田は野坂の知的な面差しを眺め、そして悟った。〝知らない〟という言葉は本来の意味で使われたわけではない。野坂のネットワークなら、品証部の秘密を摑んでいないはずはないからだ。知らないのではなく、知らされていない。つまり秘密を共有するグループから外れているという意味だ。

「そう、知らない。というより――」

意味ありげな眼差しを野坂は向けた。「知りたくもないがね」

思いがけず野坂と自分との間に共通した考えを見出して、沢田は妙な連帯意識を持った。だが、それはそれだ。沢田にもまた、立場というものがある。それは、許される範囲で上司や組織に抗《あらが》うことのできる根拠みたいなものだ。

「私だって、できればそうしたいのは、やまやまです」と沢田はやんわりと反論した。

「ですが、それで済みますかね。知らないで片づけられるほど、我々が相手にしている客は甘くないですよ。品証の連中は舐めてませんか」

沢田は微妙に矛先を転じてみせる。そのあたりがホープ自動車の中間管理職に求められているバランス感覚とでもいおうか。

批判されたかと身構えたに違いない野坂の頰が緩んだが、沢田の質問に再び引き締められた。

「部長にはこのことは?」

「まだだ」

なるほどそういうことか、と沢田は理解した。品証部長の柏原と野坂は、個人的に親しい。内々に済ませてくれないか、という話なのかも知れない。

「部長に報告されたほうがよろしいかと存じます。もちろん、赤松運送は全力で説得するつもりですが、相手次第では限界もあります。もし後日、問題になったら我々が批判されかねません」

その指摘に、野坂は、「部長に報告しても、君がやるべきことに変わりはないだろうが」といった。

なぜです、と沢田が問うより前、「品証部の事情について部長はご存じのはずだからな」と続ける。

「つまりだ。どっちが悪いとかの問題はさておき、とりあえず顧客クレームを水際でくい止めるのはウチしか――つまり君しかいないということだ」

沢田は内心、天を仰いだ。

表と裏、ホンネとタテマエが交互に顔を出す企業内政治の異常さ加減には心底嫌気が差す。パワーバランスを読み切り、世渡り上手なのは自他共に認めるところだが、その沢田をして、年がら年中こんな話を聞かされていたのではたまったものではないと思わせた。

「であれば、品証部に、カスタマー戦略課として部品の返還を求めてよろしいでしょうか」

意を決した沢田の発言に、野坂はひっくり返りそうなほどのけぞり、唖然とした目を向けてきた。

その目の奥に歯車が見えた。損得勘定と組織内バランスの軽重を判断する天秤《てんびん》付きの歯車は、販売部対品証部の力関係、一方で柏原との人間関係という相容《あいい》れない両極の間で揺れている。

「書類は、カスタマー戦略課が作成して提出します。書類の作成者は私の個人名にします。それであれば部長代理も、柏原さんには面目が立つと思いますが」

「それに品証が応じると思うか」

「さあ」

沢田はゆっくりと首を横に振った。「そいつはどうかわかりません。ただ、今回のクレーム対応の責任をウチが負いたくないというだけです。私個人の意見としては、部品は返すのが当然だと思っています。それを返さない理由を我々が考えれば、対応が問題だったとなる。ですが、品証部がそれを拒絶したとなれば話は別です」

野坂は唸《うな》った。

腕組みをしている部長代理と自分の構図は、時代劇に出てくる悪代官と商人そっくりだ。

「なるほど。まあ、柏原さんには申し訳ないが、ウチとしてスジを通しておいたほうが良さそうだな」

「後々のことを考えれば、そのほうが得策かと」

「わかった」

野坂はぴしゃりといい、「すぐに書類を上げてくれ。部長へは私から根回ししておこう」

「ありがとうございます」

下がろうとしたそのとき、野坂の低い声がいった。

「沢田、お前も悪だなあ」

いえいえお代官様ほどでは、とでも応じて見せるか。

背を向けた沢田は、野坂にはわからないように密《ひそ》かに表情を歪めた。

カスタマー戦略課課長名で作成した「事故調査部品返却依頼への対応願い」と題する電子書類

を沢田が送信したのは午後二時。それが部長代理の野坂を経由して販売部長花畑清彦《はなはたきよひこ》の決裁ボックスへと回付されたのはさらにその三十分後である。

そして、送信からわずか一時間もしないうちに花畑の決裁はおりた。

質問のひとつもされるだろうと身構えていたのに、拍子抜けするほどあっけないプロセスだ。

その裏には、野坂の根回しがあったに違いないが、対品質保証部の構図で見たとき、沢田の書類が販売部の利益に寄与することは疑う余地はない。

静かな、そして予想外に順調な滑り出しに見えた。その日の夕方までは——。

「沢田君。五時から時間空くか。品証が打ち合わせしたいといってきた。例の件だ」

来たか。

その時間、先方指定の会議室に向かうとすでに先客がいた。品質保証部の室井。その上座で腕組みしているのは、同部部長代理の一瀬君康《いちのせきみやす》だ。ようやく、この件に関して先方を正式な交渉テーブルに引っぱり出した。

「一体これはどういうつもりだろう。この件については柏原部長からお願いしてあると思ったんだがね」

沢田が着席するのを待って、不機嫌そのままに一瀬が口を開いた。

「勝手に理由をつけて断れという室井さんの話でしたが、そう簡単な相手ではないものですから」

「応対に問題があったんじゃないか」

一瀬がいった。「クレームの場合は、相手を刺激しないことが大前提じゃないか」

「お陰様でクレーム対応には定評がありましてね」

沢田は嫌味を織り交ぜて返す。「そういう問題じゃないんです」

「じゃあ、どういう問題なんだ」

気色ばんだ一瀬に、「権利関係ですよ」と沢田は怒りを滲ませていった。

「権利関係だと？」

「そうです。赤松運送の再調査を断るのはいいでしょう。それをやるかやらないかは我が社が決めることだし、客から命令される筋合いはない。だからそれは突っぱねました。当然、赤松運送も納得したわけです。ところが、部品返却を突っぱねろというのにはそもそも無理がある。なぜなら部品はトラックの一部であり、所有権は赤松運送にあるんですからね」

「そんなことはわかってる」

室井は苛立ちも露わにいった。「それをなんとかしろといってるんだ」

「無理ですね」

冷ややかに沢田は断じた。「顧客対応がまるでわかっていないのは、室井さん、あんたのほうだ。なんなら今度一緒に交渉の席についてもらおうか。この相手にそんな態度で接してみろ、とんでもないことになる」

室井が悔しそうにするのを眺めながら沢田は続けた。「先方が要求しているのは、事故調査に使った部品の返却のみ。それは私の書類の通りだ。私見だが、そんなもの返却すればいいじゃないかと思う。そもそも返すべきスジのものなんですから。違いますか、一瀬さん」

一瀬は、ぐっと顎《あご》を引いて腕組みした。テーブルの上にプリントアウトした沢田の書類が置いてあり、視線はその上に釘付けになったまま動かない。

沢田の隣で、野坂が小さく咳払いしてみせた。

「お互い、非難の応酬のために時間を作ったわけじゃないんだから、もう少し建設的に話し合いませんか」

その一言でヒートアップしていた場の熱が下がった。それを受けて、一瀬が口を開いた。

「実はこの件については我々も少々困惑していてね。我々で調査した部品をいまさら返却してくれといわれても、正直なところ困るんだ」

「理由はなんですか」

沢田がきいた。

一瀬は、ちらりと室井と視線を交錯させた。さてどんな誤魔化しが飛び出すかと身構えた沢田に、小柄な一瀬は薄くなった髪を興奮で朱色に染めていった。

「他社で再調査ということになると、少々困るんだ」

沢田は室井を睨み付けた。何日か前、調査には問題は無かったと突っ張った勢いはなく、探るような目を向けてくる。

「なんとか返却しないで済ませたい」

一瀬はぐいと上体を乗り出した。「当部の問題というより、これはホープの問題だと思って欲しい」

「肝心なことを省略されてませんか、一瀬さん。少々困るって、どう困るんです。なんでそれがウチ全体の問題になるのか、わかるように説明してください」

さてどう出る。わざと突っ慳貪《つけんどん》な口振りでそっぽを向いてみせた沢田の視線の端に、緊迫した表情が二つ並んでいる。この二人の胸中にあるキータームはひとつ。「リコール隠し」だ。だが、もしその一言を洩らしたら、タダで済ますつもりは無かった。

苦し紛れの一瀬の言葉が聞こえてきた。

「事故調査で難しいのは〝解釈〟なんだよ、沢田君。もし、あれを外に出してホープに悪意を抱く研究者の手に渡れば、匙加減ひとつでウチの信用が傷つく。そんなことになったら販売部が最もダメージを受けるんじゃないのかね」

もっともらしい嘘だ。沢田はぎらりとした視線を一瀬に向けた。

「解釈の問題だけですか、本当に」

「どういう意味だそれは」

一瀬は心外とでもいいたげな口調できいた。

「言葉通りの意味ですよ。——ところでお二人に肝心なことを質問したいんですが。これさえ聞けば、あとのことはどうでもいい」

室井が飛びかかる一歩寸前のように身構えるのがわかった。

「ウチに過失はないんですね」

沢田はいい、二人の表情を微塵《みじん》の変化も逃すまいとばかりに眺めた。だが、沢田が予想した逡巡をそこに見出すことはできなかった。

「いい加減にしろよ、沢田」

怒気を含んだ室井の声が全てを否定した。「そんなことがあるわけないだろう。君は、品証部を愚弄するのか」と。

「まさか」

沢田は、室井の怒りとは裏腹に平然といった。「ただし、いま聞いた話、書類で正式に回答してもらいたい。後で事実確認ができるように」

なにっと目を剝いた室井に、「まあまあ」と隣から穏やかに野坂が割って入った。役者である。

「お宅ではどう考えているかわからないが、販売部では本件を重視していてね。わざわざ沢田君が書類を回したのもそのためだ。記録に残したい。ご足労だが、花畑部長の意向もあるので、是非そうしてもらいたい」

「おい、野坂君。柏原部長からじきじきにお願いしたはずじゃないか」

一瀬が弱点を突いてきたが、野坂は変わり身の早さを見せつけた。

「状況が変わったんでな。柏原さんにはさっき電話で話しておいた。まあとにかく、赤松運送へ部品を返却できないのであれば、その理由をきちんと明示し、その上で望ましい対応を記してくれ。あとはこちらで対応する」

品質保証部の二人組は、嚙みつきそうな顔で野坂を睨み付ける。やがて、これ以上粘っても事態が好転しないことを悟ったか、ため息とともに一瀬部長代理が椅子の背に体を投げた。

「沢田課長の発信になっているが、花畑部長の意向とあらば仕方がない。室井君から書面で回答する。それでいいかな」

室井は不満そうな顔をしたが、無論、沢田に異論は無かった。有力役員を多数輩出し、ホープ自動車の〝聖域〟といわれてきた品質保証部に一矢《いっし》を報いた。ざまあみろ。内心ほくそ笑んだ沢田だが、これによって赤松運送との交渉が免除されるわけではないこともわかっていた。

室井は部品の返却拒絶という結論を書いてくるはずだ。いままでは野坂からの指示だったが、今後は販売部としての、ひいてはホープ自動車の意思を代表して、赤松にそれを納得させなければならない。

それにしても。

会議室を後にした沢田は思うのだ。たかだか部品の返却をめぐってのこのバカ騒ぎはなんだろうかと。

品証部に一泡吹かせたい販売部と、否定はするもののなんらかの事実を隠蔽しているに違いない品証部の思惑が絡み合い、部同士の駆け引きにまで発展していくこの滑稽さ。官僚的な体質は、リコール隠しが発覚した三年前からまったく変わっていないではないか。根拠のないエリート意識、都合が悪いことは改善するより隠蔽する。ホープ的中華思想というか、〝ホープにあらずば人にあらず〟といって憚らない傲岸不遜《ごうがんふそん》の資本集団の傘下にいて、不祥事が起きたからといって体質を変えることは確かに容易なことではないのだが。

一方で、唾棄すべき体質の腐敗に嘆息しつつも、いつのまにか部同士の権力闘争にそれをうまく利用しようとする自分がいるのだから、そこに思い至ると沢田も苦笑するしかない。

オレも含めてどいつもこいつも、底なしの莫迦だ。

自嘲した沢田が、予想通りの室井の回答書を受け取り、「赤松運送には当部で交渉し、先方を説得してくれ」と花畑から直々の命令を受けたのは週明けのことであった。

9

ホープ自動車の沢田からの電話は、直接、赤松の携帯にかかってきた。週が明けた月曜日の午前中だ。

「遅くなりまして申し訳ありません。先日の件です」

そう切りだした沢田と交わした面談の約束は翌火曜日の午後になった。赤松運送をとりまく環境は逼迫《ひっぱく》しており、悠長に構えている余裕はなかった。

その日、約束の午後二時に沢田はバンでやってきた。大手町まで出向くといった赤松に、沢田はこちらが赤松運送まで足を運ぶといって譲らなかった。緊張した面持ちでハンドルを握っているのは、販社の益田だ。どうやら、道案内役として事前に合流してきたらしい。バンは赤松運送の敷地内に入ってくると、ゆっくりと横切ってきて事務所前の駐車スペースに頭から止めた。

強い寒気の底に沈んだ日だった。運転席から降りた益田が寒さに首をすくめながら、赤松の視線に気づいてロボットのようなぎこちないお辞儀をする。事務所内から見ていると、益田は後部ハッチを跳ね上げ、下ろした台車の上に巨大な箱を下ろしはじめた。沢田がそれを手伝い、やがてハッチを閉めると、台車を押して事務所に入ってくる。

「先日は失礼いたしました」

応接室に入った沢田は丁重に頭を下げ、同席した宮代と名刺交換すると勧められるままソファにかけた。

「部品が手元に届くまで時間がかかりまして」

世間話の類《たぐい》は一切ない。

「とにかく、ウチの部品を戻してもらえればそれでいいんだ」

赤松はいい、事務所の端に積まれた段ボールを一瞥する。ようやく返してきやがった、という安堵はあるが、ここまでしないと部品ひとつ返却できないのか、という不満は残った。

「実はそのことでちょっとご相談したいことがあります」

「相談？」

再調査に関して注文のひとつでもするつもりか。怪しくなりそうな雲行きに、益田は狐面を歪めて小さく咳払いした。沢田は続ける。

「品質保証部に問い合わせたところ、大変申し上げにくいのですが部品の提出が難しいということでして」

「どういうことだ、それは」

語気が荒くなり、上等なスーツを着込んだ沢田を睨み付ける。沢田は申し訳なさそうな表情になって、苦しげに言葉を継いだ。

「あの失礼ですが、赤松社長は返却された部品で再調査を実施しようとされてませんか」

「どう使おうとオレの勝手だろう」

憤然とした赤松に、沢田は「それが大変困るのです」といった。

「困る？　何が困るんだ」

怒りを覚え、赤松はきいた。

「事故原因については私どもですでに一度調査しております。つまり部品には私どもの調査の過程で手が加えられておりまして、当初の状態ではなくなっております。このまま、他の研究機関に持ち込まれると、誤った結果が出る可能性もあるんです。そんなことになりますと、私どもの調査の信憑性《しんぴょうせい》が疑われかねません」

「そんな身勝手な――！」

そういったのは赤松ではなく、同席した宮代だ。あんぐりと口を開いたまま、沢田を見つめる。気持ちは赤松も同じだった。開いた口が塞がらない。

「あのな、沢田さん」

ぐいと前かがみになって赤松はいった。「さっきもいったが、部品をどう使おうとこっちの勝手だ。そんなことはお宅が心配することじゃない。ついでにいうと、返すとか返さないとかも、お宅が決めることじゃない」

「それはちょっと違うんです、社長」

沢田は反論する。「私どもは国土交通省に対して報告義務がありまして、調査結果は相応の信頼性を保証しています。その調査結果に対して疑義が挟まれかねないようなことに協力したとなると、私たちの姿勢が問題になるわけでして」

「なるか、そんなもん。ばかばかしい」

赤松は撥《は》ね付けた。「あんたがいってるのは、かも知れないとか、そんなレベルの話ばかりじゃないか。あるかどうかわからない仮定の話を理由にするのは他に返却できない理由があるからじゃないか。本当の理由が」

その理由とは何ですかときいてくるかと思ったが、沢田は黙った。こいつは微妙に話のツボを逸らしてコントロールしている。そのことに気づいた赤松は、小賢《こざか》しさにますます怒りを覚え、ぶん殴ってやりたい衝動を覚えた。

「赤松さん、ちょっと聞いてください」

ここが肝心なところとばかりに沢田は体を乗りだして赤松の目を覗き込んだ。

「お気持ちはわかります。ご立腹はごもっともで、心苦しいばかりです。私にも立場というものがございましてこのようなことを申し上げておりますが、本当は、お返ししたいという気持ちで一杯なんです」

沢田は言葉巧みに懐柔にかかる。

「ただ、部品を返せ返せないということを繰り返していても、何ものをも生みません。事故の責任を明確にしたいという赤松社長のお気持ちはわかりますが、それで亡くなられた方が戻ってくるわけではありませんし、事故でダメージを受けているのは私どもも同じなんです。そこで、提案なんですが、そろそろ次のことをお考えになってはどうでしょうか」

「次のことだと?」

腕組みした赤松に沢田は眉を寄せ、懇願するような言葉を続ける。

「新しい部品を持って参りました。先日のトレーラーと同じ型のものが御社で運行されていると、この益田さんからも聞いております。もしよろしければ、そのトレーラーの部品も交換させてください。そう簡単な話ではないと思いますし、この件についてはいろいろと失礼なことを申し上げてしまいました。それについてはこの場で深くお詫び申し上げます。ですが、社長、そろそろ前向きなことを考えていきましょうよ。これ以上事故にこだわっても、いい結果にはならないんじゃないでしょうか」

相手を丸め込もうと必死になっている男の説法を赤松は黙って聞き流した。

沢田が口を閉ざすとふいに沈黙が挟まり、問うような眼差しが赤松を見る。

「あの事故が全てを変えちまったんだ」

赤松はいった。「いまさら過去をどうすることもできない。だが、人間にはこれを越えなきゃどうしても先にいけないハードルがある。会社だってそれは同じだ。ウチの会社にとって、あの事故の真相究明がまさにそうなんだよ」

「弊社の調査結果を信用していただけませんか、社長」

「それはできない」

赤松は突っぱねた。「それをやったら、ウチの社員にも、家族にも顔向けできないんだ。オレには信じてるものがある。あんたが会社のことをも信じてるようにな。オレたち中小企業っていうのはな、済んだから忘れようなんて簡単なことじゃ生き残っていけないんだよ。過去は変えられなくても、再評価はできる。いまウチに必要なのはそれだ。あの事故は人の命を奪った。その人はもう返ってはこない。そしてその責任はウチにあると思われている。あんたは事故にこだわってもいい結果にならないといったが、それは違う。事故という過去に向き合わなきゃ、いまのウチは生き残れないんだ。中小企業ってのは、いつも崖《がけ》っぷちを歩いてるんだぜ」

隣にいた宮代がぎゅっと目を閉じ、腕組みをしたまま動かなかった。その頬が小刻みに揺れているのは、歯を食いしばっているからだ。

「誠意を受け取っていただけないでしょうか、社長。この通りです」

沢田はテーブルに額が付くほど頭を垂れた。それを見ていた益田もまた同じように「私からもお願いします」と右へ倣《なら》う。情にほだされてしまいそうな、しおらしい態度。もっともらしい話法。だが、赤松が目指すものはそこにはない。

「頭を上げてくれないか、沢田さん。そんなことをされても困る」

冷然と赤松はいった。「謝るより、部品を持ってきてくれ」

「ですからそれは――」

「誰の部品なんだ！」

突如赤松が発した大声に、沢田は息を飲んだ。益田は飛び上がらんばかりになって目を見開いている。「いまはっきりさせようじゃないか。あの部品はうちのトラックについていたものだ。トラックは赤松運送の所有だ。お宅に頼んだのは修理で、交換部品をお宅に譲ったわけじゃないんだぞ」

「それはごもっともですが、なんとか代替品でご勘弁ねがえませんでしょうか」

堂々巡りだ。

「それはできない」

ぴしゃりといった赤松は、「返すとか返さないとか、ホープ自動車が判断することじゃない。壊れていようとなんだろうと、あの部品はウチのものだ。それを返さないのは法律違反なんじゃないのか」

ぐっと沢田は唇を噛んだ。

「なんなら出るところに出ようか」

赤松の啖呵《たんか》に、黙っていた沢田は一言、「私どもの誠意を評価していただけなくて、残念です」と呟いた。

「今日明日中に、部品は返却しろ。わかったな」

「それは——致しかねます」

沢田はきっぱりといった。

「所有権はウチにあるっていってるだろ」

赤松は嚙みつかんばかりにいう。

「それはわかります。ですが——」

「じゃあ、法的な措置をとる。それでいいんだな」

ぐっと押し黙った沢田から、諦めたような吐息が洩れた。

「仕方ないですね。ですが、そんなことをして傷つくのは赤松さん、あなたのほうじゃありませんか。裁判になれば、時間も金もかかる。御社にそんなことをしている余裕があるんですか」

「なんだと！」

ぐっと沢田を睨み付けて体を乗りだした赤松を、そのときかっと目を見開いた宮代が腕で制した。赤松は、憤然として体を椅子に投げ出し、怒りで震える声を絞り出した。

「部品を返さないのには別な理由があるんだろう。お宅が整備不良という結論を出したトラックは、はっきりいうが整備はしっかり行き届いていたんだよ。それは自信を持ってそう断言できる。それを整備不良として片づけなければならないのは、他にわけがあるからだ。違うか」

必死で説得を試みていたときの態度とはがらりと変わり、沢田はいま、背筋を伸ばして赤松と対峙している。

「なんの根拠があって、そんなことをおっしゃるのかわかりません」

「根拠は部品を返却しないことだ。なあ、本当のことを聞かせてくれないか、沢田さん。本当は、ホープ自動車の構造に欠陥があったんじゃないのか」

「まさか――！」

沢田は否定した。「そんな事実は絶対にありません」

だが、次の赤松の反論に、その毅然とした表情は微妙に揺れた。

「本当にそうだといいけどな。だがな、ウチだけじゃないよな、ホープ自動車の事故は。たとえば半年前に高崎でも似たような事故が起きてる。その事故で、トラックを運転していたドライバーは両脚切断の大怪我を負った。カーブでタイヤが外れたそうだ。そんなにタイヤってのは外れるものかな、沢田さんよ。お宅のタイヤは空でも飛ぶのか」

赤松を見つめる沢田の表情から、少しずつ血の気が引いていく。

「あの部品は持って帰ってくれ。そしてもういっぺん、上司に相談するんだな。返却拒否すれば済むと思ってるのなら大間違いだぜ。相手が中小企業だと思って舐めんなよ」

赤松は席を蹴った。

赤松運送を出た沢田は、バンの助手席に乗り込むやいなや不機嫌に押し黙った。

交渉は不調に終わったが、いま沢田に引っかかっているのは、赤松が群馬の事故のことを口にしたという事実だ。

あの事故を赤松が把握しており、しかも今回の母子死傷事故とそれとを結びつけて考えているという状況に少なからずショックを受けたのだった。

それは、赤松に部品の不返却を納得させれば乗り切れるという品証部の、いやホープ自動車の思惑が見事に外れたことを物語っている。

本来、別個に処理され関連性を疑われてはならない事故だった。それを、こともあろうに赤松の口から聞かされる。本音の部分で品証部に対する不信感があるだけに、沢田の感じた危機感は並大抵のものではなかった。

荷台に積んだ部品の重みに沈んだバンがのろのろと世田谷の住宅街の中を進む。車窓を流れていく高級住宅街の光景などまったく目もくれず、沢田はいまホープ自動車の置かれている状況に思いを巡らせる。

一見、平穏な海原を航海しているように見えるホープだが、いまその海面下では不気味な渦が次第に勢いを増しながら巻き始めているような気がした。ふいに赤松の言葉が脳裏に蘇る。

――中小企業ってのは、いつも崖っぷちを歩いているんだぜ。

だが、三年前の悪夢が忘れられない沢田にしてみれば、それはとても中小企業に限ったこととは思えなかった。

崖っぷちを歩いているのは、大企業とて同じだ。もしいま、あのときと同じリコール隠しが発覚したら、ただでさえ業績不振に喘いでいるホープ自動車はひとたまりもない。それは、顧客と直《じか》に接する部署にいる沢田だからこそ痛いほどわかる。

いま、世の中の会社のあり方は確実に変わってきている。

自社に都合の悪いことは、隠蔽するのではなく、むしろ明らかにしていくことでしか顧客の信頼をつなぎとめることはできないのだ。それは、自動車産業だけではなく全ての産業について共通した認識になっている。不正やミス、欠陥は、指摘されたら負けだ。そうなる前に自ら公表し、謝罪しなければこっぴどいしっぺ返しが来る。

会社に戻った沢田は、「ちょっと品証部に顔出してくる」と北村に言い残すと、販売部のフロアを足早に出ていった。

違うフロアにある品証部のドアを乱暴に開けた沢田は、奥にある室井のデスクに向かって突進していく。

書類に目を通していた室井は、沢田の姿に気づくと手をとめて嫌悪感を滲ませた。

「どうなったんだ、あれは。向こうは要求、飲んだか」

沢田は、ぎろりと室井を睨み付けた。

「群馬の事故のことを調べてたぞ、赤松は。自分とこの事故と何か関係があるんじゃないかってな」

室井は表情を消し、不安そうに眼鏡を中指で上げる。

「関係なんかないさ」

ようやく、そんな言葉が出てくる。

「表向きはな」

沢田は冷ややかにいった。「しかしだ、ひとついっておくが、オレは関係あると思ってるんだぜ」

沢田はいうと、室井に背を向け、事故調査報告の場所を手近な人間にきいてそのキャビネットの前に立つ。

「何をするつもりだ」

室井が警戒してきいた。

「今までにどんな事故があったか、確かめるのさ。自分の目で見ないと納得できない質《たち》なんでな」

「勝手にしろ」

室井が吐き捨てた言葉など聞いてはいなかった。北村に連絡して急ぎ段ボール箱と台車を持ってこさせると、載せられるだけの書類をそこに載せ、沢田は品証部を後にした。

その夜、午後十一時を過ぎ、ほとんどの社員が帰宅したあとのガランとしたフロアで、沢田はひとり茫然となって虚空を見つめていた。

デスクの両側には、品証部から運んだ書類が山をなし、デスクの上は記録用のノートパソコン一台のスペースを除いてほとんどが散乱した書類で埋め尽くされている。

過去三年――。この三年間に、タイヤの脱落事故で品証部による調査が行われたのは、全部で二十四件あった。

その中で、何らかの不具合があったとされているのはわずか七件。その全てにおいて品証部の評価は「Ｓ２」ないし「Ｓ３」という軽微なものに止まり、リコールの必要なしとの結論を下していた。高崎の事故を含むその他の十七件については、ユーザー側の整備不良という結論が出されている。赤松運送もそのうちの一件で、内容は国土交通省にも報告されていた。

他の事故で赤松運送のようなトラブルになっていないのは、一つにはホープ自動車の調査結果に対する社会的信頼があること、そしてもう一つは整備不良とされたユーザーにとって、それを覆《くつがえ》すのは容易ではないという現実的な事情が重なっているからではないかと沢田は考えた。

整備不良によるハブ破断――。

それは、報告書内で繰り返し登場するお馴染《なじ》みのフレーズだ。

報告書の山に埋もれ、沢田は確信した。

ここに隠された真実が明らかになったとき、確実にホープ自動車の息の根は止まる。

10

〝歯車〟という言葉には、良いイメージがない。

組織の歯車。人生の歯車が狂う――。たとえとして使われるときの歯車は、意思も自由もなく、かといって無いと困る必需品だ。ただ摩耗《まもう》していくだけの取るに足らないひとつの部品である。

消耗すれば捨てられる駒だ。

だが、結局のところ人は皆、歯車である。

会社でも、家庭でも、なくてはならない歯車だ。常に動き続けることを期待される歯車である。歯車から受ける印象はちっぽけで無力だが、それが担っている役割は果てしなく大きく、そこに求められるのは、狂ってはならない精緻《せいち》なリズムだ。

あの事故をきっかけにして、赤松を取り巻いていた、そして赤松自身が担っていた歯車のリズムは狂った。

不思議なものだ。

ひとたび狂った歯車はどうしようもなく暴走し、順調だった全てを狂わせ、ちぐはぐなものにしてしまう。会社だけに止まらず、私生活までも。

社員が全て帰宅した後の事務所で、赤松はひとり考えに沈んでいた。時折、外で吹きすさぶ木枯らしの音を聞きながら、宮代が上げてきた資金繰り表と売り掛け台帳を広げている。

沢田との面談で最低限のスジは通した。だが、それによって何か事態が進展したわけでもなく、赤松運送を取り巻く状況はむしろ悪化した。

ホープ自動車のやり方は卑劣だが、かといって裁判に持ち込んで法的手段に訴えるのでは時間がかかり過ぎる。それでは資金繰りに間に合わない。

仮に新しい取引先を見つけてきたとしても、代金の回収までには最低でも二、三ヵ月はかかるだろう。

そう考えると、すでに赤松運送はのっぴきならないところにまで来ていることがわかる。

ここをなんとか凌ぐためには、金を借りてくるしかない。そうすれば、とりあえず会社の経営は回る。

だがいま赤松運送に貸してくれる銀行など、どこにもなかった。

さっきから赤松は、頭に浮かんでくる考えを打ち消すのに必死だった。

マチキンだ。

「マチキンで借りるか。――ダメだ。マチキンに手を出すわけにはいかん」

そんな葛藤に、赤松は激しく揺さぶられていた。

赤松運送の利益率は、売上に対して数パーセントしかない。つまり、百万円の仕事をして最終的に儲かるのは、数万円である。

それに対してマチキンの金利は安くて十数パーセントで、通常の商売感覚からするとべらぼうに高い。こんな資金を借りていては、商売から上がった利益のほとんどを食われた挙げ句、本来自分の給料に回す金までむしり取られる。

「だが、従業員の給料だけならばそれで賄うことができるじゃないか」

赤松は自答する。

このとき思い浮かんだのは、門田の、ぶっきらぼうだが一途《いちず》な横顔と、お腹の大きな娘の姿だった。彼女の名前は、千夏《ちか》――ちーちゃんだ。無事出産した後に結婚式を挙げるのだという。

オレが守ってやらなくて誰が守ってやれる。そう赤松は思う。だが、その場しのぎにマチキンから借りることが従業員を守ることになるのか。門田たちが汗水たらして稼いだ金を利息で散らしてしまっていいのか。そんな経営しかできないのか、オレは。

激しく、赤松は懊悩《おうのう》した。

そのとき鳴り出した事務所の電話が、赤松を思念から引き戻した。

「どうも先日は。高崎の児玉です」

児玉？　一瞬、相手がわからず考えた赤松だったが、〝高崎の〟という一言で思い出した。高崎市内にある児玉通運の社長だ。あのトラック事故を起こした――。

「ああ、こちらこそ、どうもありがとうございました」

赤松は受話器を握りしめて背筋を伸ばした。

「実は、昼間お宅から電話を頂戴したようで。留守にしていたものですから」

「電話ですか」

赤松ではない。誰だ？

「鳥井さんという方です。うちの営業が話を伺ったようで、それで私から連絡してくれないかという話で」

鳥井が……？　何の用で児玉通運に電話をしたのか皆目わからない赤松は曖昧な返事しかできなかった。

「そうでしたか。いや、申し訳ありません、実は鳥井がどんなご用件でお電話をさし上げたのかちょっと――」

すると、児玉は意外なことをいった。

「下請けの仕事をいただけないか、というお話だったようです。なんでも、ウチぐらいの規模の運送会社に軒並み営業をかけているとかで。ちょうど営業の担当者が、あなたが以前訪ねてこられたことを知ってて、それで、どうしようかと私のところに話を上げてきましてね」

「そうでしたか……」

赤松は口ごもった。児玉通運のことは、以前、会議で社名を出した程度だ。そんな会社にまで営業をかけるのだから、すがりつくほどの気持ちだったろう。

「お忙しいのに、児玉社長のお手間を取らせてしまいまして申し訳ありません」

赤松は受話器を握り締めたまま深々と頭を下げた。「お恥ずかしい話ですが、事故の影響で仕事量が減りまして、営業にはハッパをかけていたんですが、まさか児玉さんのところにまでとは思いませんでした。なんと申しますか本当に……」

「私のほうこそ申し訳ありませんでした」

児玉はいった。「先日、赤松さんがいらっしゃったときに、真相究明してくださいなんて勝手なことを申し上げたんですが、考えてみればあんな事故のあとでしょう。お困りになっているんじゃないかなと思いまして。もしよろしければ、その営業の方をこちらに寄越していただけませんか。できる範囲で協力したいと思います」

願ってもない申し出に赤松はひどく恐縮し、やがて「ありがとうございます」という言葉を腹の底から絞り出した。

「その代わりといってはなんだが、あなたはホープ自動車の件をなんとかやり遂げてください。本当は私自身がやらなければならなかった仕事をあなたに頼んでいるわけだから、私もできるだけのサポートはさせてもらいます。こっちは中途半端に済ませてしまったが、あなたならきっちり真相を究明できると信じてますよ。とにかく、電話ではなんですし、一度お会いして、何ができるか詰めましょう」

「ありがとうございます。私も同席させていただきますので、よろしくお願いします。本当に、ありがとうございます、児玉さん」

赤松の声は震えた。

児玉が赤松のために用意してくれた仕事は、前橋・川崎間の大物輸送だった。児玉通運の主要取引先から発注された搬送仕事だが、配車の関係ですぐには対応できず下請けを探す必要があったという。翌日、鳥井とともに訪ねたその場で仕事を引き受けたのはいうまでもない。だが、それだけではなかった。

「ああ、そうそう、赤松さん。実は、取引銀行から、新規取引の会社を紹介してくれないかといわれてるんだが、その気はありませんか」

赤松はぽかんとした。その気も何も、それで困り果てていたところだ。

だが、いくら優良企業の児玉通運の取引先とはいえ、ウチなんか相手にしてくれるのか。メーンバンクからでさえそっぽを向かれた会社なのに。

半信半疑だった赤松のところに、児玉通運の紹介だといってはるな銀行蒲田支店から電話がかかってきたのはその翌日のことであった。

第五章　罪罰系迷門企業

1

誰かが、名前を呼んでいた。

顔を上げる。面白そうな顔でこっちの顔を覗き込んでいる英里子と目があった。

「別世界へ行ってた?」

「ああ。らしいな」

一瞬きょとんとした沢田は、手にしていたワインのグラスをくゆらせて一口すすってからテーブルに置いた。

深夜近く帰宅した。高ぶる神経のまま眠ることもできそうになく、妻を誘ってワインを開けて飲み始めたのはいいが、どうにも会話に集中することができないまま、いつのまにか気が付くと同じことを考えている自分がいる。

事故調査報告のことだ。

この三年間で起きた二十四件の事故調査に目を通した沢田は、そこに隠された真相を予感し、ただならぬ不安に駆られていた。それと同時に、複雑な派閥意識もまた意識を攪乱《かくらん》し、ホープ自動車という会社の一員として、また品証部と相対する販売部の一員としてどう行動していいものか、決めかねている自分がいる。

ホープと名の付く企業群が日本の経済界をある程度リードしてきたことは沢田も否定しない。だが、その一方で、純粋培養《ばいよう》されてきたような人間達が、どうしようもないほど危機感を欠落させたまま迷走を続けていることも事実だ。

「仮定の話なんだけど」

沢田は妻と向かい合った。「ある連中がとんでもない秘密を隠しているのに、そんな事実は無いと言い張ってる。ところが、そいつらの隠している事実が明らかになると、その組織そのものが崩壊する可能性がある。そういうとき、お前ならどうする」

「それって、この前話してくれたことの続き？」

英里子の顔から笑顔が消えた。「本当に、そんなことがあるの？」

察しのいい英里子はきき、「まだわからない」という沢田のこたえに視線を伏せた。

「そうね……」

英里子はいい、それからしばし考え込む。「難しいところよね。私は、人間にしても会社にしても、常に正しくなければならないとは思ってないのよ。人間だって間違うでしょ。私だって、あなただって間違うこともあるだろうし、それが人にいえないような事だったりするかも知れない。そういうこと、誰でも隠そうとするよね。それはそれでいいと思うし、そういう過ちをあえて暴こうとするのは逆に間違っていると思う」

「気の迷いとか出来心とかいうレベルじゃないんだ」

「だとすれば」

英里子は沢田を見つめた。「それは秘密を暴くべきね。その結果、会社がどうなるかはあなたが考えるべきことじゃない」

「そうかな」

沢田はいって再びワインを口に運ぶ。

「あなたは経営者じゃない。社員の義務を果たせばいいんじゃないかしら。そういえばね、この前、私の番組にある会社の社長さんがゲストで登場したのよ。その社長さん、こんなこといったのよね。〝社員には経営者の発想で仕事しろといってるんです〟って。だから私はいったわけ。〝じゃあ、あなたの会社はみんな社長さんと同じ給料をもらっているんですね〟って。社長さんは口をあんぐりさせてたけど」

沢田は失笑した。

「会社は所詮、会社なのよ」

英里子はそんなことをいった。

「会社が成り立っているのは、お客さんがあるからよね。あなたが暴こうとしている秘密がどんなものかは知らない。でも、それがお客さんにとってメリットがあることなら、それは明らかにすべきだと思う。もし、それで会社が倒産するようなことがあっても、そうするべきよ。それができない会社は、そのときは生き延びても、あとで必ず行き詰まる。一番大切な人に嘘をついちゃだめよ。会社の場合、それは、お客さんでしょう」

沢田はまじまじと英里子を見た。その一言は沢田が忘れていた何かを思い出させた。

「なんだか君に助けられた気がする。ＤＪなんかやめて、カウンセラーにでもなったほうがいいよ」

「ＤＪなんかとは何よ。カウンセラーは一度に一人の人間しか癒すことはできない。でも、私は一度に何万人も、あるいはもしかしたら何十万という人たちの心を癒すことができる。あなただったらどっちを選ぶ？」

またしても英里子に一本取られた。

2

深夜十二時過ぎのフロアはしんと静まり返っていた。

ホープ自動車十階のエレベーターホールを降りると、館内を左右につっきる通路に置かれたソファにかけている人影があった。すでに誰もいなくなったフロアには常夜灯以外の明かりは点いていない。

いまその人影が動き、立ち上がってくると軽く右手を挙げて合図を送ってくる。

「行くか」

沢田がいうと、「クビになったらお前のせいだ」と小牧は半ば本気でいった。

「Ｔ会議を放置しておいたら、どっちみち路頭に迷うさ」

憎まれ口に返事はなく、代わりに先に立っていった小牧は廊下の中央付近にある品質保証部の入り口の前で立ちどまった。

ガラス張りのドアの向こうが暗く沈んでいた。小牧がドアの取っ手を引いて施錠を確認する。

「さてと。おっぱじめますか」

冗談のような口調でいった小牧がズボンから取り出したのは、白いタグのついた一本の鍵だった。小牧が総務部から拝借してきたスペアキーである。解錠し、中へ滑り込んだ。常夜灯の光を頼りにフロアを横切っていき、目的のデスクの前に立つ。沢田が机上のノートパソコンを開け、スイッチを押した。

静かなフロアでモーターが回る音が響き始め、室井のパソコンが立ち上がる。パスワードを求める画面が表れた。

小牧が、ズボンのポケットから出したメモに書きつけた六文字を入力した。ロック解除。

品証のパスワードが一律管理されているということを小牧が聞き込んできたのはその日の夕方のことだ。その先は小牧の独壇場だった。アクセスが許可されているパソコンを調べあげ、その中に研究所の加藤のパソコンが含まれていることを突きとめた小牧は、加藤を無理矢理説き伏せて管理者のパソコンに侵入し室井のパスワードを盗み取った。もともとパソコンおタクを自認する小牧ならではの手柄だ。

室井のパソコンが放つ光が、小牧のワイシャツにまだらの模様をつけている。

「T会議に関する議事録でもあれば完璧だと思ったんだが、それはなさそうだな」

薄ぐらい中で目を皿のようにして画面を見つめている小牧は、やがてとっかかりの一つをそこに見つけた。

T会議。メールアドレスのグループだ。

「さて、どなたがメンバーか、開けてみようじゃないか」

フォルダーを開く前に両手をこすり合わせてもったいぶった小牧は、すばやくマウスをダブルクリックしてそれを開き、画面に、参加メンバーのアドレス一覧を表示させた。

小牧と並んで画面を見つめる。

「マジか」

小牧が呟いた。

メンバー一覧の最上段にある一つのアドレス。そこに記された名前は——。

「狩野常務……?」

おい、と小牧の脇をつつくと、思い出したようにポケットからスティック型のメモリーを取り出した。メールデータを素早くコピーした小牧は、手早くパソコンの電源を落とす。

品質保証部のフロアを抜け出した沢田と小牧は、何気ない顔を装ってエレベーターに乗り込み、それぞれの階で降りる。

販売部に戻った沢田は、パソコンを開いてその画面を見つめた。ほとんどの社員が帰宅してフロアに人影はない。やがて、受信を告げるチャイムとともに小牧からの添付ファイル付きのメールが届くと、クリックして待つのももどかしく沢田はそれを開けた。

表計算ソフトのファイル形式に変換して送られてきた表にリストアップされている名前は全部で二十三人だ。だが沢田は、品質保証部と研究所の部長以下主だったメンバーを主体とした出席者には興味は無かった。リスト上位にはT会議のメンバーと思われる役員の名前が並んでいる。経営の中枢、取締役の肩書きを持つ人間たちだ。品質保証と研究機関の総括責任者だけならまだわかる。だが、次期社長の呼び声が高い狩野常務の名前がそこに加わっていることに、沢田の危機感は増した。この会議は、品質保証部と経営トップとを結びつける秘密のホットラインになっている。

「ファイル、開いたか」

電話をかけてきた小牧に、「開いた」と応えた沢田は考えがまとまらないまま長い息を吐き出した。

「これをして、どうするかだ……。何か考えは？」小牧にきいた。

「考え、ね。とにかく狩野さんは驚きだ。要するにこのT会議ってやつがそのまんま経営の中枢にまでつながってるってことだからな。事と次第によっちゃあ、とんでもないことになるぞ、こいつは」

「その前に会議の内容を確認するのが先だな。疑わしいからといって騒ぐわけにもいかん。何か手はないか」

「ここに名前が挙がっている連中を片っ端から当たってみるとか」

「最初に打つ手としては得策ではないな」

沢田はいった。「第一、簡単に口を割るような連中とも思えない。そんなことをしてるうちに、こっちの動きが上の耳に入ってもまずい。別なアプローチはないか」

「別って？」

「室井のパスワードが盗めたんだ、ここにいるメンバーの誰かのパソコンから議事録探すぐらいワケないんじゃないのか」

「おいおい」

電話の向こうで小牧がのけぞるのが目に見えるようだ。「えらく簡単にいってくれるじゃねえか。それがどういうことかわかってんのか」

「もちろん。だけど、いま考える限りそれが最も手っ取り早い方法に思える」

返事はなかった。しばらくすると、「調べてどうする」という問いが聞こえてくる。

「もちろん、品証をぶっつぶす。これからはオレたちの天下だ」

小牧相手ということもあって、いつもの軽口を叩いたが、自分でもそれが本気かどうか沢田にはわからなかった。社内の不正を暴くため――そういったほうが素直だろうか。だが、沢田自身、胸に手を当てて考えてみても、そんな純粋な正義感で動いているわけではない。やはり、あわよくば社内の権力構図を塗り替えてやろうという野心は捨てがたい。

いずれにせよ、いま何が起きているのかそれを探ることが最優先課題であり、どうするかは後で考えればいい。

「狩野さんを追い落とすつもりか?」

半ば呆れながら小牧がきいた。

「あの人がいる限り、品質保証の天下は変わらない。身びいきだからな」

それがホープ自動車の体質といってしまえばその通りかも知れない。

外よりも内を優先し、会社より派閥の繁栄を第一義とするのが狩野のやり方だ。もともと技術畑のエンジニア出身である狩野は、元品質保証部長。専門分野での功績よりも社内を統べる政治手腕でのし上がった策士としての面が強い。

品証部から経営上層まで網の目のように張り巡らされた狩野人脈は、信賞必罰が徹底した鉄の連帯がウリだ。奴らが簡単に口を割らないと沢田が考える理由もそこにある。この連中の目に映っているのは常に、会社の繁栄ではなく、部門の繁栄である。そこには、販売部がどうあれ、製造部がどうあれ、まして顧客がどうあれ、自分たちさえよければいいという身勝手なポリシーが根付いている。それは会社が永久に継続すると信じて疑わない甘えの精神構造、顧客不在の汎《はん》ホープ主義とでもいおうか。

「やらなきゃ、自滅の道が待ってるだけさ」

「自滅しなくても、こっちはいつだって冷や飯食いだ」

小牧はいつも腹に溜めている不満を口にし、間を置いていった。

「パソコンの件はこっちで当たってみる。魚を釣り上げてくるのはオレ。料理はお前。それでいいか」

「もちろん」

沢田はこたえ、きいた。「いつやる」

「早いほうがいいだろう。明日中になんとか試してみるが、結果は期待するなよ」

沢田は密談を終えた。

3

東急線を乗り継ぎ蒲田駅で降りた赤松の行き先は、駅前の商店街の突き当たりにあるはるな銀行蒲田支店だった。

信号待ちをしながら、交差点の向こう側にある支店の佇《たたず》まいを、赤松はやけに珍しいものでも目にするような気分で眺めた。はるな銀行に対しては、正直、一時国有化された弱小都市銀行というイメージしか無い。いま大手銀行といえば、「メガバンク+はるな」という括り方をされて、要は金融自由化の波の中で大きくなりそこねた銀行という位置づけだ。

そんな銀行が本当に融資してくれるのか。

いま赤松が目にしているのは、ホープ銀行と比べるとどこか古ぼけた感じのする二階建ての建物だった。この蒲田という土地柄そう見えるのか、一時期、行員のボーナスを全額カットしたぐらいの銀行だから本当に古いのか、その辺りのことはわからない。あるいは、かつてない窮状にある赤松の精神状態がそう見せるのか。とにかく、いまの赤松には建物についてつべこべいうほどの時間的な余裕も経済的余裕もない。当たって砕けろだ。

アポの時間は十時半だったので少々早かったが、早過ぎれば待つだけのこと。庶務行員の一礼に迎えられた赤松は、顔を強張らせながら階段を上がった。

案内されたのは、カウンター内側にある支店長室である。

はるな銀行もまた合併行なので、この支店が旧何銀行なのかはわからないが、不釣り合いなほど豪華な応接セットが置かれた部屋はバブル時代の名残りか。やがて、そう待たされることもなく、「失礼します」という声とともに入室してきたのは、意外にも一人の女性だった。チャコールのスーツを着こなした女性だ。一見、年輩の総合職がお茶の用意をしにきたようにも見える。だが、その女性の一言で、赤松は自分の勘違いに気づかされた。

「支店長の中村《なかむら》と申します」

「ああ、失礼しました」

慌てて立ち上がった赤松に中村桂子《けいこ》は笑顔で応対した。

「どうぞ、よろしくお願いします。お話は高崎支店長から聞きました」

挨拶をして着席した赤松は、「融資というと男社会というイメージがあったものですから、驚きました」と率直にいった。中村は笑って、「男社会は変わりません。ですけど、女人禁制ではないようですね」と明るく切り返してくる。

初めての相手にいきなり商談を切り出すのも何なので、最近の景気の話などでゆったりとお互いの立ち位置、考え方、距離感を確かめていく。とりとめもない会話だったが、バンカーとしての中村の優秀さを察するには十分だった。

中小企業と細々とした商店が密集する蒲田。その土地柄にこれほど似つかわしくない支店長はいないのではないかと最初は思った。だが話してみると中村は上品で知的な中にも、揺るぎない視点を持っていることがわかる。はるな銀行はいまや一・五流になってしまったかも知れないが、この人は紛れもなく一流だ。

やがてノックがあり、もう一人、新たな行員が入室してくるのをきっかけに、融資の話を切りだしたのは、中村のほうだった。

「こちらは融資課長の進藤《しんどう》です。赤松運送さんを担当させていただきますのでよろしくお願いします」

進藤治男《はるお》はどう見ても中村よりも年上の五十近い男だった。沖縄のシーサーを思わせる鼻にゲジゲジ眉毛が印象的な――赤松も人のことはいえないが、一見冴えないオヤジ行員だ。だが――。

「進藤です。話は聞きました。大変だったでしょう。一生懸命やらせていただきますので、どうぞよろしくお願いします」

態度には意外なほどの誠意が溢れていた。

「こちらこそ、よろしくお願いします」

そう頭を下げた赤松は、鞄に入れてきた資料をテーブルに載せた。

だが、今までの銀行取引のように、用件だけいえば済むような申し込みをしたのとは、この日は少し違った。はるな銀行にはまず、赤松運送のことを知ってもらわなければならないからだ。

最初に概要を説明するところから赤松は始めた。「新聞沙汰になった人身事故を起こした会社」というマイナスイメージをひっくり返すことは並大抵ではない。ゼロからではなく、マイナスからのスタート。それは赤松自身が一番よくわかっていることだ。誰も口にしないが、その場の前提条件として、額に入れて飾られているような事柄に違いなかった。

「事故の影響はいかがですか」

その質問は、最近の業績を説明している中、進藤の口から出た。

「主力の相模マシナリーから取引打ち切りを通告されました。そのために今月は赤字になります。

正直、児玉通運からの大口受注が無ければ危ないところでした。児玉社長に助けられました」

「ただ、その受注減で運転資金が必要になるということですね」

中村は頭の回転が速い。話の中から問題の本質だけを漉《こ》すフィルターが付いているような反応だ。

「その通りです。それが今回、支援をお願いする三千万円と見込んでいるのですが」

進藤が繰り返し、髪同様に端っこが白くなった眉を動かした。「最初なので、短い資金でもいいですか。六ヵ月ぐらいの」

「三千万円ですか」

「構いません。検討していただけますか」

赤松は思わず膝を乗り出し、中村と進藤に期待の眼差しを向けた。

「検討はします」

中村はいい、「ただし、現段階でどうのとはいえません。それは銀行という仕組みと思ってご了承ください。所定の審査手続きがありますので」

「ただ――」

と進藤が話をついだ。「赤松さんは、よく経営されてると思いますよ。いま運送業はどこも大変で、当店の取引先は軒並み苦戦していますから」

ちらりと中村を見やり、「児玉さんの紹介でもありますし、最優先で検討させていただきます。結論が出るまで、少々、お待ちください」と結んだ。

申し込みの段階で結果がわかるわけではない。それは長年の経験でわかっているつもりなのに、赤松には焦れったかった。ホンネは、いま結果を聞くまで支店で待ちたいぐらいの気持ちだが、そうもいかず一時間ほどの面談で切り上げる。

「お疲れ様。どうだった、銀行さん？」

赤松が帰宅するのを待ちかねていたように、史絵がきいた。「融資してくれそう？」

「それはまだわからない。ただ、児玉さんの紹介だから門前払いは無かった。検討してくれるそうだ」

「早くはっきりさせてくれたらいいのに」

史絵の表情は沈んだ。そう簡単じゃないということは、長年経営者の妻をやっていればわかる。それでも、いまの苦しさをなんとか脱しようとして、奇跡を期待してしまう気持ちもまたわかる。他ならぬ赤松だってそうだ。だが、世の中というのはそんなに甘くはない。いや、甘いどころか——。

「今日、学校からあなたのところへ連絡いかなかった？」

赤松は上着を脱ぐ手を止めた。

「いいや。なんで？」

「片山さんが、クラス会を開くように校長に申し入れたらしいのよ」

「クラス会？」

「何人かの母親に根回ししてるらしい」

「盗難事件の件か」

それについても、クラス担任の坂本からは何の連絡も無かった。せっついても良くないだろうし、もう少し様子を見たほうがいいだろうと考えて、途中経過を問い合わせてもいない。

「生徒達に先生がもう一度きいたでしょう。そのときに何かあったらしくて、女王蜂が怒鳴り込んだらしいわ。もともと坂本先生のことはぼろっかすにいう人だから、この際とことん虐《いじ》めなきゃ気が済まないってところじゃないかしら」

「担任というか、PTA会長もこの際、吊《つる》し上げてやろうとでも思ってるんだろう」

赤松は他人事のようにいった。

「相変わらず拓郎は犯人扱いだし、学校に任せておいても解決しないんじゃないかしら」

「おいおい」

赤松は脱いだ上着を自分でハンガーに掛けながら史絵を宥めた。「教育現場なんだからさ。警察みたいな荒っぽいことは期待しちゃだめだろ」

「それはわかってるけど。でも、相手は警察どころかヤクザ並みの因縁をつけてくるような女よ」

それもわかる、と思ったが史絵の怒りに油を注ぐようなものなので、赤松は黙った。

「でも、聞き方が悪いってどういうことだ」

「私も徳山さんからの又聞きだからよくわからないんだけど、とにかく凄い剣幕で、他のお母さん達にも電話しまくったらしいよ、昨日。きっと校長あたりから連絡が来るんじゃない」

史絵が予告したその連絡は、その数日後にあった。例によって神妙な口振りで電話をかけてきた校長の倉田は、「実は、例の盗難の件で困ったことになっておりまして。何かお聞きになってますか」と遠慮がちにきいてくる。

「対応にクレームが出ているという話は聞きました。具体的なことはわからなかったので、聞き置いただけでしたが、その件でしょうか」

「はい。一部のお母様方から厳しいお言葉を頂戴《ちょうだい》しまして」

「厳しいって、どんな」

「それはちょっと電話では」

倉田は言葉を濁した。「お時間をいただいてご相談させていただいてもよろしいでしょうか」

「まあ、うちの息子も関係していることですからね」

授業終了後の午後三時に訪問することを約束して電話をきった。

忙しい一日だ。仕事は山積み、他に気になっていることもある。児玉通運から受注した大口輸送の準備を進めるのは当然のことながら、事故の真相究明という、児玉と交わしたもう一つの約束についても忘れるわけにはいかなかった。

沢田が訪ねてきたのは先週はじめの事だが、以来、肝心の部品返却については暗礁《あんしょう》に乗り上げたままだ。

約束の時間に学校へ出向くと、待ちわびていたらしく校長に迎え入れられた。

「片山さんと真下さんから、また厳しいクレームがありまして」

倉田校長はそういうと、眼鏡の蔓《つる》を両手で持って浮かし、「参りました」という感じで目を瞬《しばたた》いた。ひょろりとたるんだ首筋には少し大きすぎるシャツを着ているものだから、余計に弱々しく頼りなげに見える。

倉田は続けた。

「拓郎君のランドセルの件は坂本先生から聞きました。誰が拓郎君が盗ったと噂しているかということを先生のほうで何人かの生徒にきいたんですが、そのとき、つい片山さんの名前を出してしまったらしくて」

赤松は校長室の天井を仰いだ。

「要するにそれが片山さんの耳に入ったということですか」

倉田は広い額を手でなでつけて申し訳なさそうな顔をする。

「そういうことです」

「すみません。私の不注意で」

隣でしょんぼりしていた坂本もまた、そういって詫びた。

赤松は長い息を吐く。

「で、先生がお調べになった結果はどうだったんです」

片山のことはひとまず置いて、赤松はきいた。

「何人かの生徒の話では、やっぱり片山美香さんが噂の出所だと思います」

坂本はいった。「ただ、本人は違うと言い張っていまして。それで、片山さんから聞いたという生徒を集めて、数人で一緒に話を聞こうと思ったんですが、その矢先にこんなことになってしまいまして」

「そのことは片山さんにはお話しされたんですか」

倉田は、滅相もない、と骨張った手を振った。

「真相がはっきりしない以上、そんなことを申し上げるわけにもいきません」

「何人かの生徒の口から片山さんの名前が出たのは事実なんだから――美香ちゃんでしたっけ? その娘さんによく話をきいてみてくれぐらいのことはいっても良かったんじゃないですか」

唸って俯いた倉田に代わって、「冷静にお話しできる状況ではなかったんです」と坂本が横からいった。

「それでですな。片山さんから、こういうことがあっては困るんで、臨時のクラス会を開いてくれないかといわれたんです」

「クラス会を開くことについては構いません。ですが校長先生」

赤松はうんざりした口調でいった。「いくら片山さんでも、それだけ証言が揃っているんでしょう。きちんと説明すれば、解決する問題だと思いますよ。逆に、どうしてそんな噂を流したのか、きいてもらいたかったですね」

被害者意識もあって、赤松は断固たる口振りになる。だが、「いやあ、申し訳ありません」と、ただ詫びるばかりの校長の姿勢に、いっても無駄という意識が先にたち、クラス会の件を承諾して会社へと戻った。

ホープ自動車の沢田にかけてみる。また留守。慌ただしく、落ち着かない時間ばかりが過ぎていく。

赤松は、思い切って港北警察署にかけてみた。

「すみません、赤松運送と申しますが、高幡刑事お願いします」

出ている、という返事だったので、横浜の母子死傷事故の運送会社だと説明し、高幡からかけてもらうよう頼んだ。

「何か電話をもらったそうで」

留置場の壁を思わせる味も素っ気もない固い声で高幡が電話をかけてきたのはまもなくのことである。

「あの事故の件、その後捜査はどうなったかと思いましてね」

「その件については捜査中ですから」

「いつまでかかるんですか」

赤松は挑むようにいった。「高幡さん、家宅捜索までしてその後ナシの飛礫《つぶて》というのはどういうことです」

返事はない。いくら刑事でも、謝罪の一言ぐらいあって良さそうなのに。警察はお得意の秘密主義で済ませればいい。だが、赤松の会社は瀬戸際まで追いつめられている。容疑ひとつで社会的信用は揺らぐ。頭でわかっていてもそれに直面している会社の実態をこの刑事はわかっていないのではないか。

「ところで高崎の事故のことは知ってますか、高幡さん」

返事があるまでわずかな間が挟まる。

「高崎？」

「児玉通運という会社が高崎市内にあります。今から半年ほど前、ここのトラックがカーブで突然脱輪して壁に激突。運転手が両脚切断の大怪我を負った。ご存じですか」

再び、考えるような間があって、「いや」という返事をきいたときには赤松も頭に血が上った。

「その事故でも、ホープ自動車は整備不良で片づけてるんですよ。調べてくれ。あんたたちはホープ自動車の調査結果が正しいとハナから信じてるらしいが、違うんじゃないのか。ホープは、うちの事故車の部品返却を拒んでるんだぞ。再調査されると困るからだ」

興奮した赤松は胸を上下させた。「予断捜査は迷惑だ。こっちは生活がかかってるんだ！」

電話の向こうで高幡が何かいったが聞き取れなかった。おそらく、相棒刑事の吉田にでも話しかけたのだろう。

「まあその情報については当たってみますが、いまのところそちらに報告するようなことはありませんな」

「ああ、そうかい！」

赤松は受話器を叩きつけた。

肩で息をしていた。歯車は相変わらず狂ったままだ。ろくなことはない。いったい、俺はどうなっちまったんだ。

社長室のデスクで頭を抱えた。

ノックがあった。

視線を上げると、遠慮がちに宮代が顔を覗かせている。

「はるな銀行さんから電話がありました、社長。融資審査の結論が出たと――」

赤松はふいに緊張した面《おもて》を上げてきいた。

「もう？　もう――結論が出たのか。それでどうだったんだ、宮さん」

宮代の表情は、そのときなんともいえず柔和になった。

「承認です、社長」

「よかった」

赤松の全身から力が抜け落ちた。

4

朝一番で広報部から問い合わせてきた雑誌の取材を一件断った。その後、部内の打ち合わせから戻ると、デスクの上には十枚近い「伝言メモ」が置かれていた。「赤松運送から問い合わせ有り」のメモはその真ん中辺りに見つけたが、一瞬見ただけで、迷うことなくゴミ箱に捨てる。いま赤松に用はない。こちらから電話をかける相手でもない。即座にそう判断したからだ。それよりも、重要なのは一番上に乗っていた小牧からの一枚だ。連絡乞うとなっていた。

一回鳴るかならないかという早業《はやわざ》で、小牧が出た。

「不正アクセスがバレたかも知れない」

「なんだと?」

沢田は息を飲んだ。「何かあったのか」

「品証部のネットワーク管理者から製造部内の不正アクセスの調査依頼があった。そっちにもたぶん同様の指示が行ってるはずだが、聞いてないか」

「いや」

沢田は短くこたえ、「なんでバレた」ときいた。

「わからん」

電話の向こうで小牧は声を潜める。

「何か摑めたか」

「だめだ。一応、何人かのパソコンに入り込んでみたが、何も無かった。品証部のパスワードでアクセスしたから、うまく行くと思ったんだがな」

「まだ調査できそうか」

「さすがにもう続行は不可能だろう。品証部での監視が強化されているし、今は動かないほうがいい」

沢田は舌を鳴らし、わかった、といって受話器を置いた。

その沢田にも打ち合わせの連絡が入ったのは直後のことだった。

「実は、昨日から本日にかけて品証部内のネットワークに不正アクセスした形跡があります」

販売部の中間管理職を集めた緊急ミーティングに、品証部のネットワーク管理者も同席して目を光らせていた。杉本元《すぎもとはじめ》という、小学生がそのまま大きくなったような童顔の男だった。

「先日、品証部内のパソコンに不正アクセスした形跡が発見されました。つきましては、品証部のセキュリティに関する重大な違反行為と受け止め、犯人捜しを徹底していく考えですので、販売部にもご協力をお願いいたします。また、心当たりのある方は、私、杉本まで申し出ていただきたい。よろしくお願いします」

「あのちょっといいか」

沢田は質問した。「どうして不正アクセスがあったとわかったんだ」

杉本は、質問の裏をさぐるような眼差しで沢田を見ていった。

「二重ログイン。つまり、同じパスワードが同時にサーバーにログインしました。ひとつは部外からのものだということがわかっています」

沢田は顔を顰めた。二重ログインを避けるために小牧は午後九時過ぎにアクセスしたはずだが、運が悪かった。

「何か心当たりがあるんですか、沢田課長」

杉本にきかれ、「いや」と短く返答する。それでも、疑いの眼差しを沢田に向けていた杉本はそれ以上質問をせず、ミーティングは短時間で終了した。

「やばいぞ、小牧。あの調子でやられたら、尻尾を摑まれるんじゃないか」

ミーティングの後、沢田は製造部に走った。小牧は眉間の縦皺を深くし、「わかってる」と苛立ちの声を返す。

「何者なんだ、あの杉本って野郎は」

小牧はすでに調べあげていた。関西にある大学の大学院を出て、金属に関する研究がメイン。ネットワーク管理はコンピュータに強いのを見込まれた片手間仕事に過ぎないという。

「できる限りの痕跡は消した。ログは残るが、それだけでパソコンを特定することは難しいだろう」

「ならいいが、油断するなよ」

「わかってるって。まったく面倒なことになったもんだ」

小牧は頬を膨らませて大きくひとつため息をつき、打ち合わせに立っていった。

小牧からの内線電話は、夜八時過ぎにかかってきた。声が沈み、異様に沈鬱な雰囲気が漂ってくる。

「かなりマズイ状況になった」

「不正アクセスの件か」

「杉本から、不正アクセスの件で話をききたいといってきた。しらばっくれようかと思ったが、無理だ。奴は知ってる」

沢田は受話器を握りしめたまま息を飲んだ。

「いつだ」

「今日これから面談したいといってきた。俺はもうダメかもしれん」

「悪かったな。つまらんことに引っ張りこんじまって」

沢田は神妙になって詫びた。ネットワークの不正アクセスが露見すれば、社内的な処分はまぬかれない。小牧の将来にとってそれは死活問題だ。

「仕方がない。俺も、興味はあったから。できるだけしらばっくれようとは思ってるが、向こうはたぶんなんらかのデータを持ってるだろうからな。今日の予定は？」

「特にはない。面談が終わったら連絡してくれ」

受話器を置いた沢田は、自分が極度に緊張していることに気づいた。落ち着かなくなり、広げていた仕事が手に付かなくなる。何度も壁の時計を見上げつつ、ため息をついた。鉛のように重い時間が流れる。そうして、小牧からの二度目の電話は、午後九時前にかかってきた。

「どうだった」

「どうもこうも。俺にはなにがなんだかさっぱりわからん」

小牧はいい、よく利用する会社に近い居酒屋の名前を出した。

「そこでゆっくり話そう。俺はもう出られるが、そっちはどうだ」

ぼんやりとしていた沢田は、散らかったままになっているデスクにようやく気づいた。

「片づけ次第行く。店で落ち合おう」

5

先客は小牧だけではなかった。

壁に仕切られた四人掛けの個室には、もう一人の男がいて沢田を待っていたのである。

その顔を見た瞬間、沢田は小牧にかける言葉を飲み込み、代わりに戸惑いの表情を浮かべた。

「すまん、沢田。だまし討ちにしたみたいで」

警戒心をどうすることもできず、沢田はぎこちなく席につく。店員が来て、生ビールの注文を取っていく間、沢田はその男から視線を逸らすことができなかった。

「どういうことだ」

沢田は小牧にきいたが、「私から説明させてもらいますわ」といったのは杉本のほうだった。

「不正アクセスの目的がT会議って聞いたんで、それでお誘いしたんです」

わけがわからず沢田は相手を見つめるしかなかった。運ばれてきたジョッキを乾杯もせず手元に引き寄せ、「わけがわからないんだが。もっとわかりやすく説明してくれないか」ときく。

「つまりさ、杉本君も品証のT会議に対して問題意識を持ってるってことなんだよ」

沢田は半信半疑で、茄子のへたのように薄い髪を貼り付かせている杉本を見つめる。昼間見せたふてぶてしさはなく、どこかひたむきなものを感じさせる表情が沢田に向けられていた。

「問題意識？」

「品証部の人間がこんなことをいうのは間違ってるかも知れませんが、あの会議の存在自体、間違ってると思うんです」

何のてらいもなく肩の力の抜けた口調の杉本は、ざっくばらんにいって沢田を正視する。この成り行きがいまだ信じられない気分の沢田はしばし気後れし、「信頼していいんじゃないか」という小牧の言葉に小さくうなずくのがやっとだった。それまで張り詰めていた緊張の糸が緩んだか、口に含んだビールがやけに沁みた。

「ひとつききたいんですが、沢田さんがT会議に興味を持った動機はなんですか」

「室井課長とトラブルになっていてね。何か聞いてないか」

杉本は首を横に振った。

「修理で交換したハブを返す返さないで揉めてる」

ハブという言葉に、杉本の童顔が反応した。「あの横浜の事件ですね」

「なんで品証部は返却を渋るのか。何度きいても室井課長からは納得できる答えが出てこなかった。なぜだ」

「私の個人的意見だと思ってきいてくれますか」

杉本は手の中のジョッキを見つめたままいった。「まずタイヤの構造的なことをお話しします。なんでタイヤが外れるかいうことです。普通、タイヤが外れるというとタイヤを止めるナットが破損したりといったことが多いんですわ。そうすると、タイヤだけが外れて、ブレーキドラムは残る。ところが、あの横浜の事故ではブレーキドラムごと落ちてますねん」

「ブレーキドラムごと？」

小牧が眉を上げた。

車のタイヤは、安物のプラモデルのように車軸に直接とめられているわけではなく、ハブを間に挟んでいる。ハブは、パナマ帽を立てたような形の部品で、そのつばの部分が車輪との接着部分になっているのだ。

「いや、落ちてるというとちょっと語弊がありますわ。つばの根元から折れたんです」

「根元から折れた？」

小牧が啞然とした表情で繰り返した。「なんで折れたんだ？」

「金属疲労でしょうな、たぶん」

「だったら、整備不良といっても間違いないじゃないか」小牧が疑問を呈する。

「いや、それは違います」

杉本は反論した。「強度の問題があります。金属疲労といっても程度問題で、もともとの強度が低ければ折れてはいけないところでも折れる。いわゆる〝輪切り事故〟の原因ってのは往々にしてそういうもんや」

「輪切りなんだって？」

聞き慣れない言葉だった。

「隠語いいますかね、品証部内の。そういうんです。〝輪切り〟って。あと、〝サバ折れ〟とかね」

「なんだそれは」と小牧。

「クラッチの欠陥です。後輪に動力を伝えるプロペラシャフトあるでしょ。強度不足でたまにそいつが脱落しよるんです。そのときにブレーキホースを切断することがある。そうなるとクルマは、ブレーキがきかないまま、ドスン」

小牧が顔色を変えた。

「そんな事故があるのか、本当に」

「あります」

杉本は断言した。「そやけど、リコール無し。私がT会議を問題や思うのはまさにそれが理由です」

「だが、重大事故が起きれば国交省も把握するはずだ。ウチだけの判断でリコールを見送ることができるのか」

「リコールにするかどうかは、国交省との交渉次第というところもあるんです」

杉本はいった。「ちなみにウチの判断は、会社としてより、どっちかいうと個人的判断なのかも知れませんけど」

「個人的判断？」

「狩野常務です」

沢田は小牧と顔を見合わせた。

「直々の命令で、リコールは金がかかるから、事故評価での過失は極力減らせと。後は、国交省と丁々発止、丸め込んでおしまい。そういうことがT会議では秘かに話し合われてるんです」

実際、ホープ自動車のリコール件数は、他社と比べて少ない水準に止まっていた。表向きは三年前のリコール隠蔽が発覚して、体制が見直された結果ということになっているのだが。

小牧は飲みかけのジョッキを宙で止めたまま唖然とした顔を杉本に向けている。

「あの横浜の母子死傷事故、正直、どうなんだ」

沢田はきいた。杉本は少し考え、「直接担当したわけではないので断定はできませんが、あれは輪切り事故といわれているパターンとそっくり同じです」といった。

「ウチに欠陥があると?」

「いえ、それはわかりません。問題はハブの摩耗量です」

杉本は説明した。「金属疲労によって破断するおそれがあるわけですから、当然ハブもまたそうなる前に交換すべき部品ということがいえます。ただ、どれぐらい摩耗していたら交換するのかという判断が難しい。ちなみにウチの基準はT会議で、摩耗量が〇・八ミリ以上になったら交換すればいいことになっています。国土交通省にもそういうふうに報告してるはずです」

「赤松運送のトレーラーはどうだったんだ」

沢田は思わず体を乗りだしてきいたが、「それは担当者でないとわかりません」と杉本はこたえた。

「ですけど、実は〇・八ミリという摩耗量にも根拠はありません。まあこんなものかっていう目分量みたいなものがあるだけですね。だから、ここだけの話、実際にはたった〇・一ミリの摩耗量で事故が起きるケースだって考えられます」

「ハブの交換時期は？　三年目ぐらいで交換すべきものなのか」

赤松運送の車両がちょうど三年目だったはずだが、杉本は首を振った。

「まさか。そんな簡単に減るような部品やないんです、ハブは。もし、それで整備不良というのなら、世の中のトラックはみんな整備不良です」

「つまり、部品を返却しないのは、当社の過失を隠すためと考えていいわけだな」

「少なくとも私には、それ以外の理由は思いつきませんね」

杉本は平然といった。

「問題はこういう事態を目の当たりにして何をすべきか、ということやないですか。T会議のことを調べて、沢田さん、どうされるつもりやったんです」

「それは内容による。どうするかはまだ決めてない。君はどうするつもりなんだ？」

「無駄な抵抗かも知れませんが、まあ、いろいろやってますよ」

杉本は曖昧にぼかした。「それもこれも、ホープ自動車を愛するがこそです。今回の不正アクセスの件は、私のほうで誤魔化しておきます。お二人とも注意して今後、こんなことされんようにお願いします」

苦々しさを噛みしめつつ、沢田は「わかった」と小さく応えるにとどめた。

大手町から新宿に出て、小田急に乗り換える。

それほど飲んだつもりは無かったが、緊張させられた挙げ句に驚かされ、やけにアルコールの回りは早かった。

「沢田さん？」

ふいに呼び止められたのは、自宅マンションのエントランスにさしかかったときだった。沢田は足を止め、背後を振り返る。トレンチコートを着た同年代の男がそこに立っていた。髪を両側から垂らし、セルロイドの眼鏡をかけている。

「失礼ですが、ホープ自動車の沢田さんでしょうか」

男はきいた。

「ええ、そうですが」

戸惑い、沢田は相手の顔を見た。見覚えはない。

「私、『週刊潮流』の榎本と申します。ちょっとお話を伺わせていただけませんでしょうか。ずっとお待ちしていたんです」

夜の寒気が、街を覆いつくしていた。同情を誘うように眉を八の字に下げた男の表情は、いま沢田に拒絶されたら全ての努力が無駄になるから勘弁して欲しいといいたげだった。一方の沢田は、そういえば朝、広報室から取材の申し込みがあったな、ということを酔った頭なりに思い出していた。

取材を断られたら、相手のことなど考えず待ち伏せする。そのやり方に沢田は怒りを覚えた。

「ルールを守ってもらえませんか。広報室がこうやって待っていろといったんですか」

「すみませんでした。失礼の段はお許しください」

榎本はあくまで低姿勢だった。

「取材は広報室を通して申し込んでください。こちらの判断で受けるかどうか検討させてもらうから」

そういって歩きかけた沢田だったが、「脱輪事故の件で話を伺わせてもらえませんか」という言葉に思わず足を止めた。

「脱輪事故？」

かろうじてとぼけてみせた沢田だったが、刹那《せつな》察した。この記者がなぜここまでして沢田を訪問してきたかを。

だが、それを沢田は表情に出さなかった。代わりに表現したのは怒りだ。記者と目があった。沢田の表情に変化を期待した視線だった。

「横浜の母子死傷事故です。運送会社の整備不良という結論でしたが、当の運送会社はそれを認めていないときききました。調べてみると、他にも同様の事故があって、ほとんどがホープ自動車のトラックやトレーラーで起きてるんです」

榎本は一気にまくし立てる。

「知りませんよ、そんなこと」

再び歩き出した沢田は、マンション入り口のドアロックを解除するために鍵を差し込む。榎本は構わず、沢田の背中になおも話しかける。

「クレーム処理をされてるの、沢田さんですよね。赤松運送にどういう対応をされたか聞かせてもらえませんか」

「失礼――！　ここから先に入ったら警察を呼ぶよ」

沢田はきつい口調でいい、エレベーターホールへと向かう。

こういうときに限って、エレベーターはなかなか来ない。ガラスの自動扉の向こう側からなおも榎本が話しかけてきていた。

ようやくエレベーターが来てドアが開いた。それが閉まる瞬間、記者の大声がいやでも沢田の耳に届いた。

「輪切り事故って言葉、ご存じですか？　本当はリコール隠ししてんじゃないんですか。ホープ自動車は――」

沢田を乗せたエレベーターは上昇していく。だが、反対に体中の血液は逆にすっと足元にまで急降下していった。

輪切り事故……。沢田でさえさっき杉本から聞き知ったばかりの隠語を、記者はすでに知っていた。類似の脱輪事故も。リコール隠しの疑いも。

なぜ情報が洩れたのか。それだけではない、沢田の自宅にしてもどうやって調べたのか、わからなかった。広報の連中が話すはずはないし、そもそも沢田が顧客対応の責任者であることは一般的に知られていない。

社内から情報が洩れているとしか思えなかった。

自宅のある五階フロアに降りた沢田は、ざわざわとこみ上げてきた危機感に激しく身震いし、新宿駅で買ったペットボトルの水を喉に流し込んだ。携帯を取り出し、今し方のやりとりを小牧に伝える。

まだ電車の中だという小牧は話をきき、「動き出してるぜ」といった。

「俺たちの意思とは関係なしに、世間は真相に気づき始めてる。うかうかしてると寝首を掻かれるぞ」

悪意と正義は紙一重だ。不満がいえるのも、会社あってのこと。

だがもう——遅いかも知れない。

沢田に、ひとつのアイデアが浮かんだのはこのときだった。

6

その日、八時前に家を出た赤松が電車を乗り継いで横浜市内にあるその寺に着いたのは法要の始まる十分前だった。専務の宮代と最寄り駅で待ち合わせ、タクシーで山門前までいった赤松は、そこから本堂までの石畳をほとんど無言で歩いた。

事故で亡くなった主婦、柚木《ゆぎ》妙子《たえこ》の夫には事前に訪問する旨は伝えたが、返ってきたのは「来てもらっても困る」という拒絶反応だった。

通常四十九日というと身内だけで行うことが多いが、こうした事故の被害者ということもあってすでに本堂前には大勢の人々が集まり、靴を脱いでは堂内へと上がっていく姿が見える。

その一人一人に挨拶をしている柚木雅史《まさふみ》は、赤松と宮代の姿を見ると眉を顰《ひそ》め、不快な表情を隠そうともしなかった。

「お邪魔させていただきます。せめて、ご焼香だけでもと思いまして」

ぐっと奥歯を噛みしめた柚木は、本堂のほうへちらりと視線を向け、様子を聞いて現れた年輩の女性に、「ちょっとお願いします」といってその場を離れた。年輩の女性の背後に、小学生らしい男の子がついていて、その柚木の背中を不安そうに見ている。

寺にある庭の片隅まで歩いていくと藤の棚があって、冬枯れのなかに冷え冷えとした蔓を柱に巻き付かせていた。柚木はその下までくると立ち止まり、「正直、あなたたちの顔を見ると、とんでもないことをしてしまいそうで、つらいです」といった。

「本当に申し訳ありませんでした」

赤松は宮代とともに深々と頭を下げる。

返事はない。顔を上げたとき柚木の表情は怒りに蒼ざめ、両腕を組んでいた。

亡くなった主婦も若かったが、柚木もまだ三十そこその歳だった。洩れ聞いたところでは、横浜市内の電子部品メーカーに勤務している営業職という話だ。

「なんで謝るんです。容疑を否認してるらしいじゃないですか」

思いがけない洗礼に、赤松は「いえ、それは」と言い訳しようとする。

「申し訳ないなんていったって、口だけってことでしょう。どういう人間なんですか、あんたは」

柚木は食ってかかった。スーツよりもカジュアルなシャツが似合いそうな大人しそうな顔だが、いま敢然と赤松に対して激しい怒りをぶつけてきている。あまりの怒りにどもりながら吐き捨てる柚木に、赤松がなんとか説明しようとしたとき、「パパ?」と小さな声が呼んだ。

さっきの男の子がいつのまにかやってきて、赤松達を見ていた。

「こんにちは、タカシ君」

赤松は子供の名前を知っていた。「もうおでこのお怪我《けが》は治った？　痛くない？」

「やめてください！」

柚木が遮る。「もうそろそろ始まるんで、失礼します。焼香もご遠慮ください。あなた達が来たら、妙子だって心安らかにはいられないでしょう。――行こうタカシ」

そういうと子供の手をとって柚木は歩き出した。

はあ、という深いため息を宮代が洩らした。

「しょうがないさ」

赤松の言葉に、「ですな」と応える。

柚木親子が消えていった本堂の外で、二人して法要が終わるまで数珠をもって待った。読経《どきょう》と焼香が終わり、焼香客が引き揚げていくのを脇にどいて見送り、ふたたび柚木の家族が出てきたとき、「柚木さん」と赤松は声をかけた。

柚木はそのまま通り過ぎてしまおうか迷ったようだが、そのとき母親らしき人がこちらに歩きかけるのをみて、「ぼくが行きますから」と制した。

再び対峙した柚木は、うっすらと涙を浮かべていて、赤松は心をぐっと摑まれた気がした。

「申し訳ない、としかいいようがないんです」

赤松は切りだした。「運送会社をやっていて、何十台というトラックを走らせることを生業としております。その結果、うちのトラックが大切な人の命を奪ってしまったという事実を前にすると、もうこれ以上の言葉は思い浮かびません」

柚木の頬に朱が差し、悲しみというより、悔しさに歯ぎしりするように赤松を睨み付ける。返事はなかった。

「こう申し上げても信じてもらえないかも知れませんが、私どもでは車両整備はきちんと行って参りました。ホープ自動車さんでは整備不良が原因とされましたが、正直、そんな事実はありません」

「じゃあ、なんであんなことが起きるんです！　そんなしょうもない言い訳するなんて信じられないよ、あんた！　人が死んだんだよ！」

「亡くなられたことは、重く受け止めています。できるだけの誠意で対応するつもりでもおります。ですが、事故の原因については、世間一般にいわれているようないい加減なことはしておりません。それは誓って、間違いないことです」

「それがあんたの誠意ですか」

柚木は言い放った。「事故の結果には責任を負うけども、原因については知らないといって自分のミスを認めない。そんな態度でよく誠意を見せるだなんていえますね！　どういう神経してるんですか」

「もし、私どもに過失があるのなら、逃げも隠れもいたしません。認めます。ですが、脱輪事故の原因については、私どもに過失があったとは到底思えないんです」

「そんな莫迦な」

柚木は吐き捨て、足元の砂を蹴った。

「実はホープ自動車に対して事故部品の返却を依頼しております」

柚木が怒りに煮えたぎった顔を上げる。赤松は続けた。「高崎でもホープ自動車のトラックが妙子さんの命を奪ったのと同じ事故を起こしていることもつきとめました。本当に整備不良なのかどうか、私どもではしかるべき調査機関に送付して判断してもらうつもりですが、ホープ自動車は返却にすら応じない態度なんです」

「だからなんです。ホープ自動車でしょう、相手は。その調査結果に、町の運送屋風情《ふぜい》が異を唱えるなんて、誰が見てもおかしいよ。しっかり整備してたなんていったって、そんなの信じられますか」

「柚木さんが、私どもが容疑を認めないことにお怒りになっているのは仕方のないことだと思います。ですが、あなただって、真相は究明されたいと思っていらっしゃるはずです。事故の本当の原因はなんなのか、それに少しでも疑いがあれば、はっきりさせるべきです。これは、私どもの責任で、亡くなられた奥様のためにも絶対に明確にするつもりでおります。いま私どもは――」

赤松はぐっと奥歯を噛み、こみ上げてくるものを押さえ込んだ。「こうすることでしか、故人を弔《とむら》うことはできません。もう二度とこんな事故が起きないようにすることでしか、亡くなられた方に償《つぐな》うことはできないと思っております。過失があるのに悪あがきしているように見えるかも知れませんが、もし、私どもに過失があるのであれば、こんなことは絶対にしません」

「それは、私からも申し上げようと思っていたことです」

それまで黙っていた宮代が口添えした。「私、専務の宮代と申します。手前どもは、誠心誠意、お客様に尽くして参りました。正直だけが取り柄のような会社なんです。容疑を否認したことで心証を悪くされたかも知れませんが、身に覚えのない容疑を認めることのほうが無責任極まる態度だと考えております。赤松は、小手先の誤魔化しをするような男ではございません。それはどうかわかっていただけないでしょうか」

柚木はこたえなかった。

腕組みをしたまま頰を膨らませ、足元を見つめる。やがて顔を上げたが視線は赤松でも宮代でもなく、いま読経が行われた本堂の辺りを彷徨《さまよ》って、千々《ちぢ》に乱れる心の有り様を持て余しているようだった。

「なんでウチなんだろ」

やがて柚木の口からそんな言葉が洩れて、赤松は頰のあたりを強張らせた。「よりによって、なんでウチなんだろ。こんなに人がたくさんいて、いい加減な生き方をしてる奴だって一杯いるだろうに。死にたいと思ってる連中だって一杯いるだろうに。なんでウチなんだろ」

まだ青年といってもいい横顔で頰が震えた。目一杯に涙が溢れ、それが頰を伝う直前、腕で拭った柚木は、「あんた達の家族がこうなってみなよ！　そうすれば、相手の気持ちがわかるから」、そう言い捨てて小走りに背を向けたのだった。

山門の前に駐車場があって、そこに一台のワンボックスカーが止まっていた。柚木が運転席に乗り込むと、後ろの席の窓が開き男の子が顔を出す。その向こうに祖母らしいさっきの女性の姿が見え、赤松は深々と頭を下げた。

だが、そのワンボックスカーは少し動き出して、不意に停止した。

怪訝《けげん》に思って見ているとドアが開いて、さっきの男の子が駆け下りてくる。まっすぐに赤松のところまで来ると、「これ、どうぞ」といって、手にしていたものを差し出した。

「ありがとう。ごめんな、タカシ君」

タカシははにかむような表情を見せただけでそれ以上こたえず、再びおばあちゃんとパパが待つ車へ駆け戻っていった。

ぱっと見、法要のお返しか何かかと思った。だが、いま手にしたそれは重みがある。

ワンボックスカーが消えて見えなくなるまで見送った赤松は、封筒に入ったそれを出してみた。

「追悼文集か……」

『紙ヒコーキ』。

タイトルを見てから中味をぱらぱらと開いた赤松は、ワープロの原稿が多い中に、ひとつだけ手書きのページを見つけて手をとめた。

もしかみさまにひとつだけおねがいするとしたら
ゆぎたかし

手書きの題の後には、こう続いていた。

「もういちど、ママとおはなしさせてください」

拙い、お母さんらしい女性と手をつないでいる男の子の絵を見た途端、赤松は耐えられなくなった。みるみるその絵が涙で滲んでいく。赤松は奥歯を噛みしめ、空を睨み付けて心の中で叫んだ。

よりによって、なんでこの人なんだ、と。

第六章　レジスタンス

1

「調査役、ホープ自動車の三浦さんからお電話です」

取り次がれた言葉に嘆息しつつ、井崎は点滅しているビジネスフォンのボタンに指を伸ばした。

同社から二百億円におよぶ融資の申し入れがあってからというもの、三浦からの様子伺いはほぼ日課のようにかかってくる。

面倒だとは思うが、かといって色よい返事で誤魔化すわけにもいかない。業績下方修正という内容も大問題で将来性の見極めも難しいのに加え、「週刊潮流」の榎本からもたらされたリコール隠しの情報もある。

次長の紀本から真相を調べろと命じられたのがちょうど一週間前のことで、昨日には「真相いまだ闇の中」という〝兎一匹獲れなかった〟に等しい中間報告をしたばかりだ。こんな融資、できることなら綺麗さっぱり断りたいのだが、専務の巻田からの意向とあってはそういうわけにもいかず、いわば膠着《こうちゃく》した状態に直面している有り様だ。

「どうです、井崎さん。今日あたり審査結果が出るんじゃないかと思いまして」

何をいってるんだ、この男は——。

井崎はうんざりして吐息を洩らした。

審査結果どころか、提出された事業計画書の実現可能性を検証する作業がまだ続いていた。その状況については昨日も説明したばかりだから三浦も重々承知しているはずなのに、一日経つとまるで何事もなかったように経過をきいてくる。

三浦にしてみればプレッシャーをかけているつもりだろうが、井崎にとってはただ煩いだけ。おすましした三浦の表情を思い浮かべるだけで蕁麻疹《じんましん》が出そうだ。

「状況については昨日、お話ししたところです」

「いったい、いつまで検討されるおつもりなんですか、井崎さん。やれやれ、困った人ですねえ」

気取った口の利き方をした三浦は、聞こえよがしのため息をついて見せた。

「実はですね、昨日もうちの狩野から〝あの件はどうなった〟ときかれましてね」

今度は脅しか。「申し訳ないですが、なかなか進展しない現状はお話ししましたよ。私としても庇《かば》い切れませんから」

別にあんたなんかに庇ってもらうつもりなどない。そういいたかったが、「そうですか」とそっけなく井崎は答えるにとどめた。別に狩野がどうこういおうと、そんなことは知ったことか。

銀行という組織では、担当者が所見を書く。「支援したい」と書くのは、他ならぬ井崎だ。だが、一度そう書いてしまった以上、もしその融資に問題が生じたときには、井崎にも責任が及ぶ。たとえ、専務の意向でそう書かざるを得なかった事情があったにせよ、そんな言い訳が通る組織ではないのだ。

「井崎さん」

呆れたといわんばかりの口調で、三浦はいった。「いい加減にしてもらえませんか。狩野もかなり立腹でしたよ。どうするんです、あなた」

「どうするとは？」

ばかばかしくなって、井崎はこたえた。

「だ、か、ら――ああ、やれやれ」

次第に皮肉屋の本性を剝き出しにしてきたなと思いつつ、井崎は椅子の背もたれに重心を移した。黙って相手の出方を窺うと、「狩野がたぶんそっちに出向くと思いますよ」と三浦は脅しと思しきことをいった。

狩野の名前を出せば井崎がびびると三浦は思っているようだった。見当はずれも甚だしい。役員の名前でひれ伏す発想は、江戸時代さながらの身分制度がまかり通っているホープ自動車らしいといえばらしいが、そんな神経では到底、銀行員はつとまらない。寒冷地の自動車が大容量バッテリーを積んでいるように、銀行という職場環境に適応している井崎もまた毛の生えた心臓と図太い神経の持ち主だった。

「いついらっしゃいますか」

井崎はきいた。「一応、予定を空けておきますからおっしゃってください」

「はあ?」

三浦は素っ頓狂な声を出して呆れてみせた。「あなた、何考えてるんです。クレームに伺うっていってるんですよ」

「難しい稟議なんですから、相応の時間がかかるのは仕方がないと思いますがね。簡単に結論が出るような話でもありませんから」

「巻田専務の意向をお忘れですか」

「まさか。ただし、巻田の意向は、あくまで巻田の意向ですから」

三浦の反論をあっさり流した井崎は、「融資が出ないからといってクレームというのはスジ違いもいいところですよ、三浦係長」と釘を刺した。いつもはここまで言うことはないが、さすがにこう何日も嫌がらせのような電話を受けたのではたまったものではない。

「そもそも、御社の事業計画が大幅下方修正を余儀なくされていることが事態を難しくしている根幹なんですから」

「しょうがないでしょう、景気が今ひとつなんだから」

また景気か、と井崎はうんざりした。この能天気さ! 経営者も経営者なら、財務の担当者も担当者だ、この当事者意識の希薄さといったら!

「それで? いったいいつまで待たされるんでしょうかね。いつになったら、結果を出してもらえるか、大方の目処だけでも聞かせてもらえませんか」

なんとか、稟議承認の期日を約束させようとする三浦を、「もうしばらくお待ちください」と適当にかわして、井崎は受話器を置いた。

ホープ自動車の稟議はまだ出さない。いや、出せる状態ではない。

事業計画書の行方に確信が得られるまで。そして――これは三浦にはいわなかったが――リコール隠しの疑いが晴れるまで。

銀行を舐めるなよ。

井崎は電話に向かって心の中でいうと、融資資料の検討を再開した。


三浦が予告した通り狩野が訪ねてきたのは、その日の午後のことであった。

「先日お願いした支援の件だが、その後どうなっているのかと思いましてね」

井崎が応接室に入るのを待って、狩野は巻田に切り出した。「もう一週間以上経っているし、それなりの感触は伝えていただいてもいいのではないかと思うのですが」

「どうなってる、紀本次長」

専務から睨み付けられて紀本は苦しそうに咳払いをひとつした。

「事業計画書の内容を精査しております」

「精査はわかる。だが、なんで稟議が出てこない、次長」

巻田は明らかな非難の口調になった。その隣で、三浦がしたり顔でにんまりし、溜飲を下げている。

「少々お時間をいただいております」

紀本の発言に、巻田は「遅い！」といって不愉快を顔に出した。

ちらりと紀本が井崎に視線をやり、「お前からも何とかいえ」と、目で援軍を求めていた。

「私のほうでの検討作業が長引いておりまして」

井崎が横からいうと、「必要と思われる資料は全て提出しているはずだ」とすかさず狩野が異議を唱えた。

「資料はいただいております。前回もその点では同様です」

その一言で、場は化学反応でも起こしたように険悪な色に染まった。ホープ自動車というグループ企業の役員と銀行担当者。調査役という井崎の肩書きは、いわゆる「役付き」の中では最低ランクだ。課長と係長を一緒に接待しただけで、「オレを愚弄するのか」と課長がヘソを曲げるほど階級意識の強いホープ自動車である。その役員からすれば、よもやそんな「下っ端」が意見するなど、到底考えられないことに違いなかった。

「いただいた資料をそのまま信じて稟議を書いたのが、前回の支援です。ですが、実績はそのときの予想をかなり下回る結果になっています。となると、今回頂戴している業績予想をそのまま鵜呑《うの》みにするわけにはいきません。見極めが必要になります。ご理解いただけると思いますが」

狩野の額が朱色に染まり、血管が浮き上がった。

「これは心外なことをいわれたものですな！」

クロームフレームの眼鏡の奥から、理知的である以上に狡猾《こうかつ》さが際だつ目が睨み付けてきた。エリート意識の強い人間が最も立腹するのは、侮辱を受けたときだ。巻田に向けた言葉のようだったが、その視線はしっかりと井崎に結びついている。「銀行さんとは信頼関係をもってやってきたつもりですがね。裏切られた思いですよ」

それから巻田をさっと振り返り、「専務、担当者がこんな非友好的な態度ではこちらも困ります」

「ごもっともです」と、どこまでも巻田は狩野の肩を持つ。

「紀本次長」

巻田は、厳しい表情で背筋を伸ばし、かしこまっている紀本を叱った。「一体、何をやっているんだ、君は。担当者の教育を一からやり直せ！　場合によっては、担当者を替えてでも、早急に稟議を上げろ。いいな！」

紀本は苦り切った顔で唇を嚙む。その一部始終を目の当たりにした三浦は、我が意を得たりとばかりに大きく頷き、薄笑いを浮かべて見守る狩野とともに、ふんぞり返った。

2

営業部のフロアに戻った紀本から、「ちょっといいか」と声をかけられた井崎はてっきり叱責されるものと思っていた。ところが、その予想は外れ、まっすぐに紀本が向かったのは四人いる営業部長の内、直属の上司である濱中譲二《はまなかじょうじ》の部屋だった。

「実は、専務からお叱りを受けまして」

部長室のデスクで書類に目を通していた濱中は、そのままの姿勢で、デスクの前に立った二人を上目遣いで見上げた。返事はない。それから両肘をつくと顔の前で長い指を交差させ、「話してみろ」という顔で続きを待つ。

「ホープ自動車から申し出のあった二百億円の支援ですが、稟議が遅いとの叱責です。ただ、同社の業績を勘案した場合、そう簡単な話ではありません」

「業績下方修正だったな」

「それについてはまだ未発表です。おそらく、当行の支援決定と抱き合わせで発表しようという考えではないかと推察されますが」

沈思黙考、物静かな濱中は、虚空に視線を投げかけて考えを巡らせる。営業部長の椅子は将来の頭取もあり得るエリート職だ。ホープ銀行の全取引先の中でも、もっとも重要な根幹企業ばかりを担当するこの部署の責任者の中でも、濱中ほどの適任者はいない。この何事にも冷静かつ慎重な指揮官は、その深い洞察力とバランス感覚で一流のバンカーであり、かつマネージャーとして部下の信任を得ていた。

「支援の方向でまとめたいのは山々だが――」

濱中はいい、「確かに、難しい。数字はどうだ」ときいた。井崎に向けられた言葉である。

「前回計画と比べると、着地の見込みまで下がっています。一過性の不振ならともかく、要するに前回の計画が甘すぎたと認めたようなものです。ですがその計画をベースに、出せるだけの融資は出してしまっている」

「巻田専務はそれでも支援方向でして」

紀本の発言に濱中の表情の中でひそかに眉が顰められ、昨年末の騒ぎの記憶が運ばれてきた。

ホープ自動車が提出したリバイバル・プラン――すなわち事業再生計画を信任するか否か。役員会を二分するほど議論沸騰したそのとき、井崎が書いた支援方向の稟議に対して濱中は当初、承認を渋っていた。

「本当にこうなると思うか」

そう何度も呼ばれて、数字の細かな背景まで質問されたことを覚えている。

濱中自身、ホープ自動車に対しては懐疑論者だ。その意味で、巻田のような手放しの支持者とは一線を画す。そこでようやく、井崎は紀本がここにきた意図を理解して改めて濱中の顔を見た。

「ただ、気になることもありまして」

紀本は続けた。「どうも、リコール隠しの噂があるようなんです」

濱中の薄い唇がぐっと引かれ、「どういうことだ」と苛立ったような、それでいてどこか切迫感のある声が発せられた。その苛立ちはもちろん、ホープ自動車に対してのものである。

紀本に促された井崎が、『週刊潮流』の榎本からもたらされた件について話す間、濱中は黙って聞き、舌打ちとともに体を椅子の背にもたせかけた。

「確認できないのか」

「経理の三浦氏にそれとなく匂わせてみましたが、否定されました。狩野常務に直接質問したいところですが、本日のところは、成り行き上できませんでした」

「プライドは高い」

濱中は含みを持たせていった。「プライドだけはな。だから余計に面倒だ」

「この件がはっきりするまでは様子を見たほうがいいのではないかと思っていたのですが」

「巻田さんの耳には入れたのか」

「いえ」

紀本は首を横に振った。「週刊誌記者の未確認情報ですから」

「ゴシップだと逆に怒るかもしれないな。あるいは、だからこそ支援しろというか」

濱中は巻田の性格を知悉《ちしつ》していて、いかにものことをいう。「ただ、それではあまりに短絡だな。あの方は営業タイプだ」

それはいかにも、考えるタイプではない、といいたそうな口振りでもあった。それも無理からぬことで、濱中は行内きっての理論家であり同時に国際派で鳴る、「超」がつく一流のバンカーだ。一時期、ＩＭＦにも出向して実績を上げ、ハーバード大学から教授で招聘《しょうへい》されてもおかしくないほど評価された経歴も輝かしい。一方の巻田は、国内営業で地道に成績を積み上げてきたドブ板営業の総本山のような男である。

ロマンスグレーで背が高くスマートな濱中はホープ紳士を地でゆく容姿。それに対して、巻田といえばチビ・デブ・ハゲの三拍子に、分厚い眼鏡というお囃子《はやし》付きである。

巻田は行内外に築いた人脈を糧《かて》に、こと数字を作ること——つまり実績をあげることだけを至上目標として登り詰めてきた。なにはともあれ、貸してなんぼの銀行の世界だ。それに対して、濱中が標榜《ひょうぼう》する銀行業務は、もっと洗練されていて優雅で、肌の合わないものは排して顧みない。

ところが銀行という組織は面白いもので、その巻田もかつては営業部長としていま濱中がすわっている席にいた。ホープ自動車の狩野との関係は、その当時にできたものだ。土臭いウェットなバンカーと洗練されたドライなバンカー。見た目も育ちも違う二人の銀行員が、業績不振のホープ自動車という格好のリトマス試験紙を前に、同じ反応を示すはずはない。

「わかった。巻田専務へは私から一言いっておこう。それで稟議だが——」

濱中の次の一言に井崎は神経を集中させた。「君らが納得するまでやれ。納得していないのに、私のところに持ってこないでもらいたい。ホープ自動車からの事業計画だが——井崎君」

ふいに名を呼ばれ、井崎は頬に力を入れた。「達成できる根拠がないのなら、突っぱねろ。信憑性のある計画が出てくるまで稟議は書くな。予定調和の作文には興味はないからな」

冷徹ともいえる指示だった。

3

「いうことをきかない銀行員を思い通り動かすには、一発怒鳴りつけるに限るな、三浦」

ホープ銀行から同じ大手町にあるホープ自動車本社までの短い距離を移動しながら、狩野は、隣でかしこまっている三浦に同意を求めた。

「まったく同感です。いわれないとやらないなど言語道断です。それにあの担当者に至っては、とにかく我が社に対して懐疑的で、リコール隠しはもう無いかなどといまだにしつこくきいてくる始末です」

狩野の内面にさざ波が立ち、部下の言葉を頭の中で反芻《はんすう》する。狩野を怒らせたと勘違いしたか、三浦がぎこちない咳払いとともに言葉を飲み込んだ。三年前のリコール隠しの発覚と同時に、品質保証副部長だった狩野は取締役部長に抜擢《ばってき》され、その後常務へと一足飛びに駆け上がった経緯がある。

新聞やテレビで連日のように騒がれ、ホープ・バッシングといっていい大騒ぎの最中、更迭《こうてつ》された部長に代わって品質保証部のトップになった狩野は、同時に対策本部を率いて社内の不正を一掃する役割を担った。

いまだリコール隠しがあるのではないかと疑うことは、狩野の功績を否定するに近い。銀行員の世迷《よま》い言とはいえ、本来ならば、もう一度引き返して怒鳴りつけてくるべきぐらいのものだ。しかし——。

「なんの根拠があって、そんなことをいうんだ、あの男は。井崎とかいったな」

「さあ、それはわかりません」

怒られているのではないとわかり、ほっとした顔で三浦はこたえた。「ただ、銀行というところにはいろんな情報が集まってくるという思わせぶりなことだけいいまして。中には捨て置けないものもあると。失礼な話です。我が社を愚弄する気かと叱りつけてやりました」

短い笑いで答えた狩野に三浦は得意顔を見せる。だが、その表情とは裏腹に、狩野の内面では一抹の不安が頭をもたげ、すぐさま笑顔を消した。

捨て置けない情報だと？

あの井崎とかいう男が果たしてどんな情報を摑んでいるのか、狩野には気になった。


目黒区柿の木坂にある狩野の自宅に、差出人不明の一通の手紙が舞い込んだのは、まだ夏の残暑が残る九月のことであったと記憶している。

「あなた、差出人のないお手紙が来ていますけど、どうします？」

怪訝そうな顔でどこにでもありそうな白い封筒をもってきた妻から手紙を受け取ると、狩野はそれを耳元で振ってみた。

リコール隠しが発覚して三年。ようやくホープ自動車に対する世間の耳目が離れていったとはいえ、中には執念深くホープの瓦解を狙う偏執狂もいなくはない。実際、あの騒ぎの最中には抗議の手紙が連日のように届き、中には政治団体を名乗る脅迫まがいのものやカミソリ入りの手紙などもそれに含まれていた。すでに三年の時間が経っているとはいえ、妻が警戒するのも当然だった。

たしか、土曜日の昼近くだったと思う。めずらしく接待のゴルフもなく、ひとり書斎にいた狩野は、デスクのペン立てにあったペーパーナイフをとるとそれを封筒に差し入れてみた。

中から、四つ折にした便せんが出てきて、「手紙だな」というなにか間の抜けた一言を聞き届けた妻が部屋を出ていく。

だが、それを開けて読んだ狩野はしばし当惑し、やがて少々腹を立て、これはどうしたものかと多少なりとも悩んだ。

そこには、こんなことが書いてあった。

狩野威様

ホープ自動車を愛するものとして一筆啓上差し上げます。

品質保証部が中心になって開かれているT会議なるものの存在とリコール隠しの実態について最近聞き知ったものです。

弊社は三年前の不祥事を契機に、リコール隠蔽、ヤミ改修を根絶、不正の体質を一掃し再生を誓ったはずです。それにもかかわらず、T会議のような秘密会議が存在し、旧弊さながらの不正が話し合われているということに強い憤りを感じます。

　こともあろうに、その会議を三年前の対策会議のリーダーまでつとめたあなたが中心になって運営していると知り、まさに愕然たる思いです。

　日々、ホープ自動車再建のために努力する大勢の社員になり代わり、ここにお願い申し上げます。

　いますぐ不正の温床ともいうべきT会議を止め、弊社車両の欠陥をつまびらかにしてください。リコールをすべきはリコールを申請し、隠蔽ではなく公表をもって社会の信任を得てください。もし、あなたが何らかの行動を起こさない場合、私はいまホープ自動車で行われている不正の全てを公表し、白日のもとにさらす覚悟です。

　このようなお手紙は二度と出しません。すなわち、これは最初で最後の忠告です。ホープ自動車をこれ以上、汚さないでください。お願いします。


　文面はワープロ書き。たった一枚の短い手紙で、差出人の名前はなかった。

　その便せんをもったままの狩野の脳裏に浮かんだのは、品質保証部の社員たちの顔だった。奴らの誰かが、この手紙を書いたに違いないと思ったからである。それは直感のようなものだ。だが、いくら秘密会議とはいえ、T会議の存在が外部に洩れることはあり得ない話ではない。誰が手紙の差出人なのか、狩野に特定することは不可能な話だった。

　果たして本当に外部に告発するつもりか。

　そして、もし告発された場合どうなるか、と狩野は考えた。

だが、やがて狩野が出したのは、仮に告発したところで証明はできないだろう、という周到な結論だった。そんな曖昧な話にのってくるマスコミがいるとも思えない。T会議の内容にしても、隠そうと思えばいくらでも隠すことができるのだ。それに、本当に秘匿《ひとく》すべき情報は、T会議に出席している二十数名の者しか知らないわけで、狩野は当然のことながらこのメンバーは信用していた。理由は簡単。彼らはホープ自動車と運命共同体だ。そのような利益相反行為をするほどの莫迦はいない。

あの会議には出席していない、品証部の誰かだろうか。

普段は従順な社員面をしつつ、内面で反発し不埒《ふらち》な手紙を書いて寄越す。そんな破廉恥かつ低俗な頭脳の持ち主が同じ社内にいる。そのことに狩野は激しい憤りを感じた。

ホープ自動車を愛するなどといいつつ、この男が考えているのはせいぜい、安っぽい上っ面の正義をホンモノと勘違いする自己欺瞞《ぎまん》だ。

会社とはそんなものではない。

会社とは利益追求を第一義とする集団であり、タテマエでは世の中のルールを遵守する姿をみせても、本音の部分でそんなことをしていてはたちまち利益は手の中からすり抜けてしまう厳しい組織だ。

綺麗事だけで金は儲からない。ホープ自動車という名門企業にとって、コア・コンピタンス——つまり競争力の源泉はすなわちブランドである。正義の名を騙《かた》りそのブランドを傷つければ、これは会社に対する途方もない反逆であり、期待収益の喪失をもたらす元凶となる。

今はわからなくても、いつか必ずこの手紙の主を特定し、厳罰に処してやる。

便せんを再び封筒に戻しながら狩野は静かに目を怒らせてそう誓ったのだった。

あれから三ヵ月。

冬枯れの大手町に夕日の最後の残照が一筋差している。同資本系列のビルが軒を並べる界隈は、狩野の誇りを目覚めさせ、同時に、井崎という行員の態度に対する新たな怒りを運んできた。

「三浦」

狩野は自分の声が思いがけず硬いことに少々驚きつついった。「井崎という男が、どんな情報をもってそんな大それたことをいうのか、きちんと確認して報告をあげろ。根拠もなく、そんなことを口にしたとあっては黙っているわけにはいかん」

「はっ」三浦は短くこたえた。

「今日中にきいて明日の朝レポートしてくれ」

「かしこまりました」

三浦の一言に大きくうなずいた狩野は、蒼ざめるほどの怒りに満ちていたのだが、ちょうどそのとき、車がビルの陰に入ったせいで、その顔は闇に溶けて見えなかった。

4

「先ほどは失礼しましたね、井崎さん」

三浦からの電話は、濱中部長の元を辞してしばらくの後、かかってきた。なにか事務的な用事があったのなら、狩野を帰して一人残れば良かったものを。そう思った井崎に、「あなた、この前リコール隠し云々とおっしゃいましたね」という言葉は意外だった。

「実はそのことを狩野に話したところ、大変腹を立てておりましてね」

狩野を盾にして、これでもかと三浦は畳みかけてくる。「いったい、どのような根拠であなたがそんなことをいうのか、理由をきいて報告せよとのことなんですよね。もしもし、聞いてますか、井崎さん」

「ええ」

井崎は苛立たしくなってこたえた。「それで？」

「それでじゃありませんよ。我が社にとってですね、リコール隠しをしているのではないか、というのは許せない愚弄なんです。担当者としてのデリカシーの欠片もないと私は思うんです！」

「はあ」

話しているうちに興奮してきたらしい三浦の声色に、井崎はうんざりしてきた。

「聞かせてもらえませんか。いったい、あなたどういう了見でそんなことをおっしゃるのか。事と次第によっては、ただではすみませんよ」

「ちょっとお待ちいただけますか」

井崎は電話を保留にして、内容を紀本に伝える。

「話していいですかね」

そうきいた井崎に、紀本は少し考えたが、「わざわざきいてくるぐらいだから、妙な言い訳をするわけにもいかんだろ。きっちり話してやれ」といった。

電話の保留を解除する。

「失礼しました。お尋ねの件ですが、実は私のところへある週刊誌が接触してきましてね」

「週刊誌？」

どうせ何の根拠もないのだろうとタカをくくっていたに違いない三浦は、驚いてきいた。

「そうです。その記者から、ホープ自動車がリコール隠しをしているという話があるが知っているかと、きかれたわけです」

「でっちあげだ」

電話の向こうで噴き出した三浦の怒気に、「本当にそうですか」という井崎の涼しげな言葉がますます油を注いだ。先ほどの意趣返しである。

「井崎さん、あなたね。当社よりもそんな週刊誌の記者風情を信用するってんですかっ！」

「内部告発だそうですよ」

電話の向こうが静かになった。

「なんていう雑誌です」

「それは申し上げられません。というのも、相手は私の個人的な友人で、話せば迷惑がかかるからです。ただ、大手出版社で、聞けば誰でも知っている雑誌だということは申し上げておきます」

「本当にそんな週刊誌からの接触があったんですか」

三浦は疑ってかかった。

「私が嘘をいっていると？」

呆れて井崎はきく。

「具体的な週刊誌の名前がいえないんだから、そう思われても仕方がないでしょう」

このとき井崎は自分の中で榎本に対して多少義理立てしていた部分があることに気づいた。だが、抜け目無い榎本のことだ、井崎の口からホープ自動車に内容が洩れることをある程度予測し、それでも構わないと思ったから直接取材しにきたのではないか。むしろ、それを期待して、ホープ自動車の反応を見ようと思っているのかも知れない。

話してやろうか、と井崎は考え直した。

もしホープ自動車が——潮流社に対してそんなことができるかどうかはわからないが——記事を差し止めるぐらいの圧力をかけられるのであれば、それがきっかけになって事態に白黒が付くかも知れない。

「そこまでおっしゃるのなら、申し上げましょうか」

井崎は考え直し、『週刊潮流』の名前を出した。

「編集者の名前は、友人でもあるのでご勘弁願いたい。週刊誌を特定できれば御社としても事足りるでしょう」

「そのとき、他に何かいってましたか。どんな内部告発だったかとか」

「私も聞いたんですが、それ以上詳しいことは。ただ——」

このとき、忘れようにも忘れがたい、榎本の言葉が脳裏に蘇ってきた。「人が死んでる、と」

電話の向こうで三浦は絶句した。

「その雑誌は、そんなばかげた記事を載せるっていうんですか」

三浦の声は興奮で裏返った。

「載せるでしょう。正しければ。いま取材をしていると思いますよ。三浦さんがご存じないだけで、広報室あたりに申し込みをしているんじゃないでしょうか。調べてみてはいかがですか」

「そうですか。わかりました。失礼します！」

一方的に三浦は吐き捨て、電話は切れた。

複雑な気分である。

個人的にはいい気味といいたいところだが、リコール隠しやヤミ改修が事実であれば、ホープ銀行にとっても損害は免れない。本来なら、ホープ自動車と協力して乗り切るべき難局だというのに、相手の頑なな態度、高慢な姿勢に邪魔されて思うように事が運ばないのである。

「一応、申し伝えました」

次長席まで行って報告すると、「どんな反応だった」と紀本は興味を示した。

「かなり慌てていらっしゃいましたが」

「少しは態度を改めてくれればいいんだが。しかし、もし本当に内部告発通りだとすると、まずいな」

紀本は本音を洩らした。

「事業計画書の数字云々の話ではありませんから」

「仮に三年前の不祥事が再発したとして、ホープ自動車がこの先、もつかどうか」

「売上半減ということもあるかも知れません。ホープ自動車本体はともかく、販社がもたないでしょう。そうなれば、手足をもがれたようなものです」

井崎の説明に紀本は厳しい顔で奥歯を嚙みしめた。

クルマは、製造元である自動車会社が直接顧客に対してセールスするのではなく、販売会社を通じて売られている。販売会社は、自動車会社の看板は掲げているが、経営的には別な組織で、それ自体がひとつの会社である。つまり、収入源であるクルマが売れなくなれば、当然、経営は行き詰まり、中には倒産もあり得る。

売上半減が意味するものは、紛れもない大赤字だ。

どんな会社にも、儲《もう》かるか儲からないかのボーダーラインが存在する。これを損益分岐点というのだが、たとえ儲かっている会社でも、「いまの売上から二割減になったら、トントンか赤字」というところは少なくない。それはまっとうな事業をしているほとんどの会社についていえることで、売上が半分になってまだ利益が出ているなどという会社などあり得ない。

無論、販売会社でクルマが売れなければ、ホープ自動車の業績もまた等しく大赤字は免れないだろう。

「ホープ自動車にそれをしのぐだけの体力があるかだが――」

「ないでしょう」

井崎はこたえた。「ウチが支援しなければ、あの会社は行き詰まります。間違いなく」

「『週刊潮流』だと?」

狩野の執務室がノックされたかと思うと、秘書が取り次ぐよりも早く三浦が息せき切って入ってきた。井崎とのやりとりを報告した三浦は、「とんでもない話です!」と顔を赤くしてまくし立てる。

狩野は返事をしなかった。告発者は確実に存在し、その者が週刊誌にリークしたのは間違いあるまい。週刊誌の連中も、わざわざでっち上げて記事にするほど莫迦ではない。

「わかった。もういい」

狩野が告げると、両手の指先をズボンの縫い目に合わせ、深々と一礼して三浦はドアの向こうへと消えた。

しばらく、狩野はデスクに肘をついたままの格好で動かなかった。

事態は少々良くないほうへ動いている。

それだけははっきりしていた。

問題は、この流れをどうやって食い止めるかだ。

だが、その方法は二つしかない。隠蔽し通すか、諦めて公表するかだ。

今まで、「欠陥有り」の結論を覆し、T会議で狩野が指示したのは隠蔽工作だった。当然である。公表すれば、ホープ自動車の金看板に泥を塗る。そんなことは、ホープの誇りが許さなかった。三年前の汚辱が忘れられない狩野は、いまさらながらにリコール隠しの実態を公にしてしまったことに腹立たしい思いを拭いきれないでいた。あれは当時社長をつとめていた田嶋巌夫《たじまいわお》の大ミスだ。隠して隠しきれないことは無かったのに。

そして狩野はあらためて、後者の可能性を検討してみる。ハブの欠陥を公にし、リコールを申し出るケースだ。公表する以上、その欠陥が長期にわたって放置され、隠蔽されてきた事実は明らかになるに違いなかった。それはホープ自動車にとって著しく不利で、一般社会からのバッシングを受けることになる。それだけではない。その間の責任の所在を追及されたとき、その矛先は他ならぬ狩野自身に向けられる可能性がある。

冗談じゃない、と狩野は思った。私がいなくなったら、困る人間がこの社内には大勢いるのだ。その人間たちのためにも、私がそんなことで失脚するわけにはいかない——と。

この事態を収束させるための方法はただひとつ。内部告発者を特定し、その者がリークした情報を否定することだ。

5

極秘扱い

代表取締役　岡本平四郎　殿

販売部カスタマー戦略課
課長　沢田　悠太

品質保証部「T会議」におけるリコール隠蔽について

頭書の件につき、以下至急ご報告いたします。

去る十月、横浜市内で惹起《じやっき》した、当社トレーラー・ビューティフルドリーマーの車輪脱落による死亡事故の加害者である赤松運送株式会社より当該毀損《きそん》部品の返却を強く求められておりますが、品質保証部からの指示により「返却不可」とする交渉を目下のところ継続中です。

当販売部は顧客対応の専管であり、品質問題については門外漢ということは重々承知しておりますが、品質保証部の「返却不可」との結論については、返却を拒む理由が判然としない上、さらに同様のタイヤ脱輪事故がこの三年間で頻発している事実があります。

そのほとんどにおいて、弊社ではユーザー側の整備不良を事故原因として処理、国土交通省に対しても同様の報告をしておりますが、この事実認定につき重大な疑義があることをこのたび、突きとめましたのでご報告申し上げる次第です。

まず、タイヤ脱輪事故に関して、狩野常務を筆頭に品質保証部役席者を中心に「T会議」なる秘密会議がもたれ、ここで本来リコール対象とすべき欠陥につき隠蔽するよう、ほかならぬ狩野常務から指示が出ているとの社内証言を得ました。

いうまでもなく弊社は、三年前のリコール隠し及びヤミ改修により、業績への甚大な打撃と社会的信用の失墜という痛手を被りました。そのようなことの二度と起こらぬ様、社内体制を見直し、人心を一新して猛省のもとに新たなスタートを切ったはずであります。

T会議は、このような我が社の方向性と逆行し、一般社員の与《あずか》り知らぬところで我が社の信用を再び根底から覆すおそれがあります。

品質保証部内では、秘密会議という形により議事録、会議内での指示など情報漏洩の防止を徹底しているようですが、事態はいま予断を許さぬところにまで来ております。というのも、会議の存在が徐々に部外者にまで洩れ知られるだけではなく、一部のマスコミにまで知られるところとなっているからです。

このままT会議を放置し、リコール隠しを続けさせれば、取り返しのつかないことになるのは明白であり、本件につき社長の賢明なる処断を賜りますようお願い申し上げます。

以上

添付資料　T会議メンバー一覧表（推定）

6

小牧は、沢田が書いた文面に最後まで目を通した後、しばし口を噤《つぐ》んだ。鼻を曲げて二度短く空気を吸い込み、口元を引き締める。それから、「本当にやるのか」ときいた。

「やる」

短くこたえた沢田は、「行動あるのみだ。ただ、勘違いするなよ、これはいわゆる普通の告発じゃない。まずこの書類は決して外部には出さない。正式な書類として堂々と上席の決裁を仰ぐつもりだ。岡本社長に提出されれば、あとは何らかの動きを待つ」

三年前の不祥事で急遽社長になった岡本は、社内の不正に対して厳しい態度をとり続けてきた。狩野らの品証部の独断と暴走を知れば、なんらかの対処が期待できるのではないか。

「役員会には橋爪《はしづめ》副社長を筆頭に、反狩野グループも根強いからな」

「いまのところ、ぱっとしないけどな」

小牧は、評価せず、とばかりにいい、「いずれにせよ、どんな反応が飛び出すか、楽しみだな」といった。「だが、途中で握りつぶされたらどうするつもりだ。お前だけがバッテンを食らうことになるぞ」

「なんなら連名にしてやろうか」

沢田がいうと、小牧は顔の前で手を振った。

「ご冗談でしょ」

「いわれなくても俺一人でやるさ。悪かったな、巻き込んだりして」

「大丈夫か。事と次第によっては、販売部にいられなくなるかも知れないんだぞ」

「いいさ別に」

沢田は強がりをいった。「もう見かけ倒しのマーケティングにも飽きた」

「まあ、お前はサラリーマンよりも政治家でもやっていたほうが向いてるかも知れないな」

小牧は真顔で冗談をいった。

沢田が、部長代理の野坂を別室に招き、その告発書類を手渡したのは、その日の午後のことである。

このとき、しばし野坂は言葉をなくし、やがて口を開くとこういった。

「私にこれを受理しろというのかね、君は」

「よろしくお願いします」

頭を下げた沢田に、野坂がきいたのは情報源は誰かということだった。品証部の人間とだけ告げ、「部長代理もこの会議についてはご存じだったんじゃないですか」と沢田はきいた。

「個人的にはな」

あっさりと認めた野坂だが、沢田の告発文についてはしばしの間、考え込んだ。やがて、「どこかで断ち切らないといけないだろうな」というと書類を持って立ち上がり、そのまま先に立って部屋を出ようとしてふと振り返った。もう一度書類に視線を落とし、それから沢田に強い眼差しを向ける。

「要するに、君の狙いは狩野さんの追い落としだろ」

そういった。

「諸悪の根源です、あの方は。我が社にとっても、販売部にとっても」

野坂は、納得したように何度も小さくうなずきながら背を向け部屋を出ていった。販売部長の花畑から呼び出しを受けたのは、それから間もなくのことであった。


部長室の応接セットの肘掛け椅子に、くつろいだ様子で花畑がかけ、隣に緊張した面持ちの野坂が控えている。

いきなり第一関門だ。花畑のニックネームは「コウモリ」。全方位外交を駆使して組織を生き延びてきた男だ。花畑がどんな反応を示すか、沢田には読み切れない部分がある。

「まあ、そこにどうぞ」

温厚な性格そのままに花畑は、向かいのソファを勧めた。

「君には、赤松運送の説得を頼んだはずだが、あれはちょっと難しいということか」

沢田が腰を下ろすのを待って花畑は切り出した。

「それ以前の問題です」

沢田は答えた。「部品返却をこばみ続ければ、品証部の不正に与《くみ》することになります。リコール隠しの重大疑惑が出た以上、理由もなく部品返却を渋れば後々、自らの首を絞めることになりかねません。販売部の姿勢も問題になるでしょう」

「それで、この文書か」

花畑はいい、肘掛けの部分に載せていたそれをとっくりと眺める。

「なんで電子文書にしなかった」

花畑はきいた。それがホープ自動車内の作成ルールになっている。

「第三者に覗かれる可能性があります。それに、もみ消されたくありません。文書で残す必要もあります。後々、証拠にもなる」

「証拠？」

花畑は首を傾げた。「なんの証拠」

「刑事事件になったときの証拠です」

野坂が身構えるのがわかった。そこまで考えていたのか、という態度だ。

「おそらく、情報はすでに外部に洩れています。しかも、ここのところ起きている事故では、死傷者が出ている。だとすると警察の捜査が入ることは十分予想できます」

沈思黙考の花畑に、沢田はさらに問いかけた。

「この書類が社長に回ることで、当部の不利益になるようでしたら、おっしゃってください。そのときには撤回します。ですが、いま撤回したところで、週刊誌が動いている。早晩、真実は明らかにされるでしょう」

　じっと沢田が視線を注ぐ花畑は、おもむろに書類をセンターテーブルに滑らせ、右手の親指と人差し指を眉のあたりに押しつけた。この部長の頭の中ではいま、この手紙が手を離れた場合の様々なシミュレーションが行われている。それと同じことはすでに沢田もやってきた。得られた結果は、かなり悲観的なものだったが、それを受け入れるしか、ホープ自動車再生の道はない。

「いずれにせよ、逃げ道無しか」

　やがて、花畑が呟くのを待って、沢田は準備していた言葉を放った。

「我が社の欠陥を公表するかどうかは、経営サイドで判断すべきことだと考えています。公表しないという経営判断であれば、それは構いません。私の目的はただ、品証部で不正が行われているという事実をご報告したいだけです」

「沢田のいう意味では、販売部にとってプラスになると思います。沢田がはっきりとした情報を摑んだ以上、品証部を糾弾《きゅうだん》するきっかけになります。あそこはだめですよ、部長。狩野さんが無茶苦茶だ。あれじゃ、会社全体がおかしくなってしまう」

　ここまではっきり野坂が意見をいうのも珍しかった。野坂は、物事の見極めが鋭い。勝負所と踏んでいるのは真剣そのものの態度からわかる。

「この書類によって品証部のリコール隠しが発覚した場合どうなるかというのは、いま考えることではありません」

　もう一度沢田はいった。「まずは不正を糾弾し、明らかにすることです。それが一番大事なことではないでしょうか。狩野常務とこのT会議はまさに〝悪の枢軸〟です、部長」

しばらくは誰も口を開かなかった。

男達の熱い息づかいだけが続き、やがて「君のいいたいことはわかった」と花畑の言葉がそろりと呟かれたのは、一分か二分か、沢田には途轍《とてつ》もなく長く感じられる熟考の末だ。

「このレターは、私から直接、社長に手渡そう。だが、これは私の直感だが――」

花畑はふいに寂しそうな眼差しを沢田に向ける。「うまくいくかな」

首を傾げたまま、花畑は動かなくなった。

7

ドアがノックされると秘書が柏原の来訪を告げた。

「すみません。遅くなりまして」

「いや、いい」

何か仕事の途中だったか柏原はどこかあたふたとした様子で入室してくると、狩野の前に立った。

「実はこういうものが出てきたんだが――」

未決裁箱に入れてある書類をつまみあげると柏原に渡した。恭《うやうや》しく受け取り一読した柏原は顔を上げ、「まさか」と驚きを口にする。

「告発文だ。今朝、社長から内々で私のところに回ってきた。早急に対処せよという指示つきだ。これを書いた男のことは、知ってるか。販売部の沢田という課長だ」

「ええ。名前だけですが」

ビジネスマンというより研究者然とした柏原は、薄い髪を七三に分けた下で特徴的な半弧の眉を顰めた。「沢田が直接、社長に持ち込んだんですか、これを」

「いや。花畑から渡されたらしい」

「花畑が？　どういうつもりでしょうか」

「社内では武器無しの永世中立国だ、花畑は」

狩野は販売部長としての発言力の無さを揶揄《やゆ》した。

「T会議のことは奴も知ってるかも知れないが、見て見ぬフリをしてきた。だが、隠そうとしてもわかってるぞという警告か、あるいは批判のつもりなんだろう。だが、奴は動きようがない。無視しておけばいい。問題はこの沢田という課長だ。あれだけ情報管理は徹底しろといったのに、なんで洩れた」

柏原は、難しい顔で細い息を吐きだす。

「わかりません。ただ、この文面からすると具体的な会議の内容を把握しているわけではないようですね」

「君、ガバナンスが甘いんじゃないのか」

狩野の指摘に、柏原は小さく俯いて反省の態度を見せる。

「誰が外部に情報を洩らしているかだな。告発者に心当たりはあるか」

じっと考え込んだ柏原は、無くはありません、と答えた。

「誰だ」

「係長の杉本です」

「杉本……」

不定期に開催される秘密会議のテーブルを囲む顔の中に、そんな名前は無かった。

「室井君の補佐で入っている係長ですが、丸顔の童顔で――」

そういえばそんな顔の男が、室井の背後の壁際に控えていたなとようやく狩野も思い至った。

「なんでその男なんだ」ときいた狩野に、

「電話の発信記録を調べたところ、品証部内から潮流社へかけられた記録が三件見つかりました。いずれも普段は無人の小部屋からで、誰が電話をしたかわかりませんが、よく調べてみるとそのうちの一本をかけた直後に、もう一本、販売部へかけていることがわかったんです。かけているのはたぶん同一人物でしょう。そこで相手番号の社員をひそかに当たり、誰からの電話だったかヒアリングしたところ、杉本だということがわかりました。ご報告しようかとは思っていたのですが状況証拠ばかりで、特定はできていませんので――」

「それでも部長か！」

狩野はかっと目を見開いて一喝《いっかつ》した。「そんな見当がついているのなら、なんでもっと徹底的に調べない。杉本だけじゃないかも知れないぞ。この際だ、全員のパソコン、メール、全て調べて不満分子をあぶり出せ」

狩野はデスクから前のめりになると幾分、声を落とした。

「もしその杉本という男が内部告発した張本人だとわかったら、それを本人に確認するなよ」

「は？」

柏原は、狩野の意図を理解することができず、その染みの浮いた顔面に疑問符を貼り付けた。

「それはいったい、どういうことでしょうか」

やっぱり理解していなかったのか、と狩野は呆れ顔をしてみせた。

「お前、内部告発するような輩《やから》を部内に飼っておきたいか」

「い、いえ。ですからそれをいま――」

「内部告発したから解雇できたのはすでに過去の話だ。解雇するのなら別な理由がいる。杉本はきっと、今の仕事が不満なんだろう。であれば、不満の無いように、まったく別な部署にでも異動させてやれ」

狩野は悪意の笑みを浮かべた。「必ず戦意喪失して退職を決意するような仕事にな。ただし、駐車場の整理係や受付などというあからさまなものはだめだ。降格も許されない。もっとさりげなく、しかし、本人にしてみれば許容し難いところへ異動させろ、いいな。退職の理由はあくまで、自己都合でなければならん」

平成十六年六月、公益通報者保護法という新法の成立により、内部告発者が保護され、ついては告発後の処遇が制限されることになった。狩野にしてみれば内部告発者など言語道断、切腹に値する。がしかし、怒りに駆られて裏切り者探しに奔走したとしても、この法律のせいで肝心の下手人《げしゅにん》への報復には多少の策をもって当たるしかない。それを狩野は指南したのである。

「承知致しました」

柏原は続けた。「ところで、沢田の情報源が誰なのか、本人から聞き出すことはできないでしょうか」

「聞き出せるのならそうしたいところだが、花畑がそれをするかな」

表向き懐柔されたフリはしていても、花畑は一筋縄ではいかない男だ。「それに妙に動いて沢田を刺激してはまずい」

「お言葉ですが、常務。相手は、たかが課長です」

狩野は心の中で柏原に侮蔑の言葉を吐いた。

「奴がその気になれば、社外に情報をリークすることなどたやすい。そうしないのは、このホープ自動車で出世の見込みがあると思っているからだ。一旦ハシゴが外されたとわかってみろ、何をしでかすかわかったものではない。こういう男にはこういう男なりの対処方法がある」

「それは、いったいどのような？」

「そんなことはお前が心配することではない」

狩野は激しい気性を剝き出しにした。「お前は自分の仕事を完遂することを考えよ」

はっ、と短い返事とともに柏原は、戦々恐々となって部屋を飛び出していった。

莫迦めが。どいつもこいつも、当事者意識の低い奴らばかりだ。

狩野は内心毒づき、それにしても、と販売部課長の書いた告発文を再読する。これを渡されたときの、岡本の眉間に深く皺を刻んだ気弱な顔を思い出すと、思わず舌打ちしたくなった。

車両の構造的欠陥はホープ自動車の社長と関係部門トップが代々申し送ってきた「最高機密」だ。三年前のリコール隠し、ヤミ改修問題が発覚したときも、その部分にまではあえて調査のメスを入れなかった。

いや、正直なところ、入れられなかったといったほうがいい。

技術的な障壁があったからだ。部品の耐久試験についてホープ自動車には、近年まで確立されたノウハウさえなかった。その当時製造した車両は現在でも多数走行中であって、その全ての車両について部品交換をすることは、物理的にも経済的にも不可能だ。

社長就任時にこのことを言い含められた岡本は渋々それを承認し、ホープ自動車の「闇の部分」を許容した。それは狩野を筆頭とする品質保証部門の一枚岩の上に成り立つ秘密であり、T会議はその意思決定機関である。

沢田の告発文は、神経質になっている岡本をさらに刺激し、弱気の虫を起こすに十分だった。

「君を信用してはいるが、本当に大丈夫なんだろうな、狩野君」

そう聞いてきたときの岡本は明らかに、びびっていた。これが外部に洩れたときのことが不安で仕方がないのだ。任期満了まで後一年。とっとと相談役にでも退いてもらいたいものだ。そして次期社長としてこの組織を導いていけるのは自分以外にはいない。

「小癪《こしやく》な」

言葉がひとりでに洩れた。告発文が自身の排斥《はいせき》を狙ったものであることを瞬時に読みとった狩野は、会社再生のためという大義名分の裏に隠された、覇権を狙う下心をも同時に看破していた。自分に逆らった者がどうなるか、ここは力の見せ所である。

8

はるな銀行蒲田支店を訪ねた赤松は、同行と新たな銀行取引を開始するための必要書類一式に調印し、最後に提示された借金の契約書に実印を捺《お》した。

「どうもありがとうございます」

礼をいったのは赤松ではなく進藤のほうだ。進藤はその書類を丁寧に手元に引き寄せると職業的な正確さで印鑑の洩れをチェックする。それが完了するのを待って、今度は赤松が、「窮地を救ってもらいました。ありがとうございます」と膝に両の手をつき、深々と頭を垂れた。

「融資できる条件をクリアしていたからできただけのことです。私どもはこれが商売ですから、礼には及びません。融資に足る会社をつくってこられたのは赤松社長ですから」

それから手帳のカレンダーをじっくりと眺め、「実際の資金需要は年末ですね。私どもとしてはできるだけ早く実行したいところですが、とはいえ御社のご都合もあるでしょう。いかが致しましょうか」ときいた。

「では、二十日でお願いできませんか」

赤松はいった。二十日は給料日と重なる。この日に融資してもらえば一番助かるし、余計な金利も支払わなくて済むという考えだ。

「わかりました。ではそうしておきましょう」

進藤の案内で、署名捺印《なついん》した契約書に十二月二十日という日付を書き入れた赤松はこれで何とかなるという安堵《あんど》に胸を撫で下ろす。

会社を経営している者にとって、もっとも神経をすり減らす仕事はなんといっても資金繰りだ。それは赤松とて例外ではなく、減る一方の預金残高と待った無しの支払いに夜もろくに眠れないほどのプレッシャーを感じ続けたこの一ヵ月だった。その状況もいま、なんとか打開されようとしている。

「ひとつ、よろしくお願いいたします」

頭を下げた赤松に、こちらこそと応じた進藤は、ところでと話題を変えた。

「事故の件ですが、今後変化があれば私どもにお知らせ願えませんか。というのも、融資の条件として現状よりは悪化しないことと本部から念押しされていまして。こんなことは無いと信じていますが、業績が極端に悪化したり、あるいは赤松社長自身が逮捕されてしまうようなことがあれば、融資そのものを見直す必要が出てくるかも知れません」

「わかりました」

赤松は了解し、昨日、被害者の法要があってまた謝罪をしてきたこと、管轄の港北警察署から家宅捜索以降、何もいってこないことなどを告げて銀行を後にしたのだった。

いずれにせよ、これで年が越せる。

良く晴れた日だったが、風はない。そんな昼下がりの街角で凝り固まった両肩をほぐすため首を回しながら、赤松はほっとして思った。鞄の中には今し方調印したばかりの契約書の写しが入っている。早く会社に帰って宮代に見せてやりたかった。早く史絵に知らせて、大丈夫だといってやりたかった。

心配していたからな、みんな。

じっと耐えているのは赤松だけじゃない。社員も同じ。史絵だって、三人の子供達だってみんな同じだ。みんな辛い思いをなんとか胸に押さえ込んで、我慢しているのだ。それを少しでも楽にしてやりたい。

もちろん、融資が承認になったからといって全てが解決するわけではないのだが、こういうプラスの積み重ねこそがいま大切なはずだ。この追い風のまま、事故の真相を暴き、整備不良の汚名を返上できればそれに越したことはない。

だが——。

「社長、ちょっといいですか」

銀行から戻ると、赤松が帰社するのを待ちかまえていたらしい宮代が低い声でいい、背後の社長室を指した。しっかりとドアを閉め、赤松の反対側にかけると険しい表情になる。

「実は、こんなもんが来まして」

差し出されたのは一通の封書だ。茶色い封筒の表には、住所とともに、赤松運送という社名だけではなく、ご丁寧に「代表取締役赤松徳郎殿」と記されていた。

「差出人、見てください」

宮代に言われて封筒をひっくり返した赤松は、そこに印刷された「横浜地方裁判所」の名前に思わず刮目《かつもく》した。

「裁判所？」

慌ててすでに開封されていた封筒から、書類を取り出した赤松は、しばし言葉を失うしかなかった。

訴状だった。

原告柚木雅史、被告赤松運送株式会社。

文面を眺めた赤松の目に、「慰謝料」という単語が飛び込んできた。よく見るとそれは単なる慰謝料ではなく、「制裁的」と付いていた。制裁的慰謝料だ。だが、赤松を茫然とさせたのは、その後につづく一億五千万円という金額だった。

絶句している赤松に、宮代が説明した。

「保険会社から賠償の交渉が難航しているとは聞いていましたが……。制裁的慰謝料という言葉は私も知りませんでしたので、知り合いの弁護士に聞いてみました。あんまり一般的ではないようですが、米国なんぞではよくある類の話のようです。保険会社が支払う保険金の計算では納得がいかなかったという事情もあるでしょうし、ウチの応対に強い反感を抱いているというのが根本にあるかも知れません」

その宮代の説明は断片的にしか赤松の耳に届かなかった。

絶望にも似た喪失感がじわじわと赤松の喉を締め付け、息苦しくさせる。封筒には第一回口頭弁論期日の一週間前までに、答弁書の提出を促す書類が入っていた。冷ややかで、温かみの一片もないような文字の羅列は、赤松の脳にひとつの意味さえも運んではこない。

「とりあえず弁護士と相談して対応するしかないですな、社長」

「争うことになるのか、柚木さんと」

「残念ですが、我々の意図を理解していただけなかったようで」

「そんなことはしたくない。誤解だよ、誤解だ……」

赤松は独り言のように呟いた。

「こうなってしまった以上は、先方に直接話をするというわけにもいかないと思います。和解するにしても裁判所を通すことになるそうです」

「そうか」

深々としたため息とともに赤松がこたえると、重たい空気がその場を支配した。

「はるな銀行の融資に影響が出なければいいと思うんですが」

宮代のいう通りだ。「報告しなくても大丈夫でしょうか、社長」

「どうだろうか」

微妙なところだ。話さなければわからないことかも知れない。だが、マスコミが嗅ぎ付けて新聞や雑誌の記事にされる可能性もある。隠すつもりはなくても、事後説明では信用に関わる。

「一応、報告するしかないか」

「黙っているわけにもいかんでしょうな」

がっくりと肩を落とした赤松は、しばらく身動きひとつできなかった。まるでジェットコースターだ。坂道を上り終えたと思ったら、真っ逆さまに転落していく。そのまま脱線もあり得る恐怖のジェットコースターである。

「そうですか……」

連絡した進藤はそういってしばらく言葉を発しなかった。「内容については私のほうから支店長に報告させていただきます。先ほど契約書の調印はしていただきましたが、場合によっては――」

「わかってます」

ぐっと堪えて赤松はいった。受話器を置くとそばに立ったまままきいていた宮代に内容を伝える。

「実は社長、もう一つ相談があるんですが」

宮代は少し言いにくそうな顔になった。「賞与の件です」

あっ、と赤松は声を上げた。なんてこった。大事なことを、ここのところのドタバタで忘れていたではないか。

「もう、そんな時期か」

宮代はぐっと顎を引き、「どうされますか」ときいた。

手元のダイアリーを開けた赤松は、十二月の大安を探す。自分の迂闊《うかつ》さに舌打ちした。

「来週の金曜日にしようか」

宮代の資金繰りには賞与資金も含まれていたはずだから、金繰りは心配あるまい。そう思っていった赤松に、「ほんとうにいいんですか」という思いがけない問いかけが返ってきた。

宮代は真剣な眼差しで赤松を見ていた。

「社長。今が苦しいのは社員の誰もがわかってます。賞与なんですから、どうしても出さなきゃいけないということはありません」

「ちょっと待て、宮さん。そりゃあ、つまり今回は見送るってことかい」

赤松は驚いてきいた。「いいのか、それで。当てにしてる者もいるだろうに」

「決して良いとは思いません。ただ、この状況です。みんな我慢すると思うんです」

赤松は思わず唸った。

ふと頭に思い浮かんだのは、整備工の門田のことだ。子供だってこれから生まれるのに、賞与を出してやれないなんて。

「資金繰りには入ってただろう」

「まあそれはそうですが。いまは少しでも余裕資金を手元に置いたほうがいいと思いますが」

宮代のいうのももっともだった。

「たしかに、そうさせてもらえるのなら助かるんだが」

赤松は、苦々しい吐息をこぼす。

「それでいいですよ、社長。そうしましょう。部課長には私からきっちり説明しておきますから」

「すまん」

頭を下げた赤松は悔しさに唇を噛んだ。


「訴訟――？」

そういったきり、史絵は絶句した。その晩のことである。

帰宅して、遅めの食事のためにダイニングテーブルについた赤松を、台所に立ったまま史絵は言葉もなく見つめる。その手元で蛇口から流れ落ちる水が飛沫《しぶき》を上げていた。

「どうなるの？」

史絵はきいた。

「裁判だから、それはやってみなきゃわからないよ」

「もし負けたら？　そんな賠償金払えるの？」

黙って、赤松は首を横にふった。

史絵は水をとめ、じっと赤松を見ている。その瞳が揺れ動き、「どうして、こんなことになっちゃったんでしょうね」と、涙ながらにいった。

まったくだ、と思った。こたえようはないが、同感だった。

運命だったと諦めるべきなのだろうか？　自分から招いたわけでもなく、唐突に巻き込まれ、気づいたときには土俵際にまで追いつめられている。理不尽なほど一方的で、何も悪いことはしていないのに人から後ろ指をさされる。

赤松だけじゃない。史絵も子供達も。

史絵はダイニングテーブルの椅子をひくと、全ての力が抜けてしまったかのように、へたりこみ、両手で顔を覆う。子供達が寝てしまった静寂に沈む家の中で、史絵のすすり泣きがほそぼそと聞こえ始めた。茫然とし、焦点も合わないまま壁を見つめる赤松の心の中に、その声はじわじわと染み込んでくる。

言い訳もできず、肯定も否定もできず、赤松自身こみ上げてくるものと闘い、ひたすら我慢を重ねてその場をやり過ごすしかない辛さ。

ひとしきり泣いた後、史絵は涙を拭きながら顔をあげた。

「もう限界きてるよ。子供達も――私も」

赤松の目に、憔悴しきった妻の顔は青白く映った。そこに精神の細い糸すら伸びきった危ういものを見出して息を飲む。

もう少しの我慢だとか、いまを乗り切ればなんとかなるとか、そんな上っ面な言葉はたちどころに排され、耐えるしかない悲惨な現実だけが目の前に横たわっている。

つらい時、人はそれがいつかは終わると確信しているから強くなれる。だが、いつ終わるとも知れない闘いがもたらすものは、絶望と脱力だ。

それでも俺は闘わなければならないのか——。

そのことに思い至った赤松は、もはやどんな感情も感じないほどに疲れ切っている自分にも気づいていた。

だが、立ち止まるわけにはいかない。前進しなければならない。

家族と会社、そして従業員がいる限り。

いつか必ず、この苦しい闘いは終わる。終わらせてみせる。だから——。

だから頼む、ついてきてくれ——！

赤松の心中を揺るがす無言の叫びは、空虚な家の中で方向感すら失う。

第七章　組織断面図

1

「課長、赤松運送から電話がかかってきてますが」

北村が、丸っこい指で眼鏡を押し上げながら緊張した声でいった。

「外出中」沢田はこたえた。

表情を消したままそれをきいた北村が、「ただいま沢田は外出しておりまして。ええ、そうなんです。戻りはいつになるか……はあ、それは申し訳ありません」。そんな電話を五分ほど続けた挙げ句、「ちっ」という舌打ちとともに受話器が置かれた。おそらく、相手から一方的に叩ききられたのだろう。

北村は何もいわなかったが、ちらりとこちらを見る目に不満の色が浮かんでいるのを沢田は半ば当然の眼差しで眺めた。「断るのなら、自分で断ったらどうです？」。北村はそういいたいのだろうが、立場というものがある。沢田が出るわけにはいかなかった。

ここのところ、赤松運送からの電話は一日に二回はかかってくる。以前同様、いや、それ以上の執拗《しつよう》さだが、沢田が直接それに応じたことは一度もなかった。

赤松に会ったところで、話すべきことは何もない。

譲歩できることもない。

いま沢田が取り組まなければならないのは、「社内」だ。T会議の存在を告発する文書を出し、品証部と狩野の追い落としを図って勝負に出た今、赤松運送のような一介の顧客がどうなろうと、何をわめこうと、そんなことは沢田の眼中には無かった。

「法的手段を準備しているといってましたよ、課長」

北村がいった。

「本当か」

そのときだけ顔を上げて部下の仏頂面を眺めた沢田だったが、すぐに「勝手にすればいい」と切り捨てた。

赤松には法廷闘争を続けるだけの余力はない。

「脅しだ、そんなもの」

赤松などどうでもいい。警察の捜査ミスで逮捕されようと、結局、赤松運送が倒産して赤松以下社員が路頭に迷おうと、そんなことは自分には関係のないことだと思う。いや、いっそ倒産してくれたほうがいい。そうなれば、赤松もハブどころではなくなるはずだ。否応なく、債権者の渦に巻き込まれ世の中の波間へと消え失せる。

いま、沢田は勝負を仕掛けていた。

その結果、このホープ自動車は揺らいでいる。静かに、だが確実に。

研ぎ澄まされた沢田の嗅覚は、震度一の蠕動《ぜんどう》を敏感に感じ取り、この組織の体内を赤黒いマグマがその触手をゆっくりと伸ばしながら移動していくのを感知していた。

果たしてそれがどんな裂け目から噴き出してくるのかわからない。この組織が、いかほどの耐震構造を持ち得ているのかも不明だ。だが、いつかはそのマグマが組織を揺るがせながら噴出し、たちどころにホープ自動車という完結した世界の森羅万象を飲み込み始めるだろう。沢田はそれを待ちかまえているところだ。淡々と、そして抜け目無く。つまりはいま、それに勝る重要事項などあるはずもなく、まさに天上天下唯我独尊《てんじょうてんげゆいがどくそん》、ホープ自動車での野心あふれる己にとって、下々の——つまり赤松の話など意に介すほどの価値さえなかった。

その夜、少し早めに切り上げて飲みに行かないかという小牧の誘いで、新橋にある馴染みの焼き鳥屋で待ち合わせた。

「魔女狩りが始まったぞ」

約束の時間に十分ほど遅れてきた小牧は、先着して飲んでいた沢田と同じく生ビールを頼んで、声を潜めた。「今朝一番で品証部のパソコンが一斉に検査されたらしい。その後、一人ずつ呼びつけて尋問さながらの面接をやったらしいぞ。お前の書いた告発文書が引き金になってるんじゃないか」

「可能性はあるな。あるいは例の週刊誌の記者からの情報か」

ホープ自動車という泥船には、いま大小様々な穴が空き始めている。

「旗振り役は柏原部長の命を受けた一瀬さんあたりか」

沢田は落ち着いた口調できいた。

「その通り。ヒトラーに絶対服従のゲシュタポみたいな野郎だ」

小牧らしいオーバーな表現は、一瀬の人となりをきっちりとらえていた。もちろん、狩野をヒトラーに見立てるという気の利いた前提あっての比喩だ。

「でもって当然のことだが、杉本は徹底的にマークされているらしいな。まああの性格だから、仕方が無いかも知れない。異動もあり得るんじゃないか」

運ばれてきたビールを一口飲むと、小牧はいった。

「異動？　どこに」沢田は飲みかけたジョッキをとめた。

「たとえば、東北支社とかさ」

もとより根拠がある話ではない。小牧がいいたいのは、そうした左遷が退職勧告に似た嫌がらせだということである。理系の専門職である杉本が機能的に限定された東北支社にいっても、同じ類の仕事があるわけはない。おそらく専門分野以外への職務従事を余儀なくされるわけだが、それは理系の人間にとってキャリアの否定、ひいては将来へのレールを断ち切られるに等しい。

「もしそんなことにでもなれば、違法だ」

せせら笑った沢田に「労働組合にでも訴えるか？」と小牧は吐き捨てた。

「うちの御用組合がさてなんといいますか。ところで、沢田。例の告発文書は社長まで届いたのか？」

メニューからつまみをいくつか頼みながら小牧はきいた。

「花畑部長から直接、渡されたはずだが、直接俺には何のリアクションも無い」

沢田はカウンターの一点を数秒見つめていった。「正直、なんらかの反応があると思って期待していたんだが」

「どうする。もう一発アクションを起こすか」

「いや……」

沢田は複雑な思いを押さえ込み、さっぱりした口調でいってみる。「もう少し様子を見るつもりだ。その後のことはなるようにしかならん」

「お前、ヤバイんじゃないのか」

ジョッキを置いた小牧は、本気で心配した。同期入社。小牧とはおなじ現場で働いたこともある戦友同士のような絆がある。ありがたいと思いながらも、沢田はこたえた。

「そのくらいの覚悟ができてなきゃ、あんな文書は出さない。ただし、内部告発をしたからといって、簡単に俺をクビにしたり、降格させたりすることはできない。もうそんな単純な時代じゃない」

沢田から目を逸らすと、ふうと小牧は頰を膨らませただけで黙った。

「将棋のプロは数十手先まで読めるらしい」

やがて小牧がそんなことをいった。「こと社内の駆け引きについては、お前もその口だな。俺ごときが心配したところで始まらないだろうが」

「将棋と会社は違うね」

沢田はこたえた。「将棋の駒には動き方のルールがある。だけどな、小牧。会社にはそんなものはない。なにしろ相手は人間だ。飛車が斜めに走り出すことだってあるんだぜ。読みも大事かも知れないが、一番大事なのは、瞬間的な判断力じゃないのか」

「俺には、飛車を斜めに走らせてるのは他ならぬ沢田、お前じゃないかって気がするけどな」

呆れてみせた小牧は「どうする、これから」ときいた。

「狩野の出方を待つ」

沢田の答えは単純明快だ。「これは試金石にもなるぜ。狩野が実力者だということは知っていても、俺は奴の下で仕事をしたことがない。奴がどれぐらい頭がキレるか。あるいは、莫迦か。それを見て判断するだけのことだ」

小牧は、そういう沢田の横顔をとくと観察していった。

「お前、ほんとはまだ何か企んでるだろ」

「企む？　策士策に溺れる。小細工しすぎると良くないんだよ。俺にいわせりゃ、判断力の根元は物事の本質を見抜くことだ。そのためには邪念を振り払って心眼で見るしかない。つまりは、悟りみたいなものだ」

小牧は、まるで浮世離れした仙人でも眺めるような目になってきいた。

「悪いがそんな禅問答みたいな話にはついていけん。教えてくれ、沢田。俺はどうすりゃいいんだ？」

どこかボケ味のある戦友に沢田は笑った。

「観客は観客らしく、魔女狩りの行方でもじっくりと見守っていてくれ。そしてもし俺が見事討ち死にしたときには、花の一つも手向けてくれたらそれでいいんじゃないか」

「よくいうよ。お前が死ぬところなんざ、想像もできないぜ」

小牧は笑い飛ばしてみせたが、その目に漂う憂愁を見てしまった沢田は、気まずそうに視線を酒に転じた。

「死ぬときは死ぬ。誰だってな」

ただし、沢田の目に見えていたのは己のちっぽけな墓標ではなかった。ホープ自動車という巨大な墓標だったのだが、そのことは口にせず小牧の嘆息を誘った。

2

この日、朝一番で大田区山王《さんのう》にある弁護士事務所を訪れた赤松は、答弁書の内容について打ち合わせた。

正直なところ、訴えられるなどということは赤松運送創業以来の出来事だ。当然、赤松個人も初めてのことであり、裁判の手続きなどもどうしていいものやら皆目見当が付かない。ついては弁護士に相談するしかないということで、知人のつてで、小諸直文《こもろなおふみ》というまだ若い弁護士に顧問をお願いしたのがつい昨日のことだった。

「答弁書は何にせよ出さなければいけませんからね」

どこか素朴な味わいのある口調でいった小諸は、ひとしきり事情をきき、相手の理解を得られていないことが原因としてあるんじゃないですか、というようなことをいった。

「その通りだと思います」

それは認めざるを得ない。「誠意は尽くしてきたつもりですが、事故原因を認めないことがどうやら相手には許せないということのようです」

先日の法要で見せた被害者の夫、柚木の頑なな態度を思い出すたび胸が痛む。

「まあ私はそっちの専門家ではないので、どちらに事故原因があるかという科学的なことはわかりませんが、それは赤松さんにとって絶対に譲れないところなわけでしょう」

「もちろんです」

「要するに、こういう訴訟になってしまうということは、原告はあなたの会社に過失があると信じているわけですね。だとすると、答弁書はなにがなんでも出さざるを得ないのでやむなしとして、原告の認識が間違っていると証明するほうが手っ取り早いことになる」

頭の切れる男らしく、小諸は事件のポイントを突いた。

「ですが、ホープ自動車のほうでは全くとりあってくれないんです。電話をしても居留守ばかりで……」

「そういうことでは、解決そのものが遠ざかってしまいますよね。ちょっと法的な手段に訴えてみますか」

「法的な手段とは？」

「部品返却を求めて訴訟を起こすんです」

小諸の提案に赤松は表情を曇らせた。そのことは考えないことも無かった。実際、ホープ自動車への電話では、脅し文句として何度か口にしたこともある。だが、判決に時間がかかれば、その間に赤松運送そのものがどうなってしまうか、わからない。

「判決以前に、訴訟を起こした段階で態度を変える相手も少なくないんですよ」

たしかに、小諸のいうことにも一理ある。

「それに、少々の語弊を覚悟して申し上げると、これは面白い裁判になるんじゃないですかね」

「面白いとは？」

「ホープ自動車はたしか何年か前にリコール隠しで社会的断罪を受けてるでしょう。今回の訴訟で多少なりとも世間の耳目が集まれば、ホープ自動車も態度を変えざるを得ないんじゃないですか。裁判の勝敗を待つまでもないと思いますよ。実際、この手の裁判というのは、判決よりも和解で決着することのほうが多いんです」

小諸はいい、ひとつの策を赤松に授けた。「実際に訴えるとなれば金も手間もかかりますし後に引けなくなってしまう。その前に、内容証明郵便で部品返却を求めてみてはどうですか。代理人として私の名前も添え、速やかな返却がなされない場合、訴訟、あるいはマスコミへの公表といった措置を取るとか」

なるほどそれならやってみる価値はあるかも知れない。

「文面は私のほうで用意しましょう」

お願いしますと小諸に頭を下げた赤松は、一時間ほどの打ち合わせを終えた。木枯らしの舞う街に出ると、近くの駐車場に止めた車で会社へ戻る。

「宮さんは？」

留守の間、はるな銀行から電話が無かったかまっさきに確認したかったのだが、当の宮代の姿がない。きいた赤松に、電話番をしていた秋枝が、「高嶋総務課長とさっきから応接室に入ったままなんですが」と歯切れも悪くこたえた。

「どうかしたのかい」

秋枝は視線を赤松と応接室との間ですばやく往復させる。「高嶋課長が辞めるっていい出したんです」

赤松は言葉を失った。

退職？　あの高嶋が？――なんでだ？

疑問が頭に渦巻いたとき、応接室のドアが開いた。顔を出したのは、宮代だ。

「社長、ちょっとよろしいですか」


社長室もかねた応接室では、高嶋が不機嫌そうな顔でソファにかけていた。普段、赤松運送の制服姿が板についている高嶋だが、今日は見慣れぬスーツ姿だ。赤松が入っていくと、表情を消した目が動き、口元が歪んだ。

「高嶋が辞めたいといい出しまして」

「どうして」

きいた赤松に、「理由はいま専務にお話しした通りですので」という硬い返事があった。

「ウチではもうやっていけないっていうんです。賞与のこともあるようなんですが」

賞与ときいた瞬間に、赤松の胸がちくりと痛んだ。

「賞与の件はすまなかったが、会社の事情もわかると思う。なんとか考え直してくれんか、高嶋。いま辞められたら困るんだ」

今年三十六になる高嶋は、先代からの古参社員だ。部課長の中では最年少で、面倒見もいいから若い連中からも慕われている。

「申し訳ありませんが、よく考えてのことですので」

高嶋はコンクリートの壁を思わせる表情でいった。

「事故の件を気にしているようなんです」横から宮代が口添えする。

「そうなのか?」

赤松はきいたが、ぐっと押し黙ったままの高嶋から返事はない。思わずため息を洩らした赤松は、がっくりと足元に視線を落とした。再び顔をあげたものの、胸に湧き上がってきたのは、情けないという思いだった。事故対応、賞与——。高嶋の退職希望は、自分に突きつけられた社員の評価ではないか。

「もう少し待ってみないか、高嶋」

赤松は慰留した。「いま、状況的に最悪のときだ。なんとか我慢してついてきてくれないか」

「もう十分すぎるほど我慢はさせてもらいました」

しかし高嶋はいい、うんざりしたような目を赤松に向けてきた。普段大人しい男だが、このときばかりは鬱積《うっせき》していたものを吐き出すように、続けていう。「社長はウチの整備不良じゃないっていってますけど、本当のところはわからないじゃないですか。私には、ホープ自動車が認めないってこと自体、それなりに根拠のある話に思えますね。社長の話は無理があるんですよ、どうしても」

「そんなことはない」

赤松は反論した。「整備はしっかりしてあった。車もそう古くないし、走行距離にも余裕がある。あれで脱輪だなんて常識的にあり得る話じゃないんだ」

「じゃあ、いつ、それが証明できるんです」

高嶋は神経質そうに眉根を寄せてきいた。「いつ、赤松運送にかけられた疑いが晴れるんですか。そんな保証はどこにもないじゃないですか。そんなことしてるうちに、潰れちまいますよ」

「おい、なんてこというんだ、高嶋」

横から宮代が叱ったが、高嶋が向けてきたのは、蔑《さげす》みの視線だ。

「事実をいったまでです。たしかに会社が苦しいから賞与が出ないって話はわかります。でも、こっちにだって生活はあるんだし、それを守るためにはこうするしかないんです」

「金銭的にやっていけないってことか」と宮代。

「子供にだって金はかかるし、俺だって家族に我慢しろとばかりはいってられないですよ。たまには、贅沢《ぜいたく》もさせてやりたいし、食べたいものを食べ、着たい服を着せてやりたいと思います」

「お前にはそこそこの給料は出してるじゃないか」

宮代がいった。高嶋の給与は、年間六百万円。たしかに大手企業からすれば低い水準かも知れないが、中小企業としては悪くない。

「そこそこでしょ」

高嶋は鋭くいった。「俺はもっともらってもいいと思ってます」

「会社の事情だってあるんだぞ、高嶋。それはお前だってよくわかってるじゃないか」

なおも諭した宮代に、高嶋は不満を表情に出して睨み返す。

「ですから、こっちにも事情があるっていってるじゃないですか」

たしか、高嶋の家族は同い年の女房と小学生の子供二人の四人。大田区内の自宅で親と同居していたはずだ。もともと住宅費がかからないから、普通にやっていればそう生活が苦しいはずはない。

「会社を見捨てるのか」

宮代は怒ったような口調でいう。要するにそういうことなのだ、とそのときになって赤松にもわかってきた。給料だの賞与だのといったことは、本当の理由ではない。高嶋は、この赤松運送を見限ったのだ。それが本当の退職の理由だ。

「見捨てるも何も、私には泥船にしか見えないんですよ」

高嶋も気が小さい分、怒ると感情的にとんがって手がつけられなくなるところがある。声を震わせていったそのセリフは、まさに売り言葉に買い言葉に近い。

「なんだと」

立ち上がりかけた宮代の肩に赤松は手を置き、「宮さん」と制する。高嶋は続けた。

「世間体だって悪いんですよ。女房だってカッコ悪いっていうし、無理して勤めることはないんじゃないかって、親も」

「お前、課長だろう。先代から可愛がってもらってるのに、イザ辞める段になりゃ、女房だ親だって、なに情けねえこといってんだよ。お前自身はどう思ってるんだ」

宮代に問いつめられ、高嶋はそっぽを向いた。次の刹那、

「もう無理ですよ、この会社は。生き残れない」

その言葉は、冷ややかな横顔からこぼれ落ちてきた。

唖然とした赤松は、言葉を忘れて高嶋の顔を穴のあくほど見つめた。心の奥底にまで到達しそうな鋭い一撃。頭の中が真っ白になった。

どうしようもなく気まずい沈黙が訪れた。

何も考えられなくなった赤松はごくりと生唾《なまつば》を飲み込み、深い嘆息とともに指先でこめかみあたりを押さえる。薄目を開けて視線を投げた社長室の窓から、寒々しい冬空が見えた。瞬間、その乾ききった空気がどっと自分の胸郭《きょうかく》へとなだれこみ、喉を締め上げてくるような錯覚に喘《あえ》ぎそうになる。

「お前、ウチ辞めて行くとこあるのか」

宮代が聞いている。高嶋が答えるまで間が挟まり、やがて「もうそういうことも決めてありますから」という一言が赤松を打ちのめした。

なんとか思いとどまらせようとしていた赤松の意思は、その一言で打ち砕かれた。

「そうか……」

赤松は自分の唇から洩れた言葉をきいた。「そうか……。そうだよな」

それからゆっくりと高嶋に視線を戻す。そしていった。

「わかった」

そういった。それは紛《まぎ》れもない自分の言葉だが、なにか別人がしゃべっているような違和感がある。

「社長——!」

目を見開いて何か言おうとした宮代を制した。

「いいさ。高嶋がそういうのなら、仕方がない」

高嶋は黙って赤松の顔を見ていたが、このとき、「すみません」と小さく頭を下げた。

「何年うちに勤めてくれた」

赤松はきいた。自分でも驚くほど穏やかな声だ。

「先代からですから、もう十五年になります」

「十五年か」

赤松はいい、そして高嶋に向かってしみじみいった。

「ありがとうな、今まで頑張ってくれて」

高嶋の感情に乏しい顔がそのとき驚いたように見開かれ、ぐっと唇が引き絞られる。

「オヤジの分も礼をいわせてもらう。ご苦労さまでした」

悔しそうにしていた宮代が、赤松を凝視している。

「今度はどこに勤めるんだ」

そうきくと、高嶋は少し返答を迷ったが、赤松も聞いたことがある中堅の運送会社の名前を告げた。同じ運送業での転職。会社の規模はたしかに比べものにならないほどそっちのほうが大きいのだが、見捨てられることの総仕上げのように痛烈だ。

「是非、成功してくれ」

そういうと赤松は右手をさしのべ、おずおずと差し出された高嶋の手を強く握りしめた。

高嶋が部屋を出て行く。宮代の深い吐息が聞こえた。

「若い連中への影響が心配ですな。もしかしたら、若手の中にも何人か一緒に辞めようって奴が出てくるかもしれません」

「そのときは、そのときだ、宮さん」

言葉とは裏腹に、会社の屋台骨がかしいでいる実感に赤松は喘いだ。会社がヒトでできているのなら、会社が本当の終焉《しゅうえん》を迎えるのは、金がなくなったときでなく人がいなくなったときだ。

高嶋を責める気にはなれない。むしろ、十五年も勤めた会社を辞めようと思わせるような状況を恨んだ。社員だっていつまでついてきてくれるか、わからない。赤松は焦った。

3

「おい、聞いたか、門田」

油に汚れた手を専用洗剤で洗い落としていた門田駿一に、ドライバーの藤木登《ふじきのぼる》が声をかけた。振り返ると、やせ細った体にだぶついた制服を着た藤木が、狐を思わせる、しゅんと細い面持ちの中で細い目をさらに細くして門田を見ている。

「何を」

一旦とめた手を再び動かしながら門田はきいた。油落とし用の専用グリスを両手にたっぷりと塗りつけて汚れを落とし、その後液体石鹸でごしごしと擦《こす》る。手の指や甲についた油はそれで大抵落ちるが、爪の間に染み込んでしまった油まではなかなか落とすことはできなかった。

「高嶋さんのことだよ」

「高嶋課長?」

忙しい日で、終日独楽鼠《こまねずみ》のように働き続けた一日だった。児玉通運から回された大型輸送の仕事が始まったことも忙しさの一因となっている。昼食も整備課の片隅にある机で千夏が作ってくれた弁当を広げて食べたから、考えてみると他の社員と私語のひとつも交わす暇が無かった。

「どうかしたの、高嶋さんが」

そうきくとやっぱりな、というように藤木は両腕を組んだ。

「辞めるってよ」

油落とし用の洗剤がこぼれ床に飛び散った。辞める？　高嶋さんが？　その事実は門田の脳裏で次第に大きくなり始めた。あまりのことに思考が停止し、藤木が何をいっているのかさえわからなくなる。

「いつ？」

ようやく自分を取り戻して門田はきいた。

「来月一杯だと。だけど、来月はほとんど有給休暇を使うらしいから、実質今月で終わりらしい」

「や、辞めてどうするんだよ」

「モトハシ運送って知ってるだろ。あそこに行くらしい」

その会社の名前なら聞いたことがある。

「同じ運送会社に行くんなら、ウチでも同じじゃないか」

門田はきいた。だが、藤木は何か奥歯にものの挟まったような顔をして俯き、「違うんだろうよ、きっと」といった。

「違うって、何が」

聞いた瞬間、意味ありげな視線が門田に向けられる。

「高嶋さん、総務だぜ。実際に、ウチの会社の実態を知ってるんだ。危ないかどうか、すぐにわかる」

「ちょっと待てよ」

門田は、きゅっ、と音をさせて水が出っぱなしになっていた蛇口を閉め、藤木に向き直った。

「じゃあ何か、ウチの会社が危ないってのかよ」

「しっ。声が大きいぜ、門田」

ガレージの端にいた課長の谷山がこちらを見ている。なんでもないっす、とばかりに藤木は愛想笑いを浮かべてみせると、「とにかく、ちょっと付き合えや」と門田を誘った。

藤木が連れていったのは、東急大井町線と池上線が交差する旗の台駅、その駅前商店街の焼き鳥屋だった。

狭い店内にカウンターが一本と小さな四人掛けのテーブル席が三つあるだけの古くてこぢんまりとした店だ。馴染みなのか、藤木が暖簾《のれん》をくぐると、「まいど！」と声がかかる。勝手知ったる様子で藤木はカウンターの丸椅子を二つ引き、ひとつを門田に勧めた。

店内には他に客がいない。「ネギマ一本百二十円」といった、すすけたメニューが壁一面を埋め尽くす様をぐるりと見回した門田は、藤木がもう一つの席を確保するのを見て、「誰か来るのか」ときいた。

その「誰か」はものの十分も経たないうちに現れた。おそらく、門田らが乗った次の電車にでも乗ってやってきたのに違いない。

「早いな、お前ら」

そういって入ってきた高嶋は、カウンターの奥、藤木の隣に座ると、「生、ジョッキ」と注文し、「今日はおごるからさ」といった。

「退職金、出るんでしょ」

どこかこすっからい目をして藤木がにやけた。

「まあな」

まんざらでもなさそうに高嶋はこたえ、さらにその金額を口にすると「すっげー」と藤木が目を見開いて驚いてみせる。そんなやりとりを、門田はひとり冷めた目で見ていた。

「門田《モンタ》。お前、そうシケた顔してんじゃねえよ。飲め」

高嶋がいった。「お姉さん、こいつに一つおかわり」

会社では社長と専務に挟まれて大人しくしているが、年下の連中の前ではそれなりに我を発揮する。その落差が面白いと誰かがいったのを、いまさらながらに門田は思い出していた。

だが、運ばれてきたジョッキには口をつけず、門田はきいた。

「ヤスさん、なんで辞めるんです」

会社以外では、高嶋のことを、ヤスさんと呼ぶ。泰典だから、ヤスさんだ。

「ちょうど、求人があるって聞いたんで応募してみたのさ。そしたら通った」

「そらあ、向こうのほうが会社大きいもんなあ」

能天気に藤木はいったが、門田は納得できなかった。

「でもヤスさん、結構給料もらってたじゃないですか。そんなに条件、変わるんですか」

以前酔っぱらったときに、高嶋が年収を自慢したのを聞いて覚えていた。それを聞いたとき、正直羨《うらや》ましかった。だが、十五年も勤めると、それだけのものを払ってくれる会社なんだと思った記憶がある。同時に、他に転職してもこれだけ払ってくれるところはそうは無いという高嶋の言葉もしっかりと記憶にあった。

高嶋は、少々ばつの悪そうな顔になった。

「まあ、そのまんまというわけじゃない。少しは下がるかな」

藤木がぽかんとして高嶋を見つめた。「でもな、あの会社は上限が高いんだ。これからの昇給余地を考えると、転職したほうが得だ」

「なるほど」

そういって感心したようにうなずいた藤木の横で、本当にそうかな、と門田は思った。赤松運送だって、業績が良くなればもっと給料は上がるに違いないのだ。

門田が納得できないでいると、「実は、本当の理由は他にあるんだ」と高嶋は声を潜めた。

「本当の理由?」

門田はきいた。

「実はな、ちょっとヤバイかなと思って」

「ヤバイって、会社がですか」

「そうさ」

高嶋はジョッキのビールで喉を潤し、「お前、本当に社長がいうようになると思うか?」ときいた。

「ホープ自動車に部品返却を求めて身の潔白を証明すればなんとかなるって、社長は考えてるだろ。だからガンバレって。だけどな、部品返却を求めたところで、それをどこかの研究機関に持ち込んで結果が出るまでどれだけかかるか知れたもんじゃない。それに、ウチに有利な結論が出るかどうかだってわからないんだぞ。もし有利な結論が出たとしても、あのホープ自動車がそれを認めるとは思えないね。きっと、他の研究機関に再提出して、別な結論を引っぱり出すとか、するはずだ」

　こうして話しているときには少々荒っぽい口の利き方をするが、高嶋の本質は神経質で細かい。一方、門田のほうはあまり細かいことは気にしないタイプ。優等生と劣等生、そんな雰囲気の二人だから、表向き気が合っていても考え方となるとときに百八十度の違いが出る。

「でも、それって赤松運送を見捨てるってことじゃないっすか」

　門田はきいた。

　高嶋は、繊細そうな青白い顔の中で、険しい皺をつくった。

「見捨てるとかそんなんじゃないね。それ以前ににっちもさっちもいかなくなっちまうってことよ。だからそうなる前に俺は辞めるんだ」

「さすが、高嶋さんだ。俺も考えようかなあ」

　藤木は持ち上げたが、門田は膨れっ面をしてビールのジョッキを睨み付ける。

「辞めるっていったら、社長はなんていいました?」

　門田はきいた。

「ありがとう。そういったな」

門田は虚を突かれたようになり、寂しさと理不尽さが入り混じった複雑な気分になる。

会社を見捨てていく社員に礼をいうのか、という思いもある。だが、辞めると決めてしまっている相手に怒りをぶちまけるより、とにかく今までの礼をいうのも社長らしかった。

「お前もあのとき、辞めりゃあ良かったんだよ」

そのとき高嶋の言葉が耳に飛び込んできた。

あの事故を引き起こした直後のことだ。そのとき、一旦辞めるといった門田を、わざわざ土木作業現場まで赤松は迎えに来てくれた。公園で背中を丸めてほかほか弁当を食っていたときのわびしさと、そんな門田に声をかけてくれたうれしさは、いまでもじんと胸を熱くする。

「俺は、やっぱり辞められないっすよ」

門田はいった。「社長と、会社でかくしようやって約束しちまったんで」

「なにいってんだよ、門田」

藤木が呆れた口調でいった。「その会社がなくなっちまうって話だぞ。千夏ちゃんだって、お腹これじゃねえか。赤ん坊は生まれるわ、勤め先は倒産するわで、やっていけるわけねえじゃないか。予定日いつだよ」

「来年の三月っす」

そういってから門田はぐっと押し黙った。

俺は最後まで社長についていくつもりだ。倒産するっていうのなら本当にそうなってからじゃなきゃ、職探しはしない——。

だが、そのことはこの二人にはいえなかった。青臭く、少々気恥ずかしかったこともある。それ以上に、それをいったところで、目先の危機に「狼狽退職」しようとしている高嶋や追従するしか能がない藤木に通じるとも思えなかったからだ。

「藤木、お前はどうするんだよ」

高嶋がそうきいたのが聞こえてきた。

藤木は焼き鳥をほおばりながら、「そうっすね。俺も辞めよっかな。給料安いしなあ」と黄ナンバーのトラック並みの軽さでいう。

給料が安いとか高いとか、食えるとか食えないとか、そんな話じゃねえよ。

門田はジョッキを大きく傾けながらそう思った。

「よおし、俺が向こうの会社へ行ったら、今度はお前、引っぱってやるよ。来るか」

「ありがてえ。行きます行きます。俺、なんでもしますから」

あほか。

腹の底で渦巻き始めた怒りの所在を確認しながら門田は思う。

「それにしても、社長もよくやるよな」

高嶋がいった。「部品、部品って。ホープ自動車が一旦出さないと決めたものを出すわけねえじゃんか。無駄な努力って奴よ。なあ、門田。お前もそう思わないか」

「どうっすかねえ。俺にはわかんねえ」

門田はいった。

「お前、頭悪いからなあ、門田」

高嶋に笑われながら、門田はぐっと唇を結んだ。笑うなら笑え。いつか、赤松運送を見捨てて辞めていった連中を見返してやる。

4

「高嶋はもう帰ったのか」

午後六時過ぎになって社長室から顔を出した赤松に、「つい先ほど」と宮代の返事があった。

「飯でも食おうかと思ったんだが」

「若い奴らと飲むんだとかいってましたな」

「誰と?」

ふと気になって赤松はきく。

「門田と藤木の二人だと思います、二人ともよく可愛がってましたから」

赤松は心配になってそこにいるはずのない姿を求めるかのように窓の外に視線を投げる。

「余計なことをいわないでくれるといいんですがね」

赤松の心中を察したように、宮代がいう。

まったくだと思ったが、高嶋が不安に思うのもある部分で仕方がないと思っている赤松は何もいえなかった。

最年少の課長という要職につけたのも赤松なら、経営会議にまで出席して会社の内情をわかっていながら辞めていく社員に育てたのも赤松だ。

「社長のせいじゃないですよ」

またまた心中を察したように、宮代。そのあまりの察しの良さに赤松は思わず苦笑し、「宮さんは辞めないでくれよな」というと、宮代の豪快な笑いを誘った。

「ここで辞めたら、まちがいなく先代に祟《たた》られますな。この野郎、肝心なときに見捨てやがってって。社長みたく、ありがとうなんて言葉は決して出なかったと思いますよ、先代は」

「俺は甘いからな」

宮代は少し考え、「社長は優しいんですよ」といった。

「かなり気の短いほうだと思うけどな」と赤松。

「それは本当の苦労を知ってるか知らないかの差だと思いますよ」

宮代はいった。「なにしろ、先代は創業して間もなくは一文無しでね。ガソリンはツケで買い、支払いはみんな先延ばし。タバコ銭にも事欠くなんてことがあったらしいですから。随分昔の話ですが、よくそんな話してましたわ」

「それなら俺もよく聞かされた。貧乏に鍛《きた》えられたってな」

「逞《たくま》しいというか、しぶとい人でしたからな」

「まったくだ」

いわれてみると、そのしぶとさを当然のごとく発揮してきた親父と比べて、まだまだ自分は淡泊なところがあるのではないかと赤松は思った。たとえば、ホープ自動車の沢田課長に対するやり方も、親父だったら乗り込んでひっつかまえるぐらいの気概はあったかも知れない。

「だけど、社長。考えてみると、これはなかなか良い機会かも知れませんな」

妙なことを宮代はいった。

「どういうことだ、宮さん」

ゆっくりと事務所を歩いていった赤松は、宮代の向かいの椅子をひいて腰かける。秋枝ら事務員は引き揚げてしまい、いま事務所に残っているのは二人だけだ。

「ウチには昇格試験ってものがないでしょう。いままで経験とかに応じて役職に就けたり、給料を決めたりしてきたわけですが、この状況がある意味ひとつの試金石になって、普段見えない部分をあからさまにしてくれてるような気がするんですな」

それはある意味、宮代のいう通りかも知れなかった。

正直、この事件後のごたごたの中で、思いがけず評価を上げた門田や鳥井のような社員がいる一方、「手堅い」という意味でいままで評価してきたのに抜けていく高嶋のような社員が出てくる。

苦しいときにこそ、社員の真価が現れるのだ。まさに今のような時期にこそ。

「この時期を一緒に乗り越えてくれる社員は大事にしなきゃな」

「まったくですぜ。儲かったらボーナス弾んでくださいよ」

そういって宮代が再び豪快に笑ったとき、「ごめんください」という声がかかった。

見ると、三十半ば頃と思しき一人の男が事務所の入り口から顔を覗かせている。

「はい。いらっしゃいませ」

セールスの業者ではないことは一目でわかった。おそらく引っ越しの客だ、そう思ったに違いない宮代が出ていく。だが、ゆっくりと社長室へと引き揚げようと歩き出した赤松は、「社長」

という一言に呼び止められた。

振り向くと、なんとも割り切れない顔を宮代が向けていた。

「取材したいそうです」

「取材？」

怪訝な顔をした赤松に、男は軽く一礼していった。

「突然に申し訳ございません。『週刊潮流』のものなんですが、先日の横浜で起きた事故の件でお話を伺わせていただけませんか？」

言葉は丁寧だが、男の視線は強く、それがまっすぐに赤松に向けられていた。じっと、赤松の表情というより、内面を見透かそうとしているかのような目だ。

「いままで散々叩かれてきましてね」

赤松はいった。「できればもう勘弁していただけませんか」

訴訟だな、とこのとき赤松は思った。どこで聞きつけたか、それを察知して取材に来たのだろうと。

だが、その赤松の予想は外れて、相手の男は意外なことをいった。

「御社ではなく、ホープ自動車についてお伺いしたいのです」

「ホープ自動車について？」

驚いて赤松はきいた。「ホープ自動車のどんなことですか」

すぐには記者はこたえなかった。

お互いを推し量るような雰囲気がくすぶる中、記者はそれを口にしたときの反応を想像するかのように赤松と宮代を交互に見る。

「先日の事故原因になったハブについてです」

赤松は黙って相手を見つめた。

「ハ、ハブのどんなことですかね」と宮代がいがらっぽい声で口を挟み、がらがらと喉を鳴らした。突如、緊張を強いられて痰《たん》がからまったのだ。

「ホープ自動車がいうように本当に整備不良なのかどうか。それを調べています」

息を飲んだ赤松は、宮代と目を合わせた。

「どうぞ、入ってください」

赤松はいった。「宮さん、悪い。お茶、淹《い》れてくれるかな」


取材は周到だった。

アポもなく、突然訪問してきた理由を榎本というその記者は、「電話では勘違いされて断られるかも知れないと思ったので」と説明した。だが赤松は本当は違うのではないか、と思った。相手に考える時間を与えることになって、身構えたり装ったりといった準備をさせること無しに、本当の姿を見るためではないか。

榎本という記者には、なんともいえない嫌らしさがあった。

赤松が話す一言一言を書き取り、ときに考え、裏をとろうとするような。そして感情を交えず冷静に判断するような間合いを織り交ぜてくる。

この取材を受けている間、赤松は「それは本当のことですか」と常に無言の質問を突きつけられているような気がした。

いい気はしなかったが、その一方で、予断を一切排して事実のみを忠実に切り取り、真相に迫っていこうとするこの記者の方法論に対する信頼性は増した。

それでも、最初の二十分ほどは、お互い、腹のさぐり合いだった。

なんといっても週刊誌の記者だ。いったかいわなかったか知れないことを好き放題に書かれてはかなわない、という警戒心もあった。相手にも、自分の都合のいいことだけを並べ立ててくるのではないかという思いはあったろう。

だが、そんな疑いも時間とともに氷解していき、即席であろうと、取材する側とされる側の信頼関係のようなものが出来上がってからは、スムーズに話は進んだ。

横浜の母子死傷事故を起こして以来の出来事を赤松は手帳片手にできるだけ忠実に再現した。忠実であること、詳細であることが全てのリアリティを保証するということは半ば本能的に理解していた気がする。

整備不良が事故原因だとホープ自動車に判断された後、部品返却を求めて今に至るまでの経緯を仔細に説明しつくしたとき、時間はあっという間に二時間を経過していた。

そのとき、暖房が効きすぎているのではないか、そう思うほど赤松は上気し、熱を持った目で榎本を見ていた。

榎本はテーブルの上に置いた取材用のテープを止めると、ありがとうございました、と深々と頭を下げる。

「赤松さん、できれば継続的に御社とホープ自動車とのやりとりを取材させていただけませんか。

いま、ホープ自動車とこうした交渉をしているのは赤松運送さんだけなんです。お願いします」

願ってもない話に赤松は刹那茫然とし、「ウチでよろしければ」と一も二もなく快諾したのは当然のことだ。

「ホープ自動車にも取材をされたんですか」

「いいえ。突撃取材は試みたんですが。実はその沢田さんという課長にです」

榎本の取材の徹底ぶりは赤松の予想を遥かに超えていた。「当然というべきか、こたえてもらえませんでした。ただ——」

榎本はふと言葉を切って続けた。「いつまでも、そういう態度で通用するとは思えませんね。いつか必ず、私たちにというより、社会に対してきちんと説明しなければならない時が来ると思います。世の中の審判を仰ぐときとでも申しましょうか」

皮肉めいた笑いを浮かべた榎本は、冷たくなった茶をすすると去っていった。

「動き出したな、宮さん」

その後ろ姿を見送りながら、赤松はぽつりと呟いた。「なんだかすっとしたよ」

いままで、ホープ自動車に部品返却を要求し続けてきた。

赤松運送には過失は無いと主張し続けてきた。

しかし、本当にそうか、ととことん突き詰めたところで質問されると、正直なところかすかな迷いがないではなかった。

だが、今その疑問は、まるで森にかかった霧がすうっと失せていくように消散していくのがわかる。

「悪いことばかりじゃありませんて。いいことだってある。過度な期待は禁物ですが、ホープ自動車に舐《な》められないだけのものが、少しずつ形になってきましたな」

「もう一度やってみるわ、宮さん」

赤松はいった。「部品返却、依頼してみる。突進あるのみだ」

「だんだん社長もしぶとくなりましたな」

そういって宮代は笑った。「あとは運を味方につけられれば、こっちのものです」

運か。たしかにそうだ、と赤松は思った。だがそれは次第にこちらに向き始めている。確実に。赤松運送が断崖絶壁にあることは変わらないかも知れないが、風向きは明らかに変わってきた。海側から温かい風がいま赤松の背を押し始めている。あとは、それに乗るだけだ。赤松プロペラ機は、その風を受けて飛び立つのみ。

5

直通電話のコールに受話器を取ると、「販売部の沢田さんですか」という聞き慣れない声が流れてきた。

「私、人事部の浜崎《はまざき》といいます」

浜崎という名に心当たりはない。曖昧な返事をした沢田に、相手はいった。

「内々、お話ししたいことがあるのですが、時間を取ってもらえませんか。できれば夜の時間をいただけるとありがたいのですが」

「どんなことでしょうか」

きいた沢田に、浜崎と名乗る男は、「あなたの今後の進路のことで、参考意見を伺いたいと思いましてね」といった。

やりとりしながら手元の内線番号案内を手元で広げた沢田は、人事部に浜崎の名前を探す。あった。人事部人事課副部長の肩書きがついている。販売畑の沢田は、こうした事務管理部門の連中との面識があまりないのだが、要するに人事を預かる中心的人物であることは間違いないようだった。

「構いませんが、いつですか」

浜崎は、自分が空いている日を複数挙げる。その中から沢田が翌日の夜を指定すると、時間と場所はあとで通知しますといって電話は切れた。

電話を切ったとき、沢田は自分がかすかに緊張していることに気づいていた。

進路。

つまり今後の人事についての話を浜崎はするという。だが、そんなルールは社内にはなかった。つまり、そうするからにはなんらかの意図が背後に隠されているはずだった。それがあの社内告発文書に関係していないはずはない。

左遷でも仄《ほの》めかすつもりか。

沢田は身構えた。であれば、こちらも次の一手を打つまでのこと。

しばらくすると、沢田のパソコンに浜崎からのメールが着信した。

場所は大手町にある鰻屋《うなぎや》。沢田も何度か行ったことのある有名な店だ。スタート時間は午後七時。

とりあえず、野坂に報告しておくべきか。

「ほんとうか」

浜崎の名前をきいた途端、野坂は顔色を変えた。そして、深刻な表情になって斜め上の虚空を睨み付ける。

「どんな話なのかはわからないが、気を付けろよ」

「気を付けろとは？」

「たぶん、あの告発文書がらみだと思うが妙な言質《げんち》を取られたりしないようにな。批判的なことは控えて慎重に振る舞え。何を考えてるのかわからないような相手だからな、彼は」

その翌日、約束の時間に店へ行くと浜崎はすでに着席して沢田を待っていた。

「お忙しいところ、申し訳なかったね」

浜崎は、まっすぐに沢田の目を見ていった。陰気な印象の男だ。まるで銀行員のような紺のスーツに白いシャツ。それに地味なネクタイを締めた浜崎は、さっそく酒を手配すると、どう接していいものか決めかねている沢田のグラスをビールで満たした。

「電話では進路などと堅苦しいことをいったが、まあ、気楽な世間話だと思ってくれないか」

コース料理があらかじめ頼んであったらしく、黙っていても料理が運ばれてきた。品書きの半分が過ぎるまで、とりとめもなくぎこちない会話で時間が埋まっていく。いつまでこんな話を続けるつもりだ。そう沢田が痺《しび》れを切らしそうになったとき、「ところで、小耳に挟んだんだが、なんでも君は最近、面白い報告書を書いたそうだね」と浜崎がいった。

きやがった。そう思った沢田は、

「何のことでしょうか」

ととぼけた。

浜崎は顔色一つ変えず、余裕を装った笑顔を見せている。その腹の中にどんな一計を案じているのかはわからないが、容易に手の内を見せるような相手ではないことだけは確かだ。

「いやいや、面白いというのは語弊があるかな。実は私はまだ拝読させていただいてないので。でも、聞くところによると君が指摘したことは当社にとっての喫緊《きっきん》の課題といっていいだろうと思う」

沢田は警戒して相手の表情を読もうとする。いったい浜崎は何をいおうとしているのか。良いでもなく悪いでもない。話の先が見えない。浜崎は続けた。

「だが、そういう報告書をまとめようと思うからには、君もそれなりの決心があったと思う。私がききたいのはそこだ。実は今日、わざわざ時間をとってもらったのは、その点について君の気持ちを確認したいと思ってのことなんだ」

「私の気持ち？」

沢田は思わず聞き返した。煙《けむ》に巻くような瞳《ひとみ》がこちらに向けられている。浜崎の年齢は副部長という肩書きからして沢田よりも十歳近くは離れている。人事の実務に精通し、相応に権限を持つ浜崎は、飛ばそうと思えば沢田を飛ばすこともできる。気持ちというからには、飛ばされる覚悟はあるんだろうな、という意思確認かと思った沢田だが、どうやらそうではないらしいと次の言葉で悟った。

「そうだ。君の専門はあくまでマーケティングのはずだ。たしかにカスタマー戦略課という部署はその守備範囲に違いないだろうが、いってみれば今回の件はその仕事から飛び出してきた予想外の厄介事《やっかいごと》のようなものじゃないかな。その対応に苦慮する余り、君としては本意ではないことを立場上書かざるを得なかったのではないかと想像しているんだが、どうだろうか。私が確認したいのはまさにその点なんだよな」

好意的解釈——そういっていいのだろうか。

人事権をかさに着て、報告書に関する非難を並べ立てられるものと身構えていた沢田は正直このとき意表を突かれた。

刹那驚いたように相手を眺め、「まあ、それはたしかに……」と言葉を濁す。

「君は品質保証部のことを指摘しているようだが、非難するのが目的ではなく、会社をよくするためにはそうせざるを得なかったという帰納法的な選択だったんじゃないかなと私も思ったよ。そうだよな」

浜崎は同意を求めた。ざっくばらんな態度といい、気を抜いていると、「そうなんです」と安易な言葉を呟いてしまいそうになる。

沢田はいった。

「知らないことにして済ますというわけにはいかないこともあります。たとえそれが販売部という職域を超えていても」

報告書の撤回を求めても無駄だぞ、ということを暗に仄《ほの》めかしたつもりだ。

「なるほど」

浜崎はひどく真剣な顔になってうなずいた。なかなかの聞き上手だが、うなずいたからといってそれを本心で肯定しているとは限らなかった。いまの沢田の発言で、この浜崎の中にいくつか用意されていた選択肢の一つが消えたかも知れない。たとえそうだとしても、動揺を顔に出すようなヘマをする相手とも思えない。

気を付けろよ――。

浜崎との面談のことを告げたときの野坂の言葉を思い出した。〝妙な言質をとられないようにな〟というアドバイスがその記憶にかぶさってくる。〝何を考えているかわからないような相手だからな〟。

その言葉の意味がようやく、実感として沢田の胸に落ちてきた。

浜崎という男は、本当に何を考えているかわからない。こうして生まれた油断を突く作戦なのか、あるいは何か別の目的を隠し持っているのか。表面上は穏やかさを装った会話。その水面下で繰り広げられる微妙な神経戦だ。

「君としては苦渋の決断だったわけだ。私が感心したのは、君がそれを匿名などにはせず、きちんと自分の立場からの意見として発信したことだ。どうして匿名にしなかったの」

「匿名にしても意味がないからです」

沢田はいった。「誰が出したかわからないような書類は握りつぶされるでしょう。それがホープ自動車の社風です。発言する前には名前を名乗る」

沢田のあえて冗談めかした言い方に浜崎は短く笑い、うなずいた。そして感嘆したとでもいいそうな目をしてみせる。疑心暗鬼になりそうだった。顔の中にぐるぐるの渦巻きが書いてあるかのように、見れば見るほどわからなくなる。本心がどこにあるかが見えない。

「ひとつきいていいだろうか」

浜崎がいった。「君にとって、ベストの職場とはどういうものだろう」

「私にとってのベスト？」

沢田はきいた。

「そう。つまり——」

浜崎は言葉を探すようにしてテーブルの一端に視線を向け、再び沢田がわかるように説明を続ける。「働く意味というか。今回のような報告書を書く羽目になることが君の本意ではないことはわかる。質問を変えよう。君にとって本当にやりたいと思っている仕事は、このホープ自動車にあるかね」

意図が飲み込めないまま、沢田は相手の目を見つめる。

「自分の能力が一番発揮できる仕事がベストでしょう。私の場合、それはマーケティングです」

「そうだ」

浜崎は指を一本たててうなずく。「君にとってカスタマー戦略課というのはどうだろう、ベストの職場といえるのかどうか。それがききたい」

ベストの職場とは言い難い——。

答えは明白だった。カスタマー戦略とは名ばかりの、単なる苦情処理係に成り下がっている。

だが、それをいうわけにはいかなかった。

それこそまさに、野坂から注意をうけた、言質を取られることになるからだ。

「ベストかどうか、それをいっても仕方がないと思いますが」

沢田はこたえた。「会社の戦略があり、それに沿った組織作りがあるわけですから、それに伴う人事なら従うしかありません。人事部でも社員の特性は考えて配置していると思いますが」

半分は皮肉。だが、浜崎は顔色ひとつ変えずそれを聞き入れ、ついでにうなずいてみせた。こいつはなかなかの役者だ。

「マーケティング的にはどうだ」

浜崎は突っ込んできいてきた。「マーケティング的な専門性という観点から、いまのカスタマー戦略課という部署はどうなんだろう。それを満たすと思うかね」

そこまでいわせたいのか。

慎重な受け答えを気を付けてきた沢田の心に、このとき悪戯心が芽生えた。そんなにききたきゃいってやろうか、と思ったのである。この人事部の犬め。

「私の個人的意見はとくにありません」

沢田はまずそう宣言した。「ただ——」

体を乗り出すようにして浜崎はうなずく。ただなにかね、とその目は問うている。

「ただ、一般的な見方として、カスタマー戦略課の職務内容はマーケティングとはほど遠いでしょうね」

なるほどなるほど。そう連発しながら、浜崎は無意味に感心してみせる。

「じゃあ、ウチの仕事で、マーケティングの醍醐《だいごみ》味が一番味わえるところというのはどこなんだろう」

浜崎はきき、つけ加えた。「もちろん、一般的な意見としてだが」

思いがけない問いに、沢田は相手の顔をまじまじと見つめた。他意はないか。策略はないか。落とし穴はないか。悪意はないか——。浜崎の顔に書かれた渦巻きがスピードを上げて回り出す。

「いや、これは難しい質問だったかな」

沢田が考え込んでいると、相手はそういって気まずい沈黙を埋め合わせる。

「一言でマーケティングといっても範囲は広い。それだけの興味と関心があるといってもいいでしょう」

沢田は相手の顔を見ながら、慎重に言葉を選んだ。

「ただ、自動車メーカーに入社してくるマーケッターに志望をきいたら、一番多いのは商品開発でしょう。顧客層の選定、それに合わせた車のデザインやネーミング、セールスプロモーション。そこに醍醐味を見出そうとする者は少なくないはずです」

「それは君にとってもそうなんだな」

浜崎はきいた。きくというより、確認するといったほうがいい話しぶりだ。

「もちろんです」

そうこたえた瞬間、場の雰囲気が変わった。

なんだ？　沢田の心に警戒心が蘇り、愛想笑いの代わりにぴかりと光る目を向けてきた浜崎の四角い顔を見つめる。

それまでのマーケティング談義で芝居がかった反応をし、うなずいたり相づちを打ったりしていた男は、ふいに実務に徹する人事屋の顔つきになって沢田を見つめていた。まるで遊園地から突如荒れ地に放り出されたような雰囲気だ。

「君にひとつ提案がある」

浜崎はいった。「これから私が申し上げることは、他言無用で願いたい。できるか」

「それは内容によります」

「君に迷惑がかかるものではないと確信するが。それでどうだ」

じっと相手を見つめ、「わかりました」とこたえた。

うなずいた浜崎は、まっすぐに沢田を見つめていった。結構酒を飲んだはずなのに、気づいてみると、浜崎はしらふではないかと疑わしいほど顔色一つ変わってはいなかった。日の前にあった盆を脇にどけ、テーブルの上で両手を組むと、鰻屋の一室がたちまちホープ自動車の人事部の一室に化けてしまったかのような錯覚さえ覚えた。

「もし君にそのつもりがあるのなら、君を商品開発部に異動させてもいいと思う」

沢田は我が耳を疑い、言葉もなく、ただ相手を見つめた。「販売部の後任は早急に調整してしかるべき適任者を送り込む。どうだろう。君の意見は?」

意見といわれても、あまりのことに沢田の頭は真っ白になった。「商品開発部は君にとって魅力のある職場じゃないかな」

「ええ。それはもちろんですが……」

おそろしいほど真剣な眼差しでうなずいた浜崎は、「もし、そういう人事を発令すれば受けてくれるか」ときいた。

麻痺《まひ》しかかった頭の中で、このとき小さな歯車が再び回転を始めるのがわかった。

「条件はなんです」

かろうじてその言葉は沢田の口から出た。

条件。

浜崎がなんの見返りもなく、そんな人事を発令するはずはない。浜崎にとって、人を動かすのは、ビジネスだ。ビジネスには必ずリターンが求められる。

「私の条件は、君がいま抱えている問題を全て後任にまかせること。余計なことは忘れて白紙でやりたいことに専念してもらいたい。それが君のためというより、当社のためだ」

余計なことは忘れて――。

これが何を意味するか、きくまでもなかった。沢田が告発したT会議とリコール隠しの事実だ。

そういうことか。

じわりと浜崎の意図を汲み取った沢田は、この人事の背景にある組織断面図が目に見えるようだった。

この浜崎もまた、狩野に結びつく系脈のひとつなのだ。浜崎の提案にのることは狩野の提案にのることであり、手中に収まることを意味する。

これが狩野のアイデアなら、沢田の意表を突いた用意周到な作戦としかいいようがない。

人事部副部長の浜崎が接触してきたとき、左遷や解雇といった人事権を盾《たて》にとった脅迫まがいの恫喝《どうかつ》を沢田は予想していた。だが、そんなことをしても意味がないことを狩野は見抜いていたのだ。沢田を怒らせ、この組織を捨てる決心をさせたら、告発は内部文書に止まらない。あっという間に、マスコミに実態が明かされることを狩野は予測し、ムチのかわりに飴《あめ》をもって沢田を懐柔してきた。

「これは、和解案ですか」

沢田は静かに問うた。

相手の目が、はじめて驚いたように少し開き、「面白いことをいうな」という返事がある。

「君に一言断っておくが、これは物事をうやむやにしようという提案では断じてない。人事はあくまで適材適所であり、君が案じてくれている問題についてもふさわしい誰かが対応するということだ。君ではなくて別な誰かが」

そう。その誰かはあっという間に報告書を廃棄し、T会議の存在を再び闇に戻すに違いない。そして、沢田は、このホープ自動車の死の時を刻み続けている時計の存在を忘れ、ただ客が好みそうな車のデザインを考えていればいいというわけだ。間もなく氷山にぶつかることも知らず船上でダンスに興ずる乗客になれといわれているのと同じだ。

「私も一言お断りしておきますが、私の報告書がなくても、品証部に関する問題は内部告発により週刊誌が嗅ぎ回っています。公になるのは時間の問題ですよ」

沢田が肝心なことを指摘したとき、

「いや、そんなことにはならない」

妙にはっきりと浜崎は断言し、沢田の驚きを誘った。

「なんでそう言い切れるんです」

思わずきいた沢田に、浜崎の答えは意味深だった。

「どこの週刊誌かは知らないが、彼らは公務員ではないんだよ」

「どういう意味です」

「記事は差し止める」

半信半疑の顔になった沢田に、浜崎は自信をもって断言した。

「君さえ納得してくれれば、我が社の問題が外に洩れることは断じてない。君は安心して、商品開発部でマーケティングに打ち込んでもらっていい。それが君の、いや我が社にとってベストだと私は確信しているよ」


一週間以内に返事をくれないか——そういって浜崎は帰っていった。

「どうだった？」

週明け、野坂に呼ばれた沢田は、「報告書について漠然ときかれただけです」と答えるに止めた。

他言無用は、浜崎から強く念押しされたことでもあった。

「他に洩れるとこの話そのものが私の一存で動かせなくなる可能性があるので」

そう浜崎は理由を説明した。

おかげで沢田は、難しい二者択一をひとりで考えなければならなかった。いや、正確にいうとひとりだけ、浜崎の提案を打ち明けた相手がいた。英里子だ。浜崎との話をきいた英里子は難しい顔になって、ワインのグラスを睨み付けていた。それからしばらくして顔を上げるとこういった。

「本当にそれがあなたのやりたいことなの？」

商品開発部に行ける――その事実に半ばなびいていた沢田の胸に、その言葉は重く響いた。

品質保証部内の犯人探しは苛烈《かれつ》を極め、朝一番でかかってきた小牧からの情報によると、杉本に対して異動の内示が出たという。疑わしきは罰す――。事実を確かめもせず、品証部に忠誠を誓ったものだけを残す、そんな徹底した意向を感じさせる人事だった。

おそらく杉本は退職するだろうな、とは小牧の弁。

すでに沢田の報告書はその影響をじわじわと広げており、いま沢田が異動することは、勝手に爆弾を投げておきながら戦場から逃避するに等しい。

そう考えると、浜崎の提案に屈することは、無責任の誹《そし》りを受けてしかるべきかも知れない。

だが、商品開発部は沢田にとって入社以来の夢といって良かった。

その夢がいま、手のひらにころがりこんできた。指を曲げて、摑めばいいだけのところにそれはあるのだ。

摑め、夢を――。

沢田のどこかでそんな声は次第にボリュームを上げてきている。

とどのつまり、沢田が内部告発に踏み切ったのは、正義を貫くためではない。沢田にとって大事なのは顧客ではなく、会社であり、所属部であり、ひいては自分自身である。党利党略、販売部の地位向上を狙い、邪魔な品質保証部の地位を低下させ、狩野を追い落とすという目的に過ぎない。だが、そんなことをしなくても、自分のやりたいことができるとなれば、どっちが手っ取り早いか、考えるまでも無かった。

この提案を受けたら最後、二度と狩野と品証部の不正について口を挟めなくなる。それはわかっている。

地位と引き替えに、沢田が差し出すのは魂だ。だが、自分の利益の実現のためであれば、魂などいくらくれてやっても惜しくない。

そのとき、部下の北村がやってきて沢田に声をかけた。

「課長、赤松運送から内容証明郵便が届いてますが」

「赤松？」

とめどない思考から現実に引き戻された沢田は、北村から受け取った茶封筒を開けた。

6

株式会社ホープ自動車
代表取締役　岡本平四郎　殿

かねてより貴殿に対して要求している弊社自動車部品返却に関し、貴殿から誠意ある返答がないのは誠に遺憾であります。

弊社は、十月に惹起した横浜母子死傷事故にかかる容疑者扱いにより多大な信用毀損と経済的損失を被っており、これ以上、事故部品返却を引き延ばす貴殿の対応を容認することはできません。

また、度重なる弊社からの電話連絡についてもまったく無視するなど、社会的影響力の大きな自動車メーカーとして常識ある対応から逸脱するばかりでなく、当事者としての意識、責任を放棄した不誠実極まる対応に対し、ここに強く抗議するものです。

貴殿が不当に占有する部品は、弊社に所有のトレーラーに付属したものであり、当然にその所有権は当社に帰属します。

つきましては、十二月二十日までに当該部品を返却いただきます様、お願い申し上げます。その日を期日と定め、それを越えて返却の無い場合、部品の不当なる占有の解除を求める裁判を東京地方裁判所に提起する所存でありますので、ここに通知いたします。

赤松運送株式会社
代表取締役　赤松徳郎
代理人
弁護士　小諸直文
大田区山王×―×―×

「最近、赤松運送から電話がかかってきたのはいつだ」

まだデスクの前に立ったままの北村にきいた。

「二、三日前に一度電話がありました。ちょうど課長がお留守のときです。いつものことなので報告はしませんでしたが。今度かかってきたらお回ししましょうか」

そういた北村に、「いや、こちらからかけるからいい」といった沢田は、送られてきた手紙に、「至急、対応策を講じる必要あり」というコメントをつけて部長代理の野坂に回付する。

できるだけ先延ばしにしてきた赤松運送の一件だが、いよいよ行き着くところまで来たという気がする。訴訟にでもなればマスコミが飛びついてくる可能性がある。ホープ自動車のリコール隠しに対して疑惑が噴出しないとは言いきれない。

浜崎は、マスコミ対応に対して泰然自若たる態度だったが、そんなに甘いものか？　ホープ自動車に敵愾心《てきがい》をもつ赤松にしゃべらせ、ホープ自動車批判を繰り広げないとどうしていえる？　自社イメージが地に落ちてからでは遅い。そんなことにでもなれば、赤松との交渉を担当した沢田の責任問題になりかねない。

仮に商品開発部に行くにせよ、赤松の問題は解決しておく必要がある、と沢田は思った。

しかも、きれいに――。

では具体的にどうすればいいか？

組織内部の政治的やりとりに向けられていた沢田の脳が、いま再び外部に向けられた。

7

史絵から買い物を頼まれた。お風呂の電球が切れたから遅くならないんだったら帰りがけに買ってきて欲しいというのである。

午後七時半過ぎに会社を出た赤松は、少し遠回りして国道沿いに店を出している山本電器店に向かった。家電の安売りをしているチェーン店だ。

店頭には大きなクリスマスツリーが飾り付けられ、賑やかなクリスマスソングが来店客を迎えていた。

赤松が店に入ったとき、閉店間際ということもあって、店内にはほとんど客はいなかった。まっすぐに照明売り場まで歩いていった赤松は、そこにある電球の中からメモしてきたワット数の電球をみつけてレジに持っていく。

レジには、学生らしいアルバイトがいて、不慣れな手つきで赤松の電球をポスに通し、六百五十円です、と値段をいった。千円札を出しながら、ふとそこから見えるおもちゃ売り場のほうを見たのは、子供達から頼まれていたクリスマスプレゼントのことを思い出したからだ。

今やサンタにお願いするプレゼントは、長女の萌まで三人が三人ともゲームである。もし欲しい種類を置いているようならいま買っていこうか。そう思っていると、ゲーム売り場の入り口に置いてあるデモ機の前にひとりの女の子がかじりついているのが見えた。熱くなって、手にしたコントローラーを必死になって操作している。

「あの子、たしか片山さんの……」

釣り銭と、袋に入れて渡された商品を受け取りながら赤松は店内を見回したが、果たしてそこには片山の姿は無い。

娘をここに置いて、どこかで買い物をしているのだろうか。

そう思ったとき、それまで流れていたジングルベルが止まった。「蛍の光」が流れ出す。

閉店の時間だ。だが、美香――たしかそれが片山の娘の名前だった――は、そんなことはお構いなしにゲームに熱中している。テレビの画面が赤松のいるところから見えた。あれは見たことがあるぞ、と思った。主人公がローラースケートにのって架空の町を逃げ回る奴だ。坂道を疾走し、見ているると目が回りそうになる曲がりくねる階段の手すりの上を滑り、美香は、ポイントになるコインを次々とゲットしていた。閉店の気配など一向に気にする様子もない。どうするのか、少し興味があって見ていると、店員が近づいてきて何かいった。

美香はそれを無視した。

店員を待たせたままたっぷり一分はコントローラーを手放さず、さらにもう一度促されると、つまらなさそうにそれを放り投げ、ゲームに背を向ける。苦笑というより、うんざりした顔の店員に見送られ、足早に赤松の脇を抜けていった美香は、どうやら一人のようだった。

赤松は眉を顰めた。小学校五年生の女の子がこんな時間にひとりでゲーム売り場をうろついているというのも物騒な話で、赤松家では考えられない。もし拓郎がそんなことをしていたら、叱りつけるところだ。

だが、そんな赤松の思いなどお構いなしに、美香は店の真ん前に止めた赤いマウンテンバイクにまたがると、赤松の視界から見えなくなった。

「さっき、片山さんちの娘さんを見かけたよ。ひとりで山本電器店のゲーム売り場で遊んでたけど、どうなってるんだろうな」

その夜、食事を終えて子供達が自分の部屋に上がってしまったあとに赤松がきくと、洗い物をしていた手をとめて、史絵は「そんな話、聞いたことがあるわ」といった。

「そういう家なのよ、あそこは」

史絵によると、片山淑子は保険のセールスレディをしているらしい。旦那の仕事は知らないが、両親とも帰宅が遅く娘は一人でいることが多いのだという。

「かなり稼いでるって話は聞いたけど、帰りは遅いみたいなのよ。だから、あの子、毎日、いろんな友達のウチを遊び歩いているらしい。それが問題なのよ」

「問題って？」

「まず、一旦遊びに来るとなかなか帰らない。六時過ぎても平気らしいの。結局ごはん食べてからひとりで帰るなんてことよくあるらしい。それでも片山さんからは、お礼の一言もあるわけじゃないっていうのよね。それにあの人、平気で自分の子供、押しつけるのよ」

史絵はかわいい鼻に皺を寄せた。「真下さんみたいな取り巻きならともかく、多少親しいぐらいの人にまで電話してきて、帰りが遅くなりそうだから遊びに行かせてもらっていいかしら、っていうんだって。ときには、どこかの公園で遊んでるから迎えに行ってもらえないかとか。だいたいそういうときには、夜ごはんまでしっかり食べてくって噂よ」

「それはひどいな。みんな黙って、面倒みてやってるのかい」

史絵は肩をすくめた。

「女王蜂ですから。迷惑だってちゃんという人もいるのよ。いまは別のクラスになったけど、西《にし》沢《ざわ》さんとか、春本《はるもと》さんなんか、そういうことはやめて欲しいってはっきりいったのよね。そうすると、女王蜂の本領発揮で、事あるごとに悪口を言いふらして回るわけ」

そういう史絵の顔を赤松はちらりと見てきいた。

「もしかして、ウチもその口かな」

「半年ぐらい前かな。ひところ、あの美香って子が、ウチに入り浸ってたことあったのよね」

「男の子のウチに？」

「そうよ。ゲームもってるの、あの子」

デモ機のコントローラーを握りしめている美香の姿が思い出された。「新しいのが出るとまっさきに仕入れるわけ。だから、男の子に人気なのよ。欲しいと思ったらどうしても手に入れなきゃ気が済まない子なんだって。徳山さんがそんなこといってたわ」

「一人で留守番させておくわけだから、ゲームぐらいは大目に見てるってことか」

「程度問題よ、それも。あの家は異常よ」

史絵はよほど腹に据えかねているらしく、そう決めつけた。「女王蜂はあの子に〝給料〟、渡してるらしいから」

「なんだって」

唖然とした赤松に、「お小遣いよ」といまいましそうに史絵はいった。

「お小遣いのことを給料っていうらしいの、片山家では。なにせ、一万円ですからね」

「一万？　小学校五年生にか」

赤松は思わずいい、史絵を見た。

「そう。それを自由に使わせてるわけよ。それであの子は一人でマクドナルドにも行くし、マンガも買うわけ。しかも、それを毎月綺麗に遣っちゃって、ここだけの話、吉原《よしはら》君っているでしょう。あの子にコンビニでお菓子をおごらせたりしたこともあるらしい。吉原君のママが怒ってそういってた」

吉原の母は、五年生の学年代表だから、赤松も顔見知りだった。

「実は彼女も片山さんのこと大っきらいなのよ。そのとき美香って子、吉原君にあとで返すからおカネ出してっていったんだって。それを吉原君からきいてよくないと思って電話したらしいの。そしたら、お宅の子が勝手におごっておきながら何勘違いしたことといってるのって凄い剣幕で怒鳴ったらしいわ。すごいでしょ。そりゃ誰でもキレるわよ」

史絵は、片山の話となるととめどない。

「だから美香ちゃんっていうのは、子供ながらに金銭感覚があるらしいのよ。たとえば、チョコレートなんかはコンビニで一個買うより、スーパーでまとめて買ったほうが得だとか。いろんな店の割引券を結構集めてるとか、主婦顔負けよ」

「なるほど」

赤松は苦笑していった。「おかげで、子供達のプレゼントを買いそびれたよ」

「あらそうなの」

史絵が目を丸くし、それから少し寂しげな顔になる。「あなた、もし大変だったら、三つじゃなくて一個でいいわ」

「どうして。三人いるのに、それじゃあ喧嘩になる」

「だって、最近出たばかりなのよ、これ」

冷蔵庫の扉にマグネットでつけてある新発売のチラシを史絵は持ってきた。「ポケロボ」は子供の間で大人気のゲームだ。様々なバージョンが発売され、ゲーム機をケーブルでつなぐと子供同士で対戦できたり、通信までできるという。

チラシの片隅に書かれた値段を赤松は見た。六千九百八十円。たしかに、三人分ともなると安くはない。

「だけどさ、あまりそういうことを子供に感じさせたくないんだ」

「それはそうなんだけどね」

十一月十七日発売！　先行予約受付中という山本電器店の誘い文句は、なかなか刺激的だ。

「十一月十七日……？」

それを見たとき、赤松の頭の中で何かが動いた。「待てよ……」

「どうしたの、あなた」

チラシを手にとってまじまじと見た赤松に史絵がきいた。

史絵も覗き込む。

「いや、この発売日なんだけど」

「これ、五千円の盗難事件が起きた日だよ」

史絵の目が一瞬宙に浮き、再び赤松に戻ってきたときわずかな戸惑いが浮かんでいた。

8

「赤松社長ですか？」

電話の声は、固く閉じ合わさった貝殻《かいがら》を思わせた。「ホープ自動車販売部の沢田です」

よそよそしく名乗った相手に、赤松は無言でこたえた。

ようやく電話を寄越しやがった。そう思ったが黙っていた。さんざん無視を決め込んだくせに、内容証明郵便を出した途端、手のひらを返したような態度に出てくる、そのゲンキンな態度には怒りを通り越して呆れる。

「先日、内容証明の郵便をいただきました。中味を早速拝見させていただき、検討の結果、私どもとしても相応の対応をさせていただこうということになりまして」

「相応の対応?」

きこえはいいが中味のない言葉。一見丁寧だが、包装紙一枚剝《は》がしたところに他人宛の送り状がついている歳暮《せいぼ》みたいな言葉だ。

「一度お話しさせていただきたいのですが」

「話は弁護士を通してもらいたい」

ちょっと待ってください、と電話の向こうで沢田は慌てた声を出した。

「こちらとしても赤松社長に納得していただけるだけのものを準備いたしますので、もう一度社長とお話しさせていただけませんか」

「納得できるものだって?」

赤松はいった。「そんなものがあるとすれば、部品以外にはない」

「わかっております」

沢田は認め、「赤松社長の期待は裏切りません。なにとぞ、一度お話しさせていただけませんか」と食い下がる。

やりとりの末、弁護士を伴ってホープ自動車本社へ訪ねることになった。約束は翌日の午後二時半だ。本来ならこちらが出向くスジ合いではないが、同席を頼む小諸弁護士が法廷に出なければならない都合上、東京地裁により近いホープ自動車のほうが好都合ということになったのだ。

「このたびはわざわざこちらへお呼び立てするような形になってしまいまして、誠に申し訳ございません」

通されたのは、役員が接待に使うような豪勢な応接室だった。

そのソファに小諸と並んでかけた赤松に、出てきた沢田は丁重な挨拶の言葉を口にした。その言葉が合図だったかのようにドアがノックされ、二人の男が入ってきた。一人は赤松も顔を知っているチンピラ社員の北村。もう一人は沢田よりもさらに年輩の男だった。

「初めてお目にかかります。部長代理の野坂と申します」

男はそういうと体を二つに折ってお辞儀をし、名刺を差し出した。

「お忙しいところ、わざわざご足労いただくことになってしまい、申し訳ありません」

沢田が神妙な顔になって続けた。「先日、赤松さんから頂戴した内容証明郵便の書面について、社内で検討させていただきました。当社のいままでの対応が不誠実なものであったことについては返す言葉もございません。またお申し出の部品返却についても早急に社内を調整しまして、お返しできるように努めさせていただこうと考えております」

「それは、部品を返却していただけるということですか」

赤松の脇から、小諸がすかさずきいた。

「そのつもりでおります」

芝居がかっていると思うほど堅苦しい態度で沢田はこたえる。「ただ——」

「ただ、なんです」

「ただ——二十日というのは大変申し訳ないのですが、少々厳しい」

内容証明郵便で送りつけた期限についての沢田の見解を、赤松はふざけるなと一蹴《いっしゅう》したい気分になる。だが、

「厳しいとおっしゃる理由はなんです」

代わりに隣から小諸がきいた。

「社内調整です」

「今頃になって社内調整とはなんだ」

赤松は一声吠えた。

「申し訳ございません」

沢田は素直に詫びる。「ただ、私どもの組織というのは若干一般には理解しづらいところもございまして、正直、いつ調整がつくかわからないところがあります」

舐めてるのか。赤松が目を怒らせて沢田を睨み付けたとき、沢田の口から意外な言葉が飛び出した。

「その代わりといってはなんですが、ひとつ提案させていただけませんか」

赤松は首を傾げた。この期《ご》に及んでどんな提案があるというのか。

「部品の返却が遅くなると申し上げても、赤松社長は正直なところ半信半疑ではないかと推察い

たします。それは、今までの経緯を勘案すれば当然のことと思いますし、私どももその点は十分に反省しております。ただ、言葉でどう釈明したところでいまとなっては意味がありません。そこで、部品を返却するまでの間、補償金という形で御社にお支払いさせていただけないでしょうか」

補償金？　思いがけない言葉に、正直、驚いた。

「本当にこんな代替案で恐縮です。ですが、せめてもの誠意と受け止めていただけないでしょうか。是非検討していただきたい」

「補償金の額はおいくらですか。それをいっていただかないと検討するも何も無い」

小諸が意見を述べる。

「一億円です」

こたえたのは野坂だった。目はまっすぐに赤松を見ている。「一億円の補償金をご用意させていただきます。いかがでしょうか」

一億円。赤松は刹那頭が混乱し、反応に窮した。小諸も相手を見つめたまま継ぐ言葉が出てこない。何かいおうとしているのだが、考えがまとまらない、そんなふうに見えた。小諸は神経質そうな青白い手を伸ばしてテーブルの上に出されたコーヒーを一口すすった。

「いかがでしょうか」

沢田がいった。「ですが、ひとつお願いがあります」

相手の表情にここ一番の厳しさが宿った。「もし、社内的な調整がうまくいかず、部品が返却できなくなった場合、その補償金をもって部品に代えさせていただきたいのです」

「つまり、そのときには部品返却の件は諦めろと、こういうことですか」

「失礼な申し出かとは思いますが」

赤松は唸った。そういうことか。

「それと、もう一つ。補償金をお支払いしてからは、本件について秘密保持をお約束していただきたいのです」

「秘密保持というと、なんについてですか」小諸が質問する。

「まず、この補償金契約について。それと、いままでの赤松さんと弊社とのやりとりなど、タイヤ事故に関する一切の事項についてお願いします」

「それは、要するにマスコミに対して情報が洩れることを心配していらっしゃるんですか」

沢田は明確な返事を避けた。「それだけに限りません。といいますのは、このようなことはまったくもって特例でして。第三者には知られないようにしたいのです。前例とはしたくない、そういうふうに考えていただけないでしょうか」

「部品返却についての回答はいただけるんですか」

小諸がきいた。

「もちろんです」

「いつ」

「できるだけ近いうちに。もし補償金を受け取っていただけるのなら、文書でいただいた二十日の期日までには弊社の回答をお出しできると思います」

赤松は顔を上げた。

その回答は聞くまでもないからだ。

返却不可——。

この提案は、補償金というカムフラージュをしているが、とどのつまり、赤松が返却を求めてきた部品を一億円で買い取るということに他ならない。つまり、それだけの対価を払っても、結果的にそのほうが安いと考えている証拠だ。

「どうされますか、社長」

隣から小諸がきいた。その顔には、悪くないのではないか、という表情が見て取れる。だが、赤松は返事をすることができなかった。

「検討していただけませんか」

沢田が重ねていった。「この通りです。お願いします、社長」

その言葉に合わせて、後の二人も口々にお願いしますと頭を下げる。

一億円——。

赤松の心は揺らいだ。

冬の暖かな日差しが降り注ぐ、穏やかな日だった。待ち合わせたときと同じくホープ自動車の前で小諸と別れ、そのまま赤松は地下駐車場に止めた車を出して、会社まで戻る。

会社の駐車場に車を止めて事務所に入ると、すでに赤松の帰社に気づいている宮代が出てきた。

赤松は黙って社長室を指さし、ホープ自動車からの提案を話して聞かせた。

そしていま、宮代は黙ったまま、窓から見える冬空に目を向けている。

一億円。

その金が、いま赤松運送にとってどれぐらいの重みがあるか、痛いほどわかっている。

はるな銀行に申し入れ、出るか出ないかと胃の痛い思いをして待っている融資が三千万円だ。

一億あれば、おそらく赤松運送は立ち直るだろう。それは宮代もわかっている。

「正直、俺は一億円の金が欲しい」

赤松はそう告白した。宮代は黙って聞いている。「だが、その場でくれとはいえなかった」

宮代の目が細められ、唇がぐっと結ばれる。苦しい選択だ。「後ろめたかったからだ。うちの整備が事故の原因じゃないとずっと主張してきて、児玉通運からも事故原因を突きとめてくれといわれ励まされてきた。社員にも応援してもらって臨んだ席で、出鼻を挫《くじ》かれた。だけども、俺はそれに怒ることができなかった。情けねえよ」

「まともな経営者なら、誰だってそうですよ、社長」

宮代はタバコを一本つけて、ゆっくりと煙を吐き出していった。「道義的に正しいことと、経営的に正しいことはときとして一致しませんから」

それはホープ自動車の帰路、赤松も考えたことだった。

スジを通すのも道理。だが、そればかりでは会社の経営は成り立たない。

先立つものはカネだ。青臭いことをいってどうする――そう何度も自分に言い聞かせてみた。

だが、割り切ることができない。

「もし、はるな銀行の融資が下りるのであれば、社長はその提案、蹴ったでしょう」

宮代がきいた。その通りだった。

「難しいですなあ」

宮代は呟いた。「生きるために、社会正義を曲げるべきか。たとえ死するとしても社会正義を貫くべきか——。経済的な問題に転じてしまえば、生き方の問題が残る。だが、生きるためには金がいる」

まったくだ。腕組みして天井を仰いだ赤松に、「どうする、社長」と宮代がきいた。

「宮さんならどうする」

しばらく返事はなく、タバコの煙だけが赤松の視界を横切っていく。

「さて、どうするかな」

「先代だったら、どうしたかな」

赤松はきいた。

「先代でも、悩んだでしょうな。いまの社長と同じように」

結局のところ、答えはどこにも転がっていない。自分で決めるしかないのだ。

「少し考えさせてくれ」

赤松はいうと静かに瞑目する。やがて宮代が出ていく気配があり静かにドアが閉まると、赤松の思考は出口の見えない迷路へと落ちていく。いま、赤松は激しく懊悩していた。

『週刊潮流』の記者、榎本から電話がかかってきたのはそんなときだった。

「先日はどうもありがとうございました、社長」

榎本はいい、その後何か進展は無かったかときいた。一瞬、今日のことを話すべきかを考える。だが、沢田が条件として出した秘密保持を思い出して言葉を飲み込んだ。

「いや、特にはないですね。そちらはどうですか」

打算的な己の態度に軽い嫌悪感を抱いた。

「お陰様でだいぶ取材が進みまして。いま掲載するタイミングを計っているところです」

「いつですか」

赤松は社長室のデスクで身を乗り出した。「いつ、記事にされるんです」

そのタイミング次第では、この迷宮から脱することができるかも知れない。

「いくつか仕上げに近い取材が残っていますが、おそらく、来週の月曜日の発売号になると思います」

赤松の視線がさっとデスクのカレンダーを射た。十九日。赤松が文書に返却の期日として定めた日の前日にあたる。「スクープですよ、これは。社会的に相当のインパクトがあるでしょうね」

「もしその記事が出たら、当社に対する疑惑が晴れるでしょうか」

そんなことを週刊誌の記者にきくのもヘンだが、いまの赤松はきかずにはいられない心境だった。

「晴れるでしょう、きっと」

榎本はいった。「逆にホープ自動車は生き残れないかもしれない。それぐらいの激震が走ることは間違いありません。ただ、このことは絶対に内密にお願いします」

この週刊誌記者の秘かな興奮が電話を通じて赤松にも伝わってくる。

「わかりました」

そうこたえた赤松はふと、「そういえば柚木さんには取材されましたか」ときいた。

柚木に訴えられたことは小さな記事ながら新聞にも載ったから、榎本も知っているはずだ。もし榎本が取材を通じて話をしていれば、赤松運送に対する訴訟を再考してくれるかも知れない。そんな甘い考えがあったからだが、榎本の答えは赤松の期待を裏切るものだった。

「いいえ。あの方は一切マスコミの取材は受けないという方針なので、お話はしていません。まあこの記事で赤松さんに対する誤解が解けるといいですが」

「まったくです」

このとき、ふと赤松の脳裏に浮かんだのは、葬儀会場と法要でみた柚木貴史の姿だった。葬儀会場では、泣きじゃくっていた。だが、法要ではけなげに悲しみを堪え、赤松にあの追悼文集を手渡してくれた。

榎本との電話を終えて受話器を置いた赤松は、ふいにそのことを思い出し、デスクを開けて文集を取り出した。

あの境内《けいだい》で赤松が涙した貴史の一文をもう一度読んだ。

胸が熱くなった。

「ごめんな。タカシ君」

誰が悪いとかではなく、出てくるのはやはり謝罪の言葉しかない。

次に赤松が読んだのは、柚木が書いた妻への追悼文だった。

『決して風化することのない、君の記憶』。

そうタイトルのついた文を、赤松は読み始め、途中から涙で読めなくなった。

しばらく、赤松は泣いた。

そしてひとしきり流れた涙をハンカチで拭い、「出かけてくる」といって会社からクルマで出た。

途中、花屋で作ってもらった花束を助手席に置き、環状八号線から中原街道へ右折、多摩川を越えると綱島街道を二十分ほど走って、事故現場へと向かう。

冬の陽射しが差す路上に、ガラスの小さな花瓶としおれかけた花があった。赤松は持ってきた花を新たに差し、ひとり手を合わせた。

ここに来るのは何度目だろう。

無責任に放置された欠陥の犠牲となり、ここで幸せだった人生と夢が一瞬のうちに奪われたのだ。

一心不乱に手を合わせるうち、赤松は、自分の心の中で思い悩んでいたものに対する答えを見つけた気がした。

立ち上がり、事故現場に深々と一礼した赤松は、路上に止めた車に乗り込んで会社へと引き返していく。

「宮さん、さっきの補償金の話、断っていいか」

そう告げると、書類に目を落としていた宮代は、顔を上げて笑顔を見せた。赤松がそういうのを予見していたに違いない顔だ。

「ええ、いいですとも」

「ありがとうよ」

赤松の心は、冬の青空のような気持ちに満たされた。

9

「すみません、お忙しいところ」

応接室に入っていくと、榎本は立ち上がって他人行儀に頭を下げてみせた。

「二人は知り合いなんだってね」

隣に着席した紀本が開口一番いい、「へえ、そうなのか」と広報部次長の長谷部範彦《はせべのりひこ》は意外そうな顔を井崎に向けてきた。

「大学の同級生です」

すかさずいったのは榎本のほう。井崎は苦虫を嚙みつぶしたような顔で、テーブルを挟んでソファにかけている元同級生を見た。

『週刊潮流』からホープ自動車の件で取材の申し入れがあった、と広報室経由で知らせてきたのは昨日のことだった。

「なんでも、ホープ自動車に対する当行の融資スタンス云々の話をききたいらしいが、受けるか？」

そうきいてきた長谷部に、「受けます」と返事をするしかなかった。

榎本から公式にこうした取材を申し込んでくるのは、取材が最終局面にさしかかってきた証明だと井崎は断じた。非公式に井崎と接触してきてからどんな取材を続けてきたのか知らないが、最終的にホープ自動車と、それを支えるホープ銀行に対して確認の取材で仕上げをしようという意図に違いない。

「まあ、個人的なことはさておき、本日はホープ自動車のご担当者としての意見を伺うつもりで参りました」

そう続けた榎本は、ここでの会話をテープに録音してもいいかときいた。

「いいでしょう。ウチも、いってもいないことを書かれてはかなわないからね」

取材意図からして敵対取材だと察している長谷部に、「ありがとうございます」と榎本はいい、井崎の真ん前に取材用レコーダーを置いた。

「それではまずお伺いしますが、ホープ銀行さんのホープ自動車さんに対する支援スタンスについてお聞かせ願えませんか」

「支援スタンス?」

その曖昧な表現に井崎は、すでに榎本の意図を感じ取っていた。「スタンスと一言できかれても説明のしようがないな」

榎本は井崎の顔を窺うように眺めた。

「では具体的にお伺いします。三年前、ホープ自動車は、リコール隠しという不祥事を引き起こし、経営危機に陥りました。そのとき、ホープ銀行さんは主力銀行という立場上、支援されましたね。支援の決め手になったのは、なんだったんでしょうか」

「それは、同社の経営基盤を支えなければならないという目的意識でしょう」

井崎はこたえた。

「要するに、潰すわけにはいかないということですか」

「潰すとか潰さないとかは銀行が決めることじゃないんです」

そうこたえた井崎に、「そのとき、リコール隠しという不祥事を引き起こしたことについての議論はあったんでしょうか」と榎本はきいた。

「個別の審査内容についてはお話しできませんよ」と答えたのは長谷部。

榎本は予想していたのか聞き流し、すぐに質問を切り替えてくる。

「じゃあ質問を変えます。経営基盤を支えられたということですが、不祥事で傾いた会社に対して主力銀行が支援することが基盤を支えるということになりますか」

「それは一般論だから、あえて私が回答することはないでしょう。そちらで判断してくださって結構です」

井崎の切り返しに、榎本の目が輝く。酒の席でもそうだが、榎本の議論好きは知られたところだ。一見、井崎が優勢のようだが違う。これはまぎれもなく榎本のペースだと井崎はひそかに警戒した。

「でも、経営基盤を支えたとおっしゃった同社はここ数年、販売が低迷していますね。そして昨年には再建計画を発表しました。そのとき、ホープ銀行は全面的にそれを支援する立場をまたも表明されたわけですが、このときは同社の計画を評価されたわけですね」

「そういうことになります」

井崎は認めざるを得なかった。

「ところがアナリストの間ではその計画が下方修正されるという見方があるようです、本当ですか」

「それはホープ自動車できいてくださいよ」と長谷部。

「もし下方修正されても、支援姿勢は変わらないということですか」

「それは——」

井崎はいいながら考えた。わからないといえば、ホープ自動車に対する支援は不透明と書かれる可能性がある。そんなことを書かれれば、同社の社会的信用に影響が出るかも知れない。「自動車さんの業績によって検討するというのが銀行の立場です」

「かつてリコール隠しをした会社に対して支援を表明することについて、株主からの批判の声はありませんでしたか」

「それについては特に確認したことはありません」

井崎はこたえたが、こういう返答で良かったかどうかわからなかった。

「ちょっと脇にそれますが、御行にもコンプライアンスという理念はありますか」

それは井崎にではなく、長谷部に対して発せられた質問だった。

「当然です」

それが榎本の罠《わな》だとも知らず、広報部次長は胸を張った。「それについてはコンプライアンス室を設置し、企業モラルを徹底しております」

「実は、ホープ自動車さんにも三年以上前からあるそうです」

榎本はいった。「でもリコール隠しをしました。リコール隠しはコンプライアンス違反でしょうか。そうじゃないんでしょうか。ホープ銀行の見解はどうですか」

「それは、コンプライアンス違反でしょう」

長谷部が渋面をつくりながらこたえた。「でも、それと同社への支援とは関係ない」

「コンプライアンス違反をした会社に対して銀行が支援するのはコンプライアンス違反ではないんですか」

「だったら、そのどこが法律に違反しているのか説明してもらえませんか」

長谷部が勝ち誇ったようにいったが、「どこも法律には違反していません。もとより私はそんな低レベルのモラルを問題にしているつもりはないので」という榎本の冷ややかな切り返しにあった。

「どういうことですか、それは」長谷部がむっとする。

「法律に違反していなかったら何をやってもいいと、そうおっしゃりたいんですか、あなたは。違法ではないと胸を張るのは結構ですが、聞きようによってはそう聞こえますよ」

「それは曲解でしょう」

長谷部は抗議したが、榎本はそれを無視して、井崎にきいた。

「先ほど今後のホープ自動車への支援は業績を見て検討するとおっしゃいました。ただ、リコール隠しが発覚すれば、その自動車会社の販売台数は確実に落ちるということはいえませんか」

「まあ、そうでしょうね」

井崎は認めた。

すると榎本は手元の鞄を引き寄せ、その中から資料を取り出す。準備よく何枚かコピーしたものを三人に配り、自分もそのうちの一枚を持つと、「これが何かわかりますか」ときいた。

井崎の体の中で血液が逆流した。

リスト——事故のリストだ。

日付と現場、そして被害状況が一覧表になっている。その最下段に十月の日付と横浜の住所が記載されていた。見た瞬間、あの事故だとわかった。右側に書かれている言葉は一言——「死亡」。

「なんなんです、じれったいな」

長谷部が苛ついていった。

「井崎さんはわかりますね」

見上げると、意味ありげな笑いを貼り付かせている榎本と目があった。罠だ。

「なんなんだ、井崎君」

長谷部がきく。

「いえ、わかりません」

井崎はいった。そういわざるを得ない。知っているとは口がさけてもいえないからだ。

「これは三年前から先月までにホープ自動車製のクルマが引き起こした構造上の問題が原因と推測される事故のリストです」

長谷部は完全に虚を突かれた顔でまじまじと榎本をみた。

「このリストの事故原因についてホープ自動車はほとんど整備不良と発表しています。つまり、構造上、あるいは製品上の問題は無かったと。でもそれは——同社の嘘《うそ》ですよ」

榎本が断言するからには、取材の裏打ちがあるに違いなかった。

「嘘だって?」

素っ頓狂な声を出した長谷部に、なおも榎本は続けた。

「ホープ自動車はリコールを認識していながら、それを行っていません。それだけじゃない、秘かにトラックを改修したと思しきケースが何件も起きている。これは明らかに法律に違反している。つまり長谷部さん、あなたがいうところのコンプライアンス違反だ」

凍り付いた長谷部から榎本は井崎に視線を戻した。

「さて、先ほどの質問に戻りたいと思います。もう二度としないと誓ったはずのリコール隠しをいまだに続けているのに、それでも御行は業績次第ではホープ自動車に支援するんでしょうか。バブル処理の段階で巨額の公的資金を投入してなんとか助けられた銀行が、明らかに社会正義に反する会社に金をつぎこむ？　犯罪企業と知って支援するのは、犯罪に加担するのと同じなのではないか？　コンプライアンスを標榜する銀行に果たしてそんなことが許されるのか？　どうでしょう、井崎さん。あなたの考えをお聞かせください」

井崎はこたえなかった。榎本は質問の矛先を変える。

「では長谷部次長、いかがですか。銀行のコンプライアンスというのが語弊があるのなら、倫理観、あるいは道徳観といってもいい。それをお聞かせ願いたいのです」

その瞬間、普段は饒舌《じょうぜつ》で知られる次長は、言葉に詰まった。

「証拠があるわけじゃない」

苦し紛れの長谷部の反論は、意味ありげな榎本の表情にかき消された。

「たしかにホープ自動車が認めたわけではありません。ですが、疑うに足る証拠はありますよ、次長。ただ、ここでそれをお見せするわけにはいきませんが」

「いったいそれはどんな証拠なんですか」

紀本が毅然としてきいたが、榎本はこたえなかった。

「それについては記事を楽しみにしていただくしかありません」

「その記事はいつになったら読めるんですかね」

皮肉っぽくきいた長谷部に、榎本は悪びれることなく、「近日中には出ます」とこたえた。

やはりそうか。榎本がホープ自動車のメーンバンクである東京ホープ銀行にこうして乗り込んできたのは、すでに記事にするだけの情報を得たからだ。これは、榎本にとって、「仕上げの取材」だ。

「最後にひとつだけ質問させてください」

榎本はいった。「今までのお話でもある程度想像はつきますが、東京ホープ銀行さんはホープ自動車のリコール隠しについてはまったく認知していないという立場でしょうか」

「当たり前でしょう」

長谷部が語調を荒げた。「そもそも、それはあなた方の想像の産物なんじゃないんですか」

見当外れな意見に、榎本は冷笑を浮かべた。

第八章　不経済的選択

1

赤松運送の事務所前に一台のタクシーが横付けになったのは、約束の時間の五分前だった。

前回沢田がここに来たときには販社の益田が随行していたが、今回はひとり。補償金という前例のない対応に、「他言無用」を申し入れただけあって、沢田の行動は秘密めいていた。

黒っぽいウールのコートに身を包んだ長身の沢田は、タクシーを降りると意を決するように赤松運送の事務所に視線を向け、それから北風をものともせずまっすぐに入り口に向かって歩いてきた。

その様子の一部始終を事務所内から見ていた赤松は、立って沢田を迎えると、背後の応接室へ招き入れる。

「本日はお時間をいただきまして、ありがとうございます」

顔を合わせるなりそういって沢田は深々と頭を下げた。

まあどうぞ、と茶を勧めた赤松は、「それで、検討していただけましたか」という期待のこめられた眼差しと向かい合った。

「ああ、検討させてもらった。じっくりと」

それから自らの眼差しにぐっと力を込めた。この一ヵ月近く、己の魂を揺り動かし、怒りや悲しみといった感情の全てをその視線に同化させようとしたのだ。

沢田の目が見開かれるのがわかった。その端正な顔立ちが、見えない空気に押されるかのように微かに後方にのけぞり、顔色が薄らいでいく。なにかを悟ってしまった、そんな表情だった。

「お断りすることにした」

その言葉は、凍り付いた二人の中間に無造作に投げ出された。

ちょうど幅広のゲートをくぐって帰還してきた大型トラックの十三リッター直六エンジンの音が聴覚を埋め、強い北風にそよぐ庭木の枝が、テーブルの上に細い骨張った魔女の指先のような影を踊らせていた。どこかで「オーライ！　バック、オーライ！」と叫ぶ声がし、そうしている間にも、その瞬間にも、世の中が確実に動いていることを伝えてきてはいた。だが、赤松と沢田の間では、全ての事象は息を潜め、動きを止め、時間の概念もろとも氷結し、閉ざされてしまったかのように動かなくなった。

なにか言いかけた沢田は、小さく「あ——」といったきり口を開けたまま蠟人形になったかのように停止した。その表情からまるで砂時計の砂が落下していくかのように笑みが抜け落ちていき、形骸化した男の輪郭が露わになっていく。

「ちょっと待ってください、赤松さん」

突如、慌てたようにそう口にした沢田は右手を宙に浮かし、まるでその場から去っていく男を呼び止めるような所作をとった。

「なんとか考え直していただくわけにはいかないでしょうか」

赤松の返答に蒼ざめた沢田はあきらかに動揺していた。その態度から、赤松がこの提案を蹴《け》るはずがないという確信にも似たものを抱えてここに乗り込んできたことがうかがえる。だがいまその確信は粉々に砕け散り、沢田は途方にくれたようにも見えた。見ようによっては、その瞬間、困っているのは沢田のほうで赤松が優位に立っているかのようでもあった。それが錯覚に過ぎないこととは赤松にもわかっていたが、自らの回答により、思いがけず沢田が背負ってきた社命の大きさを窺《うかが》い知ったことに内心驚いてもいた。

「それでは私が困ります」

沢田がいった。「これは補償金なんですから」

「単なる補償金じゃない。部品を返却しなくてもいいという条件付きの補償金だ。それでは受け取れない」

裏を返せば、その条件なくば存在しえない補償金である。そこに、ホープ自動車の目的があることは、暗黙の了解といっていい。

「失礼——」

沢田は突如身構えると、まるで赤松に飛びかからんばかりの鋭い眼差しになった。「こんなことを申し上げるのは失礼だと承知でお伺いします。逆に、おいくらなら受け取っていただけるのでしょうか、社長」

予想外の問いかけに赤松は穴のあくほど相手の顔を見つめ、やがて全身が脱力してしまったかのようにため息をついた。

「金の問題じゃないよ、あんた」

力の抜けた、穏やかな声で赤松はこたえた。だが——。

「そんなことおっしゃらないでください」

なおも粘りを見せた沢田は、「この通りです」とテーブルに額をこすりつけんばかりに頭を下げた。続けて吐き出された言葉は、テーブルとの間に挟まれ、くぐもって聞こえる。

「社長。今までのことは本当に申し訳ありませんでした。この通り謝罪させていただきます。ですから、何卒《なにとぞ》、私どもの誠意を受け取っていただけませんでしょうか。お願いします！」

赤松はがっくりとうなだれ、それから天井を見上げた。腕組みをして、目を閉じた。様々な記憶の断片が瞼《まぶた》に浮かんでは消えるその数秒間で、最後に見たのは、自分に追悼文集を差し出す無《む》垢《く》な子供の姿だった。

あの子の大切な母親を俺たちは奪ったのだ。あの子は、もう二度と愛する母親と会うことも話すこともできない。あんな小さな子供が泣くまいと必死で耐えている姿を見て、それでもこの金を受け取ることができたとすればそれはもう人間じゃないと赤松は思った。

黙ってソファを立った赤松の気配に、沢田が強張った顔を上げる。赤松は自分のデスクにあった青い表紙の追悼文集を手にとって戻ってくると、それを沢田に渡した。

「追悼文集だ。被害者の」

目で問うてきた沢田に赤松はこたえた。「貸してやるから、ちょっと読んでみなよ。そうすりや、俺の気持ちがわかるだろう。とにかく、もうこれ以上、何をどういわれても、金を積み上げられようと、この話は終わりだ。いいな。帰ってあんたの上司に——野坂さんっていったっけか——伝えてくれ。こんな提案、誠意でもなんでもないってな。ただのまやかしだ。人の足元をみて札束で横っ面をひっぱたくような話だって。あのとき断るべきだったのに、思わず考えちまった自分が情けない」

　差し出された追悼文集を、戸惑うような沢田の手がおずおずと受け取る。

「わざわざ来てもらったが、そういうことだ。部品は二十日までに返してくれ。それができなきゃ、裁判になる。あんたはどう思っているか知らないが、俺はやるといったことはやるぜ。徹底的にな」

2

「莫迦だ。大莫迦だ」

　赤松運送から会社への帰路だった。東急大井町線の車窓から大田区から品川区界隈の細々とした住宅街の光景が流れていくのを眺めながら、沢田は何度もそう胸の中で呟いた。

　赤松の返事を聞いた瞬間、正直なところ背後から後頭部を一撃されたような衝撃を、沢田は味わった。赤松を見つめたまま頭の中が真っさらになり、用意していた言葉たちはどこかへ消えていった。

　一億円の補償金という提案は、一発逆転を狙った沢田が、無理を承知で社内をねじ伏せて実現させた和解案だ。沢田自身、これこそが確実に赤松のクレームを封じ込めることができる最終手段だと思っていた。自負してもいた。

これで赤松を懐柔し、後顧の憂い無く、浜崎の提案を呑んで悠々商品開発部へ異動する——。これが先ほど赤松に会うまで沢田が描いていたシナリオだったのに、いまそれは跡形もなく崩壊し、海面に描かれた白い航路が消えるように初期化されたのだ。

沢田が感じた驚愕は即時に狼狽へと変化していき、それは徐々に化学反応を起こしつつ、赤松の事務所を辞去して三十分が経ったいま、憤りへと終着していく。沢田にはどうしても理解できなかった。赤松がなぜ提案を拒否するのか。一億円もの資金を受け取らないのか。

あの事故で赤松運送は大口取引先を失ったと聞く。経営基盤は大きく揺らぎ、資金繰りだって苦しいはずだ。いまの赤松運送にとって、一億円という金の価値は、平時の五億、いや十億に匹敵するはずだ。

「それなのに、断るか？　こんなおいしい提案を！」

終点の大井町でJRに乗り換えながら、沢田は小さな声を出していた。まったくもって理解不可能。何を考えているかさっぱりわからない。理解できないことが一転して、憤りに転じる思考回路が沢田の中に出来上がっていた。

だが——と、沢田は考え直してみる。

赤松にかき回されるのも、もうしばらくの辛抱だ。

沢田は、明日にでも浜崎の申し出を受けようと考えていた。それは狩野の手管《てくだ》にまかれることかも知れないが、希望のポストが手に入るのならそれでいい。日々降り積もっていく小さな不満を抱え、意に染まぬクレーム処理に埋没する日々。「これは俺のやるべき仕事じゃない」と本音の部分では思いながら、社内的な評価を気にして政治的に振る舞ってきた生活にピリオドを打つ。不愉快な仕事から綺麗《きれい》さっぱりと手を引き、これからは自分がやりたい仕事を精一杯できる。サラリーマンとして、それを選ばない理由はどこにもない。

だが、このとき沢田はふと思いついたことがあった。

「赤松と逆だな」

沢田は新しいポジション、赤松は一億円という補償金を提示された。

沢田にとって商品開発の仕事は、赤松の一億円と等しく貴重なものである。当初こそ戸惑い、迷ったものの、社内政治を統《す》べる能力もひいては自己利益を最大限摑む目的のためにあるのだと結論づけてしまえば、てっとり早くそれを実現できるこの提案を受けない理由は無くなった。

だが、一方の赤松は、金を拒絶した。なんだかわけのわからない理由によって。被害者に配慮した義憤だか、スジ論だか、なんだか知らない。だが、とにかく、赤松は沢田と正反対の結論を出したのだ。

金の問題じゃないよ、あんた——。

沢田の胸に赤松の一言が蘇《よみがえ》り、線路が何本も並行して走る品川・田町間の光景から車窓のガラスに焦点を合わせる。そこに映った己の、こざっぱりしたなりと妙に利己的な雰囲気のする面持ちをなにか不思議なものでも見つけた気分で眺めてみる。

「生き方が違うんだ」

沢田には、赤松の生き方は愚かとしか思えなかった。先の見えない能なし経営者そのものだ。

実力もないのに親から受け継いだ会社を経営しているぼんくら社長である。

「やっぱり莫迦だ」

沢田の唇が少しだけ動いて洩れた言葉は、線路を打つ電車の音でかき消された。千載一遇のチャンスを赤松は逃《のが》した。

「知ったことか。もうこれ以上は付き合えない。後は勝手に吠えるがいい」

捨てぜりふのような言葉を思い浮かべた沢田は、赤松に対する思考を切り捨てた。

3

赤松運送の事務所を後にした沢田を見送った赤松は、はるな銀行蒲田支店の進藤にかけた。

運良くつかまった進藤に訪問の意思を告げると、コートを引っつかんで事務所を飛び出す。三十分後、蒲田支店の融資カウンターについた赤松がまっさきにきいたのは、一度は承認になった融資審査の「その後」だった。

揉めている、というのが進藤の率直な答えだった。

「で、裁判のほうは?」進藤はきいた。

「答弁書を作成して裁判所へ送付した段階です」

「でも、それは民事だ」

進藤はいった。「刑事事件とは違います。そこが大事なんですよ」

その言い方には赤松を支援しようとする意図がくっきりと浮かび上がっている。

「ホープ自動車から事故部品の返却はどうなりました」

進藤から質問されたのをきっかけに、赤松はホープ自動車から申し出のあった補償金について話した。一億円という金額を口にしたとたん進藤のぎょろ目がさらに大きく見開かれ、「変ですよ、それは」という感想が洩れる。

「ホープ自動車にとっても、一億円という金が少額であるはずはないんです、赤松さん。それは私どもの銀行だってそうです。一億円稼ごうと思ったらどれだけ大変か。逆に考えれば、そんな申し出をすること自体、裏がある証拠ですよ。そのことを本部に報告してもいいですか」

「もちろんです」

秘密保持契約書にでもサインしていれば話は別だが、一旦話を流してしまったのだから、いまさら他言無用もあったものではない。

「他に何か新たな情報はありませんか。少しでも事態を打開する材料が出てくれれば、承認の追い風になるんですが。何かありませんか」

身を乗り出してきかれ、赤松の思いつくものといったら一つしかなかった。

「実は、ここだけの話、間もなく『週刊潮流』のスクープが出ます」

赤松は、榎本の取材内容を話し、十九日発売の同誌でホープ自動車のリコール隠蔽に関するスクープが出るはずだと話した。

「それですよ、社長。それを材料にさせてもらいます」

「なんとかよろしくお願いします。もうはるな銀行さん以外に頼むところはありません」

進藤は背筋を伸ばして唇を一文字に結び、それから、「頑張りましょう」と力強くいった。

その夜、午後七時を過ぎたころ会社を出た赤松が向かったのは、山本電器店だった。

明るい店頭までいくと、歩道のガードレールに立てかけてある赤いマウンテンバイクが見えた。先日ここに来たときより、気のせいかジングルベルのBGMが大きく聞こえる店内に入った赤松は、まっすぐにおもちゃ売り場へ行く。

やはり今夜も、美香はいた。

周囲のことなどまるで気にせずゲームに興じている姿は、先日と同じだ。

赤松はその脇を通り過ぎ、棚から子供達のためのクリスマスプレゼント用のゲームを間違えないように三つ手に取る。それから、ふと思い立って、同じソフトをもう一つ、そしてゲーム機をそれに追加した。

何気ないふりを装って、コントローラーを握りしめている美香の斜め後ろに立ってみる。

そして、この前と同じ、目が回りそうなスピードで画面が切り替わるモニタ画面を眺めた。ローラースケートに乗った主人公を操る美香の腕前はかなりのものだ。

「うまいねえ」

横に立ち、半ば本気で赤松は呟いた。返事はない。だが、その一言が気をよくしたのは、より激しくなったアクションですぐにわかった。

「このゲーム持ってるの?」

コントローラーを操作しながらうなずく。目は赤松にではなくモニタを見つめたままだ。

「買ってもらったんだね。いいなあ。これ高いでしょう」

「お小遣いで買ったの」

初めて美香がこたえ、赤松の手にあるゲームをちらりと見た。「それと同じ奴」

「そうだよね。でも、うちの子はこんなにうまくできないだろうなあ」

赤松は感心したようにいい、「最近は一万円ぐらいお小遣いもらう子もいるらしいね」

美香はうなずく。

「給料みたいなものだね」

そう赤松がいうと、「そうだよ」という美香の返事があった。

「君もそうなの？」

うなずく。

「すごいなあ。給料日みたいなものがあるのかな」

「あるよ。毎月二十日」

「それで買ったんだ。へえ、今の子は違うなあ。お金持ちなんだねえ」

「そうかもね」

美香は平然としていった。

『ポケロボ』の発売日は十一月十七日。美香の「給料日」の三日前だ。赤松が着目したのは、そこだった。もちろん、証拠があるわけではない。

美香は赤松が脇にいても一向にゲームを止めようとはしなかった。それどころか、動じることなく堂々としているその態度は、どこかふてぶてしさを漂わせ、遊び慣れた大人の感覚に通じるものがある。こんな時間に、ひとりでおもちゃ売り場をうろつくことになんの罪悪感も感じていないのは明らかで、この少女はあきらかに赤松家とはかけ離れた家庭環境でまったく異なる常識のもとに育てられてきたのは明白だった。

赤松は腹の底で渦巻いている疑問や怒りの感情とともに、ふうと細く吐き出した。

この日、赤松が電器店を覗いたのは一度美香という少女がどんな子供なのか、ただ単にそれを確かめたかったからだった。幸か不幸か「給料日」のことなどを聞き出してしまったが、何かを聞き出すことを目的としていたわけでは決してなかった。

だがいま、赤松の胸に、この美香という子供と実際に話してみて、自分の仮説を直接ぶつけてみたいという衝動が湧《わ》き上がった。それはどうしようもなく赤松を翻弄《ほんろう》し、心の中にあった車止めをあっという間に吹き飛ばす。

「小学校の話だけど、大金を学校で盗まれた子がいるらしいよ」

返事は無かった。美香は何も聞こえなかったかのようにコントローラーと格闘し続けている。

赤松は構わず続けた。

「ひどい話だよねえ。でも、本当は盗まれたんじゃなくて、ある子に頼まれて貸したんだってさ。借りた子は、それでゲームを買ったらしい。給料日前だったから、ゲームが欲しくてもお金が無かったんだね、その子は」

赤松が見ている前で、美香の横顔から表情が抜け落ちた。モニタの中で、それまで素晴らしい動きを見せていた主人公がなんでもない場面で手すりから滑落し、動かなくなる。

「そんなにまでしてゲームが欲しいのかなあ」

そういって赤松は自分の手の中の箱を感慨深げに見やり、視線を上げたところで、こちらを見やった美香と目を合わせた。小さな瞳《ひとみ》の中に浮かんでいたのは、まぎれもない恐怖だ。ＰＴＡ会長として何度か生徒達の前に立っているから、美香には赤松のことがわかったはずだ。だが、赤松が美香のことを知っているとは思わないだろう。事実、片山の娘だからなんとなく知っているだけで、拓郎のクラスで顔と名前が一致している子供はほんの数人しかいない。

コントローラーを体験コーナーの棚に放り投げ、ぷいと美香はその場から遠ざかっていった。俯《うつむ》き加減に、足早に店から出ていく。

レジに向かって歩き出した赤松に、店の前に堂々と止められていた赤いマウンテンバイクにまたがってこぎ出した美香の姿が見えた。

「あの子、よく来るんでしょ」

商品をレジに通しながら、赤松はきいた。今日のレジは赤松も知っているパートの主婦だ。次男の哲郎と同級生の母親である神田恭子《かんだきょうこ》は、ＰＴＡの学年副代表をしている。

「ええ。社教館の続きでここに来るらしいんですけど、そういうのどうかと思いますわ」

その一言で、神田が片山の娘に対して赤松と同じような印象を抱いてることがわかった。

「実はいま揉めてててね。聞いてるかも知れないけど、やれやれだよ」

「また、女王蜂さんですか」

答えの代わりに失笑してみせた赤松は、クリスマス用の包装をお願いした。学年に関係無く、女王蜂の存在をＰＴＡ関係者で知らないものはいない。神田は、レジをバイトの大学生に頼み、隣のデスクでグリーンの包装紙を広げながら赤松にきく。

「例の盗難事件ですか」

「そう。ウチの息子が犯人扱いなんだよ」

「ひどい話ですよね。赤松さんの子供さん達がそんなことするはずないのに。哲郎君なんか本当にいい子。いつもウチの和樹《かずき》がお世話になっています」

「いえいえ」

そうこたえたとき、赤松は「そうだ。ちょっと聞いていいかな」と神田にいった。

「十一月十七日にこのゲームソフトが発売されたんだけど、その日、あの美香という子がここに買いに来なかっただろうか」

神田はラッピングの手を止め、不思議そうに赤松を見上げた。その視線に疑問を感じ取った赤松は、「いや、申し訳ない」と慌てて詫びる。

「そんなことを聞かれても困るよな。悪いね。忘れてくれ」

だが、神田は「それも、盗難事件の関係ですか」ときいた。

「まあ、そうなんだけどちょっと私の仮説が飛躍しすぎているかも知れないし。いや、いいんだ」

神田は銀縁眼鏡《ぎんぶちめがね》の奥から生真面目そうな眼差しを赤松に向け、「わかるかも知れません」といった。「ほんとうに?」。そう赤松がぽかんとした顔でいったとき、すでに神田はレジ脇にある引き出しをあけ、そこにあった領収帳を取りだしていた。

「領収帳?」

怪訝に感じた赤松がきくと、神田は意外なことをいった。

「あの子、領収書欲しいっていうんです」

「なんだって？」

「片山さんって、何をされてる方かわかりませんが、きっと接客業とかで、領収書があれば接待交際費かなにかで落ちるんだと思うんです。それに他で聞いたことなんで本当かどうかわかりませんが、片山さんはその領収書を買い取るんだそうですよ。値段はいくらか知りませんけど」

「世も末だな」

嘆息した赤松の前で、神田は慣れた手つきで領収帳をめくり、すぐに「ああ、やっぱりあったわ」といって、ある控えを赤松に見せてくれた。

だが、六千なにがしかの領収金額が手書きされた日付は、空欄になっている。

「日付は入れないでって、いうんですよ」

もはや呆れ果てる以外の感想は何も出てこなくなった赤松の前で、神田はその控えに貼り付けられたレシートを読んだ。

「十一月十七日の領収書ですね。買ったのはポケロボの最新バージョン。時間は午後四時三十分――間違い有りませんね。これが何かお役に立ちますか？」

「役に立つかどうかはわからないが、今まで推測だけだった事実の穴埋めはできた気がするよ」

「そういえば、クラス会が開かれるんでしょう」

神田はいって、赤松を励ました。「頑張ってくださいね、会長さん！」

「私だったら平静ではいられなかったと思う。あなたで良かったわ」

史絵は虚ろな目を台所の虚空に向けていった。その視線の先にあるのは赤松でもなく、壁でもなく、瞳には何も映していない。

この台所の電球は少し前に替えたばかりだ。それなのに、いま赤松の目に映る家の明かりは赤茶けて暗く見えた。家から笑顔が遠ざかっていき、そして次第に足を伸ばしてきた影がじわじわとその占有面積を広げている。

「どうしようか、クラス会」

ぽつりと史絵が呟く。

「そうだな」

赤松はこたえたが、史絵に希望を持たせるような考えは浮かびそうにない。いま赤松は、家族もろとも複雑な汚染海域を漂っている。盗難事件は単なる派生物に過ぎず、諸々《もろもろ》の夾雑《きょうざつ》を除いた後に辿《たど》り着くのはやはりあの事故だ。

ひとつの事故が、人生の潮目を変えたのだ。

「どうすれば証明できるかしら。拓郎のこと」

「状況証拠しかないからな」

盗難事件の日、片山美香が発売したばかりのゲームを買った。それは「給料日」の直前のことで、美香はもうお小遣いは残っていなかったはずなのに。それに合わせて真下の五千円が盗まれたのは単なる偶然か――？　ばらばらに置かれた事実のピースには、いまのところ何の意味もない。そこに意味を持たせるためには、別な何かが必要だ。

その何かとは――？

「学校に期待するのは無理よ」

諦めたように史絵はいう。それは赤松も同感だった。任せておいても中途半端なヒアリングがせいぜい。挙げ句、女王蜂に怒鳴り込まれて尻拭いだけが回ってくるのがオチだ。

「坂本先生がきいたところで、あの美香ちゃんが本当のことをいうとは思えない」

「じゃあ、真下っていう子は？」

赤松は真下の息子の顔を知らなかった。

「あの子はそんなに悪い子じゃないと思う。ウチにも遊びに来たことがあるし。でも、お母さん同士が仲がいいし、頼まれると断れないような弱気なところがある。前、真下君がウチに来たときに新しいカードもってきてたのよ。それを一緒に遊びに来てた子にちょうだいっていわれて、あの子、断れなくてあげちゃったことがあるの。その後、お母さん同士で話し合って、カードを返してもらったんだけど、家の人がちゃんとみてくれてないと困るって文句いわれたわ。子供とちがって母親のほうは気が強いから」

「なにせ、女王蜂の仲間だからな」

片山淑子と一緒に校長室でつんと澄まして並んでかけていた真下の姿を思い出す。高慢で身勝手。怒りにまかせて相手を見下し、証拠もないのに子供を疑う――。それなのに反論の証拠もなく、ただ一方的に濡れ衣を着せられている現状をどう打開すればいいのだろう。

「拓郎？」

そのとき史絵の視線が動いた。いつからそこにいたのだろう、キッチンと一続きになったリビングのドアの陰に拓郎が立っていた。思い詰めたような表情と、空洞のようになった眼。聞いていたな、と思ったがどうにかなるものでもなかった。

「寝なきゃだめよ」

史絵の言葉に暗い廊下へすっと消えていく背中は、池の底へ反転していく魚のようだ。

「いじめられてるのよ、あの子」

赤松は息を止めた。

「わかってる」

「なんとかしなきゃ」

赤松の胸の中で怒りと焦りがミックスされ、物凄い勢いでブレンドされる。そこから漂ってくるほろ苦く、吐き出したいほどの匂いに胸をふさがれた。

いま赤松には、術がない。拓郎の窮地を知りながら、ただ見守るしかない自分。親として全く体をなさず、ただ在るがままに現実を受け入れるしかない自分。

腹の中で激しくうねる自己嫌悪に、赤松はただ翻弄されるしかなかった。

4

「杉本が異動だ」

小牧は真剣な眼差しを向けてきた。「今朝連絡があった。朝一番で辞令が出て、大阪支社へ異動するらしい」

「大阪？」

微妙な人事だ。杉本にしてみれば、出身地である地元へ戻るという捉え方もできるのではないか。

　だが、そんな沢田の推測を、小牧はきっぱりと否定してみせた。

「そんな甘いもんじゃないぜ、この人事は。大阪支社にも品証関係の部署はあるが、お前も知っている通り単なる取り次ぎだけで研究セクションは無い。だから本来研究職である杉本にとって、この人事は地元大阪に戻れるという以外なんのメリットもない。体のいい懲罰《ちょうばつ》人事さ。辞めるかも知れないということだ」

「懲罰人事だって？」

　沢田はきいた。「杉本が内部告発した証拠でもあがったのか」

「いや――」

　小牧はジョッキのグラスを握りしめたまま、眦《まなじり》を決した毅然《きぜん》とした目になる。「それはない。単に怪しいというだけだ。〝疑わしきは罰す〟の狩野流だな」

「まあ、そうかも知れないが、理由は別にあるんじゃないか」

　沢田はいった。「杉本が内部告発をしたことが証明された後では、左遷させることは法的な障害が出てくる。であれば、証明する前に飛ばしたほうがいい。あとで問題になったとき、内部告発は異動の理由ではないと言い切れるからな」

「なるほど。じゃあ、どうすればよかったんだ、杉本は」

「匿名《とくめい》なんかにするからだ」

　沢田はいった。「正々堂々と、名前を出せば良かったんだよ。まあ、それでもウチの社風だ。社内には居づらくなるだろうが」

「どっちに転んでも地獄だったってわけか。サラリーマンの悲哀もここに極まれりだな。妙な正義感など振りかざすもんじゃないってことか」

「会社という組織において、政治的に動く術を知らぬ者は皆、草食動物だ」

「なら、さしずめ俺は雑食動物だ」

自棄《やけ》気味に小牧は吐き捨て、「な、肉食動物君」と皮肉っぽくいった。

そのとき、沢田の胸の中でずっと波立っていた感情の襞《ひだ》が不快に揺れ動くのがわかった。

このホープ自動車という組織で生きていくのに、生半可な正義感など邪魔以外の何ものでもない。自己利益実現のためのしたたかな戦略あるのみだ。正義と利益には何の相関関係も存在しない。無論、正義を追うことを否定はしないが、深追いもしない。ホープマンとして職務に従事する目的は、正義の実現ではなく、あくまで個人の利益と生きがいを追求するため。通貨に裏と表が存在するように、会社にもビジネスにも裏と表が存在する。その表の部分だけを青年の主張よろしくひた走るお人好しに、欲しいものを手にするチャンスは回ってこない。

だから今回の自分の選択は間違ってはいない——そう沢田は考えた。いや、考えようとしていた。きっかけはともかく、俺は夢を摑みつつある。手段などどうでもいい。大事なのは目的を達成することなのだと。

「おい。おい、聞いてるのか、沢田」

思念にとらわれていた沢田の意識に、そのとき小牧の呼ぶ声が届いた。ふと現実に戻った沢田は、新橋のいつもの焼き鳥屋のカウンターにすわっており、ジョッキを手にしたまま、小難しい面でメニューを睨み付けていた。

「あ、ああ。すまん。なんだっけ」

「なんだじゃねえよ」

小牧は呆れた。「お前さんのあの告発お手紙はどうなったってきいたんだ。何か動きはあったか。狩野がどんな手を打ってくるか気になってな。人ごとじゃないぜ、まったく」

「悪いな」

小さな棘《とげ》が沢田の胸を刺した。

「まあいい。で、どうなんだ」

「どうって……」

小牧が目を丸くした。沢田にしては珍しく口ごもったからだ。「まあ、今のところ動きはない」

沢田の返事は歯切れが悪かった。そうならざるを得ない事情を抱えているからだ。

「おい、大丈夫か。お前らしくないぞ、沢田。まさか弱気の虫にやられちまったんじゃないんだろうな」

「そんなことないさ。まだこれからだ」

自分の口調の余所余所《よそよそ》しさに辟易《へきえき》する。

「その通りだ。それに、『週刊潮流』のほうもそろそろなんじゃないのか。噂だが、『週刊潮流』から何度か、取材の申し込みが来てるのを広報部が全て断ってるって話だ。状況を固めてついに本丸に狙いを絞ってきたな。スクープも近いぞ。そうなったら、お前の告発文書どころの騒ぎじゃなくなる」

「それを阻止するって話もある」

ふと呟いた言葉に、小牧は刮目《かつもく》した。

「マジかよ。どうやって」

「それはわからない。あるスジからの情報なんだが」

沢田を見つめる目が細められた。

「確かなスジか」

返事の代わり、沢田は首を傾げた。たしかに、浜崎は自信たっぷりだった。だが、その自信の根拠は最後まで示されなかった。もとより、本音をそのまま口にするような相手ではない。本当に阻止できるのなら良し。だが、それができなかった場合、ホープ自動車は窮地に追い込まれる。沢田が告発文書を書いたのはあくまで社内の構造改革を促すためであり、社会的にホープ自動車が追い込まれるような事態は想定外だ。

「月曜日の発売だな、あの雑誌は。十九日の月曜日あたりが臭いが、こればかりは静観するしかない」

苦々しくうなずいた沢田の胸に罪悪感が募った。本気で沢田を心配する小牧に、浜崎から提案された人事案とその交換条件の話はとてもじゃないが切り出せない。沢田は小牧を裏切り、ひそかに狩野の軍門に下ろうとしているのだった。掲げていた大義名分や派閥の論理を、自己の利益へとすり替えたのである。話せるはずはなかった。小牧だけではない、部長代理の野坂にも、部下の北村にも。決して明かすことのできない秘密を、沢田は抱えた。

ふと沢田は夕べ交わした英里子との会話を思い出した。

「俺、商品開発部へ行くよ。その仕事がしたいから」

そういったとき、英里子は息を飲み、「そっか」と小さな声でいった。夜、彼女が呑むワインに付き合っていた。会話が途絶え、代わりに流れ出したぎこちない沈黙を、「まあ、カスタマー戦略課で苦情処理してても仕方がないからな」という沢田の言い訳が埋める。

「仕事はカッコじゃないし、建前でもないよね」

英里子はいった。「私は今のDJの仕事は好き。ずっとやっていたいと思う。あなたにもそういえる仕事をしてもらいたい。そういうサラリーマン人生を送ってもらいたいと思う。そのためにあなたは、いろんなことを犠牲にして、もしかしたら誰か裏切るのかも知れない。だけど夢を摑もうとする人のことを、誰も非難できないよ。だってその努力は本物だもん。だから私もそれでいいと思う。あなたが決めたなら。でも――」

英里子は言葉を切った。沢田を見つめてくる目は、驚いたことに涙が一杯だった。「でも、本当いうと、あなたはもっと闘う人だと思ってた」

明け方まで眠れないベッドの中で、沢田はホープ自動車に入ってからの十五年間をつらつらと思い返した。

本当にクルマが好きで、いつか自分が開発したクルマを世の中で走らせたいという夢を抱いてホープ自動車に入った。純粋な夢と希望しかなかった二十代、沢田は事業部に配属されて国内外の販社を担当していた。クルマを売る最前線に出向き、いま消費者はどんなクルマを求めているのか、それにどう応えたらクルマは売れるのかということを純粋に追求した日々だった。今から考えてみるとそれは、自分は自動車メーカーに勤務しているのだという素朴な実感で沢田を満たしてくれた貴重な期間だった。

転機は三十歳のときだった。このとき、沢田は調達部に配属され国内工場の材料調達を任される。初めての壁にぶつかった。対顧客だけではなく社内調整という難題をつきつけられたからだ。クルマと客のことを考えていればよかった二十代。それに社内への視点が加わっただけで、なんでここまでと思うほど話はややこしくなる。

戦前は戦車、戦後はキャタピラーをタイヤに替えて、重厚長大のイメージそのままの四輪駆動車で他の自動車メーカーにはない特徴と評価を獲得してきたホープ自動車にとって、製造部門は押しも押されもせぬ花形セクションであった。〝ホープにあらずんば人にあらず〟と言い切って憚《はばか》らなかった親会社の血潮を、分社化され、隔離されたために、ある意味、もっとも濃厚に受け継いでいるこの部門に属する連中のエリート意識と官僚主義。ともすればコストよりプライドを優先させかねない風土は、たったひとつの部品すら沢田の意のままに動かすことを許さなかった。

ここで仕事をしていくためには、製造部門に君臨するしかるべき担当者を説得し、さらにその上を説得する。開けても開けても同じ人形がサイズを違えて出てくる変形した入れ子人形のような組織だ。長く急な階段を一歩ずつ上がる地道な努力と根気が要求された。仕事に嫌気が差し、調達部の仕事からははじき飛ばされていく同期の連中を横目で見ながら、沢田が自分に言い聞かせていたのは、自分が闘っている相手は個人ではなく組織だということだった。

徹底した階級意識と選民思想。この従業員三万五千人の集団に蔓延《まんえん》するその感覚は地下水脈のように組織の根底を流れる血脈であり、それは否定するより克服して慣れるしかない代物《しろもの》なのだと。ホープ自動車という組織で生き、夢を実現するためにはこの洗礼にひたすら耐え、超えていくしかないのだと。

だが、この経験は、ホープという特殊な組織で生きていくために必要な政治的な駆け引きと戦略のあり方を貴重な実戦という形で沢田に教え込んだ。その後販売部に異動になり、組織改革を経由していまの仕事になるまで、沢田はこの調達部時代に培った駆け引きと根回しを武器に、販売部内で〝できる男〟の確固たる評価をうち立ててきた。同時に販売部に来てからは、課長昇格によって調達部にいた頃には見えなかった組織内相関を沢田の視野に運んできた。

会社組織は、地位によって見え方がまるで違う。同じ職場にあって課長と係長でさえ、違う世界を見ている。会社には、目には見えない地図があるのだ。昇格がもたらすものは新たな地図に他ならない。新たな領域が書き込まれた地図には、そこにしかない特産品がある。そのことに沢田は気づいた。そしてその地図によると、沢田の夢にははっきりとした障壁があった。

狩野だ。製造と直結する商品開発部門は、販売部からは一線を画す聖域にあり、その守護神こそ狩野威その人だったのである。

品証のリコール隠蔽から狩野潰しを強引に進めようとした沢田の動機は、実はそうした源泉に根ざしていた。沢田は一連の行動を通して、その視線の先にはっきりと自分の夢を見つめていた。その目は、純粋なクルマ好きの少年だった子供時代と同じだったはずだ。調布の街道沿いでクリーニング店を経営している父に買ってもらったミニカーを、洗濯機やプレス機、乾燥機が所狭しと並ぶ工場の床で走らせていた、あの頃。スカイラインやセリカ、トヨタ２０００ＧＴ。憧れ、塗装が剝げるほど遊んだミニカーは、いまも沢田の心の中では新品と同じ輝きを放っている。いつか自分のアイデアでクルマを作ってみたい。子供たちが憧れるミニカーのモデルになるようなクルマを。

その夢がいま、沢田の目の前に、手の届くところにある。

あとはそれを摑むだけだ。

だが——なぜだろう。

いま沢田の胸に去来するものは、弾けるような喜びでも夢を実現できる胸の高鳴りでもない。

サンドペーパーのようにざらついた感覚だけだった。純粋でも透明でもない、割り切れない感情——。

英里子の言葉は、そんな沢田の気持ちをさらに攪乱《かくらん》し、静かだが無秩序な混乱へと誘い込んだ。

「おい、沢田。沢田——」

再び小牧の声が記憶の階層から沢田を引き戻した。「お前、どこか具合でも悪いんじゃないか」

「すまん」

沢田は詫びる。

「風邪が流行《はや》ってるからな。早く帰って寝たほうがいいぞ」

「そうだな。このビールを飲んだら帰る」

そういうと沢田は、ジョッキのビールをいつにないペースで喉に流し込んだ。アルコールに弱い体質はすぐに意識を朦朧《もうろう》とさせ、瞼の裏側を熱くした。その様を小牧は何かいいたそうな顔で見ていたが、ふうっとひとつ嘆息すると、お代わりのジョッキを掲げた。

沢田が人事部の浜崎を訪ねたのは、その翌朝のことであった。

そのフロアに足を踏み入れた沢田をめざとく見つけた浜崎は、作り笑いを浮かべて足早に近づいてきた。

「やあ、待ってたよ、沢田君！　こちらで話を聞こう」

そういって人事部内にある小さな会議室へと沢田を招き入れる。

「いい話だろうね、当然」

テーブルを挟んで座った浜崎は期待に表情を輝かせ、沢田と向き合っている。何がそんなに嬉《うれ》しいのか、あるいは楽しいのか、その精神構造は見ていて理解に苦しむ。

「いろいろ検討させていただきました」

沢田はいった。「先日の件、お受けしようと思います」

どんな反応をするかと思った浜崎は、その瞬間、ぐっと右手を突き出して握手を求めてきた。

「おめでとう」

わずかに生じた沢田のためらいはその浜崎の言葉で抹殺《まっさつ》され、まるで国交を結んだ元首同士のような大仰な握手に誤魔化された。

ありがとうじゃなく、おめでとうかよ。

おめでたいのだろうか。本当に。

「君の意向が確認できたのだから、事は早いほうがいいね。急げば次の人事異動に乗せられるな」

沢田は持っていた手帳のカレンダーを見た。

「後任はそのとき同時に発令されるんですか」

「もちろん。年末で慌ただしいが、早いほうがいいだろう。そうすれば新年から君は晴れて新部署の一員だ」

「肩書きは何になります？」

浜崎はそのときだけ表情を曇らせた。

「申し訳ないが君の年次だと昇格というわけにはいかない。課長職の横滑りになる。ただし、どの課になるかは商品開発部長と相談になるから、いまはっきりとはいえない。できるだけ君の意向に添えるようにするつもりだ」

どこの課でも、沢田に異存はなかった。

初めて笑みらしいものをこぼした沢田の表情を満足そうに見つめた浜崎は、「人事は発令されるまで他言無用で頼むよ」と釘を刺すのを忘れなかった。

沢田が企んだ告発のシナリオも、狩野追い落としの作戦も、いまここに終結した。沢田は新たな人生を歩むための手続きを完了し、てっとり早く夢を実現するチャンスを摑んだのだ。

そしてこの同じ日、部品返却と損害賠償を求めた赤松運送の訴状が東京地方裁判所に提出された。

5

無事、訴状が受理されたという小諸弁護士からの連絡は午後、赤松の携帯にかかってきた。

「ありがとうございます、先生。これからよろしくお願いします」

いよいよ裁判が始まる。その緊張感に気を引き締めた赤松が、小諸と事務的なやりとりをして電話を終えた時、入れ違いに尾山西小学校の坂本がかけてきた。

「実は、拓郎君がひどい喧嘩をしたものですから、お知らせしようと思いまして」

山本電器店で片山美香と話した翌夕のことである。

外出から戻り、一息ついたばかりだった赤松は、驚いて聞き返した。

「うちの拓郎がですか？」

普段から大人しい拓郎は喧嘩などしたことがなかった。

「いま職員室で事情をきいてるんですけど、理由をいってくれないんです」

「それはすみませんでした、先生。それで拓郎は？」

「なにをきいても黙ったままで。実は喧嘩の相手というのが真下君でして。何か事情があるようなんですね」

真下？　史絵との話を拓郎がきいていたことを思い出した。まさか。

「できましたら、ちょっと来てお話を聞いてあげてもらえませんか。拓郎君もお父様の前なら話をするといってるんです」

「わかりました。いますぐ伺います」

赤松は事務所を出て、小学校まで小走りに走った。走りながら史絵に電話をして事情を話した。気が動転して怒りだした史絵を宥《なだ》めつつ、学校に駆け込む。出てきた坂本先生とともに校長室へ行くと、そこに拓郎と喧嘩相手の真下の息子がいた。

先生にこっぴどく叱られて泣きじゃくっているか、泣きはらした目で赤松を迎える拓郎の姿を勝手に想像していた。ところが、いま赤松の前にいる拓郎は、怒りに蒼ざめ震えていた。赤松には目もくれず、物凄い形相で真下を睨み付けたままだ。こんなに怒った拓郎を、赤松は見たことが無かった。紺色のフリースの汚れがどんな喧嘩だったかを物語っている。そして、赤松の想像に反して、泣きはらした顔で俯いてソファの反対側に座っているのは、真下のほうだった。顔は涙と土埃でぐしゃぐしゃに汚れており、白いセーターの一番の上のボタンは弾け飛んでいた。

「ああ、赤松さん」

二人から事情を聞いていたらしい倉田が立ち上がってきて、困ったような顔をして子供たちを眺めた。

「坂本先生からお知らせしたと思うのですが、この二人が喧嘩しまして。放課後だったんですが、グラウンドで取っ組み合いです。見ていた子の話によると、いきなり赤松君のほうから殴りかかったということでして」

「申し訳ありません」

深々と頭を下げたものの、赤松は信じられない思いで拓郎を見下ろした。その横に座り、「なんでそんなことした、拓郎」。そうきいた。

返事はない。だが、真下を睨み付ける表情は、烈火の如くだ。

「真下君、なんでこんなことになったんだ。君も黙っていないで話しなさい」

そのとき倉田が口を挟んだ。それまでしゃくりあげていた真下が返したのは返事の言葉ではなく泣き声だった。

「言えよ、真下!」

拓郎の言葉に赤松は瞠目《どうもく》する。校長室のドアが激しく引き開けられ、「トオルちゃん!」というヒステリックな声が響き渡ったのはそのときだった。

ジーンズにダウンジャケットという普段着の母親が真下に駆け寄る。「大丈夫？　怪我はなかった？」。そんな言葉がひとしきり続いた後、燃えるような怒りの眼差しが赤松と拓郎に向けられた。

「どういうことなんですか！　聞きましたよ。お宅のお子さんから一方的に殴りかかってきたって」

赤松は返事に窮《きゅう》した。

「本当になんなんですか、お宅は。お金は盗む、喧嘩はする。何かウチの子に恨みでもあるんですか！」

「盗んでません！」

負けないぐらいの声で叫んだのは拓郎のほうだ。いま真下少年に向けたのと同じ怒りの表情をその女に向け、また同級生につかみかかろうとする。

「こら、よせ」

慌てて止めた赤松はわけがわからなくなった。大人しく、手のかからない子供だと思っていた。そんな息子が、まったく思いもかけない一面を見せて、相手に飛びかかろうとしている。

赤松は力ずくでその肩を両手で押さえ、自分のほうを振り向かせた。

「拓郎！　ちゃんと話しなさい。そんなやり方じゃ解決しないんだぞ！」

「パパだって解決できないじゃないか」

鋭い一言に赤松は息を飲んだ。「ぼくが泥棒呼ばわりされてみんなにいじめられてるのに、パパだって助けてくれなかったじゃないか」

「何いってるんだ。先生だってお前のことを信じて、犯人探しをしてくれたじゃないか」

「探してない！」

拓郎は言い張った。「片山さんや真下君のお母さんが怖いから、探してるふりをしただけじゃないか」

「拓郎！」

その体を揺すった。「喧嘩をすることがお前の解決策なのか？　ちがうだろ、それは」

「殴られて当然だよ、こいつは」

あっという間の出来事だった。ソファを蹴った拓郎は真下へ突進していく。その胸ぐらをつかんで、「いえよ、真下！　本当のことをいえってば」。真下を激しく揺さぶる息子を校長と二人がかりで引き剝がす。

真下が激しく泣きじゃくり始めた。

「なんてことするのよ！」

ヒステリックに叫んだ真下の母親に、拓郎は目もくれなかった。

「お前がいわなきゃ、ぼくがいうぞ。それでもいいのか、真下！」

拓郎が叫ぶ。その言葉に、なんのことかと真下の母親の目が倉田と坂本のほうへ泳いだ。

「何のことといってるんだい、赤松君は」

能天気な校長の一言に、「盗難事件のことに決まってるでしょう！」と赤松も返す。

「そうだな、拓郎」

気迫の沈黙でこたえた拓郎は、泣いてばかりいる級友についにしびれを切らしたようだ。

「五千円をどうしたんだよ！」

そう畳みかける。「片山さんに貸したんだろ、真下。そうなんだろ」

校長室に置いてある花瓶《かびん》に罅《ひび》が入った、かと思った。真下の母親があげた短い悲鳴はまさにそんな感じだった。

「なにデタラメ言ってるのよ、あなたは！」

それは自分の息子にではなく拓郎に向けられた言葉である。

拓郎は動じない。代わりに、物凄い形相で母親を睨んで気後れさせた。

「まあ、なんて子でしょう！　ほんと、ご家庭でどういう教育をしてるんでしょうね。この親にしてこの子ありで――」

「どうなんだよ、真下！」

真下ママなど無視して拓郎が問いつめる。

「……ごめんなさい」

一層、泣き声を上げた真下から、謝罪の声が聞こえてきたのはそのときだった。高慢ちきな女の目が極限まで見開かれ、固まった胴体ごと粉々に砕け散ったかに見える。

「ごめん――なさい」

しゃくりあげ、細切れになりつつ真下が呟く言葉は、途中でわっという泣き声にかき消される。

「どういうことでしょう、赤松さん。説明していただけませんか」

赤松はふうっと頬をふくらませ、壁画にでもなったかのように動かない母親と泣いている少年を眺める。

「聞いての通りですよ。真下君はお金を貸したんです」

「貸した？　それならまた、なんで盗まれたなんて彼はいったんです？」

倉田はどこまでもピント外れだ。

「それは私が説明することじゃない。真下君から聞いてください、校長先生が直接ね。それとも、お母さんが怖いですか」

全員の視線を集めて真下はまた泣き出した。気弱な性格そのままに。だから片山の娘に利用され、つけ込まれるのだ。

「真下君。本当かい、いまの話」

泣きながら、真下は小さくうなずいて認める。

「なんでそんなことをしたんだ」

「片山さん――が、盗まれた――ことに、しようって――」

それから職員室で泣きながら真下が説明したことは、やはりというべきか、赤松の仮説をほぼ忠実になぞっていた。ゲーム欲しさに片山美香は真下から五千円を借り、小遣いの残りを合わせて新発売のゲームを買う。借りたお金を返した――つまり拓郎のランドセルに入れたのは「給料日」の後だ。その間、お金は盗まれたことにすれば二人は叱られることはない。

赤松にはひとつわからないことがあった。

「なんで、拓郎を犯人にしようとしたのかな。どっちがそうしようっていったの？」

「それは――」

真下は口を噤《つぐ》んだ。

「はっきりいいなさいよ！」

〝ぶちギレ〟状態の母親の激昂に、真下はまた泣き出しそうな顔になった。「片山さんだよ。赤松君をそれでやっつけろ？　やっつけようっていったんだ」

やっつける？　その言葉は残酷な響きとともに赤松の胸にも刺さった。拓郎はじっと真下を睨み付けている。

「どうして。理由は？」

赤松はきいた。自然にきいたつもりだが、声は怒りで少々震えた。

「片山さんのお母さんが赤松君のお父さんをやっつけようって話してたって」

赤松は隣にいる拓郎の体に腕を回した。だが、その腕を振り払った拓郎は、激しい口調で痛点を突いた。

「話してたって誰とだよ！」

「うちの……ママ」

真下の母親が凍り付いた。怒りと羞恥に顔面を真っ赤にし、「何いってんのよ！」と息子の頬を張り飛ばす。また泣き出した真下の脇で大きく肩を揺すって息をしている真下の母親は、その場を取り繕おうとする。

「う、嘘です！　トオルちゃん、あなた何いってるのよ！　そんな話してないでしょ！」

「真下さん」

努めて静かな口調で、赤松はいった。「私にいいたいことがあるのなら、今度のクラス会でどうぞおっしゃってください。ただし、今回の盗難事件——今となっては盗難とはいえないことは明白ですが——それについての報告を兼ねたクラス会です。あなたと片山さんにも是非ご意見を伺いたいですね」

目に恐怖を貼り付けたまま、真下は完全に言葉を失った。

「ごめん。パパ」

拓郎と一緒に学校を出た。

「謝る必要はない」

赤松はいった。「パパこそお前に礼をいいたい」

不思議そうな顔で拓郎は赤松を見上げる。

「勇気をもらったよ。どうしようもないとき、お前は体当たりして一人で問題を解決した。正直、パパはお前にそんな勇気があるとは思わなかった。そのとき気づいたんだ。パパは今日お前が振り絞ったような勇気を忘れていたかも知れないなって。それに気づいた」

「パパは勇気あるよ」

拓郎はうれしいことをいってくれる。

「ぼく、パパの真似をしてるだけだよ」

「ありがとうよ」

長男の頭をくしゃくしゃに撫でたとき、こみ上げてきた涙に夕景が滲《にじ》んだ。

6

コバルトブルーの空だった。前夜遅く降った雨が空中の埃を払い落とし、いま、身を切るような北風がそぼ濡れた街をしんと冷やしている。

昨夕の出来事は、その後あっという間に母親たちの間に伝わっていった。もちろん、その話を最初に伝えたのは妻の史絵である。ひとりに話すと、そこから別の誰かに伝わり、さらに別な誰かに伝わる。そのたびに、「聞いたわよ、赤松さん」的な電話がかかってくるという具合で、結局、史絵は家事もそっちのけで八時過ぎから、呆れたことに十二時過ぎまで受話器を握り締める羽目になった。ところが——。

「ほんと、失礼よね」

その翌朝、つまり今朝になって史絵は膨《ふく》れた。「張本人の女王蜂からは謝罪の一言もないのよ。学校から連絡はいってるはずでしょう。だったら、真っ先にうちに電話を寄越すのがスジってものでしょうに」

「電話をかけても、通じたかどうかは怪しいね。ゆうべはずっと話し中だったじゃないか」

「まあそうだけど」

史絵は不満そうだったが、クラス会を乗り切れるという見通しが立ったことに、赤松はほっとしていた。またそれ以上に、困難に立ち向かう勇気を得たこともうれしかった。

もちろん、その困難を乗り越えることが容易ではないことはわかっている。

いまの赤松運送は、児玉通運からの下請け仕事でなんとか食いつないでいる片翼飛行であり、それをいよいよ悪化させているのはコンプライアンスを理由にした東京ホープ銀行の支援拒否だった。これに、はるな銀行という救世主が現れたのも束の間、例の訴訟で稟議は棚上げされたままだ。人間にたとえれば、集中治療室でなんとか延命措置をほどこされているような状況だ。

何か一つでも欠けたら即座に心肺停止に追い込まれるだろう。それでも赤松はホープ自動車が不遜《ふそん》にも提案してきた補償金を断り、裁判に訴えるしか選択肢がない。四面楚歌と八方塞がりが同時に押し寄せてきた暗闇の中で、一筋の光明があるとすれば、それは『週刊潮流』の記事だけだった。

いや、光明どころかこれは切り札だ。

このスクープが出たとき、ホープ自動車の沢田がどういう態度に出るのか。赤松と赤松運送を犯人扱いした刑事たちがどんな反応を示すのか。それが見たいと思った。

家族のため、社員のため——赤松が失った信用を、この記事が取り戻してくれるのではないか。己にかけられた疑惑さえ払拭《ふっしょく》すれば、なんとかこの状況を切り抜けることができるはずだ。

「社長、さきほど東京ホープ銀行の小茂田さんから電話がありまして、十時に来社されるそうです」

出社した赤松にそう告げた宮代は、脂の浮いた鼻の頭を人差し指でこすり、少々不安そうな顔を赤松に向けた。

まだ時間は午前九時前だ。そんな早い時間に銀行から電話がかかってくること自体、珍しい。

「八時半頃かけてきましたな。それもえらく急いだふうで」

「用件は？」

「支店長が来訪したいとのことです」

「いまさらかよ」

赤松は呆れたが、宮代は表情を曇らせたままだ。

「なんの用事ですかと聞いたんですが、いわないのが気になりますな。支店長から直接お話ししますの一点張りだ」

凶兆を告げる占い師のような口調になった宮代に、赤松は苦笑した。

「いまさら、東京ホープ銀行に支援云々でもないさ。なんの用事か知らないが、心配するには及ばないだろう」

「だといいんですが。どうも銀行ってところは」

先代の時代からさんざん嫌な目にあってきたことを思い出したか、宮代は顔を顰めてみせ自席へと戻っていく。

田坂の支店長車が赤松運送の敷地に入ってきたのは、約束の時間通り、午前十時だった。銀色のセダンは事務所の入り口で田坂と小茂田の二人を下ろすと駐車スペースへと消えていく。

「お忙しいところ申し訳ない、社長」

応接室に通すと、田坂はそういって頭を下げた。小茂田はどこか緊張した面持ちで脇に控えている。

「いえいえ。融資してくれるのならいつでも大歓迎です」

冗談めかした赤松の言葉だったが、むしろ田坂は表情を引き絞った。

はるな銀行に新規融資の申し込みをすることは小茂田に話してある。もしかすると、それを聞きつけた田坂が、融資を再考すると言い出すのではないかという思いもあった赤松だが、甘すぎる思惑はあっさりと外れた。

「実は社長、今日はその逆の話で伺いました」

湯飲みを口に運びかけた手をとめ赤松は相手を見た。

「逆とは？」

「当行の融資を返済していただきたい」

言葉が出なかった。

手にしていた湯飲みをゆっくりとテーブルに戻し、田坂を見つめ返す。赤松の脳は一瞬、思考を止め、唐突に真っ白なページを突きつけられたように戸惑った。

「御社の置かれております状況、ならびに御社の業績を勘案しますに、債権保全を必要とするに相当の事由にあると判断いたしました。従いまして、当行としては御社に対して供与して参りました期限の利益を――」

「ちょっと待ってくれ」

赤松は慌てて遮《さえぎ》る。「すまないが、何をいってるのか、まったく理解できない。わかるように説明してもらえませんか」

「つまりですね」

田坂は小さく咳払《せきばら》いすると、針金の如くそっけない視線を向けてきた。「私どもとしましては、御社の信用状態に大きな懸念を抱いております。具体的に申し上げますと、まもなく行き詰まる可能性が高い、と。銀行のルールでは、そのような事態になったとき、債権回収ができるようになっていまして、そんなわけですからいま融資している金額を全額返済していただきたいと、こういうことです」

「ふざけないでください。なんの根拠があってそんなことをおっしゃるんです」

赤松は声を荒げた。

「根拠？」

田坂が静かにいった。「いまさら根拠といわれるんですか、社長。あれだけの事故を起こし、さらに大口取引先も失われたでしょうに。その穴埋めもできないまま、今度は訴訟ですよ。さらに警察の捜査もまだ続いていて、依然として逮捕される可能性は拭《ぬぐ》いきれない。これが根拠じゃなくてなんです。十分すぎるぐらいですよ」

赤松は体を乗り出して声を大にした。

「事故原因は整備不良じゃないっていってるでしょう！　それはまもなく明らかになるはずです」

「どうですかね」田坂はうそぶく。

「スクープが出るんですよ」

田坂と小茂田が顔を見合わせた。

「どういうスクープです？」

「『週刊潮流』」

赤松はいった。「次号でホープ自動車の脱輪事故に関する記事が出る。ウチの事故だけじゃないんですよ。ホープ自動車の脱輪事故は他にも起きていて、そのほとんどの事故をホープ自動車は整備不良で片づけているんだ」

「週刊誌の記事でしょう、所詮《しょせん》」

田坂の返答は、冷ややかだった。「その記事の信憑性《しんぴょうせい》そのものだって疑わしい。それに、ホープ自動車の事故が他にあったからって、いま御社が置かれている状況が改善する理由にはならないと思いますが」

「そんなことはありません」

赤松はやっきになって反論した。「記事が出れば社会的な関心は高まるはずです。そうなれば、今まで事故をユーザーの責任にしてきたホープ自動車の対応は必ず問題になる。警察の捜査方針にも影響を与えるでしょうし、おそらく訴訟だって潮目は変わるでしょう」

「いわゆる希望的観測って奴ですか」

田坂は失笑した。「本当にそうなればいいですけどねえ、社長。だけどその確率がいくらあります？　『週刊潮流』の購読者が何人いるかわかりませんけど、その記事が出たからといって、社長が期待するほどのインパクトが本当にあるんですかね。私にはそうは思えませんよ。だいたいあの雑誌は、名誉毀損だなんだとしょっちゅう訴えられてたんじゃなかったでしたっけ？　そんな雑誌に記事が出るから大丈夫だなんていわれてもねえ。われわれ銀行は銀行の論理で動いてるんですから」

銀行の論理かよ。上等だな——赤松は燃えるような眼差しを田坂に向けたまま内心呟いた。

そいつはさしずめ銀行の〝常識〟と言い換えてもいいのだろうが、それこそまさに「銀行の常識、世間の非常識」と揶揄され、批判されてきたものに他ならないのではないか。

「これは貸し剝がしじゃないですか、支店長」

赤松は抗議した。「お宅の返済が滞ったことは一度もない。まがりなりにも長年の取引をしてきた経緯もある。今まで事ある毎《ごと》に協力してきたのに、逆境になった途端に債権回収だなんて、恩を仇《あだ》で返すような話じゃないんですか」

「お言葉ですが、当行が恩義を感じるようなことをしていただいたという認識はありませんね」

ぬけぬけと田坂は言い放った。

「恩もへったくれもないだと？」

ついに赤松は怒鳴った。「それが不良債権まみれになったときに、公的資金を注入してもらってようやく立ち直った銀行のいうことですか！　こっちの言い分には耳も貸さずに、貸し剝がしだなんて、中小企業を舐めるのもいい加減にしてくださいよ！」

「私はね、社長、債権保全を専門にしてきた銀行員だ」

田坂はいい、額に皺を寄せて前かがみになった。「バブル期、不良債権まみれになった支店ばかりをまかされ、不可能といわれた融資の回収で認められた。その経験から得た教訓は実に簡単だ。怪しい会社には貸すな。危ないと思ったらすぐに引き上げろ、です」

かっと血が上り、赤松の思考回路は機能不全に追い込まれた。

「ウチが怪しいんですか。危ないんですか、支店長。そんなのあなたの勝手な思いこみでしょうが」

「思いこみとか、そういうレベルの話ではないんだな、社長。御社は業務上過失致死傷の容疑者で、場合によっては行き詰まる可能性がある。それだけで充分だ。ここで追い貸しすれば、後々で私の立場はない。それでなくてもコンプライアンス上の問題はまぬかれない。これは正式な結論だ」

銀行が一旦出した結論は絶対だといわんばかりの言い草だ。それにも腹が立った。

「田坂さん、あんた、今やろうとしていることが人間としての道から外れているとは思わないのか」

「勘違いされているようですから申し上げますが」

田坂はしゃあしゃあといった。「そもそも、原因をつくったのは赤松さん、あなたのほうじゃないですか。整備不良から事故を起こして警察沙汰にしたのもあなたなら、新聞にたたかれ、大口取引先を失ったのもあなた。後付けでどんな理由をつけたところで、そんなのは責任逃れにしか聞こえない。何もなければ私どもだって今まで通りお付き合いさせていただいた。いま銀行ではコンプライアンスに関しては非常に厳しいんですよ。さらに業績悪化ともなれば、融資打ち切り、債権回収の運びになったとしても当然だし、責任の一切合切は御社にあるとしかいいようがない」

整備不良ではない、とどれだけ主張したところで、田坂が耳を貸すつもりがないのは明らかだ。無益な押し問答が続くだけ——。

そう悟った赤松は、憤然と腕組みをして肘掛け椅子に深くもたれると銀行員二人に燃えるような目を向けた。

「残念ながら、お宅の融資を返済するような金はない」

「一応、請求書を発送させていただきます」

今まで黙っていた小茂田が口を開いた。

「請求書だと？」

「ええ。ウチの融資を速やかに返済していただきたい旨の内容の手紙を郵送しますから、よろしくお願いします」

「そんなもの必要ない」

赤松がいうと、小茂田はこまっしゃくれた、レジスターのような顔の中で、眼鏡を人差し指でつと上げた。

「御社にとって必要でなくても、当行にとっては必要なんで」

「それはウチに潰れろということですか！」

「そうはいっていません。ただ、融資した金を返してくれと申し上げているだけです」

「同じじゃないですか。どこが違うっていうんです」

赤松は歯ぎしりした。「気にくわない相手には屁理屈をつけて融資を引き上げる。そもそもそれが、銀行ってところのすることなんですか」

「どうも、社長には何をいってもわかっていただけないようで」

田坂は呆れたといいたそうな顔になった。「とにかく――私どもが申し上げたいのは、御社の業績が危険水域に入ったので、借金を返して欲しいと、まあその一事に尽きるわけです」

「じゃあ、ここではっきりと返事をしておきます――そいつは無理だ！」

赤松は嚙みつかんばかりにいった。だが、こういう話になれているのか、田坂は平然としている。そして、

「無理だろうが、なんだろうが——」

冷酷に言い放った。「返してもらうべきものは返していただきます。そういうことですので、ご承知おきくださいますよう。用件は以上です。お忙しいところ、お手間を取らせてすみませんでしたね、社長」

一方的に告げ、田坂らはそそくさと帰っていった。


「どうされました、社長」

異変を察したらしい宮代が顔を出した。

赤松は肘掛け椅子にどっと体を埋《うず》めたまま、しばらく口がきけなかった。テーブルには、事務員が出したときのまま、まったく手をつけていない湯飲み茶碗が三つ並んでいる。窓から快晴の空が見え、不釣り合いな柔らかな日差しが赤松の足元に差し込んでいた。

「金を返せってよ」

「は？」

一瞬ぽかんとした宮代は、聞き間違いだと思ったらしい。「なんとおっしゃいます」

「融資を全額返済しろと、そういいやがった」

「どういうことです」

事情を説明した赤松の胸に迫ってきたのは、地面の底が割れるような怒りと悔しさだった。

「もうこれ以上悪いことなんかないと思っていたが、間違ってたらしい」

蒼ざめた宮代は、降って湧いたような厄災にうろたえていた。

「どうします、社長。いま銀行にそんなことをされたら——」

「これは喧嘩だ」

赤松は自分に言い聞かせるかのように吐き捨てた。「敵は大ホープ。それでも買うしかない」

理不尽さに言葉に詰まった。「だけどこれだけはいえる。正義は我にありだ。そうだろ、宮さん。くそっ、アッタマに来た！」

あえて、おちゃらけてみた。余計に空しさが募《つの》って赤松は泣き笑いの表情を浮かべる。無理に浮かべた笑いはすぐに消えた。やがて、今し方まで二人の銀行員がいた虚空へ射るような視線を投げたまま、赤松は言葉もなくその場に佇《たたず》んだ。

7

「まずいですね、それは」

はるな銀行蒲田支店の進藤課長は、そういって厳しい表情になった。

その日の午後のことである。蒲田にある取引先に寄ったついでにはるな銀行に顔を出した赤松は、東京ホープ銀行の回収方針を進藤に報告したのだった。

はるな銀行には黙っていればわからないんじゃないですか、と宮代はいったが、騙《だま》すようなことはしたくない。

赤松にとっては不利にしかならない話だということは承知の上である。

「東京ホープ銀行からそっぽを向かれてしまったわけですから、審査での印象はますます悪くなるんでしょうね」

そういって肩を落とした赤松に、進藤は意外なことをいった。

「いや、そっぽを向かれることがまずいというのではなく、もっと別なことです」

「別なこと？」

「東京ホープ銀行さんは請求書を出されるとおっしゃったんですね」

「ええ、そうですが」

「で、当然のことですが、赤松さんは請求書通り融資を返済する意思はないんでしょう」

「いや。金があれば返してやりたいぐらいですよ、それは。東京ホープ銀行のやり方には腹に据えかねるものがありますからね。でも、無い袖は振れないですから」

うなずいた進藤は、「そのとき、東京ホープさんがどういう手段に出るかわかりますか」ときいた。

「手段？」

「そうです。債権回収の手段です。私が思うに、請求書を出して赤松さんの期限の利益が喪失したとき、次に東京ホープ銀行がとる手段は、預金と融資の相殺《そうさい》だと思います」

赤松は唖然として進藤を見た。

「相殺？　勝手にですか」

「請求書を出すことで、赤松さんの期限の利益を喪失させた以上、回収するためにはまっさきにそうすると思いますよ。東京ホープ銀行さんには確か、二千万円の定期預金と決済資金があるはずですね。それと、二十日になれば、取引先からの入金もあるんじゃないですか」

「その通りです」

「それがみんな融資と相殺されたら、とんでもないことになりますよ、赤松さん」

赤松は絶句した。

「進藤課長、教えてくれませんか。ウチはどうすればいいんですか」

進藤は難しい顔になる。

「とりあえず、東京ホープ銀行に入金になる売上代金を他へ移すことです。ウチに預け替えてください」

進藤はいった。「あとは、万が一にも当行の預金に仮差押通知が発送されないことを祈るだけですね」

「もし——もしそうなったとき、何か切り抜ける方法はありませんか。いま検討していただいているウチへの融資をなんとか実行していただきたいんです。この資金がないと、ウチは……」

赤松は唇を噛んだ。だが、

「申し上げにくいですが」

進藤は決意を秘めた視線を赤松に向ける。「そのときには、万事休すです」

鉛のように重い沈黙が訪れた。やがてそれを破った進藤は「いまは辛抱のときです、社長」と赤松は励ました。

「『週刊潮流』のスクープが出れば、地合いを変えてくれるでしょう。本当の過失がどこにあるのか。ホープ自動車の対応に問題があるとなれば、赤松さん、あなたにかけられていた嫌疑だって晴れるんじゃないですか」

「たしかに」

記事にどれほどの影響力があるかわからないながらも、赤松はうなずいた。まさに縋《すが》るような思いだった。

「待ちましょう、赤松さん」

進藤は祈るような声でいう。

「融資は、そのスクープの後になりそうですか」

腹の底から突き上げてくる不安に、赤松は呻《うめ》くようにきいた。スクープは週明けの十九日。翌二十日は赤松運送の給料日だ。それを払ってしまうと、正真正銘、月末の決済資金が枯渇する。もし、はるな銀行からの融資がなければ、赤松運送は十二月三十日付けで第一回の不渡りを出すことになる。

そうなれば、全ては終わりだ。

赤松は全ての財産を失い、従業員も路頭に迷うだろう。赤松の危機感は破裂寸前の風船のように膨らみ、ぱんぱんに張りつめた。なんとかしなければ、と気持ちばかり焦るのだが、融資にせよ、記事にせよ、赤松の手の届かないところで自らの運命が決せられようとしている。

「スクープが融資の条件というわけではありません。お約束できないのが残念ですが、私どもの努力はわかってください」

「もちろんです」

そういった赤松は、深々と頭を下げてはるな銀行蒲田支店を後にした。

8

「お前が商品開発部……」

テーブルの向こうで、小牧は意表を突かれたように動きを止めた。そして、腑《ふ》に落ちないという表情を浮かべる。

言葉が途切れると、店内の喧噪が二人の間に割り込んできて、並んでいる料理も酒も全て無意味なオブジェに変え、色彩を孤独な灰色に変えた。

こみ上げてきた気まずさに胸を締め付けられ、沢田はその呪縛から逃れようとビールのジョッキを口に運んだ。その場を取り繕うだけの無意味な動作だ。

この夜、小牧を誘ったのは沢田のほうだ。「飲もう」といわれて、リコール隠しにまつわる新展開を期待したに違いない小牧に、商品開発部行きが決まったことを告げなければならないのは、沢田にとって苦痛以外の何ものでもなかった。

小牧の反応をみるまでもなく、今回の沢田の異動はホープ自動車内では異例といってよかった。カスタマー戦略課の責任者になってまだまとまった成果を上げないうちに異動させること自体、従来の常識ではあり得ないからだ。

君への異動の話がある――そう告げたときの野坂の訝《いぶか》しげな眼差しはいまも心に残っている。そして、やけに真剣な顔になって「断ることもできるんだぞ」と念を押した。

断って欲しい――そう喉元まで出かかっているような表情でもあった。

そのとき沢田がきいたのは、「花畑部長はなんとおっしゃっているんでしょうか」だった。

「部長は、君の将来がかかっていることだから、君の意思で決めるべきとの意見だ。いま君という戦力を失うのは痛いが販売部としてはあえて、慰留はしない」

後味の悪さに沢田は顔を顰めた。

「受けるのか」

いまビールから日本酒へと替えていた小牧は、手にしていた小振りなグラスをトンとテーブルの上において聞いた。

「受ける」

沢田が答えると、小牧の瞳の中に、この冬に一度も舞い降ったこともない粉雪《こなゆき》が見えた気がした。冷ややかで、ぬくもりのない景色がそこに映っていた。

「やりかけた仕事はどうするんだ！」

叱りつけるように小牧がいった。

「俺が異動しても、告発した文書は残る。俺が販売部にいようが、商品開発部にいようが、変わるもんか。あの告発文は、販売部として出したんじゃない。俺の名前で出したんだ」

それは小牧にというより、自分に言い聞かせた言葉だった。

「そんなの言い訳だ」

小牧の指摘は沢田の心に鋭く突き刺さった。

「お前はもう嫌になったんだ。田谷《たや》部長は狩野と親しいんだぞ。あそこは狩野の第二のお膝元みたいなもんだ。そんなところにいて狩野を追い落とせるのか、沢田」

商品開発部長の田谷は、狩野の引きもあって、三年前の不祥事を機に部長の椅子に座った男である。

「俺は、社内の内紛がやりたくて自動車会社に入ったわけじゃないんでな」

沢田は悪ぶってみせた。小牧に対してだけじゃなく、自分に対しても。苦しかった。

「もしかして、これは狩野の罠じゃないのか」

うがった小牧の言葉に、沢田は黙り込む。「なあ、沢田。商品開発はお前を黙らせるための餌で、要するに抱き込もうっていう腹かも知れないぞ。そんなんでいいのかよ。お前、悪魔に魂を売るのか。お前自身が踏み絵を踏んでどうするんだよ。狩野がいたんじゃ、ホープ自動車の明日はなかったんじゃないのか」

「だからいったろう。俺は俺だ。商品開発部に異動になったからといって、心まで売り渡すわけじゃない」

「俺には同じに見えるがな」

小牧は、ざらざらとした現実を沢田に突きつけた。「その誘いを受けたら沢田、お前は負けだぞ。それでいいのか。お前、狩野にやすやすとやられちまうような骨無しじゃねえだろう。な、違うよな？　違うっていってくれ、沢田」

懇願するような眼差しを向けられ、グラスを握る沢田の指に力が入った。沢田の目は一旦その中に半分ほど残ったビールに注がれ、それから小牧へと戻る。

「商品開発は、俺の――夢だ」

刹那、小牧の表情は完全に凍り付き、ぽかんとした表情のまま随分長い間沢田を見つめた。

「そうか、夢か。そいつは上等だ！」

小牧は一言、そう呟いたきり、やけ酒でもかっくらうかのようにグラスの酒を一気にあおる。

「聞いてくれ、小牧」

沢田は辛抱強くいった。「俺は自分の手で新しいクルマを作ってみたいんだ。それが子供の頃からの夢だった。その夢がかなうんだ。ついにやりたいことがやれるんだ。どんな理由があれ、それを摑むことがそんなに悪いことか」

小牧の挑むような視線が沢田を睨み付けてくる。

「お前にひとついいことを教えてやろう、沢田」

小牧はいった。「夢ってのはな、そいつを手にした瞬間、現実になるってことだよ。お前は晴れて商品開発部へ行き、専門分野のマーケティングの手腕を振るえるかも知れない。でもな。だからってホープ自動車の置かれている立場は変わらない。崖っぷちに指一本でぶら下がっているような危機的な立場だ。そんないつ墜落して粉々になるかも知れない組織でだな、夢だなんだっていうのは順番が間違ってるんじゃねえか。お前のは夢じゃねえ。たんなる蜃気楼《しんきろう》だ。摑もうとした途端に消え失せ、気づいたときには敵の手中に落ちる。誘い込むための罠なんだよ。目を覚ませ、沢田」

「だったらお前がやればいい」

無性に腹立たしくなって沢田はいった。「そんなにウチの会社が危機的だっていうのなら、お前が告発すりゃいいじゃないか。だいたい家族があるからとかいって、口は出すがリスクは負わないなんて虫のいい話があるか」

「ああそうだろうともさ」

売り言葉に買い言葉で小牧は反論する。「そんな大それたことは俺にはできない。だから、お前を尊敬していたんだぞ。それがなんだ。肩すかしもいいとこじゃねえか。何が商品開発だ。こんなときにひとりご栄転でよかったな、沢田。おめでとう！」

小牧はそういうと、新たに運ばれてきた酒をまた一気にあおって、沢田を睨み付けたまま濡れた唇を腕で拭った。

9

お粗末——。

テーブルの向こう側にかけているホープ自動車の三浦を前に、井崎はその一言をなんとか封じ込めた。

役員会の決定まで得て事業計画の再考を促したのが一週間前。三浦の言葉を借りれば「関係各所が徹夜の連続」で仕上げた促成栽培の報告書を、井崎は見ていた。

喉元まで出かかった第一印象の次に口に出そうになったのは、「まるで図体のでかい中小企業ですね」という言葉だった。

それぐらい、甘い。

数字など、どうにでもなる。

自己満足の表情で、三浦がそう思っているのは手に取るようにわかった。

たしかに、そうかも知れない。

こんな言葉がある。

財務上の損益は、解釈の問題である――。

匙加減ひとつ、解釈ひとつ変えれば、その損益は大きくもなり小さくもなる。黒字になることもあれば、赤字になることもある、という意味である。

それが、事業計画ともなればなおのこと、作り手の意思や思惑によってブレる。

最初は「こうでなければならない」という黒字の計画を作る。ところが、本当にこうなるのかと疑われるとそれがたちまち〝若干黒字〟に変更され、本当はどうなんだと問いつめられると〝赤字幅縮小〟が目標になる。

いま、ホープ自動車が再度あげてきた計画書は、まさに朝令暮改の最たるもので、結果ありきの予定調和にしか見えなかった。

黒字化する時期を、当初の来期から再来期に延期し、本当にやれるかどうかわからないリストラ案が、「改善効果」なるコスト軽減額とともにずらずらと書き並べられているという、シロモノだ。

「こんなモノは屑《くず》だ」とその場で丸めてやりたいところだが、いま井崎の口から出たのは、「とりあえず、検討させていただきます」だった。

三浦の表情にほっとしたものが浮かんだ。

「よろしくお願いしますよ、井崎さん。それでなくても、今回の件では狩野がいたく立腹しておりまして」

　何が狩野だ。鼻で笑いたいのをなんとか堪えた井崎は、「着地の見込みがこれほどまでに変わるとは驚きです。一体、最初の計画はなんだったんでしょうかね」と嫌味をいった。

「想定内ですよ、想定内」

　三浦はいった。

「想定内？　この事業計画書がですか？」

「そうですよ。前回お出しした計画書は予測の上限に近い数字で作成してありましたが、これは下限に近い。だから、想定内です」

「随分広い想定ですね」

　井崎はちくちくという。「でも、こんな予測の下限に近い実績でいいと思っているわけではないんでしょう？　当然のことながら上限に近づくか、あるいはその上限を超えたいと考えていらっしゃると思いますが。だけどそのためには今までにない戦略がいる。当然のことですが」

「当たり前じゃないですか」

　三浦は猜疑心《さいぎしん》を浮かべた目を細めていった。「ウチの経営戦略では劣るとでもおっしゃるつもりですか」

　その通り――そういいたいところを、井崎はまた堪えた。自分も随分、忍耐強くなったものだと思う。

「劣るかどうかは、この場で判断すべきことではありません。それより、私が問題にしているのは、実現可能性がどの程度あるかということです」

「信頼がないですなあ」

三浦は大袈裟に呆れて見せる。この莫迦。あきれたいのは井崎のほうだった。さんざん計画の下方修正をしておいて、信頼もへったくれもあるか。

そこで唐突に井崎は、口を閉ざした。

計画書のページにざっと目を通す。この計画書にはひとつ、経営を左右する大きな要因が抜け落ちている。

「あの件については、ノーコメントですか」

とぼけているのかいないのか、三浦はぽかんとした。

「『週刊潮流』の記事です。社内調査はどうなったんですか」

「しましたよ、もちろん。書いてないのは、とくに報告することが無いからです」

「報告することが無い？」

井崎は、あらためて三浦ののっぺりした顔を見た。どこか情緒の欠落したような、気持ちの通じない表情だ。先日、東京ホープ銀行に単身乗り込んできた榎本の自信に満ちた態度を思い出した井崎は、「どういう調査をしたんですか」と問いつめる。

「関係部署に問い合わせて、事実無根を確認しています！」

けんもほろろ、嚙みつかんばかりに三浦はいった。

「問い合わせた？　それだけですか」

あまりの甘さに、井崎は天井を仰いだ。「それで？　今までホープ自動車で把握している事故は何件あったんです。その事故の原因はなんですか。その原因を特定するのに、誰がどんな方法で行ったんです。そもそも、それは客観的に見て、正しい調査だったんですか?」

榎本は、自分で調べ上げた事故のリストを持っていた。自社製トラックが引き起こした事故に無関心な社員と、執着といっていい関心を示す記者。勝ち目はない。

「そんなことは、あなたにいわれる筋合いではないでしょう」

プライドを傷つけられた表情で三浦は反撃してきた。

「筋合いなんですよ、まだわからないんですか!」

井崎は声を荒げた。「『週刊潮流』にスクープが掲載されたとき、あなたはどうやってそれに反論するんです。事前に情報を摑んでいながら、社内の関係部署にちょこちょこっとヒアリングしただけで事実無根といえるんですか。そんな甘っちょろいことで、記事に信憑性無しと判断できるとお思いですか?　その記事を読んでホープ自動車に疑いの目を向ける人たちを納得させられると思うんですか?」

井崎の危機感とは裏腹に、あざけるような笑みを三浦は浮かべた。憎々しげに細められた目からは、井崎に対する怒りが炎となって噴き出しそうだ。

「そんな記事、本当に出るのかさえ、わからないでしょうに」

あまりのアホさ加減に、頭からすっと血が引いていき、鋭い舌打ちに変わった。

「三浦さん!　もっと真剣に向き合ってください!　ホープ自動車製トラックが起こした事故がそもそもの原因になってるんですよ。人も死んでるじゃないですか」

あの横浜の母子死傷事故の記事を読んだときの衝撃。そして榎本の作成したリストにあった「死亡」の文字。人の命の重みを、この三浦という男はわかっていない。いや、三浦だけではなくホープ自動車という会社そのものがわかっていない。ホープにあらずんば人にあらず——。人ではない者がたとえ自らの過失により命を失おうと、そんな下々の話など関係ないとうそぶくつもりか。

「死亡事故？　ああ、あの母子死傷事故ね」

三浦はどうでもよさそうに吐き捨てた。「あれは整備不良が原因ですよ。それに、あなたは知ってるかな、あのトラック会社に対して被害者が訴訟を起こしたんです。責任があるからこそそういう事態になるわけでしょう」

むろん、その話は、井崎も聞き及んでいた。

「それも当然ですな。整備不良は明らかなのに、当社の責任だといって事故部品の返却を求めてきているヤクザのような経営者ですから、相手は」

その〝ヤクザのような経営者〟は先日、ホープ自動車に対して部品返却の訴訟を起こした。新聞に記載された記事の扱いは小さかったが、マスコミが注目していることは間違いない。

井崎は危惧した。

「世の中の関心を集めた事件です。『週刊潮流』にせよ、運送会社との裁判にせよホープ自動車はしかるべき反論ができるんですか。もしできるのなら、週刊誌はともかく、なんでその運送会社が納得しないいんです」

「ヤクザだからですよ！」

三浦は決めつけた。「苦しくなって、ウチに責任転嫁しようという腹に決まってるじゃないですか」

「どんな会社か信用調査はしてみたんですか」

「もちろん。世田谷の弱小運送会社ですよ」

三浦は莫迦にしたようにいい、ついでにいうとお宅がメーンバンクだ、とつけ加えた。初耳である。

「自由が丘支店の取引だそうで。どんな取引してるか知りませんが、ひどい会社ですねえ」

三浦との面談を終えた後、井崎が向かったのは融資部だ。

そこで顔見知りの今中郁夫《いまなかいくお》を見つけた井崎は、小脇に抱えてきたホープ自動車のクレジット・ファイルに保存された新聞記事を見せる。

「この会社、自由が丘支店と取引があるらしいんだが、担当は？」

「自由が丘なら第三グループだな。おーい、玉置《たまき》君」

隣のシマにいた男に声をかけ、今中はいった。「自由が丘、君の担当だよな。営業本部の井崎調査役がちょっと聞きたいってさ」

そういうと後は頼んだといわんばかりに、くるりと背を向ける。中小企業相手の与信を手掛ける融資部は銀行の工場だ。刺々《とげとげ》しいほど殺伐とした融資部の雰囲気の中で、井崎は玉置という男に赤松運送について何か動きがないか、きいた。

「ああ、あの事故を起こした先ですね」

すぐに玉置は反応し、「あそこはもうダメでしょう」といった。

「どういうことですか」

驚いてきいた井崎に、玉置は自由が丘支店から送られてきた資料を見せた。自由が丘支店長の決裁がある電子文書で、そこに「回収方針」のタイトルを見つけた井崎は、つい二日ほど前の日付を見て息を飲んだ。

「回収……？　そんなに業績が悪化してるんですか」

「赤字は不可避ってところですかね。それより問題になっているのはコンプライアンスですよ。支店の予測では、間もなく業務上過失致死傷で逮捕されるだろうと。そうなればたぶん倒産でしょう」

「まだ逮捕されてないんでしょう」

「田坂さんは厳格ですから。回収はどこよりも早く動くって主義です。聞いた話ですけど、難波支店長時代、取引先の社長が逮捕された詐欺事件でウチの融資金が見せ金として使われたことがあるんです」

その事件なら井崎も聞いたことがあった。悪意の不動産業者が、銀行からの融資金を見せて相手を信用させ、土地の権利証をだまし取った事件だ。

「結局、手続き上の過失は無かったので当時支店長だった田坂さんにお咎《とが》め無しということになったんですが、以来神経質になってまして。こういうことを通じて、コンプライアンスにうるさいってところをアピールしたいんじゃないんですか」

「支店長の点数稼ぎで返済を迫られる会社はたまったもんじゃない」

井崎は呆れた。

「あの支店長はそういう人ですよ。取引先が泣こうが喚《わめ》こうが知ったことじゃないってタイプです」

「ひどいな……」

玉置は考えるような間を置いた。「この赤松運送が、何かそちらと関係があるんですか」

「ホープ自動車とトラブルになっているんだ」

玉置に頼んで赤松運送の詳しい業績の記された資料に目を通した。

事故の第一報を告げるメモがまとめられたのは、発生の翌日。コンプライアンス上の問題を指摘する支店長のコメントはすでにその段階で付されている。いくつかの追加メモにより、井崎は、事故発生以来の赤松運送が置かれた苦境を知った。

バッシング、大口取引先の離反、融資要請とコンプライアンスを理由にした融資謝絶――。先がわからないのが中小企業とはいえ、十月の事故発生から、ここまで転落すると誰が予想しただろうか。この会社はいま社会の信用を失い、資金繰りに窮し、さらに東京ホープ銀行の回収方針によりぎりぎりのところにまで追いつめられている。それでもまだ赤松運送は持ちこたえていた。

「この赤松運送という会社、延滞はあるんですか？」

井崎はきいた。

「いえ」

玉置はいった。「ただ、今月の資金繰りはかなりアブナいという話でした。実は先月も結構ヤバかったらしいんですが、取引先への支払を猶予してもらって賄ったらしいです」

「もう少し助けてやってもいいんじゃないかという気がするんですが、ダメなのかな。当行の一行取引でしょう」

玉置も眉を八の字に下げる。

「私もそんな気がするんですけどね。ただ、現場の意見というのはどうしても重視せざるを得ないところもある。実際に赤松運送が倒産の危機に瀕していることは間違いありません。回収方針の撤回を指示するだけの材料もない以上、やむを得ないでしょうね」

赤松運送のコンプライアンス違反という自由が丘支店の判断は、拙速だ。冤罪《えんざい》、濡れ衣。赤松運送は無実の罪で、東京ホープ銀行からの回収方針にさらされている。だが、いまの井崎にこの会社を助ける術はない。ただ、同じ銀行の看板という以外何の接点もない場所から遠く見守ることぐらいしかできない。

全てがはっきりするまで、なんとか持ちこたえてくれればいいのだが、それにしても——。

何かが狂いだしている。

デスクに戻った井崎は、机上のカレンダーを眺めた。

日付を追った井崎の目は、週明けの月曜日、「19」の上で急ブレーキがかかったように停止する。

おそらくはこの日、『週刊潮流』のスクープが世の中に出る。

果たしてそのとき、どんな事態になるのか。ホープ自動車に対する世間の疑惑が噴出したとき、どんな対応ができるのか。

榎本が書く記事は、ホープ自動車の事業計画書をたちまちのうちに形骸化してしまうだけの威力があるはずだ。

その成り行きを見極めるまでは稟議を書くことはできない。ただの一行も。

井崎はこみ上げてきた閉塞感に、事業計画書が挟まれたファイルを未決裁箱に放り込んだ。

10

「ええ、みなさまにはせっかくのお休みのところお集まりいただきましてありがとうございます」

生憎《あいにく》の空模様。みぞれまじりの雨が降っていた。少々硬い表情ではじまった担任の坂本の話を聞きながら、昨日の晴天が嘘のように陰鬱《いんうつ》な雨雲に覆われている空を、赤松は五年生の教室の窓からぼんやりと見ている。

教室には、五年二組の生徒四十人の親がほぼ全員集まっていた。休みのせいか父親の姿も半分ほど混じり、いつものＰＴＡ集会とは違う雰囲気を醸《かも》し出している。赤松も人のことはいえないが、大柄な父親が子供用の椅子にかけている姿は滑稽《こっけい》でもあった。だが、盗難事件の経緯について説明する坂本の話に、その表情はどれも真剣そのものだ。

担任教諭の説明に耳を傾ける親達の中には、今回の問題を引き起こした片山の姿もあった。欠席するのではないかという赤松の予想を裏切って出てきた片山は、いつか校長室で見たときのような着飾ったなりで、教室の一番後ろに腰かけていた。坂本の話を聞きながら、ときおり隣にかけた真下とひそひそ話を交わす姿は、自分の娘が起こした事件に対する反省など微塵も感じられない。

その証拠に、会合が始まる前、赤松の顔を見ても、謝罪の言葉ひとつ口にせず、つんとしてそっぽを向いた。

あの片山や真下に配慮することは無かったかもしれない。

そんなことを赤松は思った。

そもそもこの日の会合は片山らの主張で開かれたものである。盗難事件の真相究明に難渋する学校の対応を批判し、さらに犯人扱いされた赤松を吊《つる》し上げようとしていた意図は明々白々で、申し入れは悪意以外の何ものでもなかった。

ただ、会合の前、子供達への影響も考えて、盗難事件の真相については、あまり詳細に話さないよう赤松から校長と担任にはそれぞれ申し入れをしておいた。拓郎の話によると、この場で発表するまでもなく、学校では片山と真下のやったことはすでに子供達全員の知るところとなっており、親達もまた報告を受けるまでもなく真相を知っている。

二人の親を吊し上げるための会合では意味がないし、無事解決したことと再発防止のために現金を持たせないといったことを念押しするぐらいでいいのではないか、というのが赤松の申し入れたことである。

クラス会では、一通りの経過説明と今後の対応策について坂本が話し、さらに校長が意見を述べた。

「赤松さん、何かご意見があればお願いします」

発言を求められたのは、小一時間も過ぎた頃だろうか。質問もなく、思ったより平穏のうちに、〝お開き〟の時間が近づこうとしている。

それでは、と赤松は立ち上がって全員に一礼した。

「いま校長先生、坂本先生からお話がありましたが、今回の盗難事件について、個別に誰がやったかということはこの際申し上げません。その代わり、ＰＴＡの会長というより、被害者の立場から――」

刹那、何人かがうなずくのがわかった。「一言申し上げます。まず、私の率直な感想としては、この一連の騒ぎで皆さんにも多大なご迷惑やご心配をおかけしたし、私自身かなり気分の悪い思いをしたということです。誰でも間違うことはあるし、自分の子供を信じたい気持ちもわかります。しかし、自分の勘違いがわかったとき、相手に迷惑をかけたとき、親というより社会人としてどういう行動をとるべきなのか、そこが問題だと思います」

赤松は自分を見つめる親達の最後尾をちらりと見た。片山と真下が顔を寄せ合うようにして、こちらを睨み付けている。

「相手にきちんと謝罪するのが当然ですし、皆さんもその点については同意見でしょう。ところが今回の事件では学校はもとより私のところにも、一言の謝罪もありません。無くなったお金が出てくればいいというものではなく――真相はお金なんか最初から無くなっていなかったのですし――きちんとした謝罪と反省があって初めて事件は解決したと言えるのではないでしょうか。あえてこの場で謝罪しろとはいいません。ですが、そうした親の非常識が引き起こした事件だという印象は強くもちました。それは皆さんも感じていらっしゃると思います。今後、二度とこのようなことが起きないようにしていただきたいと切に願っております。簡単ですが、私が申し上げたいことは以上です」

短い言葉の中に、赤松としてはめずらしく片山と真下に対するありったけの批判を込めた。親達の顔を見れば、いまの赤松の言葉が相当の共感を得たことがわかる。面と向かっていう人はいないが、女王蜂の言動に眉を顰《ひそ》める向きは多い。

教室にはなんともいえない雰囲気が充満し、あちこちでささやきあうような低い声が交わされたとき、咳払いをひとつして校長が立ち上がった。

「赤松さん、ありがとうございます。それでは、臨時クラス会はこのへんで——」

校長の言葉が途切れたので、赤松は雨に濡れた窓に転じていた視線を戻した。校長はいま、ぽかんとした顔で教室の後方を見つめていた。

そこで手が挙がっていた。片山だ。

「は、はい、片山さん。何か」

校長に指され、全員が振り返る中、片山が立ち上がる。遅まきながら謝罪でもするつもりか、と赤松も成り行きを見守る。

「赤松会長の言葉があまりに一方的なので、一言言わせていただけますか」

片山はそういうと怒りに燃えた視線を赤松に向けた。「そもそも、今回のきっかけになったのは単純な子供同士の貸し借りに過ぎません。それがこんな盗難事件だなんだと思いがけないことになってしまうなんて、子供たちも想像していなかったといっています。ではなんでそんなことになったんでしょうか。少々具体的にいいますけど、なんで赤松さんの息子さんがそんな被害者にされてしまうのか、会長はそこのところを反省したほうがいいと思うんです」

反省？　片山から出た思いがけない言葉に赤松の中で怒りの炎がぱっと散った。

「そもそも赤松会長から非常識だなんて言葉が洩れるとは思いませんでした。皆さんもご存じのように先日の交通事故で、赤松さんのミスで人が死んでいると聞きます。警察も捜査中とのことですわね。そして被害者の方から訴訟まで起こされたのは、赤松さん、あなた自身に非常識な行動があったからなんじゃないんでしょうか？」

　憎々しげに、顎《あご》を突き出して片山はいった。

「そもそも、そういう不誠実な対応をウチの子供などは許せないと申しておりました。その気持ちが今回の事件の引き金を引いてしまったんです。そういうことですのよ、赤松さん。あなたに謝れといわれる筋合いはありません。逆にこっちが謝ってもらいたいぐらいです」

　全員の目が、いま赤松に向いていた。同情もある。だが、中には、あろうことか片山の言葉にうなずいている親までいて、赤松は衝撃を受けた。

「本日は臨時クラス会ということで、皆さん集まっていただいているわけですが、実はこの会自体、私が開くよう申し入れて実現しました。校長も担任の先生も、もちろん赤松さんもまったく動こうとはされないので、私が進言したんです。私がここではっきりと申し上げたかったのは、実は事件の真相云々《うんぬん》だけではありません。それは、いま申し上げたように、こんな不誠実な対応で、社会的にも批判され、さらに警察の捜索を受けている方が、本当に我々ＰＴＡの代表としてふさわしいかどうか、それを皆さんによく考えていただきたいと思ったからなんです。いかがですか、皆さん？　この学校のＰＴＡの代表として、赤松さんがいまふさわしいとお思いですか」

　片山は言葉を切って、全員を見回した。「あと三ヵ月もすると、卒業式の季節になります。卒業生達が、あらたな門出を迎えるとき、果たして赤松会長の来賓《らいひん》挨拶でいいんでしょうか。逮捕されるかどうかという瀬戸際にある方が、晴れがましい壇上から子供達にお話しするなんて、少なくとも私の常識では考えられません」

片山は全員に向かって言い放つと、再び赤松を睨み付けた。「赤松さん、このクラス会であなたの会長職を云々することはできません。ですが、あなたに、あなたがおっしゃるような常識があるのなら、いますぐ会長職を辞任すべきだと思いますわ。おそらく、ここにいらっしゃる方の多くもそれを望んでおられると思います。刑事事件の容疑を掛けられている方がPTA会長だなんて、とんでもない。それこそ、私達の常識を疑われます！　私が申し上げたいのは以上です」

そういうと、片山は憤然と着席した。

気まずい雰囲気が教室内に溢《あふ》れた。

赤松は、あまりの怒りに拳《こぶし》が震えた。

こんなばかげた話があっていいはずはない。そう思うのだが、いま自分をちらちらと見ては顔を背ける親たちも、片山の言動をやりすぎだとは思いつつ、そこに一部の理を認めていることがわかる。

「赤松さん、何か一言ありますか」

校長が遠慮がちに赤松にきいた。

「いえ――」

赤松は首を横に振った。

怒りに茫然とし、身動きできないでいる赤松に、ぼそぼそと閉会を告げる校長の言葉が聞こえてきた。

「なんで言い返さなかったの」

史絵は悔しさに眉根を寄せ、赤松にきいた。帰宅した赤松に、「どうだった？」と期待をこめてきいた史絵は、クラス会で片山や真下が火だるまになった話が聞けると疑いもなく信じていたに違いない。

不機嫌を絵に描いたような赤松の表情に異常を察した史絵は、赤松が訥々《とつとつ》と語って聞かせたそのときの様子に唇を噛んだ。

「言い返したかったさ」

赤松はいった。「だけど、言い返してどうなる。いま何をいってもだめだ。根拠のない、一方的な言い訳にしか聞こえないだろう」

「それとこれとは別だって、はっきりいってやれば良かったのよ！」

史絵はいった。「自分のことは棚に上げて、何よ！　拓郎を犯人扱いしながら逆に謝って欲しいですって？　冗談じゃないわ。本末転倒じゃないの」

史絵のいう通りだ。

赤松がショックを受けたのは、片山の発言があまりにも身勝手だとはわかっていながら、部分的には同意する親が少なからずいたということだった。

「俺がＰＴＡ会長にふさわしくないと思っている親は、他にもいた」

史絵は黙ってテーブルを見つめた。午前十時から始まったクラス会は、結局十一時過ぎに終わったが、すでに長い一日を終えたかのように赤松は精神的に疲れ切っていた。

「会長職に恋々とするつもりはまったくないんだ」

赤松はいった。「乞《こ》われて仕方なくなっているだけなんだから。みんなが辞めて欲しいと思っているのなら、いつだって辞める」

「そんなの駄目よ」

史絵はいった。「絶対に辞めちゃ駄目。女王蜂がなんといおうと、あなた自身が潔白だと思ってるのなら、そんなこと考えないで。お願いだから。子供達のことも考えてやって。パパを信じてるのよ」

赤松は深い吐息を洩らした。

「きっと赤松運送の濡れ衣は晴らされるわよ。そのとき、あの女王蜂やそれに同意した親たちを見返してやって。明後日になれば、『週刊潮流』の記事が出るんでしょう。それを送りつけてやりましょうよ、片山さんに。いい気味だわ。その記事を読んで、自分がどんなにバカで失礼な女か、思い知らせてやるのよ」

史絵の憤りの激しさに半ば驚きつつ、赤松は小さくうなずくしかなかった。

はるな銀行の融資、東京ホープ銀行からの債権回収宣告、そしてホープ自動車と繰り広げている部品返還を巡る応酬、訴訟——。その一見ばらばらな事柄が、いまたったひとつの事に集約されていこうとしている事実に赤松は畏怖さえ覚える。

そうだ——。

月曜日に世界が変わる。

歯車が逆転し、甲高い音をたててレールのポイントが切り替わる、その瞬間がまもなく到来する。

いまはひたすら、その時を待つのみ。

憤慨する史絵の言葉の続きをききながら、赤松はきつく瞳を閉じた。

11

冷たい雨の翌日に、さらに冷たい朝が到来した。

土曜日の朝から降り続いたみぞれまじりの雨は結局日曜日も止《や》む気配はなく、夜半になってようやく上がったらしかった。

朝六時半にいつものように起床した沢田は、まだ妻が眠るベッドを抜けだし、いつものように自分でフライパンをコンロにかけると、ハムと卵を焼きながらパンをオーブンに放り込んだ。

少し大きめの皿にそれを盛り、冷たい牛乳で流し込む。

後ろめたい気持ちはある。だが、人生において本当のチャンスはそうない。そして二度と同じチャンスは巡ってこない。誰が何といおうと、どう思われようと、自分のためにそれを摑むことは正しい——そう思うことで感情を抑え込む。

コーヒーメーカーに水を入れ、沢田家では定番となっているエチオピア・シダモをきっちり一人分入れた沢田は、皿とコップを簡単に洗い、玄関から新聞を取ってくる。熱いコーヒーを飲みながら、見出しを目で追い、自分に関係のありそうな記事が出ていないかまず目を通し、次に関心のある記事に戻って読み始めるのもいつもの読み方だ。

しかし、この日沢田がまっさきに開いたのは社会面だった。

そのページを隅々まで探し、ホープ自動車関連の記事が掲載されていないことを確認する。念のために、二度同じことを繰り返した。関係記事は無い。それとわかると、後は適当に読み流しながらコーヒーを飲み、いつもより五分早く、足早に自宅マンションを出た。

最寄り駅まで行くと、いつもは素通りする売店の前で立ち止まる。吐く息が白く、耳が痛くなるほど空気は冷えていた。

売店の棚から沢田が手に取ったのは『週刊潮流』だ。コインケースから出した三百円を、差し出された店員の手のひらにのせ、雑誌を小脇に抱えて改札へと向かう。

混雑したホームに立った沢田は満員電車をひとつやり過ごし、はやる気持ちでいま買ったばかりの週刊誌のページをめくり始めた。

同じ頃、東京ホープ銀行の井崎は、代々木上原駅のホームにいて同駅始発の電車を待っていた。やがてホームに滑り込んできた銀色にグリーンのラインの入った電車に乗り込んだ井崎は、いつも読む日経新聞ではなく、さっき駅の売店で買ったばかりの真新しい週刊誌の表紙を眺めた。

表紙にならんだ文字を数秒間眺め、それから慌ただしくページをめくり始める。いくつか気になる記事はあった。私立小学校の受験を取材した記事や井崎が密かに気に入っている女性タレントのスキャンダルをすっぱ抜いた記事。だが、このときの井崎は、そんな記事に目を通す余裕は無かった。

それから数分後、動きだした電車の中で、脇目もふらずにページをめくり、目的の記事を探し始める。次第に混み始めた車内で茫然とした井崎の姿があった。

昨夜は、布団に入ってからも庭先からきこえる雨だれの音を長くきいたまま眠れなかった。様々なことが脳裏に去来した。事故の第一報を受け取った瞬間や柚木家の葬儀、被害者の遺影、ホープ自動車との様々なやりとり――大勢の人物や言葉の断片が脳裏に浮かんでは消えていく。眠れるはずがなかった。

いま、赤松は人生の関頭にいる。

赤松だけではない、史絵や子供達、赤松運送の社員達、みんなの人生が岐路に立たされているのだ。

この朝発売される『週刊潮流』に果たしてどんな記事が掲載されるのか。いくら考えても詮無《せんな》いことなのに、あれこれとその内容を推測し始める。

この号で、ホープ自動車のリコール隠しはスクープとして巻頭を飾るという。ホープ自動車にどのような疑義が投げかけられ、赤松運送がどう書かれるのか。それによって事態は大きく変わっていくはずだ。

確実なことは、その記事が赤松運送にとって決してマイナスにはならないということだ。自社の整備不良を否定し、いわば孤立無援の状況に置かれている赤松運送の強力な援軍になってくれるだろう。

記事が出たからといって、即座にホープ自動車が態度を変えるとは思っていない。またコンプライアンスを理由に融資を拒絶している東京ホープ銀行がその方針を撤回するとも思えない。被害者の遺族である柚木が、一旦起こした訴訟を考え直すかどうかも不透明だ。

だが――頑《かたく》なに赤松の過失を信じ、主張しているその彼らに、なんらかの一石を投ずることは間違いない。

赤松はほとんど眠ることのできないまま、緊張の朝を迎えた。

まだ暗い午前六時には起きだし、玄関から新聞をとってきて広げる。疲れはまったくとれず、鉛のような塊が胃の底に沈んでいるような気がした。まだほの暗い外の景色をレースのカーテン越しに眺めながら、赤松はひとりコーヒーを淹《い》れて飲んだ。

こうして十二月十九日の朝、赤松家は一見、いつもと変わらぬ日常風景から幕を開けた。史絵が子供達を起こして回り、慌ただしい午前七時からの一時間が過ぎていく。

だが、いつもと変わらぬ表向きとは裏腹に、この日が特別だということは、史絵が時折みせるどこか虚ろで不安そうな表情や、赤松の不機嫌そうな横顔に表れていた。子供達は敏感にそれを察し、いつもより早く食事を済ませ、支度をして学校へ出かけていった。

「いよいよね」

スーツに着替え、ネクタイを締めていると、史絵がいった。

「なんか怖い」

史絵は蒼ざめた頬をして自分の両肩を抱いた。「自分の人生が、誰か知らない人の手に委ねられてるような気がする。私達じゃなくて、別の誰かに」

赤松は、笑って見せた。

「ただの週刊誌の記事だ」

だが、本当は赤松自身、「ただの」とはこれっぽっちも思っていない。あえて軽い口調でいってみただけだ。

「そうよね」

史絵はこたえ、テーブルの上に残っていた食器を片づけ始める。ふいに高まった緊張感に胃が捻《ねじ》り上げられ、赤松は唾《つば》を飲み込んだ。

「なんなら君も一緒に買いに行くか」

少し考えた史絵は、「やめとく」といった。

「私、そういうの苦手なの。あなたも知ってるでしょう。合格発表を見に行く時みたいにすごく緊張するの。緊張するとお腹が痛くなるのよ。電話してくれる？　いい内容だったら、お友達に知らせたいの」

「わかった」

自宅を出た赤松は、いつも会社へ向かうのとは反対方向へと歩いていった。昨夜からの寒気の底に沈んだ東京の朝は、夜半の雨が凍り付き、コーティングを施したように無数にきらめいていた。

コートにマフラー、鞄を提げた脇に丸めた日経新聞を挟んだ赤松は、環状八号線へと向かうクルマで早くも混雑しはじめている道路を横目に歩く。目的は近くのコンビニだ。そこに『週刊潮流』がある。

平静は装っているが、内心赤松は緊張で足が縺《もつ》れそうだった。喉が渇き、心臓が激しく鼓動を打っているのがわかる。

コンビニの看板が見えてきた。

呼吸が乱れ、視界が狭まるような重圧を感じる。

自分の手がロボットにでもなったかのようなぎこちなさで、入り口のドアを開けた。

雑誌の棚は入ってすぐ右、赤松はごくりと生唾を飲み込み、その前に立った。

『週刊潮流』はラックの右端に、三冊重ねて置いてあった。並べられたばかりなのは、皺一ついていないきれいな表紙を見れば一目瞭然だ。

大きな深呼吸をひとつ。震える手で手前の一冊を抜いた。

刹那、緊張はピークに達する。ぼやけた視界の中心に、特集のキャッチが飛び込んでくる。だが——。

赤松が期待した「スクープ」の派手な文字はそこに無かった。

ホープ自動車という名前も——。

無い。

何も考えられず、赤松はただ震える手でページをめくり始めた。

巻頭の記事は、国会議員の汚職をすっぱ抜いたものだった。次は、業績不振の電機大手の大リストラの記事。

ページをめくるたび、動揺がふくらみ、赤松の心を無惨《むざん》に揺さぶり始めた。やがて動かしていた手を止めたとき、赤松は胸を上下させ、肩で息をしていた。

探していた記事は、どこにもない。

何かの手違いがあったらしいことは、じわりと赤松の脳裏に染み込んできた。

「なんでなんだ」

その言葉は、まるで別人がささやいたかのように赤松の唇からこぼれた。

シャツの胸ポケットで携帯が鳴り始めた。

「ああ、社長。いま駅の売店にいるんですが」

宮代だ。「『週刊潮流』に出てないですよ、ホープ自動車の記事」

「ああ、俺も見てる」

赤松はこたえた。

「どういうことなんですかね。今日の発売号だと聞いてましたが」

一旦、コンビニの外に出た赤松は、名刺入れに挟んであった『週刊潮流』の榎本の名刺を取り出し、そこに記載された携帯の番号にかけた。

相手は出ない。

一旦切ったが、せめて留守電にメッセージを残せばよかったと思い、もう一度かけ直した。コールが留守電に切り替わった。

「赤松運送の赤松です。ホープ自動車のスクープ記事の件で電話しました。お話ではたしか本日が――」

そのとき、太い声が割り込んできた。

「すみません。出るのが遅れました」

「朝早くすみません」

相手の声の調子から、眠っていたのかも知れないと気づいた赤松は詫びた。「実はいまコンビニで『週刊潮流』を見てみました。榎本さんのスクープ記事が載っていないんですが、どうなったのかと思いまして。たしか今週発売の号でしたよね」

答えがあるまで、数秒の間が挟まった。

「その記事ですが――」

榎本の声は、起き抜けのせいかやけに鼻にかかって聞こえる。「掲載は見送られました」

「見送られた？」

赤松の腹の底に冷たい水の塊が落ちてきた。今日でなければ間に合わないのだ。様々な思いが輻輳《ふくそう》し、パニックになりそうになる。

「すると、来週ですか」

ようやく、赤松はきいた。だが、榎本の答えはまったく予想外のものだった。

「いえ。残念ながら、ホープ自動車の記事はこちらの都合で掲載されません。先送りではなく、ボツです」

「ボツ……」

魂が抜け落ちたようになった赤松の口から、その言葉はこぼれ落ちた。「どうしてですか？あれだけ取材していたのに！　なんで――なんでボツなんです！」

自分でもおかしいぐらいに取り乱し、携帯電話に向かって赤松はがなった。

「すみません。もっと早くお知らせすべきでした。せっかく協力していただいたのに、申し訳ありません」

「理由は何なんですか。どうしてなんです」

赤松は自分が絶望の淵に沈んでいく病葉《わくらば》になった気がした。

「上の判断です」

榎本の声にかすかな苛立ちが混じった。「それ以上は勘弁してください」

「そんな！　あなたの記事に期待していたのに！　私たちの命運がかかっていたんですよ、その記事には！」

「私だって悔しいんです」

感情の高ぶりをぐっと堪えたらしい榎本は、低い声でいった。「でも、掲載は見送りです。せっかく取材に協力していただいたのに申し訳ありませんでした。いま申し上げられるのはそれだけです。失礼――」

電話はそこで切れた。

12

執務室に入った狩野が最初にしたことは未決裁箱に入っていた『週刊潮流』を手にとることだった。

今朝一番で秘書に買い求めさせたものだ。

椅子にゆったりとかけた狩野は、ゆっくりとその雑誌を開き、しばらくの間ページをめくり続けた。

やがて、狩野の口から、低い笑いが洩れ出し、それと同時に鳴り出した電話に手を伸ばす。秘書からの内線だった。

「品質保証部、一瀬部長代理がいらっしゃっています」

「通してくれ」

狩野が受話器を戻すのと同時に、小柄だが少々太り気味の体を揺らして一瀬が執務室に駆け込んできた。走ってきたのか息が上がっており、「常務……」といったきり、二の句が継げるようになるまで、少し待たなければならなかった。

「例の『週刊潮流』のことですが」

だが一瀬はそこまでいってしまってから、狩野のデスクの上に問題の週刊誌があるのに気づいたようだった。

「あっ、常務もご覧になりましたか。今週号に掲載されるかも知れないという我が社の記事が掲載されていなかったものですから。常務が心配しておられるかも知れないと思い――」

「もう見たよ、君。ご苦労さん」

狩野は事もなげにいい、どこか腑に落ちない表情になっている一瀬を見た。

「はあ、そうですか。今週の予定だと聞いていたのに載っていないとなると、来週かも知れませんな」

「それはない」

狩野のひとことに、一瀬は少し目を開いて驚きを表現した。狩野は続ける。

「たしかに我が社の記事が掲載されるのはこの号の予定だった。だが、君のいうようにそれは掲載されていない。だがそれは、掲載号が変わったからじゃない。掲載されていない理由は、ただ一つ。掲載そのものが見送られたからだ」

「見送られた……？」

刹那、一瀬はぽかんとした。顔に疑問符が貼り付いている。

「そう。見送られた。もちろん、そう仕向けたのは私だがね」

「あ、あの、常務。どのようにされたんですか」興味をもったらしい一瀬がきいた。

「どのようにも何も」

狩野の顔にどす黒い笑みが広がった。「市場の原理だよ、君」

「市場の原理？」

「この週刊誌はどうやって食っているのかね。税金で食っているのか？　まさか霞を食って生きているわけでもあるまい？　偉そうなことをいったって、こいつらだって金がなきゃ生きていけない。その金は雑誌の読者だけが払っているわけじゃないんだぞ」

「とおっしゃいますと……」

「広告だよ、広告！」

飲み込みの悪い部下に、狩野は苛立たしげにいった。

「君は我が社が一年間に投入する広告宣伝費がいかほどの規模か、知っているかね？　そのうち『週刊潮流』とその版元である潮流社の媒体にどのくらい支払われているか。ウチだけじゃない。東京ホープ銀行やホープ重工まで含めたら、その費用は莫大だ。今まで入ってきていた広告料が入ってこなくなったら困るだろうな、きっと。君ならどうする？　仲間の雑誌にまで迷惑がかかるとわかっている記事を、それでも掲載するかね？」

「す、すると」

ようやく事の次第を飲み込めたらしい一瀬は、ごくりと唾を飲み込んだ。「そのような圧力をかけられたんですか」

狩野はこたえなかった。だが、こたえないまでも、その余裕の表情を見れば、それが真実であることは疑いようが無い。

「まあそういうことだ、一瀬」

狩野は話を収束させた。「いま君がやることは、内部の引き締め以外にはない。危険分子は根こそぎ排除するんだ。わかったな」

ははは、と恐縮して頭を下げた一瀬が辞去していくと、狩野はデスクの『週刊潮流』を手に取った。しげしげと表紙を眺め、中味をぱらぱらとめくってみる。自分が読みたい記事のひとつもないと知ると、狩野は迷わずデスクの片隅にある箱に無造作に放り込んだ。

革張りのその箱には、金文字でこう刻印されていた。

決裁済。

13

「もうダメかもしれんな、宮さん」

返事は無かった。

社長室にたれ込める重苦しい雰囲気の中で、先代から勤める老いた番頭は十も老け込んでしまったように見える。

宮代の地黒の表情の中で空洞のようになった瞳が、ぼんやりと虚空に向けられていた。

やがて、宮代の喉が鳴ってつかえていたものを振り払うと、「最後の頼みだったんですがね」という悔しげな言葉が出てきた。

そう、たしかにこれが最後の頼みの綱だった。

『週刊潮流』の記事が。

それさえ出れば。それさえ――。赤松は唇をきつく噛んだ。

ドアがノックされ、伝言メモを持った秋枝が顔を出した。会議中だから電話は取り次がないでくれ、といってある。

だが、そのメモを見た赤松は、ぐいっと心臓を鷲摑《わしづか》みにされた気がした。

はるな銀行からだ。

〝至急。折り返しＴＥＬ乞う〟

蒲田支店の進藤の名前があるメモを見た赤松は、すでに同じ内容のメモが二つ入っているポケットにそれを押し込んだ。

進藤もまた、今日発売の『週刊潮流』を読んだはずだ。おそらくはそれに関することだろう。こうなった以上、はるな銀行が出す結論は、融資の見送りか。

赤松は、必死の思いで宮代にきいた。

「何か別の方法で年末を乗り切ることはできないか。もし、はるな銀行からの融資が受けられなかったらの話だが」

宮代の血走った目には弱々しい光しか宿っていない。時間が停止したかのような数秒の見つめ合いの末、資金繰りに精通した専務の顔が静かに横に振られた。

「万事休すか」

静かに立ち上がった赤松は、社長室の窓から、冬の日差しが差し込んだ赤松運送の構内を見た。社屋は、先代の赤松寿郎が建ててからすでに三十年以上が経ち、あちこちに老朽化が目立っている。

社長室は父親からそのまま受け継いだから、いまここから見える光景は、父寿郎が社長業に専心していた間、眺め続けた光景に違いなかった。

見慣れた光景のはずなのに、いまその光景が運んでくるものは、今まで経験したことのない異質な印象だった。

当たり前のものが、この手からすり抜け、消え失せていく。

目を閉じると、赤松の父がまだ個人事業として運送業を営んでいた頃のことが浮かんできた。

オート三輪のタバコ臭い運転席。ダッシュボードに伝票から何から一切を積んで朝から晩まで働いていた父。まだ小学校に上がる前の赤松はよくその助手席に乗せてもらい、いろんな取引先を一緒に回ったものだった。

昭和四十年の初め頃、まだ世の中はどこかのんびりしていて、行く先々で配送係の男達は赤松を歓迎してくれた。

「赤松さん、今日も見張り役付きだな」

そんなことをいわれて黙って笑っていた父の面影。

赤松運送という屋号でほそぼそと始めた事業は父の頑張りで徐々に軌道に乗り、やがて従業員を雇いトラックも増えて株式会社になった。いまの赤松運送の場所に土地を買い建物を建てたのは、ベトナム戦争が終わった昭和五十年のことだ。

赤松は小学校が終わるとよく会社に遊びに来ていた。できたばかりの赤松運送は建物ばかりが新しくて、敷地にはまだコンクリートも打たれていなかった。地面が剝《む》き出しだ。雨が降ればぬかるみ、好天が続けば埃が舞う。そこを中古で買ったトラックが出入りし、荷積みをし、また出て行く。従業員達はみんな逞《たくま》しく、そして幼かった赤松を可愛がってくれた。目を閉じると、まだ若い宮代が、タバコを吸いながら昼休みの倉庫で赤松相手にキャッチボールをして遊んでくれた光景がまざまざと瞼に浮かんでくる。

父は頑固で、怖い存在だったが、同時に堂々としていて、全幅の信頼をおくにふさわしい男だった。

当時経理の手伝いをしていた母は、毎日会社の下働きをして、三時になるとお茶を淹れ、「お疲れさん。ちょっと休んでよ」といって茶菓子を持って回る。

みんなに「ママ」と呼ばれていた母も、父が死んだ翌年、その後を追うように亡くなった。

「徳《トク》ちゃん、頼むよ」

それが母が最後に残した言葉だ。

父も母も、自分たちが死んでたった十年で、創業して手塩にかけた会社がこれほどの窮地に陥るとは想像もしていなかっただろう。

「社長、社長――」

遥かな記憶に思いを馳《は》せている赤松の脳裏に、呼びかける宮代の声が入ってきた。「電話です、またはるな銀行さん」

社長室にある電話を持ち、受話器を押さえた宮代が、「どうする?」という顔で赤松を見ている。取り次がないようにといったものの、あまり何度もかかってきたので今度ばかりは秋枝が気を利かせたらしい。

逃げてばかりいるわけにはいかなかった。

窓辺から離れた赤松は、その宮代の手から受話器を受け取った。深呼吸を一つする。

「何度もお電話を頂戴したのにすみません。打ち合わせをしておりまして。いま終わったところです」

「『週刊潮流』、どうしたんです、社長」

案の定、進藤の口調は切羽詰まっていた。いまさら逃げも隠れもできない。赤松は覚悟を決めた。

「そのことなんですが、電話ではなんですので、これからお伺いしてもよろしいでしょうか」

「ええ、それは。こちらもお話があって電話しました。実は今朝、本部所管部の会議で今回の融資について話し合われています。おそらく、午前中には結論が出ると思われますので、取り急ぎそのことをお知らせしておこうと思いまして」

いよいよ、引導を渡される時だ。

「そうですか。これから事務所を出ますのでお願いします」

受話器を握りしめたまま深々と頭を下げた赤松は、手の中の受話器をゆっくりと戻した。

「はるな銀行へ行ってくる」

宮代は張り詰めた表情で赤松に視線を注いだ。赤松を励まそうとするのだが、適当な言葉が思いつかないという顔だ。

その老いた番頭に、もう何もいうなとばかりうなずいた赤松は、事務所を後にした。

等々力駅まで歩き、東急線を乗り継いで蒲田へと向かう間、赤松の目には沿線の光景のなにひとつとして映ってはいなかった。その心に繰り返し去来していたのは、十月の事故以来、己とその会社周辺で起きた様々な出来事だ。

事故。通夜、そして葬儀。

世間の風評。大口取引先の離反。融資の拒絶。

警察の捜査。容疑者扱い。部品返却をめぐるホープ自動車との綱引き。

そんな中で起きた小学校での盗難騒ぎ。

児玉との出会い。窮地を救った新たな仕事、束の間の光明。はるな銀行との出会い。

追悼文集。

この間――希望と絶望との間を頻繁に行き来しながらも、結果的に赤松の命運は破滅へと向かっていた。まるでサイドブレーキを引き忘れたトラックのように、傾いた坂道をずり落ちていったのだ。

抵抗はしてみた。だが結局、俺は何を変えられただろうかと、赤松は考えた。何も変えられなかった。変わりはしなかった。むしろ否応なく変えられたのは、自分のほうだ。

そしていま、いわば敗戦の報告をしに銀行に向かう赤松の胸にこみ上げてくる心には、ぽっかりと穴があいていた。

年末に倒産します――。

そんなセリフが頭に浮かんだ。振り払おうとするのだが、それはどれだけこすり落とそうとしても落ちない汚れのようだ。その思念は、赤松を乗せた電車が蒲田駅に滑り込んでもまだ、脳裏から離れる気配すらなかった。

「わざわざご足労いただきまして。どうぞこちらへ」

はるな銀行蒲田支店に出向いた赤松の姿を見ると、まっさきに立ち上がってきた進藤は、そういって応接室をすすめた。

「いや、課長。こちらで結構ですから」

恐縮した赤松は辞退して、融資係のカウンターにかける。それから、今まで胸に湧き上がってきた様々な思いを押さえ込み、『週刊潮流』のことを詫びた。

「ボツ、ですか」

進藤は、困ったな、という顔になった。「ではもう、掲載される見込みはない、と」

「ええ。そういうことだと思います」

悔しさというより、今となっては絶望しか感じられなくなった赤松はいった。

「そうですか……。その記事が出れば、変わると思ったんですがね」

「せっかく応援していただいたのに、こんな結果しか出すことができなくて申し訳ない」

深々と頭を下げた赤松に、「それで例の融資の件なんですが」という言葉はそのタイミングで降ってきた。

赤松は顔を上げた。

「つい今し方、本部から連絡がありました」

真剣な表情の進藤の顔がそこにある。「融資――やらせていただきます」

しばらく、赤松は進藤から目を逸らすことができなかった。

聞き間違いではないか。あまりのことに自分の頭がおかしくなって、進藤の言葉を反対の意味で聞いているのではないか。

「支援して、いただけるんですか」

やっとのことで聞いた赤松の視界の中で、進藤の笑顔が浮かぶ。

「ええ。支店長がだいぶ頑張りまして。問題なからんということになりました。先日契約いただいた通り、明日実行させていただきます」

「でも、本当にいいんでしょうか」

赤松はまだなお信じられない思いでいった。

「もちろんです。たしかに、今回の事故の影響を懸念する声もあって難航したわけですが、スクープにはならなくても、今までうかがったホープ自動車の対応などを考えると、私としても赤松さんが正しいと考えています。スクープ記事のことは残念でした。ですが、気を落とさないで頑張ってください。少なくとも当行は、あなたを信用しているし、支援させていただくことに変わりはありません」

「ほんとに――ほんとうに、ありがとうございます」

再び深々と頭を下げた赤松は、瞼の辺りが熱くなった。込み上げてくる涙をなんとか堪え、差し出された進藤の手を握る。同時に、それまで脳裏でくるくる回っていた、「倒産」という言葉は、消えた。

追い詰められた赤松の心に、再び、希望の光が一筋射したのだ。

ふと、拓郎の言葉が胸に浮かんできた。

ぼく、パパの真似をしてるだけだよ——。

赤松は気づいた。

自分があまりにもスクープ記事を当てにしすぎていたことに。いつのまにか、自分で解決することを諦め、何もかもそれが解決してくれるだろうと期待していたということに。

しかし、期待したものを全て失った今、この状況を打開できるとすれば自分しかいないのだということを、あらためて赤松は悟ったのだ。

たとえホープ自動車が部品返却に応じなくとも、誤解した被害者に訴えられようとも、自分の力でこのどん詰まりの状況を打開するしかない。

そう——自分の力で。

第九章　聖夜の歌

1

神田にある潮流社に榎本を訪ねたのは十二月二十日のことであった。

先ほど十時前、はるな銀行に開設した普通預金に、融資された三千万円の金が振り込まれたのを確認したばかりだ。

首の皮一枚つながった。

だが、それとて、東京ホープ銀行の動向次第ではどう動くかわからないという不安は抱えたままだ。

自力で解決するといっても、残された時間がそれほど多くはないことは、赤松も重々承知していた。

この日の面談を榎本に申し入れたのは、昨日、はるな銀行から戻ってきてからだった。

「是非、お話を聞かせてください」

という赤松に、榎本の反応は鈍かった。

「話といっても、いまさら仕方がないでしょう」

スクープ記事がボツになり、榎本自身、多少自棄《やけ》気味になっているようだった。赤松運送を訪ねてきたときの熱意が、そのまま裏返ってしまったかのような消極的な態度。その豹変《ひょうへん》ぶりに愕然としつつも、赤松は押した。

「榎本さんは記事がボツにされた時点で終わりかもしれない。だけど、私はまだホープ自動車や世間の風聞と闘ってるんです」

榎本が渋々この日の面談を了承したのは、赤松が散々頼み込んだ末のことだ。

「どんな理由でボツになったんです？」

榎本は顔を逸らした。

「まあ、いろいろとありまして」

「いろいろとは？」

「まあ、うちも商売ですので、難しい関係が何かとあるんです」

「それは、ホープ自動車から圧力がかかったということですか」

「ご想像にお任せしますよ」

榎本ははっきりとこたえなかったが、聞いた瞬間、表情に浮かんだ狼狽を見逃さなかった赤松は、推測の正しさを確信した。

それでいいのかとか、それで報道といえるのかとか、非難めいたことは正直浮かんだが、非難することはできなかった。

「榎本さん。あなたがどんな記事を書かれたのか、私はそれが読みたい」

赤松はいった。「私にそれを見せていただけませんか。あなたはホープ自動車を糾弾《きゅうだん》しようとされたわけでしょう。私はそれに期待していたんです。あなたができなくなった以上、私個人でなんとかするしかないことはわかっています。でもその前にあなたの記事を確認させてもらえませんか。いったいどんなスクープになる予定だったのか」

「それはできませんよ」

榎本は頑なに拒絶した。「掲載を見送った記事を外部に出すわけにはいかないんです。私はジャーナリストですけど、それ以前に『週刊潮流』の記者であり、潮流社の社員ですから。掲載見送りの原稿を第三者に公開するわけにはいかない」

「いま私には何もないんです」

赤松は訴えた。「あなたの記事でどんな真相が暴かれたのか、どんな証拠が示されたのか、できればそれを手がかりにしたい。それをきっかけにして、自分の無実を証明したいんです」

「あなたは無実ですよ、赤松さん」

榎本は少しうんざりしたような口調でいった。「ですが記事はお見せできません」

「なんとかお願いします！」

狭い喫茶店の中で、赤松はひときわ大きな声でいった。テーブルに両手をつき、頭を下げる。

「よしてくださいよ、赤松さん」

ばつが悪そうに周囲を窺《うかが》った榎本は、「気持ちはわかりますけど」とつけ加えた。

「気持ちがわかるのなら、教えてください」

赤松はなおもいった。「私にとっては何も終わっていない。事件はまだ続いてるんです。無実が証明されるまで終わらない。それまで世間からは容疑者扱いされるんですよ。もしかすると逮捕されるかも知れない。それがどれほど理不尽なことかわかりますか」

榎本はこたえなかった。代わりにコーヒーを一口すすり、じっとテーブルの一点を見つめたまま考え込む。

何を考えているのかわからない男だった。

赤松の周りには、いわゆるマスコミ関係者、洒落《しゃれ》た業界人はひとりもいない。従ってこの男がどんな思考回路でモノを考え、どんなことに価値を見出すのか、さっぱりわからないというのが正直なところだ。赤松が訴えかけている理由など、榎本にしてみれば一顧だにする価値もないのかも知れない。まったく見当違いの頼み事をしているのかも知れないのだ。

「私は、今あなたがおっしゃったような危機的状況が起きているということを記事にしたかったわけですよ」

そういって榎本の視線が逃げていく。榎本が逡巡《しゅんじゅん》しているのは、手に取るようにわかった。

お願いしますと、再び頭を下げた赤松の耳元で、ふうっと、ため息の音がした。

迷惑だとでもいいたいのか。それとも、時間の無駄だとでも思うのか。

だが、もうどう思われようといい、と赤松は思った。

いま自分にできることは、こうして榎本に頼み込むことしかないからだ。

「記事はお見せできませんよ」

冷静というより、何を考えているのかわからない男の顔がじっとこちらを眺めている。

温度差を感じた。あのとき、赤松運送を訪ねてきた熱心な記者。そしていま、無感情に相手を見ている男。目的を持った人間とそうでない人間のあまりの差を目の当たりにしている。

「どうしてもダメですか。誰にも見せませんし、榎本さんに迷惑をかけることもない。それでもダメなんでしょうか」

「そういう問題じゃないんですよ、赤松さん。わからないかな」

榎本は少し気難しいところのある性格を垣間《かいま》見せた。赤松は反論する。

「あなたが調べたことを教えてくれれば、大勢の人間が路頭に迷わずに済むかも知れない。それに、ホープ自動車の悪事を暴くことができる。あなたが週刊誌の記事でやろうとしたことを、私は別な方法でやるつもりです」

「別な方法って、どんな？」

「それは……」

赤松が口ごもると、瞬間、興味を抱いたらしい榎本の表情がまた冷めた。「たとえば警察に事情を説明すればわかってもらえるかも知れません」

赤松自身、そんなに甘いものではないとわかっている。案の定、榎本はまったく本気にしたそぶりもなくただ聞き流したに過ぎなかった。

「簡単にいくとは私自身も思っていません。ただ、困難とわかっていても、それに突き進んでいくしかないんです、いまの私には」

「それはわかって――」

「生活がかかってるんだ」

赤松は遮った。「あなたはジャーナリストだとおっしゃいましたね。そして、それ以前に記者であり、社員だと。でも、それよりも前にひとりの人間じゃないんですか？」

榎本の視線が再び戻ってきて、何か不思議なものでも見つめるように赤松の上で止まった。

「ひとりの人間じゃないんですか、榎本さん。ひとりの人間として、ホープ自動車がしたことを許せるんですか。そのために大勢の人間が、無実の罪を着せられ、家庭が崩壊し、子供達が夢を奪われる。こんなことがあっていいんですか」

答えはなかった。

あっけにとられたような視線が赤松を見つめている。負けじと赤松が見つめ返したとき、記者の目の奥に小さな光が灯った。

榎本は持ってきたバッグを開け、中から数枚の書類を出した。

「お渡しするつもりはなかったんだけど」

「これは……？」

「事故のリストですよ。私が足で取材して作成した、事故リストです。この三年間でホープ自動車が起こした様々な事故が集めてあります。新聞で報道されたものが中心ですが。関係者の名前と住所、連絡先もそこにある。このリストの先を当たれば、何か出てくるでしょう」

榎本はそこで少し考えてこういった。「赤松さん。私がなぜあなたに興味を持ったと思いますか？」

「横浜の事故を起こした話題性、ですか」

「まあそれもあります。でもそれだけじゃない」

榎本はいった。「このリストにある人たちは全員、整備不良というホープ自動車の説明に無理に納得し、あるいは泣き寝入りし、業務上の過失だという警察の捜査結果を受け入れています。あなただけなんですよ、それに疑問を差し挟み、ホープ自動車と闘っているのは」

「私、だけ……?」

「そう。あなただけです」

榎本はいうと、伝票を持って立ち上がった。「私がどんな記事を書いたなんてことはこの際関係ないでしょう。事故の状況をあなた自身が調べて回れば、私にはわからない専門家ならではの事実が摑めるかも知れない。そうなることを期待しています。それと、このリストの出所は、くれぐれも内密に」

釘を刺した榎本は、再び元の無表情に変わっていた。

赤松は、ホープへの反撃のとっかかりを摑んだのだ。

2

リストには、全部で三十一件にも上る事故が記載されていた。

分布は全国に亘《わた》る。

三十一件のうち、人身事故は八件、その中には赤松運送の名前も、そして児玉通運の名前も含まれていた。

あの無表情の下にどんな感情が渦巻いているのか想像もつかないが、榎本がかなりの情熱と根気とを注いでこのリストを作成したことだけは疑いようもなかった。

考えてみればボツになった幻の記事はいわば榎本の視点によって再構成されたものであり、このリストは、そうした視点で切り取る前の、純粋な事実の集積として存在している。いわば、宝石の原石のようなものだと赤松は考えた。

真実を導き出すことができるかどうかは、赤松自身のやる気と力量にかかっている。あるいは運にも左右されるかも知れない。リストに記載された事故の状況を赤松自身が見て回り、ホープ自動車の隠蔽工作を証明するなんらかの事実を摑むのだ。

リストは、岐阜市内で起きた大型トラック事故から始まっていた。

各務原《かがみはら》輸送株式会社という社名、住所と電話番号、それに榎本が連絡したらしい「後藤《ごとう》」という相手の名前が載っていた。

デスクの電話を取り上げた赤松は、さっそくその会社にかけた。

各務原輸送でございます、という甲高い女性の声の背後はしんとしていた。

「私、東京の赤松運送の社長をしております、赤松と申しますが、後藤さんという方をお願いできませんでしょうか」

「後藤ですか?　あのう、どのようなご用件でしょうか」

遠慮がちに女性はきいた。

「いまから二年ほど前の、御社でのトラック事故についてちょっとお話を伺えないかと思いまして」

「事故、ですか」

戸惑いの感じられる声でこたえた女性は、「少々お待ちください」といって電話を保留した。

間もなく、「後藤ですが」という男の声が出た。声の調子からすると四十前後だろうか。

「お忙しいところ申し訳ありません。私は――」

「事故のどんなことですか」

自己紹介しようとした赤松を遮って後藤はきいた。口調は刺々しかった。確かに、どこの誰とも知れない相手から、二年も前の人身事故について問い合わせがあれば、不審に思うのは当然だ。

「その事故の状況をお聞かせ願えないかと思いまして。といいますのも、実は、私どものトレーラーも同じような事故を最近起こしまして、いま製造元のホープ自動車と事故原因について争いになっているんです」

「勘弁してもらえませんかね」

後藤はいった。「ウチの事故の話はもう済んだことなんで、いまさらお話しすることもないですよ。参考になることもないでしょう」

榎本のリストには各務原輸送の事故概要が簡単に記されている。「運転手重傷」の文字が視界に飛び込んできた。赤松は、両脚切断の大怪我を負ったという児玉通運の事故を思い出した。

「事故原因は整備不良ということになっていますが、本当にそれで間違いないのかと思いまして」

「誰からきいたんです、ウチのこと」

赤松の質問には答えず、後藤はきいた。

「こうした事故について調査している方から聞きました」

赤松は答えた。

「誰なんです」

「すみません。相手に迷惑がかかるといけないので、それを明かすわけにはいかないんです」

『週刊潮流』の名前は出さない約束だ。

「困りますね、そういうことでは」

後藤は不信感も露わにいった。

「もしよろしければ、お伺いさせていただいて、お話を聞かせていただけないでしょうか」

「だから、困るっていってるんです」

後藤はいった。「もう済んだことなんだし。いまさら蒸し返すようなこと、せんといてもらえませんか」

「でも、御社にとっては有利になることだと思いますけど」

「有利とか不利とかね、ウチはもう関係ないですよ。処理済みなんですから」

取り付くシマもなかった。

「でも、その事故原因は、ホープ自動車の欠陥にあると思うんです」

赤松はいったが、「もう終わったことですんで。失礼しますよ」という言葉で、電話は一方的に切られた。

しばし茫然となる。

思いがけない洗礼を受けた。

同じ立場の者ならば、たとえば児玉通運のように、快く協力を申し出てくれるものと思っていたが、違ったのだ。

　真相よりも、過去を蒸し返されたくないという思いのほうが強い。そんなことがあるのだということに、はじめて赤松は気づかされた。そして、ホープ自動車と闘う意思を示したのは赤松だけという榎本の言葉を実際的な意味で思い出したのもこのときだった。

　事故が起き、自社の整備不良が原因と判断される。怪我をした運転手への補償問題だって発生したはずだ。

　それでも、保険が下り、行政の処分が過ぎてしまえば、全ては過去のことになる。いまさら蒸し返したところで、そこで得られるかどうかわからない利益より、そうすることによる精神的負担のほうが大きい。後藤という男の拒絶反応の裏にはそんな事情があるのだろう。

　またそこには、ホープ自動車製のトラックに欠陥などあるはずがない、という動かし難い先入観もあるはずだ。いや、それは世の中の常識といっていいかも知れない。その疑いようの無い聖域へ、赤松は切り込もうとしているといってよかった。

　赤松はリスト最上段に記載された各務原輸送の名前を赤エンピツで抹消《まっしょう》した。

　リストに記載された事故は、全国に散らばっている。

　二段目には、大型トラック前輪の脱輪事故との具体的なメモがあった。事故現場は岡山県内の一般道だが、トラックの持ち主は、福岡市内にある運送会社。嶋本《しまもと》運送という社名と、担当者欄の嶋本という名前を確認した赤松は、いまおいたばかりの受話器を再び取り上げた。

　電話に出たのは、男性の事務員のようだった。名乗った赤松は、用向きを説明する。

「ああ、あの事故ですか」

事務員自身、忘れていたような反応だった。「いま、社長が出てますので、また戻りましたらこちらからお電話させてもらいます。それでよろしいですか」

よろしくお願いします、といって頭を下げる。

たとえ面談に応じてくれても、赤松の話に否定的な相手も少なくないはずだ。調査の行く末は楽観できる状況ではない。そんな中で全国に散らばった相手先をどうやって効率よく回るか考え始めた赤松に、嶋本運送からの折り返し電話は一時間ほどしてかかってきた。

「赤松運送って、この前、横浜で死傷事故を起こしたあの赤松運送さんですか」

ガラガラのしゃがれ声でいった嶋本の言葉には遠慮がない。

「はい、そうです。いま事故原因についてホープ自動車と争っていまして」

「整備不良って話でしたよね。新聞にそう書いてあった」

「私は違うと思っています。それで同種の事故を自分なりに調査してみようと思いまして。お話を聞かせてもらえませんか」

「お話ねえ……。まあ、話すぐらいなら構いませんけど、東京からいらっしゃるんですか、福岡まで」

「伺います。ご都合のいい日時をお知らせ願えませんか」

「これから年末にかけて忙しいんですよねえ」

嶋本はいい、受話器の向こうで手帳らしきものがめくられる紙の音がした。「明日の午前中なんてどうです」

「明日、ですか」

「明日が駄目なら、来年ですな」

「わかりました」

赤松はいった。「明日伺わせていただきます」

急だろうがなんだろうが、赤松には時間がなかった。九州には、福岡ともう一軒、熊本市内にも事故を起こした会社がある。その会社に連絡すると、ここでは首尾よく翌日午後にアポをとることができた。

いま自分がすべきことは、この調査以外にはない。

そう決意した赤松は、翌朝午前七時二十五分発の全日空機で一路、福岡へと向かった。

3

「それでは沢田課長から一言」

送別会を仕切っていたのは、部下の北村だった。

大手町にある居酒屋だ。縦長の卓の両側に並んでいるのはカスタマー戦略課に所属する沢田の部下をはじめ、販売部でこの日出席可能だった部員たち約三十名だ。

午後八時に始まった会は部長代理の野坂の乾杯音頭で始まり、賑やかに予定の二時間を終えようとしていた。

その間、部下や友人たちに酒を注ぎつつ、世話になった礼をいって回った沢田は、あまり飲めない酒を飲んだおかげで、多少酔っぱらいつつ全員の視線を集めて立ち上がった。

「カスタマー戦略課を任されてから、長いようで、短い一年間でした――」

そんなふうに話し出しながらも、沢田はいま、自分の胸にまったくといっていいほど感慨というものが無いことに気づいていた。

つい今し方まで、商品開発部への異動を羨ましがる同僚達のエールを受けた。そしていま、自分を見つめる視線を受け止めながら、どうにも中途半端な気持ちでいる己に嘘はつけなかった。

「やり残したことは多々あったと思いますが、それは後任の長岡《ながおか》課長に任せるとして――」

卓の中央付近でグラスを片手に沢田の挨拶をきいていた長岡は、その刹那、どこか不敵な笑いを浮かべつつ、グラスをひょいと上げて見せる。長岡からは見えなかったろうが、その瞬間、幹事役で後ろに控えていた北村が顔を顰めるのがわかった。

嫌な奴だ。

人事部が沢田の代わりに送り込んできたのは、それまで総務畑を歩んできた長岡俊紀《としのり》という男だった。

その人事を聞くまで、沢田は長岡という名前を聞いたことはなかった。総務という、社内では比較的目立ちにくい部署に所属していたこともある。地味で大人しい男ではないか、と会う前の沢田はなんとなく想像していた。

だが、実際に長岡に会い、この一週間ほど引き継ぎをしてきた今、事前の予想はまったく裏切られたと確信している。

言い古された表現だが、長岡は、一言でいえば、ヘビのような男だった。

性格は陰険で粘着質。沢田との引き継ぎの間中も、小さなことにこだわってはねちねちと質問を続け、部下に対する評価を説明したときも意地悪な継母のような口をきいた。「沢田課長は甘いですねえ。こんなのは総務部では通用しません」。この一週間、何度こんなセリフを聞いたことだろうか。その都度、この長岡という男に対する嫌悪感は募っていったが、それを口にするほど沢田は愚かではなかった。

「こんなクズ会社に、ここまでやる必要なんかないじゃないですか」

そう吐き捨てたのは、あの赤松運送のトラブルを説明したとき。莫迦じゃないか、という目で見られた沢田は、「まあ、後のことはよろしくお願いします」というに止めた。

客を客とも思わない、いわば内務官僚のような男が赤松と接したときどんなやりとりになるのか見てみたいという気はしたが、それは機会をみつけて北村あたりからきけばいい。

この後任の男について小牧に話したとき、異動を知らせて以来ぎくしゃくしていた友人は冷ややかに、「それでもお前よりはマシって会社は思ったんだろうよ」と憎まれ口を叩いた。

「悪かったな」

そういった沢田に、小牧はこんなことをいった。

「総務部総務グループってのは、会社の汚れ仕事をしてるからな」

会社の汚れ仕事とは、一般的にいう総会屋や暴力団対策に止まらない。たとえば、夜の街で役員がなんらかのトラブルを起こしたとき、いち早く駆け付けて解決したりするのも総務の仕事だ。「役員のスキャンダルは総務がもみ消す。自分の下の世話をしてくれる連中を冷遇したらどうなるか、お前だってわかるだろ」

小牧はそういって、先ほど北村が見せたのと同じぐらいの顰め面をしてみせたのだった。

「商品開発部では、販売部での経験を元により一層――」

挨拶の締めくくりにさしかかったとき、沢田の胸ポケットで携帯電話が振動し始めるのがわかった。素知らぬ顔で最後まで挨拶を終えた沢田は、拍手に黙礼し、北村が散会の言葉を告げるまで待って携帯を開けた。

小牧からの着信履歴が入っている。

「おい、送別会、終わったかよ」

かけ直すと、どこかで飲んでいるのか、電話の背景にも喧噪がかぶさっていた。

「ああ、いま終わった。なんだ、お前も飲んでるのか」

「これから飲む。いま案内待ち」

そういった小牧は、「そっちが引けたら、来いよ。送別会兼忘年会だ。どうせそっちじゃろくに食ってないだろ」

「どこで飲んでるんだ」

小牧が告げたのは、丸の内に近いビルの地下にある小料理屋だった。沢田がいる店からは十分もかからなかった。


「よお、お疲れ。まあ一杯やってくれ」

案内された個室にはもうひとりの男がいた。品質保証部の杉本だ。

沢田のジョッキが届くのを待って小牧はいった。

「お前は栄転。杉本君は、ちょっと残念だったということで、乾杯だ」

グラスを打ち鳴らす。虚しい響きに聞こえた。

あのとき、毒舌でよくしゃべった杉本は、まるで人が違ったように口数も少なく沈んでいる。

「まあ、そう落ち込むな。といっても無理か」

そんな杉本の様子をみて、小牧がいう。

「すんません、小牧課長。気ぃ遣っていただきまして」

童顔に、諦めに似た笑みを浮かべた杉本は、「それにしても、ひどいですよ」と愚痴《ぐち》った。

「別に証拠があるわけじゃないのに、大阪に行けなんて」

「行くのか、本当に」

小牧がきくと、杉本は小さな目を点のようにして湯気《ゆげ》を立て始めた鍋の縁を見つめる。「わかりません。ただ、いま手掛けている仕事の関係で、実際に異動するのは一月末になりましたから、多少、考える余裕はあります」

つまり、再就職のための職探しをする余裕のことだと沢田は悟った。

「いま何歳だっけ」

「三十六です」

三十六か、と小牧は呟き、「ウチに居続けるのと、転職するのとどっちがいいかな」と独り言のようにいう。

難しい選択だ。

いわゆる大企業には、この杉本に限らず会社に不満を持っている人間は大勢いる。その大半が転職を思いとどまるのは、転職したところで今の給与水準が保証されないという現実があるからだ。

むしろ、大半が下がる。

サラリーマンである以上、給料が下がる転職は決して成功とはいえないと沢田は思う。

「技術系といっても今は厳しいですから」

もう何社かの転職案内にアクセスしてみたという杉本はいった。「ホープ自動車の技術畑という看板が通用する相手は、ほんとに少ないですよ」

「印象悪いからな」

三年前に発覚したリコール隠しは、ホープ自動車の評判を地に墜《お》としただけではなく、品質管理の杜撰さを世にあまねく知らしめた。杉本の品質保証部はまさにその中枢であり、そこにいた人材をあえて採用したいと思う企業がどれだけあるかとなると、疑問だ。

「大阪で販売の仕事なんてできねえよな、やっぱり」

はあ、と杉本は背中を丸めた。

「でも、しばらく大阪でゆっくりしたら、工場とかに行けるかも知れないぜ。そのほうが無理して職を探すより手っ取り早いかも知れないじゃないか」

「そのときにウチの会社があれば、ですけどね」

窮地にあっても杉本は、しっかりとホープ自動車の本質を見抜いた発言をする。

「そうか、会社があれば、ね。まさにその通りだ。きいたか、沢田」

「それはお前も同じことだ、小牧」

言い返した沢田は、「品証部内での内部告発者探しはどうだった」ときいた。

「ひどいですよ。パソコンから私物の手帳からみんな見せろ、ですからね。プライバシーもなにもあったもんやない。逆です、発想が」

落胆しつつも、このときばかりは杉本の舌鋒《ぜっぽう》は鋭くなった。「事実無根ならともかく、事実そのものの告発に対して、改めるなんて意識はまったくないんですから」

「君なのか」

沢田はきいた。「教えてくれ。君が告発したのか、『週刊潮流』に」

じっと杉本は沢田を見つめ、「そんなことをきいてどうするんです」と目を逸らした。

「もし君なら、よくやったと、いいたかっただけだ」

小牧の視線を頬のあたりに受けながら沢田はいった。

「沢田さんだって告発したじゃないですか」

杉本は暗に告発を認めた。「あれだって立派な行動やないんですか」

「いいや」

沢田は静かにクビを横にふった。「俺は駄目だ。俺はどこかで間違えた」

「間違えた?」

ぽかんとして杉本はきいた。「どういうことです」

「その言葉通りの意味さ」

「こいつは悪魔に魂を売りやがったんだ」

小牧は意地悪くいった。

商品開発部へ異動すると告げた沢田を、本当なら小牧はきっぱりと拒絶してもおかしくなかった。それでも、こういう席に呼んでくれたことに、沢田は秘かに感謝していた。

沢田の夢。

その夢への思いを、一方で小牧自身が理解してくれたからではないかと、沢田は思っている。

「それにしても、あの『週刊潮流』は腑に落ちないな。いったい、いつになったらウチのスクープが出るんだ」

「もう、出ないですよ」

小牧が口にした疑問に、杉本は決定的な答えを突きつける。

「どういうことだ」

聞いた話ですが、と一言断って杉本は続けた。

「ホープ自動車と東京ホープ銀行、それにホープ重工のグループ三社から圧力がかかったそうです」

「やりきれないな」

沢田は杉本にいった。「そこで潰されたら、何のために告発したのかわからなくなる」

「誤解されないようにいっておきますけど、私はホープ自動車が好きでこの会社に入ったんです」

杉本はいった。「この会社の全部が悪いわけやない。悪いところはほんの一部なんです。それさえ正しくすれば、この会社はきっとよくなる。そう信じてます。そのためにできることならなんでもするつもりです」

決意を秘めた目を見たとき、沢田は感じた。

この男はまだ死んではいない。

まだ何かしでかすのではないか、そんな予感だ。ポジションを奪われ、左遷されようとしている今、杉本に何ができるのか、沢田には見当もつかない。だが、そんな中でも杉本は、心のどこかではまだホープ自動車を見捨ててはいない。

気づくと、黙ってビールを飲みながら、小牧の燃えるような目が沢田を見ていた。

もしかしたら、これを小牧は沢田に見せたかったのかも知れない。ふとそれに気づいた沢田は、強くもないアルコールに立ち向かうかの如く、ビールを喉に流し込んだ。

4

二年前の四月二十日、午後八時頃。山陽自動車道岡山インターから国道五十三号線を走行中の、電子部品を満載した嶋本運送の大型トラックの前部車輪が脱輪。トラックは横転して横滑りし、道路に面していた倉庫の壁面に激突して止まった。

幸いにも運転手は軽傷で済んだものの、事故状況から一歩間違えば死傷者が出かねない重大事故として警察では事故原因について調査を行い、嶋本運送の整備不良が原因との結論を出した。

その日、福岡空港に到着した赤松が、福岡市郊外にある嶋本運送を訪ねたのは、午前十時前のことだ。

そして今、小さな事務所の片隅にある応接セットで向かい合っている嶋本は、浮かない顔で赤松の質問に答えていた。

「実際の整備状況はどうだったんですか。事故になるほど悪かったんでしょうか」

嶋本は短くなったタバコを指に挟んだまま、顔を顰めた。

「まあ、あんまり良くはない。こんなちっこい会社だもん。隅々まで手入れが行き届くなんてことは、そうそうないでしょ。それはあんたもわかると思うけど」

いやウチはしっかりやっている、といっても仕方がないので、赤松は曖昧な返事をするに止めた。

「おかしいと思いませんでしたか、その事故原因をきいたとき」

「まあたしかに。ただ、ちょっと微妙ではある」

嶋本は自信なさそうにいった。「たとえヘンだと思ってもウチには証明する方法がない。あんただってそうだろ」

嶋本は六十過ぎの小柄な男だった。競争が激しい運送業に長く身を置いた人間特有の、ちまちました厳しさが骨の芯まで染みついているような男だ。駐車場に隣接した事務所の敷地に足を踏み入れたときに見た限りでは、会社の規模はそう大きくはない。赤松運送の半分ぐらいだろうか。

「ホープ自動車の調査報告書はご覧になったんですか」

「見てないね」

嶋本はいった。「警察にあるんだろ、それは。見せてくれなかったし、見たいとも思わなかったんで」

「すると、反論はしなかったんですね」

嶋本は目を丸くしていった。

「もちろんさ。俺なんかがいくらいっても、警察が信用するもんか。行政処分も痛かったが、ヤバかったのは積み荷の保証のほうだ。まあ最終的にそっちは保険でなんとかなったからよかったけど」

「実は他にも同類の事故が全国で起きているんです。そういう話はご存じでしたか」

「知らないね。興味もない、いまさら」

そっけないというより、少し苛立ちを込めて嶋本はいった。

事務所には、嶋本の他には若い配送係らしい男と、五十過ぎのパートと思しき女性がひとりいるきりだ。静かで、事務所の片隅でガタガタうなっているファンヒーターの出す音がさっきからずっと耳の奥にこびりついている。

「その事故車両ですが、どうされました。もし残っていたら、見せていただきたいんですが」

赤松は肝心なことをきいた。だが、嶋本の返事は期待を裏切るものだった。

「ないよ、もう。事故で廃車だ。壊れちまったトラックなんか置いておくスペースもないんでね。ついでにいうと理由もない」

嶋本は、この事故で信用を失って売上が減少、最近になってようやく会社の業績も回復してきたところだといった。

「まったくもってあんな事故のおかげで、ほんと酷《ひど》い目にあったさ。でももう過ぎたことだしね。赤松さん、あんたが事故にこだわるのは勝手だが、そんなことしても何もいいことはないんじゃないか」

「いま私にはこうするしか、生きる道がないんです」

赤松がいうと、嶋本ははじめて気の毒そうな顔をしてみせた。

「そうか。まあ、とりあえずウチで話せることはこんなことだ。せっかく東京から来てもらったのに、申し訳ないけど」

礼をいって赤松は、冷たくなった茶を一気に飲み干した。

「もう今日はお帰りかい。どうですか、ちょっと早いけど昼飯でも」

がさつで、がめつい印象の男だが、根は悪くない。

「いえ、これから熊本へ行かなきゃならないんで、失礼します。列車の時間もありますので」

「熊本？　また事故調査？　なんていう運送会社へ行くんですか」

「クマハチ興運という会社です。熊本市内にある会社のようですが」

「ああ、そこなら知ってる。結構大きな会社だよ」

榎本のリストには会社の規模が書かれていなかった。たしかに、クマハチ興運は電話をかけたときの印象で、なんとなく大きな会社らしいと思った記憶がある。

「熊本市内では一、二を争う会社だと思うよ。そういえば、クマハチさんも事故を起こしたことあったなあ。もしかしてそれかな？」

「去年のことらしいですけど」

リストを見て赤松がいうと、嶋本は意外なことをいった。

「でも、あそこの事故はちょっと違うはずだがな」

「違うとおっしゃいますと」

「脱輪じゃないはずだ」

「脱輪じゃない？」

赤松は思わず聞き返し、嶋本の顔を見つめた。

「まあうろおぼえだからたしかなことはいえないけど。あそこはウチと違って会社がしっかりしてるから、ちゃんとした話が聞けるでしょう。飯が無理なら、せめて駅まで送りますよ。乗ってきんしゃい」

そういった嶋本は、ポケットからじゃらじゃらとキーホルダーを取り出し、どっこらしょと立ち上がった。


赤松の乗った熊本発羽田行きの全日空機が出発したのは夜七時半過ぎだった。予定では七時発だったフライトは、羽田発の飛行機の遅延で出発が三十分遅れた。

離陸した後、ドリンクサービスのコーヒーをすすりながら、このとき赤松は複雑な気分で考え込んでいた。

クマハチ興運では、嶋本から聞いた通りの事実にぶち当たった。

事故は脱輪ではなく、大型トレーラーの走行中にプロペラシャフトが突然、落下したのだという。昨年十月、高速道路上での事故だった。

このとき、長さ一メートルほどの部品が対向車線に飛び出し、走行中の乗用車と貨物トラックにぶつかったが死傷者は出なかった。

クマハチ興運で赤松の相手をしてくれた総務部長の岡島《おかじま》という男は、「いやあ、びっくりしましたよお」と大袈裟な身振りで当時を振り返ってくれた。

「なにしろ、そんな部品が落下するなんて思わないじゃないですか、最初に連絡を受けたときには何が起きたかわかりませんでした」

「整備不良という判断に反論されなかったんですか」

岡島は腕組みして難しい顔をした。

「反論したいのは山々ですけど、だったら何が原因なのか、それがわからない。赤松さんはどう思います」

逆に問われ、赤松はじっと相手の目を見ていった。

「私はホープ自動車の構造上の欠陥ではないかと思っています」

岡島にとって、かなり突飛な回答だったかも知れない。「だとすれば、大変なことですけどね」という、半信半疑の答えが返ってきたのは、途轍《とてつ》もなく長く感じられる沈黙の後だった。

この事故は、別な意味で赤松の自信を揺るがした。

赤松はこれまで、ホープ製車両の欠陥はハブにあるのではないかと考えてきた。だが、プロペラシャフトはまったく別な部品だ。そこにまで欠陥があるとなると、ホープ自動車製のトラックは欠陥だらけのように見える。

いくらなんでも、そんなことがあるだろうか。

機内放送がありシートベルトのサインが点灯した。揺れ始めたシートで目をつぶったまま、赤松は結論の出ない思考を彷徨《さまよ》った。

お世辞にも前進したとは言い難い、一日だった。

それどころか、むしろ余計に混乱したともいえる。

それでも一日という貴重な時間は過ぎた。

果たしてどれぐらいこの調査に時間を費やせば、納得できる成果にたどり着くことができるのか。

「それまで、ウチの会社はもつかな」

それが一番の問題だった。

5

「社長、こんなものが来ましたよ、ついに」

憮然とした宮代が、東京ホープ銀行から送られてきた郵便物を持ってきたのは、その翌日のことであった。

内容証明付き郵便だ。先日、東京ホープ銀行の担当者が来ていった請求書だということは一目見てすぐにわかった。

配達証明付き内容証明付き郵便という仰々《ぎょうぎょう》しいもので送りつけられてきたそれは、現在東京ホープ銀行が赤松運送に貸し付けている、一億円近い金を返済せよ、という内容になっている。赤松運送創業以来五十年で、もっとも巨額の請求書だ。もちろん、請求されたところで支払うことは不可能な額でもある。

「よくもまあ、ぬけぬけとこんなもの」

宮代は怒り心頭に発した表情で顔色を変えた。「死者に鞭打つような仕打ちですよ。これが大銀行のすることですかね」

　憤慨した宮代は、「この件の交渉は私に任せてもらえませんか」と申し出た。

「もともと銀行回りは私の役目ですし、なんとか時間稼ぎしてみます。社長はリストの会社を当たってみてください」

「頼めるか、宮さん」

　自らを鼓舞してきた糸が切れそうになるのを感じつつ、赤松はいった。


　沼津市郊外にある運送会社、黒田《くろだ》急送を訪問したのは、日本中でクリスマスソングが鳴り響く、十二月二十四日の午後七時のことである。

　年末年始の慌ただしいときに事故調査に協力して欲しいと申し出ても、なかなか応じる相手はいなかった。ひたすら電話をかけて頼み続ける赤松には、惨めだとか、現実の厳しさなど感じている余裕すら無い。

「このクソ忙しいときに昔の事故のことを聞かせろって、あんた何考えてんの」

　最初に電話で話した黒田急送の社長は、けんもほろろの対応だった。

「そこを何とかお願いできませんか」

　頼み込む赤松に、時間を指定してきたのは相手のほうである。

「その時間なら空いてるかも知れない。来たいんならどうぞ。だけどね、あんた、ウチの話なんかきいたところで、意味ないんじゃないですか？」

　否定的というより、小馬鹿にしたような黒田の応対に、「そんなことはありません。是非お話を伺わせて下さい」と丁重にいい、受話器を置いた。

榎本のリストによると、黒田急送はいまから二年前、静岡県内の一般道で人身事故を起こしている。

だが、約束の時間きっかりに黒田の事務所を訪問した赤松が、事故の詳細を教えてくれないかといった途端、黒田は態度を変えた。

「あれからいろいろ考えたんだけどね、なんで、あんたにそんなことを話す必要があるんですかね、私が」

忙しさのせいか、あるいはむしゃくしゃすることでもあったのか、黒田は突《つ》っ慳貪《けんどん》に言い放った。

話をしてもいいといったから来ているのに、あまりといえばあまりの対応である。

だが、わざわざ来て喧嘩をするわけにもいかず、赤松は自分が抱えている問題の概略を話して理解を求めた。

だがその話は、黒田の胸には届かなかった。

「ああ、やっと思い出した。あの親子を巻き込んだ事故を起こしたあの運送会社ですか」

聞こえよがしの大声に、残業中の社員達が一斉に赤松を見る。全部で十人ぐらいはいただろうか。

「そうです。ウチが事故を起こしました。しかしですね、事故の原因はウチには無かったと思ってるんです」

「よっくいうよ！」

黒田は、背の高い革張りの椅子に深々と体を埋め、濁った目を赤松に向けた。年は赤松よりも一回りほど上だろうか。イタチのように小さく痩《や》せた顔で、口を開けるとヤニで黄色くなった歯が剝き出しになった。

「お宅さあ、いくらなんでもそれはちょっとひどいんじゃないか」

「ひどいとは、どういうことでしょうか」

赤松は内心の怒りを抑えてきいた。

「だってそうでしょう。人を殺しておいて、自動車会社のせいにするなんて、常識外れもいいところだ。要するにあんたがウチに来たのは、そういうでっちあげに協力してくれってことなんだろ?」

「違います」

黒田のデスクの前に置かれた丸椅子にかけたまま、赤松はいった。「でっちあげではなく、本当のことが知りたいんです」

「あのね、赤松さんとやら」

黒田は丸いオリーブのような目を光らせた。「あんた正気でそんなことといってんのか?」

「冗談で東京からわざわざ話を聞きにくるわけないでしょう」

「そういえば、同じような話をこの前週刊誌の記者が聞きに来たけどさ」

黒田はいった。「その記者にもいってやったんだ。ウチが事故を起こしたのは、整備不良が原因じゃない。後ろから追突されたからだってな。その衝撃で後輪が跳ね飛んだんだ。ウチはずっとホープ自動車と付き合ってるし、ウチにあるトラックは全部あそこのだ。でもな、車輪が外れたなんてことは一度もないね。あるもんか。ホープ自動車だぞ、相手は」

「それでも、私は正しいと思っています」

黒田は返事もせず、ただ両肩を竦《すく》めてみせただけだった。

「はいはい。もうあんたの戯《ざ》れ言《ごと》に付き合ってる暇はないんでね。お引き取り願おうか」

「黒田さん、そのときの事故車両がもしあれば見せていただけませんか」

腸《はらわた》が煮えくり返る思いに駆られながらも、赤松は辛抱強く頭を下げる。だが、返ってきたのは黒田の怒鳴り声だった。

「いい加減にしなよ！　あんたもプロなら、自分のミスは認めたらどうなんだい。みっともないんだよ！　とっとと失せろ！」


黒田の事務所から出ると、暗い空から粉雪が舞っていた。

風は肌を刺すようで、運送会社の敷地内に一本だけ立っている常夜灯の輝きは、赤松の心の中にまで寂しく差し込んできた。張り詰めていた赤松の心の糸が切れかかっていた。

福岡の嶋本運送に始まり、黒田の会社で、訪ね歩いたのはすでに七社目になっていた。時間と労力はかかりながら、得られたものといえば、せいぜい脱輪事故以外にもクラッチ関係の事故が混じっているという事実のみ。それは、ますます事態を複雑にしたに過ぎない。

重く暗い夜空は、赤松の心の中にも同様に広がり始めた。モノトーン。音のない世界。帰路、東名高速道を東へひた走っていると、次第に現実感が失せていき、異次元に向けて突き進んでいるような錯覚にとらわれていく。

俺はいったい何をしているのか。

俺の行く末には、本当に明るい未来などあるのか。

このまま、事故の責任を押し付けられ、世の中の芥《あくた》と消える運命ではないのか。

そのとき家族や社員、そして自分はどうなるのか——。

今は自分を信じるしかないのだといいきかせてみる。

だが、根拠もなく信じることは途轍もなく難しいことだった。その難しさは、信じようとした人間にしかわかるまい。

闘うといえば聞こえはいいが、今の赤松の精神状態は、まさにどん底だった。満身創痍《まんしんそうい》になりながら、ひたすらあるかどうかわからない出口を探してさ迷っている洞窟探検家と同じだ。

沼津インターから東京へ向かう高速道路は、次第に高度を上げ御殿場をピークに下り始める。昼間なら右手遠くに足柄山が見える辺りは、横風が吹き付ける高所を走る。フロントガラスの遥か下方に人家らしき灯火が瞬くのを見つつ、今急ハンドルを切れば死ねるな、と赤松は思った。ガードレールの向こう側は、何十メートルもの断崖で、そこから落ちれば生き残ることはあるまい。

その思いにとらわれた瞬間、ハンドルを握る手に汗が噴き出した。鼓動が激しくなり、視界が微妙に歪んだ。

やるなら今だ。

赤松はアクセルを踏み込んだ。百二十キロからさらに百四十、百六十キロまでスピードが上がると、両側の光景はぐにゃりと飴《あめ》のように曲がり、ちぎれ飛ぶように背後へと消える。闇のトンネルを走っているようだ。

その数秒の間、赤松の脳裏から全ての思考が飛んだ。何もかもが消え、白紙になった。今までの人生のありとあらゆるものが初期化されるボタンを押されるのをただ待っているような沈黙。

ハンドルを、切れ――。

赤松は眦《まなじり》を決した。


記憶は細切《こまぎ》れにしか残っていなかった。

赤松はいま、自宅の駐車場にクルマを入れ、エンジンを切ると、はあっというため息とともにシートにぐったりともたれかかる。

どれぐらいそうしていただろうか。

重く淀みきった気分になんとか酸素を送り込み、ガレージから這《は》い出すようにして玄関に向かった。

沼津を出たのが八時前。

腕時計の針はいま十時をさしていたが、この二時間もの間、確実に自分は一度死んだと思った。

静岡で降っていた粉雪はいま、少し本格的な雪へと変わっている。

インターホンを鳴らすと、ドタドタという足音が聞こえて、まだ子供達が起きているらしいことがわかった。今日は二十四日の土曜日、明日は日曜日だから、史絵が多少大目に見ているのかも知れない。

「パパーっ！」

ドアが開き、次男の哲郎が寒いのに裸足にサンダル履きで飛び出してきた。「おかえり！」その哲郎の背後に、拓郎と長女の萌、それに史絵が笑顔を浮かべて赤松を迎えてくれる。

「ただいま」

「あたし、カバン持つ」

「はい、ありがと。やけにサービスがいいなあ」

赤松の鞄を萌は重そうに両腕にかかえて居間へ走っていく。

「パパが帰ってくるの、待ってたんだよ」

拓郎がいった。

「おかえり」

史絵はどこかほっとした表情を浮かべていった。生来の鋭さで何かを感じとったのか、「よかったわ、無事に帰ってきて」といった。

赤松は、ネクタイを緩《ゆる》めながら居間へ入った途端、あっと声を上げそうになった。

クラッカーがポンポンポンと三つ、勢いよく鳴ったからだ。

「メリー、クリスマス！」

子供達が声を合わせていい、テーブルの真ん中に置かれたケーキを囲んでいる。

「あっ、そっか！」

思わずそんな声を赤松は洩らした。クリスマスパーティをやるといわれていたのに、すっかり忘れていた。

「子供達、ケーキも食べないでずっと待ってたのよ」

史絵がいった。

「そうだよ。ぼくたちは全員でパパの帰りを待ってたんだ」

哲郎の声に、「そうか。そうだったのか……」、そういったとき、涙がこぼれそうになった。

待っててくれたのか、俺を。

良かった、死なないで。

もしあのとき赤松が死んだら、拓郎も哲郎も萌も、そして史絵も永遠に待ち続けることになってしまうじゃないか。永遠に。

「ありがとう。ごめんな遅くなって」

こみ上げてきたものに声がつまりそうだった。手を洗ってくるから、といって洗面所へ行った赤松は、タオルで顔をゴシゴシとこすった。

6

テーブルの中央に立てた蠟燭《ろうそく》にマッチで灯を点《とも》すと、柔らかな赤茶色の明かりがそこに並んだ食材に魂を吹き込んでくれた。グリーンのテーブルクロス、仕事の帰りがけに買ってきたチキンの照り焼き。本当は七面鳥が欲しかったのだが、すでに売り切れてしまって無かった。皿に大盛り一杯のサラダは柚木の手作りだ。そして苺《いちご》を載せたクリスマス・ケーキ。

「きれいだね」

貴史は蠟燭の炎に魅入《みい》られてしまったかのように、それを見つめた。

「ああ、きれいだ」

柚木はいい、小さなコップにオレンジジュースを注いで貴史の前に置く。そして、二脚並んでいるワイングラスに赤ワインを半分ほど注ぐと、ひとつを、空いている席にそっと置いた。四人掛けのテーブルの、一番台所に近い席。いつも妙子が座っていた席。いまそこでは写真立てに入った妙子が微笑《ほほえ》んでいる。

「ママも見てるかな」

貴史に見つめられ、柚木は無理に笑顔を浮かべた。ふいに込み上げてきた悲しみの深さを感じながら。

「見てるさ、きっと。天国で見てるよ」

「ママ」

ふいに貴史は、蠟燭の上あたりに向かって呼びかける。「きれいだよね。マーマ!」

返事はない。

そうよね、タカちゃん——。すっごくきれいね!

目を閉じると、妙子の明るい声がいまにも聞こえてきそうな気がする。

だけど、どれだけ待っても、どれだけ念じても、妙子の声を二度と聞くことはない。

俺はまだいい、と柚木は思った。俺は少なくとも、妙子と会ってからの八年間で、様々な記憶を胸に止め、忘れることのない思い出を作ってきたから。だが、貴史は違う。まだ小学校に上がる前の幼い子供にとって、妙子と暮らした時間はあまりに短い。そのかけがえのない記憶が、これから先どれだけ貴史のなかに残ってくれるだろうか。

「ママ、きっとぼくたちのこと見て笑ってるよね、パパ」

「ああ。きっとそうだよ。ママだもん。貴史とパパのママだ。ママと貴史、それにパパはずっと一緒だよ。ずっと——」

そうだよな、妙子。そうだよな……。

柚木は、心の中でいった。

貴史。そうやってママのことをずっと覚えているんだぞ。ママのことを忘れないでくれよ。ママがお前のことをどんなふうに呼んでいたか。どんな本を読んでもらったか。どんなふうに笑ったか。どんなにおいがしたか。どんなに優しかったか。

忘れないでくれ——。

急に貴史がいった。

「クリスマスの歌、歌おうよ」

「クリスマスの歌？」

「そうだよ。ママが歌ってくれた歌。ママからもらったオルゴールの曲！」

貴史は椅子を降りて部屋から駆けだして行き、自分の部屋からそれを持って戻ってきた。

柚木は言葉を失った。去年のクリスマスに、妙子が貴史に贈ったプレゼントだ。貴史がもっぱら喜んだのはテレビゲームのほうで、こっちの小さな包みは一目みただけでほとんど関心を示さなかったのに。

でも、貴史は覚えていた。

森の木こりの人形が台座に乗っているオルゴール。いま貴史は、少し固いネジを一生懸命に巻くと、それをテーブルの上に置く。
澄んだ音色が、静かな部屋に響き始めた。

もみの木　もみの木　いつも緑よ
もみの木　もみの木　いつも緑よ
輝く夏の日　雪降る冬の日
もみの木　もみの木　いつも緑よ

もみの木　もみの木　こずえ静かに
もみの木　もみの木　こずえ静かに
喜び悲しみ　やさしく見守る
もみの木　もみの木　こずえ静かに

もみの木　もみの木　繁れ豊かに
もみの木　もみの木　繁れ豊かに
雨にもくじけず　風にも折られず
もみの木　もみの木　繁れ豊かに

鳴り出したオルゴールに合わせて、貴史が歌い始める。それに合わせて柚木も歌おうとするのだが、途中で声にならなくなった。とめどなく溢れてくる涙をどうすることもできない。

ふと、貴史の歌声が止まった。戸惑うような眼差しが、柚木を見上げている。

「パパ、泣かないで」

「そうだったね。もう――もう、泣かないよ。大丈夫だよ」

柚木はいった。「ママと約束したもんな」

貴史の頬が震えたかと思うと、その目から大粒の涙が頬を転げ落ちた。

「こっちへおいで」

柚木はいい、両手を広げると、貴史は椅子から降りて飛び込んでくる。その華奢《きゃしゃ》な体を力一杯抱きしめると、それまで我慢していたものが一気に崩れ、貴史は激しく泣きじゃくり始めた。

「貴史、貴史……。ママは、ずっとお前を見ててくれるんだ。ずっとだぞ」

嗚咽《おえつ》しながら柚木はいい、貴史を抱く腕に力を込める。熱く、とめどなくあふれ出した涙は、いつまでも貴史と柚木の頬を濡らし続けた。

こんなクリスマスを迎えることになるなんて。こんなクリスマスを――。


貴史を眠らせた後、柚木は寝室に入ると、ベッドの下に隠しておいたプレゼントの箱をそっと出した。

最初に引っぱりだした、赤い包装紙にグリーンのリボンを巻いた箱は、柚木が買ったプレゼント。中味は貴史が好きなゲームソフトだ。次の箱は柚木の両親からのプレゼントだった。こちらは野球のグローブだと思う。それも貴史が欲しがっていたものだ。柚木はその二つを足元に並べ、それから三つ目の箱を取り出す。

厚紙の大きな箱に銀色のリボンが巻かれたそれは、妙子の母がわざわざ昨日の夜、電車を乗り継いでこっそりと貴史のために届けてくれたプレゼントだった。

中味はセーター。ただのセーターではない。妙子が貴史のために編みかけたものを、義母が完成させてくれた手編みのセーターだ。したがってこのプレゼントの半分は天国の妙子からのものだ。

「ママからの最後のプレゼントだぞ、貴史」

そう呟き、ぐっと唇を噛んだ柚木は、セーターの箱を先の二つと並べる。それから少し迷った挙げ句、もう一つだけ残されたプレゼントの箱を引っぱり出した。

それは、この日の夜、柚木が帰るのを見計らうようなタイミングで届いたものだった。ちょうど貴史はお風呂に入っていて、助かった。

贈り主は、赤松徳郎だ。

銀色の包装紙に赤いリボンが巻かれたその小振りの箱は、赤松から届けられた貴史のためのクリスマス・プレゼントだったのだ。

「ふざけてるよな」

そんなことを呟いてみる。「妙子を殺しておいて、自分の責任は認めようとしない。それなのに、こんなものを送りつけてくるなんて。何考えてるんだよ」

誰もいない寝室で、柚木はそう詰《なじ》った。

法事の日、謝罪のために現れた赤松のことを思い出すと心がかき乱された。たしかに、事故かも知れない。赤松運送に悪意は無かったろう。だが、自らの整備不良を認めようとしない態度は腹に据えかねた。許せないと思った。

「反省なんか口先だけだ。申し訳ないなんてこれっぽっちも思ってない。それなのに、こんなもので誤魔化すつもりなんだろう。騙されるもんか」

柚木は、赤松が送りつけてきた箱を床にたたきつけると、スリッパを履いた足で二度、三度激しく踏みつけた。

足の裏で踏みつけるたび、バキッという、プラスチックが折れるような音がする。

「こんなもの！　なんなんだよ、まったく！」

包装紙は破れ、中に入っていたゲーム機とソフトが剝き出しになった。それでも柚木は止めなかった。やがてそれが無惨な残骸《ざんがい》へと変わるまで人が違ったかのように、足を踏み下ろし続けた。

やがて静寂が——部屋に戻ってきた。

いま柚木は肩を大きく上下させ荒い息を吐いている。

大人しく、温厚な性格だと、いつもいわれてきた。だが、あの事故以降、そんな自分を包んできた感情の包装紙も破れた。赤松運送のトレーラーに踏みつけにされ、音を立てて壊れたのだ。

許すことはできない、どうしても——。

床で散らばった高価そうなプレゼントの残骸を最後に思いきり蹴り飛ばすと、それは部屋の四方八方に無秩序に転がり、停止する。いい気味だ。ざまあみろ。柚木は、最初に取り出した三つのプレゼントだけを抱えあげ、居間へと運び、小さなクリスマス・ツリーの足元にそれを並べる。ツリーを飾り立てたオーナメントは、今年は柚木自身が出して飾り付けた。貴史と二人、去年、妙子がやっていたように、飾ってみた。

うまくできただろう、妙子。俺だってやればできるんだ。

「だけど――」

点滅を繰り返していた電飾を消し、茫然と床に座り込む。「だけど、君はもういない――。妙子、君に見せたかったよ、このツリーを。見せたかった……」

柚木は誰憚《はばか》ることなく泣いた。

7

大手町にある東京ホープ銀行営業本部。そこにある井崎のデスクから、粉雪の舞う東京駅が見えた。それは、昏《くら》い冬空から螺旋状に舞い落ちたかと思うと、風に翻弄され吹き流されていく。音もなく窓を叩く雪の乱舞をぼうっと眺めている井崎は、つい今し方まで役員室で繰り広げられた激しいやりとりを思い出していた。

ホープ自動車支援に慎重な濱中部長を交えた意見交換だ。計画の実現可能性を巡る丁々発止の議論の末、話し合いは結局まとまらないまま平行線を辿《たど》った。

支援方向でまとめろと迫る巻田の根拠は希薄だ。

「政治決着でいいことは何もない」

検討会を終えた後、室外に出た濱中は冷ややかにいった。

巻田がホープ自動車支援を主張する理由は明らかだ。国内与信担当役員である巻田が、東郷頭取の反対を押し切ってホープ自動車支援を断行した前回。ここでホープ自動車を見捨てれば自己否認したも同じだ。メンツの問題でありまた、トップの座を虎視眈々《こしたんたん》と狙う男の正念場でもある。

「今までなら重工任せでも良かったが、今回はそうもいかない」

「どうしてですか？」

井崎は驚いて濱中を見つめた。人気の無いエレベーターホールには深い絨毯《じゅうたん》が敷かれ、声は響くことなく重厚な静けさに吸い込まれていく。

「ウェスティンロッジだ」

一昨年、ホープ重工が買収した米国の原子力発電企業の名前を、濱中は出した。「まだはっきりしたことはいえないが、不安要因がある」

井崎は息を潜めた。

買収額五千八百億円。世界が驚愕した大型企業買収だった。原子力発電の世界地図を塗り替えるほどの衝撃と賛辞をもって受け入れられたこの戦略に、従来路線での業容拡大に限界を感じていたホープ重工は命運を賭したはずだ。

「資産精査で重大な見落としがあったらしい。ホープ重工経営陣はその対応でやっきになっている。ホープ自動車まで手が回らない状況だ」

「そのことを、ホープ自動車の狩野常務もご存じなんでしょうか」

「耳に入らないはずはない。狩野さんにしてみれば、だから銀行で面倒みてくれというところだろうな」

「私はどうすればいいのでしょうか」

井崎はきいてみた。「いまの状況では消極的な稟議しか書けません」

「それでいい」

濱中はいった。「君は、自分がいままでやってきたこと、考えてきたことの延長線としてこの問題に対処すればいい。政治的判断は、君の仕事ではない。判断をねじ曲げるのは一兵卒《いっぺいそつ》ではない。それをするのは常に独裁者であり、そのルールを作った本人だ。そうした自己矛盾の歴史から、当行もまた逃れられないでいるということさ」

その言葉を咀嚼《そしゃく》する井崎に、濱中は続けた。「銀行では規定が全てだ。たとえどんなに多額の利益を得ようと、それが不正によって導かれたとすれば評価されない。たとえどれだけ損失を被ろうと、それが正しい手続きで行われてさえいれば、何の責任も問われない。それが銀行の論理だ。世間ではとかく悪くいわれることが多いが、銀行の論理にだって正義はある。結果に左右されないという利点がある。それを忘れるな。つまり私がいいたいことはひとつ」

濱中は、ぐっと真剣な目になっていった。「君が結果を怖れる必要はないということだ。正しい道筋で導き出した判断は、理由なく曲げるな」

言葉の厳しさとは裏腹に、気軽な調子でひょいと手を挙げると、濱中は背を向ける。一礼した井崎は、全身にアドレナリンが沸き立ってくるような興奮を覚えた。

8

「まあ、今回のことはうまくいきましたな」

東京ホープ銀行の巻田を招いての忘年会は、十二月三十日の夜六時から予定通り向島《むこうじま》の料亭で行われた。予定の十分前には社用車で到着し、顔なじみの女将《おかみ》に迎え入れられた狩野は、年末での接待続きで疲れているにもかかわらずこの上なく上機嫌で、案内されるまま地下にある座敷へと下りていった。

巻田が到着したのは、銀行員らしい律儀さで約束の五分前だ。「どうもどうも」という、東京ホープ銀行の専務という洗練された肩書きにしてはあまりにも泥臭い雰囲気をまとって登場すると、大きなガマガエルのように畳の向こうに這いつくばって、深々と頭を垂れた。

「本日は、お招きいただきまして――」

「まあまあ、専務」

皆までいわせず、狩野は満面の笑みを浮かべてテーブルの上座に巻田を据える。自分は反対側に座ると、おしぼりを持ってきた女将に「はじめてくれ」と一言。

「先日のマスコミ対応では大変お世話になりまして。ありがとうございます」

「いやいや、当然のことですよ。たとえ週刊誌とはいえ、あのような根も葉もないことを記事にするとは言語道断だ」

巻田の言葉に、まったくです、とうなずいて見せると、狩野は、「いや、それにしても助かりました」と上機嫌故か、珍しく本音を出した。

乾杯し、あらかじめ頼んでおいた料理が運び込まれると、しばらくはとりとめもない話題に切り替えて、酒と料理を腹に詰め込む。根っからの商売人を地でいく巻田は、こういう場面の盛り上げが上手い。銀行専務という立場に集まる様々な情報を話に織り交ぜながら、飽きさせることなく過ごす。

「専務、お願いしている支援の件ですが、どのような具合でしょうか」

狩野が話を本筋へと戻したのは料理も半分ほど過ぎ、ある程度腹も膨れ、アルコールもほどよく回った頃合いだった。

「なんとかやらせますよ」

巻田はいったが、狩野は根っからの老獪《ろうかい》さを滲み出させ、「ということは、反対意見有りですかな」と突っ込む。

「まあ、一部有る」

巻田は認め、黙って盃に日本酒を注いだ。女将が酌《しゃく》をしようというのを止めて手酌にしたのをきっかけに、「女将」と狩野が一言。座敷に来ていた芸妓が場を外し、女将も部屋を出ていった。

「まさか、営業本部ではないでしょうな。先日事業計画の変更まで申し入れてきたときには実に参りました」

「申し訳ない」

巻田は短く詫び、「だが、今回の件、最終的に問題はない」と断言した。

「反対か賛成かなどというのは、あくまで当行内部での手続き話ですので、そんなものは何とかします」

「国内与信を総括されている巻田専務にそういっていただけると安心です」

東京ホープ銀行にとって、ホープ自動車への支援はそもそも稟議事項ではないはずだ、というのが狩野の意見だった。これはホープグループの政策金融だからである。まして、調査役だの次長だの、現場の人間にとやかく言われるなど筋違いもいいところ。不遜な態度は、ホープ自動車ならば考えられないことである。

「巻田専務も苦労されますな」

嫌味に聞こえないように狩野はいった。「いわれるまま事業計画も策定しましたし、『週刊潮流』も片づいた。あとはよろしくご英断願います」

はい、と短くいった巻田だが、顔は笑っていない。

「ただ、煩《うるさ》いのもいましてね。こういうとき、銀行組織というのは面倒だ。御社が羨ましい」

「いえいえ。どこの組織にも場の空気の読めない社員というのはいるものです。それは我が社も例外ではない」

狩野が暗にいわんとするところを巻田は瞬時に理解したに違いなく、動かしていた箸《はし》を止めると一言きいた。

「内部告発した犯人は見つかりましたか、取締役」

「ええ、おおよそ見当はつきましたので先日、人事にいって異動を命じたところです。微妙な扱いになるので、本人に直接確かめることもできませんが」

「その本人が再び告発しないという保証はありますか」

「エサは投げてやるつもりです」

狩野はいった。「異動はさせるが、大人しくしていれば今後、リカバリーのチャンスはあると思わせる。要するに内部告発するような者は会社に不満があるというより、自分に対する処遇に不満を持っているわけですよ。そこを改善できると思わせてやれば、大人しくなります。飴と鞭《むち》ですな。いや、この場合、鞭が先で飴はそのあとですが」

「ほう。銀行とえらい違いですな、それは」

巻田は感心したようにいった。「銀行なら、二度と這い上がれません」

「それはウチも同じことですよ」

狩野はそういって、低く笑った。「チャンスがあると思わせる、と申し上げましたが、チャンスがあるとはいってません。世の中そんなに甘くない」

「なるほど。さすが、狩野さんだ」

黙って酒を口に運んだ狩野に、「だが」と巻田は慎重な表情を向けた。

「そうやってうまくやっていただくことは大いに結構ですが、必ずしもうまくいくときばかりではない。上手の手から水が洩れることだってあるでしょう。どこからどう、あらぬ話が飛びだしてくるかわからない。横浜の事故の件では現に警察は動いているわけですからな。警察も莫迦じゃない。大丈夫ですか」

「目配りはしています」

誰もいないことはわかっているが、狩野の声は幾分抑え気味になった。「整備不良という調査報告がひっくり返されるような証拠が出ないかぎり、心配には及びません」

「部品の返却を要求して訴訟になっているという話をききましたが」

「ご心配は無用です、巻田専務」

狩野は断言した。「部品など、どうにでもなる」

「どうにでも、とは?」

「実際に検査のため、あの部品は細かく切り刻んでしまいました。つまりもう、返却するようなものは残っていません。裁判はのらりくらりだ」

「まあその辺りの対応は取締役のほうがうまそうですな」

巻田は真剣な眼差しを向ける。「ただ、くれぐれも注意してください。御社に二度までもあらぬ噂が立つようなことになっては当行は非常に困る。ホープ重工の三橋《みつはし》社長も大変心配しておられました」

三橋の名前を出したときだけ、まるで微細な電流でも感じたように狩野の表情が引きつったように見えたが、それも一瞬だった。

「申し上げた通り、すでに手は打ってあります。万が一、捜査当局の取り調べを受けることになっても、我が社の不利になるような証拠は一切、出てきませんよ」

巻田は、黙って狩野の続きを待つ。「T会議に関する資料は全て廃棄させました。残っているのは、整備不良を原因とした調査結果の表向き資料のみです。会議に関与していた社員全員には、パソコン内にある指示事項はじめ全ての資料を廃棄するよう指示徹底しております。綺麗なもんですよ、我が社は。清廉潔白です。あとは当社に言いがかりをつけてきている煩いハエを退治すればいいだけだ」

その〝煩いハエ〟が起こした訴訟が世の中の注目を浴びるのではないかと心配した狩野だったが、思いの外、世間の反応は鈍かった。

人身事故を起こしながら原因を自動車会社に押しつけようとしている運送会社——。一介の中小企業と大ホープ自動車。このどちらを世間が信用するか、それが証明されたようなものだった。

裁判になれば、ホープ自動車の代理人たる弁護士は、ありとあらゆる根拠をつきつけて裁判の長期化を狙う作戦だ。ただでさえ追いつめられている赤松運送に、その裁判を闘い抜く資金力は残されていない。

「先日、私も調べてみました。たしかに、赤松運送とかいう会社は自由が丘支店の取引先です。しかし、もう債権回収に入っているようです」

吉報に、狩野の表情が緩んだ。

「ありがたいことです」

巻田は自分の前で手を振る。

「自由が丘支店の支店長というのが、コンプライアンスに煩い男でしてね」

狩野の表情に薄い笑みが貼り付いた。

「さすが東京ホープ銀行さんですね。厳格な与信管理のお陰で晴れやかな気持ちで新年が迎えられるというものです。改めて乾杯といきましょうか」

手を叩いて女将を呼んだ狩野は新しい酒と盃を運ばせ、場は再び華やかな彩りが添えられた。

「来年もよろしくお願いします。巻田専務。来年が我々にとって素晴らしい飛躍の年でありますように。東京ホープ銀行と我がホープ自動車の繁栄を祈念して、乾杯！」

狩野は、上機嫌で盃の酒を一気に飲み干した。堪えきれない笑いがこぼれる。巻田もしてやったりの笑顔だ。

ホープにあらずんば人にあらず。

圧倒的大資本と社会的影響力を誇るホープ自動車と、町の運送屋。勝者と敗者。その構図はますます鮮明になったかに見える。

年末年始で経済が一時休止する間、この勝敗の構図は、彫り込まれたレリーフのように固まり、動く気配は微塵もなかった。

9

新しい年が明けたという感慨はない。

旧年中、赤松は結局、一枚の年賀状も書かなかった。おかげで元旦から知人宛《あ》ての年賀状を書いて過ごすことになった赤松は、ばかばかしい正月のテレビなど一切見る気にもなれず、ただひたすら世の中が正常に戻ってくれるのを待って過ごした。

世間が正月気分で浮かれていればいるほど腹立たしい。己の精神が置かれた状況がいかに暗く救いようがないかを痛感させられる。まさに、地獄の正月三が日である。

もちろん、この状況に抗《あらが》うように、リストの何社かに電話もかけた。だが、電話に出たのは二社だけで、その二社も、担当者が正月休暇中とのことで、訪問は持ち越しになった。

メリットもあった。

休みなく働きづめだった体に休息が与えられたことだ。パソコンでいえば強制終了に近い形での休息だったが、それでも休んだことには変わりはなかった。人間だって、たまには「再起動」することが必要なのだ。トラックと同じで、生身の体にもガタが来る。

事故以来、赤松は肉体を酷使し、自身「整備不良」の烙印を押される寸前にまですり減らしていた。

学生時代柔道部で鍛《きた》えた体だから自信はある。だが、その自信がいつのまにか自信過剰にすり替わっていることには迂闊《うかつ》なことに気づかなかった。休んでみて、初めて赤松は自らの疲労を認識することができた。体に忍び寄ってきた金属疲労は、いつのまにか目に見えない無数の罅《ひび》を赤松の体に刻みつけていたらしい。

それと悟った赤松がとった行動は、体を休めるためにとにかく眠ることだった。

ひたすら食って寝た。

そして、ようやく迎えた一月四日、例年通り社員全員を集めて新年の挨拶をした赤松は、再びリストの会社を訪ねる調査活動を再開したのだった。

忙しかった年末に比べ、年が明けてからは比較的順調にリスト先の訪問は進んだ。一日二社、多いときには三社を回る。

手がかりらしいものはなかったが、正月にためた体力にものを言わせて赤松は全国を飛び回った。

愛知県知多市にある高森《たかもり》運送という会社を訪ねたのは、一月十二日の午後のことだった。

小さな運送会社だった。

敷地内にある駐車場の規模からすると、トラックの数は十台ほどだろうか。仕事が無いのか、赤松がやってきたとき三台ほどのトラックが遊んでおり、冬の日差しにホープ自動車のエンブレムを光らせているのが見える。

事務所の中には、男がひとりいた。三十代後半の痩せた男だ。どこか暗い雰囲気の男は受話器を握りしめて指示を飛ばしながら、目で事務所に入った赤松を追っている。指示内容は配車。赤松は、男の電話が終わるのを待っていった。

「失礼します。電話いたしました赤松と申します。社長さんいらっしゃいますか」

「ああ、どうも」

甲高い声で男はいって立ち上がった。「お待ちしてました。私が社長の高森です」

第十章　飛べ！　赤松プロペラ機

1

「残念ながら、赤松さんが期待しているような話はできそうにないですね」

今までの経緯を説明した赤松に、高森は少し申し訳なさそうにいうとテーブルの茶をすすった。

簡単な自己紹介の中で、高森もまた、赤松と同じ二代目経営者だと知った。親から継いだちっぽけな運送会社をなんとか切り盛りしている事情も同じなら、苦しい台所事情も似たりよったり。話すうち、お互いの境遇の相似性に気づかされた赤松が経営者としてのシンパシーを感じはじめた矢先の言葉だ。ホープ自動車のリコール隠蔽をなんとか証明したいといった赤松の意見に対して、高森は、冷静な距離感とでもいうべきものを感じさせる態度をとった。

長距離輸送中の高森運送の大型トラックが仙台市郊外の国道で事故を起こしたのは、一昨年の九月。変速装置の破損に起因した衝突事故でトラックは横転。見かけが派手だったので新聞に載ったが、運転手は軽傷で済んだ。帰路の「空箱」だったので積み荷補償などは免れたのだという。

「原因は変速装置回りのボルトの緩みということでして、赤松さんの会社の事故とは根本的に性質が違うようですから」

それが期待した話ができない理由だと、高森はいった。

「変速装置、ですか」

混乱と落胆が入り混じり始めた気持ちをなんとか抑えて、赤松は考える。榎本のリストは単なる取材先をまとめたものに過ぎないわけで、様々な事故が混在していることはわかっている。たとえば熊本で話をきいたクマハチ興運の事故はプロペラシャフトの脱落事故だった。

「トラックだって物ですから、絶対に壊れないということは常識的な前提としてありえないですよね」

高森はいった。それは赤松も理解している。「つまり、常識的に考えて壊れることが納得できる状況か否かが問われていると思うんです。うちの場合も事故は事故ですから、ホープ自動車に調べてもらいましたよ。原因は、関連部分のボルトの緩みです。整備不良ですね」

「再調査は？」

戸惑いを映した目が赤松に向けられた。それを疑おうともせず、ホープ自動車の調査結果をそのまま受け入れていることに気づいた顔だった。

「してません」

割り切れないものを抱えた面持ちで高森はこたえる。

「するべきだったかも知れませんが、それほどの重大事故ではないという認識でしたし。赤松さんの会社でもそうだと思いますが、運送業に事故はつきものですから」

「わかります」

赤松は重々しくうなずいた。たしかにその通りだ。

せめて、このリストに記載された会社の軽重ぐらいは榎本に確認しておくべきだった。全ての会社から有益な情報が得られるわけではない。「ここは行っても無駄」だと一言聞いていたら、いままでも何社かは訪問を省略することができた。

しかも高森の話で、このリスト先の事故は三種類が混在していることが明らかになった。

まず、赤松運送と同じ脱輪事故。前後いずれかのタイヤが外れて事故に結びつくケース。この場合の多くは重大事故に結びついている。二つ目はプロペラシャフトの脱落事故。高森運送の変速装置の破損が三つ目だ。

このばらばらの事実から、なんらかの真実をどう紡ぎ出せばいいのか想像もつかない。それを榎本はやったというのか。

「高森さん、『週刊潮流』の記者が訪ねてきたと思いますが、どんなことをきいていきました」

藁《わら》にもすがる思いで赤松はきいた。

「同じようなことですよ、赤松さんと」

高森はこたえた。「ただ、あの記者は本当に変速装置の緩みですかとしつこくきいてきましたね」

どういうことだろう。赤松にはわからなかった。だが、榎本には仮説があったはずだ。その仮説に基づく取材の延長線上から、高森運送の事故はやはり外れていたということか。高森の話を聞いて、単なる整備不良以外の何ものでもない、と榎本も結論づけたのだろうか。

「何がいいたかったんでしょうか、その記者は」

「それなんです」

高森はしばし考えてからいった。「私もそのときにはわからなかった。いったいウチの事故からどんなことを聞き出そうとしたかったのか、見当がつかなかったんです。ところがそれからしばらくすると、石川県にある運送会社から電話がかかってきたんです」

赤松は顔を上げ、黙って続きを促した。

「なんでも、その会社でもホープ自動車製の大型トラックを使っているらしいんですが、去年の七月に事故を起こしたという話でした。つまり、赤松さんの事故が起きる前です」

「どんな事故ですか」

赤松は身を乗り出した。

「プロペラシャフトの脱落事故だという話でした」

それは、熊本で聞いた事故と同じだ。

「赤松さん、あなたは脱輪事故ばかり追っかけていますけど、それだけじゃないんじゃないかな」

高森は指摘した。「ホープ自動車製のトラックやトレーラーに欠陥があるとすれば、プロペラシャフトにも何らかの問題があるかも知れない。その会社の総務担当という人だったかな。ウチに連絡してきて、こうきいたんです。クラッチハウジングは大丈夫でしたか？」

「クラッチハウジング？」

クラッチハウジングとは、クラッチを覆う金属製カバーのことだ。

「なぜクラッチハウジングのことをきいたんでしょう、その会社は」

「プロペラシャフトがなぜ脱落したのか、独自に調べたそうです。するとクラッチの部品が破損していて、そもそも脱落の原因は、クラッチハウジングにあるんじゃないかというような話でした。クラッチハウジングが壊れると、変速装置にも損傷を与えることがあるということで、ウチに問い合わせをしてきたようです」

「それで、どうだったんですか。確認はされたんでしょう」

高森はゆっくりと首を横に振った。

「いいえ。もうそのときには全て修理した後でした。クラッチハウジングはたしかに交換されていましたが、ホープ自動車販売の担当者によると変速装置の損傷時に外れた部品でクラッチハウジングが損傷したので交換したという説明でした」

「クラッチハウジングが先に壊れたのか、変速装置が先かという問題ですか」

「ええ。ですが、それを確かめる術《すべ》はありません。いまとなってはね。もしその会社の主張通りなら、ホープ自動車のトラックは欠陥だらけということになりますけどね」

その言葉には、そんなことが果たしてあるだろうか、という常識的な疑念が挟まっていた。

「なんという会社か、名前を覚えていらっしゃいますか」

赤松は、鞄からリストを取り出してきいた。

「北陸ロジスティックスという会社です」

高森は、赤松がリストを探すのをじっと眺め、「こんなに回られたんですか」と目を丸くする。

「ええ。全部で三十一社あります。実際に話をきいたのはまだ二十社ほどですが――」

だが、このとき赤松は怪訝な表情を浮かべた。テーブルにおいたリストを手に持ち、今度は顔を近づけてもう一度眺めてみる。

「どうされました」

「いえ、北陸ロジスティックスという会社がリストアップされていないものですから」

「どうやってこのリストの会社は調べられたんですか」

高森にきかれ、返答に窮した。榎本から譲ってもらったとはいえない。

「私が直接調べたわけではありませんけど、たぶん新聞記事のデータベースかなにかだと思います」

「なるほど」

高森は少し考えた。「もし、新聞に掲載されなかったような事故ならどうなります？」

「リストからは洩れるでしょうね」

赤松は、こちらを凝視する二つの目を見た。「その会社の連絡先、教えていただけませんか。是非、訪ねてみたいんです」

「すみません。連絡先といっても、電話でやりとりしただけなのでメモは廃棄してしまったんです。でも、北陸ロジスティックスという会社名は間違いないですから、インターネットで検索してみればわかるでしょう。金沢市内に本社がある会社だということでした」

知多市から帰った赤松はまっさきに会社のパソコンに向かった。検索エンジンに北陸ロジスティックスと入力してみる。

ホームページはすぐに見つかった。トラックがずらりと並ぶ写真付きのホームページだ。金沢市内の有力運送会社。それが北陸ロジスティックスという会社だった。

2

トイレから自席に戻ると未決裁箱に大量のアンケート用紙が入っていた。

「明日の連絡会議までに分析のこと」という部長代理の自筆のメモがついている。数百人分はあるだろうか。

商品開発部に異動になった沢田に与えられた新たな仕事は、市場開発三課の課長だ。部下のいない課長職である。その意味では、前職よりも沢田の地位は低下した。

ポストとしては不満だったが、「君は当部でのキャリアがない。即戦力というわけにいかないから、しばらくそこで仕事を覚えてくれ」といわれれば従わないわけにはいかない。ついでに、何をするにもお目付役の部長代理に指示を仰ぐようにというおまけ付きだ。

パソコンのスケジュール・ソフトで部内会議が翌日の午前十時から入っていることを確認した沢田は、同時にアンケート用紙に記載された一ヵ月前の日付を見て呆れ果てた。

一ヵ月も放置していながら、前日になって沢田に尻を拭わせようという話である。

しかも、アンケートの集計分析作業など、課長の仕事とも思えない。沢田はデスクを離れてメモを書いた真鍋耕太《まなべこうた》のところまで行くと、「真鍋さん、これはちょっと違うんじゃないですか」と抗議した。

「一ヵ月前のアンケートじゃないですか。それがなんで今頃出てくるんです」

真鍋はめんどくさそうな一瞥《いちべつ》を沢田にくれ、そそくさと自分の仕事の段取りを続ける。

「知らないよ、そんなこと。現場からあがってきたのが遅かったんだろ」

まるで他人事のような言い方だ。

「それにしても、明日までってどういうことです」

「それが何か？」

真鍋は手を止めると沢田に向き直った。「いま君にやってもらう仕事がそれしかないから頼んでるんだ。じゃあ君は他に何ができるっていうんだ」

沢田は反論する言葉に詰まった。それみろ、という真鍋の冷ややかな目が沢田に向けられ、再び手を動かしはじめる。

与えられた仕事はそこそこにこなす自信はある。だが、実績もないのに「できる」といったところでリアリティに欠ける。

仕方がない。アンケート用紙を抱えて自席に戻った沢田は、デスクのパソコンを開けると表計算ソフトを立ち上げた。

アンケートは、ホープ自動車が新しく発売した小型車展示会で、商品券をエサに来場者に書かせたものだ。質問は全部で三十項目近くあり、そこそこのボリュームがある。分析といっても、そう簡単なものではない。

マーケティング得意なんだろう？

集中しようとする沢田の頭に、真鍋のセリフが何度も浮かんでは消える。

まさか真鍋だって、「マーケティング」イコール「市場調査」だと誤解しているわけではあるまい。

「莫迦にすんなよ」

腹立ちを沢田は抑えた。せっかく商品開発部に異動したのに、ここで短気を起こしてもいいことは何もない。培ったバランス感覚を働かせて自分に言い聞かせた沢田は、「ここには俺の夢があるんだ」と己を奮い立たせた。

こんなアンケートの分析ぐらいで音《ね》を上げてたまるかと。


「ほう。できたんだ」

翌朝、沢田が分析結果を届けにいくと、真鍋は驚いたような口振りでいった。会議に間に合わせろといっておきながら、その言い草はないだろうと思った沢田だったが、午前三時までかかってようやくまとめたレポート用紙を「お願いします」といって未決裁箱に入れると黙って下がる。

この商品開発部で成功するためには、理不尽なことに反発するより、それを受け入れて努力を認めてもらうことが最善の策のはずだ。

会議の出席者は、全部で二十六人いた。

参加するのは、商品開発部だけではなくデザイン室、販売部、車両製造部といった関係セクションの係長、課長以上だ。直接のメンバーではないが、アンケート結果に関する質問が出たときのために沢田も自主的に会議室に入り、壁際の席に陣取った。

どうでもいいことのようだが、こういうときの受け答えや考え方ひとつで、その人物に対する評価が変わることはよくある。その点、評価が定まっていた販売部とは勝手が違った。いまの沢田に必要なことは、とにかく真鍋や部長、商品開発部のメンバーたちに認められることだ。そのためにはどんなことでもやっていくつもりだった。しかし——。

「なんだ、君も来たのか」

会議が始まる一分前に現れた真鍋は、そこに沢田を見つけると嫌な顔をした。室内は次々に入室してくる者や、会議資料を配付する部員たちでごった返している。

「一応、アンケートを分析した責任がありますので」

「ああ、あの件はいいから出席する必要はない。職場に戻れ、沢田課長」

「よろしいんですか、あのアンケートの件でもし質問がありましたら——」

「いいから、戻れって」

真鍋にせかされ、腰を上げた沢田のところにも係から資料が配られる。それを抱えて会議室から出た沢田は、やむなく商品開発部の自席に戻るしかなかった。

自分の誠意がなかなか認められない現状にため息を洩らし、資料を机上に放り出す。そのとき、書類のひとつに気づいて、「えっ？」と小さな声を出した。

分厚い資料の中から顔を覗かせているのは、問題のアンケートの分析結果だった。

沢田がまとめたものではない。

中味を確認した沢田は茫然とした顔を上げた。

資料の右上にある「市場開発一課」という名前を確認した沢田は、そこにいた課員をつかまえてきいた。

「このアンケート分析、誰がやった」

沢田の剣幕に目を丸くした係員が書類を見ていった。「ああ、これは岡田《おかだ》ですね。おい、岡田」

デスクの向こうから、眼鏡をかけた痩せた男が顔を上げた。

黙って書類を確認した岡田は、「千代田サーベイに依頼した奴ですね」といった。

「千代田サーベイに依頼した？」

沢田は信じられない思いで聞き返した。

千代田サーベイは、民間調査機関だ。市場調査を請《う》け負い、アンケートの作成や実地調査、さらに分析までを行う。

「いつ？」

「このイベントが行われたときですよ」

「真鍋部長代理は知らなかったけど」

「そんなはずはないですよ」

岡田が笑っていった。「市場調査を外注する件については決裁をとってありますから。だいたい、私は東通データを使いたいって申請したのに値段が安いから千代田サーベイにしろって指示出したの、真鍋さんですから」

「いつあがってきた、この調査結果」

「三日ぐらい前ですかね。それだって、部長代理にはちゃんと報告済みですよ」

それが何か文句でもあるのかと、岡田は不満そうな顔を見せた。

沢田は愕然とし、言葉を失う。手の中で、その数十頁《ページ》にも亘る分析結果を丸めながら、自分を納得させる言葉を探すが、それは容易に見つかりそうになかった。

惨めなのは、この分析結果のほうが沢田のやっつけ仕事よりも格段に優れていることだ。時間と手間のかけ方が違うから当然だが、要するに沢田の仕事はまったく存在意義すらなかったということである。

真鍋にとって、沢田のアンケート分析など最初から必要が無かった。それなら、なぜあんな仕事をわざわざさせる必要がある？

「部長代理。ちょっとよろしいですか」

昼過ぎ。会議から真鍋が戻るのを待って沢田は近づいていった。怒りを声に出さないようにするのに苦労するほどだ。

沢田は、千代田サーベイがまとめたという資料を部長のデスクに置いた。真鍋の目が一瞬それをとらえたが、何事もなかったかのように他の書類を動かしたりする動作へと紛れていく。

「調査分析を外注したのに、私に同じことをさせたんですか」

「ああ、これね」

真鍋はどうでも良さそうにいった。「ちょっと内容がどうかなと思ったんでね、君に同じことをしてもらって確かめたかったんだ。ご苦労さん」

「ちょっと待ってください。確認するのなら、この調査分析結果をお渡しいただいても良かったと思うんですが」

「どう確認しようと私の勝手だろう」

むっとした顔で真鍋はいった。「先入観無しに同じ分析を並べてみてみたいと思っただけだ。それのどこがおかしい」

真鍋は不機嫌そのままにいうと、忙しいから失せろとでもいわんばかりに沢田を無視しようとする。

「そうですか。それはどうも、失礼しました」

沢田は、真鍋を睨み付けたままいった。「では、もうこの私のレポートは必要ないということですね」

沢田は真鍋部長代理の未決裁箱から、一通の書類をつまみあげて見せた。

真鍋の目から色が消える。

それは朝、沢田が提出したときのまま、開いた形跡もなく残されていた沢田のレポートだった。

ここには俺の夢があるはずだ。

そう信じていた、あるいは信じようとしていた沢田の胸にその疑念はゆっくりと沁みてきた。

本当に夢なんてあるのか？

それは拭いきれない汚れのように、沢田の脳裏にこびり付いて離れなかった。

3

「臨時総会？」

倉田校長は気弱な顔を顰めて申し訳なさそうにした。前に置いた封筒から出したのは嘆願書だ。

「百二十名の方が署名されています。ちょっと無視できる数ではないので……どうでしょうか」

「どうでしょうかといわれても」

赤松はいい、「いつですか」ときいた。

「片山さんのお話では、できるだけ早期にという話でして」

片山達が卒業式に刑事事件の被疑者に挨拶させるのか、といっては父母に総会開催の署名を迫っているという話は、史絵からきいていた。それが現実となって目の前に出てきたわけだが、腹が立つのは、この署名を集めた片山達はもとより、一向に毅然とした態度を取らない倉田に対しても同じである。

「総会を開けというのなら、開きますよ、それは」

赤松はいい、倉田が挙げた何日かの候補の中から自分のスケジュールも考えて日を選んだ。

「その日程で、書記さんのほうで案内状を作っていただくようにお願いしますが、新しい会長候補はどなたですか」

赤松がきくと、倉田はひどくどぎまぎした態度になる。「私を更迭《こうてつ》しようというからには、どなたか代わりの方を会長職として推薦《すいせん》されるおつもりでしょう」

「はあ」

煮え切らない返事を寄越した倉田は、肩を丸めて視線を落とした。「片山さんがご自分で立候補されるようですね」

そんなことだろうと思った。臨時総会の署名が集まった数だけは、〝片山会長〟の賛成票が入るというわけだ。もちろん、それは赤松への反対票でもある。

「赤松さんには折角会長職を引き受けていただいたのに、本当に申し訳ないことになってしまって、心苦しく思っています」

倉田は、すでに赤松の更迭が決まったような口ぶりだ。

「できれば気持ち良く、最後までやっていただきたいと思っていました」

「いろいろお世話になりました」

何かもう辞任の挨拶のようになって校長室を出た赤松は、腕時計の時間を確かめ、尾山西小学校を後にする。まだ始業前で、登校してくる子供達とすれ違いながら校門を出た赤松は、尾山台駅で東急線に乗り込み、まっすぐに羽田へと向かった。


昼前にリムジンバスで金沢市内に入った赤松は、駅前のレストランで軽めの昼食を済ませた。タクシーで向かった北陸ロジスティックスはインターネットのホームページに掲載された通り、かなり大きな運送会社だった。地方とはいえ、広大な敷地とそこに建つ配送センター、本社ビルと立ち働く社員の数からして、赤松運送の何十倍もの売上があるに違いない。

合理化も徹底されているらしく、シンプルな受付は無人で、電話が一本と社内の内線番号表が置かれているだけだ。約束した相手の番号にかけてしばらく待っていると、制服を着た女子社員が出てきて、赤松を商談用の談話室に案内してくれた。

談話室は二階で、ホテルのロビーのように肘掛け椅子とテーブルが配置された快適なスペースだった。ガラス張りの壁面から、配送センターに出入りするトラックが見える。これぐらいの規模に会社が成長したらいいなと、羨ましい気分で赤松はその光景を眺めていた。おそらくこの会社には、赤松がいま直面しているような資金繰りや経営の問題などない。上場はしていないようだが、地場の銀行はこぞって金を借りてくれといってくるだろう。

五分ほど待っただろうか。

「お待たせしました。赤松さん？」

外を眺めていた赤松が視線を戻すと、そこに上っ張りだけの制服を着込んだ同年代の男が立っていた。

「お忙しいところ、無理を申しましてすみません」

立ち上がり深々と頭を垂れた赤松に、「いえいえ。まあどうぞ」と総務課長の相沢寛久《あいざわひろひさ》は快く椅子を勧めた。

「電話でもお話ししましたが、知多にある高森運送さんを訪ねたところ、御社の話が出たものですから。もう少し詳しいお話を伺えないかと思いまして」

訪問の目的は事前の電話で簡単に話してあった。赤松が何をしようとしているのか、相沢がだいたい理解しているのは、「ご苦労さまですね」という言葉でなんとなく想像がついた。

「高森運送さんに問い合わせをしたのは、私です。高森さん、よく話されましたね。私がお電話したときには、ほとんど、取り合っていただけませんでした。まあ、電話で聞くのと直接訪問されるのでは、さすがに熱意に差がありますから、当然かな」

「高森さんのトラックは変速装置の破損というお話でした。原因は整備不良です。ですが、再調査はしていない。一方、御社のほうはプロペラシャフトの脱落事故だと伺っています。原因は何だったんです」

「整備不良ということになっていますね」

相沢は意味を含んだ口調でいった。

「実際のところ、どう思われました。率直な意見を伺わせてください」

相沢は、自分は北陸ロジスティックスに入社する前、東京の大手運送会社で整備の仕事をしていたと話した。

「その経験からいって考えられない結論ですよ。いや、それ以前に、整備不良などという結論は論外だ」

そう断言した相沢は、その根拠となる理由をひとつ挙げた。赤松が思わず絶句するような事実だ。

「それだったら、反論できるじゃないですか。どうしてそうしなかったんです」

「反論したいのは山々なんですがね……」

相沢の表情が曇った。「社長がもう止めとけというんで」

「どうしてですか」

思わず問い詰めると、相沢は赤松の背後に視線を泳がせた。その様子から、相沢自身、社内の対応に不満を持っていることが察せられる。組織の一員として、相沢個人の意見よりも、会社の方針が優先される。それは大小を問わずどんな企業でも同じだ。

「社長はホープ自動車出身でね。二代目なんですが、若い頃、あの会社で修業したんです。育ててもらったという気持ちがあるんでしょう。大した事故じゃないんだから放っておけと」

事故といっても人が死傷するようなものではなく、道路脇の電柱にぶつかる程度のものだったらしい。荷崩れでの損害は軽微で、その他の影響は先方への「遅着」程度。新聞沙汰にもなっていない。榎本のリストから北陸ロジスティックスが洩れていたのも、おそらくそのせいだ。

「正直、悔しくてね。事故が小さけりゃそれでいいとは思えない。整備不良ってことは、要するに私の責任ってことですから。いくらなんでもそれはない。それでいろいろと調べたりしていたんですが、社長から、これ以上、事故に関わって事を大袈裟にするなといわれまして、ゲームオーバーです。そんなことに時間を費やすぐらいなら、もっと前向きなことをしろと。ただ、私としては原因を曖昧にしたまま次をやれといわれてもできませんよ、そんなの」

相沢は、職人的な気骨を見せた。「第一、納得するもなにも、ウチのトラックは全てホープ自動車製ですよ。身びいきでうやむやにするのはその場しのぎでしょう。また同じことが起きたらどうするんです。今度は大事故かも知れない。赤松運送さんではないが、人が死ぬかも知れない。そうなってからでは遅いんですよ。欠陥のあるトラックなんて、走る凶器以外の何ものでもないと思います。それを放置しておくことは、犯罪に加担するのと同じことですよ」

真剣な相沢は熱く滾《たぎ》るものを感じさせた。

「去年の事故は、弊社にとってはもう決着済みです。いまさら蒸し返したとなったら社長に大目玉を食らいますよ。実は今日、赤松さんと事故の件でお会いすることは誰にも報告していません。私の独断ですから、ひとつご内密にお願いします」

「そんなこととは知らず、お時間を頂戴してしまって」

赤松が詫びると、「構いません」と、ある種の決意を秘めて相沢はいった。

「赤松さんが真相を暴いてくれればそれに越したことはありませんから」

「真相、ですか」

相沢はふいに口を閉ざし、剛直そのものの視線を赤松に投げる。

「この事故は構造上の欠陥だと思います。ただ、赤松さんの問題を解決できることにはならないかも知れない。御社の事故は確かハブでしたね」

赤松の調査によると、ホープ自動車の事故には複数の原因がある。ハブ、プロペラシャフト、変速装置——。

「事故を起こしているホープ自動車製車両の欠陥には二通りあると思うんです。私が調べたところ、プロペラシャフトの脱落事故と高森運送で起きた変速装置の破損は、実は同じ要因で起きているのではないかと思うんです」

「クラッチハウジングですか?」

「そうです。その破損によって他の事故が誘因されているのではないか、と。というのも、ウチの事故がそうだったものですから。それともう一つは、赤松さんの事故でも問題になっている、ハブです。種類が違う事故なので、赤松さんに直接メリットがある情報はウチにはありませんが、間接的なものなら」

「間接的?　どういうことですか」

相沢は一旦席を外すと、分厚い資料を抱えて戻ってきた。

「どうぞ、これをお持ちください。本当は私が自分の手でホープ自動車の調査結果に反論したいところですが、いまの立場からそれは難しい。だから、赤松さんにこの大役を頼みたいと思います」

「この書類は……?」

「私が行った社内調査の結果報告と、社長がホープ自動車から取り寄せた調査報告書です」

そういうと、相沢はふと口を噤《つぐ》み、寂しげな笑いを浮かべた。

「この事故の一件以来、社内での立場が微妙でね。たしかに出過ぎた真似をしたといわれればそうかも知れない」少し寂しげに相沢はいった。「ただ、私としては放っておけなかっただけです。社内の誰もわかってくれないが、赤松さんならわかってくれるでしょう。情けないですよ」

相沢は眉を八の字にして無理に笑って見せる。

「赤松さんにぼやいてみても始まりませんが、この半年、針のむしろです。私の名刺をご覧になって、ヘンだと思いませんでしたか」

そういわれ、初めて赤松はまじまじと相沢の名刺を見た。

「総務課長になってるでしょう。違うんですよ。この事故が起きるまで、私の肩書きは整備課長だったんです。わかりますか、私の悔しさが。もうたまらんですよ」

「そうだったんですか……」

赤松はぐっと表情を引き締めていい、深々と頭を下げた。「ありがとうございます。この書類、しっかり読ませていただきます」

「期待してます」

相沢はそう返した。「何かあったら遠慮なく連絡ください。最後にこれだけいわせてもらえます？　その書類には私の魂が詰まってるんです」

手にした書類は、ずっしりとした重みを赤松の手に伝えてきた。

4

金沢には三時間ほどしかいなかった。三時半発羽田行きの便に滑り込んだ赤松が会社に戻ったのは午後六時過ぎのことである。その機中で、赤松は、むさぼるように相沢の書類を読んだ。

魂が詰まっている、と相沢はいった。

まさにその言葉通りだった。

それだけではない。ここには、赤松が探し求めたものの全てがある。それに気づいたのは、着陸態勢に入る飛行機でシートベルトの着用サインが点灯する直前のことだ。

その書類には、注目すべき点があった。決定的ともいえる事実が。

衝撃を受け、こみ上げてくる興奮に呼吸が乱れた。そして、乗務員に声をかけられるまで、書類から目を逸らすことができなかった。

「どうでした、社長」

赤松の姿を認めると宮代が待ちかねた様子で椅子を立ってきた。

あまりに早い帰着に、残業していた宮代は「空振り」の一言を予感している表情だ。

「これが本日の収穫だ、宮さん」

赤松はそういって相沢の書類を鞄から出し、宮代に手渡した。「読んでみてくれ」

宮代がそれを読んでいる間、社長室に入って疲れた体をソファに投げる。

あの事故以来、随分長いこと、世の中を彷徨った気がする。瞑目《めいもく》すると、この間に起きた様々なことが脳裏を過《よ》ぎっていった。瞼の裏に渦巻く無秩序な血潮の渦を感じ、どこか遠くで鳴り響くサイレンのような耳鳴りを聞いた。今まで「だめかも知れない」という後ろ向きの感情と、「まだどこかに突破口があるはずだ」という前向きの感情とが入り混じり、赤松を懊悩《おうのう》させてきた。だが、それももう終わろうとしている。

どれぐらいそうしていただろうか。社長室のドアがノックされた。現実に引き戻された赤松が返事をすると、整備課長の谷山、それに門田が顔を出した。宮代が呼んだらしい。

「この書類、彼らにも見せてやっていいですか」

「おう。茶を淹れよう」

私が、と申し出た宮代を押しとどめ、赤松は給湯室で四人分の茶を淹れた。

一心不乱に書類を読み始めた部下達の前に茶を置く。

北陸ロジスティックスという会社で起きた軽微な——たしかにそれは小さく話題性もない——事故の報告書だ。軽微だからといって、決して手を抜かず徹底的に原因を究明しようとした相沢の職人気質がここにある。

「これですか、社長が注目しているのは」

やがて門田がいい、ある書類のところで手を止めた。

〝国土交通省御中〟の文字が見える。

タイトルは、「事故原因調査報告書」。ホープ自動車社長の名前で作成された書類の内容は、読まなくてももう赤松の頭に入っていた。

〝本年七月十五日、金沢市内で惹起した弊社製造自動車におけるプロペラシャフトの脱落事故におきましては、鋭意調査の結果、所有者・北陸ロジスティックス株式会社の「整備不良」が原因との結論に至りました。経年した車体からのプロペラシャフトの脱落は極めて稀《まれ》な破損であり、多発性はないことから、弊社製造自動車における改善措置の必要性はないものと思料しています――〟

「この報告書は、多発性はないと断言しているけれども、プロペラシャフトの脱落事故は他でも起きてるんだ。ホープ自動車が知らないはずはない」

「それを隠してるってことか。ひでえな」

門田が怒りを表情に滲ませていった。

「それにしても、なんでホープ自動車は北陸ロジスティックスの事故について、国土交通省にこんな報告書を出したんですかね」

「報告を求められたからだそうだ」

「報告を求められた？　国土交通省って、こんなちっぽけな事故まで把握しているものなんすか」

驚いた門田に、赤松は首を横に振った。

「担当者が、車両の欠陥による事故ではないかと国交省に連絡したらしい」

羽田に到着した後、赤松が最初にしたことは相沢に電話をかけることだった。そしてきいたのだ、なぜ国交省への報告書が存在しているのか、と。

「きかないでくださいよ、赤松さん」

相沢の答えは、曖昧だったが、それで十分だった。この報告書は、いわば相沢の反骨精神が作らせたものだ。精一杯突っ張り、ギリギリまで抵抗した証しが、この書類になったのである。

「なんでもかんでもユーザーの責任、ですか」

門田がぽつりと吐き捨てる。四人の男がじっとそれぞれの思惑を巡らせ、複雑な迷路の中で方向感覚を失ったかのように難しい顔で黙りこくった。ばらばらに放たれた思念がやがてひとつに収束していったとき、宮代が口を開いた。

「活路が見つかりましたな、社長」

ホープ自動車の事故調査結果の信憑性に疑問を投げかけることで、赤松運送の事故調査の信頼性も低いという証明ができるかも知れない。相沢がいったところの、〝間接的に〟なら赤松の調査を裏付けられるという意味はまさにそこにあったのだ。

「警察に届けましょう、社長」

谷山が身を乗り出した。

「もちろん、警察には届ける。だが、俺はもういっぺん、ホープ自動車に行ってくる。この手で奴らに突きつけてやりたいんだ、これを」

「相手にしてくれますか。訴訟中です、社長」

宮代の指摘はもっともだ。

「俺はさんざんコケにされてきた」

赤松はいった。「俺だけじゃない。社員のみんなも、家族も、被害者の柚木さんもだ。みんな、ホープ自動車のために人生を狂わされ、苦しんできたんだ。なのに、奴らを見てみろ。のうのうとして自分達の非は決して認めない。欠陥自動車を作っておきながら、事故が起きれば全て整備不良のせいにして知らぬふりだ」

悔しさが、こみ上げてくる。「警察は警察のやり方でやればいい。だが、俺達には俺達のやり方がある。これはホープ自動車とウチとの戦争なんだ」

「社長らしいな」

宮代がそんな感想を口にした。

「利口に立ち回れないのは、生まれつきでな」

赤松はいった。「俺はとことん愚直に行く」

「社長のせいでウチの社員はみんなそんなのばっかりですぜ」

宮代が笑っていうと、門田がニヤついて右手の親指を立てた。カッコつけやがって。そう思った赤松も、同じように親指を立ててこたえる。

「ご苦労様でした」

宮代のねぎらいを、赤松は笑って受け止めた。

「いま社内に残ってる連中に声かけて来い、門田。たまにはみんなで飯食いに行こう」

「さすが、社長！」

調子よく門田が破顔し、谷山もそれを見て相好《そうごう》を崩した。ふいに涙ぐんでしまった宮代は、頬のあたりをぐっと引き締めて何度もうなずいている。

「いつまでもやられっぱなしじゃねえぞ」

帰り支度のために部下が出て行ってしまった社長室でひとり赤松は呟く。「俺達にだって意地はあるんだ。町の運送屋を舐めるなよ」

5

「課長、赤松運送から面談のアポが入ってるんですが、いかがいたしましょうか」

デスクから顔を上げると、部下の北村が戸惑う表情で長岡のほうをうかがっていた。

「アポ？　なんだそれ」

長岡はいった。

「課長と面談をしたいといってきてるんですが」

「断れ！」

言下に長岡は言い放った。苛立ちの半分は気の利かないこの部下に向けられたものだ。いちいち自分に許可を取るまでもないことを、きいてくる。それもこれも前任者の沢田が甘やかしたせいだと思うと、このカスタマー戦略課そのものまで腐って見える。

俺が鍛え直してやる。

そんな思いもあって、「何考えてんだよ」と長岡は吐き捨てた。

「赤松運送とは訴訟になってるんだぞ。そんな会社の社長と直接会えるはずがないじゃないか。そんなこと常識だろう、君」

「はあ、すみません」

「ウチはだな、そんなくだらない会社と付き合う程暇じゃないんだよ」

一段と声を張り上げた長岡は、神経質そうにデスクの上にあった定規《じょうぎ》で机上を叩いた。

「会うんなら弁護士を通じて法廷で会おうじゃないか。そう伝えろ！」

「弁護士も同行するそうです」

「なんだと？」

長岡は、ぽっちゃりとした北村の顔をしばし眺める。

「和解を申し込むつもりじゃないでしょうか」

和解、か。

聞いた瞬間、長岡の思考回路に変化があった。

沢田が阻止できなかった赤松運送の反抗。補償金まで準備しながら懐柔できなかった相手を、着任早々の自分がうまく丸め込んだとしたら、評価を上げることになるぞ――そう思ったのだ。

チャンスだ、これは。

「和解ね。いまさら都合のいい話だな、おい！」

長岡は思わずにんまりしてしまいそうになるのを堪え、迷惑そうに言葉を吐き出して見せた。

「それで、いつ？」

北村は、ぽかんとした。

「だからいつ来るんだってきいてるんだよ！」

「あ、はい――」

北村はあたふたと再びメモに視線を落とし、「できるだけ早くお願いしたいと。明日か明後日、空いている時間をお知らせ願えないかということでした」

「わかった。ウチの弁護士《センセイ》に連絡してセッティングしてくれ」

「わかりました」

緊張感を頬のあたりに貼り付かせた北村は自席まで走っていく。顧問弁護士事務所の担当弁護士から予定を聞き出し、翌日の午後三時という時間がセッティングされるまでそう時間はかからなかった。

「よしわかった」

気むずかしい顔を作った長岡はいい、「君も出てくれ」と北村に言い添える。

部下の前で手柄を立てるのはいいものだ。沢田との違いを見せつけてやる。

一礼して下がっていく北村の背中を見送りながら、長岡は密かにほくそ笑んだ。町の運送屋なんぞ、ひとひねりしてやる。

6

「タカさん、赤松さんって人が訪ねて来てますけど」

刑事部屋のデスクで缶コーヒーを飲みながら喫煙していた港北警察署の高幡は、思いがけない一階受付からの電話に目を白黒させた。

赤松？　まさか、あの赤松か。

朝の七時半を回ったところだ。

「こっちに上がってもらってくれ」

高幡はいい、まだ出てきていない相棒のデスクにちらりと視線をやるとタバコをもみ消した。椅子から立ち上がろうとして持病の腰痛に顔を顰めた。年々ひどくなっていき、最近では一日外を回る聞き込みがだんだん辛くなってきていた。

部屋を出てエレベーターの前で待つ。

それにしてもいったい何の用だ？

高幡は持ち前の仏頂面で、白くなった靴の先とエレベーターの階数表示を交互に眺めつつ考えた。しかし具体的な考えが纏《まと》まる前にドアが開き、ごつい体軀《たいく》の赤松が現れた。

「朝早くからすみませんね」

高幡を見ると、赤松はそういって小さく頭を下げた。

「クルマで来たのかい」

朝で頭が回っていないせいか、そんなどうでもいいことをききながら高幡は赤松を連れて刑事部屋に戻っていった。応接室を使うような相手ではないし、人も少ないこの時間ならこのほうが話もしやすいだろうと思ったのだ。

自分は自席に戻り、空いている椅子をひいて赤松に勧めた。

「茶でも出そうか」

我ながら愛想のない声でぼそりというと、負けない仏頂面で「お構いなく」。

何しに来やがった、こいつ。

そう思った高幡の脳裏に、この二ヵ月ほどどっぷりと浸かってきた事実の断片と感情の欠片達が蘇ってくる。高幡はふいに険しい眼差しを赤松に投げ、黙って新しいタバコに火を点けた。灰皿を赤松のほうへずらしたが、赤松は首を横に振る。事故後の事情聴取でも赤松がタバコを吸わなかったことを思い出し、

「そうだったな」

という一言と共にそれを引き寄せる。そして、もわっと吐き出した煙越しに容疑者に目をやった。

「この時間ならたぶんいらっしゃると聞いたもので」

赤松はいった。

「まあ、俺は朝早いから」

返事の代わりに、赤松は高幡の顔をじっと見つめてきた。心の奥底に決意を隠し持った目だ。刑事という仕事をしていると、時々こういう目に出くわすことがある。

そして、だいたい、そういうときには何かある。自白か、抵抗か、はたまた黙《だん》り《ま》か。こんな目を見せつける人間は、何かやらかすもんだ。長年の経験からいくと、そんな相手はたいてい頑固で、こうと決めたら梃子《てこ》でも動かない手合いが多いのも事実だが、赤松もその口に違いなかった。赤松運送の経営はかなり厳しくなっているという話は聞いていた。ついに訴訟も抱えた。なんらかの心境の変化があって訪ねてきたのだろうか。

高幡もあの事故以後、なんどか被害者の家へ足を運んで遺影に手を合わせてきた。そのたびに心に誓うのは、「悔しかったろう。俺が必ず敵を取ってやるからな」という一事だ。

柚木から赤松運送に対する訴訟を起こしたと聞かされたのは、十二月に遺影を見に行ったときだ。それは事故の翌日の新聞にも載ったから印象は強烈だ。

あんた達刑事がだらしないから――。

高幡はそういわれているような気がした。だから、赤松を訴えたと聞いたときの高幡の返事は、「すみません」だった。口にしてから考えてみればヘンだったのだが、なぜだかそんな言葉が口から洩れ出たのだ。

はじめ、赤松逮捕は時間の問題と思われた。

だが、家宅捜索で入手した証拠品が証明したのは赤松運送の整備不良ではなく、むしろ整備状況の良好さだ。

気持ちは「赤松逮捕」である。しかし、肝心の証拠は揃わないまま捜査本部は手詰まりな状況に陥っていた。

それともう一つ、胸に引っかかっていることもあった。

赤松から指摘された児玉通運の事故。その調書を取り寄せた高幡が、たまたま港北警察署に来ていた科捜研の研究者にそれを見せたときのことだ。

「この程度部品が摩耗したトラックは、実際のところ、普通に走ってますけどね」

その一言はいまも高幡の耳に残っていた。割り切れない感情を伴って。

高幡はひそかに身構えながら、相手の出方を窺った。

「あの事故の捜査はまだ続けていらっしゃいますか」

質問は単刀直入を通り過ぎて、喧嘩でも売っているかのように聞こえる。いや、実際その通りかも知れない。

まだ続けているかって、続けてるに決まってるだろ——そんな反論を飲み込んだ高幡だが、そうはいわずに、「何かあるのかい」ときいた。

「あの事故以降、ウチの会社は苦戦しています。大事な取引先は去っていったし、銀行からは融資を引き上げるといわれてる。退職者も出た。家族も、周りからの様々な中傷に耐えてこなければならなかった。それがどういう状況か、高幡さん、わかるかなと思って」

この野郎。高幡は腹の底で怒りがゆっくりと渦を巻くのを感じた。

「まあ、それだけ大きな事故だってことだよ」

むかっ腹が立つ。朝早く訪ねてきたと思えばくだらないことをいいやがって。被疑者のくせに警察に乗り込んでくるとはいい度胸だ。

高幡はゆっくりとタバコをふかしつつ赤松の表情を観察し、続ける言葉を探した。だが、あまり腹が立って、いうべきことはなかなか纏《まと》まらなかった。

「私が電話で知らせた事実は調べてくれたんですか。高崎の運送会社の件」

「調べた。それが何だ」

その一言が、抑えていた赤松の怒りを喚起したのは間違いなかった。

「ウチの整備不良が原因だと、あんたまだ思ってるのか」

ふいに赤松の言葉遣いが変わる。

高幡は黙った。じっと考え、「それは話すわけにいかねえな」と応じた。

「話すほどの仕事もしてないからだろ」

赤松の口から挑戦的な言葉が出てきた。

「だったらどうなんだ」高幡も自棄になって突っぱねる。

「刑事だなんだと偉そうなこといっても、昼寝してようがなんだろうが給料もらえて年金までついてる公務員じゃねえか」

「もう帰れ、お前」

キレそうになった高幡は大声で遮った。「ほら」

腕に手をかけたが、赤松は動かない。代わりに腰がずきりと痛んで、「つ」と顔を顰める。ざまはないな、と思ったとき高幡に負けないぐらいの声で赤松が言い返した。

「いわれなくても、すぐに帰るからガタガタいうな！」

目を剝いた高幡だが、その剣幕に思わず黙り込んだ。「あんたらのいい加減な捜査のおかげでな、ウチは多大な迷惑を被ってるんだよ！　それとも今までウチが被った被害、警察で補償してくれるのか」

「盗人猛々しいぞ、赤松！」

目の前が真っ白になった。

何かが高幡の顔面にぶつかり、派手に床に散らばったのだと気づいたのは次の瞬間だ。目から火花が散り、「貴様！」と痛みを無視して立ち上がった高幡に赤松が続けた。

「ホープ自動車の欠陥はハブだけじゃない。プロペラシャフト、おそらくはクラッチハウジングの欠陥に起因するものまで起きてる。今までの二ヵ月、ウチはホープ自動車に事故車両の部品返却を要求したが、ホープ自動車はそれに応じなかった。それは部品返却の訴訟に関する書類だ」

「俺が訴訟のことを知らなかったとでも思ってるのか！」

精一杯の反論を高幡が叫んだとき、「じゃあこれは知ってるのか！」と一通の書類がデスクに叩きつけられた。

ホープ自動車から国土交通省に提出された事故調査報告書だった。

「これが何なのか、その空っぽの頭でよく考えてみやがれ！　お前ら警察はいつもそうじゃねえか。道で捕まえてるのはいつも原チャリばっかりで、ヤクザの改造車を止めてるところなんざ見たことがねえ。弱い相手には大きく出るくせに、相手がでかいと怖いんだろう。俺らみたいな町のちっぽけな運送屋いじめばっかりしてないで、たまにはでかい相手に手、出してみろ」

「てめえ……」

ギリギリと歯ぎしりした高幡の周りに、何事かと騒ぎを聞きつけた同僚刑事達が集まってきていた。

だが、怒りでブランクになった頭に、そのとき赤松の言葉が後頭部からの一撃のように響いた。

「その報告書にはホープ自動車の隠蔽工作が隠されている」

えっ、という言葉が、図らずも高幡の口から洩れた。「たまには世間の役に立つところを見せてみやがれ。俺がいいたいのはそれだけだ」

自分の右手が押さえつけていた書類に視線を落とす。まさか――！　取り上げ、文字を追う。

そして再び赤松を振り向いたとき、その姿はちょうど部屋の出入り口から消えて見えなくなるところだった。

7

約束の時間の五分前にホープ自動車本社前で小諸弁護士と合流した。受付で用向きを告げると、通されたのは先日案内されたのと同じ応接室だ。

「先生、お忙しいところすみません」

待っている間、赤松がいうと、小諸は、構いませんよと気軽に応じた。

「私抜きでは先方も会わないでしょうし、向こうも弁護士が出てくるでしょうから、いいんじゃないですか、話が早くて。まあどういう結果になるかわかりませんけど」

そうして数分待たされた後、ノックとともに三人の男達が入ってきた。

小太りの男は、北村とかいう小僧だ。後の二人のうち、四十そこその男が赤松に向かっていった。

「こちらは弊社代理人の富田《とみた》弁護士です。私は沢田の後任で長岡といいます」

富田は小さく頭を下げ、平然と赤松を見据えた。見たところいわゆる〝ブル弁〟。ブルジョア弁護士だ。上等なスーツにオーダーメイドのシャツ。袖口に青い刺繍でイニシャルが入っている。金色の高級時計は、弁護士というより、あくどい商売で儲けた不動産会社の社長のように品がなかった。

「沢田さんはどちらへ異動されたんですか」

着席した長岡に、赤松はきいた。何気ない質問のつもりだったが、長岡から返ってきたのは、

「それは社内のことなので」の一言。それから、

「今日はどのような用件でしょうか」

とそっけなくきいた。

「ウチの用向きは同じですよ。ホープ自動車の謝罪と部品返却、それと損害賠償だ」

赤松運送がホープ自動車に対して起こした訴訟は、ホープ自動車が占有している赤松運送の部品返却訴訟に損害賠償請求が付帯していた。

「それは法廷でやりましょうよ。ちゃんと出るところに出てるんだから」

長岡は狎《な》れ狎《な》れしい口調でいった。「それと、最初に申し上げておきますが、沢田が以前提案した内容については、いまさら応じるとおっしゃっても困りますから。もう終わった話なので」

「もちろん、そんな話をしに来たわけではないから安心してもらいたい」

赤松はこたえ、本題に入った。「今日、こうして訪ねたのは、裁判のような時間と手間暇のかかる方法ではなく、もっと手っ取り早く解決する方法がないか、それを模索しようと思ったからだ。ただ、勘違いしてもらっては困るが和解しようと思ってるわけではないので、それは最初に断っておく」

「意味がよくわかりませんね。もう少し整理してお話ししていただかないと」

小馬鹿にした口調の長岡は、皮肉な笑みを浮かべた。中途半端に歪んだ唇とは裏腹に、敵愾心《てきがい》を剝き出しにした視線を赤松に向けてくる。

それを無視した赤松は、鞄から一通の書類を出した。

「これが何かわかるか」

ホープ自動車側の三人が視線を向けてきたが、返事はなかった。

三人の顔を順繰りに眺めた赤松は、「事故リストだ」とこたえた。北村が目を細め、長岡が腕組みしたまま陰険な表情をさらした。弁護士はまるで聞こえなかったかのように無反応を装っている。

「ここにある事故は全てホープ自動車製のトラックやトレーラーが起こしたものばかりだ」

「ちょっと待ってくださいよ」

横柄な口調で富田が口を挟んだ。「ホープ自動車製のトラックやトレーラーが起こしたとはどういうことですか。原因は他のところにあるはずでしょう。言葉に気をつけてください」

「もちろん、言葉には気をつけているからご心配なく。それにここは大企業びいきの裁判官がいる法廷じゃない」

「失礼な！」

富田は気色ばんだが、すぐに黙り込んだ。「私はここにある会社のかなりの数を訪問して、果たして事故原因がどこにあったのか、それを調べて回った。文字通り靴の底をすり減らしてな」

そう赤松がいったからだ。「そして、お宅が作った車両にはハブ、そしてクラッチハウジングに起因したものの二種類の事故があることに気づいた。ハブに起因したものはウチと同じような脱輪、一方のクラッチハウジングが原因のものとしては、主にプロペラシャフトの脱落、変速装置の破損といった事故がある。一方、引き起こされた事故程度は様々だ。車両が破損しただけのものもあれば、ウチのように重大事故になったものもある。ところが、それに対してホープ自動車の調査結果は、いつも整備不良だ」

これが蛇だったら飛びかかるタイミングをじっと待ちかまえているような目で、長岡がこちらを見ていた。

「何がいいたいんです」

「整備不良じゃないってことだよ」

「ばかばかしい」

長岡は吐き捨てた。「赤松さん。お宅ねえ、気持ちはわかるんですよ。会社は左前。いまにも倒産しそうなほど追い詰められてる。困ってるんでしょう？　気の毒に。でもね、だからって、ウチにそういうことをおっしゃるというのはスジ違いなんじゃないですか。場合によっては名誉毀損《きそん》を今回の裁判に追加してもいいんですよ」

「面白いじゃないか。そちらの金ピカ先生にお願いして追加してもらえばいい。だが、そうすると困るのはお宅のほうだ」

富田が目を怒らせたが、今度はかろうじて口を出すのは思いとどまったようだった。

「どういう意味ですかね」

吐き捨てた長岡の前に、赤松が差し出したのは国交省に提出した事故調査報告書だ。

「昨年七月、金沢市内に本社がある北陸ロジスティックスという会社のトラックがプロペラシャフトの脱落事故を起こした。これは、それを踏まえてお宅が監督官庁の国土交通省に提出した調査報告書だ。ここでお宅は、プロペラシャフトの脱落事故は、〝極めて稀な破損〟で、〝多発性はない〟から、〝改善措置の必要性はない〟と断言している」

「それがどうかしたんですか」

強がった長岡に、赤松は最初に出した事故先リストをボールペンでトントンと叩いた。ふいに緊張した長岡の視線がそれに吸い寄せられる。

「他の事故でもプロペラシャフトは脱落しているんだよ、長岡さん。決して稀な事故ではない。同類の事故について伏せたこの報告書は、虚偽そのものだ」

「冗談じゃない」

長岡は唾を飛ばして反論した。「一件や二件、同様の事故があったとしても、そんなのは稀な事故といって差し支えないでしょうが。ホープ自動車製のトラックが果たして何十万台走っていると思うんですか。それに問題になっているのは、事故そのものではなく、原因のほうでしょう。いくら素晴らしい車両でも、使い方次第では壊れますよ、それは」

「それが正しい調査に基づいた結論だと断言できるのか、あんた」

「当たり前じゃないですか。弊社の研究者がきちんと対応している。調査は完璧ですよ」

長岡は胸を張った。「その結果、整備不良が原因として特定されたわけだから、それは仕方がないじゃないですか。いつも同じ結果だから、たまには他の理由をつけろといわれてもそういうサービスはしておりませんので」

揶揄《やゆ》するような口調でいった長岡は、ひそかに溜飲を下げたに違いなかった。

「ほう。だが、この報告書にある北陸ロジスティックスの事故原因が整備不良だと判断されたのはまったく納得がいかない」

「あなたが納得しようがしまいが、そんなことは関係ない」

長岡は高飛車に突っぱねた。「整備不良は事実なんだ。そりゃ事故を起こしたほうは、整備はしていたというでしょう。でもね赤松さん。いくら整備していたといわれても、三年五年と経つうちに車両は老朽化していく。整備というのは、ただ毎日同じことをしていればいいというものじゃないんですよ。部品の交換の時期を見極め、新車とまではいかないまでも、それに近い状況を保つことが必要なんです。この北陸ロジスティックスという会社がそこまできちんと整備していたか、あなたは実際に調べたんですか。調べてないでしょう。それなのに、何をいい加減なことをいってるんですか。それが言いがかりじゃなくて何なんです」

赤松は、カスタマー戦略課課長という長岡の名刺をしげしげと眺めた。前任者の沢田も勘違い甚だしい男だったが、長岡と比べればまだマシだったな、と思う。

「たしかに、調べてないな」

赤松はこたえた。「この会社の場合、そんな必要はなかったので」

長岡が大袈裟に呆れて見せ、勝ち誇った顔をこちらに向ける。その視線を真正面からとらえた赤松は、あのとき相沢から打ち明けられた事実を初めて口にした。

「新車だったんだよ、長岡課長」

「は？」

驕《おご》りに満ち満ちていた長岡の瞳が、微動だにしない視線を赤松に向けてくる。その瞳に向かって、赤松はいった。

「事故を起こした北陸ロジスティックスのトラックは、購入後一ヵ月。走行距離はわずか三百二十キロしか無かった」

「ま、まさか――」

長岡の顔面からすっと血の気が引いた。

「それでも、整備不良が原因だっていうのか」

8

「この金沢市内の事故原因に関する報告書は、完全な虚偽報告だ。いかにも長年使われているような書き方をしてあるが、実際にはトラックは新車だった——ろくに調査もしていないのに、整備不良という結論を出しているのは明白だ。さらに、他でも類似の事故が起きてるにもかかわらず、プロペラシャフトの脱落事故は稀で多発性がないと結論づけているのは欠陥を隠蔽するためだろう。どうなんだ」

「そ、それは事実関係を調査してからじゃないと……」

勝ち誇った態度から一転、予想外の事実の提示に、長岡はたじたじとなった。

「役所みたいなこと言ってんじゃねえよ」

赤松は皮肉たっぷりにいってやった。「お宅のトラックは、慣らし運転も終わってないうちから整備不良になるのか」

「それは使い方にもよるんじゃありませんか」

横から、口を出したのは富田だ。「あなただってその北陸ロジスティックスがどんなふうにトラックを使役していたか確認されたわけじゃないんでしょう？　それなのに、買ったばかりだから整備不良にならないとどうしていえるんです？　一方的にホープ自動車のせいにしていらっしゃいますが、ユーザー側にも責任があると疑ってみるべきじゃないんですかねえ」

「それを全てのホープ自動車ユーザーの前で言えるのか、あんた」

赤松はまっすぐに富田の目を見ていった。「北陸ロジスティックスは大手の運送業者できちんと管理運営されている会社だ。そんなのは会社を訪問してみればわかる。この事実を知ったら、多くのユーザーはホープ自動車から離れていくだろうよ」

「それは違いますね。ウチはホープグループの自動車会社なんですよ。大勢の固定客、それに根強いファンを抱えているんだ。そんなことあり得ない」

長岡が言い放った。「ホープグループと取引している企業さんにも多く食い込んでいるし、そんなことぐらいで顧客を失うような営業基盤じゃない」

「リコール隠しは四年前だったよな？　業績は急落したんじゃなかったっけ？　それでもそんなことをいうのかい。仮にもカスタマー戦略課の課長がその程度の認識とはな！　ユーザーを舐めてんじゃねえよ」

長岡は怒りで顔色を無くした。

「リコール隠しなんてのはもう終わった話じゃないですか。いまさらそんなことにこだわっているのは、あなただけだ」

「ユーザーは、莫迦じゃない」

赤松はいった。「確かに四年もの時間が経って、ホープ自動車の不正の記憶は薄れてきたかも知れない。だけど、少なくとも忘れられてはいない。ホープは、ずるいことをしてきた会社だと誰もが思っている。本当にその体質が改善されたのかと、誰もが心のどこかに疑念を持ってるんだ。そこに、この事実が表沙汰になれば、消費者が見せる反発は四年前の比じゃない。それでもユーザーの信頼を得られると思っているのなら、相当におめでたいよ、あなたは」

「どっちがおめでたいか、それは事実をもって証明させようじゃありませんか」

長岡は、精一杯プライドを鼻にかけた。「それが手っ取り早く解決する方法という奴ですか。あなたはこんなことをいうためにいらっしゃったんですか」

「ここから先は私から申し上げましょう」

それまで成り行きを見守っていた小諸弁護士が口を開いた。「いま赤松社長からお話しした内容とこれらの書類は、条件次第で裁判に証拠として提出するつもりです。はっきり申し上げて、御社の事故原因調査が杜撰であることは論を俟《ま》たない。争点となっている部品返却についても、欠陥の隠蔽工作のためだと思わせるに十分な内容だと思っています」

「それはどうかな。まあ裁判ではっきりさせることだとは思いますが」

富田はあくまで余裕を見せた。その余裕が表面を取り繕ったものなのかどうか赤松にはわからない。だが、それに負けず小諸も涼しい顔で続けた。

「もし御社が裁判で争いながら、最終的に隠蔽工作やリコール隠しといった事態が明らかになったとき、その企業態度は社会倫理に照らしてまったく容認されるものではありません。これが表沙汰になったとき、御社の業績に与える打撃も相当なものになると思いますよ。むしろ、今こうした欠陥を素直に認め、今まで行ってきた隠蔽工作、リコール隠しをつまびらかにし、世の中に謝罪するとともに赤松運送さんにも補償するのが得策ではないか。もしそういうお考えがあるのなら、受け入れる準備はあるということです」

小諸が話し終える前から、富田は失笑を隠さなかった。

「折角の提案ですが、それは検討の外ですな、小諸さん」

富田はいった。「そもそも、この書類にしたところで欠陥隠しだなんだと大袈裟なことをおっしゃっていますが、もし事実と異なる部分があれば、それはせいぜい〝錯誤〟程度のものでしょう。実際問題として、こんな軽微な事故に対して虚偽報告するとお思いですか。もっと重大な事故だというのなら、まだわかります。ところが、たかが横転事故じゃないですか。死傷者もなければ特段の損失もない。国土交通省に訴えられたという件についても、私にいわせれば過剰反応以外の何ものでもないですね。ヒステリーを起こしたどこかの社員が、騒ぎ立てているだけじゃないですか。それともホープ自動車がろくに調査をしないことで手間を省いたとでもいいたいんですか」

「もし――もし本気でそう考えているのなら、あんたがいったことは、ホープ自動車を使って仕事をしている全ての人たち、全ての会社に対する最大の侮辱だ」

黙っていようと思ったが、到底我慢できなくなって赤松は吐き捨てた。「この虚偽報告の目的は、ひとつしかない。整備不良という結論を出すことによって国土交通省からリコール隠しを指摘されないようにするためだ。リコールをかければ巨額の費用がかかる。つまりホープ自動車はこの報告書によって、何十億、あるいは何百億ものコストを削減したんだよ！　人の命まで犠牲にしてな！」

富田は思わずのけぞり、反論の言葉を失ったようだった。

9

「国交省宛の内部文書が洩れただと?」

それを伝えてきたのは、品質保証部の一瀬だった。背後に、カスタマー戦略課の長岡を伴っている。小柄な一瀬は、冬だというのに額に大粒の汗を浮き上がらせ、肩を上下させていた。赤松運送の対応に当たった長岡から報告を受け、慌てて狩野の執務室まで駆けてきたと見える。長岡の動揺ぶりに冷ややかな一瞥をくれた狩野は、一瀬が差し出した書類を手に取った。

「これがそれです」

赤松運送が提示した事故調査報告書のコピーだ。長岡から面談の概要を聞いた狩野の中で、かつてなく危機感が高まった。

「零細運送業者ひとり懐柔できないのか、莫迦者」

吐き捨てた。長岡はしぼんだ風船の如く小さくなり、その様を見るにつけて苛立ちはますます募ってくる。

「何をやってるんだ!」

腹に溜《た》まったものは抑えきれず叱責《しっせき》となって口から出た。申し訳ございませんと詫びた一瀬の口からは、言い訳が出た。

「実は北陸ロジスティックスの社長というのが当社で修業していたこともありまして。先方からの、適当な内容で報告してもらっても構わないという話に甘えたようです。まさか、その書類が外部に、しかも赤松運送側へ洩れるとは完全に予想外でした」

「こんなものが法廷に出てみろ。大変なことになるぞ。回収できないのか」

「赤松運送の主張を飲むということでしょうか」

長岡が聞く。

「莫迦っ！」

狩野は鋭く叱責した。「そういう意味じゃない！　一方的に突っぱねてどうするといってるんだ。これが表に出たらまずいことになるぐらい、その場でわからないのか、お前は。どうして譲歩を引き出さなかったんだ！」

「申し訳ございません」

「謝って済む問題か！」

憤然とした狩野の胸に落ちた不安の雫《しずく》が、しずかにその波紋を広げていくのがわかる。

法廷に証拠として提出されたらどうなる？

マスコミはそれに飛びつくだろうか。果たして再び、その記事を差し止めることはできるか。いや、裁判の経過となると根拠のない捏造《ねつぞう》記事だと断ずることはできまい。

マスコミが騒げば国交省の耳にも入る。

そのとき、小手先の対応で逃れられるか。

「修正報告を提出してはいかがでしょうか」

そのとき一瀬がいった。「事が公になる前に社内調査で錯誤が発覚し、再調査したという形にすればそれほど話は大きくならないと思います。もともとが軽微な事故ですし」

狩野は一瀬の顔をまじまじと眺めながら、考えた。

「整備不良以外になんらかの理由をつけることは可能だと思います。S3ないしS2程度の過失を認めることで、リコールは避けられるでしょう」

やむを得ないか。

「すぐにかかれ。それと——」

狩野はきいた。「赤松運送の業績はどうだ。資金繰りのことは何かいってなかったか。裁判に耐えられると思うか」

「わかりません。そういう話にはなりませんで、聞こうとは思ったのですが、その——」

「もういい」

長岡の言い訳を、狩野は不機嫌に遮った。東京ホープ銀行が回収に動いている以上、赤松運送がそう長く生き残れるはずはない。倒産間際の会社の戯言《たわごと》に振り回されるなど、考えただけでも不愉快だ。

「赤松運送などという会社のことは今後、無視しろ。当社は国交省にだけ対応していれば問題はない」

短い返事とともに、二人は深々と頭を下げ、一刻も早くこの場を逃げ去りたいとばかりにそそくさと部屋から姿を消した。

「予想通り突っぱねてきましたが、手応えありといったところですか」

ホープ自動車本社ビルを出た小諸は、これからが勝負だと言いたげに赤松を見た。

それは長岡という課長の態度を見ればわかる。周章狼狽を押し隠し、見得を切るのに必死だった。相当のインパクトがあったということだ。

だが、それだけでは勝ったことにならない。

「赤松さん、ひとつ申し上げたいことがあるんですが」

小諸は、真剣な面差しを赤松に向けた。「たとえ裁判に勝っても、もし赤松運送が行き詰まり、みなさんが路頭に迷うことになれば闘った意味がありません。私は裁判に全力を傾けるつもりですが、赤松さんはなんとか、会社の経営を軌道に乗せてください」

「わかっています」

ホープ自動車は金のための、だが赤松にとっては生きるための裁判だ。裁判のために生きるのではない。

眦を決した赤松は、深々と小諸に頭を下げた。

「先生、どうぞよろしくお願いします」

「とにかく全力を尽くしましょう。もう会社に戻られるんですか」

「いえ。潮流社へ行こうと思っています」

「潮流社へ？」

小諸はきいた。「あの掲載見送りの？」

「ええ。途中経過を報告することになっているんです。昨日電話をしたところ、記者のほうでも知りたいということでした」

榎本にしてみれば、一旦は手が離れた事件だ。だが、「是非、お話をきかせてください」といった榎本の口ぶりからは、失われていない情熱の残滓《ざんし》を感じた。

「一旦記事を見送りにした出版社ですから、あまり期待できないかも知れませんよ」

「ええ、わかっています」

赤松はこたえた。「ただ、私が調べた事実をひとりでも多くの人に知ってもらいたいと思っているだけです」

そういうと、小諸はひょいと右手を挙げて地下鉄出入り口のほうへ歩いていった。

榎本との約束は午後五時。弁護士の小諸と別れた赤松は神田まで歩き、そこで時間を潰すと約束の時間ちょうどに、潮流社に榎本を訪ねた。

赤松は、リストに記載した会社のほとんどに面談を申し入れ、全国を行脚《あんぎゃ》して歩いたことを話した。

北陸ロジスティックスを訪ねたこと。相沢という男と会い、プロペラシャフトの脱落事故の概要をきいたこと。そして、その相沢から、ホープ自動車が国土交通省に提出した報告書のコピーを入手したことを告げ、赤松はその書類をテーブルに出した。

それを手に取って眺めた榎本に、「北陸ロジスティックスのトラックは、購入後一ヵ月の新車でした」と告げた途端、表情は驚愕へと変わり、書類を持つ指が興奮で震え始めた。

「そうだったのか——」

榎本は呟くと、当てのない眼差しを赤松の斜め上の虚空に投げる。「私が調べ上げたのは結局のところ、状況証拠でしかありませんでした。いくらハブの事故が相次いでいるといっても、またプロペラシャフトの脱落事故が多いといったところで、整備不良だというホープ自動車の結論が虚偽であるという証拠はどこにも無い。もし、この報告書があったら、掲載を押し切ることもできたかも知れません」

「いまからでも遅くはないでしょう」

赤松はいってみたが、榎本からの返事は無かった。

雑誌の世界のことはわからない。だが、このとき榎本から送られた視線には、ボツにされた記事は永遠にボツなのだというメッセージが込められているような気がした。案の定、榎本の次の言葉が全てを物語っていた。

「週刊誌は、常に新しいものを追いかけているので」

「今でもホープ自動車の不正は行われているんですよ、榎本さん」

赤松の反論に、榎本は険しい表情で押し黙る。

「まあ、その件は勘弁してください」

すうっと大きく息を吸い込んだ赤松は、「そうか……」といったきり、言葉を飲み込む。

「どうされるんですか、これから」

話を切り上げようとした赤松に榎本がきいた。潮流社に近い、前回会ったときと同じ喫茶店である。赤松はしばし榎本を眺め、それからはっきりとした口調で宣言した。

「闘いますよ、もちろん。決まってるじゃないですか」

店から出ると、すでにとっぷりと日が暮れていた。昼間好天だったせいか、ひときわ冷え込んだ外気が体と心に沁みる。

「健闘をお祈りしてます」

榎本が差し出した手を握った赤松は、「もし、気が変わったら記事にしてくださいよ」、そう笑顔でいって軽く右手を挙げる。

スモッグの薄い皮膜を通して一等星がかろうじて見える夕景の空。振り返ったときすでに榎本の姿はなく、コートの前をしっかり閉めると、赤松は力強い足取りで地下鉄の階段を降り始めた。

10

ちょうど、赤松が榎本と会っていた頃、港北警察署の会議室で捜査会議が開かれていた。

定例の会議ではない。高幡の提案で開いた会議に、捜査本部の刑事八人と課長が集まっていた。

事故発生当時、二十名以上いた捜査本部は、その後の低迷だけでなく、他の事件にとられたりして徐々に捜査員が縮小され、事故から三ヵ月たったいま、これだけの陣容になっている。

「実は今朝、赤松社長がいま手元に配った書類を持って私を訪ねてきた」

そう切りだした高幡は、赤松が持ち込んだリストの意味、さらに報告書の入手経路などを仔細《しさい》に語った。

合間に質問はない。というより、あまりにも唐突過ぎて質問しろといわれてもできないだろうと高幡は思った。コンビを組んでいる相棒の吉田までが神妙な顔で黙りこくっている。もっともこっちのほうは、今まで信じてきた捜査の方向性をひっくり返されたショックのせいもあるのだが。

「我々は赤松運送の業務上過失致死傷の線で捜査してきたが、家宅捜索に踏み切ったにもかかわらず決定的な証拠が出なかった。正直、その時点でなんらかの〝気づき〟があってしかるべきだったかも知れないが、もしかすると捜査の対象はまったく別なところにあったのではないか」

「こんなコピーの報告書を信用するのか、タカさん。まして被疑者から提供された資料じゃないか」

口を開いたのは、多鹿路雄《たがみちお》だ。今年四十になる多鹿は、高幡より十歳近く若い理論家肌だ。見かけはスマートで、国立大学出というキャリアも他の刑事とは一線を画す。だが、弁が立ち、時として理屈に勝る性格は、高幡にすれば鼻持ちならないと映る。

その多鹿は、赤松運送の逮捕状を請求すべきだという態度で一貫していた。それが実現しないのは、単に証拠が揃わないからであり、証拠が揃わないのはひとえに赤松の周辺捜査を担当する高幡らのやり方に問題があるからだと主張し、しばしば捜査会議で激突してきた。

「国交省に確認はとった。こいつは本物だし、この報告書に記載された車両番号から所有者を特定したが間違いなかった。北陸ロジスティックスはこの事故のわずか一ヵ月前にこのトラックを車両登録している。他はともかく、この事故に関して、ホープ自動車が虚偽の報告書を提出していることは間違いない」

「整備不良、か」

そこに記された言葉をぽつりと読み上げたのは、課長の内藤哲治《ないとうてつはる》だった。腕組みをしてしばし考え込んだ内藤に全員の視線が集まったが、慎重な男はすぐに意見を述べることなく高幡に話の続きを促した。

「四つの疑問がある」

高幡はいった。「ひとつは、この報告書を書いたときホープ自動車は当該事故調査についてどのような対応をしたのかということ。常識的な対応をしていれば、こんな初歩的なミスは出てはこない。二番目は、この報告書で多発性はないと指摘しているプロペラシャフトの脱落事故だが、他でも起きている。類似と思しき事故が起きているのに多発性無しと断言した根拠は何か？　第三の疑問は、総括的なものになるが、これが果たしてホープ自動車の意図的なものなのか、あるいは錯誤なのか、という点だ」

多鹿がきいた。

「意図的なものだとすれば、何が理由なんですか」

「そりゃ、欠陥の隠蔽だろうよ。四年前にリコール隠しで吊し上げられた会社だぞ、あそこは」

「逆じゃないですか？」

多鹿は反論した。「仮にも一部上場の大企業ですよ。四年前にあれだけの不祥事を起こしたにもかかわらず、再び同じことを起こすはずはないと思うんだ」

「俺だってそう思うよ」

高幡はぶっきらぼうにいった。「だけど、それこそあんたがいつもいう、先入観って奴じゃないのかよ」

多鹿が黙り込んだのを見届け、高幡は続けた。「第四の疑問は、もうわかると思う。他に間違った報告書はないのか、ということだ。それはつまり、俺達のヤマについて、どうかということだ」

横浜の母子死傷事故。整備不良と断じたホープ自動車の調査結果のことを、高幡は指摘した。

「これだけの事故がありながら、今まで他の捜査当局もホープ自動車の欠陥に疑いを持たなかった。それが答えになってるんじゃないか。つまり異常は無かったんだ」

予想したことだが、多鹿は否定的だった。

「ホープ自動車の調査結果を信用したのは俺達だって同じだろ」

そういった高幡に「ちょっと待ってくれ」と多鹿は食い下がった。

「ホープ自動車の欠陥を証明するということは、つまり、ホープ自動車をホシに見立てるってことだぞ。あれだけの企業を、たったこれだけの捜査員でどうやってカバーしていくんだ。立証するのは至難の業じゃないか。それに赤松運送を家宅捜索までしたのに、その線を捨てるっていうのか。そもそも家宅捜索を願い出たのは、タカさんだろう。あんただって、プライドってものがあるんじゃないのか」

多鹿の発言は、逐一高幡の心臓に突き刺さるようだ。いつもの高幡ならここで殴り合い寸前の口論をふっかけるところだった。傍らで吉田が体を緊張させたのがわかる。高幡は噛んだ唇がどうしようもなく震えるのがわかった。

だがそれは怒りに震えているのではなかった。

恥ずかしさに震えていたのだ。

「プライドは捨てた」

そう告げたとき、捜査員全員が理由もなく頬を張られたような顔で高幡を見た。驚愕、狼狽、唖然。様々な表情が自分の顔を見ている。「俺のプライドなんざ、どうでもいい」

「忘れちゃなんねえのは、被害者の悔しさだろうよ」

小さな子供の将来を見ることなく死んだ母親の無念と、残された家族の悲しみと怒り。命の尊さを前にして、プライドもへったくれもあるものか。

その思いで多鹿を睨み付けた高幡は、「このリストにある会社をもう一度調べさせてもらえませんか、課長！」と、腕組みして瞑目したままやりとりを聞いていた内藤に頼み込んだ。

「ここに来て捜査方針を変えればいい笑い物ですよ。整備不良で赤松運送を引っ張りましょう。ホープ自動車の報告書はお墨付きみたいなものなんですから、それを根拠にすれば後で問題になることはないと思います」

「おい、多鹿！」

高幡は思わず大声を出した。「お前、根っこからそういえるのかよ」

警察官僚そこのけの冷ややかな視線が高幡を見た。

「警察ってのは、そういうものじゃないでしょう、タカさん。今まで二ヵ月も赤松周辺を探ってきてこれはない」

「捜査した上での結論だ」

「赤松はホープ自動車を訴えてるんですよ。その赤松から提供された情報で動いてもし何も出なかったら、そのときにはウチの署のメンツは丸つぶれだ」

「どっち向いて刑事《デカ》やってんだよ！　出世するのが目的なら、現場から離れて本部でもどこへでも行きやがれ」

高幡は怒鳴り、「課長！」というなり、会議室の安テーブルをどんとひとつ拳で叩いた。

「でかい声出すなよ、タカさん。まだ補聴器がいる歳じゃないんだからさ」

ようやく口を開いたかと思うと、出てきたのは肩の力の抜けた一言だ。

「おい、多鹿。お前、このリストに載っかってる事件について、ホープ自動車から国土交通省にどんな事故調査報告書が上がってるのか、あるいは上がっていないのか、探ってこい」

「課長！　いいんですか、こんなことで」

多鹿は承服しかねる態度で嚙みついた。その顔を見た内藤は、「いいじゃないか」と鷹揚に構えてみせる。

「俺も、メンツなんて捨てることにする。だからお前らも捨ててくれ。捨てられない奴は、いま申し出ろ。担当から外してやる。だからといって後でとやかくはいわん」

内藤がいい、八人の捜査員全員が黙りこくった。ぐっと頰を引き締めた多鹿は、今にも申し出るのではないかと思ったが、どうやら思いとどまったようだ。

「多鹿班以外の六人は、このリストにある事故調査結果を各県警に問い合わせてくれ。もし、破損部品の現物が残っているようなケースがあればそいつを押さえろ」

「ホープ自動車に行かせてください。赤松運送のハブがまだ同社内にある。そいつを押さえたい」

高幡はいったが、じっと考えた末、内藤がいった。

「駄目だ」

「なんでですか！」

「ホープ自動車を〝嚙む〟つもりなら、警戒させるようなことはしないほうがいい。油断させておけ」

内藤の本気が全員に伝わった瞬間だった。停まりかけていたエンジンに再びガソリンが注入される躍動感が、捜査本部に蘇ってくる。内藤の「解散」という声に捜査員がばらばらと立ち上がった。膨れっ面をぶらさげた多鹿も黙って会議室を出て行く。

「もう〝脱輪〟は無しだぜ」

自分も会議室を出ながら、高幡は独りごちた。緊張感に身震いしたくなる。どんなことがあろうと、常に目指すべきは事の本質だ。形式や先入観にとらわれたとき、その本質は見失われ、安直だが見当違いな結論だけが目の前にぶらさがるってわけだ。

俺は莫迦だった。いまようやくそれに気づいた。気づかせてくれたのはこともあろうに、あの赤松だ。その意味では、柚木だけでなく赤松もまた、この事件の被害者なのだ。

待ってな、いまに悔しさを晴らしてやるからな。

柚木妙子の面影を追うように、高幡は殺風景な警察署内に視線を漂わす。ふと今朝、訪ねてきた赤松の顔がそれに重なった。そのとき口にできなかった言葉をいま高幡は小さな声でようやく告げた。

「ちきしょう。悔しいが、あんたのおかげだ」

11

沢田は夢を見た。

一通の企画書を通して見た、夢だ。

「逆境は誰にでもある。いつでも、どんな会社にでも。それに、あなたは、いままで順調に来すぎたのよ」

真鍋の仕打ちに、怒り、ショックを受けた夜、英里子はいった。

「順調に来たわけじゃないさ」

英里子は何かをいいかけたが、結局、反論しても無駄だと思ったのか、「そうかもね」としかこたえなかった。

沢田にだってそれなりの苦労はあったし、苦汁を舐めたことも一度や二度のことではない。苦難の道とは言い難いが、少なくとも紆余曲折《うよきょくせつ》の末に製造部、そして商品開発部の課長という地位を得たのだ――そういいたかった。

「サラリーマンは、主観と客観のバランスの上に成り立つ商売なんだよ」

沢田はいった。また英里子が問うような眼差しを向けてくる。しかし、今度もまた何もいわなかった。沢田の中で、ほんのわずか気持ちがそよぎ、うまく表現できないもどかしさが気持ちの底で渦巻くのを感じた。

主観と客観。その二つは必ずしも一致しない。今の沢田がそうであるように。商品開発部への異動という客観的成功に隠された、やりたい仕事ができないという主観的不満。客観的には満足できても、主観的には物足りない。主観と客観が両立したとき、夢は実現する。あるいは、夢が実現したとき、主観と客観は両立している。そういうものではないだろうか。

「あなたが認められるためには、何かのきっかけが必要なのよ」

「そんなもん、あるかな」

「無ければ作ればいい」

それはたしかに、そうだ。

だが、そんな必要は無かった。その翌日、古いメールを整理していた沢田は、商品開発部長名義で出された、「新型車両企画募集」という部内報知を発見したからだ。

着信日は去年の暮れ。沢田の商品開発部異動が決まる前のことだ。総務担当者が気を利かせ、沢田の仕事に関係ありそうな部内報知を古いものから一括してメールで送ってくれた。その中に混じっていた一通だった。今まで気づかなかった自分に腹が立った。

〆切《しめきり》は、来週の金曜。まだ十日ある。ゼロから考えるのなら時間はないが、沢田にはすでにイメージがあった。それを企画という現実の枠組みに落とし込むのなら、ギリギリ間に合う時間だ。

商品開発部内で募集されるこのコンペで、沢田の企画が認められれば、新型車開発のチームを任せてくれるかも知れない。

チャンスは何度でもあるなんて嘘だ。そのとき掴まなきゃ永遠に巡ってこないチャンスだってある。だとすれば、まさにこれがそうだ、と沢田は思った。


新しい企画に着手した沢田がのめり込むまで、あっという間だった。コンセプトをまとめ、開発のために必要な費用と時間、人員を割り出していく。

商品開発部で認められるために着手した企画だったが、練っていくうち沢田の胸にこみ上げてきたのは、夢への熱い情熱だった。

クルマを作りたい——。

沢田の夢は、ただひたすら単純で、純粋。それ以上でも以下でもなく、自動車会社にいながらこんな当たり前のことが〝夢〟になるところに、自分自身滑稽な気がした。だが、その気持ちはどうしようもなく本物なのだ。

この企画で、沢田はコンパクトでスポーティなワンボックスカーの開発を提案しようとした。小さな車体に、高性能エンジンを搭載し、4WD車バロックで培《つちか》ってきた堅実性を併せ持つファミリーカー。ターゲットは、年収六百万円前後のサラリーマン世帯。三十代半ばで、子供が二人いる。郊外で、住宅ローンで買った一戸建てに住んでいる。ウィークデーには買い物と送り迎え、休日には家族全員で出かけるレジャーにと全方位的に使える楽しいクルマだ。安全で快適、堅実な造り。そのくせ高速道路で一旦アクセルを踏み込めば、スポーツカー並みに加速する性能を併せ持つ。

子供の頃、沢田が憧れたのはスポーツカーだった。しかし、三十代も後半になった今、沢田の胸にあるのは、日常風景になじむクルマだった。家族に愛されるクルマだ。

沢田が書いた企画書は、レポート用紙三十枚。そのわずか三十枚の中に、沢田は、クルマに対する愛情とこだわりを注ぎ込んだ。これこそ、沢田の全てだといえるほどに。

いま、企画書の最後のページに目を通した沢田は、それを一部プリントアウトし、改めて読み直した後、商品開発課の担当者宛にメール送信して全ての作業を終えた。

微かな興奮を覚えた。それが止むことなく熾火《おきび》のように沢田の胸で燃え続けた。

午後八時過ぎのオフィスには、一日の疲労感が底を這い、気だるい雰囲気が漂っている。

杉本からの電話は、まさにそのタイミングでかかってきた。

「いま送別会が終わったところなんですが、沢田さん、お時間ないかなと思いまして。お忙しいことは重々承知しているんですが」

電話には、店の喧噪がかぶさっている。

「構わないよ。いまどこにいるの」

杉本は神田にある焼き鳥屋の名前を告げた。

「小牧課長と北村君にも声をかけようか」

「いえ。できれば沢田課長と二人でお話ししたいと思います」

杉本は、これから店を出て新橋方面へタクシーを走らせるといった。

「会社の前で拾いましょうか」

頼む、といった沢田は、デスクの上を片付けるとコートを羽織って一月の寒風が舞う大手町のビル街へと出て行った。


「明日、大阪へ赴任します。その前に一言、お礼をいいたくて」

「お礼？」

杉本は照れ臭そうに頭を下げた。

「私の味方になってくれてありがとうございます」

「味方……」

信じられているという事実が、これほど胸苦しさを運んできたことはかつてなかった。

「沢田さんのおかげで、ものすごく勇気づけられました。ほんま、ありがとうございます。感謝してます」

「やめてくれよ、感謝だなんて。俺は結局、何もできなかったんだから」

沢田は苛立ちを声に出した。

「いいえ。私と同じことを考えて、行動してくれた人がいると思うだけでいいんです。孤軍奮闘してたわけやない。そう思えただけでうれしかったんです」

沢田は黙って飲めないビールを飲む。後味は最悪だ。

「俺は、ダメなんだよ」

呟いた言葉は、沢田の胸の奥から吹き出した毒ガスのようだった。さっきまで浸っていた企画書の余韻も興奮も消え失せ、罪悪感が腹に溜まった。

「変えられなきゃ、意味がないじゃないか。そうは思わないか。君も俺も、やっぱり負けたんだ」

杉本は口元を引き締めて、「まだ負けたとは思ってません」といった。

「そうかな」

虚《うつ》ろに、沢田はこたえる。

沢田は商品開発部課長職というエサに飛びついていまや飼い殺し同然の身。一方の杉本は、大阪支社への転勤。結局、〝レジスタンス運動〟は骨抜きにされた。

するとと杉本がいった。

「沢田課長、聞いてらっしゃいませんか？　赤松運送のこと」

「赤松？　あの赤松がどうかしたのか」

杉本は、弁護士を伴って来社した赤松が提示したという報告書の件について話した。

「そんな報告書が、あったのか……。誰が書いた書類だ」

「室井課長です」

杉本はいった。「私も指摘されるまで知りませんでした。事故車両の所有会社がウチと親密な相手ということで、何を書いても問題にならないという考えだったとは思いますが、虚偽は虚偽です。指摘されれば認めるしかない。表沙汰になればホープ自動車の調査報告の信頼性を根底から覆すことになるでしょう。『週刊潮流』でなくても、飛びついてくるマスコミはありますよ。対応を誤れば、ウチの社会的信用そのものが揺らぐことになります」

「赤松はどうやってその情報を入手したんだ。まさか君が――?」

杉本は、胸の前で手を振って否定した。

「私じゃありません。赤松運送は独自調査で突きとめたようです」

胸騒ぎがする。そして、赤松と直接交渉しているときに感じたなんともいえぬ迫力を思い出した。

〝ちっぽけな町の運送会社のくせに……〟

それはかつて、赤松運送からクレームが寄せられたときに、沢田の胸に浮かんだ思いだった。吹けば飛ぶような中小零細企業が、売上二兆円のホープ自動車に楯突くのかと。生意気、小癪《こしゃく》、小賢しい――。そんな言葉がいくつも胸に浮かんでは消えた。

だがいま、そんな言葉のどれ一つとして、赤松に当てはまるとは思えなかった。赤松を賞賛するわけではない。だが、脅威を感じる。一億円の補償金すら蹴る赤松には「頑迷」という言葉こそ、ふさわしいのかも知れない。その頑迷さ故、恐ろしいのだ。

「赤松はそう簡単な相手じゃない」

その相手を、長岡は舐めた。「品証部の対応は？」

「柏原部長から再調査が命じられたようです。おそらく、狩野さんの意向だと思いますが」

「再調査？　どうするつもりだ」

「多少の過失を認める考えのようです。その上で、リコール回避を狙っているんでしょう」

狩野らしいコスト優先の発想だ。

「それがいま取れる最善の策だとすると、苦しいな。いずれにしても、国交省に対して虚偽報告した事実は残る。赤松運送の裁判で証拠として挙げられたら、判決はどうなるかわからんな」

深刻な眼差しを居酒屋のテーブルに投げ、少し考えた沢田は、やがて短く嘆息した。

「これ以上こじれないうちに、赤松運送の整備不良という結論を撤回したほうがいいかも知れないな。なんとか赤松と和解する道を探る。それしか道がない。いやもう、遅いか」

最後は半ば自分に向けた問いかけだった。

「狩野さんに赤松と和解する考えはありません。それどころか、赤松運送を潰すつもりですよ」

杉本の思いがけない言葉に、沢田は顔を上げた。

「時間を引き延ばして兵糧《ひょうろう》攻めにでもするつもりか」

赤松運送の資金繰りは決して楽ではない。その意味で赤松にもまた焦りはあるはずだ。倒産してしまえば裁判どころではなくなる。死人に口無しだ。

「気に入らないものは徹底的に潰す。あの人に例外はありません」

その言葉は、沢田の胸にも深く残酷に突き刺さった。

例外はない。

それは沢田に対しても同じことではないのか。

商品開発部への異動によって、沢田は永遠に潰される運命に置かれてしまったのではないか。

沢田が眉間に深々と皺を寄せたとき、杉本は、足元のバッグを取り上げた。取り出したのは、一台のノートパソコンだ。

「これを預かってもらえませんか、沢田さん」

「これは?」

「T会議など今までの記録が残っています。具体的な隠蔽データも可能な範囲で収集しました」

沢田は驚愕の面を向けた。

「品証部内のパソコンは全てチェックされたんじゃないのか」

「実はこのパソコン、三ヵ月ほど前に故障で廃棄処分したことになってるんです。本当に動かなくなったんで新しいパソコンを導入したんですが、その後ソフトの不具合が原因だということがわかって回復しました」

「つまり、存在しないはずのパソコンってことか」

なるほど、それなら品証部内の隠蔽工作の網から逃れたのもうなずける。

「ほんの偶然ですが」

杉本はにやりとした。本当に偶然かどうかは怪しい。記録を残すための方便だったのではないかと思ったが、それは聞かなかった。

「これがいつ、どういうときに役立つかわかりませんし、あるいは役に立たないかも知れません。最初大阪へ持って行こうかと思ったんですが、考えてみると、向こうではこれを活かせる場所はない」

「それで俺に？」

「沢田さんしか思いつきませんでした」

杉本は少年のように一途な表情を見せた。

「俺が預かったところで、君の期待にこたえられるという保証はない。それでもいいのか。俺は君が考えているよりもっと計算高い人間なんだぜ」

「そうでしょうか」

杉本は疑問を呈した。「沢田さんは、ご自分で考えていらっしゃるほど計算高い人間ではないと思います」

「それは買いかぶりすぎだな」

「いいえ、そんなことないです。沢田さんは私が見込んだとおりの人やと思います」

杉本は生真面目な童顔を真っ直ぐに沢田に向けた。「もし、私の見込み違いというのなら諦めますわ。私の人を見る目がどうかしてたということで。とにかく預かっといてください」

「まあ、そこまでいうのなら」

沢田はそういうに止めると、杉本から受け取ったパソコンを自分の鞄にしまい込んだ。

12

東京は、午後から本格的な雪になった。都心上空にせり出した巨大な鯨の腹のような雪雲から、冬枯れの景色に雪片が舞い落ちる。傘を差して同じ大手町にある取引先へ出向いた井崎は、三時間ほど打ち合わせをして出てきたとき、灰色から白一色へと装いを変えたオフィス街の光景に軽い驚きを覚えた。

踏むたびに足形を残して飛び散る、シャーベット状の雪。その中を歩き出した井崎は、二十メートルほど先の階段を降り、地下道を通って東京ホープ銀行本店脇にある地上出入り口から上がった。

濡れたズボンの裾をハンカチで払い、足早に営業本部の自席に戻る。ノートパソコンで融資管理システムにアクセスし、ホープ自動車の最新稟議ファイルを呼び出した。

画面に現れたのは、この数日、不眠不休で書き上げた稟議書だった。ホープ自動車の支援案件をまとめた稟議である。

井崎が出した結論は、「融資見送り」。

否認するのにわざわざ正式稟議を上げるのは、銀行員生活で初めてのことだ。おそらく、東京ホープ銀行でも過去にほとんど例が無いだろう。

これでいい。そう念じた井崎の指が、「送信」ボタンを押す。画面に現れた砂時計のアイコンは即座に消え、ファイルは井崎の手を離れていった。

送信された稟議書は、行内の決裁システムに乗せられ、通常案件通り、紀本次長、濱中部長の決裁を経て、役員会に諮《はか》られることになる。

クロをシロにするのなら、やればいい。否認の稟議をひっくり返すつもりなら、どうぞ。皮肉をこめて、井崎は思った。政治決着させるのであれば、審査ラインとしての本店営業部に存在意義はない。

あとはバンカーとしての良識の領分だ。

巻田の脂《あぶら》ぎった顔がふと浮かんだが、強引な意思の力で消し去った。ここで真価が問われるのは、ホープ自動車ではなく、実は東京ホープ銀行そのものだ。


警察車両のフロントウィンドウに重たい雪が吹き付けている。多少水気が多いのか、それはワイパーにこびりついては零下《れいか》の外気に凍り付き、拭き取る力を奪っていく。ヘッドライトに中央自動車道の道路標示が浮かび上がった。

「パーキングエリアです」

ハンドルを握っている吉田が口にした。「寄りますよ、タカさん」

おう、と高幡が応じる。

吉田が運転する小型のトラックは、左のウィンカーを出してゆっくりとパーキングエリアの側道を上っていき、やがて駐車場で止まると、ドアを開けた。

これで何度目だろう。高幡もいまいましい氷の塊をワイパーから取り除く作業を手伝いながら、はやる気持ちをため息に変えた。

「それにしても、ひどい雪ですね。都内も積雪だそうですよ」

同じく雪の中に降りて運転席側のワイパーから氷の塊をごそっと取り除きながら、吉田が顔を顰めた。それから小型トラックの荷台へ回り込むと積み荷の状況を確認して戻ってくる。

「異常なし」

再び乗り込む。吉田がイグニッションキーを回し、制限速度が五十キロに制限されたままの中央自動車道へと再びトラックを乗り入れていくと、たちまち、雪が視界を遮り、灰色と白のまだらに入り混じった世界が運ばれてくる。

高幡の胸に、今朝方のやりとりが蘇ってきた――。

「この一年でホープ自動車から国土交通省に報告書が上がっているものは、全部で十二件あった。北陸ロジスティックスの報告書はそのうちの一件だ。報告書については事故原因を整備不良としたものが十件、車両の不具合を原因として併記されたものが二件あるが、いずれも軽微なものとしてリコールには及んでいない。ちなみに、赤松運送の事故は、整備不良とされた十件に含まれている」

早朝の打ち合わせだった。昨日一日かけた成果を報告した多鹿に、「問題はその事故原因が本当に整備不良かどうかだ」と高幡はいった。

課長の内藤は黙って報告を聞き、「どう思うよ」と多鹿に問う。

「なんともいえませんね」

多鹿はあくまで冷静だ。「事故車両を科警研で検証したのならこの報告の是非について問えますが、肝心の物が無い。状況証拠だけでクロとはいえません」

あくまで否定的な多鹿と睨み合った。

「だがな、他のメーカーと比べてホープの事故数は突出してるじゃないか。それはどう説明する。ホープ自動車のユーザーだけが、整備をサボってるとでもいうのか」

打ち合わせといっても、刑事部屋で自席に座ったまま行われた簡単な意見交換だ。公式なものでもなんでもないが、捜査の方向性はこうしたざっくばらんな話し合いの中から導き出されることも多い。

「相手はホープ自動車だぜ」

多鹿はいった。「直感で手出しできるような相手じゃない。根拠なく動いて何も出なきゃ、笑いものになる」

「いいじゃねえか。笑いものにでも何でもなってやる」

高幡は言い返した。「ホープ自動車製の車両で何かが起きてることは間違いない。それはあんただって認めるだろ」

「事故原因について何をいっても予断にしかならない。いま必要なのは物証だ」

多鹿は、挑戦的な眼差しを高幡に向けてきた――。

そんなやりとりの後、高幡らが出張った先は、甲府市に本社がある兵藤《ひょうどう》運送という運送業者だった。

この会社は、いまから半年ほど前の六月、中央自動車道で車両二台を巻き込んだ事故を起こしていた。追い越し車線を走っていた同社の大型トレーラーが横転し、一般車線を走っていた車を巻き添えにして重軽傷二人が出た重大事故だ。

事前に協力要請して目を通した山梨県警の調書によると、事故原因は、ユーザーである兵藤運送のスピード違反、さらに整備不良も重なったとしており、これを裏付けるように県警に提出されたホープ自動車の事故調査報告書が添付されている。現場は中央道にありがちな緩やかなカーブで、そこを同社の大型トラックは百五十キロ近いスピードで走行していたという。

この兵藤運送を赤松が調査していないことも高幡は突きとめていた。どこの誰かわからない相手に事故のことは話せない、と社長が断ったからだ。それは昨日、高幡が同社に問い合わせの電話をかけたときにすでに確認していた。

この事故に高幡が注目した理由は、調書にあるドライバーの証言だ。そこにはこうあった。

〝走行中に突然ハンドルがとられ、あっという間に横転した。道はカーブしていたが、特に問題なく曲がれると思った〟

おかしいと思った。

ドライバーは、運転手歴三十年のベテラン。運送業者の運転手には全国を渡り歩く者が少なくないが、この運転手は、かれこれ二十年近く、兵藤運送に勤務しており、会社近くに自宅もあって家族もいる。走行中の大きな事故も初めてだということだった。

法定速度を上まわるスピードは確かに出していただろう。

だが、この運転手は中央自動車道を何度も走ってきたベテランだ。その運転手が曲がれると思ったカーブでトラックが横転する。事故は、六月半ばに起きていたが、当日の天候は晴れ。トラックを横転させるほどの横風も無かった。

「本当に、スピードが原因か」

それが、高幡の抱いた最大の疑問だった。そんな高幡に、ひとつの幸運が転がってきた。昨日電話で兵藤運送に問い合わせたところ、当時の事故車両がまだ敷地内に残っているということが判明したのである。

「ほら、警察だって他のドライバーへの警告も兼ねて事故車両を道路にしばらく置いておくことがあるでしょう。それと同じですよ」

今日、この会社を訪ねた高幡が、車両を残していた理由をきくと、兵藤社長はそういって笑った。嫌味な経営者だが、おかげで物は手に入った。

この事故について、ホープ自動車からも国土交通省に事故調査報告書が上がっていたが、スピード違反が主因との県警の検証結果もあり、当該報告書では、「整備不良」との結論になっている。このとき、ホープ自動車は、検査のために預かった車両と破断した部品をそのまま同社へ返却していた。もし、兵藤運送が、赤松のように調査結果に疑問を投げかけるような動きを見せていたら、対応は違っていたのではないかと高幡は思った。この事故に関する限り、ホープ自動車の脇は甘い。県警の判断も、ホープ自動車を油断させる要因になったのではないか。

いずれにせよここに、ホープ自動車製車両が起こした事故の、本当の理由を知る重大な手がかりが残されたのである。

高幡は腕時計の針を読み、午後六時二十分を確認した。

トラックの行き先は科学警察研究所のある千葉だ。到着を待ち受けているはずの担当官たちには、到着時刻遅延をすでに知らせてある。

この検査の結果次第で、事態は切り開かれるかも知れない。

その期待を背負いながら、トラックは速度制限の解除される見込みのない自動車道を一路、東へと走り続けていた。

13

「巻田専務だから申し上げますが、少々、問題が起きるかも知れません」

狩野から至急会いたいといってきたのは、巻田が一週間に及ぶ国内拠点の視察を終え、東京に戻った昨日のことであった。

最初に思い浮かんだのは、ホープ自動車から申し込まれている例の支援の件だ。それであれば解決するまでに多少の時間を要するが、急に資金繰り上の問題でも起きたのかと、薄々思い巡らせていた。

しかし、狩野が口にしたのは、まさしく想定外の落ち度であった。話が進む間、ますます表情を曇らせた巻田は、狩野の言葉が止まってもしばらくは押し黙る。

国土交通省に報告書を再提出するという考えは、できる範囲での最善策であろうが、場合によってはホープ自動車の社内体制に疑問が投げかけられるきっかけになるだろう。特に赤松運送の対応次第ではその可能性は広がると思われ、ついては手のつけようのない野火が広がる前に、消火せねばならぬ。

「小さな問題と言い切れない部分もあって、巻田専務にご相談させていただいた次第です」

そういって狩野は口を閉じた。半分以下になった巻田のコップにビールを注ぎ、自らのコップも満たして一気に呷《あお》る。

贔屓《ひいき》にしている店の個室に、中毒でも起こしそうな重い空気が流れ出した。

「いまさら私がいうことではないが、一般消費者相手の商売はむつかしい」

巻田は呟くようにいった。「一度傷ついた信用を取り戻すには、時間がかかる」

「錯誤ですよ」

狩野の言葉はしかし、巻田の心に響いた様子は無かった。

「そうかも知れない。だが、問題は錯誤かどうかということではなく、世間がどう思うかだ、狩野さん」

いつにない厳しい巻田の意見に、狩野の矛先は、四年前のリコール隠しで盛り上がった世間とマスコミに向けられた。

「まったくもって、マスコミなどは知ったようなことを口にする評論家気取り。消費者の味方を装うシロウト評論家にも困ったものです。特にインターネットでは、匿名をカサに来て誹謗《ひぼう》中傷を言いふらす卑劣な輩《やから》は後を絶たない。これは東京ホープ銀行も頭を悩ましていることと思いますが」

「そんな奴らのことなど、放っておきなさい」

巻田は即座に断じた。「問題は、何かの拍子に捜査当局が動かないかということだ」

狩野は不敵な薄笑いを浮かべた。

「今回のことはあくまでミスです。今まで国交省の担当者とは何度も議論してきた経緯もありますし、彼らだって納得ずくの話です。重箱の隅をつつくような話はともかく、総論において捜査当局にとやかくいわれる筋合いはありません。彼らが来ても、断乎《だんこ》とした態度で臨むつもりでおります」

「そうしていただかなければ、私も困る。営業部長時代に、ひとかどならぬお世話になった御社だ。融資を推進するのに銀行員生命を賭す覚悟ではありますが、つまらぬことで足を掬《すく》われてはかなわない」

巻田の言葉には危機感の欠片が挟まっていた。

国土交通省に対して提出される「自動車事故報告書」にもとづく自動車交通局の担当者との議論で、狩野はいままで何度かリコールを回避することに成功していた。だが、同時に巻田は、狩野からその報告書で使用されたデータが、必ずしも真正なものではないということもそれとなく聞き及んでいた。横浜で起きた母子死傷事故で、それが整備不良であったのかどうか、最初に気にしたのもそのせいだ。それを黙認したことで、巻田もまたホープ自動車の隠蔽体質を追認したも同然といってよかった。

巻田の発想に、それでいいのかと疑問を差し挟む回路は組み込まれていなかった。いわゆる団塊の世代である巻田は、ご多分に洩れず学生運動で〝挫折〟した過去を持ちながら一旦体制に組み込まれるや、それに馴れきって牙を抜かれ、飼い慣らされた企業戦士だ。

「御社が国交省に提出した数値の元データは大丈夫ですか」

ふと心配になったのか、巻田がきいた。

「心配ご無用」

狩野は余裕を見せる。「調査でサンプリングした加工前データについては、品証部と研究所で徹底的に管理してあります。水の一滴も洩れる心配はありません」

巻田ははじめて安心した表情を見せた。

「いいでしょう。ところで今回の支援の件だが、やはり担当ラインは否定的な意見を具申してきた。しかし役員会ではそうした意見は排し、承認させるよう根回ししています。万全かとは思いますが、くれぐれも油断のないようにお願いしますよ」

「承知しております。心配性なところは、巻田さんもさすが銀行員ですね」

狩野は笑い、巻田のコップにビールを注いだ。

14

狩野と巻田が料理屋で会っていたその頃、横浜市港北区にある港北警察署に置かれた捜査本部では緊急招集された会議が開かれていた。

捜査員全員と港北警察署と神奈川県警の担当幹部を集めたその会議は、いつものそれと趣を異にしている。本来中央正面に陣取る幹部席が脇へずれ、代わりにスライド用プロジェクターと倉庫のどこかから引っぱり出してきたらしい演台が据えられていた。

そこでペンタイプのポインタを片手にパソコンの画面を映し出したスクリーンの脇に立っているのは、科警研から派遣されてきた秋山秀記《あきやまひでき》という、まだ三十過ぎのいかにも学者然とした男であった。

秋山は午後七時に始まった会議の冒頭から鑑定結果の報告を行い、いまスクリーンに映し出された大型トラックの部品断面図にポインタを合わせ、佳境ともいえる部分にさしかかっているところだった。

「この兵藤運送のトラック部品について科警研で鑑定した際、重要ポイントとしたのは事故車両のハブの摩耗量でした」

大映しされたハブは、つば付の浅い帽子のような形をしていて、それ自体なんなのか説明されないと自動車部品だと判別するのは困難な形状だ。車軸とタイヤのホイールを連結する部品であるこのハブの存在そのものを、高幡自身、この事故を通して初めて知ったほどである。

秋山は捜査本部の緊張感とは無縁の、どこか飄々《ひょうひょう》とした喋り方で、マイク片手に話を進める。

「摩耗量が少ないのに破断していれば、これは構造的欠陥が原因だという結論になります。逆に、通常以上に摩耗しているのであれば整備不良となってユーザーの責任が問われることになるでしょう。ただし、ハブという部品そのものが、一般的に消耗品という認識が無い特殊な部品だということは考慮する必要があると思われます。数万点もあるクルマの部品の中で、ハブは交換が前提とされている消耗品ではなく、一般認識としては、永久部品なのです。つまり、そもそも整備不良という理屈が成立するのかどうか、という点も、詳しいことをお話しする前に、申し上げておきたいと思います。今回依頼された鑑定にかかる事故は、まさにそこが最大の争点になると思われますが、そもそも、スリ減ったままのタイヤを使っていたとか、ブレーキパッドが摩耗していたのを放置したとか、そういう話とはとても同列に扱うことのできない問題なのです」

捜査員の一人が挙手した。南田《みなみだ》という、古参の刑事だ。

「ホープ自動車は、この甲府の事故も、本件の母子死傷事故もハブの破断は整備不良が原因だとしている。ただ、それが交換を前提とした部品ではないことはホープ自動車だって知ってるだろう。その上でなお、整備不良という理由が成り立つというのは、具体的にどのような使用状況が想定されるのかがわからない」

「過積載や過走行ですね。決められた以上の重たい荷物を積んで走行した場合、あるいは何十万キロも走破した古い車体の場合は、当然ハブの摩耗が進むはずですから、その際は破断することは当然、考えられます。形有るものは壊れるわけですから」

「甲府の兵藤運送のトラックにそういう事情はあったのか」

幹部のひとりがきき、秋山の代わりに高幡が立ち上がった。

「過積載、過走行の事実はありません。当該の車両は、県内の中距離輸送ルートを担当しており、トラックの走行距離は五万七千キロでした。ちなみに、赤松運送のトレーラーは走行距離約八万キロです」

この報告に、幹部は秋山に問うような目を向けた。

「そのぐらいの走行距離なら、ハブが破断するとは考えられません。というか、それぐらいで破断してもらっては困る部品です。あくまで一般論ですが」

どよっと捜査本部の空気が動いた。一般論はあくまで一般論だ。警察が追及するためには、それでは弱い。だがそれにもかかわらず、ホープ自動車がじりっと追い詰められようとしている実感を高幡は得ていた。今、ホープ自動車という大型車体は脱輪寸前のところまで追い込まれている。

「皆さんここに注目してください」

秋山が指し示したのは、ハブの断面だ。「今回、科警研で鑑定した結果、このクルマのハブの摩耗量は、〇・四三ミリでした」

秋山は、スライドを見つめる四十名余りの警察官たちと向かい合う。

「通常、この摩耗量でハブを交換する必要はありません」

「ちょっと待ってくれ」と挙手した者がいた。多鹿だ。

「それはちょっとおかしいんじゃないか。この事故に関してホープ自動車から国交省に上げられている報告書によると、摩耗量は〇・九五ミリということになってる。〇・五ミリ以上も食い違うということは考えられない」

「その通りです。ホープ自動車が報告書で提示している数字は、錯誤か意図的なものかは別にして、事実とは異なっています」

秋山は続けた。「ご指摘の通り、当該報告書の理論構成は、スピードの出し過ぎの他、〇・九五ミリもの摩耗量があったのに交換せず放置したためにハブが破断したということになっていますから、もし実際の摩耗量が今回の検査通りの数値であれば、整備不良という結論そのものが成立しなくなるでしょう」

「科警研の調査結果が間違っているということはないのか」

多鹿の質問は、聞く者によっては怒り出しても不思議ではない内容だったが、秋山は悠然としていた。

「それは、ありません。少なくとも、一般的な手法に則《のっと》った鑑定を行っているということは申し上げておきます。それはいまさら疑問を差し挟む余地のないものです。ただ――」

ふと秋山は、全員の視線を受けたまま間を置いた。

「ホープ自動車の調査結果の数字で、事実と異なると思われるものは、これだけではありません」

息を飲む捜査会議の参加者たちの前でスライドの画面が切り替わり、新たに映し出されたのは一枚の表だった。

「これは昨年十月、当管轄区内の母子死傷事故が起きた際、ホープ自動車が国交省からの求めに応じて提出した資料に添付されていた、ハブの強度比較の一覧表です。比較対象は、ホープ自動車とライバルメーカーである日南自動車、東京ディーゼル、産日自工の三社。各社のハブについて、大きさや材質、強度を比較してみせた資料ということになっています。それによると、ホープ製のハブの強度は、四社中二番目に強く、一位は日南製。日南のハブ強度は、ホープよりも二十パーセント強いとしています。一方、東京ディーゼルと産日自工のハブは、前者が二パーセント、後者が七パーセント強度的に劣る――そういう内容で報告されているのですが、こちらをご覧ください」

スライドが切り替わり、新たな表が映し出される。

「これは科警研で各社のハブについて強度を調査した結果を示したものですが、ホープ自動車の報告書とは大きく異なりました。当研究所で鑑定したところ、ホープ自動車が自社製品よりも弱いとした産日自工のハブは、すでに製造されていない旧型のもので、現行モデルのハブで比較すると、同社製のハブはホープ自動車のものよりも、二十七パーセント強度的には優れています。同じく東京ディーゼル製のハブは二十一パーセント、さらに日南製については七十八パーセントも、ホープ自動車製ハブよりも強度的に優れているという結果になり、ホープ自動車が国土交通省に報告した内容と大きく異なっています。ちなみに、ホープ自動車では一九九〇年から昨年までにA型からF型まで六種類のハブを開発しており、この調査結果は、事故が多発しているD型ハブで調べたものです」

秋山が表示してみせた新たな表に、捜査員は視線を釘付けにされた。高幡が補足する。

「ちなみに、赤松運送と兵藤運送のトラックはD型ハブを搭載している車両だ。調べてみると、ハブが破損した事故はF型を除く全ての車両で起きている。ただし、A型とB型のハブを搭載した車両はすでに大半が廃車になっており、遡って調べることはほとんど不可能だ」

「あの、いいですか」

相棒の吉田が手を上げ、秋山に質問した。

「強度検査で出る誤差は、どれぐらいですか。ホープ自動車の調査結果の齟齬《そご》は、その範囲内という考え方もできるんでしょうか」

「ホープ自動車の調査方法がわからないので、断言はできませんが、少なくとも一般的な強度試験の内容から考えて、これほどの誤差は生じるとは考えられません」

張り詰めた空気の中、全員が緊張に押し黙った。司会進行役の内藤課長から、高幡が呼ばれたのは、そのときだった。

「君の意見は?」

高幡は立ち上がってこたえた。

「錯誤ではなく作為。北陸ロジスティックス、兵藤運送、さらに母子死傷事故にかかる報告書での虚偽報告は立件可能だと思う。ホープ自動車をやらせて欲しい」

「道路運送車両法違反を立件するためだけに、それだけ大掛かりな捜査をするのか」

反論らしいものを口にしたのは、刑事部長の長瀬《ながせ》俊朔《しゅんさく》だ。めったにこんな現場の会議に顔を出さないお偉いさんが、今日は来た。それだけ、この会議が重要だと認識されていることに他ならない。

　国土交通省への虚偽報告に関する罰則は、刑法ではなく、道路運送車両法という法律に基づいて定められている。裁くのは簡易裁判所であり、前回のリコール隠しで、ホープ自動車の当時の社長らに支払いが命じられた罰金はわずかに二十万円。たったの二十万円である。それよりも、社会的制裁のほうが遥かに大きかったことは間違いない事実だ。

「軽いから見逃すんですか」

　食ってかかった高幡だったが、長瀬に己の誤解を知らされた。

「業務上過失致死傷じゃないのかね、君」

　長瀬はそういったのだ。

　尻を蹴り上げられたような気がした。

　凍り付いたように面を上げた捜査員たちの表情に活気が漲《みなぎ》っていく。会議場に一本、全員を束ねて離さない芯が通った瞬間だった。

「動機は？」

　ここに至ってなおも慎重な態度の多鹿がいった。「ホープ自動車は四年前も同罪で、世間的に断罪された。それにもかかわらず、また同じことを繰り返したことの理由がつかない」

「理由は、リコール費用だと思う」

高幡はいった。

「このハブが使用され、リコール対象となる大型車両は全部で十一万二千台に上る。一台当たりの改修費用に六万円かかるとしても、約六十七億円だ。それに、北陸ロジスティックスで見られたようなクラッチハウジング破損事故まで含めた場合、対象車両はさらに拡大し、仮に乗用車まで含まれるとすれば、百億円を超える可能性がある」

十億とか百億といった金額の大きさは、口にしている高幡にしてもまるで実感はなかった。壮大なシミュレーションゲームで金を動かしているような実感の無さ。だが、ホープ自動車にとって、それは現実に支払わなければならないコスト以外の何物でもないのである。

「それぐらいの金、上場企業であれば、大した額じゃないんじゃないか。それよりも、リコール隠しだなんだとスキャンダルが露見するほうが、格段にリスクになるはずだ。それでも、やるだろうか」

異論を唱えたのは、多鹿だった。

「やる」

高幡はいった。「こういう報告書を作為で提出する企業は、やると思う。一度染み通った習慣ってのは、そう簡単に抜けない。それは個人だろうが法人だろうが、同じだと俺は思う。そして——」

高幡は、刑事部長をまっすぐに見ていった。「事故が起きることを承知で欠陥を放置し、現実に多数の死傷者を出している以上、業務上過失致死傷を問うことはできるはずだ。きっかけは虚偽報告だろうと構わない。だが、捜査の主目的は、あくまで母子死傷事故の真犯人を逮捕することだ」

室内が静まりかえり、幹部を中心に逡巡するような間合いが挟まった。それを破ったのは、長瀬だ。

「ホープ自動車の家宅捜索令状《フダ》、手配頼む」

待ちかねた指示が、長瀬の口から発せられた。はっ、という内藤の短い返答が間髪を入れずに続く。

会議場内が活気に満ち満ちていき、戦闘準備に入った戦艦の中にいるかのように捜査員全員が色めきたつ。

柚木さん、もう少し我慢していてくれ。赤松、待ってやがれ——。高幡は思った。

真実は二つとない。

そのたった一つのものを俺はこれから証明してみせる。

15

午前八時。

大手町にあるホープ自動車本社ビルの前に、神奈川県警のパトカーに先導された白色のバンが三十台、横付けにされた。

証拠隠滅を回避するため、ホープ自動車への家宅捜索は秘密裏に準備された。一張羅のスーツを着て、真っ白なワイシャツにネクタイをつけた高幡は、先頭車両に近い二台目のバンの後部ドアを引くとまっさきに降り立ち、あらかじめ打ち合わせた通り、先頭に立って正面玄関へ向かい足早に歩いていく。

各車両から一斉に飛び出した捜査員は総勢百四十名の大所帯だ。緊張感に唇を引き絞った刑事達は高幡の後から足早についてくる。

洒落《しゃれ》た玄関の自動ドアの向こうにいた警備員二人が慌てて飛んできた。その鼻先に捜索令状を突きつけた高幡は、無言のままさらに奥へと突き進む。

正面玄関と建物横、裏手にある通用口の三ヵ所は制服警官で固めた。建物図面まで入手して予《あらかじ》め入念に調べ上げ、一寸の迷いもない手際で三手に分かれた捜査員たちは、それぞれに割り当てられたターゲット——品質保証部、製造部、そして役員フロアへとエレベーターと階段を使って散っていった。

高幡が向かったのは十二階にある役員フロアだ。高級ホテル並みのオーク材のドアが並ぶフロアを前屈みになって進み、会議室の前で足を止めた。事前情報によるとホープ自動車役員の定例会議は毎週水曜日の朝、つまり今現在、ここで行われているはずだ。

高幡のすぐうしろをついてきた吉田と目を合わせた。うなずいた部下の背後には、二十人の捜査員が息を詰めている。

ドアノブを押し下げ、手前にひいた高幡は、声を張り上げる。

「神奈川県警港北警察署です！」

刹那、それまで続いていた声がぱたりと止んだ。オーバル型の会議用テーブルを囲んでいた男たちが一斉に振り向き、凍り付いた。

　そのテーブルの中央の椅子にかけているのは社長の岡本平四郎本人だった。その岡本を睨み付け、家宅捜索令状を掲げた。

「道路運送車両法違反の疑いで、これからホープ自動車本社と研究所の二ヵ所を家宅捜索します。全員、テーブルから離れて動かないでください。捜査員が許可を出すまで、この部屋から出ないように」

「ちょっと待ってくださいよ」

　そのとき、テーブルからふてぶてしい声が発せられた。見ると、一人の役員が立ち上がり、眼光鋭い視線で高幡ら動き出した捜査員を射ている。

「道路運送車両法違反とおっしゃったが、具体的に何の容疑なんですか」

「虚偽報告です」

　高幡はこたえた。

「そんな事実はないよ、君」

　相手はこたえる。

「反論があれば、後で伺います——狩野さん」

　狩野の目が細められた。自分の名を知っているという事実に、薄いベールのような畏怖《いふ》が顔面に貼り付いた。高幡が狩野の顔と名前を知っているのは当然のことだった。この二日間で、捜査本部の事前準備は周到を極めた。狩野は、国交省との交渉窓口を務め、ホープ自動車の品質保証畑のトップに立つキーパーソンとして、この日の家宅捜索の重要目標の一人になっている男だ。

経歴だけではなく、雑誌の切り抜きに載った顔写真まで高幡の頭に入っている。

「任意で事情聴取を求めることもありますから、そのつもりでいてください」

「我々は忙しいんだ」

狩野は苛立ちを隠さなかった。「執務室に戻っていいかね。警察の都合で令状をとってくるのは勝手だが、その間、会社機能を麻痺させるわけにはいかないんだ」

狩野は立ち上がりかけ、捜査員に押しとどめられた。

「こんなことをして、もし何も出なかったら、神奈川県警はとんだ赤っ恥だよ、君。その覚悟はできてるんだろうね」

当たり前だ、この野郎。その傲慢な顔に向かって高幡はいってやりたかった。この捜索に賭けているのは警察のプライドなんかじゃない、刑事の魂だ。お前らが賭けているものはせいぜい金と出世だろうが。そんなもんに負けるかよ。何も出なけりゃ刑事を辞める——そうとまで思い詰め、この朝を迎えたのだ。

鉈《なた》のような視線を一閃《いっせん》させた高幡は、そのときイヤホンに入ってきた「多鹿班、これから品質保証部を捜索する」という声に低く応答し、踵《きびす》を返した。向かう先は、狩野の執務室。怯えた顔をしている秘書の前を素通りした高幡の後ろに吉田が続く。

勝負だ。

16

東京ホープ銀行の井崎のもとに第一報を届けたのは、フロアにある情報端末だった。

——神奈川県警と港北警察署は午前、ホープ自動車に家宅捜索。道路運送車両法違反の疑い。

井崎の行動は早かった。次長の紀本に報告し、ホープ自動車財務部の三浦に連絡を取る。いつもの倍近い呼び出し音の後に出た財務部員に「三浦さん、お願いします」と告げてからもたっぷり一分近く待たされた。

「待たせて申し訳ない」

電話に出た声は強張っていた。

「いま、ニュース端末に御社のことが出たので、お電話しました。どういうことですか」

「見ての通りです」

居丈高ないつもの態度から一転、三浦の口調は投げやりだった。井崎は道路運送車両法違反の具体的な内容について問い、国交省への虚偽報告などについての情報を得たところで、唖然としてしばし返す言葉を失った。

「なんでそんなことをしたんです」

井崎の口から、疑問の言葉が洩れた。これ以上ないくらい、単純明快な疑問だ。「なんで虚偽報告なんかしたんです。なんでそんなことをする必要があったんですか」

「知りませんよ、そんなこと」

財務担当者の言葉はあくまで、他人事のように聞こえる。

「知らないではすまされないでしょう」

井崎はいった。「あなたは知ってたんですか、そうした虚偽報告が行われているということを。社内ではわかっていたんですか」

「と、とんでもない」

三浦は声を震わせた。「知るはずがないでしょう。今回のことは誰かが勝手にやったことかも知れないし。とにかく、我々だって驚いてるんですから」

三浦の気後れしたような声が電話回線から弱々しく送られてくる。「そ、それより、ウチの支援の件、頼みますよ、井崎さん。こういうときこそお宅がしっかりしてくれないと困るんだ」

三浦の言葉に、井崎は嘆息した。こいつは底なしの莫迦だ。

「お宅の支援云々の前に、きっちりさせることがあるでしょうよ、三浦さん。あなた何いってるんです？　港北警察署が家宅捜索しているということは、横浜の事件と関係があるんでしょう」

「いい加減にしてくれませんか、井崎さん。わからないんだ。私もほとほと困り果ててるんですよ」

三浦の返事に泣きが入った。

「じゃあ、誰ならわかるんですか」

井崎はきいた。「狩野さんですか。だったら狩野さんに確認してくれませんか」

「無理ですよ、それは。いま任意で事情聴取を受けてるって話ですから」

「事情聴取？」

「狩野のことですから、そんなことに動ずる人じゃありませんけどね。だいたい大騒ぎしすぎなんですよ、マスコミとかが。お宅もそうだ」

三浦は決めつけた。

「道路運送車両法違反なんて罰金せいぜい二十万円とか、そんな軽微な話なんですよ。ホープ自動車だからって、弱い者いじめはやめてほしいな、まったく」

井崎は激しい怒りに受話器を持つ手が震えた。

「人が死んでるんですよ、三浦さん。それでも軽微な話なんですか」

「そりゃ亡くなった方には申し訳ないけどさ」

「そんなことをいう人に自動車を作って売る資格はありませんよ」

自分が怒りに蒼ざめているのがわかった。

「あんたにいわれる筋合いじゃないだろ」

三浦はありったけの軽蔑をこめて言い返してきた。「銀行さんは黙って金だけ貸してくれたらいいんだ。同じホープのグループだろうに、どっち見て仕事してんだ、まったく」

電話はそこで切れた。

17

赤松にとっては、何一つ変わることのない週半ばの一日になるはずだった。

朝六時半に目覚め、三十分ほどまどろんでから七時に起きていくと、妻が朝食のスクランブルエッグを焼いており、三人の子供達が暖房をつけたリビングで着替えていた。

特に大きな事件があったわけでもない平凡な朝、NHKのニュースはどこか間延びした感じで、とりたてて印象に残るようなものはなく、広げた新聞はそれほど重要とも思えない記事で埋まっていた。

予感めいたものは何もなかった。前触れもなければ、どこかの親切な人から連絡があるわけでもなく、ただ赤松が感じたのは、いつになったらこの事態が打開できるのかという漠然たる閉塞感のみだ。それは事件以来変わらず赤松にこびりついている、重く錆《さ》び付いた扉のような不快な感情だった。

ここ数日で動きがあったといえば、予想していた通り、東京ホープ銀行の預金と融資とが相殺されたことぐらいだが、いまさら、そんなものに動ずる赤松ではなかった。

世に借金取りだの債権者だのというと、マチキンの厳しい取り立てを想像してしまうのだが、債権者としての銀行の方法論は、いざ直面してみると「返せ」という電話一本かかってくるわけでもない。そのくせ勝手に定期預金を相殺したり、配達証明付内容証明郵便というデパートの過剰包装のような手続きで、勿体《もったい》をつけて知らせてきたりするのみである。

はるな銀行に指定口座を変更するという事前の準備が奏功し、入ってくる売上まで相殺されずに済んだのは良かった。もし、そうしていなければ、今月末にも赤松運送は資金繰りの窮地に直面するところだった。

ホープ自動車から連絡はない。だから、無視しているのか、対応を検討しているのか、その辺りのことはわからない。

同様に港北警察署の捜査動向というやつも、赤松のところには全く洩れてはこなかった。高幡がその後なにをどうしているのやら、勿体をつけているわけではあるまいが、一切のことを知らせては来なかったからだ。

「わざわざリストと虚偽報告書を持って行ってやったのに」

高幡の愛想の無さと、不信を露わにした面を思い出した赤松は、史絵が淹《い》れてくれた熱いコーヒーを飲みながら顔を顰めたが、考えてみれば捜査の進捗《しんちょく》状況について逐一報告してくるような男とも思えない。

まったくもって、期待はしても頼りにはできないものばかりだ。

朝の八時半に家を出た赤松は、一件、近場の取引先に直接向かって仕事を済ませ、出社したのは昼前になった。

待っていたのは、一通の手紙だった。

差出人は横浜地方裁判所。開けてみると、柚木が起こした訴訟に関する公判日程の知らせだった。訴訟を起こしてきた柚木に対して腹は立たない代わり、赤松の気分は重りでもつけられたように感情の深海へと沈んだ。

どれだけ誠意を見せても、頑なな柚木の前にそれは粘土細工のようにぐにゃりと歪み、形を成さなくなってしまう。

どうしたらいいんだ、俺は。

そうひとしきり懊悩するものの、結論が出ないのもいつもと同じ。拳を額に強く押しつけ、深い谷底から吐き出されてきたかのごときため息をついていると、社長室のドアがノックされた。

宮代が顔を出して、社長、といった。

「どうした」

その表情が微妙に歪んでいるのを見て、赤松はきいた。古参の専務は口をもごもごさせたが、言葉は出てこない。そして、赤松がなんだと思う間もなく、慌ただしく社長室に入ってくると、テレビのスイッチを点けた。

正午のＮＨＫニュースだった。

旧型テレビのブラウン管が像を結びはじめる。

「こ、これ――見てください、社長」

弁当を食っていたのか宮代の口から米粒がいくつか飛び出した。刹那、アナウンサーの発した、「ホープ自動車」という言葉に、赤松は横っ面を張られたように視線を振る。

そこに赤松も知っている建物が映っていた。ホープ自動車本社ビルだ。そこから段ボール箱を抱えて出てくる捜査員の姿が大写しになる。

「今日午前、神奈川県警と港北警察署は、道路運送車両法違反の疑いでホープ自動車を家宅捜索し、現在も捜索が続いている模様です――」

赤松の中で、何かが弾け、視界は音もない銀白に塗り固められた。無数の微粒子が物凄いスピードで飛び交い、過ぎ去っていくと再びテレビ画面とアナウンサーの声が戻ってくる。

「ホープ自動車は、同社製車両による事故調査のデータを捏造《ねつぞう》して国土交通省に報告していた虚偽報告の疑いがもたれています。昨年十月、横浜の路上で起きたホープ自動車製大型トレーラーの脱輪による母子死傷事故についての事故原因についても、ハブの構造上の欠陥を隠蔽し、事故の原因を偽って報告した疑いもあり、捜査本部では業務上過失致死傷も視野に入れて捜索しています」

社長、社長……。

自分を呼ぶ声は、次第に大きくなって赤松を現実に引き戻した。血走った目を向け、いまや何をどう考え、リアクションしていいのかわからなくなっている赤松は、ただ呆けたような宮代の皺の寄った顔を視界の真ん中に据えるしか能が無くなっていた。

宮代が何かいった。涙とこみ上げてくる嗚咽《おえつ》で、何をいってるのかわからなかった。

ドアが開いて、社員達がなだれ込んできたのはそのタイミングだった。

立ちつくす赤松を囲んだ男達の中から、「よっしゃあ！」と雄叫びが上がった。門田だ。

茫然として何も考えられなくなっていた赤松の胸に、熱いものがじわりと沁みてくる。自分でもコントロール不可能な感情の奔流がたちまちに押し寄せ、頬を膨らませて唇を噛む。

涙で霞み始めた視界の中に、社員達の笑顔が並んでいた。

「ありがとう、みんな」

そういうのがやっとだった。「この野郎、泣く奴があるか、門田《モンタ》」

笑いが起こった。泣いているのは門田だけじゃなかった。宮代が泣き、整備課長の谷山は誰憚《はばか》ることなく号泣し、ちょうど昼飯に戻ってきていた鳥井の目は真っ赤だ。

「社長！」

恥も外聞もなく大泣きしている門田が涙ながらに食ってかかった。「社長も泣いてるじゃないっすか！」

「うるせえ！」

赤松はいった。「俺は泣いてない。笑ってるんだ。お前らと一緒にいられることがうれしくて、それで――」

社長が好きだから、みんなこの会社に残ってるんですよ――。

いつか宮代がいってくれた言葉が赤松の胸を衝くと、もう涙を堪えることはできなかった。

涙で霞んだ視界を上げた。急逝した父、赤松寿郎と母、二つ仲良く並んだ遺影がこっちを見下ろしている。

親父。おふくろ。心配かけて悪かったな。

赤松は心の中で詫びた。だが、もう大丈夫だ。俺はこいつらと一緒に闘っていく。

赤松は社員達に向かっていった。

「俺は、お前らと一緒に仕事ができて心から誇りに思う。ありがとうよ！」

第十一章　コンプライアンスを笑え！

1

「家宅捜索はその後、どんな状況ですか」

日本橋にある小料理屋だった。慌ただしく社用車で乗り付け、すでに来て待っていた狩野との挨拶もそこそこに、巻田はきいた。料理は、まだ向付《むこうづけ》の肴《さかな》も出ていない。取引先幹部との食事なら普段話術も巧みでそつのない巻田だが、さすがにこのときばかりは悠長《ゆうちょう》な世間話などしている余裕は無かったらしい。

あらかた予想していたとはいえ、家宅捜索の衝撃は小さくなかった。ホープ自動車の株価は年初来安値を更新、テレビの報道番組や新聞では連日、道路運送車両法違反、さらに業務上過失致死傷で起訴されるだけの証拠が挙がる、いやすでに挙がっているなどという憶測《おくそく》を垂れ流している。

「何も出やしませんよ」

狩野は、懸念《けねん》を口にしたホープ銀行専務に不敵な笑いを浮かべてみせた。

「家宅捜索にきた刑事にもそういってやりました。まったくけしからん話だ。虚偽報告だなんてとんでもない、とね。まもなく神奈川県警の誤認捜査で幕引きしますよ」

「今後のシナリオはどうです」

巻田はきいた。神奈川県警の家宅捜索をかわすだけでは、ホープ自動車が抱えている問題は解決しない。ブランドへのダメージ、顧客離れは容易に解決できない懸案に見える。第一、家宅捜索を乗り切ったとしても、構造に問題のあるハブを搭載した車両はまだ公道を走行しているのであり、いつ何時、同様の問題が噴出しないとも限らない。

「少々専門的な話になるが、旧来のA型から現行のF型まであるハブのうち、強度不足が問題になるのはD型までです。すでにA型からC型までの車両は老朽化しており、登録台数は少ない。D型についてもあと数年から一年で大半が代替わりするでしょう。クラッチハウジングについても、新しいものについて不具合は出ていない」

「それだけ、技術的に進歩されたということですか」

「その通り」

狩野はうなずいた。「現在直面している問題を解決する最善の方法はつまり、何もしないことです。形あるものは滅びる。トラックとてまた同じ。D型ハブを搭載した車両がなくならないにせよ、古くなれば構造的欠陥が原因だということはできなくなる。その間には当社は体制を立て直しているでしょうし、全ては時間が解決してくれるというわけです」

「何年、必要ですか、それまで」

「三年。三年経てば、この問題はまったく意味をなさなくなる。我が社の障害は完全に消え失せ、眼前には雲ひとつ無い青空が広がっているでしょう」

「それは頼もしい。ひとつよろしく、狩野さん。何しろ、当行としても御社に回復していただかないと大変困る。いまおっしゃった将来の明るい見通しは大きなプラス材料だ。例の運転資金の件もありますしね」

「実はそのことなんですが」

狩野は身を乗り出すと、単刀直入に本題を切り出した。

「今回の家宅捜索の影響が一時的にではありますが業績を押し下げることになりそうです。業績の悪化がさらに株価を押し下げる要因にもなりますし、この局面において財務面に問題が無いことを市場にアピールする必要があるかと。さらに総合的な支援ということでお願いできないでしょうか。実は、同様のお話を重工と商事にも持ち込んでおります」

巻田は表情を強張らせた。

「どのくらいの規模を考えていらっしゃるんですか」

「二千億円」

巻田は黙って狩野を見た。強面《こわもて》の巻田は、百戦錬磨のビジネスマンであり、数多《あまた》の修羅場をくぐってきた経験と知恵がある。ちょっとやそっとで驚くことは滅多にないが、このときばかりは言葉を失った。

「驚かれましたか」

「いや、そういうわけではない」

負けず嫌いの巻田は否定してみせた。「実現可能性というか、実現までのプロセスをどうしたものかと思いましてね。ホープ自動車さんから三社に対して、内々個別の支援要請されたのは結構でした。当然、重工さん主導ということになるでしょうね」

「これはホープグループへの協調支援要請です。さきにお願いしていた運転資金のように銀行さんだけにお願いしているわけではありません。であれば巻田さんの行内でのコンセンサス作りも容易になるのではないかと存じますが」

「おっしゃる通り」

そして口を噤んだ巻田は、「支援割合はどのようにお考えですか」と気になっていたことをきいた。

二千億円どころかその十分の一の支援稟議で揉める東京ホープ銀行の内情を考えた場合、この協調融資で、必ず問題になるのは負担割合だ。

「それは話し合いで決めていただくのが本筋ですが、落としどころとしては、重工が半分、あとの半分を銀行と商事でということになるかと」

五百億円だ。

巻田は考えた。五百億――。それだけの資金援助をするのに、協調融資という形でなら行内をまとめることができるか。純粋な与信判断ではなく、政治判断となれば。だが、簡単な話ではない。狩野とてそれは重々承知のはず。つまりは、一時的とはいってみたところで、それだけ足元の業績が悪いということだろうと、巻田は機敏に察した。

「販売の落ち込みはどのぐらいの予測ですか」

「前期比で三割程度になるかと」

巻田は息を飲んだ。そんなに――。刮目《かつもく》し、鼻腔《びこう》を膨らませた男は、直視してくる狩野から視線をはずし、天井の照明を反射させているテーブルの上へと視線を投げた。

「是非、グループでの協調支援に賛同していただきたい」

「ええ、もちろんです」

潰すわけにはいかないからな、という一言を巻田は思い浮かべながらこたえた。

あの四年前の不祥事以来、ホープ自動車支援は、巻田が銀行員生命を賭した与信といってもいい。

だが、東郷頭取以下、役員にはホープ自動車の再生計画に一抹《いちまつ》の不安を抱いている向きも少なくない。国内与信担当専務の肩書きとかつての実績を背景に、役員会の不協和音を強引に取りまとめてきたのはひとえに巻田の手腕だ。

反面、もしホープ自動車が再生計画を逸脱し、債権回収に支障を来すようなことがあれば、ホープ自動車支援を積極的に推進してきた巻田の立場は危うくなる。

乗りかかった船。ここで止めるわけにはいかない。

「いかなる事態になろうと、グループ企業を救済し共存共栄を図るのはホープの総意ですから」

巻田は自分に言い聞かせるようにいい、充実した表情で狩野がうなずく様を、表情とは裏腹な無機質な視線でながめた。

2

「三社で二千億円？」

その日、ホープ自動車社長岡本平四郎による東郷頭取訪問の理由を知った井崎は、驚きを隠せなかった。

「それぐらい、家宅捜索のダメージが大きいということだろう。それでも、二千億円あれば立ち直ることができるという話だった」

ホープ自動車からは岡本と狩野、これに対して頭取の東郷他、巻田専務と濱中部長、紀本が出席し、要請の具体的内容について概略を聞いた。

「重工、商事とトップ会談で、支援内容の大枠を決める。その後の事務手続きを我々で至急詰めろとのことだ」

「二百億円の運転資金で揉めていたというのに、ですか」

思わず不満を口にした井崎に、「非常事態だ」と紀本は一言釘を差した。

「ホープ自動車を潰すわけにはいかん」

それにしても、ここまでの支援額に膨らむとは。家宅捜索以後の販売不振についてはマスコミの報道に接するまでもなく担当者の三浦からも聞き及んでいる。その下落幅が予想外に大きいということは井崎も摑《つか》んでいた。この申し出には、この機に乗じて、向こう数年の資金繰り懸念を一掃しようという考えも透けて見えた。果たしてそれでいいのか。

「頼むぞ、協調融資という政治判断であれば、我々の異見を差し挟む余地もない。事務方に徹しろ、井崎」

もう何も反論する気にもなれずに紀本の前から下がってきた井崎は、ホープ自動車の三浦に電話をかける。

「ややあ、井崎さん。どうですか、ウチの申し出、前向きに検討していただけそうですかね」

とても〝非常事態〟とは思えぬ明るい声で三浦はいった。

「伺いました。大筋が決定次第、具体的なことについて詰めさせてください」

「そうそう、そう来なくちゃ。銀行さんっていうのは本来そういうものですよ。取引先をコケにするもんじゃない」

三浦は言いたい放題、家宅捜索の話題を振ると、吐き捨てた。

「どうなるも何も、迷惑な話ですよ、まったく。何にも出るわけがないじゃないですか。ウチはまったくのシロなんですから。本当に今回のことは、神奈川県警に損害賠償請求したいぐらいだと狩野もいってます」

まったくねえ、と三浦は嫌味も忘れなかった。「井崎さんはウチのことを犯罪企業呼ばわりしていたから、さぞかし残念だと思っているんでしょうけど。これでわかったでしょう。あなたがいっていたことなんか、根も葉もない濡れ衣だったんですよ」

本当に何も起きないまま、事態は収まっていくのだろうか。三浦との電話を終えてもそれが俄《にわか》には信じられず、榎本の携帯にかける。ためらいはあったが、きかずにはいられなかった。

「何か用か？」

何度か電話が鳴り続け、留守電に切り替わる寸前だった。

「すまん。仕事中か」

きいた井崎に、「いや。どうぞ」と榎本はそっけなく応じる。

「もし差し支えなければ教えてくれないか。ホープ自動車の件、神奈川県警の動きはどうなってるんだ」

返答があるまで、何秒かの間が挟まった。家宅捜索の翌週、『週刊潮流』はおそらくは予定していたトップ記事を差し替えて、ホープ自動車の欠陥隠しをすっぱ抜くスクープを出した。それはおそらく榎本が取材してきたものをまとめたものに違いなかったが、おかげで同誌は飛ぶように売れ、井崎が買いに走ったときには三軒本屋を回らないと手に入らないほどの売れ行きだった。『週刊潮流』はいまや、ホープ自動車追及の急先鋒《せんぽう》だ。

「正直、難航している」

榎本はこたえた。

「手がかりが出なかったということか。ブツは押収したんだろう」

「した。どえらい量の捜査員がわんさかパソコンやら何やら持ち帰ったさ。それでも出ない」

「どういうことだ」

「遅きに失したのさ」

榎本は声を押し殺した。「ホープ自動車内で証拠隠滅が徹底されていたらしい。狩野常務あたりがかなり暗躍したってところかな。なかなかのもんだ」

「このまま出ないまま終わる可能性は」

「それは俺にもわからない。ただ、可能性はあるだろうな、正直なところ」

榎本がそういうからには、よほど捜査が袋小路に彷徨い込んでいると見える。

「そっちは何か動きはあるのか。聞くばっかりじゃなくて、教えろよ」

逆に榎本にきかれ、「特にはない」と井崎は言葉を濁した。

利害関係が対立する陣営同士、情報はギブアンドテークだといいたいのだろう。

返事の代わりに榎本が送りつけてきたのは沈黙。井崎の返事が不満なのだ。

「何かあるだろうよ。話しても良くなったら、まっさきに俺に教えてくれ。約束だぞ」

そこで電話は切れた。

3

家宅捜索で押収した書類やパソコンが所狭しと積み上げられ、まるで倉庫のようになった捜査本部の片隅で、高幡は焦燥感を募らせていた。

道路運送車両法違反として送検するためには、すくなくとも組織的かつ意図的に虚偽報告が指示された証拠を挙げなくてはならない。組織的な隠蔽、重大事故につながる欠陥が放置され、国交省に対して虚偽報告をしてきた経緯まで明らかになれば、被害者柚木妙子と長男が死傷した事故において業務上過失致死傷を問うことも可能になるはずだ。

あれだけの組織だ。役員、品質保証部、研究所、さらに製造部まで家宅捜索すれば、証拠を握るのはたやすい——。そう考えていた。だがいま、それが甘かったことが徐々に明らかになってきていた。

そしてこの家宅捜索では、高幡に衝撃を与えるある事実が判明していた。

捜査本部にとって最大の焦点である母子死傷事故で、容疑の決め手になるのではないかと考えていた赤松運送のハブがすでに廃棄されていることが判明したのだ。

裁判沙汰の部品を廃棄することは常識の外である。これこそ証拠隠滅の最たるものだが、たとえ赤松との裁判に負けても、世間の関心が高い母子死傷事故の責任を明確にされるよりは「安上がり」だという判断なのか。

廃棄の事実は、何人かの研究員に任意で事情聴取をかけて確認した上、先ほど赤松に電話で伝えた。

赤松が受けたショックのほどは受話器から生々しく伝わってきたが、高幡はそれにかける言葉を見つけることはできなかった。

少しでもホープ自動車を追い詰める「何か」を摑んでいたのなら、赤松への応対も違っていたかも知れない。だが、捜査員総出で押収品を調べ上げたにもかかわらず、現段階まで欠陥放置どころか虚偽報告に関するいかなる証拠も見つかっていない。

「そんなはずはない。どこかにあるはずだ。もう一度目を替えて見直ししてみろ」

一通りの検討を終えていまだ〝空手〟の捜査会議で、長瀬の檄《げき》が飛んだのは今朝のこと。ネジを巻き直し、手を変え、品を替えての作業が再開されたが、いまや捜査本部に充満する焦燥感は如何《いかん》ともし難い。

押収したパソコンのスイッチを入れ、貼り付けられた紙切れに前閲覧者である捜査員名の横に自分の名前を書き入れて起動を待つ間、高幡は狩野とのやりとりを生々しく思い出していた。

家宅捜索に入った直後、ホープ自動車にある狩野の執務室でのことだ。このとき、虚偽報告容疑を指摘した高幡に対し、強硬に「錯誤」を主張した狩野は、警察の勇み足だと正面から反論してきた。

その態度の傲慢《ごうまん》さ、罪を認めぬ狡猾《こうかつ》さ、ふてぶてしさ。高幡は怒りを覚え、「いまに見ていろ」という思いを幾度嚙みつぶしたか知れない。

「どうして家宅捜索になったか、わかりますか、狩野さん」

そうきいた高幡に、狩野は「さあね」と、首を傾げてみせた。狩野は応接用の肘掛け椅子に深々とかけ、センターテーブルを挟んで高幡、吉田と対峙《たいじ》している。そのテーブルに、高幡は北陸ロジスティックスの報告書を置いた。

狩野は顔色一つ変えなかった。

「昨年八月十日付の国交省宛報告書です。事実を歪曲し、本来対処すべき問題があるにもかかわらず、それを隠蔽すべく内容を偽った報告だ、これは」

「冗談じゃない」

狩野は眉間に皺を寄せ、嫌悪感も露わに吐き捨てた。「その内容については私も報告を受けているが、単なる錯誤でしょう。いま修正報告を作成しているところなのに。そういう社内の動向を無視してこういうことをされては困る」

「修正？」

高幡は目を細めた。「いつそれをお知りになったんです」

「先月かな。担当から報告があった」

「どなたから？」

「品証部の管轄だから、一瀬部長代理あたりだろう。一々覚えちゃいないよ、そんなもの」

そんなもの。狩野は報告書をそう切り捨てた。

「何をどう錯誤していたというんですか。間違えた理由はなんです」

「そんなところまで関与していません、私は」

苛立ち、きっぱりと狩野は突っぱねる。「忙しいんだ、私は。あんたには想像もつかないぐらいにね。ある程度のことは部下に任せるしかない。組織とはそういうもんだ。一匹狼の刑事にはわからないかも知れないがね」

「この報告書のどこが虚偽なのか、わかりますか」

狩野の嫌味を無視して高幡はきいた。返事はない。

「経年した車体ではなく、この事故車両はほとんど新車だったんですよ、狩野さん。いくらなんでもそんな錯誤があるわけがないでしょう。新車でこうした事故が起きればリコール対象になる。それを知っていて、こうした虚偽報告をしたんじゃないんですか」

「予断でしょ、それは」

ホープ自動車の品質保証のトップは真っ向から否定した。「人間なんだから、どんな錯誤だってあり得る。どんな大企業でも、報告書をまとめるのは人間なんだ、刑事さん。であれば、そこにある程度の錯誤が含まれるのは致し方ないことなんだよ」

「錯誤にしては不自然すぎます」

高幡は続けた。「車体のことだけじゃないんですよ。いいですか、プロペラシャフトの脱落事故は極めて稀な破損だという主張は完全な嘘だ。お宅の車両は、何件も同様の事故を起こしている。それを把握していなかったとはいわせません」

「プロペラシャフトの脱落事故そのものはあったかも知れない。だけど、問題はなぜプロペラシャフトが脱落したかということじゃないか。ここで担当者がいっているのは、当社の責に帰すべきプロペラシャフトの脱落事故は無かったと、そういう意味だ。これはもう国語力の問題としかいいようがないですが。刑事さんにそういうレベルを求めるのは無理かも知れないがね。やれやれ。公権力を笠にきて、こんなことをされては本当に迷惑至極だ」

いかなる問いかけにも、狩野はまったく動ずることはなかった。むしろ、真っ向から高幡と対決し、侮辱してきた。それは忘れがたい怒りとなって、いまも高幡の腹の底で燃え続けている。

高幡は、品質保証部の名簿から、立ち上げたパソコンの所有者の名前をチェックし、酷使して痛む目でドキュメントファイルをくまなく閲覧し始めた。パソコン一台のファイルを捜索するのに二、三時間はあっという間に過ぎていく。あらゆるドキュメントに目を通した上で、「ハブ」「欠陥」「国土交通省」「国交省」「報告書」「摩耗」「事故」「整備不良」などの、あらかじめ捜査当局で拾い上げた数十のキーワードで検索をかけるのだ。肩は凝《こ》り固まり、腰痛まで悪化しそうだ。

「どうだ、タカさん」

睡眠不足で充血した目を擦《こす》りながらパソコンの画面を睨み付けている高幡に、課長の内藤が声をかけてきた。

返事のかわり、無言で首を横に振る。

内藤は空いていた隣の椅子を引いて腰を下ろすと、シャツの内ポケットからタバコを出した。点火して灰皿を引き寄せる。鼻と口からもわりとした煙を吐き出し、捜査本部の虚空にぼんやりと視線を投げた。

「綺麗すぎるな」

内藤の言葉は鋭く真理をついてくる。「ガサ入れを予想して相当前もって対策を講じていたんだ、これは」

高幡は、不機嫌に黙り込んだ。

「そんな怖い顔すんな、タカさん」

内藤は笑い皺のできた目尻を下げる。しかし瞳は笑っていない。高幡を通して、まっすぐにホープ自動車を見据えている目だった。

「人間がやることだ。どっかに穴はあるさ」

だが、その日も、捜査本部が沸き返るような発見は無かった。次の日も。さらにその次の日も――。

焦燥が落胆へと変わり、捜査員の表情から活力を奪い取っていく。目の前にあるのは重苦しく寡黙な重労働であり、極度の疲労だ。

何か出てこい。何か――。

だが、その「何か」は押収資料をどれだけ探しても出てはこなかった。

ホープ自動車が家宅捜索を覚悟して万全の対策を講じていたとしたら、野球でいえば満塁策に近い。だとすればそれは奏功し、捜査本部はいま、カウントはツーナッシングにまで追い込まれたも同然だ。後がない。

4

受話器を置いた赤松は愕然とし、社長室の椅子にかけたまま天井を仰いだ。

「高幡刑事はなんと？」

電話でのやりとりをうかがっていた宮代がきいた。

「ウチのハブが——廃棄されていたらしい」

一瞬息を飲んだ宮代の表情に、怒りが浮かんだ。

「返却を求めている部品を廃棄したというんですか、ホープ自動車は」

「証拠になるからな。隠滅したんだろう」

鋭い舌打ちとともに老番頭は怒り心頭の表情で顔を強張らせた。赤松は席を立ち、宮代がかけているソファの向かいの椅子に体を投げる。

今まで積み上げてきたものが崩壊したような衝撃を受けた。

一体、今まで俺がやってきたことは何だったのか？

度重なるホープ自動車との交渉。無視され、振り回され、莫迦にされつつも粘り、食い下がり、社員と会社と、そして家族の名誉のために闘ってきた。いつ逮捕されるかも知れない恐怖と取引先の離反、倒産の危機。自分の手で事故を一件ずつ当たり、愚直に全国の運送会社を回って歩いた日々――。

それなのに、この結末はなんだというのだ。

「何を考えているんだ、ホープは。無茶苦茶だ」

宮代は怒りで蒼ざめていた。

「研究所の所員には知らされてなかったそうだ。それで通常の手続き通りに廃棄処分にしたと説明しているらしい」

「それを信じるんですか、警察は」

宮代はくってかかる。

「信じてないだろ」

赤松は虚ろにこたえた。「だが、反論するだけの証拠もないらしい」

「なんてこった」

宮代は前屈みになると両手で頭を抱え、そのまま動かなくなる。

「いまさらいっても仕方の無いことだが、遅すぎたな――家宅捜索が」

それは高幡にもいったことだった。

遅すぎたんだよ、高幡さん――。そういった赤松に、高幡の返事は無かった。

その沈黙が、全てを物語っていた。

「でも、ウチの部品は駄目でも、欠陥隠しの実態は捜査で明らかにされるんじゃないんですか。高幡刑事はそのこと、何かいってませんでしたか」

宮代は何らかの光明を求めて顔を上げる。答えるかわり、赤松の目は壁にかかっているカレンダーに流れていき、先週の家宅捜索から無駄に過ぎていった日々を確認した。

「捜査中の一点ばりだ」

「もし、ホープ自動車から手がかりらしいものが出なかったら。そのときにはどうなるんだろうか、社長」

赤松は首を横に振った。わからない。おそらく、高幡自身も、明確な答えを持っていないだろう。

「これ以上、何か我々がやれることはないのかな」

宮代が苦悩している。赤松は自分以上に落ち込んでいる専務に同情する視線を送り、もう何もない、といった。

「やれることはみんなやったよ、宮さん」

あとは警察の捜査に期待するしかない。

「そうですか……」

宮代の視線が足元のカーペットへと落ちていくと、社長室に重たい沈黙が訪れた。

椅子の背もたれに体を預けた赤松は顔を上げ、父の遺影を見つめる。

力を貸してくれよ、オヤジ。

やけにまじめくさった顔に心の中で告げた赤松は、そっと瞑目《めいもく》し祈る。

「おかえりなさい。——どうしたの？」

迎えに出た史絵は、赤松の表情を一目見るなり表情を曇らせた。

「ウチの事故、立証ができないかもしれない」

「どうして？」

高幡から伝えられた内容をそのまま話して聞かせると、史絵は両手で口の辺りを覆い、眉を八の字にして悲痛な表情を作った。

赤松はキッチンへ行き、冷蔵庫から出してきた缶ビールのプルトップを抜く。コップは使わず、そのまま喉に流し込んだ。アルコールを流し込めばこの重苦しさも少しは改善するかと期待したが、何も変わらない。

「こんなときだけど、明日のこと覚えてる、あなた」

ああ、と赤松は短くこたえた。ＰＴＡの臨時総会。片山たちが提案したその会は、土曜日の朝十時から、尾山西小学校の体育館で開かれることになっていた。

警察がホープ自動車へ家宅捜索に入ったとき、喜びとともに赤松の胸に去来した様々な思いの一つに、「これで臨時総会も乗り切れるな」という安堵も混じっていた。だが——。

「明日の総会で女王蜂は会長に立候補するらしいわ」

わかっていたことだが、史絵の口調は悔しさよりも虚しさに近い。そうか、と応じた赤松は、

「要するに、俺をクビにするところまではシナリオができてるってわけだ」と投げやりにいう。

「どうするの、あなた」

赤松は、遅めの夕食に手をつけつつ、ぼうっとした視線を目の前の虚空に投げた。

「どうもこうもない。生徒の保護者にしてみれば、刑事事件の容疑をかけられている人物が会長職にとどまっているのはどうかと思うだろうしな」

赤松のいわんとすることを悟った史絵は悲しげな眼差しを向けてきた。

「辞めて欲しくない、私。それに女王蜂が会長になるほうが余計迷惑よ。それはみんな思ってるはずよ」

赤松は箸を置く。食欲は無かった。

「それが総会で承認されるのなら仕方がないじゃないか。現に百人を超える署名が集まった。多数決で俺より女王蜂が選ばれる。結構なことさ」

「違うのよ」

史絵は思いがけないことをいう。「みんなあなたを否定して、女王蜂を選ぼうと思ってるわけじゃない。ただ、事実を知る場が欲しいと思ってるだけよ。事件の経過をきっちり説明してくれたら納得する——そういってる人もいた。あなたに不満だから署名したんじゃない。それはわかって欲しい」

赤松はアルコールで湿った吐息を洩らした。

人生が海図の無い航海だというのなら、いまはまさしく座礁《ざしょう》する寸前だ。

この十年間、社長として赤松はひたすら働いてきた。いや、闘ってきた。大企業にいるときに周囲を囲っていた見えないバリアが取り払われ、世の中の荒波と強風がまともに吹き付ける中、大型客船から帆船に乗り換えたようなものだ。生きることとはこういうことかと思った。その厳しさを認識こそすれ、嘆く暇も恨む余裕もなく、ただ、ひたすらがむしゃらに、無骨に、帆走してきたのだ。

その結果がこれだ。人生とは虚しい。

冷えた体育館に暖房を入れ、集まりだしたPTA役員たちと共に、自分も設営を手伝った。

十五分ほど前からぽつぽつと保護者が集まり始めた。その数は事前の予想を遥かに上まわり、たちまち準備した三百席が満杯になる。急遽《きゅうきょ》、五十席ほど追加したが、それでも立ち見が出るほどの皮肉な盛況ぶりだ。

倉田が前方のスタンドマイクの前に立って開会を宣言したのは、午前十時五分。赤松の会長職の是非を問う臨時総会は五分遅れでその幕を開けたのであった。

保護者席の最前列にいて、ド派手な黄色いスーツ姿の片山淑子が、待ってましたとばかり、最初にマイクの前に立った。

「片山です。最初に、私が提案いたしました臨時総会開催案に多数の方がご賛同いただいたことに、感謝したいと思います。今まで草の根で様々なことを申し上げてきたことが、ようやくこうした形で日の目を見たんだなと、とても感動いたしました。また、百二十名もの署名はあったとはいえ、自らの責任を認めて、臨時総会を開くことに同意した赤松会長にもお礼をいうべきかも知れませんわね」

女王蜂は、勝ち誇ったような視線を赤松に向けてきた。「私達がこの臨時総会を要求した目的は改めてご説明する必要もないほど単純明快です。保護者の代表者であるPTA会長が刑事責任を問われているという前代未聞の状況の是非をここで問い、必要とあらば改善していこうという、ただそれだけのことです。いかがでしょうか、皆さん」

自分が座っていた周辺から湧き上がった拍手に、片山は満足そうな笑顔を見せた。

「それでは、赤松さんからご自分のことをお話しいただくというのも問題があると思いますので、今までの経緯について真下さんから報告していただきたいと思います」

少々緊張した面持ちの真下が出てきた。

片山に代わってマイクの前に立った真下が読み上げたのは、昨年十月に起きた母子死傷事故から現在に至るまでの経緯である。整備不良というホープ自動車の見解、家宅捜索、赤松に対する被害者の訴訟——。

ホープ自動車への家宅捜索は無視。自分たちに都合のいい事実だけを並べたて、都合の悪いものは伏せておく作戦らしい。

その後再び立ち上がった片山は、刑事事件の容疑者となっている者がＰＴＡ会長では子供に説明ができない、社会的に疑問だという件《くだん》の主張を展開した。

臨時総会は片山の毒気にやられ、まさに独演会の様相を帯び始めている。誰も口を挟む者はなく、一方的な赤松批判を展開する片山を止める者もいない。

片山の演説は十五分ほども続いただろうか。ようやく女王蜂がマイクを離したとき、気の毒そうに眉を八の字にした倉田から、「それでは赤松さん、お願いします」と声がかかった。

眉を顰め、母親同士でひそひそやりあっているグループ、腕組みしてきつい眼差しを向けている父親。百二十人もの署名が集まったのだから、赤松に対する批判もそれだけ存在していることはあらかじめわかっていたが、矢面に立つのは辛いものがあった。

さらに、その保護者達の最後尾、立ち見で並んでいる人の中に史絵を見つけて、赤松は表情を曇らせた。

来るなといってあったのに……。俺が罷免《ひめん》されるところなんか見ても惨めになるだけだぞ——。

史絵はいま、両肩を抱くようにして、心配そうな顔をこちらに向けている。

赤松は、事故時の状況とその後の交渉、さらに係争に至った経緯についてかいつまんで説明した。淡々と二十分近くも話しただろうか。

会長職に未練があるわけではないのだが、「俺のことをやっぱりあなた方も犯人扱いするんですか」と問いたい気持ちに駆られる。

倉田が困惑したような表情を浮かべていた。片山に対して真っ向からの反論を期待していたのかも知れない。それは考えないことはなかったが、いまこの場で自ら無罪を主張して何の意味がある？　そんなことをすべき場だとも思えない。ここは法廷ではない。何よりもう、赤松にはそこまでの忍耐も、執着もなくなっていた。

倉田が会場に視線を戻した。

「いまの赤松会長のお話について、何かご質問、あるいはご意見はありませんか」

刹那静まりかえった場内で、挙手があった。

片山だ。

「採決でというのではなく、ご自分で辞任される意思はないんですか」

隣の真下らとりまきが大きくうなずくのが見えた。

「私から辞任はしません」

赤松は刹那、言葉を飲み込んだ。「私はこの事故処理を通じて、会社、社員やその家族、そして私の家族の誇りのために闘ってきました。いまもそうです。皆さんの採決によって、疑わしいから辞めろというのなら、辞めます。でも私からは辞めません。私を支え、信じてくれている大勢の人達の気持ちを受け止めている立場として、辞めるわけにいかないんです」

きっ、となった片山は反論する。

「こうして皆さんに迷惑をかけたんですから辞任するのが当然じゃないですか」

間に挟まった倉田は当惑し、再び赤松に発言を求める。だが赤松は軽く首を振っただけでもう取り合わなかった。

「なんだかんだいったって、会長職に恋々としていらっしゃるんじゃないんですか！」

片山はわめき、「どう思います、皆さん」と会場を振り向く。

片山は同意の拍手を期待したかも知れないが、反応はまちまちで、微妙な空気が流れた。ここにいる人達は、赤松を否定しようとして来た人ばかりではないという史絵の言葉をふと思い出す。それは、片山にとっての誤算でもあったはずだ。

「ちょっとよろしいですか、校長」

挙手したのは、さっきから赤松に厳しい眼差しを向けていた父親だ。

「六年一組の小村《こむら》です。私も今回の臨時総会開催の要望書に署名しました。そのときには、事情がよくわからず、赤松さんが交通事故の責任逃れをしているだけだろうと思っていました。ですが正直、いまは別な印象を持っています。先ほど真下さんから事実経過の発表がありましたが、肝心の、ホープ自動車が家宅捜索されたことが入っていませんでした。赤松会長もご自分のことではないのでお話はされなかった。でも、それではここにお集まりの皆さんがミスリードされる可能性があると思いますので、指摘させてもらいます」

真下があたふたして立ち上がったが、何か話す前にマイクを奪い取ったのは片山だった。

「私たちは赤松さんの責任について話をしているんですよ、小村さん。ホープ自動車は関係ありません。それにホープ自動車が家宅捜索されたからって、ホープ自動車に責任があるってことにはならないじゃないですか。赤松さんの会社だって家宅捜索されてることをお忘れなく」

つんとおすまし顔で勝ち誇った女王蜂に、再び小村が挙手で答えた。

「だったら、赤松さんにだって責任があることにはならないじゃないですか。あなた矛盾してませんか」

小村の指摘に、拍手が起きた。

矛盾点を突かれ、怒りと恥ずかしさで真っ赤になった片山は、いまにもヒステリーを起こしそうなほど過剰反応を見せる。

「あなた六年生の親ですわよね。じゃあ、あなたは交通事故で人を殺したかもしれない方が卒業式の晴れがましい席で子供達に挨拶をしてもいいっていうんですか！」

「あなたの話には根拠がありませんよね」

小村はうんざりした調子でいった。「少なくとも現時点で、事故の原因が赤松さん側にあると決めつけることはできないでしょう。同意見の方もいらっしゃると思いますけど」

片山の反論は執拗だ。

「刑事事件の容疑者がＰＴＡ会長をしているという異常事態を容認されるっていうんですか。子供たちのことを考えてください。交通事故を起こして私たちと同じ母親の命を奪いながら、それすら認めようとせず責任を回避しているような方がＰＴＡの会長だなんて、少なくとも私は子供に説明できません。それは皆さんも同じだと思います。こんな酷い話は聞いたことがありませんわ」

その狂乱ぶりにざわめいた会場の奥で手が上がった。二年生の副代表をしている神田恭子だ。片山の娘が頻繁にゲームをやりにくる山本電器店でレジのパートをしていた彼女である。

「学年副代表をしています神田です。私は昨年の四月から赤松会長と一緒にＰＴＡ活動をしてきましたが、とても信頼できる方だと思っていままで務めてきました。他の役員さんや保護者の皆さんにも同じ意見の方がたくさんいらっしゃると思いますが、どうですか？」

拍手。ありがとう、皆さん。赤松は心の中で礼をいった。こんなときに、仲間の温かさに触れられたことがうれしかった。

「一部のお母様方の間で、必要以上に赤松さんを責める意見がありますけど、赤松さんはどんなに忙しいときでも時間を作ってＰＴＡの活動を優先してくださいました。とても頼りになる方ですし、まず第一に信用できる方です。悲しい事故は起きてしまいましたけど、だからといって赤松さん個人を責める気にはどうしてもなれません。その事故について、整備不良が原因ではないと赤松さんは主張されてきました。単なる言い逃れだと先ほどからおっしゃっている方がいらっしゃいますが、ホープ自動車が家宅捜索されたいまでもそう言い切れるでしょうか。赤松さんは根拠もなく責任逃れをするような方ではありませんし、それは私たちが一番よく存じ上げていることです。すみません、なんかまとまらない意見で」

「あなたがどう思うかなんて、問題じゃないんです」

片山が再び立ち上がってマイクを握りしめていた。物凄い形相《ぎょうそう》で神田を睨み付けている。

「いいですか、赤松さんは現に被害者から訴えられているんですよ。もし、あなたがいうように信頼に足る、誠意に溢れた人であれば、なんでそんなことになるんです。しかも報道によると、あまりの誠意の無さに制裁的慰謝料を支払えという訴訟になっているそうです。それでも私たちのPTA会長としてふさわしい人だといえますか」

その後、何人かの質問や意見が相次いだが、そのたびに片山は執拗な反論を加えた。女王蜂の面目躍如だ。怒りが煮えたぎったが、訴訟についてここで弁明したところで、意味はない。赤松は黙って耐えた。

「片山さん――」

倉田が立ち上がり、今またマイクを握りしめようとする片山に声をかけた。「もうあなたの主張はよくわかりました。それ以上、おっしゃる必要はないんじゃありませんか」

それから会場に顔を向けた。「それでは採決に移りたいと思います。本日までに八十七名の委任状を頂戴しており、この方達はここでの採決に従う旨を確認しております。採決は信任投票です。先ほど入場されたときにお配りした無記名の投票用紙に、赤松会長の続投に賛成の方は丸印を、そうでない方は×印を付けて前方に設置した箱に投票してください。この場で開票し発表します」

投票が始まると会場のざわめきもあって、淀んだ雰囲気が流れ始めた。保護者席の横にあるPTA役員席で腕組みをしたまま、赤松は瞑目した。

ここで下される審判は、法的なものではない。しかし、ある意味世論ではある。赤松がどう思われているかという、リトマス試験紙だ。

投票は十五分程度で終わった。赤松を除く役員が五つある投票箱を回収し、開票していく。一つの箱に百枚程度の投票用紙しか入っていないから、集計が終了するまで十分もかからなかった。手際は良い。

ざわついていた会場が静まった。

ちょうど集計結果が倉田に届けられたところだ。メモ用紙を開いた倉田は、それをじっと見つめた。心持ちその横顔が緊張しているように見えた。

「ただ今開票結果が出ました」

静まりかえった体育館。倉田はそこで言葉を切り、全員の視線が自分に集まっていることを確認するかのように視線を上げる。手にしたメモの内容はまったくわからない。赤松は再び目を閉じた。

「赤松会長の続投に賛成の方、三百二十一名。反対の方、百七十名。よって、赤松さんには引き続き、会長職にとどまっていただくことになりました。ありがとうございます」

拍手が起きた。

赤松は、体育館の殺風景な天井を眺める。

微妙だな、と思った。

賛成票はうれしい。だが、百七十票の反対票をどう解釈していいかわからなかった。

まだら模様の結末は、いかにも今の赤松が置かれている立場を物語っているかのようだ。

会場の真ん前に陣取っていた片山が不機嫌極まれりの面容で、目の前の虚空を睨み付けている。

「そういうわけですから、赤松さん、引き続き会長さんをお願いできますか」

そう倉田が赤松に声をかけたそのとき、「校長」と声がかかった。

真下だ。

「それはちょっとおかしいんじゃないですか」

倉田は戸惑いを浮かべる。

「はて、おかしいというのは何がです」

「だってそうじゃないですか。確かに多数決でいえば赤松さんの続投という結果かも知れませんけど、違いますよね。百七十名の方が反対票を投じているという事実を無視するんですか」

会場のどこかで拍手が起き、様々な感情が入り混じった奔流が、赤松の胸の底にできた穴へと落ちていった。

「では、どうされたいんです」

倉田も困惑した声を出す。

「赤松会長に反対されている方の意見を汲み取れる仕組みを作ってはどうでしょうか」

真下は自らのアイデアに得意げな顔になった。その脇では片山が硬い表情で椅子にかけている。

「仕組み、ですか」

「そうです」

うなずいた真下は続けた。「赤松さんご本人もおっしゃっていた通り、まだ事件は解決していません。万が一、赤松さんが逮捕されることだって可能性としてはあるじゃないですか。ですから、赤松さんと捜査動向の行方を常に監視し、同時に、会長職としての職務遂行が正しく行われるかを監視するポストを設けてはどうかと思うんです」

会場内がざわめいた。

「あの失礼、真下さん――」

不可解な提案に倉田は首を傾げた。「監視するポストとおっしゃいましたけど、具体的にはどういうものを考えていらっしゃるんですか」

「オンブズマンです」

真下はいった。「赤松会長と現ＰＴＡのやり方に対して、お目付役をつけ、問題があればこのような臨時総会を提起する役職を設けるんです」

真下のいいたいことは明白だった。

片山をその役職につけ、赤松の仕事に干渉しようということだろう。あるいは、それに嫌気がさして赤松自身から辞めると言い出すのを待つつもりだろうか。

じっと考えた倉田は、「それはＰＴＡ組織に関わる問題ではありませんか」ときいた。

「そうです。でも、非常事態なんですから仕方がないじゃありませんか。今年度限りの特別措置ということならどうですか、皆さん」

あちこちからまばらな拍手が起きた。

「私はその役職には片山さんが適任だと思っています」

赤松は目を開け、嬉々《きき》とした感情を必死で堪え、お澄まし顔を作っている片山を見つめた。倉田が折れた。

「まあそういうことでしたら、皆さんの判断を仰いでみましょうか。何か異論のある方、いらっしゃいませんか。ではこれについては挙手でいきましょう。オンブズマン設置に賛成の方、挙手をお願いします」

場の空気がさわさわと動く間、赤松はスリッパをつっかけた自分の足元を見ていた。なんとも中途半端な雰囲気がたちこめている。

視線を上げると、片山の派手なスーツにどうしても視線は吸い寄せられ、自らも賛成の挙手をしている女王蜂の姿が目に飛び込んできた。真下はまるで体操選手のように真っ直ぐに手を上げ、立ち上がって後ろを見ている。

ひい、ふう、みい……倉田の呟くような声がマイクを通して場内に聞こえている。周囲にいたPTA役員も立ち上がった。仕方が無い。会長職を信任された直後に現実逃避するわけにもいかず、赤松もまた保護者席に目を転じ、賛成票を確認し——。

息を飲んだ。

挙手の数は、二十もあるだろうか。いや——無い。

赤松の見ている前で、勝利を確信していたのか喜色満面だった真下の表情が凍り付いていく。熟《う》れた果実が一瞬のうちに萎《しな》びていくかのようだ。

「十六人ですな」

倉田の干からびた声がそれに追い討ちをかける。

「どういうことなんですか、皆さん！」

真下はうろたえつつ、傍らの片山を気遣う。「さっき反対された方が百七十名もいらっしゃったじゃないですか。諦めないで闘いましょうよ！」

反応は——無い。

しらっとした空気が流れ、赤松のところにもはっきり、「片山さんじゃあねえ」という声が聞こえたとき、ガタッと椅子を鳴らして片山が立ち上がった。

片山が睨み付けたのは賛成の挙手をしない保護者達ではなく真下だ。真下の表情に怯えが走ったとき、倉田のどこか長閑《のどか》な解説が加えられた。

「これは私の私見ですが、先ほど赤松会長の反対票に投じられた方は、別に赤松さん自身を否定されているわけではないと思うんですよ。もし、赤松さんの容疑が晴れれば、何の問題もないしむしろ継続していただきたいと思っていらっしゃる方がほとんどではないでしょうか。あるいは、赤松さんにとって大切なこの時期に、ＰＴＡ会長職を押しつけてしまっていることに問題があると考えた方もいらっしゃるんじゃないでしょうかねえ。いかがです、皆さん」

倉田の発言が、会場から湧き上がった大きな拍手によってはっきりと肯定される。

片山の顔面が屈辱に歪んだ。

「というわけで、真下さん」

飄々とした倉田に呼びかけられ、灯台の光が回転するように真下の視線がゆっくりと倉田に向けられる。

「オンブズマンの提案は、折角ですが、否決されました」

片山が席を蹴ったのはそのときだった。

会長就任の演説用に着込んだ派手なスーツの裾をはためかせ、厚化粧も剝がれ落ちんばかりの形相だ。ヒステリックな足音とともに女王蜂が会場を後にすると、真下が椅子にへたり込んだ。

「これで閉会と致します。皆さん、ご苦労さまでした。赤松会長、これからもよろしく」

再び起きた拍手に、赤松は軽く一礼し、椅子に座り込む。頬を膨らませ、ふうと息をした途端、体中の力が抜けた。

5

はるな銀行の進藤から電話があったのは、週明け、朝礼を終えた赤松が仕事を始めようとしたまさにそのときだった。

お話があるのですが、電話ではちょっと——。

進藤はいった。

「できれば本日にでもお時間を頂戴できませんでしょうか」

約束は午後三時。出向くといった赤松に、先方から事務所を訪問するといって進藤は譲らなかった。

「何の用事かわからないんですか」

宮代もまた暗い顔になってきいた。

「融資の件らしい」

宮代の瞳の中で、不安が蠟燭の炎のように揺らいだ。

「融資の件……」

「正直、期待していたと思うんだ、はるなは」

赤松はいった。ホープ自動車の家宅捜索で、はるな銀行もまた赤松運送への容疑が晴れると期待したことは間違いない。だが、事はそう簡単ではないと悟ったはずだ。それだけではない。業績もまたしかり。

赤松運送の業績はいまだ回復の途上にあって、事故前の水準にまで戻っていない。相模マシナリーが抜けた穴を埋めきれるほどの売上見込みは、児玉通運の支援を加えてもまだ立っていなかった。

愛想を尽かされたか。

常に最悪の事態を考えるのが経営者というものだとは思う。それはこの十年の社長経験で赤松が学んだことの一つでもある。そうすることで、最悪に備えることができる。だが、はるな銀行という救世主に見放されたとき、どうやれば生き残ることができるのか、赤松には想像がつかなかった。

東京ホープ銀行の回収攻勢に晒《さら》されつつ、新たな銀行と取引を開始するのはほとんど不可能に近い。

約束の時間に、進藤はひとりで来た。

手には手帳一冊。融資課長というのはそういうものかも知れないが、銀行員らしからぬ印象を受ける。つまり、話だけで終わる、ということだ。

社長室に通した進藤とはまず、家宅捜索の話になった。

「部品が廃棄されていたのは正直、私もショックでした」

進藤は率直に告げた。「裁判はどうされるんです」

「継続はしますが、目的物を逸失してしまったわけですから損害賠償を求めていく形になるでしょうね」

赤松は小さく吐息を洩らした。「不本意ですが」

「そうですか……。私どももそれを期待していたのですが、本当に残念です」

しんみりといった進藤は「ところで社長、今日はちょっと相談があって参りました」と本題を切り出した。

不安に赤松は顔を顰めた。その表情を進藤が物珍しいものでも見るような顔で眺めていた。

「銀行さんに改まってそういうことをいわれると、どうにも不安になりまして」

「今までのことがおありでしょうから、無理もないかも知れません。東京ホープ銀行の動きはいかがでしょうか」

「いえ何も」

赤松の目を覗き込んだ進藤は、「彼らはそれ以上、何もできないと思いますよ」といった。

「どうしてですか。ウチは、この社屋も自宅も担保にとられているんですよ。いつ競売にかけられてもおかしくはないと思っていたんですが」

「それは無理でしょう。赤松運送がすでに行き詰まっているのならともかく、延滞もなく、正常に運転している以上、いくら担保に入っているからといってもそれを競売にかけることはできません」

「そういうものなんでしょうか」

銀行の考えること、することはとんとわからない——何か不思議な国の奇習を教わっているような錯覚を抱きつつ赤松はこたえた。

「東京ホープ銀行にしてみれば、赤松さんからの回収は預金と貸出の相殺など、できるところまでやり、あとは返済による自然減を待つしかないと思います。それで、今日の本題なんですが――」

テーブルの向こうから進藤は前かがみになった。「当行もなかなか商環境の厳しいところで苦しんでおりまして、それは赤松社長にも理解していただけると思います」

返済していただけませんか――今にも進藤の口からそんな言葉が飛び出すのではないかと赤松は身構えた。

「今回赤松さんにも、私どもなりに支援させていただいたのですが、金融事情というのは刻々と変化しておりまして――」

「あ、あの進藤さん」

たまりかねて赤松はいった。「はっきりいってもらえませんか。返済しろということでしょうか」

は？　といったきり進藤はぽかんとして赤松を眺めた。赤松もまたその顔を凝視する。「違いますよ、赤松さん、その逆なんです」

「逆？」

今度は赤松がぽかんとする番だ。

進藤は真剣な顔で、背筋を伸ばした。

「赤松さん、支店長と相談した上で本日はお願いにあがっております。東京ホープ銀行の融資、全額当行で肩代わりさせていただけないでしょうか」

赤松は目の前が真っ白になった。

何もいえないまま、沈黙がどれぐらい続いただろう。赤松の頭に、口にすべき言葉の断片が浮かんできた。

「か、肩代わりって、課長、全部で三億円近くもあるんですよ——！」

「承知しております。どっちにしても東京ホープ銀行さんから新規融資を受けられる見込みはないわけでしょう。であれば、その融資、当行からの融資で返済していただけないでしょうか」

「それはもちろん——そんなことができるのなら」

喉元までせりあがっていた緊張の塊がすっと溶解し、腹に溶けていく。「はるな銀行さんさえ構わなければ、こちらからお願いしたいぐらいですが。本当にいいんですか」

「条件は、東京ホープ銀行さんの担保を外して、私どもで改めて担保設定させていただくことです。金利を含め、同じ条件でやらせていただきます」

「ありがとうございます」

赤松はいった。「捨てる神あれば拾う神あり、だ」

「単なる銀行ですよ。神じゃない」

進藤はそんなことをいって笑い、生真面目な眼差しになる。「同業者間の裏話で耳にしたことですが、東京ホープ銀行の自由が丘支店長は、かつて企業犯罪で痛い目にあったことがある人だそうです。羹《あつもの》に懲《こ》りて膾《なます》を吹く。過剰に反応しすぎて、銀行本来の筋道を見失っているんでしょう」

田坂の過去について赤松は初めて聞いた。「私どもは赤松運送さんは遠からず以前の業績水準にまで復活すると予想しています。その後はもっと成長していくでしょう。この資金はその将来に対する先行投資みたいなものです。受けていただけますか」

赤松は背を伸ばした。

「もちろんです。よろしくお願いします」

進藤は、安堵の吐息を洩らした。

「良かった。東京ホープさんへは赤松社長から申し入れていただけますか。資金は来週以降でしたらいつでもご用意できます。ところで――」

進藤はふと声を潜めた。「ホープ自動車さんのお話、聞いていらっしゃいますか」

いいえ、と赤松は首を横に振った。

「家宅捜索で業績に相当の打撃が出そうだという話はご存じでしょう」

「ええ、それは。テレビや新聞でも報じられているのを見る程度ですが」

「実はホープグループで全面的に支援するという話があります。数千億円規模だという噂です」

「数千億円――！　どうしてそれを？」

「はるな銀行もホープ自動車とは取引がありまして。付き合い程度ですがね。担当者からの情報です。現在、東京ホープ銀行とホープ重工、商事との三社で水面下の調整が行われているようです。ただし、ここだけの話ということにしておいてください。私も個人的なつてで聞いているもんですから」

赤松は言葉を失う。

「いいですね、大企業は」

浮かんできたのは皮肉だった。「潰れそうになれば助けてもらえる。余裕じゃないですか」今まで交渉してきたホープ社員の顔が思い出された。あんな連中がのうのうと生きていけるというのに、俺はといえばこの現実に食い下がるのに必死だ。そのあまりの落差が虚しい。

「すみません。気分を害してしまったようで」

進藤が申し訳なさそうな顔で詫びた。

ホープ三社、ホープ自動車に二千億円支援を検討！

進藤の情報を裏付けるように、ホープグループによる支援計画が明らかになったのは、その翌週の月曜日である。正式な発表ではない。それは『週刊潮流』によるスクープという形だった。

6

「おい、沢田。見てみろ」

何気なく携帯端末を操作していた小牧が差し出したのはニュースサイトの画面だ。

――ホープ自動車に二千億円の支援見通し

沢田にこみ上げてきたのは、驚きや喜びの感情ではない。安堵の吐息だ。

月曜日の朝、定例の課長連絡会の前、いつものように小牧と休憩室でコーヒーを買っているときだった。

「良かった……」

思わずそんな言葉が洩れ出ていく。

「どうなるかと思ったぜ。だけど、さすがホープだ。消費者は見捨ててもグループは見捨てない。ジャパニーズカンパニーここにありだ」

家宅捜索以来、ホープ自動車の販売状況はまさに惨憺《さんたん》たるものであった。

四年前のリコール隠蔽、ヤミ改修を思い出した消費者の反応は予想を遥かに上まわり、ホープ自動車販売の店舗はどこもガラガラだ。販売台数の大幅前年比割れ、業績悪化必至の情勢の中、これで船底にあいた穴が埋まりそうだ。

「そういや、まだ内々の辞令らしいが、室井の奴、飛ばされるぞ。岡崎工場の課長職だ。例の虚偽――失礼〝錯誤〟報告の責任を取らされるらしい」

「気の毒なこった」

室井とは赤松運送の事故をきっかけに何度かやり合うことになったが、まさか国交省宛の報告書で左遷させられようとは夢にも思わなかっただろう。

「サツに引っぱられずに済みそうか」

家宅捜索は、役員フロアと品質保証部だけではなく、製造部にも入った。小牧は思いきり顔を顰め、首を横に振った。

「今のところ、動き無し。それはそうと、パソコンから何からめぼしいものはみんなもっていかれたまんま。いい迷惑だぜ」

警察の家宅捜索で押収されたパソコンは、ハードディスクのコピーを取ることだけが許され、その作業だけでも丸一日、夜を徹し行われた。パソコンは全て警察に押収され、コンピュータに依存しているオフィスは一時機能不全に陥り、今も完全には復旧していない。

「逃げきれると思うか」

「さあな」

小牧は首を傾げた。「だけどホープ自動車は不死身だろう。家宅捜索を受けようと、マスコミから叩かれようと、逮捕者が出ようと、消費者からそっぽを向かれようと――ホープグループの一員である以上、この会社は安泰だ。何をやっても食いはぐれることはない」

小牧は沢田の背中をぽんと叩く。「よかったな。これでお前は安心して例の企画に没頭できるってわけだ。あれは間違いなく通るぜ」

「そんなにうまくいくとは思えないがね」

言葉とは裏腹に、沢田には自信があった。いま、沢田は夢へのステップを一歩踏み出した実感がある。たしかに、会社が傾こうと、巨額支援を乞うことになろうと、そんなことは関係がない。このホープ自動車という組織がある以上、そこでスポットライトを浴びる準備は常にある。

商品開発部という夢の舞台で、沢田の企画は認められ、賞賛されるに違いなかった。沢田にとって、馴染んだ販売部からの異動はある意味賭けだった。だが、沢田は今、その賭けに勝機を見出していた。

「ご謙遜を。ま、ともかく――今度ばかりはホープで本当によかったよ。ホープグループ万歳だ」

小牧は軽口を叩いた。「二千億円あったら、何に遣う？」

7

東京ホープ銀行自由が丘支店を訪ねるのに、この月曜日を選んだのは、進藤だった。

「大安ですから」

というのがその理由だ。

東京ホープ銀行との取引を打ち切り、はるな銀行と本格的な取引を開始するその日に縁起をかつぐ。外からではわからない銀行の意外な一面をまたしても見せつけられた。

午前九時に自由が丘駅の改札前で進藤と待ち合わせ、駅前の一等地に看板を出している銀行へと向かう。

やるべきことも簡単だ。東京ホープ銀行からの融資を全額返済し、代わりに不動産担保を解除するための書類と保証書を返してもらう。返済資金は、この朝一番ではるな銀行が融資し、赤松運送の口座に振り込んでくれているはずだ。

「返済していただけるようで、なによりですな」

田坂は応接室に入ってくるなり、面白くもなさそうな顔を赤松に向けた。立ち上がって挨拶した進藤の顔と名刺をまじまじと眺める。

「まさかとは思いましたが、はるな銀行さんが肩代わりされるんですか。すごいですねえ」

その言葉には皮肉が込められていたが、進藤は顔色ひとつ変えなかった。反論の言葉ひとつ口にすることなく、鞄からはるな銀行の「預金小切手」を一枚取り出し、テーブルを滑らせる。

金額は三億円だ。

「これで返済していただきたい」

小茂田がそれを受け取り、「よろしいですか」と田坂に確認する。

刹那、老獪《ろうかい》な支店長の眼差しが迷いに揺れたような気がしたのは、赤松の気のせいだろうか。

赤松運送に対する債権回収は田坂のゼスチュアではないか、というのが進藤の見方だった。取引先企業に対するコンプライアンス上の厳しい対応を印象づけるために、かつての自分の失敗を糊塗《こと》する目的があったのではないか、と。一連の債権回収は、赤松運送の業績を真に見極めた上での処理というより、銀行本部に対する自己PR的な側面が強かったのではないか――。

赤松には銀行員の精神構造はわからない。

進藤の言葉がどの程度、田坂の本音を言い当てているのかもわからないが、田坂が浮かべた瞬時の迷いを目の当たりにした途端、大筋において進藤の推測は正しいのではないかという気がした。

田坂は、赤松運送の家宅捜索を受け、運行管理者や整備管理者、そして社長である赤松自身がすぐに逮捕されるだろうと考えたはずだ。コンプライアンスを理由にした融資拒絶は、そうした結論を先取りし、支店長の毅然たる与信態度と先見性を発揮する格好の材料になるはずだった。

だが、いまその思惑が外れ、先見性を評価されるはずの田坂の債権回収は「やり過ぎ」以外の何ものでもなくなった。

強がって皮肉を口にしたところで、田坂が見せた迷いは、自らの判断ミスが招いた取引先離反に対する後悔を如実に物語っているのではないか。

田坂が無言でうなずくのを確認した小茂田は、クリアファイルに入っていた書類一式を進藤に渡した。

「ご確認ください」

応接室を兼ねた支店長室に、進藤の指が書類を捌《さば》いていく手慣れた音がリズミカルに響く。確認作業は数分で終了した。やがて、「結構です」という進藤の一言がじっと目を閉じていた赤松の耳に届いた。

その瞬間、赤松運送を創業した父親の代から、二十年にも及ぶ取引を継続してきた東京ホープ銀行と赤松運送との関係にピリオドが打たれたのである。

目を開けると、田坂の悔しさとも憤りともつかぬ顔が不機嫌に応接室の虚空を睨み付けていた。

「まあ、赤松社長にしても不本意でしょうが、ウチとしてもコンプライアンス上の問題となれば、これは致し方のないことなんでね」

田坂は負け惜しみをいった。

「田坂さん、何か勘違いされてるようですが、別に不本意だとは思っていませんよ、私は」

赤松はいった。「お宅のような銀行と取引するほうがよっぽど不本意だ」

「そうですか」

田坂はきつい目を向けてくる。「だったらちょうどよかったじゃないですか。ウチとしても今回のような事件が起きてしまうと、もうどうしようもないんです」

「またコンプライアンスか」

独り言のように呟いた赤松は失笑する。「呆れますね」

「なんですって」

聞き捨てならないと思ったか、田坂が冷ややかな目を向けてきた。「老婆心ながら申し上げますが、もう少し世の中のことを勉強されたほうがいいと思いますよ、赤松さん」

「じゃあ伺いますが、なんでホープ自動車には支援するんですか」

田坂は思わず言葉に詰まった。「ウチと同じく家宅捜索された企業じゃないですか。ウチにはコンプライアンスを理由に断っておきながら、ホープ自動車には支援を検討する。おかしくないですか」

「個別の融資案件についてはお答えしかねます」

田坂は自らの矛盾を銀行の論理で誤魔化そうとする。

「第一、ホープ自動車と御社とでは、企業規模が違う。同一に考えていること自体おかしい」

「グループ企業にはコンプライアンスに問題があっても目をつぶるんですか、お宅の銀行は」

「そうはいってません。ホープ自動車には従業員がいるんですよ、何万人も」

「従業員はウチにだっているんだ、支店長。ふざけないでくれ！　この支店の取引先で何万人もの従業員がいる会社があるか。中小企業を莫迦にするのか」

「いまさら、あなたに説明してもはじまりませんね」

田坂の矛先は、赤松から進藤へと向けられた。「それにしても、よく融資できますね、はるな銀行さんは。うらやましいなあ。火傷《やけど》しますよ」

「本当にそう思ってるんですか、支店長」

進藤の静かな問いかけに田坂は押し黙った。

「あなたが赤松さんの融資を回収したのは保身が目的でしょう？　取引先を無視して保身に走るとき、銀行員ってのは往々にして迷走してしまうものです。今回のようにね」

「あんたに何がわかる」

田坂は吐き捨てる。

「ええ、私にはあなたの気持ちはわかりません。ただひとつわかっているのは、あなたのような銀行員になってはいけないということです。あなたのような人がいるから、銀行が誤解されるんだ――行きましょう、赤松さん」

進藤は毅然として言い放つと、赤松を振り向いた。

「なんて言い草だ。課長が！」

吐き捨てた田坂に、ついに赤松の堪忍袋が切れた。

「東京ホープの支店長だかなんだか知らないが、やってることはその課長に遠く及ばないじゃないか」

田坂は顔色を無くし、小茂田は中腰になったまま凍り付いた。

「おかげでせいせいしたよ、課長」

銀行の建物から出てきた赤松は吐き捨てる。

「なかなかの啖呵《たんか》でした」

「課長もな」

赤松は右手を差し出した。「これからよろしくお願いします」

固くその手を握り返した進藤の力強さに、赤松はこの日初めて笑みをこぼした。

8

井崎が、上司の紀本とともに、濱中に呼ばれたのは、『週刊潮流』のスクープが流れた日の午後のことだ。

「スクープの件、巻田さんがいたくご立腹だ」

開口一番、濱中はいった。内容とは裏腹な静かな口調だった。井崎も紀本も返事はせず、ただ黙って受けたたに過ぎなかった。

水面下で進められてきた支援は、まだまとまっていない。

そもそも、簡単に合意できる内容でもない。

できれば支援が正式決定するまで秘密裏に進めたかった、というのが巻田の本音だ。余計な波風がたち、痛くもない腹を探られる。スクープによって三社に焦りが出ないといえば嘘になる。

「三社が絡む話ですから、関係者も大勢います。情報源の特定は難しいでしょうな」

紀本がいった。

「『週刊潮流』から情報源を探り出せないかという専務の意向だが、どうだ、井崎君」

「無理です、それは」

井崎は即答した。「そんな簡単な相手ではないので」

「だろうな」

濱中はいい、膝の上で両手の指を交差させた。

「ですが、そこまで神経質になる理由が、何かあるんでしょうか」

ようやく紀本が口を開いた。首脳同士で話し合われている支援策の動向について、紀本や井崎といった現場のラインにまで詳細な情報は回ってこない。頻繁に資料作成を命じられ、数字の根拠を尋ねられこそすれ、肝心のトップ会議でいかに判断され解釈されているのかは闇の中だ。『週刊潮流』のスクープも、支援方向で検討中と大々的に報じているにもかかわらず、詳細な内容までには踏み込んでいなかった。

「ホープ重工が渋っている」

おもむろに濱中の口から信じられない言葉が滑り出してきた。

目に疑問を浮かべた井崎に、先回りするかのように濱中は続ける。

「社内から異論が噴出しているらしい。調整努力はしているが、そう簡単ではない」

「重工が渋る理由はなんでしょうか」と紀本。

濱中は、回答まで十秒近い間を挟んだ。ホープ三社が彷徨い込んだ命題の難しさを象徴しているような重たい沈黙だ。やがて出てきたのは、いまのホープ重工を表現するにふさわしい一言である。

「ウェスティンロッジだ」

事前精査のミスがあったということは聞いている。

「あの支援発表の直後に、同社が納品した原子力施設で、数千億円単位の補償が発生することが判明した。重工にしてみれば、買収額と併せて一兆円ものキャッシュが流出することになる。この上、ホープ自動車の支援など望むべくもない」

「重工の意向は？　支援を断念するということですか」

紀本が質問した。

「いや――当初の案では、重工が二千億円の五割、つまり一千億円を資金負担する方向だったが、それを保証に切り替えられないかという代替案が出ているらしい」

「保証、か……」

紀本の嘆息まじりの反応が、その実現可能性の低さを物語っている。

「重工案では、商事が五百億円の出資、銀行が千五百億円を融資ないし社債引き受けで支援。銀行支援の内、一千億円については重工が全額保証。ホープ自動車の社長は重工ではなく、銀行から出すというものだ」

「それはつまり、銀行主導で再建しろといっているのと同じですね」

井崎が発言した。「呑むんですか、その条件を」

返事は無く、濱中の視線が井崎の上から逸れ、思案に暮れているかのように力なく虚空を滑り落ちていく。

今、ホープ自動車の命運は重工の絶対的庇護《ひご》下から放り出され、同資本系列企業の様々な思惑に翻弄されようとしている。

「対金融庁の問題もありますからね」

ぽつりと呟いた紀本の言葉は銀行の本音だ。

たとえ巨額支援を引き受けたとしても、金融庁からホープ自動車への融資を「分類」せよ――つまり不良債権として位置づけろと言われれば、東京ホープ銀行の業績を直撃することになる。

不良債権問題が片づき、ようやく前向きな経営戦略に転換しようというこの時期に、一千億円単位で不良債権予備軍を抱えるのは何にも代え難い足枷《あしかせ》にもなる。頼みの重工が業績に不安を抱える中、いくら保証が付くとはいえ容易に追認することはできない。

解決策はあるのか。

込み上げる疑問を目に浮かべ、濱中を直視する。

しかし、その表情に苦悩を見てしまった井崎は、なすすべもなく言葉を飲み込むしかなかった。

「警察の捜査もどうなるか見極めがつかない。場合によってはこの支援策、抜本的に考え直す必要があるかも知れないな」

井崎は瞠目《どうもく》した。濱中の発言は、巻田らが示した見解と真っ向からぶつかるからだ。

ホープ自動車内部を知悉《ちしつ》している巻田は、家宅捜索後の逮捕は無い、という見方を前面に打ち出している。それを裏付けるかのように、いまなおホープ自動車内での狩野の存在感は盤石《ばんじゃく》。金融支援さえ受ければ、時間はかかろうとあとはなんとか乗り切れる——そう思わせないではいられない。

その前提に、濱中は疑問を投げかけているのである。

濱中と巻田、二人の温度差を感じないではいられなかった。

「もし、逮捕者が出るようなことになれば、協調支援そのものが決裂しかねない。そうならないことを祈ってはいるがね」

巻田への皮肉。それを敏感に察した井崎は、落ち着かない気分になる。

ホープ自動車の支援検討は、役員間のパワーバランスに微妙な亀裂を生み出している。

元来ホープ自動車支援に慎重といわれる頭取の東郷、積極派の巻田。その巻田の後押しで四年前の不祥事からこっち、東京ホープ銀行のホープ自動車に対する支援策は常に前向きだった。しかし、今回もそのスタンスを貫き通せるのか。もしそれができないときには、単にホープ自動車の支援策が暗礁に乗り上げるというだけではなく、巻田の責任問題にまで浮上する可能性がある。

「予断は許されない状況だということですか」

話の成り行きにきな臭いものを感じ取った紀本に、濱中は無言で同意を与えた。

「これはホープ自動車だけの問題ではなく、ホープの基本理念にも通ずる問題だ。救済するのかしないのか。もし後者なら、グループの存在意義を問われることになるだろう」

「部長、ひとつ教えてください」

井崎が質問した。「先ほど、抜本的に考え直す必要があるとおっしゃいましたが、そこには支援を見送る選択もあり得るんでしょうか」

「それは無い」

井崎は混乱した。いま話し合われている支援策以外に、どんな抜本策があるのか想像もつかなかったからだ。しかし、ならば何だ、という具体案を濱中は口にはしなかった。

「部長のおっしゃることは、よくわからんな」

部長室を辞去し、同じ思いの紀本とともに仏頂面《ぶっちょうづら》をぶらさげたままエレベーターを待つ。

果たしてそんな方策があるのか、いくら考えても答えは出てこなかった。いや、そもそもそんな抜本案などあるはずがない。部長は何か勘違いしているに違いない——そう井崎は決めつけた。

9

秘書に案内されて入室してきた狩野は、余裕綽々《しゃくしゃく》に見えた。ひとりデスクで考え事をしていた巻田は、突然の来客に「どうぞ」とソファを勧めると自分も立っていって向かいの肘掛け椅子にずんぐりした体を埋める。

「重工案、いかがですか専務」

狩野は気軽な口調でいった。それこそ、たったいままで巻田が考えあぐねていた問題だ。返答に窮し、巻田は言葉を飲み込む。

「重工さんの保証付では不足ですかな」

このときばかりは、さも心外とでも言うように狩野はやんわりと牽制球を投げる。

「わかっております」

それ以上言葉が継げなかった。そう簡単なことで行内世論を統べることはできない。いや、行内世論どころか、役員会の支持さえ危うい。

「当初見込んでいた、五百億円の支援でしたらまだなんとかなるのですが」

狩野は多少不機嫌な面差しになって、タバコを点け、巻田の顔を眺めた。

「二千億円という金額を分割でやらせていただくということも、商事あたりから出ています」

「だが、二千億円で表に出てしまった。これで減額されて正式発表でもされたら、世の中がどう思うか。印象が悪くなります」

今度こそ、はっきりと不機嫌な口調になる。

だからあの記事は痛い。腹も立つ。どこからリークされたかわからないが、先に金額や支援割合の見込みなどが出てしまったことで妙に堅苦しい枠が塡《は》められてしまった。

「金額の問題はさておき、ホープグループとして自動車さんを支援するという決意表明にはなった、ぐらいに考えておいてはいかがです、常務」

巻田は、自分でも思っていないような解釈を口にして茶を濁す。どうにも嚙み合わない面談である。無論、狩野が納得した風ではないが、この状況で他にやりようもない。

「実は本日、国交省からも調査が入りました」

巻田の眉が動いた。これ以上、問題が起きたのかという不安に突き動かされた顔だ。

「問題無し、ということでお引き取り願いましたが」

不意にこみ上げた緊張が緩んでいき、ため息に変わる。

「たぶん、明日の新聞にも出ると思いますよ。国交省の検査の結果、ホープ自動車に過失無しってね。いよいよ神奈川県警が赤っ恥を搔く番だ。そうなれば、消費者の疑いも晴れるでしょう。銀行さんとしての結論はいつ頃になりそうですか」

巻田の視線は無意識のうちに壁のカレンダーへ向けられた。

「できればこの数日のうちには固めるつもりでおります。その決意です」

狩野の頰が緩む。

「よろしくお願いしますよ、巻田専務。期待していますから、次期頭取」

おもわず巻田をニヤリとさせる一言を残し、狩野は、そそくさとその前を辞去していった。

プリンスといわれているだけのことはある。なかなかの男だと巻田は思った。警察の捜査にもびくともしない精神力。いや、それだけのものを仕切ってきた能力も大したものだった。よくいえば穏健派、悪くいえば無能な社長の岡本をしのぐ、剛腕の本領発揮というところか。俺も負けてはいられない。

気を引き締めた巻田は同時に、たとえ事態は動かなくても、着実に積み重なるプラス要因もあることにこのとき気づいた。

時間だ。

家宅捜索から時間が過ぎれば過ぎるほど、捜査本部の立場は悪くなり、ホープ自動車に対する疑惑は薄まっていく。人々の記憶もまた同様である。

容疑を固める証拠があったのなら、とっくに事態は動いているはずだ。

だが、そうはなっていない。

警察など意外にあてにならないものだなという思いとともに、表向き楽観論を主張していたにもかかわらず、巻田は知らぬ間に弱気になっていた自分に気づいた。

ホープ重工に異論があるのなら、保証でも構わない。どうしてもというのなら、重工の業績が良くなってから肩代わりしてもらう条件でもいいではないか。何を恐れることがあろうか。

10

「沢田課長」

顔を上げると、徳永真治《とくながしんじ》がデスクの前に立っていた。

徳永は商品開発部の中枢ともいえる企画課の若手で、かつて販売部にいたことがある、部内では数少ない顔見知りだ。

「これなんですが」

差し出されたのは、沢田が提出した企画書だった。徳永のどこか困惑したような表情を、沢田は見上げた。

「お返ししておきます」

「どうして?」声が掠《かす》れた。

「いま一次選考があったんですが、残念ながらそこで落選ということになりました」

胃の底からどっと息の塊が込み上げ、濁流のように流れ出した意識の奔流に飲み込まれそうになる。運ばれてきたのは、どうしようもない心細さとやるせなさだ。

「課長——」

徳永が沢田を呼んだ。いつの間にか目を閉じていた沢田は、再び瞼を開ける。

ブルーのセパレーターとデスクで仕切られたオフィス。クリーム色の壁に丸い掛け時計がひとつあって、午後二時四十分を指していた。デスクの上にはノートパソコンが一台置いてあり、決裁箱にはどうでもいい書類が一枚だけ放り込まれている。そこに沢田が満足できる意味を持つものは一つとして無かった。ここにいる限り、永遠にそれはやってはこないのではないかとさえ、思える。

「そうか、落選か。残念」

なぜか心の重苦しさとはかけ離れた口調で、沢田は薄っぺらな笑いを唇に浮かべた。「良い企画だと思ったんだけどな」

「私もいい企画だと思います」

徳永はやけに真剣にいった。

「後学のために教えてくれないか。この企画、どこが良くなかったんだろう。少しぐらいは善戦したんだろ」

徳永は言いにくそうに、返答に窮す。

だが、このとき沢田にはわかったのだ。徳永は、その言いにくいことをわざわざいうために、沢田を訪ねてきたのだと。本来返却する必要のない企画書を持って。

「はっきりいってくれ」

沢田は自分の笑顔が歪むのがわかった。

「実は……最初に落ちました」

透明なナイフが沢田の心に刺し入れられた。

「ウチの課長の判断で。これは駄目だの一言です」

「理由は？」

「理由なんかありません。沢田課長——」

徳永はデスクに両腕をつき、真剣な眼差しを沢田に向けた。「こんなこと、私がいうべきことではないと思います。ですけど、課長がどんな素晴らしい企画を立てても現状で通すのは不可能です。企画の中味ではなく、政治的な意味で」

沢田は空虚な視線を相手に向けた。

「それは——その状況は、修復不可能なのか」

「わかりません」

企画書を開けてみた。赤いフェルトペンで、大きなバツ印が書かれていた。次のページにも、さらに次にも——。

「知らせてくれて、ありがとう」

小さくうなずいただけで徳永は背を向けた。

放心した。そのまま、午後五時になるまで沢田は自席に座したまま、緊急でもなんでもない書類を眺めて過ごした。

商品開発部。ここに沢田は、夢を追って来たはずだった。

だが、追い求めた夢はここにはなかった。

あるのはただ、企画書一本、正当に評価できない腐敗した組織だけだ。

オフィスの虚空を泳いでいた沢田の視線は、やがてデスクのブックシェルフに挟まった冊子の上で止まった。

赤松から借りたままになっている、追悼文集だ。

タイトルが目に飛び込んできた。

『紙ヒコーキ』。

いま沢田の手が、おもむろに、そのページを開いた。

11

港北警察署の高幡のもとにひとりの男が訪ねてきたのはその夜のことだった。

「ホープ自動車の社員？」

充血した目をパソコンから上げた高幡は受付からかかってきた電話に向かって素っ頓狂ともいえる声を発し、横にいた吉田に目配せをした。

「わかった。四階へ上がってもらってくれ」

相手に指示し、「ちょっと会ってくる」といって席を立った高幡は、エレベーターホールまで歩いていった。署員に付き添われて上がってきた男を捜査本部と同じフロアにある応接室まで案内する。その間に観察した男の態度は落ち着いていたが、重篤《じゅうとく》な病に冒されていると告げられたような悲痛なものが感じられた。

「商品開発部の沢田と申します」

椅子にかける前、ホープ自動車の名刺を出して、沢田は丁寧に挨拶をした。返す名刺は持ってこなかった。捜査本部の高幡です、とだけ名乗る。

「先日の家宅捜索で何か証拠になるようなものは出たんでしょうか」

沢田はきいた。

「それはいま捜査中でして、その――」

答えを渋った高幡を、沢田は遮った。

「狩野から、社内に隠蔽指示が出ていました」

高幡の頬が引きつった。その瞬間、この男の訪問の目的がわかったからだ。内部告発だ。

沢田は続ける。

「私は部外の者ですが、徹底的に隠蔽したと聞いています。感じていらっしゃるかも知れませんが、予め警察の捜査が入ることを想定したものです」

沢田は持っていた鞄に入っていたものを取り出し、テーブルに置いた。

「これは？」

「調べてください。そうすればわかります」

高幡は、差し出されたノートパソコンに視線を注いだ。

「どうしてあなたがこれを？」

「預かったものです」

「預かった？　どなたから？」

沢田は杉本という男の名前を告げた。部屋の電話で吉田に連絡し、ホープ自動車の品質保証部に在籍していた人物の名簿を持ってこさせる。

「先日、転勤されてますな」

「彼はこれを私に託していきました」

そして沢田は、そのパソコンを入手した経緯を語った。

「ちょっと見せてください」

高幡がいい、吉田がパソコンを立ち上げる。

やがて高幡は、そこに表示された文面に、あっと声を上げたまま瞬きすら忘れた。

即座に課長の内藤を呼び、さらに話を聞きつけて捜査員の何人かが飛んできた。

凄い騒ぎになった。

死にかけていた捜査本部が蘇ってくる。その躍動感、冷たくなっていた手足に血の通うような感覚が、高幡に感じられた。

泥沼の底を這うような疲労は、今や全く感じられない。現金なものだ。

「逮捕状、手配！」

課長の声が響いたとき捜査本部の興奮は最高潮に達した。

第十二章　緊急避難計画

1

電話が鳴ったとき、時計を見た。

午前零時五分前。

悪い予感がした。

赤松の経験からいって、深夜と早朝の電話にろくなものは無いからだ。人が死んだか、事故が起きたか、そんなものばかりだ。

最初に史絵が出た。

「はい、はい――」

受話器を手に包み込むような話し方の次に、「お世話になっています」という言葉が挟まって、仕事筋かと適当な見当をつけてみる。

「あなた、港北警察署の高幡さんっていう方」

予想は外れた。

「夜分にすみません」

高幡の低い声が最初に詫びた。いえ、と一言。電話の背後はがやがやと賑やかで、おそらくは捜査本部からの電話だろうと想像はついた。

「実は赤松さんに是非、知らせておきたいことがありまして」

間を置いた高幡は、電話の向こうで小さく咳払いをしていった。「――柚木妙子さんと貴史君の死傷事故の件、あなたの会社に過失はありませんでした」

は？　といったきり赤松は言葉を失った。

「しかし――ハブは廃棄されていたんじゃないんですか」

「確かに現物は廃棄されていました。ですが、先ほど証拠品の中から、改竄《かいざん》前の検査データを発見しました。それによると赤松さんの事故車両のハブの摩耗は〇・二ミリ。交換する必要のまったくない摩耗量です。ほかに異常もありませんでした」

高幡は続けた。「ハブ破断の原因は整備不良ではなく、部品の構造的欠陥によるものと当捜査本部では結論するに至りました。今までのご無礼、お許しください。それと――」

高幡は一呼吸おいて、いった。「ありがとうございました、赤松さん」

なだらかな海面がぐんとせり上がってくる、そんな感情の高ぶりが赤松を包み込んだ。その波は現実世界から精神的な高みにまで盛り上がってなだれ落ち、赤松を歓喜の底へと沈める。

「容疑が晴れたの？」

電話を終えると、史絵がきいた。うなずくのがやっとだ。

気の利いたセリフの一つも言えない。

「よかった」

たちまち史絵の目に涙が溢れてきて、頬をこぼれ落ちていく。

泣き出した妻を抱きしめたとき、赤松は、こみ上げてきた涙をついに堪えきれなくなった。


「ねえ、何かいいことあったの？」

翌朝、子供達は敏感に察した。史絵が話して聞かせると、ちょっとした騒ぎになる。大喜びで「バンザーイ！」と叫び、拓郎も萌も哲郎も、部屋中を飛び回った。

「みんな静かにして――」

史絵の声が全員を振り向かせたのはそんな時だった。

家族全員が動きを止め、テレビニュースに注目する。

「先ほど、神奈川県警察本部は、ホープ自動車社長の岡本平四郎容疑者、常務の狩野威容疑者、品質保証部長の一瀬君康容疑者、同研究所所長ら七人を、道路運送車両法違反及び業務上過失致死傷の疑いで逮捕しました――」

切り替わった画面に、港北警察署の建物が映し出される。

その映像を赤松は目瞬《まばた》きすらせず、凝視した。

子供達の歓喜が赤松の耳元で弾けた。

哲郎が飛びついてきた。

ふらつきながら、それを抱き留める。史絵が笑っている。萌も来た。拓郎は少し離れたところで、はにかんだような笑顔を見せて立っている。

「来いよ、拓郎」

少し恥ずかしそうにしている長男を抱き寄せ、史絵と手をつないだ。これが俺が守ってきた家族だ、と赤松は思った。大事な家族なんだと。涙がこぼれそうになって、赤松は天井を仰いだ。


遺影に手を合わせていたら、涙が出た。

拭かなかった。滲んだ視界のまま顔をあげ、そこで微笑み続けている妙子を見つめる。

終わったよ、妙子。

柚木は、報告する。

いや、始まったのかな。

そう言い直してみた。

「ママに教えてあげたいね」

隣にいて一緒に手を合わせていた貴史がいった。

「きっと聞こえたと思うよ」

「だといいな」

一心に小さな手を合わせている貴史の姿、君に見えるだろうか。

そうやっていつまでも、ぼくたちを見つめていてください。

そう、ぼくたちは——ぼくたちはずっと、一緒だ。

2

「被害者の方には気の毒だと思いますが、逮捕されるようなことをした覚えはありません」

取調室で平然とのたまう狩野は、自分がなぜ逮捕されたのか理解していないようだった。

午前六時。自宅に踏み込み、逮捕状をかざしたときの狩野は、逮捕状を読み上げる高幡に蠟《ろう》のような顔を向けていた。

狩野が指揮したホープ自動車の隠蔽工作は、難攻不落の城塞だった。沢田の訪問が、そこに大きな風穴を開けるまでは。

「T会議っていうんだってね、狩野さん」

狩野のやけに茶色い目が動いて、高幡を見つめる。

「記憶にありません」

「あんたが主宰していた会議のはずだけどね。そんな物忘れがひどくなるような歳じゃないでしょう」

狩野の目から表情が消えた。不安なはずだ。その不安は高幡の見えないところでゆっくりと渦を巻いている。そこには、岡本ら、同じく逮捕された役員たちが秘密を守り通せるかという一抹の不安も含まれているに違いない。

「虚偽報告についても、あんたが指示したんだろう。ホープ自動車なんていう大きな会社の役員でしょうが、あんた。みっともない嘘はもうつかないほうがいいんじゃないか」

「軽々しく嘘だなんていわないで欲しいですね」

狩野は反論してくる。どうやら、自尊心を傷つけたらしい。

「あんたの会社が製造したトレーラーが人を殺したんだよ、狩野さん」

もう一度高幡はきいてみた。「それをどう思う？」

「それについては、お気の毒だと思います。一般論として。しかし、我々に過失はない」

人間ではなく、ロボットか何かと話しているような気がした。

「今まで脱輪事故が何件も起きてる。プロペラシャフトの脱落事故もだ。あんたは構造的欠陥があることを知りながら、それを放置してきた。その結果、柚木さんは亡くなった。それは立派な犯罪なんだよ」

「我々はきちんと決められたことをしてきた。法律に触れるようなことはしていない」

じっと高幡は相手を見つめた。ノーネクタイのワイシャツ姿で取調室にかけている狩野は、由緒のある家柄で、親戚には銀行の元頭取までいるのだという。小さい頃から優秀でちやほやされてきた男は、自分を正当化する術ばかりを学んで、どこかに大切なものを置き忘れてしまったに違いなかった。

　高幡は傍らにいる吉田に合図をした。

　吉田は立っていき、まもなくすると、一台のノートパソコンを持って取調室に戻ってくる。蓋を開けてスイッチをオンにしてから、ウィンドウズが立ち上がってくるまで、高幡はじりじりいうモーターの音を黙ってきいていた。

　狩野はその間、微動だにせず、捕虜になった将軍のような威厳を保っている。

ふいに、自分が下々の人間に思えてきて高幡は嫌な感じを味わった。どうせ俺なんざ、庶民の小倅《こせがれ》だ。この男とはこんなことでもなきゃ、一生すれ違うこともない、そういう人間なんだという卑屈な思いに顔を顰めたくなった。

だが、こうして一度相まみえてしまった以上、あんたとは徹底的にやり合うしかない――。

吉田がパソコンが立ち上がるのを待って、その画面を狩野に向けた。

メールソフトが立ち上がっていた。正直、パソコンは苦手な高幡が馴れない手つきでマウスを使い、そのうちの一つを開けて声に出して読む。

「〝T会議の開催の件〟。頭書の件、下記のように開催する。関係者は出席のこと。記。十月二十日。第四会議室」

狩野の目がかっと見開かれた。瞬きすら忘れ、パソコンの画面を凝視している。

高幡はマウスを操作し、苦労しながら別なファイルを探し当てて開いた。

「T会議、記録。日時、十月二十日。ハブ破損にかかる当社の基本方針の確認。出席者、狩野常務、柏原品質保証部長、一瀬部長代理他二十名。指示事項、一、頭書の件、当社ハブに起因する事故原因については、整備不良として処理する。二、国交省に対するハブ強度の比較鑑定結果につき、当社ハブの数値を再調整し、同省担当者に報告する。三、ハブに関するクレームについてはその都度改修し、リコールは厳に回避する――まだある。いくらでも」

高幡は続けた。

「タイトル、熊本の件。熊本市内で起きた弊社車両事故に関する事故調査報告について、クラッチハウジングの欠陥については報告せず、プロペラシャフトの脱落に関してのみコメント。また同ハウジングを搭載した車両に対して、販社を通じて定期点検時に改修するよう品証部から指示のこと——これはヤミ改修じゃないのか？　品証部内で交わされたメールもある。——先日、ご報告しました児玉通運の〝輪切り事故〟に関して、警察から事故調査依頼があり、鑑定したところ摩耗〇・五ミリでD型ハブが破損していることが判明。当社としての対応についてお伺いしたい。この返事は同日。差出人、一瀬部長代理、受取人、杉本元。——当該事故については、先日のT会議で打ち合わせた通り、当社として可能な限り「整備不良」で回答し、当社交換基準値〇・八ミリを下回る摩耗量の車両があった場合、基準値を報告書通知として記載すること——」

読み上げるうち、カタカタと音がした。

狩野の指が取調室の机の表面を小刻みに叩いている。まるで誰かに揺さぶられてでもいるかのように視線が揺らいでいた。

「あんた、なんで警察がこんなパソコンを持ってるのか、疑問に思ってるだろう。こんなパソコンがあるわけないってな。一月十五日付極秘通達——。品証部内と研究所に登録された全パソコンは、必要データのみバックアップを取り、一旦初期化。各セクションの管理責任者の閲覧後、必要なソフトとデータの再インストールを進めること。また、紙ベース資料に関しては、全て廃棄。全ての作業を、二十日までに完了させ、一瀬部長代理に報告——」

高幡はとっておきのメールを開いた。日付は昨年十月。母子死傷事故の翌朝、狩野から発信されたものだ。

「昨日惹起《じゃっき》した横浜市内の死傷事故に関する状況を調べ、至急報告すること——その十日後。あんたから、品証部柏原部長へのメール。当該事故にかかる調査結果のデータは再調整の上、報告書に添付のこと——」

高幡は、ドキュメントファイルを開け、赤松運送の車両についての調査報告書を画面に表示する。狩野は表情を消していた。じっと画面の一点を見つめたまま動かない。

「赤松運送のハブはなんら異常は無かったんだ。強度不足という致命的な欠陥を除いてな。そしてこれは二週間前のメール——赤松運送のハブについては、裁断、廃棄のこと。差出人は、あんた。なんとかいってくれませんか、狩野さん」

「し、失礼」

狩野がうろたえた声でいった。「それはどういうパソコンなのかな。出所のわからないパソコンの資料でそんな話をされても、私にはさっぱり——」

高幡は、ノートパソコンをひっくり返して、裏側を見せた。ホープ自動車の備品を示すステッカーと番号が油性インクで手書きされている。

狩野は激しく狼狽した。

「品質保証部の人が所有していたパソコンだ、狩野さん。あんたが構造的欠陥を認知し、隠蔽を指示した証拠が揃っている。あんたは、随分前から欠陥を把握していて、ヤミ改修を指示していた。そしてそのことは役員間では周知の事実だった。岡本が社長に就任したとき、申し送り事項として極秘裏に処理されてきたことだったんだ。そういうことは、全部ここに書いてあった。狩野さんよ、いまさら言い逃れしたところで、余計惨めになるだけだぜ」

高幡はいった。「ホープ自動車っていやあ、名門企業じゃねえか。いいかよく聞け、名門を汚すのは、リコールじゃない。不正なんだ。それがわかんねえのかよ！」

いま狩野はじっとテーブルの一点を見つめ、押し黙った。

その顔面は、血の通わぬ人形のそれのようだ。暑くもないのにねっとりとした汗が額や頰を濡らし、蛍光灯にてらてらと光っている。

大きく息をした高幡は、ポケットからタバコを出して一本点けた。

「警察、舐めんなよ」

狩野の顔に蜘蛛《くも》の巣のような罅《ひび》が入った――そう見えた。体ががくがく震え出し、やがて、頸《けい》骨《こつ》がぽっきりと折れてしまったかのように頭蓋が下を向く。

エリートを自任しホープ自動車という組織を我が物顔で動かしていた男が、屈服した瞬間だった。

落ちるな、この男――。

高幡は確信し、狩野が何か話し出すまで、ゆっくりとタバコの煙をくゆらせながら待つことにした。

3

「ホープとしては社内事情を勘案し、自動車への直接的金融支援は見送りたい。銀行さんからの申し入れもあって、再検討してみたが結論は変わらなかった。先だって説明した通り、我々の大型買収案件で惹起したトラブル収拾が優先すべき経営課題との認識で取締役会も一致している」

ホープ重工社長の三橋善保《みつはしよしやす》の禿頭が会議室の照明に輝いていた。小柄。どこからみても大企業の代表者とは思えぬ風体だが、ホープグループの親方企業を率いる男たる威厳は、銀行、商事の代表者たちを見つめる断固たる眼差しにはっきりと表れていた。

三橋の発言内容に少なからず期待していた東郷直弼《なおすけ》東京ホープ銀行頭取はそのとき腕組みをし、銀髪が前に垂れたのも構わず黙想した。洗練されたバンカーである東郷の背後、壁際の席では専務の巻田が息を飲んで成り行きを見守っている。商事社長の谷川市郎《たにがわいちろう》は、ざっくばらんで垢抜《あかぬ》けた雰囲気のまま、机上においた自分の手のあたりに視線を起き、何かを考えていた。

やがて会議室は重たい沈黙に満たされた。質量の増した空気は息苦しいほどの重圧感を運んでくる。

議論は尽くされた。

三橋の発言は、その上での最終結論である。

動かない首脳の背後で巻田の視線はまっすぐに、ちょうど三橋が掛けている椅子の反対側、空席になっている辺りに彷徨う。

その席には、昨日まで、もう一人の出席者がついていた。

ホープ自動車社長の岡本平四郎である。そして岡本の背後には狩野がいて、まるで背後で糸を引く操り人形よろしく岡本を動かしていたのに――。

いまその二人はいない。

自動車不在のまま開かれた、支援会議であった。

ホープ自動車経営陣逮捕――朝、自宅でそのニュースを知ったとき、巻田は高圧電流を受けたかのように打ち据えられた。箸を取り落とし、味噌汁の椀をひっくりかえしてそれがズボンの膝を熱く濡らしても何も感じないほどに。まさに、後頭部を一撃されたような衝撃であった。

そしていま、この会議のオブザーバーとして巻田が抱いている危機感はただごとではなかった。つい先日まで、警察の拙速をあざ笑っていた狩野、その男が語る復活への道筋に可能性を模索していた自分。それがどうだ。いまや急転直下の成り行きによって、天空に向かってゆっくりと上昇していたコースターは猛然と下りのスロープを疾走し始めている。

重苦しい会議室を見回した三橋は続けた。

「ついては、ホープとしては従来主張してきた間接的支援の方向で銀行さん、商事さんに検討をお願いしたい」

ふいに緊張した巻田の見ている前で、東郷は沈黙をもってこたえた。

「ウチは重工案でも構いません。しかし、その案だと銀行の負担が重すぎるのではありませんか」

そういったのは商事の谷川だ。「銀行から重工へ千二百億円融資する。それを重工経由で自動車へ注入するスキームは通りませんか」

「財務的な観点からそれには問題がある」

三橋に歩み寄る気配はない。「あくまで間接支援にしていただきたい」

巻田のところから東郷の横顔が見える。東郷の明晰《めいせき》な頭脳の中でいまこの瞬間様々なことが思索されているに違いない。その多くは巻田もまた考えつくものばかりだが、導き出される結論は時として食い違う。

まさか、ここで断るつもりではないだろうな。

巻田はひそかにそれを懸念し、頭取を凝視した。

もしそんなことにでもなれば、ホープ自動車支援はこの場で暗礁に乗り上げる。

三橋の提案、発言は、実のところ巻田の予想していたシナリオ通りといってよかった。

とりあえず重工案を銀行に持ち帰る――巻田が暗躍すべきはそこからだ。行内での検討であれば、国内与信の総責任者である巻田に分がある。

だが、ここで東郷が断ってしまえば、その時点で会議は決裂しホープ自動車の支援策は宙に浮く。同時に、今まで同社支援を強硬に主張してきた巻田の責任論が浮上してしまう。

ホープ重工は支援しないとはいっていない。重工の意向はあくまで支援だ――できればそれを東郷に耳打ちしたい衝動に巻田は駆られる。だが、そのとき東郷は顔を上げ、「もし当行が条件を呑めない場合でも重工さんの直接支援は無理、と考えてよろしいか」という言葉を発していた。場に微妙な空気が流れた。

これは何を意図した質問なのだ？　巻田には、東郷の腹の中が見えなかった。

三橋も同様らしく、窺うような眼差しを東郷に向けている。

「支援が可能ならしている。出し惜しみはしません」

「商事さんは？　重工さんに代わる支援割合を負担する意向はありませんか」

谷川もやはり詮索するかのような色を瞳に浮かべたが、「支援については四、五百億円程度までと考えています」。

ホープ自動車は元来がホープ重工の一部門が独立したものであり、重工が責任を持つのは当然という考えはグループ内の常識である。

「もし、当行が商事さん並みの支援をしたとしても、経営陣が逮捕された現状では不足だという認識でよろしいですね」

異論はない。

東郷はその反応をしっかりと確認した上で、「ホープ自動車の支援策について、当行から抜本策を提案させていただきたい」、そう発言した。

抜本策だと？

思わず瞠目した巻田の前で、東郷は、三橋と谷川の了承を待つ。

返事までには、相応の時間がかかった。

「構いません」と谷川。

「そんな腹案があるんですか」

半信半疑の三橋が質問を挟む。

「あります」

はっきりと東郷がこたえた瞬間、会議室の壁際を埋めていた関係者たちの思惑が、見えない流星群のように交錯し始めるのがわかった。

なんだそれは。俺は聞いてないぞ。

巻田は動揺し、訝しげな眼差しで息を潜める。

それとも、東郷の思いつきか。

そうかも知れない。

いやきっと――そうだ。

追った。

散会した三者会議の後、足早に会場を後にしてエレベーターホールへと向かう東郷を、巻田は

「頭取、頭取――」

「抜本策というのは何です。私は聞いてませんが」

巻田にしてみればホープ自動車支援は自らの管轄である。それを東郷に思い出させようとの思いもあった。

東郷は巻田を振り向きもしない。

何かがおかしい。そう思ったとき、

「巻田君」

その横顔がいった。「君、もう外れてくれ」

は、といったきり巻田は息を飲んだ。

「何とおっしゃいました」

立ち止まり、はじめて東郷はまともに巻田を見た。

「ホープ自動車の支援策、君はもう口を出さなくていい」

「どういうことですか」

巻田はうろたえた。いかに頭取とはいえ、国内与信の責任者である自分に口を出すなとは。

「ホープ自動車は私が今まで支援してきた会社じゃないですか。それを私に外れろとおっしゃるんですか」

「そうだ」

東郷は、巻田を厳しい眼差しで直視した。

「これから銀行に戻って、役員会を開く。その場で私は君を国内与信担当から外すよう提案するつもりだ。君に任せておくと、事態をミスリードしそうなのでね」

なにをいってるんだ、頭取は。そのとき——。

同じように、少し離れたところからこのやりとりを見ている視線に気づいて、はっと巻田は振り向いた。

小脇にファイルを抱え、素知らぬ顔で歩き出したのは営業本部長の濱中だ。奴の画策か——！

頭取の口から抜本策という発言が出た背景に、巻田を蚊帳《かや》の外に置いたままの、なんらかの根回しがあったのではないか。

「君はホープ重工案通りの内容で、当行の支援を他の役員に言い含めて回っているようだな、巻田君」

東郷の言葉が巻田を引き戻した。いま自分を見つめる銀行トップの眼差しは氷のように冷たかった。

「いっておくが、君と狩野常務の個人的な関係のために、当行をこれ以上リスクに晒すつもりはない。君の意見は聞くに値しない」

「頭取——！」

追いかけようとした巻田を、頭取の手が制した。ちょうどエレベーターが到着し、他社トップとともに最初に乗り込んだ東郷は、表情の無い顔を巻田に向ける。愕然とした巻田の前で、扉が閉じた。

4

東京ホープ銀行本店営業部の会議室に、緊張感が漲《みなぎ》っていた。テーブルを囲んでいる表情はどれも険しく、この難局に思い詰めているように見える。招集されているのはホープ自動車と重工、商事といったホープグループ関連企業を担当するラインの次長と調査役クラスだ。

逮捕の報道を受けての緊急会議開催が決まったのが正午。その後、社長以下の全面自供が伝えられ、三社によるトップ会談が予定を繰り上げて行われた。それに続いて開かれた役員会が長引いているのだ。

午後八時半過ぎに予定された会議は、主役の到着遅れで三十分近くも座礁した船のように動かない。

「まだか」

井崎が腕時計に視線を落としたとき、勢いよくドアが開き、濱中と紀本が足早に入室してきた。

「まず結論からいう」

濱中は抱えてきた資料をテーブルに置き、銀髪の混じった髪を長い指でさっと撫でた。まるで今まさに修羅場をくぐってきたような、ぴんと張り詰めた気が漂っている。全員の視線が注がれる中、濱中から出てきたのは意外な一言だった。

「重工、商事、銀行の協調支援案——見送りにする」

会議室が瞬間冷凍された。

「当行主導での支援も検討したが、現実的ではない。道路運送車両法違反、さらに業務上過失致死傷にまで問われた現状でホープ自動車に金融支援したところで限界がある」

会議出席者の間からは一声も発せられなかった。まさか。手負いの重工が投げた支援案を、当行もまた拒否するのか。

これにより、ホープ自動車の命運は完全に宙に浮き、予断を許さない領域へと彷徨い込んだ。

井崎は、同僚たちと共に、いつにない厳しさを感じさせる濱中の目線を見つめて言葉を待った。

濱中の話は、これからだ。その瞳に不穏なエネルギーの充溢《じゅういつ》を見た井崎の背を、冷たい汗が落ちていく。

これ以上何がある。井崎は自らに問うた。

このどん詰まりで万策尽きたホープ自動車の救済案にまだ抜け道があるとでもいうのか。

「現状を踏まえ、ホープ自動車支援の抜本策に移行する。いわば緊急避難計画だ」

もう何も考えることもできず、井崎はただ濱中に注目するしかなかった。井崎だけではない、その場に居合わせた全員が同じ思いで、問うような眼差しを営業本部長に集めている。

「ホープ自動車の現状と社会的反響、さらに同社のガバナンスを考慮したときホープグループのみでの再建は難しい。救済資金を投入すれば財務的には安定するが、消費者の信用とは無関係だ。ホープ自動車が社会的に失墜した信用を回復するためには、相当の時間を要するだろうし、仮に時間が経過したとしても回復するという保証はない。その場合、ホープ自動車への与信が不良債権化するリスクがあり、当行にはそれを許容できるだけの余力は残念ながら無い」

会議用テーブルを囲んでいるメンバーは固唾《かたず》を呑んで話の成り行きを見守る。

「ホープ自動車の救済は、当行にとって目下最大の命題であることに間違いはない。だが救済する理由は、ホープ自動車のためではない。ひとえに当行資産の健全化のためだ。それを踏まえて、ホープ自動車救済を現在当行からある企業に打診している」

音もなく会議室がざわついた。

「あ、あの部長。それは巻田専務も了承されてるんですか」

念を押すかのように誰かが質問すると、「いや」という短い返事とともに、濱中がいった。

「巻田専務は本件には関与しない。東郷頭取と他の役員との間でコンセンサスを得ている」

室内の空気がざわめいた。巻田は国内与信のトップだ。その巻田が関与しないとは、果たしてどういうことなのか。

「それで構わないんですか」

「構わん」

濱中ははっきりといった。「巻田専務は、国内与信担当から外れた」

瞬間、全員が息を飲んだ。ホープ自動車とともに、巻田の命運もここに尽きた。濱中の言葉がそれを物語っていた。

だが、二千億円もの救済資金をホープ自動車のために拠出するような企業が果たしてあるのか。疑念と驚愕が入り混じる中、井崎は耐えきれなくなって質問を発した。

「救済を打診している企業はどこなんでしょうか」

濱中の重い視線が井崎に向けられた。

「セントレア自動車」

その瞬間、会議室にいる全員が完全に不意を突かれ、言葉を無くした。井崎自身、唖然となり、呼吸を忘れて濱中の厳しい表情をただ眺めることしかできなくなった。

「ライバルのセントレアに、金融支援を申し入れるんですか」

信じられない。

「違う」

全員の視線を一身に集めた濱中の口から、重々しい一言が続いた。

「申し入れているのは――救済合併だ」

5

ホープ自動車に激震が走った。逮捕のニュースはまさに寝耳に水で、朝食もそこそこに会社に走ると、すでにそこは震源地さながらのパニック状態に陥っていた。指揮系統の崩壊で組織としての機能は麻痺《まひ》、苛立ちや脱力感、焦り、そんな様々な感情が入り乱れた。

四年前と同じだな、と沢田は思った。

四年前、一度、ホープ自動車は地獄を見た。そのときと同じだ。

その騒擾《そうじょう》の中でいま沢田はひとり、冷め切った目を職場の同僚達に向けている。

泥の川の中を彷徨い歩いた――。杉本から預かったパソコンを警察に提供して以来、沢田が感じていた疲労感は、まさにそんな表現がぴったりだった。この間、沢田の人生は完全に漂流し、荒漠たる海原をただひたすら流された。

沢田は結局、ホープ自動車を破壊した。親あってのすねかじり。長くそう思いこんできた信念を曲げた。いや、一度壊す必要があったのかも知れない。

後悔はしていない。

ただほんの僅か、失望しているだけだ。

このホープ自動車という組織に。そして、それに賭してきた自分の人生というやつに。

それが全て過去のものとなり、いまその混沌の中から何らかの未来が生まれてくればいい。

「トップ人事、なにかおかしくないか」

ふらりと商品開発部に現れた小牧が、沢田を社外の喫茶店に誘い出したのは逮捕から数日が経った午後のことだった。

副社長の橋爪大祐《はしづめだいすけ》が当面、社長代行を務める人事がその前日、発表されていた。橋爪は販売畑。反狩野で知られる人物の実質的なトップ就任によって、品質保証部門を牙城とする岡本・狩野体制は跡形もなく崩壊しようとしている。併せて役員人事も発表され、販売部長の花畑が販売部門を統べる常務取締役として抜擢されたのは驚きだった。コウモリと揶揄されてきた男のまさに面目躍如といっていい。今後、組織を立て直す上で橋爪と花畑が中心となり、販売部が重要なポジションとして位置づけられるのではないかという予感がある。

「なぜ社長代行なんだ。なんで社長じゃない」

小牧はこだわった。「いや、社長じゃなくてもいい。なんで重工から社長が出ない？　二千億円の支援はどうなった？　財務部の三浦の野郎に聞いたが、このままだと数ヵ月でウチの決済資金は干上がるらしいぞ」

矢継ぎ早に問いを発しながら、小牧は運ばれてきた紅茶にたっぷりと蜂蜜をたらして怪訝な視線を上げた。

たしかに不可解だ。だが、心配したところでいまさら何ができる。

「気になる話もきいた。重工内で異論が出てたって噂だ」

「まさか」

さっと視線を上げた沢田に、小牧は不安そうに瞳を揺らした。

「役員の逮捕が影響したのかも知れない」

「だとすると、どうなる」

沢田はきいたが、それはほとんど自問に近い。どうなるか、小牧にも、そしてホープ自動車の誰にもわからない。

この売上二兆円の上場企業がまさに進むべき航路を見失った瞬間だ。

「聞くなよ、俺に」

小牧は顔を逸らし、「だけど、ホープだぜ」と自らに言い聞かせるように口にする。

「ホープがグループ企業を見捨てるわけがない。おそらく、支援割合で揉めてると俺は踏んでる。ホープという名の付く企業を倒産させるはずはない。そうだよな。そうだろうが」

沢田は沈黙した。

「なんとかいってくれよ、沢田」

すがるような小牧の声は、棘《いばら》の痛みとともに沢田の胸に届く。

「いったい、どうなっちまうんだ、ホープ自動車は」

小牧は唸る。

「たとえどうなろうと、それを受け入れるしかない。俺たちはサラリーマンだ」

「いいよな、お前は。いざというときには辞めて好きな仕事でもやるんだろう」

僚友を、沢田は睨み付けた。

「いや。辞めない、俺は」

そう断言した。「俺は何があっても、この組織に残る。そして、精一杯、抵抗して生きてく。定年を迎えるまで。あるいは——そんなことにはなって欲しくないが——この組織が無くなるまでな。その覚悟はできている」

顔を上げた小牧は、しばし言葉を忘れ、沢田をまじまじと眺めた。


同じ頃、東京ホープ銀行の本店営業部の自席にいた井崎は一本の電話を待っていた。

セントレア自動車、そのメーンバンクを務める中京第一銀行の担当者からの電話だ。

この日、午後一時から開かれているセントレア自動車の取締役会で、ひとつの重大決議が諮《はか》られることになっていた。

いま四時二十分を過ぎている。壁の時計を見上げた。こみ上げてくる緊張感に胃が捻《ねじ》られる。落ち着こうとしたが、どうすることもできなかった。

デスクの電話が鳴った。

慌てて取った井崎の耳に届いたのは、期待した相手ではなく、ホープ自動車の三浦のどこか図々しさの入り混じった声だった。

「ちょっとお伺いしたいんですけどね、井崎さん。ここだけの話、二千億円支援って、どうなってるんですか。まさか、お宅がまた反対とかしてないですよね」

「まさか」

井崎は否定した。「もはや担当者レベルでどうこういえる話ではありませんから」

「それでも何か情報ぐらいは入ってるんでしょう」

三浦は支援策の動向を知ろうと必死だった。財務にいれば、嫌でもホープ自動車の窮状は目に入ってくるはずだ。連日上がってくる惨憺たる営業報告と、出て行く一方の固定費。コンピュータ処理で、一日ごとの出入金を確認すれば、いかに巨額の資金がホープ自動車から流出しているか、一目瞭然だ。それに加えて、逮捕以来暴落した株価が追い討ちをかけ、このままいけば確実に、ホープ自動車は市場からの退場を迫られる。

濱中が明らかにした合併事案。これを成功裏に進めるためにまず徹底されたのは、水も洩らさぬ情報管理だった。関係者には厳重な箝口《かんこう》令が敷かれ、全ては分厚いベールで秘匿されたのである。情報は、関係者のみに留め置かれ、行内であろうと、一切洩らされることはなかった。たとえホープ自動車の社員であろうと同様で、二千億円支援の報道をカムフラージュに使うため、ホープ自動車の社長ポストをあえて不在にする念の入れようだ。『週刊潮流』のスクープを逆手にとった濱中の戦略はどこまでも緻密《ちみつ》だった。

セントレアとの合併は、その後、メーンバンクを交えた秘密会談を重ね、合併の条件が詰められた。いま井崎が待っているのは、まさにその受諾の知らせだったのである。

「あのねえ、井崎さん。早く支援策を発表してくれないと潰れちまいますよ」

井崎の苛立ちも知らず、電話の向こうで三浦がわめいた。

原因を作ったのは自分たちなのにその言い草はないだろう、と思いながら、「もう少しお待ちください」といなす。

「もう少し、もう少しっていつまで待たせるんです、まったく。銀行さんは、ウチのことなんか、どうでもいいとでも思ってるんじゃないですか」

その通りだよ。

井崎は心の中でいった。これはビジネスだ。

ホープ自動車を救済する理由は、ただ一つ、東京ホープ銀行の債権保全のためだと、あのとき濱中は割り切った。それにより、ホープグループという一枚岩に亀裂が走り、新たな時代の関係が始まったのだ。

「それにさ。株価も下がってるし、このままだと困るのは銀行さんのほうじゃないのかい」

「別に銀行は困りませんよ」

たまりかねて井崎は吐き捨てた。「それより、リコール隠蔽の究明は進んでいるんですか」

事件後、弁護士を中心として「真相究明委員会」が設置され、組織的隠蔽、リコール隠しの全容解明が表明されたのが五日前。ところが、この真相究明委員会の弁護士が、被告となった狩野らの代理人を兼ねているという矛盾が露見、さらに人選をやり直すという、どこまでいっても底抜けのホープ自動車体質を晒したばかりだ。

「あなたにいわれなくても、隠蔽については、委員会から発表がありますよ」

プライドを傷つけられたか、三浦の声はささくれだった。「ほんとにマスコミには腹が立ちますよ。国交省の虚偽報告なんて大したことないのに、重大犯罪のような報道ぶりでしょう。そりゃまあ、業務上過失致死傷についてはまずかったかと思いますよ。でも、他のメーカーでも同じような事故はあるんじゃないんですか。なんでウチだけっていう気持ちは正直ありますよ」

井崎は天井を仰いだ。ホープ自動車というぬるま湯に浸かり、勘違いしたエリート意識を植え付けられたどうしようもない莫迦に、どうやればわからせることができるのか、その術を知らない。

「いい加減、目を醒《さ》ましたらどうです」

井崎は、受話器を叩ききった。反論の言葉など聞きたくはない。意味のない言葉の羅列など、都会に降り積もる雑音に溶けてしまえばいい。

「井崎調査役」

振り返ると、部下のひとりが緊張した面持ちを向けていた。「お電話です。中京第一銀行さんから」

「つないでくれ」

井崎は、刹那神経を研ぎすまし、呼吸をとめた。

6

セントレア自動車役員会の結果を井崎が待っている頃、赤松は霞が関にいた。地下鉄から地上に上がってすぐ、東京地裁の入り口前に到着すると、緊張した面持ちで直立不動になる。

そして何人かの、被告か原告か、はたまた弁護人かはわからないが、いずれにせよ心のどこかに重たい荷物を抱え込んでいるに違いない人たちが赤松の脇を通って裁判所の四角い建物の中へ消えていくのを見送った。小諸が足早に門から入ってきたのは約束の時間にぴったりのタイミングで、入り口前にいる赤松の姿を認めると駆けてきた。

「今日はよろしくお願いします」

丁重にいって頭を下げた赤松に小諸は「こちらこそ」と人なつこい笑顔で応じ、「参りますか」と赤松の背を押すようにしてガラスのドアを入っていく。ボディチェックを済ませた赤松は、奥のエレベーターで十二階まで上がり、そこにある和解室に入室した。裁判官の部屋の隣にある小振りな部屋だ。

そこには三人の先客がいた。ホープ自動車弁護人の富田と、沢田の後任である長岡。そしてもう一人、初対面の男は、いま赤松の姿を見ると立ち上がってコの字型に並べられたテーブルを回ってきた。

「ホープ自動車常務取締役の花畑と申します。このたびはどうも、ご迷惑をおかけしまして」

「赤松です」という簡単なやりとりを済ませ、相対しているテーブルに小諸と並んでかけたとき、それを見計らっていたかのように新たに一人の男が入室してきた。

「お集まりですか」

双方の代理人たる弁護士に声をかけ、「本件を担当する本村《もとむら》です」と自己紹介した。

本村は、自分が東京地方裁判所の判事で赤松運送がホープ自動車に対して起こした部品の返却及び損害賠償請求事件を担当していることを告げ、和解交渉の経緯を簡単に説明した。

ホープ自動車が和解を申し入れてきたのは、社長以下役員が逮捕された直後だ。世間の注目を集める中、『週刊潮流』で赤松運送に対する傍若無人な対応ぶりをこき下ろされた同社にしてみれば、これ以上のイメージダウンを阻止したいという思惑があるのだろう。

和解の申し入れを突っぱねようとした赤松を、「理由はどうあれ、裁判が長引くより和解で解決できるのならそのほうが現実策」だと説得したのは小諸だった。

その後、二度にわたって代理人間での下交渉が行われ、この日ようやく赤松を交えての最終交渉に至ったのだ。

今までの交渉の席で、赤松側は一切の譲歩をしなかった。それが赤松が小諸に出した条件だったからだ。もとより、この事件により赤松運送が受けた経済的ダメージ、ホープ自動車の悪意を考えた場合、譲歩する余地などあろうはずもない。

「このたびホープ自動車さんから提示のあった和解条件ですが、赤松運送さんも受諾可能と思わせる内容だと思われますので、本日は双方にお集まりいただいた次第です。被告側から条件提示していただけますか」

本村の言葉で富田から、和解案が発表された。

「最初に損害賠償請求額について回答させてください。原告からは、事故の影響により主要取引先から取引を打ち切られ、主要な売上を失ったこと、その代替取引が未だ不完全であり、事故の影響から抜けきれず経営を圧迫していることなどを理由に、計一億六千万円の賠償請求がなされました。その件について当社で検討した結果、これを全額支払うということで纏まりました。そのことを最初に申し上げます」

不可解だった。

あれだけ赤松を小馬鹿にし、高飛車だった会社が、手のひらを返したように和解案を飲む。拍子抜けするほど、あっさりと。

富田は話を続ける。

「さて、弊社製部品の返還請求についてですが、これについては、すでにお聞き及びかと思いますが、部品を裁断の上、廃棄しており返却できないことが判明いたしました。ただし原告側の意図は、再検査による名誉回復にあると思量します。ここから先は本日、ご検討いただくことになりますが、まず、部品返却の代替案として、当該事件に関する整備不良との弊社意見を訂正した上で構造的欠陥を認める発表を行い、ご迷惑をかけた慰謝料として八十万円を別途お支払いするということでいかがでしょうか」

赤松は表情を消した。

八十万かよ……。日本の司法において、いままで赤松が被った苦しみなどその程度の評価にしか値しないのか。

損害賠償請求には満額を支払うと回答してきたことも、過失を認めるという内容も、それだけ見れば不満はない。だが、こんなに簡単に事実関係を認めるのなら、今までホープ自動車が主張してきたことはいったいなんだったんだという不信感が募る。

「富田さん、あなたはいま、いかにも最近になって部品が廃棄されたことが判明したような言い方をしたが、具体的にそれがわかったのはいつなんだ」

赤松はきいた。

「具体的な時期については私も把握しておりませんので――」

富田は逃げを打つ。

「だったら長岡課長、あんたは知ってたのか」

赤松は富田の脇に控えている課長を睨み付けた。

「私は交渉の窓口ですから、その――」

どいつもこいつも〝逃げ〟ばかりだ。

「交渉窓口なのに、廃棄されたことも知らなかったのか。それは本当のことか、あんた」

赤松は問い詰めた。長岡は唇を噛んで黙った。

「いつ廃棄されたか、それが誰の指示でそうされたか、いま警察が調べてる。いまこの場で言い逃れのための嘘をついてもすぐにバレる。はっきりいったらどうなんだ」

「赤松さん、すみません」

富田が口を挟んだ。「それは和解の条件とは直接的に関係のないことですから、後日調べてご連絡差し上げるということでよろしいんじゃないんですか」

「駄目だ」

赤松はいった。「裁判にまでなったのも、もとはといえば顧客を顧客とも思わない不遜な態度が原因だ。この期に及んで都合の悪いことを誤魔化そうという態度なら、和解案は受け入れられない。あんた、知っていて嘘をついていたんじゃないのか」

長岡はうろたえた。小生意気なエリート面にいま余裕の欠片もない。問い詰められ、必死で言い逃れの言葉を考えているに違いない男の眼底を赤松は見据えた。

「もし赤松さんがおっしゃるような嘘があったのなら、いま認めたほうがいいんじゃないですか」

そういったのは裁判官の本村だ。

顔を上げた長岡は表情を凍り付かせた。

「――すみませんでした……」

やがて長岡の口から詫びの言葉が出てきたのは、気まずい沈黙が長く続いた後だ。

「長岡さんも立場上、ああいう態度を取らざるを得なかったということで。納得していただけませんか」

うなだれた長岡の代わりに、富田が助け船を出す。

「いまだに嘘が出てくる。反省無き和解ですか。随分、手前勝手な言い方に聞こえる」

怒りに、声が震えた。

「申し訳ない。私からも謝りますから、ひとつ納めていただけませんか」

赤松を怒らせれば和解案そのものが流れると危惧したらしい富田は下手に出た。花畑が立ち上がった。

「今まで、赤松さんに対してしてきたことについては、申し訳無く思っております。悪意があったこともお詫びいたします。ただいま当社も一から出直す準備をしています。今後このようなことの無いよう、鋭意努力して参りますので、何卒――」

両手の指先までまっすぐに伸ばし、体を二つに折る。

その様を、赤松は冷めた目で見つめた。

「いま、お宅のショールームがどうなってるか知ってるか」

顔を上げた花畑が意図を汲みかねて赤松を見た。

「たとえ私が嘘を許しても、世間は許さない。あんたたちは世の中に対して取り返しようのない嘘をついたんだ。長岡さんよ、あんた舐めてるだろう。自分たちはホープ自動車だから、なんとかなるって。エリートだっておごり高ぶってな。だけどはっきりいっておくが、世間の人間にとってホープだろうが関係ない。いくつかある自動車会社の一つなんだ。ホープだから、許してやろうなんて考えてる消費者はほとんどいない。許されると思ってるのはあんたたちだけなんだよ」

花畑が瞬きを忘れた。富田が唇を噛む。長岡ははっと顔を上げたまま放心し、後には沈黙だけが残った。

「おっしゃることは、逐一ごもっともです」

やがて富田がいった。「欠陥隠しについては、ご存じの通り、警察で捜査が進められています。それには協力はしていますし、今回の赤松運送さんに対して行った対応の細部まで、明らかにしていくつもりでおります。心からお詫びします。至らないところはあると思いますが、なんとか納得していただけないでしょうか」

なに簡単なことといってやがるんだ、こいつは。

赤松は天井を仰いだ。

昨年十一月の事故以来、赤松の周辺で起きた様々な出来事が急速な勢いで蘇り、胆汁がこみ上げてくるような苦味が心に広がっていく。

この苦しみがわかるか。

悲しみがわかるか。

小さな男の子を置いて逝っちまった母親の悔しさと悲しみが、あんたたちにわかるのか。母親を奪われて、健気《けなげ》に生きてる少年の気持ちがわかるか。あの追悼文集を読んで涙する気持ちがわかるか。

「納得できるわけないだろ」

赤松は小さく吐き捨てた。

説得の言葉を探す富田の隣で、花畑と長岡の二人は感情を消して押し黙る。

沈黙を破ったのは、本村だった。

「赤松さん、お気持ちはわかりますが、ここで和解しないとなると裁判が継続してしまい、その結果、いま申し出のあったような補償額が得られるかどうかわかりませんよ。そういうこともよく代理人と検討されたらどうでしょう。長くこういうことをしていますが、被告が出してきた和解案は、本件の内容から見て、かなり充実したもののような気がします」

「金の問題じゃありません」

赤松の言葉に、向かい合っている三人は息を飲んだ。

「まあともかく――」

その場で決裂しそうな雰囲気に、小諸が助け船を出す。「そちらの和解案の内容はよくわかりました。お受けするかどうかは検討の上、後日、お知らせします」

話し合いは、それで終わった。

「受けたほうがいいと思うかい、先生」

地裁の並びにある弁護士会館の喫茶店に入った。

「そうですねえ……。無理にとはいいませんけど、受けたほうがいいような気はしますね」

「先生は、正直な人だな」

赤松はいった。

「社長はどう思ってるんです」

「わからんよ。ただ、無性に腹が立った。虚しかったよ」

小諸は、ホットコーヒーを口元に運びながら、目だけをこちらに寄越した。

「要するに連中が考えてるのは会社の利益だけじゃないか。金の力で黙らせようって了見だ」

「でもね、こんなものかも知れませんよ」

小諸は世俗的な感想を口にした。「これが小説なら、補償金をなげうってでも、法廷で勝利を勝ち取るって筋書きになるんでしょう。でも、実際のところ、それは現実的じゃありません。ホープ自動車なんか相手に裁判で時間を費やすぐらいなら、補償金を受け取って頭を切り換えたほうがいいと思いますよ」

赤松は黙って、コーヒーカップに突っ込んだスプーンを回し、ミルクを垂らした。それが渦巻き状になるように己の心境を投影した赤松は、この現実が自らの心に溶け込むのを待ったが、それは無理のようだった。

「俺は納得できない。割り切れないんだ」

赤松は声を絞り出した。

だが、そんな赤松の心境に変化をもたらす出来事が起きたのは、その日の夕方のことである。

「社長、お客様がいらっしゃっていますが」

事務所で整備管理表を見ていた赤松は、事務員の太田秋枝の声に顔を上げ、「あっ」と声を上げた。

入り口にひょろりとした男が立っていた。柚木雅史だ。我が目を疑うとはこのことだった。

「柚木さん——！」

がたっと椅子を鳴らして立ち上がった赤松に、手をつないでいる小さな男の子の姿も見えた。

事務所の入り口まで駆けていき、声を掛ける。「タカシ君も。こんにちは。よくいらっしゃいました」

「突然、お邪魔してすみません」

柚木は硬い表情で立っていた。

「いえいえ。どうぞ、お入りください」

応接室に通すと、外にいた宮代も気づいて飛んでくる。秋枝の手ですぐにお茶とオレンジジュースが運ばれてきた。

「お気遣いいただいてすみません」

神妙に柚木がいい、それから両手を膝の上において赤松を見た。

「今日はお詫びに来ました」

赤松はただ呆気にとられ、柚木を見つめる。

「今まで誠意を見せていただいたのに、あんな酷い事を申し上げてしまって、本当に申し訳ありませんでした。許してください」

柚木はそういうと頭を下げ、詫びた。

「先ほど弁護士のところへ行きまして、訴訟を取り下げるよう、お願いしてきたところです」

赤松は顔を上げ、宮代と目を見合わせた。

「そうだったんですか……。ありがとうございます」

「恥ずかしい限りです」

柚木はいった。「当初から赤松さんは、整備不良ではないと主張していらっしゃいました。私はまるでその声に耳を貸すことをしていませんでした。盲目的にホープ自動車は正しいと決めつけていたんです。ですが、先日社長や役員が逮捕された後、自分の誤解に気づきました。赤松さんも被害者だったんです。それなのに私はまったく見当違いなことをしてしまいました」

柚木は、事故以後の警察の対応や暮らしぶりなどについて、訥々《とつとつ》と語った。今までの交渉で芯のある男だと思ったが、いま目の前にいる柚木は、どこにでもいる三十代のサラリーマンであり、父親だった。そのあまりの平凡さが、赤松には痛々しかった。ホープ自動車は、何の罪もない家庭から大切な人を、かけがえのない命を奪ったのだという事実が、あらためて胸に迫ってくる。

「どうされるんですか、これから」

赤松はきいた。「ホープ自動車を相手に訴訟を起こされるんでしょう」

「いえ。訴訟にはしません」

柚木の反応は意外だった。

「どうしてです？」

「もうこれ以上、引きずりたくないからです」

ホープ自動車から事故原因についての謝罪がなされ、補償や慰謝料などの話が来ていると柚木はいった。

「私に提示された慰謝料は五百万円です」

赤松は唖然としてしまった。

それっぽっち……？

そんなに人の命は安いものなのか。

「わかります。安いとお思いでしょう。でも今までの事故の判例からいくとそのぐらいだということで……。私はそれを受けようと思います」

赤松は言葉を無くして、柚木を見つめた。

「闘わないんですか、あの会社と」

「絶対に許せません。許すこともないでしょう」

柚木はいつか見せたのと同じ、頑なな表情を浮かべた。「ですが、私たちにとって何が一番大切なのか考えたんです。過去は変えられない。だったら未来を変えていくしかない。私はもうこれ以上、あのホープ自動車という会社に人生をかき回されたくありません。これ以上闘うと、妙子との楽しい思い出まで歪んでしまうような気がする。私には他にするべきことがあると思うんです。この子のために。妻もきっとそうして欲しいというでしょう」

運命は、なんて残酷なんだろう。

なんて、悲しいんだろう。

だけど、残された者は皆、生きていかなければならない。この悲しみを超えて。

柚木の言葉は、赤松から憑《つ》き物を落とした。その悲しみの向こう側に仄《ほの》かな光明が見えたと思ったのもこのときだった。

「実は、ホープ自動車から和解を提案されて受け入れるべきか正直、迷っています」

赤松は告白した。「私としては裁判ではっきりさせるべきだし、今までのことを考えると妥協すべきではないと思うんです」

「和解に応じるかどうかは、赤松さんの判断ですが、もし私たちのことを気にしていらっしゃるのなら、その必要はありません」

柚木ははっきりといった。「ホープ自動車と闘ったところで何も残らない。そんなことより、事件を風化させないことのほうが大切だと思います。それは法律やお金とは、関係のないことです」

決意を秘めた柚木の表情を赤松は凝視し、礼をいった。

「ありがとうございます。あなたのおかげで、気持ちの整理がつきました」

「ひとつお願いがあるのですが」

柚木は傍らにいる貴史を抱き寄せた。「赤松さんが調べたことを私たちにも話していただけませんか。聞きたいんです、果たしてホープ自動車が何をしてきたのか。なぜ、妻が死ななければならなかったのか。知りたいんです」

「長い話になりますよ」

赤松はそう一言断ると、今までのことを語り出した。

終章　ともすれば忘れがちな我らの幸福論

「セントレアの一員になったら、給料上がるかなあ」

新橋の焼き鳥屋で小牧は自棄気味にいった。

「上がるといいけどな」と沢田。

「上がるわけねえだろ」

「じゃ、聞くな」

酒に強い小牧にしては酔っていた。一方、酒に弱い沢田にしては酔えないでいる。

「俺たちもこれで、晴れて日本一の自動車メーカーになれたな」

また小牧が自棄になった。「本当に嬉しいよ、俺は。泣けるぜ」

勝手に泣いてろ。

俺はずっと前を向いて歩いていく。逆境だろうと、俯いて歩いてどうする。顔を上げて歩け
――。

合併の発表とともに、両社で合併委員会なるものが設置され、どういうわけか沢田も小牧も選抜されてその中に放り込まれた。

大阪本社から杉本も委員に選ばれており、ホープ自動車に対する危機意識が評価されたといったところだろうか。はっきりとはわからないが、この人事は花畑常務の意向ではないかと沢田は密かに思っていた。

相手はセントレア。救済合併だから立場は弱いが、その不利は承知でこれからの組織絵図を引いていく仕事だ。将来を思い描くのは、それがなんであれ、またどんな時であれ、素敵だ。

面白そうな仕事じゃないの――。

そういったのは英里子。

ありがとう。君はいつも僕の太陽さ。

「人生、いろんなことがあるよ。楽しまなきゃ」とも。

君の言う通り。

この委員会設置を最後にしばし人事は凍結され、新会社発足と同時に、ホープ自動車は重工からの分離独立以来わずか三十年の短い社歴を閉じる。それは同時に、ホープグループからの独立をも意味している。

その新しい会社で、沢田が果たしてどんな仕事を期待されているのか、いまは想像もつかない。

リストラされるかも知れない。

あるいは本当に商品開発の仕事ができるかも知れない。

いずれにせよ――。

取って食われるわけでなし。気楽に行こうじゃないか、サラリーマン諸君！――そんな気持ちだ。

「いいよな、お前は気楽で」

またも小牧がぼやいた。

「サラリーマンの特権だ。気楽で何が悪い」

沢田は襟《えり》からスリー・オーバルの社章を外すとそれをポケットにねじ込んだ。

午前十一時から始まった営業本部内の打ち合わせが予定通り一時間ほどで終わると、井崎は銀行本部ビルを抜け出した。

三月の陽射しはすがすがしく、まぶしかった。冷えた空気にも春の到来を感じさせ、なんともいえないまろみがある。

銀行という組織にいると、季節の移ろいを感じることもなくただ月日だけが過ぎていく。殺伐とした生活の中で、時として出会う季節感溢れる瞬間。それが、井崎には嬉しかった。

ホープ自動車とセントレア自動車との合併が発表されて半月。井崎はいま、合併に伴う様々な事務に忙殺され、深夜タクシーで帰宅する毎日を過ごしていた。

この間、様々な変化があった。

まず、国内与信担当の任を解かれた専務取締役の巻田の出向が決まった。系列のクレジットカード会社社長として転出するのだ。その一方、行内で絶賛されているのはセントレア自動車との救済合併というウルトラCの抜本策を企画立案し、オペレーションまで取り仕切っている濱中だった。頭取の厚い信頼をものにした濱中は今や、次の役員人事で、常務クラスへ昇格するのではないかと目されている。

今回の事件は行内でも様々な角度から見直された。自由が丘支店長の田坂には人事部長から叱責状が出され、すでに更迭《こうてつ》が決まっている。異動先はオペレーションセンターの部長職で、これは誰がみてもそれとわかる閑職、後のない出向待ちポストだ。これは赤松運送に対する常軌を逸した回収を重くみた措置で、被害者である赤松運送には、遅きに失した感はあるものの新支店長から謝罪に出向いたときく。

ホープ自動車の三浦が資金繰りのため、珍しく訪問してきたのは、昨日のことであった。

「いつまで私が担当でいられるか、わかりませんから」

しょぼしょぼと告げた三浦からはいつもの威勢の良さは失せ、風采《ふうさい》の上がらぬ中年サラリーマンの悲哀を感じさせた。セントレア自動車との合併は来年四月。それまでの準備期間でまっさきに検討されるのは事業効率化のための重複部門の整理で、三浦の所属する財務部はまさに格好のリストラ対象になる。

プライドの高い社員ほど、合併にショックを受けているという話を繰り返す三浦は、現在早期退職制度に応募しようか悩んでいると打ち明けた。

やめたほうがいいですよ、と井崎はアドバイスしておいた。

三浦のような社員を雇う会社があったとしても、給料は半減だ。それでもプライドを優先させるというのならそうすればいい。その度胸があるのなら——。

ホープ自動車ではようやく社長代行の橋爪を最後の社長へと昇格させ、合併委員長を兼務する形で体制を固めた。

その橋爪は、社内の混乱を収束させる一方、同社が設置した真相究明委員会からの報告を受けて、前社長の岡本や常務の狩野らを罷免《ひめん》し、損害賠償請求の訴えを起こす方針だという。一方の狩野らは、道路運送車両法虚偽報告、業務上過失致死傷の二つの容疑で起訴され法廷へと闘争の場を移そうとしている。その一部始終は新聞の社会面で逐次報道され、一旦は認めた容疑をその後否認したりと、保身ありきのバタバタを演じ世間の顰蹙《ひんしゅく》を買っているところだ。いずれにせよ、この連中に将来はない。

東京駅から八重洲の連絡通路を渡った井崎は、地下商店街から外に出た。ビルから溢れて彷徨うランチ難民を横目に向かったのは、八重洲にある中華料理の店だ。

予約の名前をいうと二階の個室へ案内される。榎本はすでにそこに来て井崎を待っていた。

榎本は、茶を運んできた店員にコースランチを二人分オーダーし、「いろいろとお世話になりました」と改まっていうと、『週刊潮流』を三冊差し出す。

そのうちの一冊の表紙には、スクープの文字が躍っていた。

「お前のおかげで、いい記事が書けた」

榎本はいった。

「当たり前だ。特ダネだからな。それにしてもよくぞここまで期待通りの記事を書いてくれたもんだ」

「編集長が飛びついたよ。なにしろ、ホープ自動車の与信担当者情報だ。これだけ信頼のおけるのはそうない」

榎本はそういってから、興味津々の眼差しを井崎に向ける。

「なあ井崎、ひとつだけ教えてくれないか。お前、どうしてこんな凄いネタを俺にくれた」

「お前、何か情報をくれっていってなかったか」

井崎はとぼける。

「いった。たしかにいったが、大丈夫だったのか、こんな情報をリークして。お前、疑われただろう」

「別に。この件に関与している人間は大勢いる。中にはそれを快く思っていない者もいたはずだ」

「それが目的か」

榎本はきいた。「ホープ自動車への協調支援潰しが」

「想像にお任せする。だが、実際にはホープ重工の三橋社長も支援には後ろ向きだった」

「どういうことだ」

はっと顔を上げて、榎本はきいた。

それは先日、井崎が偶然知った事実だ。発端は、ホープ重工担当者から見せられた業績予想だった。

そこに、伝えられているほどの特別損失が計上されていないことに気づいた井崎は、ようやく真相に気づかされた。

ウェスティンロッジは、単にホープ自動車支援を断るための口実だったのだと。ホープグループの結束を損なうことなく断るためには理由がいる。重工の本音は不祥事を繰り返すホープ自動車支援を断ることであり、ウェスティンロッジはそのための方便に過ぎなかったのだ。

「まさか——」

さすがに榎本は啞然とした顔を向けてきた。「面白い話だ。記事にしてもいいか」

「どうぞ。別に暴露でも何でもなく、単に解釈の問題にすぎない。うがちすぎかも知れないがね。

ただし、重工の決算予想が発表されてからにしてくれ。そうじゃないと銀行内部が疑われる。事前の決算予想を知りうる人間は限られているからな」

「わかってる。いつかこの礼はさせてもらう」

井崎は運ばれてきた麻婆豆腐《マーボー》を一口食べた。ピリ辛の山椒の香りが口中に広がり、脳を刺激する。その味は井崎の心境と絶妙なシンクロを見せ、思わず笑いが洩れてくるほどだ。榎本がじっとその様子を観察していた。

「なあ井崎。この一件で、国内与信の責任者だった巻田専務が出向になったと聞いてる。もしかして、お前の本当の狙いは、ホープ自動車支援を打ち出す巻田を追い落とすことだったんじゃないか」

井崎は目を丸くして見せた。

「面白いこと言うな、お前」

「図星か」

井崎は、ただ首を傾げて見せただけだ。

そんなことまで首を突っ込まないでくれ。

そう榎本にいってやりたかった。銀行員にとって人事は一番の関心事であり、この殺伐とした組織で唯一最大の娯楽である。

それを楽しんで何が悪い。

相模マシナリー配送課の平本から「話がある」と連絡があったのは三月半ばのことであった。

「まさか、まだ何か補償しろというんじゃないんでしょうな」

明日呼び出された、といったときの宮代は疑わしげな表情でいう。

「行くんですか、社長。突然に取引を切っておいて、用事があるから来いというのは、少々スジが違うと思うのですが」

いわれてみればその通りだが、だからといって「来い」ともいえない。

その翌日、約束通りに相模マシナリー本社へ出向いた赤松は、待合室で待たされること五分、「いやいや、お忙しいところ突然呼び出したりして申し訳ないね、社長」というどこか軽い調子の平本に案内され応接ブースへと場所を移した。

「で、その後お宅の調子はどうだい」

およそ四ヵ月ぶりに対峙した平本は、さすがに気まずいところがあるのか、なかなか赤松と視線を合わせようとしなかった。

「ええまあ、お陰様でなんとかやっております」

相模マシナリーの穴は埋め切れていない。だが、児玉通運から回してもらった仕事がだんだん大きくなってきているのとはるかな銀行の支援で、回復基調を維持しているような具合である。財務的には和解による補償金が入ったおかげで、当面の資金繰りに不安はない。それが何より、赤松の心を強くしていた。

「ああそうか。それはよかった。実はね、大変言いにくいことなんだが、先日の事故以来、取引先からのクレームが絶えなくて困ってるんだ」

赤松は顔を曇らせた。これはどうやら宮代の勘が当たったたらしい。

また、補償金を払えという催促だろうか。

不機嫌になった赤松はいった。

「課長、事故からもう五ヵ月近くも経っているんですよ。いまさら追加で補償しろといわれても困ります」

「まあまあ」

いかにも中間管理職という感じの平本は宥めた。

「いやクレームといってもそういうクレームじゃないんだな」

「じゃあ、どういうクレームなんですか」

問うた赤松に、相手は心底困り果てた顔をしてみせた。

「赤松運送の代わりに別な運送会社を入れたんだが、これがどうにもデキがわるい。重量物である機械を搬送するまではいいんだが、設置がね。あれにはノウハウがいる。お恥ずかしい話だが、今回の件を通してはじめてそのことに気づいたような次第なんだ」

話の成り行きに赤松は怒りを収め、配送担当課長のつるりとした顔を見つめた。

「で、なんなんです」

平本は顰めっ面をつくり、突如、右手で額をぺたっと叩いた。

「申し訳ない」

短く頭を下げ、そのまま上目遣いで赤松を見た。

「空車、無いかな」

は？　と赤松は言葉に詰まる。

「おいおい、俺に皆までいわせるつもりか、赤松さん」

赤松は黙り、腕組みをして相手を睨み付けた。

てめえのおかげで、こっちはどれだけ苦労したと思ってるんだ、そういってやりたかった。勝手に取引を打ち切りにしておいて都合が悪くなれば手のひらを返したように頼んでくるのかと。

「まあそう怖い顔をしないでくれ。できれば以前通り、クルマを割り当ててくれないか、従来通りに」

「それはできません」

平本の目が驚愕に見開かれた。まさか断られるとは思っていなかったのだ。

「そんなに簡単なものじゃないんです」

赤松はいった。「従来御社に配車していたクルマも、いまは別な仕事で埋まっていますので」

「なんとかならないかなあ、そこんとこ。少しは空いてるんじゃないの」

「それも、まもなく埋まる予定になっていますので」

とりつくシマもない赤松の返事に、平本は顔を歪めた。

「それじゃあ、ウチに回せるクルマは無いってことかい」

「ありません。いつ打ち切られるかわからない仕事はできませんよ」

「それでは私が困るんだ」

腹が立った。

「冗談じゃない。御社から突然取引を打ち切られてウチは倒産するところだったんですよ。それなのに平本さん、あなたが困るからだなんてよくいえますね」

「すまない。あれは誤解だった」

平本は額をテーブルにこすりつけた。

薄くなった額を見下ろした赤松の胸に浮かんだのは、この男もまたサラリーマンだなという思いだった。

会社の都合と個人の都合を使い分け、体よく、つつがなく、定年まで勤め上げようというサラリーマンだ。

「ほんとうに、すまん。この通りだ」

必死で謝る平本の態度を眺めていたら、突っ張るのもばかばかしくなってきた。

「わかりましたよ、平本さん」

平本が顔を上げる。

「引き受けてくれるのか」

「検討はしてみましょう」

頼りにしているから、という調子のいい言葉を送られて出てきた赤松は、いつのまにか携帯電話に七本もの留守電が入っているのを見つけて眉を顰めた。会社の電話が二本、宮代から二本、そして門田からが三本。

何か起きた。

それは直感でわかる。

あの時と同じだった。あの事件が起きた日と。

心臓がどくどく打ち始め、震える指で宮代の携帯にかける。

「宮さん、何があった」

嫌な既視感に赤松の声は上擦った。事故か。頼む、そうじゃないといってくれ。だが——。

「大変なんです、社長」

宮代は少々早口でまくしたてた。「門田が、門田がその——」

「門田がどうしたっ」

携帯電話に向かって叫んだ赤松に、宮代の発した言葉は最初、意味をなさなかった。

「オヤジになりまして」

「なんだと？」

そういったきり、ぽかんとする。

「生まれたんですよ、赤ん坊が」

宮代の言葉に、事態は急速に赤松の胸になだれ込んできた。

「そうか親父になったのか！　そうか、よかったなあ。で、男の子かい、女の子かい」

「女の子だそうですわ。いま門田の奴、飛んでいきました」

宮代は、大田区にある産婦人科の名前を告げた。

「宮さん、俺、ちょっと寄り道して帰るわ」

「行ってやってください、社長」

車に乗り込んだ赤松は、サイドブレーキを解除し、ゆっくりと駐車場を出て国道へと鼻先を向ける。渋滞を抜けて第一京浜に入ると、晴れやかな早春の空がフロントガラス越しに暖かな光を注いできた。アクセルを踏み込み、スピードを上げる。

車載の携帯電話に着信があった。

「ああ、社長。さっき電話したんですけど、俺――」

スピーカーから、上擦った門田の声が流れ出す。こいつ、あたふたしやがって。思わず笑いがこみ上げた赤松は、

「落ち着け、門田」

といった。「俺もいまそっちへ行くから待ってろ。ちーちゃん、無事か」

「母子共に元気です！」

前が空いた。ハンドルを握る指に力が入る。待ってろよ。

親父、か。

ふと父寿郎の面影をフロントガラスに広がる空に追い求める。

社長やってて良かったよ。

苦しいけれど、なかなか思い通りにならないけれど、なんとかやってるよ、親父。おふくろ。

こうやって、なんとか生きてる。

赤松はこみ上げてくるものを堪え、まっすぐに前を見た。

ありがとう、社員のみんな。

感謝してる、史絵。それに子供達。

みんな、俺の大切な宝物だ。


（了）

初出誌「月刊ジェイ・ノベル」二〇〇五年四月号・
二〇〇五年六月号〜二〇〇六年九月号

本作は小社より二〇〇六年九月に単行本として刊行されたものの新版です。
内容は二〇一六年一月刊行の実業之日本社文庫版を底本としました。

[著者略歴]

池井戸 潤（いけいど・じゅん）

1963年岐阜県生まれ。慶應義塾大学卒。『果つる底なき』で江戸川乱歩賞、『鉄の骨』で吉川英治文学新人賞、『下町ロケット』で直木賞を受賞。主な作品に、半沢直樹シリーズ（『オレたちバブル入行組』『オレたち花のバブル組』『ロスジェネの逆襲』『銀翼のイカロス』)、花咲舞シリーズ（『不祥事』『花咲舞が黙ってない』)、『ルーズヴェルト・ゲーム』『民王』『七つの会議』『ようこそ、わが家へ』『陸王』『アキラとあきら』などがある。

空《そら》飛《と》ぶタイヤ 新版《しんぱん》

2018年4月25日　初版第1刷発行

著　者／池井戸 潤
発行者／岩野裕一
発行所／株式会社実業之日本社
〒153-0044　東京都目黒区大橋1-5-1　クロスエアタワー 8階
電話（編集）03-6809-0473　（販売）03-6809-0495
振替　00110-6-326
http://www.j-n.co.jp/
小社のプライバシー・ポリシーは上記ホームページをご覧ください。

DTP／ラッシュ
印刷所／大日本印刷株式会社
製本所／大日本印刷株式会社

ISBN978-4-408-53724-5（第二文芸）